Cidade dos Ossos

Obras da autora publicadas pela Editora Record:

***Série* Os Instrumentos Mortais**

Cidade dos ossos
Cidade das cinzas
Cidade de vidro
Cidade dos anjos caídos
Cidade das almas perdidas
Cidade do fogo celestial

***Série* As Peças Infernais**

Anjo mecânico
Príncipe mecânico
Princesa mecânica

***Série* Os Artifícios das Trevas**

Dama da meia-noite
Senhor das sombras
Rainha do ar e da escuridão

***Série* As Maldições Ancestrais**

Os pergaminhos vermelhos da magia
O Livro Branco perdido

***Série* As Últimas Horas**

Corrente de ouro

O códex dos Caçadores de Sombras
As crônicas de Bane
Uma história de notáveis Caçadores de Sombras e Seres do Submundo:
Contada na linguagem das flores
Contos da Academia dos Caçadores de Sombras
Fantasmas do Mercado das Sombras

Cidade dos Ossos

CASSANDRA CLARE

OS INSTRUMENTOS MORTAIS

LIVRO UM

Tradução de
Rita Sussekind

5ª edição

Galera
RIO DE JANEIRO
2025

CIP-BRASIL. CATALOGAÇÃO NA PUBLICAÇÃO
SINDICATO NACIONAL DOS EDITORES DE LIVROS, RJ

Clare, Cassandra
C541c Cidade dos ossos / Cassandra Clare; tradução de Rita Sussekind. - 5ª ed.
5ª ed. - Rio de Janeiro: Galera Record, 2025.
(Os instrumentos mortais; 1)

Tradução de: City of bones
ISBN 978-85-01-09214-4

1. Ficção americana. I. Sussekind, Rita. II. Título. III. Série.

16-34916 CDD: 028.5
CDU: 087.5

Título original:
City of bones

Publicado mediante acordo com a autora, c/o BAROR INTERNATIONAL, INC., Armonk, New York, U.S.A.

Texto revisado pelo novo Acordo Ortográfico da Língua Portuguesa.

Direitos exclusivos de publicação em língua portuguesa somente para o Brasil adquiridos pela
EDITORA RECORD LTDA.
Rua Argentina 171 — Rio de Janeiro, RJ — 20921-380 — Tel.: (21) 2585-2000,
que se reserva a propriedade literária desta tradução.

Impresso no Brasil

ISBN 978-85-01-09214-4

Seja um leitor preferencial Record.
Cadastre-se e receba informações sobre nossos lançamentos e nossas promoções.

Atendimento e venda direta ao leitor:
sac@record.com.br.

CÓPIA NÃO AUTORIZADA É CRIME
ABDR
ASSOCIAÇÃO BRASILEIRA DE DIREITOS REPROGRÁFICOS
RESPEITE O DIREITO AUTORAL
EDITORA AFILIADA

Para o meu avô

Notas:

Gostaria de agradecer ao meu grupo de escrita, as estrelas de Massachusetts: Ellen Kushner, Delia Sherman, Kelly Link, Gavin Grant, Holly Black e Sarah Smith. E também a Tom Holt e Peg Kerr, por me incentivarem antes mesmo de haver um livro, e Justine Larbalestier e Eve Sinaiko, por me transmitirem suas opiniões depois de ele já existir. A minha mãe e meu pai, pela dedicação, afeto e crença inabalável de que algum dia eu produziria alguma coisa publicável. A Jim Hill e Kate Connor, pelo apoio e incentivo. A Eric, por motos vampirescas que funcionam à energia demoníaca, e a Elka, por ficar melhor de preto do que as viúvas de seus inimigos. Theo e Val, por criarem imagens lindas que combinam com minha prosa. Meu agente glamouroso, Barry Goldblatt, e minha talentosa editora, Karen Wojtyla. A Holly, por sobreviver a este livro comigo, e a Josh, por fazer tudo valer a pena.

Eu não dormi
Entre a execução de algo temeroso
E o primeiro ato, todo o ínterim é
Como um fantasma, ou um sonho terrível:
O gênio e os instrumentos mortais
Estão então em concílio; e o estado do homem,
Como para um pequeno reino, sofre então
A natureza de uma insurreição.

— *William Shakespeare,* Julio César.

Parte 1
Declínio Sombrio

Cantei sobre o caos e a noite eterna,
Ensinado pela musa divina a me aventurar
No declínio sombrio, e subir para reascender...

— John Milton, *Paraíso perdido*

1
Pandemônio

— Você só pode estar brincando — disse o segurança, cruzando os braços sobre o peito imenso. Ele encarou de cima o garoto com a jaqueta vermelha de zíper e balançou a cabeça raspada. — Você não pode entrar com isso.

Os cerca de cinquenta adolescentes na fila do Clube Pandemônio se inclinaram para a frente, a fim de ouvir a conversa. A espera para entrar na boate sem restrição de idade estava longa, principalmente para um domingo, e, em geral, não acontecia nada demais nas filas. Os seguranças eram ferozes e cortavam instantaneamente qualquer um que aparentasse estar prestes a provocar confusão. Clary Fray, de 15 anos, na fila com seu melhor amigo, Simon, se inclinou para a frente, assim como todas as outras pessoas, esperando alguma agitação.

— Ah, qual é. — O menino levantou o objeto por cima da cabeça. Parecia uma viga de madeira, com uma das pontas afiadas. — É parte da minha fantasia.

O segurança ergueu uma sobrancelha.

— Que seria de quê?

O menino sorriu. Ele parecia normal o suficiente para o Pandemônio, pensou Clary. Tinha cabelos pintados de azul que pendiam de sua cabeça como os tentáculos de um polvo assustado, mas não tinha tatuagens no rosto ou grandes piercings nas orelhas ou nos lábios.

— Sou um caçador de vampiros — disse, apertando o objeto de madeira. Dobrava com a mesma facilidade que uma folha de grama dobraria de lado. — É falsa. De borracha. Está vendo?

Os olhos grandes do menino eram verdes, excessivamente brilhantes, Clary notou: cor de grama da primavera. Lentes de contato coloridas, provavelmente. O segurança deu de ombros, repentinamente entediado.

— Tá bom...! Pode entrar.

O menino passou por ele, rápido como um raio. Clary gostou do movimento dos ombros dele, do jeito que mexeu no cabelo ao entrar. Existia uma palavra que a mãe dela teria usado para descrevê-lo — *despreocupado*.

— Você o achou bonitinho — disse Simon, parecendo resignado. — Não achou?

Clary deu uma cotovelada nas costelas dele, mas não respondeu.

Lá dentro, a boate estava cheia de fumaça de gelo-seco. Luzes coloridas enfeitavam a pista de dança, transformando-a em um multicolorido reino de azul, verde, rosa-shocking e dourado.

O menino da jaqueta vermelha passou a lâmina afiada na mão, com um sorriso indolente nos lábios. Havia sido tão fácil — algum encantamento na lâmina, para fazer com que parecesse inofensiva. Outro encanto em seus olhos e, assim que o segurança o encarou, ele entrou. Evidentemente, ele poderia ter passado sem toda a comoção, mas aquilo fazia parte da diversão — enganar os mundanos, descaradamente, na frente deles, curtir os olhares vazios naqueles rostos que tanto lembravam ovelhinhas de rebanho.

Não que os humanos não tivessem utilidade. Os olhos verdes do menino examinaram a pista de dança, onde braços vestidos em peças de seda e couro preto apareciam e desapareciam nas colunas giratórias de fumaça enquanto os mundanos dançavam. Garotas mexiam em seus cabelos longos, garotos balançavam os quadris vestidos de couro e peles nuas brilhavam com suor. Vitalidade simplesmente *transbordava* deles, ondas de energia que os enchiam de uma tontura inebriante. O lábio do menino se contraiu. Eles não sabiam a sorte que tinham. Desconheciam o que era prolongar a vida em um mundo morto, no qual o sol se pendurava vacilante no céu como uma brasa queimada. Tinham vidas que flamejavam tão brilhantes quanto chamas de velas — e eram igualmente fáceis de ser apagadas.

A mão do menino apertou a lâmina que carregava. Havia começado a adentrar a pista de dança quando uma menina surgiu da multidão de dançarinos e começou a caminhar em sua direção. Ele a encarou. Ela era linda, para uma humana — cabelos longos quase exatamente da cor de tinta preta, olhos como carvão. Vestido branco até o chão, do tipo que as mulheres usavam quando este mundo era mais jovem. Mangas de renda desciam se abrindo por seus braços finos. Em volta do pescoço havia uma corrente grossa de prata, na qual um grande pingente vermelho-escuro se pendurava. Ele só precisou apertar os olhos para ver que era de verdade — de verdade e precioso. O menino começou a ficar com água na boca à medida que ela ia se aproximando. Energia vital pulsava dela como sangue fluindo de uma ferida aberta. A menina sorriu, passando por ele, acenando com os olhos. Ele se virou para segui-la, sentindo nos lábios o doce sabor de sua morte iminente.

Sempre era fácil. Ele já podia sentir o poder da vida que evaporava da menina, correndo por sua veia como fogo. Os humanos eram burros demais. Tinham algo tão precioso, mas cuidavam mal daquilo. Jogavam a vida fora por dinheiro, por saquinhos de pó, pelo sorriso charmoso de um estranho. A menina era um fantasma pálido passando através da fumaça colorida. Ela chegou à parede e virou-se, segurando a saia com as mãos, levantando-a enquanto sorria para ele. Sob a saia usava botas que iam até a coxa.

Ele foi até ela, sentindo a pele pinicar com a proximidade da menina. De perto, ela não era tão perfeita: dava para ver o excesso de maquiagem sob os olhos, o suor grudando o cabelo ao pescoço. Ele podia farejar a mortalidade, o doce apodrecer da corrupção. *Te peguei*, pensou ele.

Um sorriso descontraído curvou os lábios dela. Ela foi para o lado, e ele pôde ver que a menina estava se apoiando em uma porta fechada. ENTRADA PROIBIDA — DEPÓSITO estava escrito em tinta vermelha. Ela alcançou a maçaneta e girou-a, entrando. Ele avistou várias caixas empilhadas e fios emaranhados. Um depósito. Deu uma olhada para trás — ninguém estava olhando. Muito melhor se ela quisesse privacidade.

Ele entrou na sala depois dela, sem perceber que estava sendo seguido.

— E aí — disse Simon —, a música é boa, não é?

Clary não respondeu. Estavam dançando, ou fingindo que estavam — muito balanço para a frente e para trás, e investidas ocasionais em direção ao chão como se algum deles tivesse derrubado uma lente de contato — em um espaço entre um grupo de meninos adolescentes trajando espartilhos metálicos e um jovem casal asiático que se beijava apaixonadamente, com apliques coloridos se enrolando como vinhas. Um menino com piercing labial e uma mochila de ursinho de pelúcia estava distribuindo tabletes gratuitos de êxtase de ervas, sua calça de paraquedista balançando com a brisa da máquina de vento. Clary não estava prestando muita atenção aos arredores imediatos — estava de olho no menino de cabelos azuis que havia passado uma conversa no segurança para entrar na boate. Ele estava passando pela multidão como se estivesse procurando alguma coisa. Havia algo familiar na maneira como ele se movia...

— Eu, por exemplo — continuou Simon —, estou curtindo bastante.

Isso parecia improvável. Simon, como sempre, destacava-se na boate como um dedão machucado, vestindo calça jeans e uma camiseta velha que dizia MADE IN BROOKLYN na frente. Os cabelos recém-escovados eram de um tom marrom-escuro, e não verde ou rosa, e os óculos apoiavam-se na ponta do nariz. Ele não parecia tanto alguém que estivesse refletindo sobre poderes obscuros, mas sim uma pessoa a caminho de um clube de xadrez.

— A-hã. — Clary sabia perfeitamente bem que ele só tinha ido para o Pandemônio porque ela gostava, e que na verdade ele achava chato. Ela nem sabia por que gostava; as roupas, a música, tudo fazia aquele lugar parecer um sonho, a vida de outra pessoa, nada como sua verdadeira vida monótona. Mas Clary era sempre tímida demais para falar com qualquer outra pessoa que não fosse Simon.

O menino de cabelo azul estava saindo da pista de dança. Ele parecia um pouco perdido, como se não tivesse encontrado a pessoa que estava procurando. Clary imaginou o que aconteceria se ela fosse até ele e se apresentasse, e se oferecesse para mostrar o lugar. Talvez ele só ficasse olhando para ela. Ou talvez fosse tímido demais. Talvez se sentisse grato e gostasse, e então tentasse não demonstrar, como os meninos faziam — mas ela saberia. Talvez...

De repente o menino de cabelo azul se recompôs, evitando atenção, como um cão de caça preparado. Clary seguiu o olhar dele, e viu a menina com o vestido branco.

Fazer o quê?, pensou Clary, tentando não se sentir como um balão de festa murcho. *Acho que é isso.* A menina era linda, o tipo de menina que Clary gostaria de ter desenhado — alta e esbelta, com longos cabelos pretos. Mesmo a essa distância, Clary podia ver a joia vermelha em volta de seu pescoço. Pulsava sob as luzes da boate como um coração fora do peito.

— Eu acho que — continuou Simon — o DJ Bat está fazendo um trabalho particularmente excepcional esta noite. Você não acha?

Clary revirou os olhos e não respondeu; Simon detestava música trance. Ela estava com a atenção voltada para a menina de branco. Através da escuridão, da fumaça e da neblina artificial, o vestido claro brilhava como um farol. Não era de se estranhar que o menino de cabelo azul a estivesse seguindo como que enfeitiçado, distraído demais para perceber qualquer outra coisa ao redor — até mesmo as duas criaturas sombrias que o seguiam, atravessando a multidão.

Clary diminuiu o ritmo da dança e encarou as criaturas. Ela só conseguia identificar que eram meninos altos e que usavam roupas escuras. Ela não sabia dizer como percebera que estavam seguindo o outro garoto, mas tinha certeza disso. Dava para perceber pela maneira como acompanhavam o ritmo dele, pelo cuidado com que observavam tudo, pela graciosidade de seus movimentos sinuosos. Uma leve apreensão começou a tomar conta de seu peito.

— Enquanto isso — acrescentou Simon —, eu queria te dizer que ultimamente tenho me vestido de mulher. Além disso, estou transando com a sua mãe. Achei que você deveria saber.

A menina chegou à parede e estava abrindo uma porta que dizia ENTRADA PROIBIDA. Ela deu uma olhada para o menino de cabelo azul atrás dela, e eles entraram. Não era nada que Clary nunca tivesse visto, um casal entrando sorrateiramente em um dos cantos escuros da boate para dar uns amassos, mas isso só fazia o fato de estarem sendo seguidos parecer ainda mais estranho.

Ela ficou na ponta dos pés, tentando enxergar por cima da multidão. Os dois rapazes tinham parado na porta e pareciam estar consultando um ao outro. Um deles era louro, enquanto o outro tinha cabelos escuros. O louro colocou a mão no casaco e alcançou um objeto longo e afiado que brilhava sob as luzes estroboscópicas. Uma faca.

— Simon! — Clary gritou, e agarrou o braço dele.

— O quê? — Simon parecia alarmado. — Eu não estou transando com a sua mãe de verdade. Só estava tentando chamar sua atenção. Não que sua mãe não seja uma mulher muito atraente para a idade dela.

— Você está vendo aqueles caras? — ela apontou fervorosamente, quase atingindo uma curvilínea menina negra que estava dançando ali perto. A menina lançou um olhar furioso a Clary. — Desculpe, desculpe! — Clary voltou a atenção para Simon. — Você está vendo aqueles dois caras ali? Perto da porta?

Simon cerrou os olhos, depois deu de ombros.

— Não estou vendo nada.

— Aqueles dois. Eles estavam seguindo o garoto de cabelo azul...

— O que você achou bonitinho?

— É, mas a questão não é essa. O louro pegou uma faca.

— Você tem *certeza*? — Simon estreitou o olhar para enxergar melhor, balançando a cabeça. — Continuo não vendo nada.

— Tenho certeza.

Repentinamente sério, Simon alargou os ombros.

— Vou chamar um daqueles seguranças. Você fica aqui. — Ele se afastou, empurrando a multidão.

Clary virou bem a tempo de ver o menino louro entrar sorrateiramente pela porta que dizia ENTRADA PROIBIDA, com o amigo logo atrás. Ela olhou em volta; Simon ainda estava tentando atravessar a pista de dança, mas sem muito êxito. Mesmo que ela gritasse agora, ninguém escutaria, e, até que Simon voltasse, alguma coisa horrível já poderia ter acontecido. Mordendo o lábio inferior com força, Clary começou a correr pela multidão.

— Qual é o seu nome?

Ela se virou e sorriu. A pouca luz que havia no depósito entrava pelas grandes janelas com grades completamente sujas. Pilhas de cabos elétricos, juntamente com pedacinhos de bolas de discoteca espelhadas e latas vazias de tinta sujavam o chão.

— Isabelle.

— É um nome bonito. — Ele caminhou em sua direção, passando cuidadosamente pelos fios, caso algum deles estivesse ativo. Sob a fraca luz, ela parecia semitransparente, desprovida de cor, envolta em branco como um anjo. Seria um prazer derrubá-la... — Eu nunca te vi por aqui.

— Você está me perguntando se eu venho aqui sempre? — Ela sorriu, cobrindo a boca com a mão.

A menina tinha uma espécie de pulseira em torno do pulso; dava para ver pela renda do vestido. Então, ao se aproximar dela, ele viu que não era uma pulseira, mas um desenho marcado na pele, um emaranhado de linhas entrelaçadas.

Ele congelou.

— Você...

Ele não terminou. Ela se moveu com a potência de um raio, atacando-o com a mão aberta, um golpe no peito que o derrubaria e o deixaria sem fôlego se ele fosse humano. No entanto, ele apenas cambaleou para trás. Logo depois havia algo na mão dela, um chicote que brilhava dourado enquanto o golpeava, enrolando os tornozelos dele e fazendo com que seus pés saíssem do chão. Ele caiu, contorcendo-se, o metal penetrando sua pele. Ela riu, de pé sobre ele que, completamente tonto, pensou que deveria ter *percebido*. Nenhuma garota humana usaria um vestido como o que Isabelle estava usando. Ela o estava vestindo para cobrir a pele — toda a pele.

Isabelle puxou o chicote com força, segurando-o. Tinha um sorriso que brilhava como água venenosa.

— Ele é todo de vocês, meninos.

Uma risada baixa soou atrás dele, e agora mãos o agarravam, erguendo-o, lançando-o contra um dos pilares de concreto. Ele podia sentir a pedra úmida sob a coluna. Estava com as mãos presas atrás do corpo, atadas com um fio elétrico. Enquanto se debatia, alguém circulou o pilar, aparecendo em seu campo visual: um menino, tão jovem e bonito quanto Isabelle. Seus olhos castanho-amarelados brilhavam como pontas de âmbar.

— Então — disse o garoto. — Há mais algum com você?

O menino de cabelo azul podia sentir o sangue se acumulando sob o metal excessivamente apertado, deixando-o com os pulsos escorregadios.

— Mais algum o quê?

— Ora, vamos! — O menino de olhos castanho-amarelados levantou as mãos, e as mangas escuras desceram, mostrando os símbolos que tinha tatuados nos pulsos, nas costas e nas palmas das mãos. — Você sabe o que eu sou.

No crânio do menino algemado, o segundo grupo de dentes dele começou a ranger.

— *Caçador de Sombras* — sibilou.

O outro menino sorriu.

— Te peguei — disse ele.

Clary abriu a porta do depósito e entrou. Por um instante, achou que estivesse vazio. As únicas janelas eram no alto e tinham grades; um barulho fraco da rua entrava através delas, o som de carros buzinando e freando. A sala tinha cheiro de tinta velha, e uma pesada camada de poeira cobria o chão, marcado por sinais de pegadas.

Não há ninguém aqui, ela percebeu, olhando em volta espantada. A sala estava fria, apesar do calor de agosto lá fora. Sua coluna estava gelada de suor. Deu um passo para a frente, enrolando os pés em fios elétricos. Ela se abaixou para se livrar dos cabos, e ouviu vozes. A risada de uma menina, um menino respondendo, mordaz. Ao se ajeitar, ela os viu.

Era como se eles tivessem passado a existir em um piscar de olhos. Lá estava a garota com o longo vestido branco, os cabelos pretos escorrendo da cabeça como algas molhadas. Os dois meninos estavam com ela — o mais alto de cabelos escuros como os dela, e o menor, mais claro, cujos cabelos louros brilhavam como bronze sob a fraca luz que entrava pela janela do alto. O menino louro estava de pé, com as mãos nos bolsos, encarando o garoto punk, que estava amarrado a uma coluna com o que parecia um fio de piano, com as mãos esticadas para trás do corpo e as pernas amarradas pelos tornozelos. Seu rosto expressava dor e medo.

Com o coração batendo forte no peito, Clary se abaixou atrás da coluna de concreto mais próxima e espiou em volta. Ela assistiu enquanto o menino de cabelos claros andava para a frente e para trás, com os braços cruzados por cima do tórax.

— Então — disse ele. — Você ainda não me disse se há mais alguém da sua espécie aqui com você.

Sua espécie? Clary tentou imaginar sobre o que ele estaria falando. Talvez ela tivesse se metido em alguma guerra de gangues.

— Eu não sei do que você está falando. — O tom do menino de cabelo azul era dolorido, porém firme.

— Ele está falando de outros demônios — informou o menino de cabelo escuro, falando pela primeira vez. — Você sabe o que é um demônio, não sabe?

O menino amarrado à coluna virou o rosto, mas continuava movendo a boca.

— Demônios — disse o menino louro, escrevendo a palavra no ar com o dedo. — Religiosamente definidos como habitantes do inferno, os servidores de Satã, mas entendidos aqui, para os propósitos da Clave, como quaisquer espíritos malevolentes cuja origem se dê fora da nossa própria dimensão habitacional...

— Basta, Jace — disse a garota.

— Isabelle tem razão — concordou o menino mais alto. — Ninguém aqui precisa de aula de semântica, nem de demonologia.

Eles são loucos, pensou Clary. *Loucos de verdade.*

Jace levantou a cabeça e sorriu. Havia algo de feroz naquele gesto, alguma coisa que fazia com que Clary se lembrasse de documentários sobre leões que vira no Discovery Channel, de como os grandes felinos erguiam a cabeça e farejavam o ar à procura de presas.

— Isabelle e Alec acham que eu falo demais — disse, baixinho. — *Você* concorda com eles?

O menino de cabelo azul não respondeu. Sua boca continuava se movendo.

— Eu poderia dar informações — disse ele. — Eu sei onde Valentim está.

Jace olhou de volta para Alec, que deu de ombros.

— Valentim está debaixo da terra — disse Jace. — O coisinha só está brincando com a gente.

Isabelle mexeu no cabelo.

— Mate-o, Jace — disse ela. — Não vai nos contar nada.

Jace levantou a mão, e Clary viu a luz fraca reluzir na faca que ele estava segurando. Era estranhamente translúcida, a lâmina clara como cristal, afiada como um caco de vidro, o cabo decorado com pedras vermelhas.

O menino amarrado arfou.

— Valentim está de volta! — protestou ele, lutando contra os nós que o atavam atrás do corpo. — Todos os Mundos Infernais sabem, eu sei, posso te dizer onde ele está...

Repentinamente, uma raiva chamuscou nos olhos gélidos de Jace.

— Pelo Anjo, toda vez que capturamos um de vocês, desgraçados, alegam saber onde Valentim está. Pois bem, nós também sabemos onde ele está. Ele está no inferno. E você... — Jace virou a faca no punho, a ponta brilhando como uma linha de fogo. — Você pode *se juntar a ele lá.*

Clary não aguentaria mais. Ela saiu do esconderijo atrás da coluna.

— Pare! — gritou ela. — Você não pode fazer isso.

Jace rodopiou, tão assustado que a faca caiu de sua mão e bateu ruidosamente no chão de concreto. Isabelle e Alec giraram junto com ele, com as mesmas expressões de choque. O menino de cabelo azul ainda preso, também estava chocado e de queixo caído.

Alec foi o primeiro a falar.

— O que é isso? — perguntou, olhando de Clary para os companheiros, como se eles pudessem saber o que ela estava fazendo ali.

— É uma garota — disse Jace, recuperando a compostura. — Você certamente já viu garotas antes, Alec. Sua irmã Isabelle é uma. — Ele deu um passo em direção a Clary, cerrando os olhos como se não conseguisse acreditar muito bem no que estava vendo. — Uma garota mundana — disse ele, um pouco para si mesmo. — E ela consegue nos ver.

— É óbvio que consigo vê-los — disse Clary. — Não sou cega, sabia?

— Ah, é sim — disse Jace, abaixando para pegar a faca. — Você só não sabe disso. — Ele se recompôs. — É melhor sair daqui, se souber o que é melhor para você.

— Não vou a lugar algum — disse Clary. — Se eu for, você vai matá-lo. — Ela apontou para o menino de cabelo azul.

— É verdade — admitiu Jace, girando a faca pelos dedos. — Por que você se importa se vou matá-lo ou não?

— Por-porque... — engasgou-se Clary. — Você não pode sair por aí matando pessoas.

— Você tem razão — disse Jace. — Não se pode sair por aí matando *pessoas.* — Ele apontou para o garoto de cabelo azul, cujos olhos estavam fechados. Clary imaginou se ele tinha desmaiado. — Isso não é uma pessoa, garotinha. Pode até parecer uma pessoa, e falar como uma pessoa, e pode até sangrar como uma pessoa. Mas é um monstro.

— *Jace* — disse Isabelle em tom de aviso. — Já basta.

— Vocês são loucos — disse Clary, afastando-se dele. — Eu já chamei a polícia, se vocês querem saber. Eles vão chegar a qualquer momento.

— Ela está blefando — disse Alec, mas havia dúvida em sua expressão. — Jace, você...

Ele não chegou a concluir a frase. Naquele instante, o menino de cabelo azul se desvencilhou dos fios que o prendiam à coluna com um berro alto e avançou em Jace.

Eles caíram no chão e rolaram juntos, o menino de cabelo azul atacando Jace com mãos que brilhavam como se fossem cobertas de metal. Clary se afastou, querendo correr, mas prendeu os pés em um monte de fios e caiu, ficando completamente sem fôlego. Ela conseguia ouvir Isabelle gritando. Ao se levantar, Clary viu o menino de cabelo azul sentado no peito de Jace. O sangue brilhava nas pontas das garras afiadas.

Isabelle e Alec correram na direção deles; Isabelle pegando o chicote com a mão. O menino de cabelo azul atacou Jace com as garras esticadas. Jace levantou o braço para se proteger, e as garras o atingiram, derramando sangue. O menino de cabelo azul atacou novamente — e o chicote de Isabelle atingiu sua coluna. Ele gritou e caiu para o lado.

Rápido como um golpe do chicote de Isabelle, Jace rolou para o lado. Havia uma lâmina brilhando em sua mão. Ele afundou a faca no peito do menino de cabelo azul, e um líquido quase preto explodiu em volta do cabo. O garoto se contorceu, gorgolejando e girando. Com um sorriso, Jace se levantou. Sua camisa preta agora estava ainda mais escura em alguns pontos, molhada de sangue. Ele olhou para o chão, para a figura que se contorcia a seus pés, abaixou-se e retirou a faca. O cabo estava pegajoso, encharcado de um líquido preto.

Os olhos do menino de cabelo azul abriram repentinamente. Estavam fixos em Jace, e pareciam queimar. Entredentes, ele sibilou:

— *Que seja! O Renegado pegará todos vocês.*

Jace pareceu rosnar. Os olhos do menino rolaram para trás. Seu corpo começou a se debater e a se contorcer enquanto ele se curvava, abraçando a si mesmo, diminuindo cada vez mais, até desaparecer completamente.

Clary se levantou cambaleando, livrando-se dos fios elétricos. Ela começou a recuar. Nenhum deles estava prestando atenção nela. Alec havia alcançado Jace e estava segurando o braço dele, arregaçando a manga, provavelmente tentando dar uma olhada melhor no machucado. Clary se virou para correr, mas foi bloqueada por Isabelle, com o chicote dourado na mão, sujo de líquido preto. Ela o lançou em direção a Clary, e a ponta se enrolou no pulso da menina, prendendo-se com firmeza. Clary exclamou de dor e surpresa.

— Mundana idiota — disse Isabelle, entredentes. — Você poderia ter causado a morte de Jace.

— Ele é louco — disse Clary, tentando puxar o pulso de volta. O chicote penetrou ainda mais sua pele. — Vocês são todos loucos. O que pensam que são? Matadores vigilantes? A polícia...

— A polícia geralmente não se interessa, a não ser que haja um corpo — disse Jace. Apoiando o braço, ele passou pelo caminho cheio de fios em direção a Clary. Alec o seguiu de perto, com o rosto completamente franzido.

Clary olhou para o ponto no qual o menino havia desaparecido, e não disse nada. Não havia uma única gota de sangue ali — nada que mostrasse que o menino havia existido um dia.

— Eles voltam às suas dimensões de origem quando morrem — disse Jace. — Caso você esteja se perguntando.

— Jace — sibilou Alec. — Cuidado.

Jace puxou o braço de volta. Uma gotinha fantasmagórica de sangue marcava o rosto dele. Ele ainda a fazia se lembrar de um leão, com os olhos claros e espaçados e aquele cabelo castanho-amarelado.

— Ela pode nos ver, Alec — disse ele. — Ela já sabe demais.

— Então, o que você quer que eu faça com ela? — perguntou Isabelle.

— Deixe-a ir — disse Jace silenciosamente. Isabelle lançou-lhe um olhar surpreso, quase irado, mas não discutiu. O chicote deslizou, libertando o braço de Clary. Ela esfregou o pulso dolorido e pensou em como conseguiria sair de lá.

— Talvez devêssemos levá-la conosco — disse Alec. — Aposto que Hodge gostaria de falar com ela.

— Não vamos levá-la para o Instituto de jeito nenhum — disse Isabelle. — Ela é *mundana*.

— Será que é mesmo? — disse Jace, suavemente. Seu tom quieto era pior do que as agressões de Isabelle ou a raiva de Alec. — Você já interagiu com demônios, garotinha? Já andou com feiticeiros ou falou com Crianças Noturnas? Você já...

— Meu nome não é "garotinha" — interrompeu Clary. — E não faço ideia do que você está falando. — *Não faz?*, disse uma voz no fundo de sua cabeça. *Você viu aquele menino desaparecer no ar. Jace não é louco, você apenas gostaria que ele fosse.* — Eu não acredito em... em demônios, ou o que quer que seja que você...

— Clary? — Era a voz de Simon. Ela rodopiou. Ele estava de pé do lado da porta do depósito. Um dos seguranças truculentos que estava carimbando mãos na entrada estava ao lado dele. — Você está bem? — Ele a espiou pela escuridão. — Por que está aqui sozinha? O que aconteceu com os caras, você sabe, os que estavam armados com facas?

Clary o encarou, depois olhou para trás, onde Jace, Isabelle e Alec estavam; Jace ainda com a camisa ensanguentada e a faca nas mãos. Ele sorriu para ela e deu de ombros meio desculpando-se, meio zombando dela. Ele nitidamente não estava surpreso por não ser enxergado nem por Simon nem pelo segurança.

De alguma forma, Clary também não estava. Lentamente, ela se virou para Simon, sabendo como deveria estar parecendo aos olhos dele, sozinha em um depósito mofado, com os pés enrolados em fios de plástico.

— Eu achei que eles tivessem entrado aqui — disse, dando uma desculpa. — Mas acho que me enganei. Foi mal. — Ela olhou de Simon, cuja expressão estava mudando de preocupada para envergonhada, para o segurança, que só parecia irritado. — Foi erro meu.

Atrás dela, Isabelle deu uma risadinha.

— Não acredito — disse Simon com um jeito teimoso enquanto Clary, na esquina, tentava desesperadamente chamar um táxi. Os limpadores de rua haviam passado enquanto os dois estavam na boate, e a Orchard Street estava preta com a água suja.

— Eu sei — ela concordou. — Tinha que ter pelo menos *alguns* táxis. Aonde todo mundo está indo à meia-noite de um domingo? — Ela olhou novamente para ele, dando de ombros. — Você acha que teremos mais sorte na Houston?

— Não estou falando dos táxis — disse Simon. — Você... eu não acredito em você. Eu não acredito que os caras com as facas simplesmente desapareceram.

Clary suspirou.

— Talvez não houvesse nenhum cara com faca, Simon. Talvez eu tenha imaginado tudo.

— Não mesmo. — Simon ergueu a mão por cima da cabeça, mas os táxis passaram por ele, respingando água suja. — Eu vi o seu rosto quando entrei no depósito. Você parecia completamente assustada, como se tivesse visto um fantasma.

Clary pensou em Jace com os olhos felinos de leão. Ela olhou para o próprio pulso, cercado por uma fina linha vermelha onde o chicote de Isabelle havia enrolado. *Não, não foi um fantasma*, ela pensou. *Foi uma coisa ainda mais estranha que isso.*

— Foi um engano — disse fracamente. Ela ficou imaginando por que não contava a verdade. Exceto, é óbvio, pelo fato de que ele pensaria que ela estava louca. E havia alguma coisa sobre o que havia acontecido, alguma coisa sobre aquele sangue preto borbulhante na faca de Jace, alguma coisa na voz dele quando perguntou, *Você já falou com as Crianças Noturnas?*, que ela queria guardar para si.

— Bem, foi um baita erro vergonhoso — disse Simon. Ele olhou de volta para a boate, onde ainda existia uma pequena fila, da porta até a metade do quarteirão. — Duvido que voltem a nos deixar entrar no Pandemônio.

— Que diferença faz para você? Você detesta o Pandemônio. — Clary levantou a mão novamente ao ver uma forma amarela se aproximar deles através da neblina. Dessa vez o táxi parou na esquina, o motorista buzinando com vontade, como se precisasse chamar a atenção deles.

— Finalmente tivemos sorte. — Simon abriu a porta do táxi e entrou no banco traseiro coberto por um plástico. Clary o seguiu, inalando o conhecido cheiro de táxi nova-iorquino de fumaça velha de cigarro, couro e spray de cabelo. — Vamos para o Brooklyn — Simon disse ao motorista, depois olhou para Clary. — Você sabe que pode me contar qualquer coisa, não sabe?

Clary hesitou por um instante, depois fez que sim com a cabeça.

— Lógico, Simon — disse ela. — Eu sei que posso.

Ela bateu a porta, e o táxi partiu noite adentro.

2

Segredos e Mentiras

O príncipe das trevas montava seu cavalo arisco, com a capa preta voando atrás de si. Um aro dourado prendendo os cabelos louros, o rosto belo e frio com a ira da batalha, e...

— E o braço dele parecia uma berinjela — Clary murmurou para si mesma, exasperada. O desenho não estava dando certo. Com um suspiro, ela arrancou mais uma folha do bloco, amassou e atirou contra a parede laranja do quarto. O chão já estava cheio de bolinhas de papel, um sinal nítido de que a criatividade não estava circulando da maneira que ela esperava. Ela desejou pela milésima vez ser um pouquinho mais como a mãe. Tudo que Jocelyn Fray desenhava, pintava ou esboçava era lindo, e parecia ter sido feito sem grandes esforços.

Clary tirou os fones de ouvido — interrompendo no meio a música "Stepping Razor" — e esfregou as têmporas doloridas. Foi só então que ela percebeu que o som alto e agudo do toque do telefone estava ecoando no apartamento. Jogando o bloco de desenhos na cama, se levantou de um pulo e correu para a sala, onde o telefone vermelho antiquado ficava sobre uma mesa próxima à porta da frente.

— Quem fala é Clarissa Fray? — A voz do outro lado da linha soava familiar, embora não fosse imediatamente identificável.

Clary enrolou o fio do telefone no dedo, de forma nervosa.

— Siiiim?

— Olá, eu sou um dos encrenqueiros que carregava facas que você conheceu ontem à noite no Pandemônio. Acho que não causei uma boa primeira impressão e gostaria que você me desse uma chance de compensar por...

— SIMON! — Clary afastou o telefone da orelha enquanto ele começava a rir. — Não tem a menor graça!

— Óbvio que tem! Você só não está captando o humor.

— Idiota. — Clary suspirou, apoiando-se contra a parede. — Você não estaria achando tão engraçado se estivesse aqui quando eu cheguei ontem à noite.

— Por que não?

— Minha mãe. Ela não gostou nem um pouco do nosso atraso. Deu um ataque. Foi péssimo.

— O quê? Não foi nossa culpa termos enfrentado trânsito! — protestou Simon. Ele era o caçula de três irmãos e tinha um senso consideravelmente aguçado de injustiça familiar.

— Bem, ela não encara dessa forma. Eu a decepcionei, pisei na bola, fiz com que ela se preocupasse, blá-blá-blá. Eu sou a *perdição* da *existência* dela — disse Clary, imitando as palavras exatas da mãe com uma pontinha de culpa.

— Então, você está de castigo? — perguntou Simon, um pouco alto demais. Clary podia ouvir um emaranhado de vozes atrás dele; pessoas falando de forma atropelada.

— Ainda não sei — disse ela. — Minha mãe saiu hoje de manhã com Luke, e eles ainda não voltaram. Mas onde você está? Na casa do Eric?

— Sim. Acabamos de terminar o ensaio. — Um prato bateu atrás de Simon. Clary franziu o rosto. — Eric vai fazer uma leitura de poesia no Java Jones hoje à noite — continuou Simon, falando de um café na esquina da casa de Clary, onde às vezes havia música ao vivo. — A banda toda vai assistir. Quer ir?

— Óbvio, vamos sim. — Clary pausou, puxando o fio do telefone ansiosamente. — Espere. Não.

— Silêncio, gente, por favor? — gritou Simon, a fraqueza em sua voz fez com que Clary suspeitasse de que ele estava segurando o telefone afastado da boca. Ele voltou um segundo depois, soando perturbado. — Isso foi um sim ou um não?

— Não sei. — Clary mordeu o lábio. — Minha mãe ainda está chateada comigo por causa de ontem. Não sei se quero irritá-la pedindo favores. Se eu for arrumar problemas, não quero que seja por causa da porcaria da poesia do Eric.

— Ah, vamos, não é tão ruim assim — disse Simon. Eric era vizinho de porta dele, e eles se conheciam há muito tempo. Não eram tão próximos quanto Simon e Clary, mas haviam montado uma banda de rock no segundo ano, junto com Matt e Kirk, amigos de Eric. Eles ensaiavam na garagem dos pais de Eric, toda semana, religiosamente. — Além disso, não é um favor — acrescentou Simon —, é uma noite de poesia na esquina da sua casa. Até parece que estou te convidando para uma orgia em Hoboken. Sua mãe pode ir junto se quiser.

— ORGIA EM HOBOKEN! — Clary ouviu alguém, provavelmente Eric, gritando. Outro prato bateu. Ela imaginou sua mãe ouvindo a poesia de Eric e deu de ombros.

— Não sei. Se todos vocês aparecerem aqui, ela vai ter um ataque.

— Então vou sozinho. Posso te buscar, e nós vamos juntos até lá e encontraremos os outros. Sua mãe não vai se importar. Ela me ama.

Clary teve de rir.

— Sinal de que ela tem um gosto questionável, se quer saber minha opinião.

— Ninguém quer saber. — Simon desligou, entre gritos dos companheiros de banda.

Clary desligou o telefone e olhou em volta da sala. Havia evidências das inclinações artísticas de sua mãe por todos os lados, desde as pilhas de almofadas de veludo feitas à mão no sofá vermelho-escuro, até as paredes preenchidas pelos quadros de Jocelyn, cuidadosamente emoldurados — a maioria eram paisagens: as ruas curvilíneas de Manhattan acesas com luzes douradas; imagens do Prospect Park no inverno, os lagos cinza cercados por filmes de gelo branco que pareciam laços.

Na lareira havia uma foto emoldurada do pai de Clary. Um homem louro com olhar pensativo vestido em trajes militares, no canto dos olhos rugas características de risadas. Ele tinha sido um soldado condecorado que servira no exterior. Jocelyn tinha algumas de suas medalhas guardadas em uma pequena caixa ao lado da cama. Não que as medalhas tivessem servido para alguma coisa quando Jonathan Clark bateu o carro em uma árvore perto de Albany e morreu antes que sua filha nascesse.

Jocelyn voltara a usar o nome de solteira depois da morte do marido. Ela nunca falava sobre ele, mas guardava a caixa com suas iniciais, J.C., ao lado da cama. Junto com as medalhas, havia uma ou duas fotos, uma aliança de casamento e um cacho de cabelo louro. Às vezes, Jocelyn pegava a caixa, abria e segurava o cacho louro delicadamente antes de guardá-lo e de voltar a fechar a caixa.

O ruído da chave girando na porta da frente despertou Clary de seu devaneio. Apressadamente, ela se jogou no sofá e tentou aparentar estar compenetrada em um dos livros que a mãe deixava na ponta da mesa. Jocelyn concebia a leitura como um passatempo sagrado e normalmente não interromperia Clary no meio de um livro, nem para gritar com ela.

A porta abriu com uma batida. Era Luke, com os braços cheios do que pareciam pedaços quadrados de papelão. Quando os repousou, Clary percebeu que eram caixas de papelão dobradas. Ele se ajeitou e virou para ela com um sorriso.

— Oi, ti... oi, Luke — disse ela. Ele havia pedido para que ela parasse de chamá-lo de tio Luke há mais ou menos um ano, alegando que o fazia sentir velho e também fazia com que se lembrasse de *Uncle Tom's Cabin**. Além disso, ele a lembrou gentilmente que não era realmente tio dela, apenas um amigo próximo de sua mãe que a conhecia desde que ela nasceu. — Cadê a mamãe?

---

* Em tradução literal: "Cabana do tio Tom", romance de 1852 sobre a escravatura no Estados Unidos. A versão nacional ganhou o título de A cabana do pai Tomás. [N da T]

— Estacionando a caminhonete — ele disse, ajeitando-se com um resmungo. Ele estava vestindo seu uniforme tradicional: jeans surrados, camisa de flanela e um velho par de óculos de grau com a armação dourada apoiada no alto do nariz. — Refresque a minha memória quanto ao motivo pelo qual este prédio não tem elevador de serviço...

— Porque é velho e tem *personalidade* — Clary disse imediatamente. Luke sorriu. — Para que são as caixas? — ela perguntou.

O sorriso dele desapareceu instantaneamente.

— Sua mãe queria empacotar algumas coisas — disse ele, evitando o olhar de Clary.

— Que coisas? — ela perguntou.

Ele acenou vagamente.

— Coisas extras que estão soltas pela casa. Atrapalhando. Você sabe que ela nunca joga nada fora. Então, o que você está fazendo? Estudando? — Ele tirou o livro da mão dela e começou a ler em voz alta: — "*O mundo ainda está cheio daqueles seres heterogêneos descartados por uma filosofia mais sóbria. Fadas e duendes, espíritos e demônios, ainda andam por aí...*" — Ele abaixou o livro e olhou por cima dos óculos para ela. — Isso é para a escola?

— *O ramo de ouro*? Não. As aulas só começam daqui a algumas semanas. — Clary pegou o livro de volta. — É da minha mãe.

— Já imaginava.

Ela o colocou de volta na mesa.

— Luke?

— Hã? — Com o livro já esquecido, ele estava mexendo na caixa de ferramentas ao lado do aquecedor. — Ah, aqui está. — Ele pegou uma pistola de plástico laranja e olhou para ela com grande satisfação.

— O que você faria se visse alguma coisa que mais ninguém pudesse ver?

A pistola caiu da mão de Luke, no aquecedor. Ele se ajoelhou para pegá-la, sem olhar para Clary.

— Como se eu fosse a única testemunha de um crime, é desse tipo de coisa que você está falando?

— Não. Quero dizer se houvesse outras pessoas por aí, mas você fosse o único que conseguisse enxergar alguma coisa. Como se fossem invisíveis a todos, menos a você.

Ele hesitou, ainda ajoelhado, a pistola dentada firme em punho.

— Sei que parece loucura — disse Clary de forma nervosa —, mas...

Ele virou-se para ela. Os olhos extremamente azuis atrás dos óculos encaravam-na com um olhar de profunda afeição.

— Clary, você é uma artista, assim como a sua mãe. Isso significa que vê o mundo de um jeito que as outras pessoas não veem. É seu dom ver a beleza e o horror em coisas ordinárias. Isso não faz de você uma pessoa louca, apenas diferente. Não há nada de errado em ser diferente.

Clary abraçou as pernas e apoiou o queixo nos joelhos. Em sua mente, ela viu o armazém, o chicote dourado de Isabelle, o menino de cabelo azul sofrendo convulsões e espasmos enquanto morria e os olhos amarelados de Jace. Beleza e horror. Ela disse:

— Se meu pai tivesse sobrevivido, você acha que ele também teria sido um artista?

Luke parecia completamente abalado. Antes que pudesse responder, a porta se abriu e a mãe de Clary entrou na sala, os saltos das botas ecoando barulhentos ao tocarem o chão de madeira polido. Ela entregou a Luke o molho de chaves do carro e virou-se para encarar a filha.

Jocelyn Fray era uma mulher magra e miúda, de cabelos um pouco mais escuros que os de Clary, que tinham o dobro do comprimento. No momento, estavam enrolados em um elástico vermelho, presos por uma lapiseira que mantinha o penteado no lugar. Ela vestia um macacão coberto de tinta por cima de uma blusa lavanda e botas esportivas de cor marrom, cujas solas estavam cobertas de tinta a óleo.

As pessoas sempre diziam a Clary que ela se parecia com a mãe, mas ela não via semelhança alguma. Só o que tinham em comum era o tipo físico: ambas eram magras, tinham peitos pequenos e quadris estreitos. Ela sabia que não era linda como a mãe. Para ser bonita, era preciso ser alta e esguia. Quando se era baixinha como Clary, com pouco mais de um metro e meio, a pessoa era no máximo bonitinha. Não bonita ou linda, apenas bonitinha. Acrescente cabelos ruivos e um rosto cheio de sardas, e ela não passava de uma boneca de pano em comparação à Barbie que era sua mãe.

Jocelyn também tinha um andar gracioso que fazia com que as pessoas virassem a cabeça para vê-la passar. Clary, ao contrário, vivia tropeçando. As pessoas só paravam para olhar quando ela passava depressa por elas enquanto caía da escada.

— Obrigada por ter trazido as caixas aqui para cima — a mãe de Clary disse a Luke, sorrindo. No entanto, ele não retribuiu o sorriso. O estômago de Clary embrulhou de forma desagradável. Visivelmente alguma coisa estava acontecendo. — Desculpe por ter demorado tanto para encontrar uma vaga. Deve ter um milhão de pessoas no estacionamento hoje...

— Mãe? — interrompeu Clary. — Para que são essas caixas?

Jocelyn mordeu o lábio. Luke olhou para Clary, silenciosamente impelindo Jocelyn a continuar. Com um movimento nervoso de pulso, Jocelyn colocou uma mecha de cabelo atrás da orelha e foi se juntar à filha no sofá.

De perto, Clary podia perceber o quão cansada a mãe estava. Tinha olheiras enormes sob os olhos, e as pálpebras estavam pesadas de sono.

— Isso é por causa de ontem à noite? — perguntou Clary.

— Não — ela respondeu rapidamente e, em seguida, hesitou. — Talvez um pouco. Você não deveria ter feito o que fez ontem à noite. Você sabe muito bem.

— E eu já pedi desculpas. O que está acontecendo? Se você está me colocando de castigo, coloque logo.

— Não é isso que estou fazendo — disse a mãe. — Não estou te colocando de castigo. — Ela estava com a voz tensa como um fio. Ela olhou para Luke, que balançou a cabeça.

— Fale logo, Jocelyn — disse ele.

— Será que vocês poderiam deixar de falar de mim como se eu não estivesse aqui? — Clary disse irritada. — E como assim, me contar? Contar o quê?

Jocelyn soltou um suspiro.

— Vamos sair de férias.

A expressão de Luke ficou vazia, como uma tela em branco, sem qualquer pingo de tinta.

Clary sacudiu a cabeça.

— Então é isso? Vocês vão sair de férias? — Ela se apoiou nas almofadas. — Não estou entendendo. Por que tanto rebuliço?

— Acho que você não está entendendo. Quero dizer que vamos *todos* sair de férias. Nós três: você, Luke e eu. Vamos para o sítio.

— Ah. — Clary olhou para Luke, mas ele estava com os braços cruzados sobre o tórax, olhando pela janela, com o maxilar rígido. Ela ficou imaginando o que poderia estar incomodando-o tanto. Ele adorava o velho sítio ao norte do estado de Nova York; ele mesmo havia comprado e restaurado há dez anos, e ia para lá sempre que podia. — Por quanto tempo?

— Até o fim do verão — disse Jocelyn. — Eu trouxe as caixas caso você queira levar livros, materiais de pintura...

— Até o *fim do verão*? — Clary sentou-se empertigada, com indignação. — Eu não posso fazer isso, mãe. Tenho planos, Simon e eu íamos fazer uma festa de volta às aulas, e tenho várias reuniões com o meu grupo de arte, e mais dez aulas na Tisch...

— Sinto muito pela Tisch. Mas as outras coisas podem ser canceladas. Simon vai entender, e o grupo de arte também.

Clary identificou o tom implacável na voz da mãe e percebeu que ela estava falando sério.

— Mas eu paguei por essas aulas de arte! Passei o ano inteiro economizando! Você prometeu. — Ela girou, voltando-se para Luke. — Fale para ela! Fale que isso não é justo!

Luke não desgrudou o olhar da janela, embora um músculo da bochecha tenha saltado.

— Ela é a sua mãe. A decisão é dela.

— Eu não entendo. — Clary olhou para a mãe. — Por quê?

— Preciso viajar, Clary — disse Jocelyn, com os cantos da boca tremendo. — Preciso de paz e sossego, para pintar. E estamos com pouco dinheiro agora...

— Então venda mais algumas ações do papai — esbravejou Clary. — É o que você sempre faz, não é?

Jocelyn encolheu-se.

— Você não está sendo justa.

— Olha só, pode ir se quiser. Não me importo. Eu fico aqui sem você. Posso trabalhar; posso arrumar um emprego no Starbucks, ou coisa parecida. Simon disse que eles sempre estão contratando. Já tenho idade o suficiente para cuidar de mim...

— Não! — A dureza na voz de Jocelyn fez com que Clary desse um salto. — Eu reembolso as aulas de arte, Clary. Mas você vem conosco. Não é opcional. Você é nova demais para ficar aqui sozinha. Alguma coisa poderia acontecer.

— Tipo o quê? O que poderia acontecer? — indagou Clary.

E então um barulho. Ela virou surpresa para ver que Luke havia derrubado um dos porta-retratos apoiados na parede. Com a expressão nitidamente incomodada, ele ajeitou a foto. Ao se recompor, estava com uma expressão ligeiramente rígida.

— Estou indo.

Jocelyn mordeu o lábio.

— Espere. — Ela correu atrás dele na entrada, alcançando-o bem no instante em que ele segurava a maçaneta. Virando-se no sofá, Clary podia ouvir o sussurro aflito da mãe. — ... Bane — Jocelyn dizia. — Tenho ligado para ele sem parar nas últimas três semanas. A secretária eletrônica diz que ele está na Tanzânia. O que eu posso fazer?

— Jocelyn. — Luke balançou a cabeça. — Você não pode ficar recorrendo a ele para sempre.

— Mas Clary...

— Não é Jonathan — sibilou Luke. — Você nunca mais foi a mesma desde o que aconteceu, mas Clary *não é Jonathan*.

O que o meu pai tem a ver com isso?, pensou Clary, assustada.

— Não posso simplesmente segurá-la em casa, impedir que saia. Ela não vai aceitar.

— É lógico que não vai aceitar! — Luke parecia extremamente irritado. — Ela não é um animal de estimação, é uma adolescente. Quase adulta.

— Se estivéssemos fora da cidade...

— Fale com ela, Jocelyn. — A voz de Luke era firme. — Estou falando sério. — Ele colocou a mão na maçaneta novamente.

A porta se abriu. Jocelyn gritou.

— Meu Deus! — exclamou Luke.

— Na verdade sou só eu — disse Simon. — Mas já me disseram que somos muito parecidos. — Ele acenou para Clary da entrada da casa. — Você está pronta?

Jocelyn tirou a mão da boca.

— Simon, você estava ouvindo atrás da porta?

Simon piscou os olhos.

— Não, acabei de chegar. — Ele olhou do rosto pálido de Jocelyn para o austero Luke. — Está acontecendo alguma coisa? É melhor eu ir embora?

— Não se incomode — disse Luke. — Acho que já acabamos. — Ele passou por Simon, e foi descendo pelas escadas em ritmo acelerado. Lá embaixo, a porta da frente bateu.

Simon andou de um lado para o outro na entrada, com expressão de incerteza.

— Posso voltar mais tarde — disse ele. — De verdade. Não seria problema algum.

— Isso poderia... — Jocelyn começou a dizer, mas Clary já estava de pé.

— Esqueça, Simon. Estamos saindo — disse ela, pegando a bolsa que estava pendurada em um cabide perto da porta. Colocou-a no ombro, encarando a mãe. — Até mais tarde, mãe.

Jocelyn mordeu o lábio.

— Clary, você não acha que devemos conversar sobre isso?

— Vamos ter muito tempo para conversar durante as "férias" — disse Clary com um jeito venenoso, e teve a satisfação de ver a mãe titubear. — Não me espere acordada — ela acrescentou e, agarrando o braço de Simon, o arrastou para fora da porta.

Ele hesitou, olhando sobre o ombro de forma solidária para a mãe de Clary, que parecia pequena e desamparada na entrada, com as mãos entrelaçadas.

— Tchau, senhora Fray! — gritou ele. — Tenha uma boa noite.

— Ah, Simon, cale a boca. — Irritou-se Clary, e bateu a porta, cortando a resposta da mãe.

— Ai, meu Deus, garota, não arranque o meu braço — protestou Simon enquanto Clary o arrastava pelas escadas atrás dela, seus sapatos verdes fazendo barulho ao bater no chão de madeira a cada passo enfurecido que dava. Ela olhou para cima, como se esperasse ver sua mãe olhando para baixo, mas a porta do apartamento permaneceu fechada.

— Desculpe — sussurrou Clary, soltando o pulso de Simon. Ela parou ao pé da escada, com a bolsa batendo no quadril.

O prédio de Clary, como a maioria em Park Slope, tinha sido uma única casa, de uma família rica. Indícios do antigo proprietário ainda eram evidentes na escadaria curvilínea, o chão de mármore lascado na entrada, a vasta claraboia acima. Agora a casa era dividida em apartamentos independentes, e Clary e a mãe dividiam o prédio de três andares com a proprietária que morava no andar debaixo, uma senhora que gerenciava uma loja mística no próprio apartamento. Ela quase não saía, embora as visitas dos clientes fossem raras. Uma placa dourada afixada na porta declarava que ela era MADAME DOROTHEA, VIDENTE E PROFETISA.

O aroma doce e carregado de incenso vazava da porta entreaberta e invadia o saguão. Clary podia ouvir um murmúrio baixo de vozes.

— Bom ver que ela está conduzindo um negócio em expansão — disse Simon. — É difícil se firmar como profetisa hoje em dia.

— Você tem que ser sarcástico com tudo? — disparou Clary.

Simon piscou os olhos, visivelmente espantado.

— Eu pensei que você gostasse quando sou irônico e sagaz.

Clary estava prestes a responder quando a porta da Madame Dorothea se abriu completamente e um homem saiu de lá. Ele era alto, bronzeado e tinha os olhos verdes dourados como os de um gato e cabelos pretos desarrumados. Ele sorriu para Clary, exibindo dentes brancos e afiados.

Uma onda de tontura abateu-se sobre ela, uma forte sensação de que iria desmaiar.

Simon olhou desconfortavelmente para ela.

— Você está bem? Está com cara de que vai desmaiar.

Ela piscou para ele.

— O quê? Não, eu estou bem.

Ele não pareceu disposto a encerrar o assunto.

— Você está com cara de quem viu um fantasma.

Ela balançou a cabeça. A lembrança de ter visto alguém zombou dela, mas, ao tentar se concentrar, esvaiu-se.

— Não é nada. Eu pensei que tivesse visto o gato de Dorothea, mas acho que foi uma sombra. — Simon encarou-a. — Eu não como nada desde ontem — acrescentou defensivamente. — Acho que estou um pouco zonza.

Ele colocou um braço reconfortante nos ombros da amiga.

— Vamos. Vou comprar alguma coisa para você comer.

— Eu não consigo acreditar nisso — disse Clary pela quarta vez, raspando um resto de guacamole do prato com a ponta de um nacho. Eles estavam em um restaurante mexicano da vizinhança, um muquifo chamado Nacho Mama. — Como se me colocar de castigo semana sim, semana não, não fosse o suficiente. Agora vou ficar exilada pelo resto do verão.

— Mas você sabe que a sua mãe fica assim às vezes — disse Simon. — Como quando ela respira, por exemplo. — Ele sorriu para ela por cima do burrito vegetariano.

— Isso, muito bom, pode agir como se fosse engraçado — disse ela. — Não é *você* que está sendo arrastado para o meio do nada por Deus sabe quanto tempo...

— *Clary* — Simon interrompeu a declamação. — Não é de mim que você está com raiva. Além disso, não é algo permanente.

— Como é que você sabe disso?

— Bem, porque eu conheço a sua mãe — disse Simon após uma pausa. — Quero dizer, você e eu somos amigos há quanto tempo, uns dez anos? Eu sei que ela fica assim de vez em quando. Ela vai pensar melhor.

Clary pegou uma pimenta do prato e a mordeu de forma pensativa.

— Será mesmo? — disse ela. — Que você conhece a minha mãe, quero dizer? Às vezes eu fico pensando se alguém no mundo a conhece.

Simon piscou os olhos.

— Agora você me confundiu.

Clary respirou fundo para refrescar a boca, que estava queimando.

— Quer dizer, ela nunca fala sobre si mesma. Não sei nada sobre o começo da vida dela, da família, e quase nada sobre como ela conheceu meu pai. Ela nem sequer tem fotos do casamento. É como se a vida dela tivesse começado quando eu nasci. E é isso que ela sempre diz quando pergunto a respeito.

— Ah. — Simon fez uma careta. — Isso é bonito.

— Não, não é. É estranho. É estranho eu não saber nada sobre os meus avós. Quer dizer, eu sei que os pais do meu pai não eram muito legais com ela, mas será que foram *tão* ruins assim? Que tipo de gente não quer conhecer a própria neta?

— Talvez ela os odeie. Talvez fossem intrometidos ou coisa parecida — sugeriu Simon. — E ela tem todas aquelas cicatrizes.

Clary o encarou.

— Ela tem o quê?

Ele engoliu um pedaço enorme de burrito.

— Aquelas cicatrizes fininhas. Por todo o braço. Eu já vi a sua mãe de maiô, sabia?

— Eu nunca notei cicatriz alguma — disse Clary, afirmativa. — Acho que você está imaginando coisas.

Ele a encarou, e parecia estar a ponto de dizer alguma coisa quando o celular dela, enfiado na bolsa, começou a tocar insistentemente. Clary pegou-o, olhou para os números que estavam piscando na tela e franziu o rosto.

— É a minha mãe.

— Deu para perceber pela expressão no seu rosto. Você vai falar com ela?

— Agora não — disse Clary, sentindo aquela pontinha de culpa quando o telefone parou de tocar e a ligação caiu na caixa postal. — Não quero brigar com ela.

— Você sabe que sempre pode ficar na minha casa — disse Simon. — Por quanto tempo quiser.

— Bem, vamos ver se ela se acalma primeiro. — Clary apertou o botão do correio de voz no telefone. A voz da mãe parecia tensa, mas ela nitidamente estava tentando transmitir um tom de leveza: "Querida, desculpe se despejei em você o plano das férias. Volte para casa e vamos conversar." Clary desligou o celular antes que a mensagem fosse concluída, sentindo-se ainda mais culpada e ao mesmo tempo com raiva. — Ela quer conversar a respeito.

— Você quer conversar com ela?

— Não sei. — Clary esfregou os olhos com a parte de trás das mãos. — Você ainda vai para a leitura de poemas?

— Prometi que ia.

Clary se levantou, empurrando a cadeira para trás.

— Então eu vou com você. Eu ligo para ela quando acabar. — A alça da bolsa escorregou pelo braço de Clary. Simon puxou-a de volta para o lugar quase inconscientemente, com os dedos repousando no ombro exposto da amiga.

O ar lá fora estava denso com tanta umidade, deixando o cabelo de Clary frisado e a camiseta azul de Simon grudada nas costas dele.

— Então, como vai a banda? — perguntou ela. — Alguma coisa nova? Ouvi muitos gritos ao fundo quando falei com você mais cedo.

O rosto de Simon se iluminou.

— As coisas estão ótimas — disse ele. — Matt disse que conhece alguém que pode nos arrumar um show no Bar Scrap. E também estamos discutindo nomes outra vez.

— Ah, é? — Clary conteve um sorriso. Na verdade, a banda de Simon nunca havia produzido música alguma. Eles passavam boa parte do tempo sentados na sala de Simon, brigando a respeito de possíveis nomes e logotipos para a banda. Às vezes ela ficava imaginando se algum deles realmente sabia tocar algum instrumento. — Quais são as opções?

— Estamos escolhendo entre Conspiração dos Vegetais Marítimos e Rock Solid Panda.

Clary sacudiu a cabeça.

— Ambos são péssimos.

— Eric sugeriu Crise na Cadeira de Grama.

— Talvez o Eric devesse se dedicar aos esportes.

— Mas aí teríamos que arrumar um novo baterista.

— Ah, é *isso* que o Eric faz? Eu achei que ele desse dinheiro pra vocês e saísse por aí dizendo para as garotas da escola que ele fazia parte de uma banda para impressioná-las.

— De jeito nenhum — Simon disse com toda leveza. — Ele virou a página. Arrumou uma namorada. Estão juntos há três meses.

— Praticamente casados — disse Clary, desviando-se de um casal que empurrava um carrinho de bebê no caminho: uma garotinha com presilhas de plástico amarelas no cabelo, que segurava com toda força uma boneca com asas azuis. Com o canto do olho, Clary pensou ter visto as asas baterem. Ela virou a cabeça apressadamente.

— O que significa que eu sou o único integrante da banda a *não* ter namorada. O que, você sabe, é o único objetivo de se ter uma banda. Arrumar garotas.

— Eu achei que fosse a música. — Um homem com uma bengala cruzou o caminho dela, caminhando em direção à Berkeley Street. Ela desviou o olhar, temerosa de que, se olhasse para alguém por tempo demais, a pessoa criaria asas, braços extras ou grandes línguas aforquilhadas como cobras. — Quem se importa se você tem uma namorada ou não?

— Eu me importo — disse Simon de um jeito sombrio. — Logo, logo, as únicas pessoas do mundo a não terem namorada seremos o Wendell, o zelador da escola, e eu. E ele tem cheiro de limpador de vidro.

— Pelo menos você sabe que ele ainda está disponível.

Simon olhou para ela.

— Não teve graça, Fray.

— Tem sempre a Scheila "tanga" Barbarino — sugeriu. Clary havia sentado atrás dela na aula de matemática durante todo o primeiro ano do ensino médio. Toda vez que Scheila derrubava o lápis — coisa que acontecia com frequência —, Clary era agraciada com a visão da roupa íntima de Scheila levantando-se sobre a cintura da sua calça superbaixa.

— É ela que Eric está namorando há três meses — disse Simon. — Enquanto isso, o conselho dele foi para que eu simplesmente decidisse quem é a garota mais gostosa e a convidasse para sair no primeiro dia de aula.

— Eric é um porco machista — disse Clary, repentinamente não querendo saber quem era a garota mais gostosa da escola na opinião de Simon. — Talvez vocês devessem chamar a banda de "Porcos Machistas".

— Tem sonoridade — disse Simon sem se incomodar. Clary fez uma careta para ele, sua bolsa vibrava enquanto o telefone brilhava. Ela o pegou no bolso da frente. — É a sua mãe outra vez? — perguntou ele.

Clary assentiu. Ela podia imaginar a mãe pequena e sozinha na entrada do apartamento. Um sentimento de culpa se espalhou em seu peito.

Ela olhou para Simon, que a observava com uma expressão sombria de preocupação naquele rosto tão familiar; ela poderia desenhá-lo até dormindo. Clary pensou sobre as semanas solitárias que passaria sem ele, e colocou o telefone de volta na bolsa.

— Vamos — disse ela. — Vamos nos atrasar para a apresentação.

3
Caçador de Sombras

Ao chegarem ao Java Jones, Eric já estava no palco, movimentando-se para a frente e para trás diante do microfone com os olhos fechados. Ele havia pintado as pontas do cabelo de cor-de-rosa especialmente para a ocasião. Atrás dele, Matt, parecendo completamente chapado, batucava em um tambor.

— Isso vai ser pior que péssimo — previu Clary. Ela agarrou Simon pela manga e o puxou em direção à entrada. — Se corrermos agora, conseguiremos escapar.

Ele balançou a cabeça determinado.

— Eu não sou nada se não for um homem de palavra. — Ele deu de ombros. — Eu pego o café se você arrumar um lugar para sentarmos. O que você quer?

— Só café. Preto, *como a minha alma*.

Simon saiu em direção ao bar, resmungando para si mesmo que o que ele fazia agora era algo muito, muito melhor do que qualquer outra coisa que jamais houvesse feito antes. Clary foi procurar um lugar para sentar.

A cafeteria estava cheia para uma segunda-feira; a maioria dos sofás e poltronas surradas estava ocupada por adolescentes que aproveitavam uma noite de dia útil livre. O cheiro de café e cigarros de cravo-da-índia era insuportável. Finalmente, Clary encontrou um pequeno sofá desocupado em um canto escuro perto da saída. A única pessoa nos arredores era uma menina loura com uma camiseta laranja, absorvida pelo próprio iPod. *Ótimo*, pensou Clary. *Eric não vai conseguir nos encontrar aqui atrás no final da apresentação para perguntar como estava a poesia.*

A menina loura se inclinou na cadeira e cutucou o ombro de Clary.

— Com licença. — Clary olhou para cima, surpresa. — Aquele ali é seu namorado? — perguntou ela.

Clary seguiu o olhar da menina, pronta para dizer *Não, não o conheço*, quando percebeu que ela estava falando de Simon. Ele estava vindo na direção delas, com o rosto concentrado enquanto tentava não derramar uma gota sequer dos dois copos cheios de espuma.

— Ah, não — disse Clary. — Ele é meu amigo.

A menina sorriu.

— Ele é uma *graça*. Ele tem namorada?

Clary hesitou por um segundo longo demais antes de responder.

— Não.

A menina pareceu desconfiada.

— Ele é gay?

Clary se viu poupada de ter de responder a isso, pois Simon estava perto demais. A menina voltou apressadamente ao encosto da cadeira enquanto ele colocava os copos sobre a mesa e se jogava ao lado de Clary.

— Eu odeio quando acabam as canecas. Esses copos ficam quentes demais. — Ele soprou os dedos e franziu o rosto. Clary tentou conter um sorriso enquanto o observava. Normalmente ela nunca pensava se Simon era bonito ou não. Ele tinha um belo par de olhos escuros, concluiu, e se desenvolvera muito bem no último ano. Com o corte de cabelo certo...

— Você está me encarando — disse Simon. — Por que está me encarando? Tem alguma coisa errada com o meu rosto?

Eu deveria contar para ele, ela pensou, mas uma parte dela estava estranhamente relutante. *Seria uma péssima amiga se não contasse.*

— Não olhe agora, mas aquela garota loura ali achou você bonitinho — sussurrou Clary.

Os olhos de Simon se voltaram para o lado para encarar a menina, que estava imersa em um mangá.

— A garota de blusa laranja? — Clary assentiu. Simon pareceu incrédulo. — Por que você acha isso?

Conte a ele. Vamos, conte a ele. Clary abriu a boca para responder, e foi interrompida por um ruído de retorno. Ela franziu o rosto enquanto Eric, no palco, brigava com o microfone.

— Desculpe aí, pessoal! — gritou ele. — Certo. Eu sou Eric, e esse é o meu amigo Matt na percussão. Meu primeiro poema se chama "Sem título". — Ele fez uma careta, como se estivesse com dor e gemeu no microfone.

— *Vieste, meu falso fanático, meus lombos nefastos! Cubra cada protuberância com árido zelo*!

Simon escorregou na própria cadeira.

— Por favor, não conte a ninguém que o conheço.

Clary sorriu.

— Quem usa a palavra "lombos"?

— Eric — disse Simon impiedosamente. — Todos os poemas dele incluem lombos.

— *Meu tormento é túrgido*! — gemeu Eric. — *A agonia infla dentro de mim*!

— Pode apostar que sim — disse Clary. Ela escorregou na cadeira ao lado de Simon. — Mas, então, sobre a garota que achou você bonitinho...

— Deixe isso pra lá um pouco — disse Simon. Clary piscou os olhos em sinal de surpresa. — Tem um assunto que eu queria conversar com você.

— Verruga Furiosa não é um bom nome para a banda — Clary disse imediatamente.

— Não é isso — disse Simon. — É sobre aquilo que estávamos conversando antes. Sobre eu não ter uma namorada.

— Ah. — Clary deu de ombros. — Bem, eu não sei. Você poderia convidar a Jaida Jones para sair — sugeriu ela, indicando uma das poucas garotas da St. Xavier de quem ela de fato gostava. — Ela é legal, e gosta de você.

— Não quero convidá-la para sair.

— Por que não? — Clary se viu repentinamente incomodada com alguma coisa que não sabia identificar. — Você não gosta de garotas inteligentes? Ainda está procurando um *corpão*?

— Nada disso — disse Simon, parecendo agitado. — Eu não quero convidá-la para sair porque não seria justo com ela...

Ele parou no meio da frase. Clary se inclinou para a frente. Com o canto do olho, ela pôde perceber que a menina loura também se inclinara, tentando ouvir a conversa deles.

— Por que não?

— Porque eu gosto de outra pessoa — disse Simon.

— Muito bem — disse Clary. Simon estava meio verde, como se fosse desmaiar, do jeito que tinha acontecido uma vez, quando ele quebrou o tornozelo jogando futebol no parque e teve de voltar mancando para casa. Ela imaginou como gostar de alguém poderia fazer com que ele ficasse naquele estado de ansiedade. — Você não é gay, é?

O tom verde de Simon se intensificou.

— Se eu fosse, me vestiria melhor.

— Então, quem é? — perguntou Clary. Ela estava prestes a acrescentar que, se ele estivesse apaixonado por Scheila Barbarino, Eric quebraria a cara dele, quando ouviu alguém tossindo alto atrás dela. Era uma espécie de tosse contida, o tipo de barulho que alguém faria se não quisesse soltar uma gargalhada sonora.

Ela virou-se de costas.

Sentado em um sofá verde desbotado, a alguns metros de distância, estava Jace. Ele vestia as mesmas roupas escuras que havia usado na noite anterior na boate. Os braços estavam nus e cobertos por linhas brancas como velhas cicatrizes. Os pulsos traziam algemas de metal; ela podia ver o cabo de osso de uma faca saliente no lado esquerdo. Ele estava olhando diretamente para ela, um sorriso torto se formando no rosto. Pior do que a sensação de saber que estava rindo dela, era a absoluta convicção de Clary de que ele não estava ali há cinco minutos.

— O que foi? — Simon seguiu a direção do olhar de Clary, mas a expressão vazia em seu rosto indicava que ele não estava vendo Jace.

Mas eu estou. Ela encarou Jace enquanto pensava, e ele levantou a mão esquerda para acenar para ela. Um anel brilhou em seu dedo fino. Ele se levantou e começou a andar, sem a menor pressa, em direção à porta. Os lábios de Clary se partiram em surpresa. Ele estava indo embora, simplesmente isso.

Ela sentiu a mão de Simon em seu braço. Ele dizia seu nome, e perguntava se alguma coisa estava errada. Mas ela mal conseguia ouvi-lo.

— Já volto — ela se pegou dizendo, enquanto se levantava do sofá, quase se esquecendo de colocar o copo de café na mesa. Correu em direção à porta, e deixou Simon olhando para ela.

Clary atravessou as portas, apavorada com a possibilidade de que Jace tivesse evaporado nas sombras do beco como um fantasma. Mas ele estava lá, apoiado na parede. Acabara de tirar um objeto do bolso e estava apertando alguns botões. Ele olhou surpreso quando as portas da cafeteria se fecharam atrás dela.

No crepúsculo que caía rapidamente, o cabelo dele parecia dourado.

— A poesia do seu amigo é péssima — disse ele.

Clary piscou os olhos, momentaneamente sendo pega desprevenida.

— O quê?

— Eu disse que a poesia dele é péssima. Parece que ele engoliu um dicionário e saiu vomitando palavras a esmo.

— Não me importo com a poesia de Eric. — Clary estava furiosa. — Eu quero saber por que você está me seguindo.

— Quem disse que eu estava seguindo você?

— *Boa* tentativa. E você estava ouvindo a nossa conversa também. Você quer me dizer a razão, ou eu devo chamar a polícia?

— E dizer o que a eles? — disse Jace de forma arrasadora. — Que pessoas invisíveis estão te incomodando? Acredite em mim, garotinha, a polícia não vai prender alguém que não consegue enxergar.

— Eu já disse que meu nome não é garotinha — disse entredentes. — É Clary.

— Eu sei — disse ele. — É um nome bonito. Como uma erva. Sabe o que é Clary Sage? É um tipo de sálvia e antigamente as pessoas acreditavam que comer a semente faria com que enxergassem o Povo das Fadas. Você sabia disso?

— Não faço ideia do que você está falando.

— Você não sabe quase nada, não é mesmo? — disse. Ele tinha uma expressão de descaso nos olhos dourados. — Você parece uma mundana como todos os outros, mas consegue me ver. É incompreensível.

— O que é um mundano?

— Alguém do mundo dos humanos. Alguém como você.

— Mas *você* é humano — disse Clary.

— Sou — disse ele. — Mas não sou como você. — Não havia qualquer tom de defesa em sua voz. Ele falava como se não se importasse se ela acreditava nele ou não.

— Você se acha melhor. É por isso que estava rindo da gente.

— Estava rindo porque declarações de amor me entretêm, sobretudo quando não há recíproca — disse ele. — E porque o seu Simon é um dos mundanos mais mundanos que já encontrei. E porque Hodge achou que você pudesse ser perigosa, mas, se for, certamente não sabe.

— *Eu* sou perigosa? — Clary rebateu completamente perplexa. — Eu vi você matar uma pessoa ontem à noite. Eu vi quando o esfaqueou completamente, e... — *e eu vi quando ele o arranhou com dedos que pareciam lâminas. Eu vi que você estava cortado e sangrando, e agora é como se nada tivesse tocado em você.*

— Eu posso até ser um assassino — disse Jace. — Mas eu sei o que sou. Você pode dizer o mesmo a seu respeito?

— Sou um ser humano comum, como você disse. Quem é Hodge?

— Meu tutor. E eu não me precipitaria tanto em me autointitular comum se fosse você. — Ele se inclinou para a frente. — Deixe-me ver sua mão direita.

— Minha mão direita? — retrucou Clary. Ele assentiu. — Se eu mostrar a mão, você me deixa em paz?

— Certamente. — Seu tom de voz era quase debochado.

Ela esticou a mão direita sem a menor vontade. Parecia pálida sob a meia luz que vazava das janelas, as juntas tinham sardas bem claras. De alguma forma, ela se sentiu tão exposta quanto se tivesse tirado a blusa e mostrado os seios. Ele pegou a mão dela, virou para um lado e para o outro.

— Nada. — Ele quase parecia desapontado. — Você não é canhota, é?

— Não. Por quê?

Ele soltou a mão e deu de ombros.

— A maioria das crianças Caçadoras de Sombras é marcada na mão direita, ou esquerda, se forem canhotas, como eu, quando ainda são jovens. É uma marca permanente que traz uma habilidade extra com as armas. — Ele mostrou para ela as costas da própria mão esquerda; parecia perfeitamente normal para ela.

— Não estou vendo nada — disse ela.

— Deixe a mente relaxar — sugeriu ele. — Espere vir até você. Como se estivesse esperando por alguém emergir da água.

— Você é louco. — Mas ela relaxou, encarando a mão dele, vendo pequenas linhas nas juntas, as longas juntas dos dedos...

Saltou em direção a ela repentinamente, brilhando como um sinal de alerta. Um desenho preto nas costas da mão. Ela piscou os olhos e a marca sumiu.

— Uma tatuagem?

Ele sorriu convencido e abaixou a mão.

— Achei mesmo que você conseguiria. E não é uma tatuagem: é uma Marca. São símbolos queimados dentro da nossa pele. Marcas diferentes fazem coisas diferentes. Algumas são permanentes, mas a maioria desaparece depois de usada.

— É por isso que os seus braços não estão desenhados hoje? — perguntou ela. — Mesmo quando eu me concentro?

— É exatamente por isso. — Ele parecia satisfeito consigo mesmo. — Eu sabia que você, no mínimo, tinha Visão. — Ele olhou para cima, em direção ao céu. — Está quase completamente escuro. É melhor irmos.

— *Nós*? Eu achei que você fosse me deixar em paz.

— Eu menti — disse Jace sem o menor embaraço. — Hodge disse que eu devo levá-la comigo ao Instituto. Ele quer falar com você.

— Por que ele quereria falar comigo?

— Porque você sabe sobre nós — disse Jace.

— Sobre *nós*? — ela ecoou. — Você quer dizer pessoas como você. Pessoas que acreditam em demônios.

— Pessoas que matam demônios — disse Jace. — Somos chamados de Caçadores de Sombras. Pelo menos é assim que nos autointitulamos. Os seres do Submundo têm nomes menos apresentáveis para nós.

— Os seres do Submundo?

— As Crianças Noturnas. Feiticeiros. As fadas. O povo mágico dessa dimensão.

Clary sacudiu a cabeça.

— Não pare por aí. Suponho que também existam sereias, lobisomens e zumbis...

— É óbvio que existem — informou Jace. — Há uma razão para essas histórias existirem. Elas são baseadas em fatos, mesmo que os mundanos pensem que são mitos. Os Caçadores de Sombras têm um ditado: *Todas as histórias são verdadeiras*. — Ele continuou:

— Mas, para ser honesto, os zumbis são encontrados mais ao sul, onde ficam os padres *voudun*.

— E as múmias? Elas ficam só pelo Egito?

— Não seja ridícula. Ninguém acredita em múmias.

— Não?

— Óbvio que não — disse Jace. — Olhe, Hodge vai explicar tudo para você quando encontrá-lo.

Clary cruzou os braços.

— E se eu não quiser vê-lo?

— Isso é problema seu. Você pode vir por vontade própria ou não.

Clary não conseguia acreditar no que estava ouvindo.

— Você está ameaçando me *sequestrar*?

— Se você quiser encarar dessa maneira — disse Jace —, estou.

Clary abriu a boca para protestar furiosamente, mas foi interrompida pelo ruído estridente de um zumbido. O telefone estava tocando outra vez.

— Vá em frente e atenda se quiser — disse Jace, generosamente.

O telefone parou de tocar, depois recomeçou, alto e insistente. Clary franziu o rosto; sua mãe devia estar desesperada. Ela se virou de costas para Jace e começou a procurar o telefone dentro da bolsa. Até desenterrá-lo, já estava na terceira sucessão de toques. Ela o colocou no ouvido.

— Mãe?

— Ah, Clary. Ah, graças a Deus. — Uma pontada aguda de alarme atravessou a espinha de Clary. Jocelyn parecia desesperada. — Ouça...

— Está tudo bem, mãe. Eu estou bem. Estou indo para casa...

— *Não!* — A voz dela estava gélida de terror. — Não venha para casa! Você está entendendo, Clary? Não ouse voltar para casa. Vá para a casa de Simon. Vá direto para a casa dele e fique lá até que eu possa... — Um barulho no fundo a interrompeu: o som de alguma coisa caindo, quebrando em pedacinhos, alguma coisa pesada atingindo o chão...

— Mãe! — Clary gritou ao telefone. — Mãe, você está bem?

Um ruído alto veio do telefone. A voz da mãe de Clary atravessou a barulheira.

— Apenas prometa que você não vai voltar para casa. Vá para a casa de Simon, e telefone para Luke: diga que *ele* me encontrou... — Suas palavras foram sufocadas por uma batida forte, como madeira quebrando em pedacinhos.

— Quem encontrou você? Mãe, você chamou a polícia? Você...

A pergunta frenética foi interrompida por um barulho que Clary jamais esqueceria — um ruído pesado, arrastado, seguido por uma batida. Clary ouviu a mãe respirar fundo antes de falar, com a voz surpreendentemente calma:

— Eu te amo, Clary.

O telefone ficou mudo.

— *Mãe*! — Clary gritou ao telefone. — Mãe, você está aí? — *Chamada encerrada*, dizia a tela. Mas por que ela teria desligado daquele jeito?

— Clary — disse Jace. Foi a primeira vez que ela o ouviu chamá-la pelo nome. — O que está acontecendo?

Clary o ignorou. Fervorosamente, apertou o botão que ligava para o número de casa. Não houve resposta, apenas o barulho duplo que indicava que o número estava ocupado.

As mãos de Clary começaram a tremer descontroladamente. Quando ela tentou rediscar, o telefone escorregou de sua mão trêmula e bateu forte no chão. Ela se jogou de joelhos no chão para recuperá-lo, mas estava inutilizado, com uma longa rachadura visível na frente.

— Droga! — Quase em lágrimas, ela jogou o telefone no chão.

— Pare com isso. — Jace puxou-a, colocando-a de pé, agarrando-a pelo pulso. — Aconteceu alguma coisa?

— Me dê seu telefone — disse Clary, agarrando o metal preto alongado no bolso da camisa de Jace. — Eu preciso...

— Não é um telefone — disse Jace sem fazer qualquer movimento para pegá-lo de volta. — É um Sensor. Você não vai conseguir usar.

— Mas eu preciso ligar para a polícia!

— Primeiro me conte o que aconteceu. — Ela tentou soltar o pulso, mas o punho de Jace era incrivelmente forte. — Eu posso *ajudar*.

Clary foi inundada por um sentimento de fúria, uma onda calorosa circulando suas veias. Sem sequer pensar a respeito, ela atacou o rosto dele, arranhando as bochechas de Jace com as unhas. Ele deu um salto para trás, surpreso com a situação. Libertando-se, Clary correu em direção às luzes da Seventh Avenue.

Quando alcançou a rua, ela girou, esperando ver Jace logo atrás. Mas o beco estava vazio. Por um instante, olhou incerta para as sombras. Nada nelas se mexia. Olhou para a frente e correu para casa.

4

Ravener

A noite havia se tornado ainda mais quente, e correr para casa soava como nadar o mais rápido possível em sopa fervente. Na esquina de seu quarteirão, Clary ficou presa por um sinal vermelho para pedestres. Ela saltitou impacientemente enquanto o tráfego de carros passava em um borrão de faróis. Tentou ligar para casa outra vez, mas Jace não havia mentido; o telefone dele *não era* um telefone. Pelo menos não parecia com nenhum telefone que Clary já tivesse visto. Os botões do Sensor não tinham números; só alguns daqueles símbolos estranhos, e não havia tela.

Correndo pela rua em direção à casa, ela viu que as janelas do segundo andar estavam acesas, o que, em geral, significava que a mãe estava em casa. *Tudo bem*, ela disse a si mesma. *Está tudo bem*. Mas o estômago embrulhou assim que ela pisou na entrada. A luz do teto havia queimado, e o saguão estava escuro. As sombras pareciam cheias de movimentos secretos. Tremendo, ela começou a subir.

— Aonde você pensa que vai? — disse uma voz.

Clary girou.

— O que...

Ela parou no meio da frase. Seus olhos estavam se ajustando à pouca luz, e ela podia enxergar o formato de uma poltrona grande, na frente da porta fechada da casa de Madame Dorothea. A senhora estava encaixada nela, como uma almofada enorme. Com a falta de luz, Clary só pôde ver o formato redondo do rosto da mulher, o leque branco em sua mão, o buraco escuro da boca enquanto ela falava.

— Sua mãe — disse Dorothea — está fazendo um barulho horroroso ali em cima. O que ela está fazendo? Arrastando móveis?

— Acho que não...

— E a luz da escada queimou, você percebeu? — Dorothea passou o leque no braço da cadeira. — Será que sua mãe pode pedir para o namorado dela trocar?

— Luke não é...

— A claraboia também precisa ser lavada. Está imunda. Não é à toa que está tudo preto ali dentro.

Luke NÃO é o zelador, Clary queria dizer, mas não o fez. Isso era típico da vizinha mais velha. Quando ela conseguisse que Luke viesse trocar uma lâmpada, pediria para ele fazer centenas de outras coisas — carregar as compras, consertar o chuveiro. Uma vez ela o fizera cortar um sofá ao meio com um machado para que ela conseguisse retirá-lo do apartamento sem remover a porta das dobradiças.

Clary suspirou.

— Vou pedir.

— É bom mesmo. — Dorothea fechou o leque com um rápido movimento de pulso.

A sensação de Clary de que alguma coisa estava errada só aumentou ao chegar à porta do apartamento. Estava destrancada, entreaberta, deixando vazar um feixe de luz no chão. Com um sentimento crescente de pânico, ela empurrou a porta.

Dentro do apartamento, as luzes estavam acesas, todas as lâmpadas, tudo completamente claro. O brilho agrediu seus olhos.

As chaves e a bolsa cor-de-rosa da mãe estavam na prateleira moldada de metal ao lado da porta, onde ela sempre as deixava.

— Mãe? — gritou Clary. — Mãe, estou em casa.

Não houve resposta. Ela foi até a sala. Ambas as janelas estavam abertas, metros de cortinas brancas e leves esvoaçavam com a brisa como fantasmas inquietos. Só quando o vento parou e as cortinas sossegaram Clary conseguiu ver que as almofadas tinham sido arrancadas do sofá e espalhadas pela sala. Algumas estavam completamente rasgadas, com os forros de algodão transbordando para o chão. As estantes de livros haviam sido derrubadas, e o conteúdo, disperso. O banco do piano estava caído de lado, aberto como uma ferida, os amados livros de música de Jocelyn, cuspidos para fora.

Ainda mais aterrorizantes eram as pinturas. Todas elas haviam sido cortadas da moldura e rasgadas em tiras, que estavam espalhadas pelo chão. O trabalho deveria ter sido feito com uma faca — lona de tela era quase impossível rasgar simplesmente usando as mãos. As molduras vazias pareciam ossos limpos. Clary sentiu um berro subindo pelo peito.

— *Mãe*! — ela gritou. — *Cadê você? Mamãe*!

Ela não chamava Jocelyn de "mamãe" desde os 8 anos.

Com o coração disparado, ela correu para a cozinha. Estava vazia, as portas dos armários abertas, um vidro de molho de pimenta quebrado estava derrubando um líquido vermelho no linóleo. Os joelhos de Clary pareciam de gelatina. Ela sabia que deveria correr para fora do apartamento, arrumar um telefone e chamar a polícia. Mas tudo isso parecia muito distante — primeiro ela precisava encontrar a mãe, precisava saber que ela estava bem. E se tivessem entrado ladrões e Jocelyn tivesse reagido...?

Que espécie de ladrão não levaria a carteira, a televisão, o aparelho de DVD ou os laptops caros?

Ela estava à porta do quarto da mãe agora. Por um instante, parecia que pelo menos esse cômodo permanecera intocado. A colcha de flores feita à mão de Jocelyn estava cuidadosamente dobrada. O rosto de Clary sorria para ela mesma do alto da mesa de cabeceira, aos 5 anos, sorriso banguela e cabelos cor de morango. Um choro se formou no peito de Clary. *Mãe*, ela chorou por dentro, *o que aconteceu com você*?

O silêncio respondeu. Não, não o silêncio — um barulho ecoou no apartamento, arrepiando os pelos da nuca de Clary. Como alguma coisa sendo derrubada —, um objeto pesado atingindo o chão com uma batida forte. A batida foi seguida por um barulho arrastado e vinha em direção ao quarto. Com o estômago contraindo de pavor, Clary se levantou e virou-se de costas lentamente.

Por um instante, ela pensou que a entrada estava vazia, e sentiu uma onda de alívio. Em seguida olhou para baixo.

Estava agachada no chão, uma criatura longa e escamada com um conjunto de olhos pretos vazios no centro do crânio. Alguma coisa entre um cruzamento de jacaré com centopeia, com um focinho grosso e liso e uma cauda peluda que balançava perigosamente de um lado para o outro. Pernas múltiplas se ajeitavam sob o corpo enquanto este se preparava para saltar.

Um berro partiu da garganta de Clary. Ela cambaleou para trás, escorregou e caiu, bem na hora em que a criatura atacou-a. Ela rolou para o lado, e não foi atingida por poucos centímetros, deslizando pelo chão de madeira, suas garras escavando estrias profundas no piso. Um rosnado baixo partiu da garganta da criatura.

Ela se levantou de qualquer jeito e saiu correndo para o corredor, mas a coisa era rápida demais para ela. Pulou mais uma vez, aterrissando exatamente acima da porta, onde ficou pendurada como uma aranha maligna gigante, encarando-a com um conjunto de olhos. A mandíbula se abria lentamente, exibindo uma fileira de dentes afiados dos quais pingava saliva esverdeada. Uma longa língua preta tremia enquanto murmurava e sibilava. Para seu verdadeiro horror, Clary percebeu que os ruídos que emitia eram palavras.

— *Menina* — sibilou. — *Carne. Sangue. Comer, ah, comer.*

Começou a deslizar lentamente pela parede. Uma parte de Clary havia ultrapassado o terror e chegado a um estado de paralisação congelada. A coisa estava de pé agora, arrastando-se em direção a ela. Chegando para trás, ela pegou um porta-retrato na escrivaninha ao lado dela

— ela, a mãe e Luke em Coney Island, prestes a entrar nos carrinhos bate-bate — e atirou contra o monstro.

A foto atingiu o centro da criatura e depois caiu no chão, com o barulho de vidro quebrando. O bicho não pareceu notar. Veio em direção a ela, com os pedaços de vidro quebrado sob os pés.

— *Ossos, quebrar, sugar a medula, beber as veias...*

Clary bateu com as costas na parede. Não tinha mais para onde recuar. Ela sentiu um movimento no quadril e quase saltou para fora da própria pele. O bolso. Colocando a mão dentro dele, retirou o objeto de plástico que pegara de Jace. O Sensor estava tremendo, como um telefone celular programado para vibrar. O material duro chegava a machucar a palma da mão dela de tão quente. Ela fechou a mão em torno do Sensor enquanto a criatura saltou.

O bicho se lançou violentamente contra ela, derrubando-a, e sua cabeça e ombros bateram no chão. Ela girou para o lado, mas a coisa era pesada demais. Estava em cima dela, um peso opressivo e viscoso que fazia com que ela quisesse vomitar.

— *Comer, comer* — gemia. — *Mas não é permitido engolir, saborear.*

O hálito quente no rosto de Clary tinha cheiro de sangue. Ela não conseguia respirar. Parecia que suas costelas iam quebrar. Ela estava com o braço preso entre o próprio corpo e o do monstro, o Sensor cavando a palma da mão. Ela girou, tentando libertar a mão.

— *Valentim nunca vai ficar sabendo. Ele não falou nada sobre nenhuma garota. Valentim não ficará irado.* — Sua boca sem lábios se movimentava e, enquanto as mandíbulas abriam lentamente, uma onda de mau hálito vinha quente em seu rosto.

Clary libertou a mão. Com um grito, ela bateu na criatura, querendo esmagá-la, cegá-la. Ela já tinha quase esquecido do Sensor. Enquanto a criatura tentava atacá-la no rosto, com a boca amplamente aberta, ela enfiou o Sensor entre os dentes do monstro e sentiu uma saliva quente e ácida no pulso, e gotas ferventes pingarem em sua pele exposta do rosto e da garganta. Como se estivesse distante dali, podia se ouvir gritando.

Parecendo quase surpresa, a criatura recuou, com o Sensor alojado entre dois dentes. Rugiu, um barulho espesso e raivoso, e jogou a cabeça para trás. Clary a viu engolir, percebeu o movimento da garganta. *Sou a próxima*, ela pensou, em pânico. *Sou...*

De repente, a criatura começou a estremecer. Com espasmos incontroláveis, se afastou de Clary e rolou sobre as próprias costas, múltiplas pernas chutando o ar. Líquido preto vazou da boca do monstro.

Quase sem fôlego, Clary rolou e começou a se afastar da coisa também. Ela já havia praticamente alcançado a porta quando ouviu algo assobiar pelo ar próximo à sua cabeça. Ela tentou desviar, mas era tarde demais. Um objeto bateu forte na parte de trás da cabeça, e ela sucumbiu, entregue à escuridão.

A luz agrediu as pálpebras de Clary, azul, branca e vermelha. Havia um barulho agudo e de lamentação, subindo de tom como o grito de uma criança aterrorizada. Clary engasgou-se e abriu os olhos.

Ela estava deitada sobre o gramado frio e úmido. O céu noturno ondulava-se acima, o brilho metálico das estrelas ofuscado pelas luzes da cidade. Jace estava ajoelhado a seu lado, as algemas prateadas nos pulsos dele emitiam faíscas de luz enquanto ele rasgava o pedaço de tecido que segurava.

— Não se mexa.

Os lamentos ameaçavam cortar as orelhas dela ao meio. Clary girou a cabeça para o lado, desobedientemente, e foi recompensada com uma pontada aguda de dor nas costas. Ela estava deitada sobre uma grama atrás da roseira cuidadosamente cultivada de Jocelyn. A vegetação escondia parcialmente a vista da rua, onde um carro de polícia, com as luzes azul e branca piscando, estava parado no meio-fio, com a sirene tocando. Um pequeno grupo de vizinhos já havia se aglomerado, encarando enquanto a porta do carro se abria e dois policiais de uniforme azul emergiam.

A *polícia*. Ela tentou sentar, e não conseguiu, os dedos tremiam na terra úmida.

— Eu disse para não se mexer — sibilou Jace. — Aquele demônio Ravener te acertou na nuca. Ele já estava semimorto, então não provocou um dano grave, mas temos que levá-la ao Instituto. Fique parada.

— Aquela coisa, o monstro, ele *falava.* — Clary se mexia incontrolavelmente.

— Você já ouviu um demônio falar antes. — As mãos de Jace eram delicadas enquanto ele colocava a tira de pano sob o pescoço de Clary e amarrava. Estava embebido com alguma coisa que parecia cera, como o material de jardinagem que Jocelyn utilizava para manter macias as mãos que abusavam de tinta e de aguarrás.

— O demônio no Pandemônio parecia uma pessoa.

— Era um demônio Eidolon. Capaz de mudar a forma. Raveners são daquele jeito mesmo. Nada atraentes, mas são burros demais para se importar com isso.

— Ele dizia que ia me comer.

— Mas não comeu. Você o matou. — Jace concluiu o curativo e sentou-se.

Para alívio de Clary, a dor na nuca havia passado. Ela conseguiu sentar.

— A polícia está aqui — A voz dela soou como o coaxar de um sapo. — Nós deveríamos...

— Não há nada que possam fazer. Alguém deve ter ouvido os seus gritos e os chamou. Aposto que não são policiais de verdade. Os demônios têm uma maneira de esconder os próprios rastros.

— Minha mãe — Clary disse, forçando as palavras através da garganta inchada.

— Há veneno de Ravener passando por suas veias *neste exato instante*. Você vai morrer dentro de uma hora se não vier comigo. — Ele se levantou e esticou a mão para ela. Ela aceitou e ele a levantou com um puxão. — Vamos.

O mundo estremeceu. Jace pôs a mão nas costas dela, segurando-a firme. Ele cheirava a sujeira, sangue e metal.

— Você consegue andar?

— Acho que sim. — Ela olhou através dos arbustos densos. Conseguia ver a polícia se aproximando. Um dos oficiais, uma mulher loura e magra, trazia uma lanterna em uma das mãos. Ao levantá-la, Clary viu que a mão não tinha carne, era uma mão esquelética afiada nas pontas dos dedos. — A mão dela...

— Eu disse que poderiam ser demônios. — Jace olhou para o fundo da casa. — Temos que sair daqui. Dá para ir pelo beco?

Clary balançou a cabeça.

— É sem saída. Não tem como... — As palavras dela se dissolveram numa tosse. Ela levantou a mão para cobrir a boca. Voltou vermelha. Ela gemeu.

Ele agarrou o pulso de Clary, girando-o para que a parte branca e vulnerável do antebraço ficasse nua sob a luz da lua. Traços de veias azuladas mapeavam o interior da pele da menina, trazendo sangue envenenado para seu coração e seu cérebro. Clary sentiu os joelhos curvarem. Havia algo na mão de Jace, algo afiado e prateado. Ela tentou libertar a própria mão, mas o punho dele era forte demais: ela sentiu uma picada forte na pele. Quando ele a soltou, ela viu um símbolo preto tatuado, como aqueles que cobriam a pele dele, logo abaixo da dobra do próprio pulso. Parecia um aglomerado de círculos sobrepostos.

— O que exatamente isso faz?

— Vai te ocultar. — ele disse. — Temporariamente. — Ele colocou de volta no cinto a coisa que Clary pensara que era uma faca. Era um cilindro longo e luminoso, da grossura de um dedo indicador, e afunilado na ponta. — Minha estela — ele disse.

Clary não perguntou o que era aquilo. Ela estava ocupada tentando não cair. O chão estava oscilando sob seus pés.

— Jace — ela disse, e caiu sobre ele. Ele a segurou, como se estivesse acostumado a segurar garotas desmaiando, como se fizesse isso todos os dias. E talvez fosse esse o caso. Ele a tomou nos braços, dizendo alguma coisa em seu ouvido que soava como *Pacto*. Clary esticou a cabeça para trás para olhar para ele, mas só viu as estrelas espalhadas no céu acima. Depois a base de tudo caiu, e mesmo os braços de Jace não bastavam para impedir que ela caísse.

5
Clave e Pacto

— Você acha que ela vai acordar alguma hora? Já faz três dias.

— Você precisa dar um tempo a ela. Veneno de demônio é forte demais, e ela é uma mundana. Não tem os símbolos para se manter forte como nós.

— Mundanos morrem com grande facilidade, não é mesmo?

— Isabelle, você sabe que dá azar falar em morte na enfermaria.

Três dias, Clary pensou lentamente. Todos os seus pensamentos passaram tão intensa e lentamente quanto sangue ou mel. *Preciso acordar*.

Mas ela não conseguia.

Os sonhos a prendiam, um após o outro, um rio de imagens que a levavam como uma folha capturada em uma corrente. Ela viu a mãe deitada em uma cama de hospital, os olhos pareciam hematomas no rosto pálido. Viu Luke, no topo de uma pilha de ossos. Jace com asas saindo das costas, Isabelle sentada nua com o chicote enrolado em si própria como uma rede de anéis dourados, Simon com cruzes queimadas nas palmas das mãos. Anjos, caindo e queimando. Caindo do céu.

— Eu disse que era a mesma garota.

— Eu sei. Pequena, não é? Jace disse que ela matou um Ravener.

— É. Eu pensei que ela fosse uma fada quando a vi pela primeira vez. Mas ela não é bonita o suficiente para ser uma fada.

— Bem, ninguém tem boa aparência quando está com sangue de demônio correndo pelas veias. Hodge vai chamar os Irmãos?

— Espero que não. Eles me dão arrepios. Qualquer um que se automutila daquele jeito...

— Nós nos automutilamos.

— Eu sei, Alec, mas, quando o fazemos, não é permanente. E nem sempre machuca...

— Se você tiver idade o suficiente. Por falar nisso, onde está Jace? Ele a salvou, não é mesmo? Eu pensei que fosse demonstrar algum interesse pela recuperação dela.

— Hodge disse que ele não veio visitá-la desde que a trouxe para cá. Acho que não se importa muito.

— Às vezes eu fico pensando se ele... Olhe! Ela se mexeu!

— Acho que está viva, afinal de contas. — Um suspiro. — Vou contar a Hodge.

As pálpebras de Clary pareciam ter sido costuradas. Ela imaginou se poderia sentir a pele rasgando quando as abrisse lentamente e piscasse pela primeira vez em três dias.

Ela viu um céu límpido e azul acima, nuvens brancas fofas e anjos gorduchos com laços dourados que voavam a partir dos pulsos. *Será que estou morta?*, ela imaginou. *Será que o paraíso é assim*? Ela fechou os olhos com força e os abriu novamente: dessa vez ela percebeu que o que estava encarando era um teto arqueado de madeira, pintado com uma temática antiquada de nuvens e querubins.

Com dificuldade, ela se levantou para sentar. Todas as partes do corpo de Clary doíam, principalmente a nuca. Ela olhou em volta. Estava em uma cama com lençóis de linho, uma de uma longa fileira de camas similares com encosto metálico. A dela tinha uma pequena mesa de cabeceira ao lado, com um jarro branco e uma xícara em cima. Cortinas atadas cobriam as janelas, bloqueando a luz, apesar de ela ainda conseguir ouvir o fraco e constante ruído nova-iorquino do trânsito vindo do lado de fora.

— Então, finalmente acordou — disse uma voz seca. — Hodge vai ficar satisfeito. Todos *nós* pensamos que você morreria durante o sono.

Clary se virou. Isabelle estava apoiada na cama ao lado, com os longos cabelos pretos presos em duas tranças que ultrapassavam a cintura. O vestido branco havia sido substituído por jeans e uma camiseta azul justa, embora a joia vermelha ainda estivesse pendurada no pescoço. As tatuagens escuras e em espiral não estavam mais lá, exceto o símbolo de Vidência nas costas de sua mão direita.

— Sinto muito por desapontá-la. — A voz de Clary arranhava como uma lixa. — Esse é o Instituto, não é?

Isabelle revirou os olhos.

— Tem *alguma coisa* que Jace não tenha contado a você?

Clary tossiu.

— Sim. Você está na nossa enfermaria, não que já não tivesse concluído isso.

Uma dor repentina e aguda fez com que Clary apertasse o estômago. Ela se engasgou.

Isabelle olhou alarmada para ela.

— Você está bem?

A dor estava diminuindo, mas Clary podia sentir algo ácido no fundo da garganta e uma leve tontura.

— Meu estômago.

— Ah, certo. Eu quase esqueci. Hodge mandou dar isso a você quando acordasse. — Isabelle pegou o jarro de cerâmica e derramou um pouco do conteúdo na xícara que combinava, e a entregou a Clary. Estava cheia de um líquido nebuloso que tinha um vapor singelo. Tinha cheiro de ervas e mais alguma coisa, alguma coisa rica e escura. — Você não come nada há três dias — destacou Isabelle. — Provavelmente por isso está se sentindo mal.

Cautelosamente, Clary tomou um gole. Era delicioso, rico e encorpado, e deixava um gosto amanteigado no final.

— O que é isso?

Isabelle deu de ombros.

— Uma das tisanas de Hodge. Sempre funcionam. — Ela deslizou para fora da cama, aterrissando no chão com as costas arqueadas como um felino. — A propósito, sou Isabelle Lightwood. Moro aqui.

— Eu sei o seu nome. Eu sou Clary. Clary Fray. Foi Jace quem me trouxe aqui?

Isabelle fez que sim com a cabeça.

— Hodge ficou furioso. Você derramou fluido e sangue por todo o carpete da entrada. Se ele tivesse feito isso quando meus pais estavam aqui, certamente teria sido castigado. — Ela olhou para Clary mais estreitamente. — Jace disse que você matou aquele demônio Ravener sozinha.

Uma rápida imagem daquela espécie de escorpião com o rosto furioso e maligno passou pela mente de Clary; ela deu de ombros e agarrou a xícara com mais força.

— Acho que matei.

— Mas você é mundana.

— Incrível, não? — disse Clary, saboreando a leve expressão de incredulidade no rosto de Isabelle. — Onde está Jace? Ele está por aqui?

Isabelle deu de ombros.

— Em algum lugar — ela disse. — É melhor avisar a todos que você acordou. Hodge vai querer falar com você.

— Hodge é o tutor de Jace, certo?

— Hodge é o tutor de todos nós — disse Isabelle. — O banheiro é por ali, e eu coloquei algumas das minhas roupas velhas penduradas no cabide de toalhas caso você queira se trocar.

Clary foi tomar outro gole e viu que a xícara estava vazia. Ela não estava mais com fome, nem tonta, o que era um alívio. Repousou a xícara na mesa e abraçou o lençol em torno de si.

— O que aconteceu com as *minhas* roupas?

— Estavam cobertas de sangue e veneno. Jace as queimou.

— Queimou? — perguntou Clary. — Me diga uma coisa, ele é sempre grosso ou guarda isso para os mundanos?

— Ah, ele é grosso com todo mundo — disse Isabelle alegremente. — É o que o faz ser tão sexy. Isso e o fato de que já matou mais demônios do que qualquer um de sua idade.

Clary olhou para ela, perplexa.

— Ele não é seu irmão?

Isso atraiu a atenção de Isabelle. Ela deu uma gargalhada alta.

— Jace? Meu irmão? Não. De onde você tirou uma ideia dessas?

— Bem, ele mora aqui com você — disse Clary. — Não mora?

Isabelle fez que sim com a cabeça.

— Bem, mora, mas...

— Por que ele não mora com os próprios pais?

Por um breve instante, Isabelle pareceu desconfortável.

— Porque eles estão mortos.

Clary abriu a boca, surpresa.

— Eles morreram em algum acidente?

— Não. — Isabelle inquietou-se, colocando um chumaço de cabelo preto atrás da orelha esquerda. — A mãe dele morreu quando ele nasceu. O pai foi assassinado quando ele tinha 10 anos. Jace viu tudo.

— Oh — disse Clary, com a voz fraca. — Foram... demônios?

Isabelle se levantou.

— Olhe, é melhor eu avisar a todos que você acordou. Há três dias que estão esperando para que você abra os olhos. Ah, e tem sabonete no banheiro — ela acrescentou. — Talvez você queira se lavar. Está cheirando mal.

Clary encarou-a.

— Muito obrigada.

— Disponha.

As roupas de Isabelle ficaram ridículas. Clary teve de dobrar as pontas da calça jeans diversas vezes até parar de tropeçar nelas, e o decote da camiseta vermelha só exaltava a falta do que Eric chamaria de airbags.

Ela se arrumou em um pequeno banheiro, com uma barra de sabonete de lavanda. Secando-se com uma toalha de mão branca, deixou os cabelos molhados soltos e embaraçados, mas perfumados. Ela semicerrou os olhos para enxergar o próprio reflexo no espelho. Havia um hematoma roxo na bochecha esquerda, e os lábios estavam secos e inchados.

Tenho que ligar para Luke, ela pensou. Certamente havia um telefone aqui em algum lugar. Talvez deixassem que ela o utilizasse depois de falar com Hodge.

Ela encontrou os tênis repousados ao pé da cama da enfermaria, com as chaves amarradas nos cadarços. Deslizando os pés para dentro deles, ela respirou fundo e saiu à procura de Isabelle.

O corredor do lado de fora da enfermaria estava vazio. Clary olhou para baixo, perplexa. Parecia o tipo de corredor em que ela às vezes se encontrava em pesadelos, sombrio e infinito. Lâmpadas de vidro em forma de rosas penduravam-se em intervalos nas paredes, e o ar cheirava a poeira e cera de vela.

A distância, ela podia ouvir um barulho fraco e delicado, como sinos balançando com uma tempestade. Ela partiu lentamente pelo corredor, passando a mão na parede. O papel de parede bordô e cinza-claro, em estilo Vitoriano, estava desbotado pelo tempo. Cada um dos lados do corredor era alinhado com portas fechadas.

O som que ela estava seguindo foi aumentando. Agora podia identificá-lo como o barulho de um piano sendo tocado com uma habilidade desconexa — porém inegável —, mas ela não conseguia identificar a música.

Dobrando a esquina, ela chegou a uma entrada, a porta estava completamente aberta. Espiando o lado de dentro, ela viu o que era: sem dúvida, uma sala de música. Um piano de cauda estava em um dos cantos, e fileiras de cadeiras estavam alinhadas na parede oposta. Uma harpa coberta ocupava o centro da sala.

Jace estava sentado ao piano, os dedos esguios passeavam velozmente pelas teclas. Ele estava descalço, usando jeans e uma camiseta cinza, os cabelos claros bagunçados como se ele tivesse acabado de acordar. Observando os movimentos rápidos e convictos das mãos do menino,

Clary se lembrou da sensação de ter sido erguida por aquelas mãos, cujos braços seguravam-na pela escada, e as estrelas no céu, que pareciam uma chuva de fios prateados.

Ela deve ter feito algum barulho, porque ele se virou no banco, piscando os olhos nas sombras.

— Alec? — ele perguntou. — É você?

— Não. Sou eu. — Ela deu alguns passos para dentro da sala. — Clary.

As teclas do piano chacoalharam quando ele se levantou.

— Nossa própria Bela Adormecida. Quem finalmente deu o beijo para você acordar?

— Ninguém. Eu acordei sozinha.

— Tinha alguém com você?

— Isabelle, mas ela saiu para buscar alguém, Hodge, eu acho. Ela me disse para esperar, mas...

— Eu deveria tê-la alertado sobre o seu hábito de nunca fazer o que te mandam. — Jace franziu os olhos para ela. — Essas são as roupas de Isabelle? Ficaram ridículas em você.

— Bem, afinal você queimou as *minhas* roupas.

— Isso foi meramente uma medida de precaução. — Ele fechou o piano. — Vamos, eu levo você até Hodge.

O Instituto era enorme, um vasto espaço cavernoso, que parecia menos projetado de acordo com um espaço plano e mais como um espaço naturalmente cavado em uma pedra pela passagem de água e dos anos. Através de portas entreabertas, Clary viu incontáveis quartinhos idênticos, cada um com uma cama simples, uma mesa de cabeceira e um grande armário de madeira aberto. Arcos claros de pedras erguiam os tetos altos, muitos deles cuidadosamente esculpidos com pequenas figuras. Ela percebeu algumas temáticas repetidas: anjos e espadas, sóis e rosas.

— Por que esse lugar tem tantos quartos? — perguntou Clary. — Eu pensei que fosse um instituto de pesquisa.

— Essa é a ala residencial. Juramos oferecer segurança e alojamento a qualquer Caçador de Sombras que requisitar. Podemos abrigar até duzentas pessoas aqui.

— Mas a maioria dos quartos está vazia.

— As pessoas vêm e vão. Ninguém fica por muito tempo. Geralmente somos só nós: Alec, Isabelle, Max, os pais deles, Hodge e eu.

— Max?

— Você não conheceu a formosa Isabelle? Alec é o irmão mais velho dela. Max é o mais novo, mas ele está viajando com os pais.

— De férias?

— Não exatamente — Jace hesitou. — Você pode pensar neles como diplomatas estrangeiros, e isso aqui como uma embaixada, mais ou menos. Agora eles estão no país natal dos Caçadores de Sombras, resolvendo algumas negociações de paz muito delicadas. Eles levaram Max junto porque ele é muito novo.

— País natal dos Caçadores de Sombras? — A cabeça de Clary estava girando. — Como se chama?

— Idris.

— Nunca ouvi falar.

— Lógico que não. — Aquela superioridade irritante ainda embalava a voz de Jace. — Os mundanos não sabem nada a respeito. Existem sortilégios, feitiços protetores, por todas as fronteiras. Se você tentasse cruzar as fronteiras de Idris, simplesmente seria transportada de uma fronteira para a próxima. Você nem ficaria sabendo.

— Então não consta nos mapas?

— Não nos mundanos. Para os nossos propósitos, você pode considerá-lo um pequeno país entre Alemanha e França.

— Mas não tem nada entre a Alemanha e a França. Só a Suíça.

— Exatamente — disse Jace.

— Suponho que já tenha estado lá. Em Idris, quero dizer.

— Cresci lá. — A voz de Jace era neutra, mas alguma coisa no seu tom deixou nítido que mais perguntas nesse sentido não seriam bem recebidas. — A maioria de nós cresceu lá. Existem, obviamente, Caçadores de Sombras no mundo inteiro. Temos que estar em todos os lugares, porque as atividades demoníacas estão em todos os lugares. Mas, para um Caçador de Sombras, Idris é sempre "sua casa".

— Como Mecca ou Jerusalém — disse Clary, pensativa. — Então a maioria de vocês é criada lá, e depois, quando crescem...

— Somos mandados para onde precisam de nós — disse Jace sucintamente. — E existem alguns, como Isabelle e Alec, que crescem longe do país natal, pois os pais estão longe. Com todos os recursos do Instituto aqui, o treinamento de Hodge... — Ele parou de falar. — Essa é a biblioteca.

Eles chegaram a um par de portas arqueadas. Um gato persa azul com olhos amarelos estava deitado à frente delas. Ele levantou a cabeça enquanto os dois se aproximavam e bocejou.

— Olá, Coroinha — disse Jace, acariciando a cabeça do gato com o pé descalço. As pupilas dos olhos do gato se encolheram de satisfação.

— Espere aí — disse Clary. — Alec, Isabelle e Max... eles são os únicos Caçadores de Sombras da sua idade, os únicos com quem você socializa?

Jace parou de acariciar o gato.

— São.

— Isso deve ser muito solitário.

— Tenho tudo de que preciso. — Ele abriu as portas. Após um instante de hesitação, ela o seguiu.

A biblioteca era circular, com um teto cônico em uma parte, como se tivesse sido construída no interior de uma torre. As paredes eram alinhadas com livros, as prateleiras tão altas que escadas enormes eram postas em intervalos ao longo do recinto. E também não havia livros normais — eles eram encadernados em couro e veludo, enfeitados com cadeados de pedras brilhantes e iluminados com caligrafias douradas. Pareciam gastos de um jeito que deixava explícito que não eram apenas velhos, mas bastante utilizados, amados.

O chão era de madeira polida, incrustada com pedaços de vidro, mármore e pedras semipreciosas. A camada interior formava um padrão que Clary não conseguia decifrar — poderiam ser as constelações, ou até um mapa do mundo; ela suspeitou que teria de subir a torre e olhar para baixo para enxergar direito.

No centro da sala, havia uma mesa magnífica. Era esculpida a partir de um único bloco de madeira, um pedaço grande e pesado de carvalho polido com o brilho opaco dos anos. O bloco se apoiava nas costas de dois anjos, esculpidos a partir da mesma madeira, as asas entrelaçadas e as faces entalhadas com olhar sofrido, como se o peso da mesa estivesse quebrando suas respectivas colunas. Atrás da escrivaninha, sentava um homem magro, com cabelos grisalhos e um longo nariz pontudo.

— Uma amante de livros, posso perceber — ele disse, sorrindo para Clary. — Você não tinha me contado isso, Jace.

Jace riu. Clary podia perceber que ele estava atrás dela, com as mãos no bolso, e aquele sorriso irritante.

— Não conversamos muito durante nosso breve contato — ele disse. — Temo que nossos hábitos de leitura não tenham sido abordados.

Clary virou-se para ele e lançou-lhe um olhar.

— Como você sabe? — ela perguntou para o homem atrás da mesa. — Que eu gosto de livros, quero dizer.

— A expressão no seu rosto quando você entrou — ele disse, levantando-se e circulando a mesa. — Por algum motivo duvidei que tivesse ficado tão impressionada *comigo*.

Clary conteve uma exclamação de espanto quando ele se levantou. Por um instante parecia que ele estava estranhamente deformado, o ombro esquerdo era mais alto que o outro. Ao se aproximar, ela percebeu que a protuberância era na verdade um pássaro, empoleirado no ombro dele — uma criatura de penas brilhantes com olhos pretos reluzentes.

— Esse é Hugo — disse o homem, tocando o pássaro no ombro. — Hugo é um corvo e, como tal, sabe muitas coisas. Enquanto eu, Hodge Starkweather, sou um professor de história, e, como tal, não sei quase nada.

Clary deu uma risadinha e apertou a mão esticada de Hodge.

— Clary Fray.

— Honrado em conhecê-la — ele disse. — Ficaria honrado em conhecer qualquer pessoa capaz de matar um Ravener apenas com as próprias mãos.

— Não foram só as mãos. — Ainda parecia estranho ser exaltada por ter matado alguma coisa. — Foi aquela coisa do Jace, bem, não me lembro o nome, mas...

— Ela está falando do meu Sensor — disse Jace. — Ela o enfiou na garganta do bicho. Os símbolos devem tê-lo sufocado. Acho que vou precisar de um novo — ele acrescentou, quase como se só tivesse pensado nisso agora. — Deveria ter dito isso antes.

— Temos vários outros na sala das armas — disse Hodge. Quando ele sorriu para Clary, milhares de pequenas linhas saíam de seus olhos, como rachaduras em um quadro antigo. — Você pensou rápido. Como teve a ideia de usar o Sensor como uma arma?

Antes que ela pudesse responder, uma risada aguda ecoou pela sala. Clary estivera tão enfeitiçada pelos livros e distraída por Hodge que não havia notado Alec esparramado em uma poltrona vermelha ao lado da lareira vazia.

— Não acredito que você vá cair nessa história, Hodge — ele disse.

Inicialmente, Clary nem sequer registrou as palavras dele. Estava ocupada demais o encarando-o. Como muitos filhos únicos, ela ficava fascinada pela semelhança entre irmãos, e agora, sob a clara luz do dia, podia notar o quão parecido com a irmã Alec era. Eles tinham o mesmo cabelo preto, as mesmas sobrancelhas finas curvadas nos cantos, a mesma pele pálida. Mas, enquanto Isabelle era pura arrogância, Alec se acomodava na cadeira como se esperasse não ser notado por ninguém. Tinha cílios longos e escuros como os da irmã, mas Isabelle tinha olhos pretos e ele tinha olhos azul-escuros, como uma garrafa de vidro. Encaravam Clary com uma hostilidade tão pura e concentrada quanto ácido.

— Não estou entendendo muito bem o que você quer dizer, Alec. — Hodge ergueu uma sobrancelha. Clary ficou imaginando qual seria a idade dele; havia algo angelical a seu respeito, apesar da cor grisalha dos cabelos. Ele trajava um terno cinza impecável, perfeitamente passado. Ele poderia se passar por um professor universitário gentil se não fosse pela cicatriz grossa que marcava o lado direito do rosto. Ela ficou imaginando onde ele teria arrumado aquela marca.

— Você está sugerindo que ela não matou aquele demônio?

— É óbvio que não matou. Olhe para ela: ela é mundana, Hodge. Além disso, não passa de uma criança. É óbvio que ela não matou o Ravener.

— Eu não sou uma criança — interrompeu Clary. — Eu tenho 16 anos, bem, vou fazer 16 no domingo.

— A mesma idade de Isabelle — disse Hodge. — Você diria que ela é uma criança?

— Isabelle faz parte de uma das maiores dinastias de Caçadores de Sombras da História — disse Alec secamente. — E essa menina vem de Nova Jersey.

— Eu sou do Brooklyn! — Clary estava enfurecida. — E daí? Acabei de matar um demônio na minha própria casa, e você vai ficar se comportando como um babaca porque não sou uma riquinha mimada feito você e a sua irmã?

Alec espantou-se.

— Do *que* você me chamou?

Jace riu.

— Ela tem razão, Alec — disse Jace. — São esses demônios de ponte e túnel que você realmente tem que observar...

— Não tem graça, Jace — interrompeu Alec, olhando os próprios pés. — Você vai ficar aí parado, simplesmente permitindo que ela me ofenda?

— Vou — disse Jace calmamente. — Vai fazer bem a você. Pense nisso como um treinamento de resistência.

— Podemos ser *parabatai* — Alec disse severamente. — Mas a sua impertinência está esgotando a minha paciência.

— E a sua pertinácia está esgotando a minha. Quando a encontrei, ela estava caída no chão, em uma poça de sangue e um demônio moribundo praticamente em cima dela. Eu vi quando ele se dissolveu. Se ela não o matou, quem foi?

— Raveners são burros. Talvez ele tenha picado o próprio pescoço com o ferrão. Já aconteceu antes...

— Agora você está sugerindo que o demônio se suicidou?

A boca de Alec enrijeceu.

— Não é certo que ela esteja aqui. Mundanos não são permitidos no Instituto, e existem boas razões para isso. Se alguém soubesse disso, poderíamos ser reportados à Clave.

— Isso não é totalmente verdade — disse Hodge. — A Lei permite que ofereçamos santuário a alguns mundanos em certas circunstâncias. Um Ravener já tinha atacado a mãe de Clary, e ela poderia ser a próxima.

Atacou. Clary imaginou se isso seria um eufemismo para "assassinou". O corvo no ombro de Hodge se mexeu suavemente.

— Raveners são máquinas de busca e destruição — disse Alec. — Eles agem por ordem de feiticeiros ou poderosos lordes demoníacos. Agora, que interesse um feiticeiro ou um lorde demoníaco teria em uma casa mundana qualquer? — Os olhos dele brilhavam com desgosto ao olhar para Clary. — Alguma ideia?

Clary disse:

— Deve ter sido algum engano.

— Demônios não cometem esse tipo de engano. Se eles foram atrás da sua mãe, devem ter tido algum motivo para isso. Se ela fosse inocente...

— O que você quer dizer com "inocente"? — A voz de Clary soava tranquila.

Alec parecia espantado.

— Eu...

— O que ele quer dizer — interrompeu Hodge — é que é extremamente incomum que um demônio poderoso, do tipo que controla um exército de demônios menores, fosse interessar-se por seres humanos. Nenhum mundano consegue invocar um demônio, eles não têm esse poder, mas existem alguns, tolos e desesperados, que encontraram feiticeiros que o fizessem para eles.

— Minha mãe não conhece nenhum feiticeiro. Ela não acredita em mágica. — Um pensamento ocorreu a Clary. — Madame Dorothea, que mora no andar debaixo, é uma bruxa. Talvez os demônios estivessem atrás dela e tenham pego minha mãe por engano...

As sobrancelhas de Hodge se ergueram subitamente.

— Uma bruxa mora no andar abaixo do seu?

— Ela é uma charlatã, falsa — disse Jace. — Eu já averiguei. Não há qualquer razão para um feiticeiro se interessar por ela, a não ser que esteja procurando bolas de cristal que não funcionem. — Ele se virou para Clary. — Feiticeiros nascem com magia, e bruxos são humanos que aprenderam alguma mágica. Mas bem poucos são reais.

— E voltamos ao início. — Hodge alcançou o pássaro e o acariciou. — Acho que chegou o momento de avisar à Clave.

— Não! — disse Jace. — Não podemos...

— Fazia sentido manter a presença de Clary em segredo enquanto não sabíamos se ela iria se recuperar — disse Hodge. — Mas agora ela está melhor, e é a primeira mundana a atravessar as portas do Instituto em mais de cem anos. Você conhece as regras acerca do conhecimento de humanos sobre Caçadores de Sombras, Jace. A Clave deve ser informada.

— Exatamente — concordou Alec. — Eu poderia enviar uma mensagem ao meu pai...

— Ela não é mundana — disse Jace tranquilamente.

As sobrancelhas de Hodge saltaram novamente, e permaneceram levantadas. Alec, interrompido no meio de uma frase, engasgou com a surpresa. No silêncio repentino, Clary podia ouvir o som das asas de Hugo se agitando.

— Lógico que sou — ela disse.

— Não — disse Jace. — Você não é. — Ele virou-se para Hodge, e Clary viu o leve movimento em sua garganta enquanto ele engolia em seco. Ela achou esse leve nervosismo em Jace estranhamente confortante. — Naquela noite havia demônios Du'sien vestidos como policiais. Tivemos de passar por eles. Clary estava fraca demais para correr, e não tínhamos tempo para nos esconder, ela teria morrido. Então eu usei a minha estela, coloquei um símbolo *mendelin* no interior do braço dela. Eu achei que...

— Você está *louco*? — Hodge bateu com a mão no topo da escrivaninha com tanta força que Clary achou que a madeira fosse quebrar. — Você sabe o que a Lei diz sobre colocar Marcas em mundanos! Você, você, mais do que ninguém deveria saber!

— Mas deu certo — disse Jace. — Clary, mostre a eles o seu braço.

Com um olhar espantado na direção de Jace, ela esticou o braço. Ela se lembrou de ter olhado para ele naquela noite no beco, pensando no quão vulnerável parecia. Agora, logo abaixo da camada epitelial do pulso, ela podia ver três círculos sobrepostos desbotados, as linhas tão fracas quanto a lembrança de uma cicatriz que havia desbotado com o passar dos anos.

— Viu só, já está quase desaparecida — disse Jace. — E não a machucou nem um pouco.

— A questão não é essa. — Hodge mal podia controlar a própria raiva. — Você podia tê-la transformado em uma Renegada.

Dois pontos brilhantes de cor iluminaram as maçãs do rosto de Alec.

— Eu não acredito, Jace. Só Caçadores de Sombras podem receber Marcas do Livro Gray, elas *matam* mundanos...

— Ela não é mundana. Você não ouviu nada do que eu disse? Isso explica por que ela podia nos ver. Ela deve ter sangue da Clave.

Clary abaixou o braço, sentindo frio de repente.

— Mas não tenho. Não tem como.

— Você deve ter — disse Jace sem olhar para ela. — Se não tivesse, a Marca que eu fiz no seu braço...

— Basta, Jace — disse Hodge, o desagrado era nítido em sua voz. — Não há motivo algum para assustá-la ainda mais.

— Mas eu estava certo, não estava? E também explica o que aconteceu à mãe dela. Se ela fosse uma Caçadora de Sombras em exílio, podia muito bem ter inimigos no Submundo.

— Minha mãe não era uma Caçadora de Sombras!

— Seu pai, então — disse Jace. — Que tal ele?

Clary revirou os olhos com uma expressão vazia.

— Ele morreu. Antes de eu nascer.

Jace se contraiu, quase imperceptivelmente. Foi Alec quem falou.

— É possível — disse, incerto. — Se o pai dela fosse um Caçador de Sombras e a mãe, uma mundana... bem, todos nós sabemos que é contra a Lei casar-se com um mundano. Talvez estivessem se escondendo.

— Minha mãe teria me contado — disse Clary, apesar de ter lembrado da única foto do pai, e na maneira como a mãe nunca falava a seu respeito, e sabido imediatamente que o que acabara de dizer não era verdade.

— Não necessariamente — disse Jace. — Todos nós temos segredos.

— Luke — Clary disse. — Nosso amigo. Ele saberia. — Com a imagem de Luke, veio um flash de culpa e horror. — Já faz três dias, ele deve estar desesperado. Posso ligar para ele? Tem algum telefone aqui? — Ela se virou para Jace. — Por favor?

Jace hesitou, olhando para Hodge, que anuiu com a cabeça e se afastou da mesa. Atrás dele, havia um globo, feito de metal, que não parecia em nada com os outros globos que ela já tinha visto; havia alguma estranheza sutil no formato dos países e dos continentes. Ao lado do globo, havia um telefone preto antiquado com um giro de discagem prateado. Clary o levantou para a orelha, o tom de discagem familiar a reconfortou.

Luke atendeu no terceiro toque.

— Alô?

— Luke! — Ela se apoiou na mesa. — Sou eu, Clary.

— Clary. — Ela percebeu o alívio na voz dele, junto com mais alguma coisa que não conseguia identificar. — Você está bem?

— Estou — ela disse. — Desculpe por não ter ligado antes. Luke, minha mãe...

— Eu sei. A polícia esteve aqui.

— Então você não teve notícias dela. — Qualquer esperança de que a mãe tivesse escapado e se escondido em algum lugar desapareceu. Ela nunca teria deixado de entrar em contato com Luke. — O que a polícia disse?

— Apenas que ela estava desaparecida. — Clary pensou na policial com a mão esquelética e estremeceu. — Onde você está?

— Estou na cidade — disse Clary. — Não sei exatamente onde. Com alguns amigos. Mas minha carteira desapareceu. Se você tiver dinheiro, eu posso pegar um táxi até a sua casa...

— Não — ele disse rapidamente.

O telefone escorregou na mão suada de Clary.

— O quê?

— Não — ele disse. — É perigoso demais, você não pode vir aqui.

— Poderíamos ligar para...

— Preste atenção. — A voz dele era severa. — Seja lá com que for que sua mãe tenha se metido, não tem nada a ver comigo. É melhor você ficar onde está.

— Mas eu não quero ficar aqui. — Ela podia ouvir a própria voz resmungando, como a de uma criança. — Não gosto dessas pessoas. Você...

— Eu *não* sou o seu pai, Clary. Já te disse isso.

Ela sentiu lágrimas queimando no fundo dos olhos.

— Desculpe, é que...

— Não me telefone mais para pedir favores — ele disse. — Tenho meus próprios problemas, não preciso ser incomodado com os seus — ele acrescentou e desligou o telefone.

Ela ficou parada olhando para o aparelho, o ruído buzinando no ouvido como uma vespa gigantesca. Ela discou novamente o número de Luke e esperou. Dessa vez a secretária eletrônica atendeu. Ela bateu o telefone, com as mãos tremendo.

Jace estava apoiado no braço da cadeira de Alec, observando Clary.

— Acho que ele não ficou feliz por receber notícias suas.

Parecia que o coração de Clary se encolhera ao tamanho de uma noz: uma pedrinha pequena e dura no peito. *Não vou chorar*, ela pensou. *Não na frente dessas pessoas*.

— Acho que gostaria de ter uma conversa com Clary — disse Hodge. — Em particular — acrescentou com firmeza ao ver a expressão de Jace.

Alec se levantou.

— Tudo bem. Vamos deixá-los a sós.

— Isso não é justo — protestou Jace. — Fui eu que a encontrei. Fui eu que salvei a vida dela! Você quer que eu fique aqui, não quer? — ele apelou, voltando-se para Clary.

Clary desviou o olhar, sabendo que se abrisse a boca começaria a chorar. Como se estivesse distante, ela ouviu a risada de Alec.

— Nem todo mundo quer você por perto o tempo todo, Jace — ele disse.

— Não seja ridículo. — Ela ouviu Jace dizer, mas ele parecia decepcionado. — Então tudo bem. Estaremos na sala das armas, à sua espera.

A porta fechou atrás dele com um clique definitivo. Os olhos de Clary estavam ardendo, do jeito que ficavam toda vez que ela tentava conter lágrimas por muito tempo. Hodge estava na frente dela, um borrão cinza difuso.

— Sente-se — ele disse. — Aqui, no sofá.

Ela afundou agradecida nas almofadas macias, piscando os olhos.

— Eu não costumo chorar muito — ela se viu dizendo. — Não é nada. Daqui a pouco vou estar bem.

— A maioria das pessoas não chora quando está chateada ou assustada, mas quando está frustrada. Sua frustração é compreensível. Você está passando por uma fase e tanto.

— Fase? — Clary limpou as lágrimas na blusa de Isabelle. — Acho que poderia dizer isso.

Hodge puxou a cadeira de trás da mesa, arrastando-a para que pudesse se sentar de frente para Clary. Os olhos dele, ela viu, tinham uma cor acinzentada, assim como o cabelo e o paletó, mas havia também gentileza em sua expressão.

— Tem alguma coisa que eu possa pegar para você? — ele perguntou. — Alguma coisa para beber? Um chá?

— Não quero chá — disse Clary, quase sem força. — Quero encontrar a minha mãe. Depois quero descobrir quem foi que a levou, e quero matar quem fez isso.

— Infelizmente — disse Hodge —, estamos sem vingança amarga no momento. Então é chá ou nada.

Clary soltou a base da blusa — agora marcada por pedaços molhados — e disse:

— Então o que devo fazer?

— Você poderia começar me contando um pouco a respeito do que aconteceu — disse Hodge, remexendo no bolso. Ele pegou um lenço imaculadamente dobrado, e o entregou a ela. Ela aceitou com um espanto silencioso. Ela nunca havia conhecido alguém que carregasse um lenço. — O demônio que você viu no apartamento, aquela foi a primeira criatura desse tipo que você já viu? Você não fazia a menor ideia de que existiam criaturas daquela espécie?

Clary balançou a cabeça, depois fez uma pausa.

— Um, antes, mas eu não percebi o que era. Na primeira vez que vi Jace...

— Certo, óbvio, que tolice a minha esquecer. — Hodge fez que sim com a cabeça. — No Pandemônio. Foi a primeira vez?

— Foi.

— E sua mãe nunca os mencionou para você, nada a respeito de algum outro mundo, talvez, que a maioria das pessoas não consegue ver? Ela parecia particularmente interessada em mitos, contos de fada, lendas do fantástico...

— Não. Ela detestava todas essas coisas. Ela detestava até mesmo os filmes da Disney. Não gostava que eu lesse mangá. Ela dizia que era muito infantil.

Hodge coçou a cabeça. O cabelo dele não se mexeu.

— Muito peculiar — ele disse.

— Na verdade, não — disse Clary. — Minha mãe não era peculiar. Ela era a pessoa mais normal do mundo.

— Pessoas normais não costumam encontrar suas casas saqueadas por demônios — disse Hodge, sem qualquer gentileza.

— Não pode ter sido um engano?

— Se tivesse sido um engano — disse Hodge — e você fosse uma garota normal, não teria visto o demônio que a atacou, ou, se tivesse visto, sua mente teria processado como alguma coisa completamente diferente: um cão raivoso, até mesmo outro ser humano. O fato de que você conseguia vê-lo, e ele ter falado com você...

— Como você sabe que ele falou comigo?

— Jace disse que você contou que "ele falava".

— Ele sibilava. — Clary estremeceu ao se lembrar. — Falava sobre querer me comer, mas que não deveria fazê-lo.

— Raveners geralmente ficam sob o controle de algum demônio mais poderoso. Eles não são muito inteligentes ou capazes por si só —

explicou Hodge. — Ele disse o que o mestre dele estava procurando?

Clary se concentrou.

— Ele falou alguma coisa sobre um Valentim, mas...

Hodge se esticou subitamente, de forma tão abrupta, que Hugo, que estava descansando confortavelmente no ombro dele, se lançou ao ar, irritadiço.

— *Valentim*?

— Isso — disse Clary. — Eu ouvi o mesmo nome na Pandemônio, dito pelo menino, quero dizer, o demônio...

— É um nome que todos nós conhecemos — disse Hodge brevemente. Ele tinha a voz firme, mas ela podia ver que apresentava um leve tremor nas mãos. Hugo, de volta ao seu ombro, balançou as penas desconfortavelmente.

— Um demônio?

— Não. Valentim é, *era*, um Caçador de Sombras.

— Um Caçador de Sombras? Por que você disse *era*?

— Porque ele está morto — disse Hodge secamente. — Morreu há 16 anos.

Clary se afundou novamente nas almofadas do sofá. Sua cabeça estava latejando. Talvez ela devesse ter aceitado o chá.

— Será que poderia ser outra pessoa? Alguém com o mesmo nome?

A risada de Hodge foi um ruído sem qualquer sinal de humor.

— Não. Mas poderia ser alguém usando o nome dele para transmitir algum recado. — Ele se levantou e caminhou até a mesa, com as mãos nas costas. — E essa seria a época propícia para isso.

— Por que agora?

— Por causa dos Acordos.

— As negociações de paz? Jace as mencionou. Paz com quem?

— Com os habitantes do Submundo — murmurou Hodge. Ele olhou para Clary. A boca dele estava enrijecida. — Perdão — ele disse. — Isso deve ser muito confuso para você.

— Você acha?

Ele se apoiou na mesa, acariciando as penas de Hugo, distraído.

— Os seres do Submundo são aqueles que compartilham o Mundo

das Sombras conosco. Sempre coexistimos de forma complicada.

— Como vampiros, lobisomens e...

— O Povo das Fadas — disse Hodge. — E os filhos de Lilith, como semidemônios, são feiticeiros.

— Então o que são vocês, Caçadores de Sombras?

— Às vezes somos chamados de Nephilim — disse Hodge. — Na Bíblia eles eram filhos de humanos e anjos. A lenda da origem dos Caçadores de Sombras diz que foram criados há mais de mil anos, quando os humanos estavam sendo dominados por invasões de demônios de outros mundos. Um feiticeiro invocou o Anjo Raziel, que misturou em um cálice um pouco do próprio sangue com o de alguns homens e o deu para que estes o bebessem. Aqueles que beberam o sangue do Anjo se tornaram Caçadores de Sombras, assim como seus filhos e os filhos de seus filhos. O cálice passou a ser conhecido como Cálice Mortal. Embora, talvez, não passe de uma lenda, a verdade é que, ao longo dos anos, quando os exércitos de Caçadores de Sombras foram reduzidos, sempre era possível criar novos Caçadores de Sombras através do Cálice.

— Sempre *era* possível?

— O Cálice não existe mais — disse Hodge. — Foi destruído por Valentim, imediatamente antes de morrer. Ele acendeu uma fogueira enorme e se queimou junto com sua família, a esposa e o filho. A terra ficou preta. Ninguém nunca mais construiu nela. Dizem que a terra é amaldiçoada.

— E é?

— Possivelmente. O Conselho, organização política que rege as Leis da Clave, lança maldições como punição pela violação da Lei. Valentim quebrou a maior de todas as Leis: voltou-se contra os companheiros Caçadores de Sombras e os matou violentamente. Ele e o grupo que integrava, o Ciclo, mataram dúzias de seus irmãos, junto com centenas de habitantes do Submundo durante o último Acordo. Eles quase não foram derrotados.

— Por que ele trairia outros Caçadores de Sombras?

— Ele reprovava os Acordos. Abominava os seres do Submundo e achava que tinham de ser esquartejados, vandalizados, para que esse mundo fosse mantido puro para os seres humanos. Apesar de os habitantes do Submundo não serem demônios, tampouco invasores, ele achava que tinham natureza demoníaca, e isso bastava. A Clave não concordava; achava que a assistência dos habitantes do Submundo era necessária se algum dia quiséssemos livrar o mundo dos demônios de uma vez por todas. E quem poderia discutir, de verdade, que o Povo das Fadas não pertencia a este mundo, quando estavam aqui há mais tempo do que nós?

— Os Acordos foram assinados?

— Sim, foram assinados. Quando os habitantes do Submundo viram que a Clave se voltou contra Valentim e o Ciclo em defesa deles, perceberam que os Caçadores de Sombras não eram inimigos. Ironicamente, com essa insurreição, Valentim possibilitou os Acordos. — Hodge sentou novamente na cadeira. — Peço desculpas, isso deve ser uma aula monótona de História para você. Esse era Valentim. Incandescente, um visionário, um homem de grande charme e convicção. E um assassino. Agora alguém está invocando seu nome...

— Mas quem? — perguntou Clary. — E o que a minha mãe tem a ver com isso?

Hodge se levantou novamente.

— Não sei. Mas vou fazer o possível para descobrir. Vou mandar mensagens para a Clave e também para os Irmãos do Silêncio. Eles podem querer falar com você.

Clary não perguntou quem eram os Irmãos do Silêncio. Ela estava cansada de fazer perguntas cujas respostas só faziam com que se sentisse mais confusa. Ela se levantou.

— Existe alguma chance de que eu possa ir para casa?

Hodge pareceu preocupar-se.

— Não, acho que não seria sábio de sua parte.

— Tem coisas que preciso lá, mesmo que eu vá ficar aqui. Roupas...

— Nós podemos lhe dar dinheiro para comprar roupas novas.

— Por favor — disse Clary. — Eu tenho que ver se... eu preciso ver o que restou.

Hodge hesitou, depois acenou brevemente com a cabeça em afirmação.

— Se Jace concordar, vocês dois podem ir. — Ele virou-se para a mesa, remexendo alguns papéis. Olhou por cima do ombro, como se tivesse acabado de reparar que ela ainda estava ali. — Ele está na sala das armas.

— Eu não sei onde fica isso.

Hodge deu um sorriso torto.

— Coroinha te leva até lá.

Ela olhou em direção à porta, onde o gato persa gordo e azul estava enrolado como um pequeno otomano. Ele se levantou enquanto ela se aproximava, seus pelos pareciam líquidos. Com um miado imperioso, ele a conduziu pelo corredor. Quando ela olhou para trás por sobre o ombro, viu que Hodge já estava fazendo anotações em um pedaço de papel. Enviando uma mensagem para a Clave misteriosa, ela supôs. Eles não pareciam pessoas muito gentis. Ela imaginou qual seria a resposta deles.

A tinta vermelha parece sangue contra o papel branco. Franzindo o rosto, Hodge Starkweather enrolou a carta, cuidadosa e meticulosamente na forma de um tubo, e assobiou para Hugo. O pássaro, grasnando suavemente, pousou no pulso de Hodge. Ele fez uma careta. Há anos, durante a Ascensão, ele sofreu um ferimento naquele ombro, e por mais leve que fosse Hugo — ou a virada das estações, uma mudança de temperatura ou umidade, um movimento súbito de braço — despertava antigas feridas e lembranças de uma dor que deveria manter-se esquecida.

Contudo, havia algumas lembranças que nunca se apagavam. Imagens explodiam como flashes por trás de suas pálpebras quando ele fechava os olhos. Sangue e corpos, terra pesada, um pódio branco manchado de vermelho. O choro dos moribundos. O verde e os campos de Idris e o infinito céu azul, espetados pelas torres da Cidade de Vidro. A dor da perda inflava nele como uma onda; ele cerrou o punho, e Hugo, com as asas batendo, bicou os dedos de Hodge com força, tirando sangue. Abrindo a mão, ele soltou a ave, que circulou sua cabeça enquanto subia pelo céu noturno e desaparecia.

Sacudindo-se para espantar a sensação de que alguma coisa terrível estava prestes a acontecer, Hodge alcançou outro pedaço de papel, sem notar as gotas de sangue que o manchavam enquanto ele escrevia.

6
Renegados

A sala das armas parecia exatamente como alguma coisa chamada "sala das armas" deveria parecer. Paredes metálicas cobertas por todo tipo de espada, adaga, ponta de ferro, lança, baioneta, chicote, bastão, gancho e arco. Bolsas macias de couro cheias de flechas penduradas em ganchos, e havia prateleiras de botas, protetores de perna e armaduras para pulsos e braços. A sala cheirava a metal e couro e material de limpeza de aço. Alec e Jace, que não estava mais descalço, estavam sentados a uma longa mesa no centro da sala, com as cabeças curvadas sobre um objeto entre eles. Jace levantou o olhar assim que a porta se fechou atrás de Clary.

— Onde está Hodge? — ele disse.

— Escrevendo para os Irmãos do Silêncio.

Alec retraiu um movimento desdenhoso de ombros.

— Ugh.

Ela se aproximou lentamente da mesa, consciente do olhar de Alec.

— O que vocês estão fazendo?

— Dando os toques finais nessas aqui. — Jace chegou para o lado para que ela pudesse ver o que estava sobre a mesa: três longas varinhas finas com um brilho prateado oco. Elas não pareciam afiadas ou particularmente perigosas. — Lâminas serafim. São forjadas pelas Irmãs de Ferro, as criadoras das nossas armas.

— Elas não se parecem com facas. Como você as fez? Mágica?

Alec pareceu horrorizado, como se ela tivesse solicitado que ele vestisse um tutu e executasse uma pirueta perfeita.

— O mais engraçado nos mundanos — disse Jace, para ninguém especificamente — é o quão obcecados por mágica eles são, considerando que são pessoas que nem conhecem o significado dessa palavra.

— Eu sei o que significa — disparou Clary.

— Não, você não sabe, só pensa que sabe. Mágica é uma força escura e elementar, não só um monte de varinhas brilhantes, bolas de cristal e peixinhos dourados falantes.

— Eu nunca disse que era um monte de peixinhos dourados falantes, você...

Jace balançou uma varinha, interrompendo-a.

— Só porque você chama uma enguia elétrica de patinho de borracha, isso não faz dela um patinho de borracha, faz? E Deus proteja o idiota que resolver tomar um banho com esse pato.

— Você está delirando — observou Clary.

— Não estou, não — disse Jace, com muita dignidade.

— Está, sim — disse Alec, inesperadamente. — Preste atenção, nós não fazemos mágica, entendeu? — ele acrescentou, sem olhar para Clary. — E isso é tudo que você precisa saber sobre o assunto.

Clary queria estapeá-lo, mas se conteve. Alec já parecia não gostar dela; não adiantaria nada agravar tanta hostilidade. Ela se virou para Jace.

— Hodge disse que eu posso ir para casa.

Jace quase derrubou a lâmina que estava segurando.

— *Ele disse o quê?*

— Que posso ir ver as coisas da minha mãe — ela suavizou. — Se você for comigo.

— Jace — bufou Alec, mas Jace o ignorou.

— Se você realmente quiser provar que minha mãe ou meu pai eram Caçadores de Sombras, deveríamos verificar as coisas dela. O que tiver sobrado.

— Na mosca. — Jace sorriu um sorriso torto. — Boa ideia, se formos agora, teremos mais três ou quatro horas de luz do dia.

— Você quer que eu vá junto? — perguntou Alec, enquanto Clary e Jace dirigiam-se para a porta. Clary olhou para ele. Ele já estava quase de pé, com o olhar cheio de expectativa.

— Não. — Jace nem virou as costas. — Não precisa. Eu e Clary damos conta do recado.

O olhar que Alec lançou a Clary foi tão amargo quanto veneno. Ela ficou feliz quando a porta se fechou atrás dela.

Jace conduziu o trajeto pelo corredor e Clary estava praticamente correndo para acompanhá-lo.

— Você está com as chaves da sua casa?

Clary olhou para baixo, para os próprios sapatos.

— Estou.

— Ótimo. Não que não pudéssemos invadir, mas correríamos o risco de incomodar qualquer guarda que estivesse acordado.

— Se você está dizendo. — O corredor se alargou em um saguão com o chão de mármore, um portão de metal preto em uma das paredes. Foi só quando Jace apertou um botão ao lado do portão e ele se acendeu que ela percebeu que se tratava de um elevador. Ele rangeu e rugiu enquanto subia ao encontro deles. — Jace?

— O quê?

— Como você sabia que eu tinha sangue de Caçador de Sombras? Tinha alguma coisa que fizesse você perceber?

O elevador chegou com um ronco final. Jace soltou o portão e ele se abriu. O interior lembrava uma gaiola, toda de metal preto, e alguns pedaços dourados decorativos.

— Eu supus — ele disse, selando a porta atrás. — Parecia a explicação mais lógica.

— Você supôs? Você devia ter muita certeza, considerando que poderia ter me matado.

Ele apertou um botão na parede e o elevador entrou em ação com um ronco vibrante que ela sentiu por todos os ossos e os pés.

— Eu tinha noventa por cento de certeza.

— Entendo — disse Clary.

Deve ter havido alguma coisa na voz dela, porque ele se virou para encará-la. A mão dela estalou contra o rosto dele, um tapa que o fez cambalear. Ele pôs a mão na bochecha, em uma reação mais de surpresa do que de dor.

— Mas por que você fez isso?

— Os outros dez por cento — ela disse, e eles andaram o resto do caminho em silêncio.

Jace passou o trajeto de metrô até o Brooklyn imerso em um silêncio irritante. Clary ficou perto dele mesmo assim, sentindo um pouco de culpa, principalmente quando olhava para a marca vermelha que a agressão deixara no rosto dele.

Ela não se incomodava com o silêncio; dava-lhe a oportunidade de pensar. Ficou repassando a conversa com Luke diversas vezes na cabeça. Doía pensar naquilo, como morder com um dente quebrado, mas ela não conseguia parar.

Mais longe no metrô, duas meninas adolescentes sentadas em um banco laranja estavam rindo. O tipo de garotas das quais Clary nunca havia gostado na St. Xavier, trazendo celulares cor-de-rosa e bronzeados artificiais. Por um instante, Clary imaginou se estariam rindo dela, antes de perceber com surpresa que elas estavam olhando para Jace.

Ela se lembrou da garota no café que ficou encarando Simon. Todas as meninas tinham aquela expressão no rosto quando achavam que alguém era bonitinho. Com tudo o que havia acontecido, ela quase se esquecera de que Jace *era* bonitinho. Ele não tinha a aparência delicada de Alec, o rosto dele era mais interessante. À luz do dia, ele tinha olhos dourados e eles estavam... olhando para ela. Ele ergueu uma sobrancelha.

— Posso te ajudar com alguma coisa?

Clary não hesitou em trair seu próprio gênero.

— Aquelas garotas do outro lado do vagão estão encarando você.

Jace deu um olhar afetado.

— Óbvio que estão — ele disse. — Sou extremamente atraente.

— Você nunca ouviu falar que a modéstia é um traço atraente?

— Só para pessoas feias — confidenciou Jace. — Os mais gentis podem herdar a terra, mas no momento ela pertence aos esnobes. Como eu. — Ele deu uma piscadela para as garotas, que sorriram e se esconderam atrás dos próprios cabelos.

Clary suspirou.

— Como elas conseguem te ver?

— É um saco usar magia. Às vezes nem nos incomodamos.

O episódio com as meninas do metrô pareceu deixá-lo mais bem-humorado. Quando saíram da estação e subiram a rua para o apartamento de Clary, ele tirou uma das lâminas serafim do bolso e começou a girá-la entre os dedos e através das juntas, cantando consigo mesmo.

— Você precisa mesmo fazer isso? — perguntou Clary. — É irritante.

Jace cantou mais alto. Era uma espécie de canto alto e bem entoado, algo entre "Parabéns para você" e "O hino da batalha da República".

— Desculpe por ter dado um tapa em você — ela disse.

Ele parou de cantarolar.

— Apenas se dê por satisfeita por ter batido em mim, e não em Alec. Ele teria revidado.

— Ele parece estar apenas procurando uma oportunidade — disse Clary, chutando uma lata de refrigerante vazia para fora do caminho. — O que foi aquilo que Alec te chamou? Para-alguma coisa?

— *Parabatai* — disse Jace. — Significa um par de guerreiros que lutam juntos, mais próximos que irmãos. Alec é mais do que apenas meu melhor amigo. Meu pai e o dele eram *parabatai* na juventude. O pai dele era meu padrinho, é por isso que moro com eles. São minha família adotiva.

— Mas seu sobrenome não é Lightwood.

— Não — disse Jace, e ela teria perguntado qual era, mas eles chegaram à casa dela, e o coração de Clary começara a bater tão forte que ela sabia que devia estar audível a quilômetros de distância. Ela ouvia um apito nos ouvidos, e as palmas das mãos estavam encharcadas de suor. Clary parou na frente dos arbustos, esperando ver uma fita policial amarela cercando a porta da frente, vidro quebrado na grama frontal, tudo reduzido a lixo.

Mas não havia sinal algum de destruição. Banhado pelo agradável sol do meio-dia, o prédio parecia brilhar. Abelhas voavam preguiçosamente ao redor das flores abaixo da janela de Madame Dorothea.

— Parece normal — disse Clary.

— Do lado de fora. — Jace alcançou o bolso da calça jeans e pegou outro daquele objeto de plástico e metal que ela havia pensado ser um telefone celular.

— Então isso é um Sensor? O que isso faz? — ela perguntou.

— Capta frequências, como um rádio faz, mas com frequências de origem demoníaca.

— Ondas curtas de demônios?

— Algo do tipo. — Jace segurou o Sensor à sua frente enquanto se aproximava da casa. Apitou fracamente enquanto subia as escadas, depois parou. Jace franziu o cenho. — Está captando atividade de rastro, mas isso pode ser restos daquela noite. Não estou recebendo nada forte o suficiente para indicar a presença de demônios agora.

Clary soltou o ar que não havia percebido que estava prendendo.

— Ótimo. — Ela se abaixou para pegar as chaves. Ao se ajeitar, ela viu os arranhões na porta da frente. Devia estar escuro demais para que ela os visse da última vez. Pareciam marcas de garras, longas e paralelas, entalhadas com profundidade na madeira.

Jace tocou o braço dela.

— Eu vou entrar primeiro — ele disse. Clary queria dizer a ele que não precisava se esconder atrás dele, mas as palavras não saíam. Ela podia sentir o gosto do horror que havia sentido ao ver o Ravener pela primeira vez. O gosto era afiado e cúprico, como moedas velhas.

Ele empurrou a porta com uma das mãos, chamando-a atrás dele com a mão que segurava o Sensor. Uma vez na entrada, Clary piscou, ajustando o olhar à pouca luz. A lâmpada no teto ainda estava apagada, a claraboia, suja demais para permitir que qualquer luz entrasse, e as sombras sobrepunham-se pesadas ao chão lascado. A porta de Madame Dorothea estava fechada com firmeza. Não passava luz alguma pelo espaço entre o chão e a porta. Clary se sentiu desconfortável ao imaginar se alguma coisa teria acontecido a ela.

Jace ergueu a mão, passando-a pelo corrimão. Ficou molhada, suja de algo que parecia vermelho, quase preto à luz fraca.

— Sangue.

— Talvez seja meu. — A voz de Clary parecia pequena. — Da outra noite.

— Já estaria seco a essa altura se fosse seu — disse Jace. — Vamos.

Ele subiu as escadas, Clary logo atrás. O térreo estava escuro. E ela remexeu as chaves três vezes antes de conseguir colocar a certa na fechadura. Jace se inclinou sobre ela, observando impacientemente.

— Não respire no meu pescoço — ela sibilou; a mão de Clary tremia. Finalmente conseguiu e a tranca se abriu.

Jace puxou-a para trás.

— Eu vou na frente.

Ela hesitou, depois afastou-se para o lado, para permitir que ele passasse. As palmas de suas mãos estavam grudentas, e não era por causa do calor. Aliás, estava fresco dentro do apartamento, quase frio, ar gelado vinha pela entrada, pinicando a pele dela. Ela sentiu calafrios se formando ao seguir Jace pelo corredor curto até a sala.

Estava vazia. Espantosamente, inteiramente vazia, como estivera quando se mudaram para lá — as paredes estavam nuas, os móveis não estavam mais lá, e até as cortinas haviam sido rasgadas das janelas. Apenas alguns quadrados de tinta mais clara na parede indicavam os locais em que as pinturas de Jocelyn ficavam penduradas. Como se estivesse em um sonho, Clary virou e andou em direção à cozinha, Jace atrás, forçando a vista para enxergar.

A cozinha estava tão vazia quanto a sala, nem a geladeira estava mais lá, as cadeiras, a mesa — os armários da cozinha estavam abertos, as prateleiras vazias faziam com que ela se lembrasse de uma cantiga de ninar. Ela limpou a garganta.

— O que os demônios — ela perguntou — iriam fazer com o nosso micro-ondas?

Jace balançou a cabeça, a boca se curvando nos cantos.

— Não sei, mas não estou sentindo nenhuma presença demoníaca agora. Diria que já foram há muito tempo.

Ela olhou em volta mais uma vez. Alguém havia limpado o molho de pimenta derrubado, ela percebeu.

— Satisfeita? — perguntou Jace. — Não há nada aqui.

Ela sacudiu a cabeça.

— Quero ver o meu quarto.

Ele pareceu que ia dizer alguma coisa, mas depois pensou melhor.

— Se é o que você quer — ele disse, colocando a lâmina serafim no bolso.

A luz do corredor estava apagada, mas Clary não precisava de muita luz para andar pela própria casa. Com Jace logo atrás, ela encontrou a porta do quarto e alcançou a maçaneta. Estava fria na mão — tão fria que quase machucava, como tocar uma geleira com a pele desprotegida. Ela viu Jace olhá-la rapidamente, mas já estava girando a maçaneta, ou pelo menos tentando. A maçaneta se moveu lentamente, parecia ter algo grudento do outro lado, como se estivesse coberto por alguma coisa gordurosa e aderente...

A porta explodiu para fora, derrubando Clary. Ela deslizou pelo chão do corredor e bateu contra a parede, rolando sobre a barriga. Então escutou um rugido forte nos ouvidos enquanto se levantava sobre os joelhos.

Jace, caído contra a parede, estava remexendo o bolso, no rosto uma expressão de absoluta surpresa. De pé à sua frente, como um gigante de conto de fadas, havia um homem enorme, largo como um carvalho, com um machado grande e afiado na mão. Panos rasgados e sujos penduravam-se na pele suja do gigante, e seu cabelo consistia de um único chumaço, grosso de sujeira. Ele cheirava a suor venenoso e carne podre. Clary estava satisfeita por não conseguir enxergar o rosto dele — ver suas costas já era ruim o bastante.

Jace estava com a lâmina serafim na mão. Ele a ergueu, gritando:

— Sansanvi!

Uma lâmina disparou do tubo. Clary pensou nos antigos filmes em que baionetas ficavam escondidas em bengalas e eram ativadas por um toque. Mas ela nunca tinha visto uma lâmina assim: clara como vidro, com um cabo brilhante, absurdamente afiada e quase tão comprida quanto o antebraço de Jace. Ele arremessou, ferindo o gigante, que cambaleou para trás com um urro.

Jace virou-se, correndo em direção a ela. Ele a pegou pelo braço, levantando-a sobre os pés, empurrando-a à frente dele pelo corredor. Ela conseguia ouvir a coisa atrás deles, seguindo-os; seus passos soavam como pesos de chumbo batendo no chão, mas vinham rapidamente.

Eles aceleraram pela entrada, e saíram pelo térreo, com Jace virando as costas para fechar a porta. Ela ouviu o clique da tranca automática e respirou aliviada. A porta balançou nas dobradiças e um tremendo impacto ecoou alto pelo lado de dentro do apartamento. Clary recuou para as escadas. Jace olhou para ela. Os olhos do menino brilhavam com uma agitação maníaca.

— Vá lá para baixo! Saia do...

Outra batida veio, e dessa vez as dobradiças cederam e a porta voou para fora. Poderia ter derrubado Jace, se ele não tivesse se mexido com tanta rapidez que Clary mal o viu; de repente, ele estava no topo da escada, a lâmina queimando na mão como uma estrela cadente. Ela viu Jace olhar para ela e gritar alguma coisa, mas não conseguia escutá-lo através do rugido da criatura gigantesca que saiu da porta destruída, indo em direção a ele. Ela se encostou à parede enquanto o gigante passava em uma onda de calor e fedor... em seguida, o machado estava voando, cortando o ar, em direção à cabeça de Jace. Ele desviou e o machado acertou o corrimão, penetrando profundamente na madeira.

Jace riu. A risada pareceu enfurecer a criatura; deixando de lado o machado, ele pulou para cima de Jace com punhos enormes levantados.

Jace pegou a lâmina serafim com um rápido movimento circular, enterrando-a até o cabo no ombro do gigante. Por um instante, a criatura ficou balançando. Depois despencou para a frente, com as mãos esticadas, prontas para agarrar alguma coisa. Jace foi para o lado rapidamente, mas não o bastante: os punhos gigantescos o agarraram enquanto o gigante cambaleava e caía, arrastando Jace consigo. Jace gritou uma vez; houve uma série de batidas fortes e pesadas, seguidas de silêncio.

Clary se levantou e correu para o andar de baixo. Jace estava caído espalhado no pé da escada, com o braço dobrado sob ele em um ângulo esquisito. Em suas pernas estava o gigante, o cabo da lâmina protuberante no ombro. Ele não estava exatamente morto, mas baqueava fracamente, uma espuma sangrenta escorria da boca. Clary podia ver o rosto agora — estava completamente branco e parecia feito de papel, riscado com uma rede de cicatrizes pretas e horríveis que quase ofuscavam as feições. Seus olhos eram poços vermelhos supurados. Lutando para não ficar paralisada, Clary desceu os últimos degraus, passou por cima do gigante, que se contorcia, e se ajoelhou ao lado de Jace.

Ele estava completamente parado. Ela pôs a mão no ombro dele, e sentiu a camiseta ensopada de sangue — se era dele ou do gigante, não conseguia saber.

— Jace?

Ele abriu os olhos.

— Está morto?

— Quase — respondeu Clary impiedosamente.

— Inferno. — Ele fez uma careta. — Minhas pernas...

— Fique parado. — Arrastando-se ao redor da cabeça dele, Clary pôs as mãos sob os braços de Jace e puxou. Ele rosnou de dor enquanto as pernas saíam de debaixo da carcaça em espasmos do gigante. Clary soltou, e ele lutou para ficar de pé, com o braço esquerdo sobre o próprio peito. Ela se levantou. — Seu braço está bem?

— Não. Quebrado — ele disse. — Você consegue alcançar o meu bolso?

Ela hesitou, depois anuiu com a cabeça.

— Qual deles?

— Dentro do casaco, do lado direito. Pegue uma das lâminas serafim e me entregue — ele disse enquanto ela colocava os dedos no bolso, nervosa. Estava tão próxima a ele que podia sentir seu cheiro, de suor, sabonete e sangue. A respiração dele fazia cócegas em sua nuca. Fechou os dedos em torno de um tubo, e o sacou, sem olhar para ele.

— Obrigado — ele disse. Ele passou os dedos brevemente antes de nomeá-lo: Sanvi. Como o anterior, o tubo cresceu e se transformou em uma adaga mortal, cujo brilho iluminava a face de Jace. — Não olhe — ele disse, caminhando até o corpo cicatrizado da coisa. Ele ergueu a lâmina sobre a cabeça, trazendo-a para baixo. O sangue espirrou como um chafariz da garganta do gigante, encharcando as botas de Jace.

Ela estava quase esperando que o gigante se desintegrasse, contorcendo-se como o menino no Pandemônio. Mas isso não aconteceu. O ar estava carregado com o cheiro de sangue: pesado e metálico. Jace emitiu um som grave pela garganta. Ele estava pálido, se era de dor ou de desgosto, ela não sabia.

— Eu falei para não olhar — ele disse.

— Pensei que fosse desaparecer — ela disse. — De volta à própria dimensão, como você disse.

— Eu disse que isso é o que acontece aos demônios quando eles morrem. — Com uma careta, ele fez um movimento com o ombro esquerdo, tirando a jaqueta. — Aquilo não era um demônio. — Com a mão direita, ele pegou alguma coisa no cinto. Era aquele objeto pontudo que ele havia utilizado para marcar os círculos sobrepostos na pele de Clary. Olhando para aquilo, ela sentiu o antebraço começar a queimar.

Jace a viu encarando e esboçou um sorriso fantasmagórico.

— Isso — ele disse — é uma estela. — Encostando-a no braço, ele começou a desenhar, e grossas linhas pretas surgiram em sua pele, como uma tatuagem. — E isso — ele disse — é o que acontece quando Caçadores de Sombras se ferem.

Quando abaixou a mão, a Marca começou a afundar em sua pele, como um objeto pesado na água. Ao terminar, restava apenas uma cicatriz clara e fina, quase invisível.

Uma imagem surgiu na mente de Clary. As costas da mãe, não totalmente cobertas pela parte de cima do biquíni, as omoplatas e curvas da espinha manchadas com pequenas marcas finas e brancas. Era como algo que vira em um sonho — as costas da mãe não eram daquele jeito, ela sabia. Mas a imagem a incomodou.

Jace suspirou, a tensão deixando seu rosto. Ele mexeu o braço, inicialmente de forma bastante lenta, depois o movimentou para cima e para baixo, e cerrou o punho. Estava visivelmente curado.

— Isso é incrível — disse Clary. — Como você...?

— Foi uma *iratze*: uma marca de cura — disse Jace. — Concluir a marca com a estela completa a ativação. — Ele colocou a varinha fina no cinto, e vestiu a jaqueta. Com a ponta do pé da bota, ele balançou o corpo do gigante. — Vamos ter que relatar isso a Hodge — ele disse. — Ele vai ter um ataque — acrescentou, como se a ideia de que Hodge se preocupasse lhe trouxesse alguma satisfação. Jace, pensou Clary, era o tipo de pessoa que gostava quando as coisas estavam *acontecendo*, mesmo quando eram ruins.

— Por que ele vai ter um ataque? — perguntou Clary. — Então aquela coisa não era um demônio e por isso o Sensor não a registrou, certo?

Jace fez que sim com a cabeça.

— Está vendo as cicatrizes no rosto dele?

— Estou.

— Foram feitas com uma estela. Como essa aqui. — Ele cutucou a varinha no cinto. — Você me perguntou o que acontece quando se esculpem Marcas em alguém que não tem sangue de Caçador de Sombras. Uma única Marca te queima, mas muitas Marcas, Marcas poderosas? Entalhadas na carne de um ser humano qualquer sem nenhum traço ancestral de Caçador de Sombras? É isso o que acontece. — Ele apontou com o queixo para o corpo. — Os símbolos são absurdamente dolorosos. Os Marcados enlouquecem, a dor faz com que percam a cabeça. Eles se tornam assassinos insanos e impiedosos. Eles não comem ou dormem se não forem obrigados, e morrem quase sempre rápido. Os símbolos têm muito poder e podem ser utilizados para o bem, mas podem ser utilizados para fazer o mal. Os Renegados são maus.

Clary o encarou, horrorizada.

— Mas por que alguém faria isso consigo mesmo?

— Ninguém faria isso. É uma coisa feita a eles. Por um feiticeiro, talvez um habitante do Submundo que tenha se desvirtuado. Os Renegados são leais a quem os tiver Marcado, e são assassinos impetuosos. E também podem obedecer a comandos simples. É como ter um, um... exército de escravos. — Ele passou por cima do Renegado morto, e olhou por cima do ombro para ela. — Vou subir outra vez.

— Mas não há nada lá.

— Pode ser que haja mais deles — ele disse, quase como se estivesse esperando que houvesse. — É melhor você esperar aqui — prosseguiu, subindo a escada.

— Eu não faria isso se fosse você — disse uma voz estridente e familiar. — Há mais de onde veio o primeiro.

Jace, que estava quase no topo da escada, virou-se de costas e encarou. Assim como Clary, apesar de ela ter descoberto imediatamente quem havia falado. O sotaque era inconfundível.

— Madame Dorothea?

A velha senhora inclinou a cabeça como alguém da nobreza. Ela estava na entrada do próprio apartamento, trajando o que parecia uma túnica de seda roxa. Correntes de ouro brilhavam nos pulsos e envolviam o pescoço. Seus longos cabelos escorriam do coque no topo da cabeça.

Jace continuava encarando.

— Mas...

— Mais o quê? — perguntou Clary.

— Mais Renegados — respondeu Dorothea com uma leveza que Clary considerava incabível, dadas as circunstâncias. Ela olhou ao redor da entrada. — Você fez uma verdadeira bagunça, não fez? E tenho certeza de que não tinha qualquer intenção de limpar. Típico.

— Mas você é uma *mundana* — disse Jace, concluindo a frase, afinal.

— Muito observador — disse Dorothea, com os olhos brilhando. — A Clave realmente renovou você.

O espanto no rosto de Jace desapareceu, sendo substituído por uma raiva crescente.

— Você sabe sobre a Clave? — ele perguntou. — Você sabia sobre eles, sabia que havia Renegados na casa e não notificou? A mera existência de Renegados é um crime contra o Pacto...

— Nem a Clave nem o Pacto jamais fizeram nada por mim — disse Madame Dorothea, com os olhos brilhando de raiva. — Não devo nada a eles. — Por um instante, o sotaque nova-iorquino desapareceu, substituído por outra coisa, um sotaque mais espesso e profundo que Clary não reconhecia.

— Jace, pare com isso — disse Clary. Ela se voltou para Madame Dorothea. — Se você sabe a respeito da Clave e dos Renegados — ela disse —, então talvez saiba o que aconteceu com a minha mãe...

Dorothea balançou a cabeça, os brincos balançavam. Havia algo piedoso em seu olhar.

— O meu conselho a você — ela disse — é esquecer a sua mãe. Ela se foi.

O chão sob Clary pareceu se inclinar.

— Você está dizendo que ela está morta?

— Não — disse Dorothea quase relutantemente. — Tenho certeza de que ainda está viva. Por enquanto.

— Então tenho que encontrá-la — disse Clary. O mundo havia parado de se inclinar; Jace estava atrás dela, com a mão em seu cotovelo, como se fosse abraçá-la, mas ela nem sequer notou. — Você entende? Preciso encontrá-la antes...

Dorothea levantou a mão.

— Não quero me meter em assuntos de Caçadores de Sombras.

— Mas você conhecia a minha mãe. Ela era sua vizinha...

— Isso é uma investigação oficial da Clave — interrompeu Jace. — Posso muito bem voltar com os Irmãos do Silêncio.

— Ah, para... — Dorothea deu uma olhada para a porta, depois para Jace e Clary. — Suponho que possam entrar — ela disse, finalmente. — Vou dizer o que puder — ela começou a andar em direção à porta, depois parou na entrada, olhando fixamente. — Mas, se você contar a alguém que o ajudei, Caçador de Sombras, vai acordar amanhã com cobras no lugar de cabelos, e um par extra de braços.

— Isso poderia ser bom, um par de braços a mais — disse Jace. — Muito útil em uma briga.

— Não se saírem do seu... — Dorothea pausou e sorriu para ele, não sem malícia. — Pescoço.

— Ai — disse Jace.

— Isso mesmo, Jace Wayland. — Dorothea marchou para o apartamento, a túnica roxa esvoaçando como uma bandeira.

Clary olhou para Jace.

— Wayland?

— É o meu nome. — Jace parecia atordoado. — Não posso dizer que gostei de ela saber.

Clary foi atrás de Dorothea. As luzes estavam acesas no apartamento dela; o cheiro forte de incenso já estava inundando a entrada, misturando-se ao desagradável odor do sangue.

— Mesmo assim, acho que devemos tentar conversar com ela. Afinal, o que temos a perder?

— Depois que tiver passado um pouquinho mais de tempo no nosso mundo — disse Jace —, você não vai mais me perguntar isso.

7

A Porta de Cinco Dimensões

O apartamento de Madame Dorothea parecia ter o mesmo layout do de Clary, embora ela tivesse feito um uso completamente diferente do espaço. A entrada, que cheirava a incenso, tinha cortinas de contas penduradas e pôsteres de astrologia. Um mostrava as constelações do zodíaco, outro um guia de símbolos mágicos chineses, e outro ainda tinha uma mão aberta, cada linha da palma cuidadosamente assinalada. Sobre o script da mão, em latim, liam-se as palavras "*In Manibus Fortuna*". Prateleiras estreitas que sustentavam diversos livros estendiam-se pela parede ao lado da porta.

Uma das cortinas de contas balançou e Madame Dorothea a atravessou com a cabeça.

— Interessada em quiromancia? — ela perguntou, notando o olhar fixo de Clary. — Ou simplesmente é enxerida?

— Nem uma coisa nem outra — disse Clary. — Você realmente sabe ler a sorte?

— Minha mãe tinha um talento extraordinário. Ela podia ver o futuro de um homem pelas mãos, ou pelas folhas no fundo de uma xícara de chá. Ela me ensinou alguns truques. — Ela desviou o olhar para Jace. — Por falar em chá, meu jovem, você gostaria de beber um pouco?

— O quê? — disse Jace, parecendo afobado.

— Chá. Em minha opinião, acalma o estômago e concentra a mente. É uma bebida maravilhosa, o chá.

— Eu aceito um pouco — disse Clary, percebendo que fazia tempo que não comia nem bebia nada. Ela estava com a sensação de que estava funcionando à base de adrenalina desde que acordara.

Jace se rendeu.

— Tudo bem. Desde que não seja Earl Grey — ele disse, franzindo o nariz. — Detesto bergamota.

Madame Dorothea gargalhou alto e desapareceu novamente através da cortina de contas, deixando-a balançar singelamente.

Clary ergueu as sobrancelhas para Jace.

— Você detesta bergamota?

Jace se dirigira à prateleira de livros e estava examinando o conteúdo.

— Alguma coisa contra? — ele respondeu.

— Você deve ser o único garoto da minha idade a saber o que é bergamota, quanto mais que tem bergamota no chá Earl Grey.

— Bem — disse Jace com um olhar arrogante —, não sou como outros garotos. Além disso — acrescentou, pegando um livro da prateleira —, no Instituto temos aulas sobre usos medicinais básicos de plantas. É obrigatório.

— Achei que todas as suas aulas fossem coisas do tipo Fundamentos Básicos da Carnificina e Decapitação para iniciantes.

Jace virou uma página.

— Muito engraçado, Fray.

Clary, que estava analisando o pôster da palma da mão, voltou-se para ele.

— Não me chame assim.

Ele olhou para cima, surpreso.

— Por que não? É o seu sobrenome, não é?

Por um momento, ela se lembrou de Simon. A última vez em que tinha visto o amigo, ele estava olhando para ela, enquanto ela corria para fora do Java Jones. Ela olhou de volta para o pôster, piscando os olhos.

— Por nada.

— Entendo — disse Jace, e ela pôde perceber pela voz dele que ele entendia mais do que ela gostaria. Ela o ouviu colocar o livro de volta na prateleira. — Isso deve ser a porcaria que ela guarda na frente para impressionar mundanos crédulos — ele disse, parecendo enojado. — Não há um único livro sério aqui.

— Só porque não é o tipo de mágica que você faz — sugeriu Clary.

Ele franziu as sobrancelhas, furioso, fazendo-a calar-se.

— *Eu não faço mágica* — ele disse. — Entenda de uma vez por todas: seres humanos não são usuários de magia. É parte daquilo que os faz humanos. Bruxas e feiticeiros só podem usar mágica porque têm sangue de demônio.

Clary levou um instante para processar a informação.

— Mas eu já o vi usando mágica. Você usa armas enfeitiçadas...

— Eu uso ferramentas que são mágicas. E para fazer apenas isso precisei passar por treinamentos rigorosos. Os símbolos tatuados na minha pele me protegem. Se você tentasse usar a lâmina serafim, por exemplo, provavelmente queimaria a pele, isso talvez até a matasse.

— E se eu tivesse as tatuagens? — perguntou Clary. — Poderia utilizá-las?

— Não — disse Jace, mal-humorado. — As Marcas são apenas partes de um todo. Existem testes, provações, níveis de treinamento... Ouça, esqueça isso, tá? Fique longe das minhas lâminas. Aliás, não toque em nenhuma das minhas armas sem permissão.

— Lá se vai meu plano de vendê-las no eBay— resmungou Clary.

— Vendê-las *onde*?

Clary sorriu maliciosamente para ele.

— Um lugar místico de grande poder mágico.

Jace pareceu confuso, depois deu de ombros.

— A maioria dos mitos é verdadeira, pelo menos em parte.

— Estou começando a entender isso.

A cortina de contas balançou outra vez, e a cabeça da Madame Dorothea apareceu.

— O chá está servido — ela disse. — Vocês não precisam continuar aí parados como duas mulas. Venham até o salão.

— Tem um salão? — exclamou Clary.

— É óbvio que tem um salão — disse Dorothea. — Onde mais eu receberia os convidados?

— Vou deixar meu chapéu com o lacaio — disse Jace.

Madame Dorothea lançou-lhe um olhar sombrio.

— Se você tivesse metade da graça que acha que tem, meu rapaz, seria duas vezes mais engraçado do que é. — Ela desapareceu novamente através das cortinas. Seu "Humpf!" alto quase foi ofuscado pelo tilintar das contas.

Jace franziu o rosto.

— Não entendi muito bem o que ela quis dizer com isso.

— Sério? — disse Clary. — Para mim, fez todo sentido. — Ela marchou através da cortina de contas antes que ele pudesse responder.

O salão estava tão pouco iluminado que Clary precisou piscar várias vezes até que os olhos se acostumassem. Uma luz fraca alinhava as cortinas de veludo preto que cobriam toda a parede esquerda. Pássaros e morcegos empalhados penduravam-se do teto em pequenas cordas e tinham contas pretas brilhantes no lugar dos olhos. O chão tinha uma camada desgastada de tapetes persa que levantavam poeira ao serem pisados. Um conjunto de poltronas cor-de-rosa se aglomerava ao redor de uma mesa baixa. Um baralho de cartas de tarô amarrado com um laço de seda ocupava uma das pontas da mesa, e uma bola de cristal com a base dourada ocupava a outra. No centro da mesa havia um conjunto prateado de chá, disposto para convidados: um prato de sanduíches, um bule azul exalando fumaça branca e duas xícaras em pires combinados em frente a duas cadeiras.

— Uau — disse Clary suavemente. — Está ótimo. — Ela se sentou em uma das cadeiras. Era agradável.

Dorothea sorriu, com um olhar astuto e brilhante.

— Tome um pouco de chá — disse ela, levantando o bule. — Leite? Açúcar?

Clary olhou de soslaio para Jace, que estava ao lado dela e já havia tomado posse do prato de sanduíches. Ele o estava examinando cuidadosamente.

— Açúcar — disse ele.

Jace deu de ombros, pegou um sanduíche e devolveu o prato à mesa. Clary o observou cautelosamente enquanto ele comia. Ele deu de ombros novamente.

— Pepino — disse ele em resposta ao olhar fixo de Clary.

— Eu sempre acho que sanduíche de pepino combina perfeitamente com chá, não é mesmo? — perguntou Madame Dorothea, para ninguém em particular.

— Detesto pepino — disse Jace e entregou o resto do sanduíche a Clary. Ela deu uma mordida; estava temperado com a quantidade perfeita de maionese e pimenta. Seu estômago ressoou em agradecimento ao receber a primeira comida desde os nachos que comera com Simon.

— Pepino e bergamota — disse Clary. — Tem mais alguma coisa que você odeie que eu deva saber?

Jace olhou para Dorothea por cima da borda da xícara de chá.

— Mentirosos — ele disse.

Calmamente, a senhora repousou a xícara de chá.

— Você pode me chamar de mentirosa, se quiser. É verdade, não sou uma bruxa. Mas minha mãe era.

Jace engasgou com o chá.

— Isso é impossível.

— Por que é impossível? — perguntou Clary, curiosa. Ela tomou um gole do chá. Estava amargo e fortemente aromatizado.

Jace respirou fundo.

— Porque são semi-humanos, semidemônios. Todas as bruxas e feiticeiros têm linhagem mista. E, por isso, não podem ter filhos. São estéreis.

— Como as mulas — disse Clary, pensativa, lembrando alguma coisa da aula de biologia. — Mulas são criaturas de linhagem mista estéreis.

— Seu conhecimento sobre pecuária é impressionante — disse Jace. — Todos os habitantes do Submundo são em parte demônios, mas só os feiticeiros são filhos de pais demônios. É por isso que são os mais poderosos.

— Vampiros e lobisomens, eles também são em parte demônios? E fadas?

— Vampiros e lobisomens resultam de doenças trazidas por demônios de suas dimensões habitacionais. A maioria das doenças demoníacas é fatal a humanos, mas nesses casos provocaram mudanças estranhas nos infectados, sem matá-los de fato. E fadas...

— Fadas são anjos caídos — disse Dorothea — que desceram do paraíso por seu orgulho.

— Essa é a lenda — disse Jace. — Também se diz que elas são frutos de anjos e demônios, o que para mim sempre pareceu mais provável. Bem e mal, misturados. As fadas são tão bonitas quanto os anjos deveriam ser, mas têm muita travessura e crueldade em si. E você pode perceber que a maioria evita a luz do meio-dia...

— Pois o demônio não tem poder — Dorothea disse suavemente, como se estivesse recitando uma velha rima —, senão na escuridão.

Jace franziu o rosto para ela. Clary disse:

— Deveriam ser? Você quer dizer que anjos não...

— Chega de falar de anjos — disse Dorothea, subitamente prática. — É verdade que feiticeiros não podem ter filhos. Minha mãe me adotou porque queria se certificar de que haveria alguém para cuidar deste lugar depois que ela se fosse. Não preciso fazer mágica. Devo apenas vigiar e guardar.

— Guardar o quê? — perguntou Clary.

— De fato, o quê? — Com uma piscadela, a senhora alcançou um sanduíche no prato, mas este estava vazio. Clary havia comido tudo. Dorothea sorriu. — É bom ver uma menina comendo bem. Na minha época, as meninas eram criaturas fortes e robustas, não os gravetos que são hoje em dia.

— Obrigada — disse Clary. Ela pensou na cinturinha de Isabelle e de repente se sentiu enorme. Ela repousou a xícara vazia de chá com um ruído.

Instantaneamente, Madame Dorothea pegou a xícara e olhou fixamente para ela, uma linha aparecendo entre as sobrancelhas pinceladas.

— O quê? — disse Clary nervosa. — Eu rachei a xícara ou alguma coisa assim?

— Ela está lendo suas folhas de chá — disse Jace, soando entediado, mas ele se inclinou para a frente junto com Clary, enquanto Dorothea girava a xícara, com dedos grossos, franzindo o rosto.

— É ruim? — perguntou Clary.

— Não é ruim nem bom. É confuso. — Dorothea olhou para Jace. — Me dê a *sua* xícara — ordenou.

Jace pareceu afrontado.

— Mas ainda não acabei o meu...

A senhora arrancou a xícara da mão dele e jogou o excesso do chá de volta no bule. Franzindo o rosto, ela olhou fixamente para o que restava.

— Vejo violência no seu futuro, uma grande quantidade de sangue derramado por você e por outros. Você vai se apaixonar pela pessoa errada. E também tem um inimigo.

— Só um? Isso é uma boa notícia. — Jace recostou-se novamente na cadeira enquanto Dorothea guardava a xícara dele e pegava a de Clary outra vez. Ela balançou a cabeça.

— Não há nada para ler aqui. As imagens estão confusas, sem qualquer significado. — Ela olhou para Clary. — Sua mente está bloqueada?

Clary estava perplexa.

— Como?

— Algum feitiço que possa ocultar uma memória, ou que possa ter bloqueado sua Visão.

Clary balançou a cabeça.

— Não, é lógico que não.

Jace se inclinou para a frente em alerta.

— Não se precipite — ele disse. — Ela alega não se lembrar de ter possuído a Visão antes dessa semana. Talvez...

— Talvez eu tenha me desenvolvido tardiamente — disse Clary. — E não me olhe assim só porque eu disse isso.

Jace assumiu um ar de ofendido.

— Eu não ia fazer isso.

— Você estava se preparando para um olhar malicioso, dava para perceber.

— Talvez — reconheceu Jace —, mas isso não significa que eu não tenha razão. Alguma coisa está bloqueando suas lembranças, tenho quase certeza disso.

— Muito bem, vamos tentar outra coisa. — Dorothea repousou a xícara e alcançou as cartas de tarô envolvidas pela seda. Ela ventilou as cartas e as entregou a Clary. — Passe a mão nelas até sentir alguma que seja quente ou fria, ou que pareça se agarrar aos seus dedos. Em seguida, retire uma e me mostre.

Obediente, Clary passou os dedos pelas cartas. Elas eram frescas e escorregadias, mas nenhuma parecia particularmente quente ou fria, e nenhuma se agarrou a ela. Finalmente, escolheu a esmo, e a levantou.

— O Ás de Copas — disse Dorothea, parecendo estupefata. — A carta do amor.

Clary virou e olhou a carta, que pesava em sua mão. A imagem na frente era grossa, com tinta verdadeira. Mostrava uma mão segurando um cálice na frente de um sol pintado de dourado. O cálice era feito de ouro, marcado com sóis menores e cravejado de rubis. O estilo artístico lhe era tão familiar quanto sua própria respiração.

— É uma carta boa, não é?

— Não necessariamente. As coisas mais terríveis que os homens fazem são em nome do amor — disse Madame Dorothea, com os olhos brilhando. — Mas é uma carta poderosa. O que ela significa para você?

— Que foi pintada pela minha mãe — disse Clary, e colocou a carta na mesa. — Foi ela quem pintou, não foi?

Dorothea assentiu, com um olhar de satisfação estampado no rosto.

— Ela pintou todas as cartas. Um presente para mim.

— É o que você diz — disse Jace com os olhos frios. — O quanto você conhecia a mãe de Clary?

Clary esticou a cabeça para olhar para ele.

— Jace, você não precisa...

Dorothea sentou-se de volta na cadeira, com as cartas abertas em forma de leque sobre o peito.

— Jocelyn sabia o que eu era, e eu sabia o que ela era. Não conversávamos muito a respeito. Às vezes ela me fazia favores, como pintar esse baralho, e, em troca, eu contava algumas fofocas do Submundo. Havia um nome ao qual ela me pediu para prestar atenção, e eu o fiz.

Era impossível interpretar a expressão de Jace.

— Que nome era esse?

— Valentim.

Clary sentou-se reta.

— Mas esse...

— E quando você diz que sabe o que Jocelyn era, o que quer dizer? O que ela era? — perguntou Jace.

— Jocelyn era o que era — disse Dorothea. — Mas no passado ela foi como você. Uma Caçadora de Sombras. Parte da Clave.

— Não — sussurrou Clary.

Dorothea olhou para ela com olhos tristes, quase gentis.

— É verdade. Ela escolheu morar nesta casa precisamente porque...

— Porque isso é um santuário — Jace disse a Dorothea. — Não é? Sua mãe era uma feiticeira. Ela criou este espaço, escondido, protegido, perfeito para habitantes foragidos do Submundo se esconderem. É isso que você faz, não é? Você esconde criminosos aqui.

— Óbvio que você os *chamaria* assim — disse Dorothea. — Você está familiarizado com o lema do Pacto?

— *Dura lex, sed lex* — disse Jace, automaticamente. — A Lei é dura, mas é a Lei.

— Às vezes a Lei é dura demais. Eu sei que a Clave teria me tirado da minha mãe se pudesse. Você quer que eu permita que façam o mesmo com os outros?

— Então você ajuda a todos. — Os lábios de Jace se curvaram. — Suponho que você ache que eu vou acreditar que os seres do Submundo não lhe pagam um bom dinheiro pelo privilégio do seu santuário?

Dorothea sorriu, um sorriso largo o suficiente para exibir o brilho de molares dourados.

— Não são todos que podem viver da beleza, como você.

Jace pareceu inabalado pelo elogio.

— Eu deveria denunciá-la para a Clave...

— Você não pode! — Clary estava de pé agora. — Você prometeu.

— Eu não prometi nada. — Jace estava revoltado. Foi até a janela e empurrou uma das cortinas de veludo. — Você quer me contar o que é isso? — exigiu.

— É uma porta, Jace — disse Clary. *Era* uma porta, estranhamente colocada na parede entre as duas janelas. Obviamente não poderia ser uma porta que levasse a qualquer lugar, ou ela seria visível do lado de fora da casa. Parecia feita de algum metal macio e brilhante, mais claro do que bronze, mas tão pesado quanto ferro. A maçaneta tinha o formato de um olho.

— Cale a boca — disse Jace, furioso. — É um Portal. Não é?

— É uma porta de cinco dimensões — disse Dorothea, colocando as cartas de volta sobre a mesa. — As dimensões não são linhas retas, você sabe — acrescentou, em resposta ao olhar confuso de Clary. — Têm mergulhos e entradas, cantos e recantos, todos espalhados. É um pouco difícil de explicar quando você nunca estudou teoria dimensional, mas, essencialmente, essa porta pode levá-lo a qualquer lugar que desejar ir nessa dimensão. É...

— Uma escotilha de fuga — disse Jace. — É por isso que sua mãe queria morar aqui. Para que ela sempre pudesse escapar a qualquer instante.

— Então por que ela não... — Clary começou e em seguida se interrompeu, repentinamente horrorizada. — Por minha causa — ela disse. — Ela não iria sem mim naquela noite. Então ficou.

Jace estava balançando a cabeça.

— Você não pode se culpar.

Sentindo as lágrimas se formando, Clary passou por Jace e foi até a porta.

— Quero ver para onde ela teria ido — ela disse, esticando o braço para alcançar a porta. — Quero ver para onde ela iria fugir...

— Clary, não! — Jace esticou-se para segurá-la, mas ela já estava com os dedos na maçaneta. Girou rapidamente sob suas mãos, e a porta se abriu como se ela tivesse empurrado. Dorothea se levantou com um grito, mas era tarde demais. Antes que sequer pudesse concluir a frase, Clary se viu empurrada para a frente, caindo no espaço vazio.

8

Arma de Escolha

Ela estava surpresa demais para gritar. A sensação de queda foi a pior parte; o coração voou até a garganta e o estômago virou água. Ela esticou os braços, tentando agarrar alguma coisa, qualquer coisa que a desacelerasse.

Ela fechou as mãos em galhos. Folhas foram arrancadas. Ela caiu no chão, com força, o quadril e o ombro atingiram um solo compactado. Ela rolou para o lado, respirando fundo, devolvendo o ar aos pulmões. Estava começando a sentar quando alguém aterrissou em cima dela.

Ela foi derrubada para trás. Uma testa bateu na dela, seus joelhos nos de alguém. Presa por braços e pernas, Clary tossiu cabelo (não era sequer o dela) para fora da boca e tentou se livrar do peso que parecia esmagá-la.

— Ai — disse Jace no ouvido de Clary, em tom indignado. — Você me deu uma cotovelada.

— Bem, você *pousou* em cima de mim.

Ele se levantou e olhou para ela, placidamente. Clary podia ver o céu azul sobre a cabeça dele, um pedaço de um galho de árvore e o canto de uma casa cinza de ripa de madeira.

— Você não me deixou muita escolha, não é mesmo? — perguntou ele. — Não depois que resolveu pular alegremente pelo Portal, como se estivesse pulando no metrô da linha F. Você tem sorte de não termos ido parar dentro do rio.

— Não precisava vir atrás de mim.

— Precisava, sim — ele disse. — Você é inexperiente demais para se proteger em uma situação hostil sem mim.

— Que gracinha! Talvez eu perdoe você.

— Me perdoar? Pelo quê?

— Por ter me mandado calar a boca.

Ele franziu o cenho.

— Eu não mandei... bem, mandei, mas você estava...

— Deixe pra lá. — O braço dela, preso atrás das costas, estava começando a doer. Rolando para o lado a fim de livrá-lo, ela viu a grama marrom de um gramado morto, uma cerca de arame e um pouco mais da casa cinza de ripa de madeira, agora estranhamente familiar.

Ela congelou.

— Eu sei onde estamos.

Jace parou de fazer barulho.

— O quê?

— Esta é a casa do Luke. — Ela se sentou, empurrando Jace para o lado. Ele rolou graciosamente até ficar de pé, e esticou a mão para ajudá-la a se levantar. Ela o ignorou e cambaleou para cima, sacudindo o braço dormente.

Eles estavam em frente a uma pequena casa cinza desordenada, aninhada entre outras casas que alinhavam a costa de Williamsburg. Uma brisa soprava do rio, fazendo com que um pequeno anúncio balançasse sobre os degraus de tijolo da entrada. Clary observou Jace enquanto ele lia as palavras em voz alta:

— *Livraria Garroway. Usados, novos e fora de catálogo. Fechado aos sábados.* — Ele olhou para a porta escura da frente, a maçaneta trancada com um cadeado enorme. Correspondências de alguns dias sobre o tapete na entrada, intocadas. Ele olhou para Clary. — Ele mora em uma livraria?

— Ele mora atrás da loja. — Clary olhou para cima e para baixo da rua vazia, que era cercada em uma ponta pelo arco da Williamsburg Bridge, e por uma fábrica de açúcar abandonada na outra. Do outro lado do rio, o sol estava se pondo atrás dos prédios de Manhattan, envolvendo-os em dourado. — Jace, como viemos parar aqui?

— Através do Portal — disse Jace, examinando o cadeado. — Leva você ao lugar em que estiver pensando.

— Mas eu não estava pensando neste lugar — argumentou Clary. — Eu não estava pensando em lugar nenhum.

— Você devia estar. — Ele encerrou o assunto, parecendo desinteressado. — Então, como já estamos aqui mesmo...

— O quê?

— O que você quer fazer?

— Quero ir embora, eu acho — disse Clary, amargamente. — Luke me disse para não vir aqui.

Jace balançou a cabeça.

— E você simplesmente aceitou isso?

Clary fechou os braços em torno de si. Apesar do calor do dia, ela estava com frio.

— E eu tenho escolha?

— Sempre temos escolhas — disse Jace. — Se eu fosse você, estaria bem curioso a respeito de Luke agora. Você tem a chave da casa?

Clary balançou a cabeça.

— Não, mas às vezes ele deixa a porta dos fundos destrancada. — Ela apontou para o beco estreito entre a casa de Luke e a vizinha. Lixeiras de plástico estavam organizadamente enfileiradas ao lado de pilhas de jornais e uma banheira plástica de garrafas de refrigerante vazias. Ao menos Luke continuava reciclando.

— Você tem certeza de que ele não está em casa? — perguntou Jace.

Ela olhou para o meio-fio vazio.

— Bem, a caminhonete não está aqui, a loja está fechada e todas as luzes estão apagadas. Eu diria que provavelmente não.

— Então, vá na frente.

A rua estreita entre as casas acabava em uma cerca. Envolvia o pequeno jardim dos fundos, em que as únicas plantas florescendo pareciam ser as ervas daninhas que cresciam entre as pedras do pavimento.

— Vamos pular — disse Jace, colocando a ponta da bota em um buraco na grade. Ele começou a escalar. A grade fez um barulho tão alto que Clary olhou em volta nervosa, mas não havia luzes acesas na casa dos vizinhos. Jace chegou ao topo da grade e saltou para o outro lado, aterrissando nos arbustos, acompanhado por um uivo ensurdecedor.

Por um instante, Clary achou que ele tivesse pousado em um gato de rua. Ela ouviu Jace gritar surpreso ao cair para trás. Uma sombra escura — grande demais para ser felina — explodiu do arbusto e correu pelo jardim, mantendo-se abaixada. Levantando-se rapidamente, Jace foi atrás dele, com um olhar assassino.

Clary começou a escalar. Ao passar a perna sobre o topo da grade, os jeans de Isabelle prenderam em um fio de arame solto e rasgaram na lateral. Ela pulou para o chão, os sapatos atingindo a terra macia, exatamente quando Jace gritou, triunfante.

— Peguei! — Clary virou para ver Jace sentado em cima do intruso, cujos braços estavam sobre a cabeça. Jace o agarrou pelos pulsos. — Vamos, deixe-me ver o seu rosto...

— Saia de cima de mim, seu babaca pretensioso — disparou o intruso, atacando Jace. Ele se debateu até conseguir sentar, os óculos derrubados.

Clary parou onde estava.

— *Simon*?

— Ah, meu Deus — disse Jace, soando decepcionado. — E eu achando que tinha conseguido alguma coisa interessante.

— Mas o que você estava fazendo nos canteiros de Luke? — perguntou Clary, tirando folhas do cabelo de Simon. Ele recebeu o gesto com muita má vontade. De alguma forma, quando ela pensou no reencontro com

Simon, quando isso tudo acabasse, ele estaria com um humor melhor. — É isso que eu não estou entendendo.

— Tudo bem, chega. Eu posso arrumar meu próprio cabelo, Fray — disse Simon, desviando-se do toque dela. Eles estavam sentados em um dos degraus da varanda dos fundos de Luke. Jace se colocara no canto da varanda e estava fingindo ignorá-los completamente enquanto usava a estela para limar as pontas das unhas. Clary ficou imaginando se a Clave aprovaria.

— Quero dizer, Luke sabia que você estava aqui? — ela perguntou.

— É óbvio que ele não sabia que eu estava aqui — disse Simon, irritado. — Eu nunca perguntei, mas ele com certeza tem uma política rígida no que se refere a adolescentes quaisquer escondidos nos canteiros da casa dele.

— Você não é um qualquer; ele o conhece. — Ela queria esticar a mão e tocar a bochecha dele, que ainda estava sangrando um pouquinho após ter sido ligeiramente cortada por um galho. — O mais importante é que você está bem.

— Que *eu* estou bem? — Simon riu, um som afiado e descontente. — Clary, você faz ideia do que eu passei nesses últimos dias? A última vez em que a vi, você estava correndo do Java Jones como um morcego fugindo do inferno, e depois simplesmente... desapareceu. Não atendeu o celular, e o seu telefone de casa estava desligado, depois Luke me disse que você estava com alguns parentes no norte do estado quando eu *sei* que você não tem parente algum. Eu achei que tivesse feito alguma coisa que tivesse irritado você.

— Mas o que você poderia ter feito? — Clary tentou pegar a mão dele, mas ele a puxou sem olhar para ela.

— Não sei — ele disse. — Alguma coisa.

Jace, ainda entretido com a estela, deu uma risada baixa para si mesmo.

— Você é o meu melhor amigo — disse Clary. — Eu não estava chateada com você.

— É, bem, você também obviamente não se preocupou em pegar o telefone para me falar que estava por aí com um pseudogótico com o cabelo pintado de louro que provavelmente conheceu no Pandemônio — disse Simon, amargamente. — Depois de eu ter passado os últimos três dias imaginando que você estava *morta*.

— Eu não estava com ele — disse Clary, grata por estar escuro o suficiente para encobrir o sangue que enrubesceu seu rosto.

— E o meu cabelo é naturalmente louro — disse Jace. — Só para informar.

— Então o que você fez nos últimos três dias? — perguntou Simon, os olhos escuros desconfiados. — Você realmente tem uma tia-avó Matilda que contraiu gripe aviária e precisava de cuidados especiais?

— Foi isso que Luke disse?

— Não. Ele apenas disse que você tinha ido visitar alguém da família que estava doente, e que o seu telefone provavelmente não funcionava no campo. Não que eu tenha acreditado nisso. Depois que ele me expulsou pela varanda da frente, eu circulei a casa e olhei pela janela de trás. Assisti enquanto ele preparava uma mala verde como se fosse passar o fim de semana fora. Foi então que resolvi ficar para vigiar as coisas.

— Por quê? Porque ele fez uma mala?

— Ele encheu a mala de armas — disse Simon, esfregando o sangue da bochecha com a manga da camiseta. — Facas, algumas adagas, até uma espada. E o mais engraçado é que algumas das armas pareciam estar brilhando. — Ele olhou de Clary para Jace, e para Clary outra vez. Sua voz estava tão afiada quanto uma das facas de Luke. — Agora você vai dizer que eu estava imaginando aquilo tudo?

— Não — disse Clary. — Eu não vou dizer isso. — Ela olhou para Jace. O último feixe de luz do pôr do sol refletia um brilho dourado em seus olhos. Então disse: — Vou contar a verdade para ele.

— Eu sei.

— Você vai tentar me impedir?

Ele olhou para a estela que tinha nas mãos.

— Meu juramento à Clave me impede — ele disse. — Você não está impedida por juramento algum.

Ela voltou-se novamente para Simon, respirando fundo.

— Muito bem — ela disse. — Eis o que você precisa saber.

O sol já se pusera completamente atrás do horizonte, e a varanda estava completamente escura quando Clary parou de falar. Simon havia escutado a longa explicação com uma expressão praticamente impassível, apenas franzindo o rosto quando ela chegou à parte do demônio Ravener. Quando acabou de contar, ela limpou a garganta, repentinamente desesperada por um copo d'água.

— Então — ela disse —, alguma pergunta?

Simon levantou a mão.

— Ah, eu tenho perguntas. Muitas.

Clary respirou fundo.

— Muito bem, vá em frente.

Ele apontou para Jace.

— Bem, ele é um... como você chama pessoas como ele mesmo?

— Ele é um Caçador de Sombras — disse Clary.

— Um caçador de demônios — explicou Jace. — Eu mato demônios. Não é muito complicado, na verdade.

Simon olhou novamente para Clary.

— Sério? — Ele estava com os olhos franzidos, como se estivesse esperando que ela lhe dissesse que nada daquilo era verdade e que Jace era de fato um louco foragido que ela havia decidido acolher por bondade.

— Sério.

Simon tinha um olhar decidido no rosto.

— E também existem vampiros? Lobisomens, feiticeiros, tudo isso?

Clary mordeu o lábio inferior.

— É o que ouvi.

— E você também os mata, Jace? — perguntou Simon, dirigindo a pergunta a Jace, que voltara a guardar a estela no bolso e estava examinando as unhas à procura de defeitos.

— Só quando se comportam mal.

Por um instante, Simon apenas ficou sentado olhando para os próprios pés. Clary imaginou se dar essas informações a ele tinha sido a atitude errada. Ele tinha um senso prático mais forte do que qualquer um que Clary conhecia; podia odiar saber de algo assim, uma coisa sem qualquer explicação lógica. Ela se inclinou para a frente, ansiosa, exatamente quando Simon levantou a cabeça.

— Isso é *magnífico* — ele disse.

Jace pareceu tão espantado quanto Clary se sentia.

— Magnífico?

Simon anuiu com entusiasmo o bastante para fazer com que os cachos pretos balançassem sobre a testa.

— Totalmente. É como RPG, só que *de verdade*.

Jace estava olhando para Simon como se ele fosse uma espécie estranha de inseto.

— É como o quê?

— É um jogo — Clary explicou. Ela se sentiu ligeiramente envergonhada. — As pessoas fingem ser magos e elfos, e matam monstros e coisas desse tipo.

Jace parecia abismado.

Simon sorriu.

— Você nunca ouviu falar em RPG? Em *Dungeons and Dragons*?

— Já ouvi falar em *dungeons*, masmorras — disse Jace. — Também em *dragons*, dragões. Apesar de estarem praticamente extintos.

Simon pareceu decepcionado.

— Você nunca matou um dragão?

— Ele provavelmente também nunca encontrou uma mulher-elfo gata de um metro e oitenta com biquíni de pele — disse Clary, irritada. — Dá um tempo, Simon.

— Elfos de verdade só têm vinte centímetros de altura, aproximadamente — disse Jace. — Além disso, eles mordem.

— Mas vampiras são gatas, não são? — disse Simon. — Quero dizer, algumas vampiras são gatinhas, não são?

Por um instante, Clary temeu que Jace fosse voar pela varanda e esganar Simon até ele perder os sentidos. Em vez disso, ele pensou na pergunta.

— Algumas são, acho.

— *Fantástico* — disse Simon. Clary concluiu que preferia quando eles estavam brigando.

Jace saiu da grade da varanda.

— Então, vamos revistar a casa ou não?

Simon se levantou.

— Estou dentro. O que estamos procurando?

— *Nós*? — disse Jace, com delicadeza sombria. — Não me lembro de ter convidado você.

— *Jace* — Clary disse, irritada.

O canto esquerdo de sua boca se curvou.

— Só estava brincando. — Ele chegou para o lado para deixar o caminho livre para a porta. — Vamos?

Clary tateou a porta no escuro, em busca da maçaneta. Ela abriu, ativando a luz da varanda, que iluminou a entrada. A porta que levava à livraria estava fechada. Clary mexeu na maçaneta.

— Está trancada.

— Permitam-me, mundanos — disse Jace, colocando-a de lado gentilmente. Ele retirou a estela do bolso e colocou-a na porta. Simon assistiu com certo despeito. Nem todas as vampiras do mundo, Clary suspeitou, fariam com que ele gostasse de Jace.

— Ele é uma coisa, não é? — resmungou Simon. — Como você aguenta?

— Ele salvou a minha vida.

Simon olhou para ela rapidamente.

— Como...

Com um clique, a porta se abriu.

— Lá vamos nós — disse Jace, colocando a estela de volta no bolso. Clary viu a Marca na porta, logo acima de sua cabeça, desbotar enquanto a atravessavam. A porta dos fundos se abriu em um pequeno armazém, as paredes vazias com tinta descascando. Caixas de papelão empilhadas por todos os lados, o conteúdo de cada uma assinalado com marcadores: "Ficção", "Poesia", "Culinária", "Interesse local", "Romance".

— O apartamento é por ali. — Clary caminhou em direção à porta para a qual apontou, no lado oposto da sala.

Jace a pegou pelo braço.

— Espere.

Ela olhou nervosa para ele.

— Alguma coisa errada?

— Não sei. — Ele se colocou entre duas fileiras de caixas e assobiou. — Clary, acho que você deveria vir até aqui ver isso.

Ela olhou em volta. O armazém estava pouco iluminado e a única luz que entrava pela janela era a da varanda.

— Está tão escuro...

Acendeu-se uma luz, iluminando toda a sala com fulgor brilhante. Simon virou a cabeça para o lado, piscando os olhos.

— Ai.

Jace sorriu. Ele estava no topo de uma caixa selada, com a mão levantada. Alguma coisa brilhava na palma de sua mão, a luz escapava por entre os dedos curvados.

— Pedra enfeitiçada — ele disse.

Simon murmurou alguma coisa para si. Clary já estava passando pelas caixas, indo em direção a Jace. Ele estava atrás de uma pilha de livros misteriosos e a pedra enfeitiçada emitia um brilho estranho sobre o rosto dele.

— Veja isso — disse ele, indicando um espaço mais alto na parede. Inicialmente, ela pensou que ele estivesse apontando para um par de arandelas ornamentais. Enquanto seus olhos se ajustavam, ela percebeu que eram rodelas de metal presas a correntes curtas, cujas pontas estavam fincadas na parede.

— Por acaso são...

— Algemas — disse Simon, passando pelas caixas. — Isso é...

— Não diga "pervertido". — Clary lançou-lhe um olhar de aviso. — Estamos falando de Luke.

Jace levantou a mão para passar os dedos na parte interior de uma das rodelas de metal. Ao abaixá-la, os dedos estavam sujos com um pó vermelho-amarronzado.

— Sangue. E vejam. — Ele apontou para a parede ao lado da qual as correntes estavam fincadas; o papel de parede parecia saltar para fora. — Alguém tentou arrancar da parede. E com muita força, ao que tudo indica.

O coração de Clary começou a bater forte no peito.

— Você acha que está tudo bem com Luke?

Jace abaixou a pedra enfeitiçada.

— Acho melhor descobrirmos.

A porta do apartamento estava destrancada. Levava à sala de Luke. Apesar das centenas de livros na loja, havia outras centenas na casa. Prateleiras de livros iam até o teto. Nelas, os volumes ficavam em "duas filas", uma bloqueando a outra. A maioria era de poesia ou ficção, com alguns de fantasia e mistério no meio. Clary se lembrou de ter devorado toda a coleção *As Aventuras de Prydain*, deitada na cadeira abaixo da janela de Luke enquanto o sol se punha sobre o rio.

— Acho que ele ainda está por aqui — disse Simon, na porta da pequena cozinha de Luke. — A cafeteira está ligada e tem café nela. Quente ainda.

Clary espiou pela porta da cozinha. As louças estavam empilhadas na pia. Os casacos de Luke, cuidadosamente pendurados nos cabides do armário de casacos. Ela seguiu pelo corredor e abriu a porta do quarto. Parecia o mesmo de sempre, a cama desarrumada com a colcha cinza e os travesseiros, a mesa de cabeceira cheia de trocados. Ela virou de costas. Uma parte dela tinha certeza de que entraria e encontraria o lugar devastado, e Luke amarrado ou coisa pior. Agora ela não sabia o que pensar.

Entorpecida, ela atravessou o corredor até o quarto de hóspedes, onde havia ficado tantas vezes quando Jocelyn viajava a trabalho. Eles ficavam acordados até tarde vendo filmes de terror antigos na televisão em preto e branco. Ela até deixava uma mochila com coisas extras ali para não ter de ficar levando e trazendo roupas toda vez que voltasse para casa.

Ajoelhando-se, ela puxou a mochila de debaixo da cama pela alça verde-azeitona. Era coberta de broches, a maioria presente de Simon. JOGADORES SE DÃO MELHOR. OTAKU DE CAMPONESAS. AINDA NÃO SOU REI. Dentro, havia algumas roupas dobradas, algumas calcinhas extras, uma escova de cabelo e até xampu. *Graças a Deus*, ela pensou, e fechou a porta do quarto. Rapidamente, ela saiu das roupas grandes demais — e agora sujas de grama e suor — de Isabelle, colocando uma de suas velhas calças e uma camiseta azul com um desenho de personagens chineses na frente. Ela jogou as roupas de Isabelle na mochila, puxou a cordinha e saiu do quarto, com a bolsa sacudindo de modo familiar entre as omoplatas. Era bom voltar a ter alguma coisa que pertencia a ela.

Ela encontrou Jace no escritório abarrotado de livros, examinando uma mochila verde aberta sobre a mesa. Estava, como Simon dissera, cheia de armas — facas, um chicote e algo que parecia um disco de metal afiado.

— É um *chakhram* — disse Jace, levantando o olhar enquanto Clary entrava na sala. — Uma arma sique. Você enrola no dedo indicador antes de soltar. São muito raras e difíceis de usar. É estranho Luke ter uma. Era a arma de escolha de Hodge antigamente. Pelo menos é o que ele diz.

— Luke coleciona coisas. Objetos de arte. Você sabe — disse Clary apontando para a prateleira atrás da mesa, cheia de estátuas indígenas e ícones russos. Seu favorito era uma estatueta da deusa indiana da destruição, Kali, representada com uma espada e uma cabeça decepada enquanto dançava com a cabeça para trás com os olhos fechados. Ao lado da mesa, havia uma antiga tela chinesa, esculpida em madeira jacarandá brilhante. — Coisas bonitas.

Jace moveu o *chakhram* cautelosamente para o lado. Um punhado de roupas saiu da mochila desamarrada de Luke, como se tivessem sido acrescentadas em um segundo momento.

— Aliás, acho que isso é seu.

Ele pegou um objeto retangular escondido junto com as roupas: um porta-retratos de madeira com uma rachadura vertical no vidro. A rachadura se ampliava em linhas que pareciam teias de aranha sobre os rostos sorridentes de Clary, Luke e Jocelyn.

— Isso *é* meu — disse Clary, tirando da mão dele.

— Está quebrado — observou Jace.

— Eu sei. Fui eu que fiz isso. Eu quebrei. Quando atirei no demônio Ravener. — Ela olhou para ele, vendo a percepção que surgia no rosto de Jace. — Isso significa que Luke esteve no apartamento depois do ataque. Talvez hoje mesmo...

— Ele deve ter sido a última pessoa a passar pelo Portal — disse Jace. — Por isso nos trouxe aqui. Você não estava pensando em lugar algum, então ele nos mandou para o último lugar onde havia estado.

— Dorothea foi *muito* legal em nos contar que ele esteve lá — disse Clary.

— Ele provavelmente pagou para ela ficar quieta. Isso ou ela confia mais nele do que na gente. O que significa que ele pode não ser...

— Gente! — Era Simon, entrando na sala em pânico. — Alguém está vindo.

Clary derrubou a foto.

— Luke?

Simon espiou o corredor, depois fez que sim com a cabeça.

— É. Mas ele não está sozinho. Dois homens estão com ele.

— Homens? — Jace atravessou a sala com alguns passos, espiou pela porta e resmungou baixinho. — Feiticeiros.

Clary o encarou.

— Feiticeiros? Mas...

Sacudindo a cabeça, Jace recuou.

— Tem algum jeito de sair daqui? Uma porta dos fundos?

Clary balançou a cabeça. O ruído de passos no corredor já era audível, provocando pontadas de medo em seu peito.

Jace olhou à sua volta desesperadamente. Seu olhar parou na tela de jacarandá.

— Vá para trás daquilo — ele disse, apontando. — *Agora*.

Clary derrubou a foto quebrada na mesa e se escondeu atrás da tela, puxando Simon consigo. Jace estava logo atrás, com a estela em mãos. Ele mal havia se escondido atrás da tela também quando Clary ouviu a porta se abrir, o barulho de pessoas entrando no escritório de Luke — em seguida vozes. Três homens falando. Ela olhou tensa para Simon, que estava muito pálido, e depois para Jace, que tinha a estela erguida na mão e estava mexendo levemente a ponta, em um formato quadrado. Enquanto observava, o quadrado clareou, como um painel de vidro. Ela viu Simon inspirar fundo — um ruído baixinho, praticamente inaudível — e Jace balançou a cabeça para os dois, falando sem som as seguintes palavras: *eles não conseguem nos ver, mas nós conseguimos vê-los.*

Mordendo o lábio, Clary inclinou-se para a frente e espiou através da tela agora de vidro, consciente da respiração de Simon em sua nuca. Ela enxergava a sala perfeitamente: as prateleiras de livros, a mesa com a mochila aberta — e Luke maltrapilho e ligeiramente curvado, com os óculos no alto da cabeça, parado ao lado da porta. Era assustador, mesmo sabendo que ele não podia enxergá-la, pois o vidro feito por Jace era como o espelho de uma sala de interrogatório policial: só tinha um lado.

Luke virou, olhando através da entrada.

— Sim, sintam-se livres para olhar por aí — ele disse, com o tom razoavelmente carregado por sarcasmo. — É muito gentil da parte de vocês mostrarem interesse.

Uma risadinha baixa ecoou do canto da sala. Com um movimento impaciente de pulso, Jace cutucou a ponta da "janela", que abriu um pouco mais. Havia dois homens com Luke, ambos em longas túnicas avermelhadas, com os capuzes empurrados para trás. Um deles era magro, com um bigode cinza elegante e barba pontuda. Quando sorriu, exibiu dentes extremamente brancos. O outro era corpulento, largo como um lutador, e tinha cabelos avermelhados. Tinha a pele roxa e as maçãs do rosto pareciam brilhar, como se sua pele tivesse sido esticada demais.

— Esses são feiticeiros? — Clary sussurrou suavemente.

Jace não respondeu. Ele havia ficado completamente rígido, como uma barra de ferro. *Ele está com medo que eu vá fugir, tentando surpreender a Luke,* pensou Clary. Ela gostaria de poder garantir a ele que não faria isso. Havia algo sobre aqueles dois homens, com suas capas grossas cor de sangue, completamente assustador.

— Considere isso um check-up amigável, *Graymark* — disse o homem de bigode cinza. Ele tinha um sorriso que exibia dentes tão afiados que pareciam ter sido cultivados para o canibalismo.

— Não há nada de amigável em você, Pangborn. — Luke se sentou na ponta da mesa, angulando o corpo de modo que a visão do sujeito ficasse bloqueada, fazendo com que ele não enxergasse a mochila ou seu conteúdo. Agora que ele estava mais perto, Clary podia ver que o rosto e as mãos de Luke estavam severamente feridos, os dedos arranhados e ensanguentados. Um longo corte no pescoço desaparecia sob o colarinho. *Que diabos acontecera a ele*?

— Blackwell, não toque nisso, é muito valioso — disse Luke, incisivo.

O grandalhão ruivo, que pegara a estátua de Kali da estante, passou os dedos sobre ela pensativamente.

— Que beleza — ele disse.

— Ah — disse Pangborn, tirando a estátua das mãos do colega. — Ela foi criada para combater um demônio que não podia ser morto por nenhum deus ou nenhum homem. "Oh Kali, minha mãe cheia de bem-aventurança! Feiticeira do todo-poderoso Shiva, em vossa alegria delirante vós dançais, batendo vossas mãos. Vós sois a Causadora de todas as causas, e nós não somos nada além de vossos brinquedos."

— Muito bem — disse Luke. — Não sabia que você estudava mitos indianos.

— Todas as histórias são verdadeiras — disse Pangborn, e Clary sentiu um leve calafrio subindo pela espinha. — Ou você se esqueceu até disso?

— Não me esqueci de nada — disse Luke. Embora parecesse relaxado, Clary podia sentir a tensão nos ombros e na boca dele. — Suponho que Valentim o tenha mandado?

— Mandou — disse Pangborn. — Ele achou que você pudesse ter mudado de ideia.

— Não há nada sobre o que mudar de ideia. Eu já disse que não sei de nada. Belas capas, a propósito.

— Obrigado — disse Blackwell com um sorriso astuto. — Pegamos de uns feiticeiros mortos.

— São túnicas oficiais do Acordo, não são? — perguntou Luke. — São da Ascensão?

Pangborn deu uma risada.

— Despojos de batalha.

— Vocês não têm medo de que alguém os confunda com os verdadeiros?

— Não — disse Blackwell —, já chegaram perto uma vez.

Pangborn acariciou a ponta da túnica.

— Você se lembra da Ascensão, Lucian? — disse suavemente. — Foi um dia terrível e maravilhoso. Você se lembra de como treinamos juntos para a batalha?

O rosto de Luke enrijeceu.

— O passado é passado. Eu não sei o que dizer a vocês, cavalheiros. Não posso ajudá-los agora. Não sei de nada.

— "Nada" é uma palavra tão genérica, tão sem sentido — disse Pangborn, soando melancólico. — Certamente alguém que tem tantos livros deve saber *alguma coisa.*

— Se você quiser saber onde encontrar uma andorinha na primavera, posso lhe indicar o título e a referência exata. Mas se quer saber como ou onde está o Cálice Mortal que desapareceu...

— Desapareceu pode não ser a palavra correta — ronronou Pangborn. — Escondido é melhor. Escondido por Jocelyn.

— Pode ser — disse Luke. — Então ela ainda não te contou onde está?

— Ela ainda não recobrou a consciência — disse Pangborn, desenhando no ar com os longos dedos da mão. — Valentim está decepcionado. Ele estava ansioso pela reunião.

— Tenho certeza de que não ela não sentia o mesmo — murmurou Luke.

Pangborn murmurou algo.

— Está com ciúmes, Graymark? Talvez você não sinta por ela o que *costumava* sentir.

Uma tremedeira incontrolável tomou conta dos dedos de Clary, tão forte que ela teve de entrelaçar as mãos para que parasse. *Jocelyn? Será que estão falando da minha mãe*?

— Eu nunca senti nada em particular por ela — disse Luke. — Dois Caçadores de Sombras, exilados da própria espécie, você pode entender por que nos unimos. Mas não vou tentar interferir nos planos de Valentim para ela, se é isso que o preocupa.

— Eu não diria que ele está preocupado — disse Pangborn. — Curioso, eu diria. Todos nós tínhamos dúvida se vocês ainda estavam vivos. Ainda reconhecíveis como humanos.

Luke ergueu as sobrancelhas.

— E?

— Você parece bem o suficiente — disse Pangborn a contragosto. Ele recolocou a estatueta de Kali na prateleira. — Havia uma criança, não havia? Uma garota.

Luke pareceu espantado.

— O quê?

— Não banque o idiota — disse Blackwell em um tom de voz que parecia um rosnado. — Nós sabemos que a desgraçada teve uma filha. Encontraram fotos dela no apartamento, um quarto...

— Achei que estivessem perguntando sobre crianças minhas — interrompeu Luke calmamente. — Sim, Jocelyn teve uma filha. Clarissa. Presumo que ela tenha fugido. Valentim os mandou para encontrá-la?

— Nós não — disse Pangborn. — Mas ele está procurando.

— Poderíamos revistar esta casa — acrescentou Blackwell.

— Eu não recomendaria — disse Luke, e desceu da mesa. Havia uma ameaça velada em seu olhar ao encarar os dois homens, embora não tivesse mudado a expressão. — O que faz vocês pensarem que ela ainda está viva? Eu pensei que Valentim tivesse enviado Raveners para limpar o terreno. Com veneno de Ravener o suficiente, a maioria das pessoas vira cinzas, sem deixar traço algum.

— Havia um Ravener morto — disse Pangborn. — Isso deixou Valentim desconfiado.

— Tudo deixa Valentim desconfiado — disse Luke. — Talvez Jocelyn o tenha matado. Ela certamente tem essa capacidade.

Blackwell grunhiu.

— Talvez.

Luke deu de ombros.

— Prestem atenção, eu não faço ideia de onde a garota esteja, mas, se querem minha opinião, acho que ela está morta. Ela já teria aparecido se estivesse viva. Além do mais, ela não representa qualquer perigo. Ela tem 15 anos, nunca ouviu falar em Valentim, e não acredita em demônios.

Pangborn riu.

— Uma criança de sorte.

— Não mais — disse Luke.

Blackwell ergueu as sobrancelhas.

— Você parece irritado, Lucian.

— Não estou irritado, estou exasperado. Não tenho a menor intenção de interferir nos planos de Valentim, vocês entendem isso? Não sou tolo.

— Mesmo? — disse Blackwell. — É bom saber que desenvolveu algum respeito pela própria pele com o passar dos anos, Lucian. Você nem sempre foi tão pragmático.

— Você sabe — disse Pangborn, em tom casual — que trocaríamos Jocelyn pelo Cálice? Em perfeita segurança, bem à sua porta. Esta é uma promessa do próprio Valentim.

— Eu sei — disse Luke. — Não estou interessado. Não sei onde está o seu precioso Cálice, e não quero me envolver em suas políticas. Eu odeio Valentim — acrescentou —, mas o respeito. Eu sei que ele elimina todos que atravessam seu caminho. Pretendo estar fora de alcance quando isso acontecer. Ele é um monstro, uma máquina de destruição e morte.

— Olha quem está falando — rosnou Blackwell.

— Presumo que estas sejam suas preparações para sair do caminho de Valentim? — disse Pangborn, apontando um longo dedo para a mochila semifechada em cima da mesa. — Vai sair da cidade, Lucian?

Luke fez que sim com a cabeça.

— Vou para o campo. Pretendo ficar quieto por um tempo.

— Nós poderíamos impedi-lo — disse Blackwell. — Fazê-lo ficar.

Luke sorriu. O riso transformou sua expressão. De repente, ele não era mais o homem generoso e intelectual que empurrava Clary no balanço do parquinho e a ensinava a andar de triciclo. Subitamente, havia algo feroz por trás daqueles olhos, algo pérfido e frio.

— Vocês poderiam tentar.

Pangborn olhou para Blackwell, que balançou a cabeça uma vez, lentamente. Pangborn olhou mais uma vez para Luke.

— Você vai avisar se lembrar repentinamente de alguma coisa?

Luke ainda estava sorrindo.

— Você será o primeiro da lista.

Pangborn anuiu ligeiramente com a cabeça.

— Acho que vamos indo. Que o Anjo o proteja, Lucian!

— O Anjo não protege pessoas como eu — disse Luke. Ele pegou a mochila na mesa e fechou-a. — Estão saindo, cavalheiros?

Levantando os capuzes para cobrir novamente as faces, os dois saíram da sala, seguidos por Luke um instante mais tarde. Ele parou um instante na porta, olhando em volta como se estivesse pensando se teria esquecido alguma coisa. Depois a fechou cuidadosamente.

Clary ficou onde estava, congelada, ouvindo a porta da frente se fechar, e o tilintar metálico longínquo enquanto Luke recolocava o cadeado. Ela não parava de ver o olhar no rosto de Luke, incessantemente, quando ele disse que não estava interessado no que acontecesse à mãe dela.

Sentiu uma mão em seu ombro.

— Clary? — Era Simon, a voz hesitante, quase suave. — Você está bem?

Ela balançou a cabeça, muda. Estava longe de estar bem. Aliás, a sensação que tinha era de que jamais voltaria a ficar bem.

— É óbvio que ela não está bem — disse Jace, com a voz tão afiada e fria quanto pedaços de gelo. Ele pegou a tela e a empurrou para o lado bruscamente. — Pelo menos agora sabemos quem mandaria um demônio atrás de sua mãe. Aqueles homens acham que ela está com o Cálice Mortal.

Clary sentiu os lábios se contraírem em uma linha fina.

— Isso é completamente ridículo *e* impossível.

— Talvez — disse Jace, apoiando-se na mesa de Luke. Ele a encarou com olhos opacos como vidro embaçado. — Você já viu esses homens alguma vez?

— Não. — Ela balançou a cabeça. — Nunca.

— Lucian parecia conhecê-los. Parecia amigável com eles.

— Eu não diria amigável — disse Simon. — Diria que estavam contendo a hostilidade.

— Eles não o mataram logo de cara — disse Jace. — Acham que ele sabe mais do que está dizendo.

— Talvez — disse Clary — ou talvez estejam apenas relutantes em matar outro Caçador de Sombras.

Jace riu, um barulho duro, quase maldoso, que arrepiou os pelos nos braços de Clary.

— Duvido.

Ela o encarou severamente.

— O que faz você ter tanta certeza? Você os conhece?

A risada abandonou completamente a voz de Jace quando ele respondeu.

— Se os conheço? — ecoou. — Acho que você poderia dizer isso. São os homens que assassinaram meu pai.

9

O Ciclo e a Irmandade

Clary deu um passo à frente para tocar o braço de Jace, dizer alguma coisa, qualquer coisa — o que se dizia para alguém que havia acabado de ver os assassinos do próprio pai? A hesitação de Clary revelou não ter importância alguma; Jace mexeu o ombro de modo a espantar seu toque, como se o machucasse.

— Devemos ir — ele disse, saindo do escritório e entrando na sala. Clary e Simon se apressaram atrás dele. — Não sabemos quando Luke voltará.

Eles saíram pela porta dos fundos, Jace utilizou a estela para trancar tudo, e saíram direto para a rua silenciosa. A lua pendurava-se como um amuleto sobre a cidade, emitindo reflexos perolados na água do rio. O ronco distante de carros passando pela Williamsburg Bridge preenchia o ar úmido com um ruído que se assemelhava a asas batendo. Simon disse:

— Alguém quer me dizer para onde estamos indo?

— Para a linha L do metrô — disse Jace calmamente.

— Você só pode estar brincando — disse Simon, piscando os olhos. — Matadores de demônio andam de metrô?

— É mais rápido que ir de carro.

— Achei que fosse alguma coisa mais legal, como uma van com a frase "Morte aos Demônios" pintada do lado de fora, ou...

Jace nem se incomodou em fazer com que ele parasse. Clary olhou de soslaio para Jace. Às vezes, quando Jocelyn estava muito irritada com alguma coisa, ou simplesmente de mau humor, ficava de um jeito que Clary chamava de "assustadoramente calma". Era uma calma que fazia Clary pensar em como o gelo brilhava antes de quebrar com o peso da pessoa. Jace estava assustadoramente calmo. Com o rosto sem qualquer expressão, embora algo estivesse queimando no fundo daqueles olhos dourados.

— Simon — disse ela. — Chega.

Simon a olhou de um jeito como se dissesse *de que lado você está?*, mas Clary o ignorou. Ela continuava observando Jace enquanto viravam na Kent Avenue. As luzes da ponte atrás deles iluminavam os cabelos de Jace, criando um resplendor improvável. Ela imaginou se era errado o fato de ela estar satisfeita pelos homens que levaram sua mãe serem os mesmos que mataram o pai de Jace anos antes. Pelo menos por enquanto, ele teria de ajudá-la a encontrar Jocelyn, querendo ou não. Pelo menos por enquanto, não poderia deixá-la sozinha.

— Você mora *aqui*? — Simon estava olhando para o alto da catedral com as janelas quebradas e as portas seladas com fita amarela de polícia. — Mas é uma igreja.

Jace pôs a mão por dentro do colarinho da camisa e puxou uma chave de bronze pendurada em um chaveiro. Parecia o tipo de chave que alguém usaria para abrir um baú velho em um sótão. Clary assistiu à cena, curiosa — ele não havia trancado a porta quando saíram do Instituto; apenas a fechou.

— Achamos útil habitar um solo sagrado.

— Tudo bem, entendo, mas, sem querer ofender, este lugar é um lixo — disse Simon, olhando dubiamente para a grade de ferro curvada que cercava a antiga construção, cheia de lixo empilhado nas escadas.

Clary deixou a mente relaxar. Ela se imaginou pegando um dos trapos de terebintina da mãe e passando na vista à frente dela, limpando o feitiço, como se fosse tinta velha.

Lá estava: a verdadeira visão, brilhando através da falsa como luz através de um vidro escuro. Ela viu as espirais da catedral, o fulgor das janelas de chumbo, a placa de bronze fixada na parede de pedra ao lado da porta, com o nome do Instituto gravado. Conteve a visão por um instante antes de deixá-la sumir, quase com um suspiro.

— Tem muita magia, Simon — ela disse. — Não é realmente assim.

— Se essa é a sua ideia de magia, acho que vou repensar se vou deixar você ser a responsável pela minha mudança de visual.

Jace encaixou a chave na tranca, olhando para Simon por cima do ombro.

— Não sei se você tem noção da dimensão da honra que estou concedendo a você — ele disse. — Você será o primeiro mundano a ter entrado no Instituto um dia.

— Deve ser o cheiro que mantém os outros afastados.

— Ignore — Clary disse a Jace, e deu uma cotovelada em Simon. — Ele sempre diz exatamente o que vem à cabeça. Não tem filtro.

— Filtros são para cigarro e café — resmungou Simon enquanto entravam. — Duas coisas, por sinal, que cairiam muito bem agora.

Clary pensou desejosa em café enquanto subiam escadas em espiral, cada uma entalhada com um glifo. Estava começando a reconhecer alguns — atormentavam sua visão como palavras semiescutadas em uma língua estrangeira atormentavam sua audição, como se simplesmente se concentrando um pouco mais fosse possível extrair algum significado.

Clary e os dois meninos chegaram ao elevador e subiram em silêncio. Ela ainda estava pensando no café, grandes canecas de café, cujo conteúdo era metade leite, do jeito que Jocelyn fazia pela manhã. Às vezes Luke trazia saquinhos de rolinhos doces da confeitaria Golden Carriage em Chinatown. Ao pensar em Luke, o estômago de Clary se encolheu e ela perdeu o apetite.

O elevador parou com estrépito, e eles estavam novamente na entrada que Clary lembrava. Jace tirou a jaqueta, jogou-a em cima de uma cadeira próxima e assobiou através dos dentes. Em alguns segundos, apareceu Coroinha, abaixando-se, os olhos amarelos brilhando no ar empoeirado.

— Coroinha — disse Jace, ajoelhando-se para acariciar a cabeça cinza do gato. — Onde está Alec, Coroinha? Cadê o Hodge?

Coroinha arqueou a coluna e miou. Jace franziu o nariz, coisa que Clary poderia ter achado bonitinha em outras circunstâncias.

— Eles estão na biblioteca? — Ele se levantou e Coroinha se sacudiu, trotando um pouquinho pelo corredor, e olhando para trás. Jace seguia o gato como se isso fosse a coisa mais natural do mundo, indicando com um aceno que Clary e Simon deveriam acompanhá-lo.

— Não gosto de gatos — disse Simon, com o ombro batendo no de Clary enquanto manobravam pelo corredor estreito.

— Conhecendo Coroinha — disse Jace —, é improvável que ele goste de você.

Eles estavam passando por um dos corredores alinhados com os quartos. As sobrancelhas de Simon se ergueram.

— Quantas pessoas moram aqui, exatamente?

— É um instituto — disse Clary. — Um lugar no qual os Caçadores de Sombras podem ficar quando estão na cidade. É uma espécie de combinação entre refúgio e instalação de pesquisa.

— Pensei que fosse uma igreja.

— Fica *dentro* de uma igreja.

— E *isso* não é confuso. — Ela podia perceber o nervosismo sob o tom agitado de Simon. Em vez de brigar com ele, Clary esticou a mão e pegou a dele, entrelaçando os dedos nos dedos frios do amigo. Sua mão estava fria, mas ele retribuiu a pressão com um aperto agradecido.

— Eu sei que é estranho — ela disse calmamente —, mas você tem que embarcar na onda. Pode confiar em mim.

Os olhos escuros de Simon estavam sérios.

— Eu confio em você — ele disse. — Não confio *nele*. — Ele olhou na direção de Jace, que estava andando alguns passos à frente deles, aparentemente conversando com o gato. Clary imaginou sobre o que estariam falando. Política? Ópera? O preço alto do atum?

— Bem, você precisa tentar — ela disse. — Agora ele é a melhor chance que tenho de encontrar minha mãe.

Um arrepio passou por Simon.

— Este lugar não parece certo — ele sussurrou.

Clary se lembrou de como se sentira ao acordar ali pela manhã — como se tudo fosse estranho e familiar ao mesmo tempo. Para Simon, evidentemente, não havia qualquer familiaridade; só a sensação de estranheza, diferença e hostilidade.

— Você não precisa ficar comigo — ela disse, embora tivesse brigado com Jace no metrô pelo direito de manter Simon com ela, ressaltando que, após três dias vigiando Luke, ele poderia muito bem saber alguma coisa que lhes fosse útil quando tivessem a chance de examinar tudo nos mínimos detalhes.

— Preciso — disse Simon —, preciso sim. — E ele soltou a mão dela ao entrarem por uma porta e se encontrarem em uma cozinha. Era uma cozinha enorme e, ao contrário do resto do Instituto, inteiramente moderna, com bancadas metálicas e prateleiras de vidro que sustentavam fileiras de louças. Ao lado de um fogão vermelho de ferro fundido estava Isabelle, com uma colher redonda na mão, os cabelos escuros presos em um coque. Vapor saía da panela, e os ingredientes estavam espalhados por todo lugar — tomates, alho e cebola picados, pedaços de ervas escuras, queijo ralado, cascas de amendoins, um punhado de azeitonas e um peixe inteiro, olhando para cima.

— Estou fazendo sopa — disse Isabelle, balançando a colher para Jace. — Você está com fome? — Então ela olhou atrás dele, vendo Clary e Simon. — Meu Deus — disse em caráter definitivo. — Você trouxe outro mundano? Hodge vai matar você.

Simon limpou a garganta.

— Eu sou Simon — ele disse.

Isabelle o ignorou.

— JACE WAYLAND — ela disse. — Explique-se.

Jace estava olhando para o gato.

— Eu disse para me levar até Alec! Seu traidor.

Coroinha rolou sobre as costas, ronronando satisfeito.

— Não culpe Coroinha — disse Isabelle. — Não é culpa dele se Hodge vai matá-lo. — Ela colocou a colher de volta na panela. Clary imaginou que gosto teria uma sopa de amendoim, peixe, azeitona e tomate.

— Eu tive que trazê-lo — disse Jace. — Isabelle... hoje eu vi os dois homens que mataram meu pai.

Os ombros de Isabelle enrijeceram, mas, quando ela virou para eles, parecia mais chateada do que surpresa.

— Suponho que esse aí não seja um deles... — inquiriu, apontando a colher para Simon.

Para a surpresa de Clary, Simon não disse nada em resposta. Ele estava ocupado demais encarando Isabelle, arrebatado e de queixo caído. Obviamente, percebeu Clary com uma pontada de irritação. Isabelle era exatamente o tipo de Simon — alta, glamourosa e linda. Pensando bem, talvez esse fosse o tipo de todo mundo. Clary parou de pensar na sopa de amendoim, peixe, azeitona e tomate e começou a imaginar o que aconteceria se despejasse todo o conteúdo da panela na cabeça de Isabelle.

— É óbvio que não — disse Jace. — Você acha que ele estaria vivo agora se fosse?

Isabelle lançou um olhar indiferente a Simon.

— Acho que não — concordou, derrubando um pedaço de peixe no chão com descaso. Coroinha foi para cima dele avidamente.

— Não foi à toa que ele nos trouxe aqui — disse Jace, enojado. — Não acredito que você o está enchendo de peixe outra vez. Ele está particularmente rechonchudo.

— Ele não está rechonchudo. Além disso, nenhum de vocês jamais come nada. Peguei essa receita com um duende aquático no Chelsea Market. Ele disse que era deliciosa...

— Se você soubesse cozinhar, talvez eu comesse — resmungou Jace.

Isabelle congelou, segurando a colher num gesto ameaçador.

— *O que* foi que você disse?

Jace foi até a geladeira.

— Eu disse que vou procurar algum lanche para comer.

— Foi o que pensei. — Isabelle voltou a atenção para a sopa. Simon continuou olhando para Isabelle. Clary, inexplicavelmente furiosa, jogou a mochila no chão e seguiu Jace até a geladeira.

— Não acredito que você está comendo — ela sibilou.

— O que eu deveria estar fazendo? — perguntou com uma calma irritante. O interior da geladeira estava cheio de caixas de leite cujas datas de validade já haviam expirado há semanas, e potes de plástico rotulados com fitas nos quais se via escrito com tinta vermelha: DO HODGE. NÃO COMA.

— Nossa, ele é como um colega de apartamento maluco — observou Clary, momentaneamente distraída.

— Quem, Hodge? Ele só gosta das coisas organizadas. — Jace tirou um dos potes da geladeira e abriu. — Hummm. Espaguete.

— Não vá perder o apetite — disse Isabelle.

— Isso — disse Jace, fechando a geladeira com um chute e pegando um garfo de uma gaveta — é exatamente o que pretendo fazer. — Ele olhou para Clary. — Quer um pouco?

Ela balançou a cabeça.

— É óbvio que não — disse ele com a boca cheia. — Você comeu todos aqueles sanduíches.

— Não foram tantos sanduíches assim. — Ela olhou para Simon, que parecia ter tido êxito em iniciar uma conversa com Isabelle. — Podemos procurar Hodge agora?

— Você parece extremamente ansiosa para sair daqui.

— Você não quer contar a ele o que vimos?

— Ainda não decidi. — Jace colocou o pote na mesa e lambeu o molho de espaguete do dedo pensativamente. — Mas se você quer tanto ir...

— Quero.

— Tudo bem. — Ele parecia absurdamente calmo, ela pensou, não assustadoramente calmo como estivera antes, porém mais calmo do que deveria estar. Ela imaginou com que frequência ele deixava traços de sua verdadeira personalidade passarem pela fachada dura e brilhante como a camada de laca em uma das caixas chinesas de Jocelyn.

— Aonde vocês estão indo? — Simon levantou o olhar quando eles estavam chegando à porta. Fios de cabelo escuro caíam sobre seus olhos; ele parecia estupidamente espantado, Clary pensou maldosamente, como se alguém o tivesse acertado com um bastão na nuca.

— Encontrar Hodge — ela disse. — Eu preciso contar a ele o que aconteceu na casa do Luke.

Isabelle olhou para eles.

— Você vai contar para ele que viu aqueles homens, Jace? Os que...

— Não sei — ele a interrompeu. — Então guarde para si por enquanto.

Ela deu de ombros.

— Tudo bem. Você vai voltar? Quer um pouco de sopa?

— Não — disse Jace.

— Você acha que Hodge vai querer sopa?

— Ninguém quer sopa.

— *Eu* quero um pouco de sopa — disse Simon.

— Não, você não quer — disse Jace. — Você só quer transar com a Isabelle.

Simon se espantou.

— Isso *não* é verdade.

— Que coisa mais lisonjeira — Isabelle resmungou na direção da sopa, sorrindo.

— Ah, é sim — disse Jace. — Vá em frente e pergunte a ela, assim ela pode te dar um fora e nós podemos seguir em frente enquanto você lida com a própria humilhação. — Ele estalou os dedos. — Depressa, menino mundano, temos trabalho a fazer.

Simon desviou o olhar, completamente envergonhado. Clary, que há um segundo teria se sentido maliciosamente vingada, sentiu um ímpeto de raiva de Jace.

— Deixe-o em paz — disparou. — Não há motivo para ser sádico só porque ele não é um de *vocês*.

— Um de *nós* — disse Jace, mas o olhar sarcástico abandonara seu rosto. — Vou procurar Hodge. Pode vir junto ou não, a escolha é sua. — A porta da cozinha se fechou atrás dele, deixando Clary sozinha com Isabelle.

Isabelle serviu uma concha de sopa em uma vasilha e a empurrou sobre a bancada para Simon sem olhar para ele. Mas ela continuava sorrindo, Clary podia sentir. A sopa era verde-escura, e continha algumas coisas flutuantes de cor marrom.

— Eu vou com Jace — disse Clary. — Simon...?

— Euvoficaqui — resmungou, olhando para baixo.

— O quê?

— Eu vou ficar aqui — Simon sentou-se em um banco. — Estou com fome.

— Tudo bem. — A garganta de Clary estava apertada, como se ela tivesse engolido algo muito quente ou muito frio. Ela saiu da cozinha, com Coroinha a seus pés, como uma sombra cinza.

No corredor, Jace estava girando uma das lâminas serafim entre os dedos. Ele a colocou no bolso ao vê-la.

— Gentileza sua deixar os pombinhos a sós.

Clary franziu o rosto para ele.

— Por que você é sempre tão desagradável?

— Desagradável? — Jace parecia estar a ponto de começar a rir.

— O que você disse para Simon...

— Eu estava tentando poupá-lo. Isabelle vai cortar o coração dele e pisar em cima com botas de salto alto. É isso que ela faz com garotos como ele.

— Foi isso que ela fez com você? — perguntou Clary, mas Jace apenas balançou a cabeça antes de se voltar para Coroinha.

— Hodge — ele disse. — E Hodge *mesmo* dessa vez. Leve-nos a qualquer outro lugar e eu te transformo em uma raquete de tênis.

O gato persa ronronou e passou pelo corredor na frente deles. Clary, que vinha atrás de Jace, podia ver o estresse e o cansaço nos ombros dele. Ela imaginou se a tensão o abandonara em algum momento.

— Jace.

Ele olhou para ela.

— Quê?

— Me desculpe. Por estourar com você.

Ele riu.

— Qual das vezes?

— Você também já estourou comigo, sabia?

— Eu sei — ele disse, para a surpresa dela. — Tem alguma coisa em você que é tão...

— Irritante?

— Inquietante.

Ela queria perguntar se ele estava dizendo isso no bom ou no mau sentido, mas não o fez. Estava temerosa demais de que ele fizesse da resposta uma piada. Ela ficou procurando outra coisa para dizer.

— Isabelle sempre prepara o jantar para você? — ela perguntou.

— Não, graças a Deus. Na maior parte do tempo, os Lightwood estão aqui e Maryse, a mãe de Isabelle, cozinha para nós. Ela é uma ótima cozinheira. — Ele estava contemplativo, do jeito que Simon ficara quando olhou para Isabelle por cima da sopa.

— Então por que ela nunca ensinou a Isabelle? — Eles estavam passando pela sala de música agora, onde ela havia encontrado Jace tocando piano pela manhã. Sombras se haviam formado nos cantos.

— Isabelle nunca quis aprender. Ela sempre esteve mais interessada em lutar. Ela vem de uma longa linhagem de guerreiras — ele disse, em tom de orgulho. — Ela é uma das melhores Caçadoras de Sombras que já conheci. — Jace disse lentamente.

— Melhor que Alec?

Coroinha, caminhando silenciosamente à frente deles pelas sombras, parou subitamente e miou. Ele estava agachado ao pé de uma escada metálica em espiral que subia através de uma luz fraca acima.

— Então ele está na estufa — disse Jace. Clary levou um instante para perceber que ele estava falando com o gato. — Não é surpresa alguma.

— Na estufa? — disse Clary.

Jace subiu o primeiro degrau.

— Hodge gosta de ficar lá em cima. Ele cultiva plantas medicinais, coisas que podemos usar. A maioria só é plantada em Idris. Acho que faz com que ele se lembre de casa.

Clary o seguiu. Seus sapatos faziam barulho nos degraus de metal; os de Jace não.

— Ele é melhor que Isabelle? — ela perguntou novamente. — Alec, quero dizer.

Ele parou e olhou para baixo para ela, inclinando-se, como se estivesse prestes a cair. Ela se lembrou do sonho que tivera: *anjos caindo e queimando.*

— Melhor? — ele disse. — Em mutilar demônios? Não, na verdade, não. Ele nunca matou nenhum.

— Sério?

— Não sei por que não. Talvez porque sempre esteja protegendo a mim e a Izzy. — Eles chegaram ao topo da escada. Portas duplas os receberam, entalhadas com plantas e vinhas. Jace as abriu com o ombro.

O cheiro atingiu Clary assim que ela cruzou as portas: um cheiro de vegetação, forte, o cheiro de coisas vivas e crescentes, de solo e raízes que cresciam em terra. Ela estava esperando alguma coisa pior, alguma coisa do tamanho da pequena estufa atrás da St. Xavier, onde os alunos de biologia clonavam ervilhas, ou algo do gênero. Esse era um cercado de vidro enorme, alinhado com árvores cujos galhos folhosos respiravam ar fresco e de aroma verde. Havia arbustos cheios de frutas silvestres, vermelhas, roxas e pretas, e pequenas árvores com frutas estranhas que ela nunca tinha visto.

Clary respirou fundo.

— Tem cheiro de... — *primavera*, ela pensou, *antes de o calor chegar e destruir as folhas e murchar as pétalas das flores.*

— Casa — disse Jace. — Para mim. — Ele empurrou um galho e desviou dele. Clary foi atrás.

A estufa estava disposta, segundo o olho não treinado de Clary, sem qualquer padrão de organização, mas para todos os cantos que olhava havia um turbilhão de cores: botões roxo-azulados caindo de um canto verde, uma vinha cheia de pontos cor de laranja. Elas emergiam em um espaço claro no qual um banco de granito se encontrava contra o tronco de uma árvore cheia de folhas verde-prateadas. Água brilhava em uma piscina de pedras. Hodge estava sentado no banco, com o pássaro preto empoleirado no ombro. Ele estava olhando para baixo pensativamente, mas levantou os olhos quando eles se aproximaram. Clary seguiu seu olhar e viu o teto de vidro da estufa iluminado sobre eles como a superfície de um lago invertido.

— Você parece estar esperando por alguma coisa — observou Jace, arrancando uma folha do ramo e enrolando-a entre os dedos. Para alguém que parecia tão contido, ele tinha muitos hábitos nervosos. Talvez apenas gostasse de estar em constante movimento.

— Estava perdido em meus pensamentos. — Hodge levantou-se do banco, esticando o braço para Hugo. O sorriso desapareceu de seu rosto ao olhar para eles. — O que aconteceu? Vocês estão com cara de que foram...

— Nós fomos atacados — disse Jace secamente. — Renegado.

— Guerreiros Renegados? Aqui?

— Guerreiro — disse Jace. — Só vimos um.

— Mas Dorothea disse que havia mais — acrescentou Clary.

— Dorothea? — Hodge ergueu a mão. — Talvez seja mais fácil se narrarem os eventos em ordem.

— Muito bem. — Jace lançou um olhar de aviso a Clary, interrompendo-a antes que ela pudesse começar a falar. Depois embarcou em um recital dos eventos da tarde, deixando de fora apenas um detalhe: que os homens no apartamento de Luke eram os mesmos que haviam matado seu pai sete anos antes. — O amigo da mãe de Clary, ou seja lá o que ele for, atende pelo nome de Luke Garroway — Jace finalmente concluiu. — Mas, enquanto estávamos na casa dele, os dois homens que se diziam emissários de Valentim se referiram a ele como Lucian Graymark.

— E os nomes deles eram...

— Pangborn — informou Jace. — E Blackwell.

Hodge ficara completamente pálido. Contra sua pele cinzenta, a cicatriz na face se destacava como um risco de arame vermelho.

— É como eu temia — ele disse, meio para si mesmo. — O Ciclo está ascendendo novamente.

Clary olhou para Jace em busca de explicação, mas ele parecia tão confuso quanto ela.

— O Ciclo? — ele perguntou.

Hodge estava sacudindo a cabeça, como se tentasse se livrar de teias de aranha no cérebro.

— Venham comigo — ele disse. — É hora de mostrar uma coisa.

As lâmpadas de gás estavam acesas na biblioteca, e as superfícies polidas de carvalho dos móveis pareciam arder como joias escuras. Cobertas por sombras, as faces dos anjos que seguravam a mesa enorme pareciam ainda mais sofridas. Clary sentou no sofá vermelho, com as pernas para cima, e Jace se apoiou no braço do sofá ao lado dela.

— Hodge, se você precisar de ajuda para procurar...

— De maneira alguma. — Hodge emergiu de trás da mesa, sacudindo a poeira das calças. — Encontrei.

Ele trazia um livro enorme, encapado com couro marrom. Ele passou as páginas com um dedo ansioso, piscando como uma coruja por trás dos óculos e sussurrando:

— Onde... onde... ah, aqui está! — Ele limpou a garganta e leu em voz alta: — *Por intermédio deste, afirmo obediência incondicional ao Ciclo e a seus princípios... Estarei pronto a arriscar minha vida a qualquer instante pelo Ciclo, de modo a preservar a pureza da linhagem de sangue de Idris, e pelo mundo mortal, cuja segurança nos é confiada.*

Jace fez uma careta.

— De onde foi isso?

— Era o juramento de lealdade do Ciclo de Raziel, há vinte anos — disse Hodge, soando estranhamente cansado.

— Que coisa arrepiante — disse Clary. — Parece uma organização fascista, ou algo do tipo.

Hodge repousou o livro. Ele parecia tão sofrido e tão estático quanto os anjos sob a mesa.

— Eram um grupo — disse lentamente — de Caçadores de Sombras, liderados por Valentim, dedicados a livrar o mundo dos habitantes do Submundo, e devolvê-lo a um estado "mais puro". O plano deles era esperar que os membros do Submundo chegassem a Idris para assinar o Acordo. Aproximadamente a cada 15 anos, eles têm de ser assinados novamente, para manter sua mágica potente — ele acrescentou, para que Clary pudesse entender. — Depois, planejavam matar todos eles, desarmados e indefesos. Esse ato terrível, eles pensaram, traria a guerra entre os humanos e os seres do Submundo, uma guerra que eles pretendiam vencer.

— Essa foi a Ascensão — disse Jace, finalmente reconhecendo na história de Hodge algo que lhe era familiar. — Eu não sabia que Valentim e seus seguidores tinham um nome.

— O nome não é dito com frequência nos dias de hoje — disse Hodge. — Sua existência se mantém como uma vergonha à Clave. A maioria dos documentos ligados a eles foi destruída.

— Então por que você tem uma cópia desse juramento? — perguntou Jace.

Hodge hesitou apenas por um instante, mas Clary percebeu, e sentiu um pequeno e inexplicável calafrio de apreensão atravessar a espinha.

— Porque — ele disse, afinal — ajudei a escrevê-lo.

Jace levantou o olhar ao ouvir isso.

— Você fazia parte do Ciclo.

— Fazia. Muitos de nós fazíamos. — Hodge estava olhando diretamente para a frente. — A mãe de Clary também.

Clary recuou, como se tivesse levado um tapa.

— *O quê?*

— Eu disse...

— Eu sei o que você disse! Minha mãe jamais teria pertencido a uma coisa dessas. Uma espécie de... uma espécie de grupo de ódio.

— Não era... — começou Jace, mas Hodge o interrompeu.

— Duvido — ele disse lentamente, como se as palavras doessem — que ela tenha tido escolha.

Clary o encarou.

— Do que você está falando? Por que ela não teria tido escolha?

— Porque — disse Hodge — ela era mulher de Valentim.

Parte 2
Fácil é o Descenso

Facilis descensus Averno;
Noctes atque dies pateta tri ianua Ditis;
Sed revocare grandum superasque evadere ad auras,
Hoc opus, hic labor est.

— Virgílio, *Eneida*

10

Cidade dos Ossos

Houve um instante de silêncio antes que Clary e Jace, atônitos, começassem a falar ao mesmo tempo.

— Valentim tinha uma mulher? Ele era *casado*? Eu pensei que...

— Isso é impossível! Minha mãe jamais teria... ela só foi casada com o meu pai! Ela não tinha um ex-marido!

Hodge levantou as mãos, cansado.

— Crianças...

— Não sou criança. — Clary virou-se de costas para a mesa. — E não quero mais ouvir nada.

— Clary — disse Hodge. Não havia mais tanta gentileza em sua voz; ela se virou lentamente, e olhou para ele do outro lado da sala. Ela pensou no quão estranho era aquilo: com os cabelos grisalhos e a cicatriz no rosto, ele parecia muito mais velho que Jocelyn. E, contudo, tinham sido "jovens" juntos, haviam se juntado ao Ciclo juntos, haviam conhecido Valentim juntos.

— Minha mãe não teria... — Ela começou e parou no meio. Ela não sabia mais ao certo o quão bem conhecia Jocelyn. Sua mãe se tornara uma estranha para ela, uma mentirosa, guardiã de segredos. O que ela *não teria* feito?

— Sua mãe deixou o Ciclo — disse Hodge. Ele não se moveu em direção a ela, mas observou-a através da sala com a quietude de um pássaro. — Quando percebemos o quão radicais se haviam tornado os ideais de Valentim, quando estávamos preparados para tal, muitos de nós o abandonamos. Lucian foi o primeiro. Foi um golpe para Valentim. Eles eram muito próximos. — Hodge balançou a cabeça. — Depois Michael Wayland. Seu pai, Jace.

Jace levantou as sobrancelhas, mas não disse nada.

— Houve quem se mantivesse leal. Pangborn. Blackwell. Os Lightwood...

— Os Lightwood? Você quer dizer Robert e Maryse? — Jace parecia fulminado. — E você? Quando saiu?

— Eu não saí — disse Hodge, suavemente. — Nem eles... tivemos medo, muito medo do que ele poderia fazer. Depois da Ascensão, os mais leais, como Blackwell e Pangborn, desapareceram. Nós ficamos e cooperamos com a Clave. Demos nomes. Ajudamos a encontrar os que haviam fugido. Por isso recebemos clemência.

— Clemência? — O olhar de Jace foi rápido, mas Hodge viu.

Ele disse:

— Você está pensando na maldição que me prende aqui, não está? Você sempre presumiu que fosse um feitiço de vingança aplicado por um demônio furioso ou um feiticeiro. Deixei que pensasse. Mas não é verdade. A maldição que me prende aqui foi lançada pela Clave.

— Por ter integrado o Ciclo? — disse Jace, o rosto contorcido de espanto.

— Por não tê-lo deixado antes da Ascensão.

— Mas os Lightwood não foram punidos — disse Clary. — Por que não? Eles fizeram a mesma coisa que você.

— Houve circunstâncias atenuantes no caso deles: eram casados, tinham um filho. Mas eles não moram neste posto estrangeiro, longe de casa, por escolha própria. Fomos banidos para cá, nós três, nós quatro, devo dizer, pois Alec era um bebê quando deixamos a Cidade de Vidro. Eles só podem retornar a Idris em missões oficiais, e por períodos curtos. Eu jamais poderei voltar. Jamais voltarei a ver a Cidade de Vidro.

Jace o encarou. Era como se ele agora visse o tutor com novos olhos, Clary pensou, embora não tivesse sido Jace a sofrer qualquer mudança. Ele disse:

— A Lei é dura, mas é a Lei.

— Eu ensinei isso a você — disse Hodge, com um prazer seco na voz. — Agora está me devolvendo minhas próprias lições. E eu mereço ouvir isso. — Ele parecia querer afundar em alguma cadeira, mas manteve-se de pé assim mesmo. Com a postura rígida, havia um quê do soldado que havia sido um dia, pensou Clary.

— Por que você não me contou antes? — ela disse. — Que minha mãe foi casada com Valentim. Você sabia o nome dela...

— Eu a conheci como Jocelyn Fairchild, não Jocelyn Fray — disse Hodge. — E você foi tão firme quanto à ignorância dela a respeito do Mundo das Sombras que me convenceu que não podia se tratar da Jocelyn que conheci; e talvez eu não quisesse acreditar que fosse. Ninguém desejaria o retorno de Valentim. — Ele balançou a cabeça novamente. — Quando chamei os Irmãos da Cidade dos Ossos hoje de manhã, não fazia ideia de que notícias teríamos para eles — ele disse. — Quando a Clave descobrir que Valentim pode ter voltado, e que está procurando o Cálice, vai haver um alarde. Só espero que não interrompa os Acordos.

— Aposto que Valentim adoraria isso — disse Jace. — Mas por que ele quer tanto o Cálice?

O rosto de Hodge estava sombrio.

— Não é óbvio? — ele disse. — Para formar um exército para si.

Jace parecia abismado.

— Mas isso nunca...

— Hora do jantar! — Era Isabelle, na porta da biblioteca. Ela ainda estava com a colher na mão, embora o cabelo tivesse escapado do coque e estivesse caindo nos ombros. — Desculpem se estou interrompendo — disse após um breve cumprimento.

— Por Deus — disse Jace —, a hora temível está próxima.

Hodge parecia alarmado.

— Eu... eu... eu... tive um bom café da manhã — gaguejou. — Quero dizer, um almoço. Almocei muito bem. Não conseguiria comer de jeito nenhum...

— Joguei a sopa fora — disse Isabelle. — E pedi comida daquele restaurante chinês.

Jace saiu da escrivaninha e se esticou.

— Ótimo. Estou faminto.

— Pode ser que consiga comer um pedacinho — admitiu Hodge.

— Vocês são péssimos em mentir — Isabelle disse sombriamente. — Prestem atenção, eu sei que não gostam da minha comida...

— Então pare de cozinhar — recomendou Jace. — Pediu porco *mu shu*? Você sabe que adoro porco *mu shu*.

Isabelle revirou os olhos.

— Pedi. Está na cozinha.

— Maravilha. — Jace desviou-se de Isabelle, mexendo afetuosamente em seus cabelos. Hodge foi atrás dele, parando apenas para acariciar o ombro dela, e logo depois não estava mais lá, dando um aceno de cabeça apologético. Será que Clary realmente havia conseguido ver há poucos minutos o fantasma do velho guerreiro Hodge?

Isabelle estava observando os dois irem, balançando a colher com dedos finos e cicatrizados. Clary disse:

— Ele é mesmo?

Isabelle não olhou para ela.

— Ele quem é o quê?

— Jace. Ele é realmente um péssimo mentiroso?

Agora Isabelle olhava para Clary. Seus olhos eram grandes, escuros e pareciam inesperadamente pensativos.

— Ele não é nem um pouco mentiroso. Não sobre coisas importantes. Ele conta verdades terríveis, mas não mente. — Ela fez uma pausa antes de acrescentar silenciosamente: — Por isso, como regra geral, é melhor não perguntar nada a ele, a não ser que saiba que pode suportar a verdade.

A cozinha estava quente e iluminada, e tinha o cheiro agridoce de comida chinesa. O cheiro lembrava a Clary o de sua casa; ela se sentou e olhou para o prato de macarrão, brincou com o garfo e tentou não olhar para Simon, que encarava Isabelle com uma expressão mais abobada que a de um pato.

— Bem, eu acho romântico — disse Isabelle, sugando grãos de tapioca com um enorme canudo cor-de-rosa.

— O quê? — perguntou Simon, alerta.

— Essa história toda de a mãe da Clary ter sido casada com Valentim — disse Isabelle. Jace e Hodge haviam contado tudo a ela, embora Clary tivesse percebido que ambos deixaram de fora a parte sobre os Lightwood terem integrado o Ciclo, e as punições aplicadas pela Clave. — Agora ele voltou do reino dos mortos e está procurando por ela. Talvez ele queira voltar.

— Acho pouco provável que ele tenha mandado um demônio Ravener porque quer "voltar" com ela — disse Alec, que apareceu assim que a comida foi servida. Ninguém perguntou onde ele estivera, e ele não informou a ninguém. Estava sentado ao lado de Jace, em frente a Clary, evitando olhar para ela.

— Não seria a minha estratégia — concordou Jace. — Primeiro bombons e flores, depois cartas pedindo perdão e *depois* um exército de demônios furiosos. Nessa ordem.

— Ele pode ter mandado flores e bombons — disse Isabelle. — Nós não sabemos.

— Isabelle — Hodge disse pacientemente —, este é o homem que infligiu a Idris uma destruição como jamais se viu, que jogou Caçadores de Sombras contra os membros do Submundo e fez as ruas da Cidade de Vidro ficarem repletas de sangue.

— Isso é meio atraente — argumentou Isabelle —, essa coisa meio *bad boy*.

Simon tentou aparentar ser ameaçador, mas desistiu ao ver Clary o encarando.

— Então por que Valentim quer tanto esse Cálice, e por que acha que está com a mãe da Clary? — perguntou Simon.

— Você disse que era para que pudesse montar um exército — disse Clary, voltando-se para Hodge. — Você diz isso porque o Cálice pode ser utilizado para criar Caçadores de Sombras?

— Exatamente.

— Então Valentim poderia se aproximar de qualquer pessoa na rua e transformá-la em um Caçador de Sombras? — Simon se inclinou para a frente. — Funcionaria em mim?

Hodge lançou-lhe um olhar longo e calculado.

— Possivelmente — ele disse. — No entanto, provavelmente, você é velho demais. O Cálice funciona em crianças. Um adulto não seria afetado pelo processo, ou morreria no ato.

— Um exército de crianças — disse Isabelle suavemente.

— Só por alguns anos — disse Jace. — Crianças crescem rapidamente. Não demoraria muito até que se tornassem uma força difícil de ser contida.

— Não sei — disse Simon. — Transformar um monte de crianças em guerreiros, já ouvi falar de coisas piores acontecendo. Não entendo o alvoroço de impedir que ele chegue perto do Cálice.

— Desconsiderando o fato de que ele inevitavelmente utilizaria o exército para lançar um ataque contra a Clave — disse Hodge secamente —, a razão pela qual apenas alguns humanos são selecionados para ser transformados em Nephilim é que a maioria não sobreviveria à transição. É preciso ter muita força e ser capaz de recuperar-se rapidamente. Antes de poderem ser transformados, devem ser extensivamente testados, mas Valentim jamais perderia tempo com isso. Ele utilizaria o Cálice em qualquer criança que conseguisse capturar, e selecionaria os vinte por cento que sobrevivessem para formar o exército.

Alec estava olhando para Hodge com o mesmo horror que Clary sentia.

— Como você sabe que ele faria isso?

— Porque — disse Hodge —, quando ele estava no Ciclo, esse era o plano. Ele dizia que era a única maneira de construir o tipo de força necessária para defender nosso mundo.

— Mas isso é assassinato — disse Isabelle, que parecia ligeiramente verde. — Ele estava falando em matar crianças.

— Ele dizia que tinha deixado o mundo seguro para os humanos por milhares de anos — disse Hodge — e agora era hora de nos pagarem se sacrificando.

— Sacrificando as *crianças*? — perguntou Jace, com as faces enrubescidas. — Isso vai contra tudo que devemos representar. Proteção aos indefesos, guarda da humanidade...

Hodge empurrou o prato.

— Valentim era louco — ele disse. — Brilhante, porém louco. Ele não se importava com nada além de matar demônios e membros do Submundo. Nada além de deixar o mundo puro. Ele teria sacrificado o próprio filho pela causa e não entendia como alguém não faria o mesmo.

— Ele tinha um filho? — perguntou Alec.

— Falei hipoteticamente — disse Hodge, alcançando o lenço. Ele o utilizou para secar a testa antes de devolvê-lo ao bolso. A mão dele, Clary viu, estava ligeiramente trêmula. — Quando a terra dele foi incendiada, e a casa foi destruída, concluiu-se que ele havia se queimado junto com o Cálice, por preferir esse destino a entregar qualquer um dos dois à Clave. Seus ossos foram encontrados junto com as cinzas, assim como os de sua mulher.

— Mas minha mãe sobreviveu — disse Clary. — Ela não morreu naquele incêndio.

— Nem Valentim, ao que parece — disse Hodge. — A Clave não vai gostar de saber que foi enganada. Porém, o mais importante, eles vão querer proteger o Cálice. E ainda mais importante que isso: vão querer se certificar de que não caia nas mãos de Valentim.

— Ao que me parece, a primeira coisa que devemos fazer é encontrar a mãe de Clary — disse Jace. — Encontrá-la, encontrar o Cálice, obtê-lo antes de Valentim.

Isso parecia ótimo para Clary, mas Hodge olhou para Jace como se ele tivesse acabado de propor fazer malabarismo com nitroglicerina.

— De jeito nenhum.

— Então o que faremos?

— Nada — disse Hodge. — É melhor deixar isso nas mãos de Caçadores de Sombras mais habilidosos e experientes.

— Eu sou habilidoso — protestou Jace. — Eu *sou* experiente.

O tom de Hodge era firme, quase paternal.

— Sei que é, mas você ainda é uma criança, ou quase.

Jace olhou para Hodge com olhos de tigre. Ele tinha cílios longos, que formavam sombras em suas maçãs do rosto angulares. Em outra pessoa, teria sido um olhar tímido, talvez até de culpa, mas em Jace parecia estreito e ameaçador.

— Eu *não* sou uma criança.

— Hodge está certo — disse Alec. Ele estava olhando para Jace, e Clary pensou que ele deveria ser uma das poucas pessoas que olhavam para Jace não como se estivesse com medo dele, mas como se estivesse com medo *por* ele. — Valentim é perigoso. Sei que você é um bom Caçador de Sombras. Provavelmente o melhor da nossa idade. Mas Valentim é um dos melhores da história. Foi preciso realizar uma grande batalha para derrubá-lo.

— E ele não foi derrubado — disse Isabelle, examinando os dentes do garfo. — Aparentemente.

— Mas estamos aqui — disse Jace. — Estamos aqui, e por causa dos Acordos ninguém mais está. Se não fizermos alguma coisa...

— Nós vamos fazer alguma coisa — disse Hodge. — Vou enviar uma mensagem para a Clave hoje à noite. Eles podem enviar uma força de Nephilim aqui amanhã, se quiserem. Eles vão cuidar disso. Vocês já fizeram mais do que o suficiente.

Jace aquietou-se, mas seus olhos continuavam acesos.

— Não gosto disso.

— Você não tem que gostar — disse Alec. — Deve apenas ficar quieto e não fazer besteira alguma.

— Mas e quanto à minha mãe? — perguntou Clary. — Ela não pode ficar esperando um representante da Clave aparecer. Valentim está com ela agora, Pangborn e Blackwell disseram que sim, e ele pode estar... — ela não conseguia se forçar a dizer a palavra *torturando*, mas

Clary sabia que não era a única que estava pensando nisso. De repente, ninguém à mesa conseguia olhar para ela.

Exceto Simon.

— Machucando-a — ele disse, concluindo a frase. — Porém, Clary, eles também disseram que ela estava inconsciente e que Valentim não estava satisfeito com isso. Ele parece estar esperando que ela acorde.

— Eu permaneceria inconsciente se fosse ela — murmurou Isabelle.

— Mas isso pode acontecer a qualquer instante — disse Clary, ignorando Isabelle. — Achei que a Clave tivesse o compromisso de proteger as pessoas. Não deveria haver Caçadores de Sombras aqui, agora? Não deveriam já estar procurando por ela?

— Isso seria mais fácil — irritou-se Alec — se tivéssemos alguma ideia de onde procurar.

— Mas nós temos — disse Jace.

— Você tem? — Clary olhou para ele, surpresa e ansiosa. — Onde?

— Aqui — Jace se inclinou para a frente e tocou com os dedos a lateral da têmpora de Clary, tão delicadamente que um rubor passou no rosto dela. — Tudo que precisamos saber está na sua cabeça, debaixo desses belos cachos ruivos.

Clary levantou a mão para tocar o próprio cabelo, de forma defensiva.

— Acho que não...

— Então o que você vai fazer? — Simon perguntou, desafiadoramente. — Abrir a cabeça dela e tirar tudo?

Os olhos de Jace faiscaram, mas ele respondeu calmamente.

— De jeito nenhum. Os Irmãos do Silêncio podem ajudá-la a recuperar as lembranças.

— Você *detesta* os Irmãos do Silêncio — protestou Isabelle.

— Não os detesto — disse Jace com sinceridade. — Tenho medo deles. Não é a mesma coisa.

— Pensei que você tivesse dito que eles eram bibliotecários — disse Clary.

— Eles são bibliotecários.

Simon assobiou.

— Você deve estar com umas multas por atraso bem altas.

— Os Irmãos do Silêncio são arquivistas, mas não é tudo que são — interrompeu Hodge, soando como se estivesse perdendo a paciência. — Para fortalecer a mente, escolheram aplicar em si mesmos alguns dos símbolos mais poderosos que já foram criados. O poder desses símbolos é tão grande que seu uso... — ele se interrompeu e Clary ouviu a voz de Alec em sua mente dizendo: *eles se automutilam.* — Bem, deformam e transformam sua forma física. Não são guerreiros no sentido que outros Caçadores de Sombras são. Seus poderes são da mente, não do corpo.

— Eles conseguem ler mentes? — indagou Clary, com a voz baixa.

— Dentre outras coisas. Estão entre os caçadores de demônios mais temidos.

— Não sei — disse Simon. — Não me parece tão ruim. É melhor ter alguém brincando com a sua cabeça do que arrancando-a.

— Então você é um idiota maior do que aparenta ser — disse Jace, olhando para ele com uma careta.

— Jace tem razão — disse Isabelle, ignorando Simon. — Os Irmãos do Silêncio *são* assustadores.

A mão de Hodge estava cerrada sobre a mesa.

— Eles são muito poderosos — ele disse. — Andam pela escuridão e não falam, mas podem abrir a mente de um homem como você abre uma amêndoa, e podem deixá-lo gritando sozinho na escuridão se quiserem.

Clary olhou para Jace, espantada.

— E você quer me deixar com *eles*?

— Quero que eles a *ajudem.* — Jace se inclinou tanto sobre a mesa que ela podia ver pontinhos mais escuros nos olhos claros dele. — Talvez a gente não possa procurar o Cálice — disse suavemente. — Talvez a Clave faça isso. Mas o que está na sua mente pertence a você. Alguém escondeu segredos aí, segredos que você não consegue ver. Você não quer saber a verdade sobre a própria vida?

— Não quero outra pessoa na minha mente — disse, baixinho. Ela sabia que ele estava certo, mas a ideia de se entregar a seres que os próprios Caçadores de Sombras consideravam assustadores fazia com que tremesse.

— Eu vou com você — disse Jace. — Fico com você enquanto eles fazem o que precisam.

— Basta. — Simon havia se levantado da mesa, vermelho de raiva. — Deixem-na em paz.

Alec olhou para Simon como se tivesse acabado de notá-lo, tirou os cabelos pretos dos olhos e piscou.

— O que você ainda está fazendo aqui, mundano?

Simon o ignorou.

— Eu disse, deixem-na em paz.

Jace olhou para ele, de forma lenta, doce e venenosa.

— Alec está certo — ele disse. — O Instituto jura abrigar Caçadores de Sombras, não amigos mundanos. Principalmente quando já abusaram da nossa hospitalidade.

Isabelle se levantou e pegou o braço de Simon.

— Eu mostro o caminho da rua. — Por um instante, parecia que ele ia oferecer resistência, mas ao captar o olhar de Clary do outro lado da mesa, balançando a cabeça lentamente, ele cedeu. De cabeça erguida, permitiu que Isabelle o retirasse da sala.

Clary se levantou.

— Estou cansada — ela disse. — Quero dormir.

— Você não comeu quase nada... — protestou Jace.

Ela pôs de lado a mão dele, que se esticava em direção a ela.

— Não estou com fome.

Estava mais frio no corredor do que na cozinha. Clary se apoiou na porta, puxando a camisa que estava grudando no suor frio que saía de seu peito. No fundo do corredor, ela podia ver as figuras de Simon e Isabelle que desapareciam, engolidas pelas sombras. Ela os observou silenciosamente, com uma sensação estranha crescendo no estômago. Quando Simon se tornara responsabilidade de Isabelle, e não dela? Se havia uma coisa que ela estava aprendendo com tudo isso era a facilidade com que é possível perder tudo que se pensa que será para sempre.

A sala era dourada e branca, com paredes altas que brilhavam como esmalte, e um teto, lá no alto, claro e brilhante como diamante. Clary trajava um vestido de veludo verde e trazia um leque dourado na mão. Seus cabelos, presos em um coque que deixava cachos caírem, faziam com que sua cabeça parecesse estranhamente pesada cada vez que ela virava para olhar para trás.

— Está vendo alguém mais interessante do que eu? — perguntou Simon. No sonho, misteriosamente, ele era um dançarino fantástico. Ele a conduzia pela multidão como se ela fosse uma folha caída na corrente de um rio. Ele estava todo de preto, como um Caçador de Sombras, o que realçava as cores dele: cabelos escuros, pele levemente bronzeada, dentes brancos. Ele é bonito, *pensou Clary, com uma ponta de surpresa.*

— Ninguém é mais interessante que você — disse Clary. — É este lugar. Nunca vi nada assim. — Ela virou novamente enquanto passavam por uma fonte de champanhe: uma enorme bandeja prateada, no centro uma sereia com uma jarra que entornava vinho espumante em suas costas nuas. As pessoas enchiam as taças na fonte, rindo e conversando. A sereia virou a cabeça quando Clary passou e sorriu. O sorriso mostrava dentes brancos tão afiados quanto os de um vampiro.

— Bem-vinda à Cidade de Vidro — disse uma voz que não era a de Simon. Clary descobriu que Simon havia desaparecido, e ela agora estava dançando com Jace, que estava vestido de branco, e o material da roupa era algodão fino; ela podia ver as Marcas pretas através da roupa. Havia uma corrente de bronze ao redor do pescoço dele, e os olhos e os cabelos do rapaz estavam mais dourados do que nunca; ela pensou em como gostaria de pintar o retrato dele com a tinta dourada que às vezes via em ícones russos.

— Onde está Simon? — ela perguntou ao passarem novamente pela fonte de champanhe. Clary viu Isabelle lá, com Alec, ambos vestindo azul. Estavam de mãos dadas, como João e Maria na floresta escura.

— Este lugar é para os vivos — disse Jace. Suas mãos eram frias contra as dela, e ela as percebia de uma maneira que não notava as de Simon.

Ela estreitou o olhar para ele.

— O que quer dizer?

Ele se inclinou para perto dela. Ela podia sentir os lábios dele em sua orelha. Não tinham nada de frio.

— Acorde, Clary — sussurrava. — Acorde. Acorde.

Ela se levantou abruptamente, engasgando, suada e com o cabelo grudado no pescoço. Estava com os pulsos presos a um punho forte; tentou se soltar, mas depois percebeu quem a estava segurando.

— Jace?

— É.

Ele estava sentado na ponta da cama — como ela tinha ido parar na cama? —, descabelado, e aparentando estar semiacordado, despenteado e com os olhos sonolentos.

— Solte-me.

— Desculpe. — Os dedos dele escorregaram dos pulsos de Clary. — Você tentou me bater no segundo em que pronunciei seu nome.

— Estou um pouco agitada, eu acho. — Ela olhou em volta. Estava em um quartinho mobiliado com madeira escura. Pela característica luz fraca que entrava pela janela entreaberta, ela imaginou que estivesse amanhecendo, ou que acabara de amanhecer. A mochila dela estava apoiada em uma das paredes. — Como vim parar aqui? Não me lembro...

— Te encontrei dormindo no chão do corredor. — Jace parecia entretido. — Hodge me ajudou a trazê-la para a cama. Achamos que ficaria mais confortável em um quarto de hóspedes do que na enfermaria.

— Uau. Não me lembro de nada. — Ela passou as mãos pelos cabelos, tirando os cachos dos olhos. — Que horas são?

— Mais ou menos cinco.

— Da *manhã*? — Ela olhou fixamente para ele. — É bom que tenha uma boa razão para me acordar.

— Por quê, estava tendo um sonho bom?

Ela ainda podia ouvir a música nos ouvidos e sentir as joias pesadas encostando em sua face.

— Não me lembro.

Ele se levantou.

— Um dos Irmãos do Silêncio está aqui para vê-la. Hodge me mandou aqui para acordá-la. Na verdade, ele se ofereceu para chamá-la pessoalmente, mas, como são cinco da manhã, achei que fosse ficar menos mal-humorada se pudesse olhar para alguma coisa bonita.

— Quer dizer você?

— O que mais?

— Não concordei com isso, você sabe — disparou Clary. — Essa história de Irmão do Silêncio.

— Você quer encontrar sua mãe — ele disse — ou não?

Ela olhou fixamente para ele.

— Só precisa encontrar o Irmão Jeremiah. Só isso. Você pode até gostar dele. Ele tem ótimo senso de humor para alguém que nunca diz nada.

Ela pôs as mãos na cabeça.

— Saia daqui para eu poder trocar de roupa.

Clary pôs as pernas para fora da cama assim que a porta se fechou atrás dele. Embora mal estivesse amanhecendo, um calor úmido estava começando a se acumular no quarto. Ela fechou a janela e foi até o banheiro lavar o rosto e escovar os dentes. Sua boca tinha gosto de papel velho.

Cinco minutos depois, ela estava calçando os tênis verdes. Ela vestiu shorts e uma camiseta preta. Se ao menos aquelas pernas sardentas parecessem um pouquinho mais com os membros esguios e macios de Isabelle. Mas não havia nada que pudesse ser feito. Ela prendeu os cabelos em um rabo de cavalo e foi se juntar a Jace no corredor.

Coroinha estava com ele, resmungando e andando em círculos.

— O que há com o gato? — perguntou Clary.

— Os Irmãos do Silêncio o deixam nervoso.

— Parece que deixam todo mundo nervoso.

Jace deu um sorriso discreto. Coroinha miou quando partiram pelo corredor, mas não foi atrás. Ao menos as pedras pesadas da catedral ainda sustentavam um pouco do frio da noite: os corredores eram escuros e frescos.

Quando chegaram à biblioteca, Clary se surpreendeu ao ver que as luzes estavam apagadas. Estava iluminada apenas pelo brilho leitoso que passava pelas janelas altas posicionadas no teto vazio. Hodge estava sentado atrás de uma mesa enorme em um terno, com os cabelos grisalhos iluminados pela luz do amanhecer. Por um instante, ela pensou que ele estivesse sozinho na sala: que Jace pregara uma peça nela. Depois viu uma figura sair da sombra, e percebeu que o que achara que fosse um pedaço mais escuro da sala, na verdade, tratava-se de um homem. Um homem alto com uma túnica pesada que se estendia do pescoço aos pés, cobrindo-o completamente. O capuz da roupa estava levantado, cobrindo a face. A túnica em si tinha cor de pergaminho, e os desenhos elaborados dos símbolos ao redor da bainha e das mangas pareciam ter sido marcados com sangue. Os pelos se arrepiaram nos braços e na nuca de Clary, picando quase dolorosamente.

— Este — disse Hodge — é o Irmão Jeremiah, da Cidade do Silêncio.

O homem veio na direção deles, a capa pesada balançando enquanto ele se movia, e Clary percebeu o que havia de estranho nele: ele não emitia qualquer ruído enquanto andava, nem um passo sequer que fosse. Até sua capa, que deveria fazer algum barulho, era silenciosa. Ela quase poderia ter imaginado se ele era um fantasma — mas não, ela pensou quando ele parou na frente dela, havia um cheiro estranho nele, adocicado, como sangue e incenso, o cheiro de alguma coisa viva.

— E esta, Jeremiah — disse Hodge, levantando-se da escrivaninha —, é a menina a respeito de quem lhe escrevi: Clarissa Fray.

O rosto encapuzado virou lentamente para ela. Clary sentiu frio até a ponta dos dedos.

— Oi — ela disse.

Não houve resposta.

— Acho que você tinha razão, Jace — disse Hodge.

— Eu *tinha* razão — disse Jace. — Em geral, tenho.

Hodge ignorou o comentário.

— Mandei uma carta à Clave sobre isso tudo ontem à noite, mas as lembranças de Clary são dela. Ela é a única que pode decidir como quer lidar com o conteúdo da própria cabeça. Se quiser a ajuda dos Irmãos do Silêncio, a escolha deve ser dela.

Clary não disse nada. Dorothea dissera que alguma coisa estava bloqueando sua mente, escondendo algo. É óbvio que ela queria saber o que era. Mas a figura sombria do Irmão do Silêncio era tão... bem, silenciosa. O silêncio em si parecia exalar dele como uma onda escura, preta e grossa como tinta. Ela sentia calafrios até nos ossos.

O rosto do Irmão Jeremiah ainda estava voltado para ela, nada além da escuridão visível sob o capuz.

Esta é a filha de Jocelyn?

Clary engasgou-se, dando um passo para trás. As palavras ecoaram em sua mente, como se ela mesma as tivesse pensado — mas não tinha.

— É — disse Hodge, e acrescentou rapidamente: — Mas o pai dela era mundano.

Isso não importa, disse Jeremiah. *O sangue da Clave é dominante.*

— Por que você chamou minha mãe de Jocelyn? — disse Clary, procurando em vão por algum indício de rosto sob o capuz. — Você a conheceu?

— Os Irmãos guardam registros de todos os membros da Clave — explicou Hodge. — Registros exaustivos...

— Não tão exaustivos assim — disse Jace —, se nem ao menos sabiam que ela estava viva.

É provável que ela tenha recebido a assistência de algum feiticeiro no desaparecimento. A maioria dos Caçadores de Sombras não consegue escapar da Clave com tanta facilidade. Não havia qualquer emoção na voz de Jeremiah; ele não parecia aprovar nem reprovar as ações de Jocelyn.

— Tem uma coisa que não entendo — disse Clary. — Por que Valentim acharia que minha mãe está com o Cálice Mortal? Se ela teve tanto trabalho para desaparecer, como você disse, por que levaria o cálice consigo?

— Para evitar que ele pusesse as mãos nele — disse Hodge. — Ela, mais do que qualquer um, sabia o que aconteceria se Valentim tivesse o Cálice. E imagino que ela não confiasse na Clave para guardá-lo. Não depois que Valentim o tirou deles.

— Suponho que sim. — Clary não conseguia afastar da voz o tom de dúvida. A coisa toda parecia muito improvável. Ela tentou imaginar a mãe fugindo sob os lençóis da escuridão, com um enorme cálice de ouro no bolso do macacão, mas não conseguiu.

— Jocelyn voltou-se contra o marido quando descobriu o que ele pretendia fazer com o Cálice — disse Hodge. — Não é loucura imaginar que ela faria o possível para evitar que o Cálice fosse parar nas mãos dele. A própria Clave teria procurado primeiro por ela se acreditasse que ela estava viva.

— Ao que me parece — disse Clary com certa ironia na voz —, ninguém que a Clave pensa que está morto realmente está. Talvez devessem investir em registros dentários.

— Meu pai está morto — disse Jace, com o mesmo tom de voz. — Não preciso de registros dentários para saber disso.

Clary voltou-se para ele um pouco irritada.

— Ouça, não quis dizer...

Basta, interrompeu o Irmão Jeremiah. *Há uma verdade a ser aprendida aqui, se forem pacientes o bastante para ouvir.*

Com um gesto rápido, ele levantou as mãos e tirou o capuz do rosto. Esquecendo-se de Jace, Clary conteve o impulso de gritar. A cabeça do arquivista era careca, lisa e branca como um ovo, sombriamente denticulada no lugar em que deveriam estar os olhos. Não havia mais olhos agora. Ele tinha lábios entrelaçados por linhas escuras que pareciam pontos cirúrgicos. Agora ela entendia o que Isabelle queria dizer com mutilação.

Os Irmãos do Silêncio não mentem, disse Jeremiah. *Se quiser a verdade de mim, a verdade terá, mas pedirei o mesmo de você em troca.*

Clary levantou o queixo.

— Eu também não sou mentirosa.

A mente não pode mentir. Jeremiah caminhou em sua direção. *São suas lembranças que quero.*

O cheiro de sangue e tinta era sufocante. Clary sentiu uma onda de pânico.

— Espere...

— Clary — disse Hodge, em tom delicado. — É perfeitamente possível haver lembranças que você enterrou ou reprimiu, lembranças formadas quando você era nova demais para ter alguma recordação consciente delas, que o Irmão Jeremiah pode alcançar. Poderia nos ajudar imensamente.

Ela não disse nada, mordendo o lábio por dentro. Ela detestava a ideia de alguém alcançando o interior de sua mente, tocando lembranças tão pessoais e escondidas que nem mesmo ela conseguia alcançar.

— Ela não precisa fazer nada que não queira — Jace disse repentinamente. — Precisa?

Clary interrompeu Hodge antes que ele pudesse responder.

— Tudo bem. Eu faço.

O Irmão Jeremiah fez um aceno curto com a cabeça, e se moveu em direção a ela com o silêncio que lhe dava calafrios na espinha.

— Vai doer? — ela sussurrou.

Ele não respondeu, mas as mãos brancas e estreitas do Irmão Jeremiah tocaram o rosto dela. A pele dos dedos era fina como papel de pergaminho, toda marcada por símbolos. Ela podia sentir o poder deles, saltando como eletricidade pungindo sua pele. Ela fechou os olhos, mas não antes de ver a expressão ansiosa na face de Hodge.

Cores entrelaçavam-se na escuridão atrás das pálpebras de Clary. Ela sentiu uma pressão, um puxão na cabeça, nas mãos e nos pés. Ela fechou os punhos, lutando contra o peso, a escuridão. Sentiu-se como se estivesse sendo pressionada contra algo duro e inflexível, lentamente esmagada. Ela se ouviu engasgar e subitamente ficou toda fria, fria como o inverno. Em um flash, viu uma rua gelada, prédios cinzentos erguendo-se à frente, uma explosão de branco lacerando o rosto em partículas congeladas...

— Já *chega*. — A voz de Jace interrompeu o frio do inverno, e a neve parou de cair, um banho de faíscas brancas. Os olhos de Clary se abriram abruptamente.

Lentamente, a biblioteca entrou em foco — as paredes alinhadas com livros, as faces ansiosas de Hodge e Jace. O Irmão Jeremiah permaneceu imóvel, uma imagem entalhada de marfim e tinta vermelha. Clary se conscientizou da dor aguda nas mãos, e olhou para baixo para ver linhas avermelhadas na pele, onde as próprias unhas haviam penetrado.

— *Jace* — disse Hodge, em tom de reprovação.

— Olhe as mãos dela. — Jace apontou para Clary, que curvou os dedos para cobrir as palmas feridas.

Hodge pôs uma mão larga no ombro dela.

— Você está bem?

Lentamente, ela mexeu a cabeça em um aceno afirmativo. O peso esmagador havia desaparecido, mas ela podia sentir o suor encharcando o cabelo, grudando a camiseta nas costas como fita adesiva.

Você tem um bloqueio na mente, disse o Irmão Jeremiah. *Suas lembranças não podem ser acessadas.*

— Um bloqueio? — perguntou Jace. — Quer dizer que ela reprimiu as lembranças?

Não. Quero dizer que foram bloqueadas da consciência por um feitiço. Não posso quebrá-lo aqui. Ela terá de ir até a Cidade dos Ossos e se colocar perante a Irmandade.

— Um *feitiço*? — Clary perguntou, incrédula. — Quem teria colocado um feitiço em mim?

Ninguém respondeu. Jace olhou para o tutor. Ele estava surpreendentemente pálido, pensou Clary, considerando que havia sido ideia dele.

— Hodge, ela não deve ir se não...

— Tudo bem. — Clary respirou fundo. As palmas doíam onde haviam sido cortadas pelas unhas, e ela queria desesperadamente deitar em algum lugar escuro e descansar. — Eu vou. Quero saber a verdade. Quero saber o que está na minha cabeça.

Jace assentiu, afirmativo.

— Tudo bem. Então vou com você.

Deixar o Instituto era como entrar em uma bolsa de lona quente e molhada. O ar úmido pairava sobre a cidade, transformando a atmosfera em uma sopa encardida.

— Não entendo por que temos que ir separados do Irmão Jeremiah — resmungou Clary. Eles estavam na esquina do lado de fora do Instituto. As ruas estavam desertas, exceto por um caminhão de lixo que passeava lentamente pelo quarteirão. — Qual é o problema, ele tem vergonha de ser visto com Caçadores de Sombras ou coisa parecida?

— A Irmandade é *formada* por Caçadores de Sombras — explicou Jace. De algum jeito, ele conseguiu parecer frio, apesar do calor. E isso fazia com que Clary tivesse vontade de bater nele.

— Imagino que ele tenha ido pegar o carro — Clary falou sarcasticamente.

Jace sorriu.

— Alguma coisa assim.

Ela balançou a cabeça.

— Sabe, eu me sentiria muito melhor se Hodge fosse com a gente.

— Por quê? Não sou proteção o suficiente para você?

— Não é de proteção que preciso agora, mas de alguém que possa me ajudar a pensar — lembrando-se repentinamente, ela levou a mão à boca. — Ah! Simon!

— Não, eu sou Jace — ele disse, pacientemente. — Simon é o frangote com o péssimo corte de cabelo e uma completa falta de senso de moda.

— Ah, cale a boca — ela respondeu, mas foi mais automático do que sincero. — Queria ter ligado antes de dormir, para saber se ele chegou bem em casa.

Balançando a cabeça, Jace olhou para o céu, como se estivesse prestes a abrir e revelar os segredos do universo.

— Com tudo o que está acontecendo, você está preocupada com o Cara de Fuinha?

— Não fale assim dele. Ele não tem cara de fuinha.

— Você pode estar certa — disse Jace. — Eu já vi fuinhas atraentes uma ou duas vezes na vida. Ele se parece mais com um rato.

— Ele não...

— Ele deve estar em casa nadando em uma piscina da própria baba. Espere só até Isabelle se entediar com ele e você ter que catar os cacos.

— Será que Isabelle vai ficar entediada com ele? — perguntou Clary.

Jace pensou a respeito.

— Vai — respondeu.

Clary imaginou se Isabelle talvez fosse mais esperta do que Jace achava. Talvez ela percebesse que Simon era um cara incrível: engraçado, inteligente, legal. Talvez começassem a namorar. A ideia a encheu com um horror inominável.

Perdida nos próprios pensamentos, ela levou alguns instantes para perceber que Jace estava dizendo algo. Quando piscou para ele, viu que ele tinha um sorriso torto desenhado no rosto.

— O quê? — ela perguntou, sem qualquer afeto.

— Gostaria que você parasse de tentar chamar minha atenção tão desesperadamente — ele disse. — Está ficando embaraçoso.

— O sarcasmo é o refúgio dos fracos — ela disse a ele.

— Não consigo evitar. Uso minha sagacidade para esconder minha dor interna.

— Sua dor vai virar externa se não sair do meio da rua. Você está *tentando* ser atropelado por um táxi?

— Não seja ridícula — ele disse. — Nunca arrumaríamos um táxi com tanta facilidade nessa vizinhança.

Parecendo proposital, um carro pequeno e preto abriu as janelas na esquina e parou na frente de Jace, com o motor roncando. Era longo e lustroso, baixo como uma limusine, com as janelas curvadas para fora.

Jace a olhou de lado: sua expressão tinha um quê de entretida, mas também alguma urgência. Ela observou o carro novamente, deixando o olhar relaxar, deixando a força da realidade penetrar no véu do feitiço.

Agora o carro parecia a carruagem da Cinderela, exceto que, em vez de ser rosa, dourada e azul como um ovo de Páscoa, era preta como veludo, com as janelas escuras. As rodas eram pretas, e as bordas de couro, também todas pretas. No banco de metal preto do motorista estava o Irmão Jeremiah, segurando rédeas nas mãos cobertas por luvas. Seu rosto estava coberto pelo capuz da túnica cor de pergaminho. Do outro lado das rédeas, havia dois cavalos, pretos como fumaça, rosnando para o céu.

— Entre — disse Jace. Como ela continuou ali parada, boquiaberta, ele pegou o braço dela e quase a empurrou para dentro da carruagem, entrando em seguida. A carruagem começou a se mover antes que ele tivesse fechado a porta. Ele se ajeitou no assento, brilhante e estufado com pelúcia, e olhou para ela. — Uma escolta pessoal para a Cidade dos Ossos não é pouca coisa, então não seja metida.

— Não estava sendo metida. Só fiquei surpresa. Não esperava... quer dizer, pensei que seria um carro.

— Relaxa — disse Jace. — Aproveite o cheiro de carruagem nova.

Clary revirou os olhos e virou para espiar pelas janelas. Ela teria apostado que cavalos e carruagens não teriam a menor chance no trânsito de Manhattan, mas eles estavam se movimentando com grande facilidade, e o avanço, ainda que lento, passava completamente despercebido pelo ronco de táxis, ônibus e carros utilitários que engoliam a avenida. À frente deles, um táxi trocava de pistas, impedindo a passagem da carruagem. Clary mostrou-se tensa, preocupada com os cavalos — depois a carruagem deu um salto para cima quando os animais subiram levemente no topo do táxi. Ela conteve um engasgo. A carruagem, em vez de continuar se arrastando pelo chão, flutuou atrás dos cavalos, passando delicada e silenciosamente pelo teto do táxi, e desceu pelo outro lado. Clary olhou para trás enquanto a carruagem atingia novamente a pavimentação com um impacto — o motorista do táxi estava fumando e olhando para a frente, completamente desavisado.

— Sempre achei que motoristas de táxi não prestassem atenção ao trânsito, mas isso é ridículo — disse calmamente.

— Só porque você agora pode ver através do feitiço... — Jace deixou o resto da frase no ar entre eles.

— Só consigo enxergar através dele quando me concentro — ela disse. — E me dá um pouco de dor de cabeça.

— Aposto que é por causa do bloqueio na sua mente. Os Irmãos vão cuidar disso.

— E depois?

— Depois você verá o mundo como ele é: infinito — disse Jace com um sorriso seco.

— E não me venha citar Blake.

O sorriso se tornou menos seco.

— Não achei que fosse reconhecer. Você não me parece o tipo de pessoa que lê poesia.

— Todo mundo conhece essa citação por causa do The Doors.

Jace a olhou, confuso.

— The Doors. Era uma banda.

— Se você está dizendo — ele disse.

— Suponho que não tenha muito tempo para ouvir música — disse Clary, pensando em Simon, para quem música significava vida —, levando em conta a natureza do seu trabalho.

Ele deu de ombros.

— Talvez o esporádico coro arrastado dos condenados.

Clary olhou para ele de relance, para ver se estava brincando, mas ele estava completamente sem expressão.

— Mas você estava tocando piano ontem — ela começou — no Instituto. Você deve...

A carruagem saltou novamente. Clary agarrou as bordas do assento e olhou fixamente — eles estavam passando por cima de um ônibus da linha M1. Desse ponto privilegiado, ela podia ver os andares superiores dos antigos prédios que alinhavam a avenida, cuidadosamente esculpidos com gárgulas e cornijas ornamentadas.

— Estava só brincando — Jace disse sem olhar para ela. — Meu pai insistiu para que eu aprendesse a tocar um instrumento.

— Ele parece rígido, seu pai.

O tom de Jace era firme.

— Que nada! Meu pai me estimulava. Ele me ensinou tudo, treinamento de armas, demonologia, ciências secretas, línguas antigas. E me dava tudo que eu queria. Cavalos, armas, livros, até um falcão de caça.

Mas armas e livros não são exatamente o que as crianças querem ganhar de Natal, Clary pensou enquanto a carruagem descia outra vez.

— Por que você não mencionou a Hodge que conhecia os homens com quem Luke estava conversando? Que foram eles que mataram seu pai?

Jace olhou para as mãos. Eram finas e cuidadosas, mãos de um artista, não de um guerreiro. O anel que ela havia notado mais cedo brilhava no dedo dele. Ela teria pensado que haveria um quê de feminilidade em um menino usando um anel, mas não. O anel em si parecia pesado e duro, feito de prata escura com algumas estrelas ao redor. A letra W estava gravada nele.

— Porque, se eu dissesse — contou —, ele saberia que quero matar Valentim pessoalmente. E nunca me deixaria tentar.

— Quer dizer que quer matá-lo por vingança?

— Por justiça — disse Jace. — Nunca soube quem matou meu pai. Agora sei. É a minha chance de corrigir a situação.

Clary não sabia como matar alguém poderia corrigir outra morte, mas sentiu que não adiantaria nada dizer isso.

— Mas você sabia quem tinha matado — ela disse. — Foram aqueles homens. Você disse...

Jace não estava olhando para ela, então Clary parou de falar. Eles estavam passando por Astor Place, quase batendo em um bonde elétrico da Universidade de Nova York ao cortar o trânsito. Pedestres pareciam esmagados pelo ar pesado, como insetos presos por um pino em um quadro de vidro. Alguns grupos de crianças sem-teto agregavam-se ao redor da base de uma grande estátua de bronze, com placas em papelão pedindo dinheiro levantadas à frente deles. Clary viu uma menina mais ou menos da idade dela com a cabeça raspada apoiada em um menino negro com dreadlocks no cabelo e diversos piercings no rosto. Ele virou a cabeça enquanto a carruagem passava, como se pudesse vê-la, e Clary visualizou o brilho em seu olhar. Um deles estava embaçado, como se não tivesse pupila.

— Eu tinha 10 anos — disse Jace. Ela virou para olhar para ele. Ele continuava com a expressão vazia. Sempre parecia que a cor desaparecia dele toda vez que falava no pai. — Vivíamos em um casarão no campo. Meu pai sempre dizia que era mais seguro estar longe das pessoas. Eu os ouvi passando pela estradinha e corri para avisar. Ele mandou que me escondesse, então me escondi. Debaixo da escada. Vi aqueles homens entrarem. Havia outros com eles. Não homens. Renegados. Eles renderam meu pai e cortaram sua garganta. O sangue correu pelo chão. Ensopou meus sapatos. Eu não me mexi.

Clary levou um instante para perceber que ele acabara de falar, e outro para encontrar a própria voz.

— Sinto muito, Jace.

Seus olhos brilhavam na escuridão.

— Não entendo por que os mundanos sempre se lamentam por coisas das quais não têm culpa alguma.

— Não estou me lamentando. É uma forma de... solidariedade. De dizer que sinto muito pela sua infelicidade.

— Não sou infeliz — ele disse. — Só pessoas sem propósito são infelizes. Eu tenho um propósito.

— Você está falando de matar demônios ou de vingar a morte do seu pai?

— De ambos.

— Seu pai realmente desejaria que você matasse aqueles homens? Por pura vingança?

— Um Caçador de Sombras que mata outro de seus irmãos é pior do que um demônio e, como tal, deve ser eliminado — disse Jace, soando como se estivesse ditando palavras de um livro-texto.

— Mas todos os demônios são maus? — ela perguntou. — Quer dizer, se nem todos os vampiros são maus, nem todos os lobisomens são maus...

Jace olhou para ela, exasperado.

— Não é a mesma coisa. Vampiros, lobisomens e até feiticeiros são semi-humanos. Parte deste mundo, nascido nele. Pertencem a ele. Mas demônios vêm de outros mundos. São parasitas interdimensionais. Vêm a um mundo e usurpam dele. Não podem construir, apenas destroem; não conseguem fazer, só usar. Esgotam um lugar e o reduzem a cinzas, e depois de morto, dirigem-se ao próximo. É vida que querem, não só a sua vida ou a minha, mas toda a vida deste mundo, rios, cidades, oceanos, tudo. E a única coisa entre eles e a destruição de tudo *isso* — ele apontou para fora da janela da carruagem, gesticulando como se quisesse abranger tudo, desde o topo dos prédios mais altos até o trânsito na Houston Street — é o Nephilim.

— Ah — disse Clary. Não parecia haver mais muita coisa a dizer. — Quantos outros mundos existem?

— Ninguém sabe. Centenas? Milhões, talvez.

— E são todos... mundos mortos? Esgotados? — Clary sentiu o estômago afundar, mas pode ter sido por causa do impacto ao passarem por um carro Mini roxo. — Isso é tão triste.

— Eu não disse isso. — A luz laranja-escura da bruma da cidade entrava pelas janelas, destacando o perfil de Jace. — Provavelmente existem outros mundos habitados como o nosso. Mas apenas demônios podem viajar entre eles. Porque quase não têm matéria, em parte, mas ninguém sabe exatamente por quê. Muitos feiticeiros já tentaram, mas nunca funcionou. Nada da Terra pode passar pelas alas entre os mundos. Se pudéssemos — acrescentou —, poderíamos bloquear a vinda deles para cá, mas ninguém nunca foi capaz de descobrir como fazer isso. Aliás, cada vez mais demônios vêm para cá. Costumava haver somente pequenas invasões demoníacas neste mundo, facilmente contidas. Mas, desde que nasci, mais e mais deles entraram pelas alas. A Clave vive tendo de despachar Caçadores de Sombras, e em muitas ocasiões eles não voltam.

— Mas, se você tivesse o Cálice Mortal, poderia criar mais, não é mesmo? Mais caçadores de demônios? — Clary arriscou o palpite.

— Lógico — disse Jace. — Mas há alguns anos não temos o Cálice, e muitos de nós morrem cedo. Então nossos números caem lentamente.

— Mas vocês não estão... bem... — Clary procurou pela palavra certa. — Se reproduzindo?

Jace caiu na gargalhada no mesmo instante em que a carruagem virou à esquerda bruscamente. Ele se segurou, mas Clary foi jogada contra ele. Ele a segurou, com as mãos delicadas, mas afastadas do próprio corpo. Ela sentiu o toque do anel como uma fibra solta de gelo contra a pele suada.

— Óbvio — ele disse. — Nós adoramos nos reproduzir. É uma das nossas atividades prediletas.

Clary se afastou dele, com o rosto queimando na escuridão, e virou-se para olhar pela janela. Eles estavam passando por um portão pesado de ferro gasto, entrelaçado com vinhas escuras.

— Chegamos — anunciou Jace, enquanto a locomoção macia das rodas sobre o asfalto se transformou em sacolejo sobre pedras. Clary enxergou algumas palavras pelo arco ao passarem sob ele: CEMITÉRIO DE MÁRMORE DE NOVA YORK.

— Mas pararam de enterrar pessoas em Manhattan há séculos, por falta de espaço, não pararam? — ela disse. Eles estavam passando por um beco estreito com paredes altas de pedra em cada lado.

— A Cidade dos Ossos já estava aqui muito antes disso. — A carruagem parou subitamente. Clary saltou quando Jace esticou o braço, mas ele só estava passando por ela para abrir a porta daquele lado. O braço dele era ligeiramente musculoso e cheio de pelos dourados, finos como pólen.

— Você não tem escolha, tem? — ela perguntou. — Quanto a ser um Caçador de Sombras. Você não pode simplesmente renunciar.

— Não — ele disse. A porta se abriu, permitindo que uma onda de ar mormacento saísse. A carruagem havia parado em um pátio aberto de grama verde cercado por paredes de mármore. — Mas, se eu tivesse escolha, escolheria isso ainda assim.

— Por quê? — ela perguntou.

Ele levantou uma sobrancelha, o que provocou inveja instantânea em Clary. Ela sempre quis conseguir fazer isso.

— Porque — ele disse — é nisso que sou bom.

Ele pulou para fora da carruagem. Clary deslizou para a ponta do assento, balançando as pernas. Era uma longa queda até o chão de mármore. Ela pulou. O impacto machucou seus pés, mas não caiu. Ela girou triunfante e viu que Jace olhava para ela.

— Eu teria ajudado você a descer — ele disse.

Ela piscou.

— Tudo bem. Não precisava.

Ele olhou para trás de si. O Irmão Jeremiah estava descendo do poleiro atrás dos cavalos em uma queda silenciosa de panos. Ele não formava sombra alguma no gramado ensolarado.

Venham, disse. Ele deslizou para longe da carruagem e das luzes reconfortantes da Second Avenue, caminhando em direção ao centro escuro do jardim. Estava evidente que ele queria que os seguissem.

A grama estava seca e dura sob os pés, as paredes de mármore, de ambos os lados, lisas e peroladas. Havia nomes entalhados na pedra das paredes, nomes e datas. Clary demorou um pouco para perceber que eram marcas de túmulos. Um calafrio percorreu a espinha da menina. Onde estavam os corpos? Nas paredes, enterrados verticalmente como se tivessem sido emparedados vivos...?

Ela se esquecera de olhar para onde estava indo. Quando colidiu contra alguma coisa viva, gritou alto.

Era Jace.

— Não grite desse jeito. Você vai acordar os mortos.

Ela franziu o rosto para ele.

— Por que estamos parando?

Ele apontou para o Irmão Jeremiah, que havia parado em frente a uma estátua um pouquinho mais alta do que ele, com a base cheia de musgo. A estátua era de um anjo. A imagem de mármore era tão lisa que era quase translúcida. A face do anjo era voraz, linda e triste. Com longas mãos brancas, ele segurava um copo, com a borda cravejada de joias de mármore. Algo na estátua incomodou a memória de Clary com uma familiaridade desconfortável. Havia uma data marcada na base, 1234, e palavras gravadas ao redor: *NEPHILIM: FACILIS DESCENSUS AVERNI.*

— É para ser o Cálice Mortal? — ela perguntou.

Jace fez que sim com a cabeça.

— E esse é o lema dos Nephilim, os Caçadores de Sombras, ali na base.

— O que significa?

O sorriso de Jace era um flash branco na escuridão.

— Significa: Caçadores de Sombras: mais bonitos de preto do que as viúvas de nossos inimigos desde 1234.

— Jace...

Significa, disse Jeremiah, *a descida ao Inferno é fácil.*

— Alegre e feliz — disse Clary, mas uma onda gelada passou por sua pele, apesar do calor.

— É uma piadinha dos Irmãos ter isso aqui — disse Jace. — Você vai ver.

Ela olhou para o Irmão Jeremiah. Ele havia sacado uma estela, que brilhava ligeiramente, de algum bolso no interior da túnica, e com a ponta traçou um símbolo na base da estátua. A boca do anjo de pedra de repente se abriu em um grito silencioso, e um buraco escuro expansivo se abriu na grama aos pés de Jeremiah. Parecia uma sepultura aberta.

Lentamente, Clary se aproximou da borda e espiou lá dentro. Um grupo de degraus de granito levava ao buraco, as bordas amolecidas pelos anos de uso. Havia tochas dispostas em intervalos ao longo dos degraus, emitindo verde quente e azul gélido. A base da escada estava perdida na escuridão.

Jace desceu as escadas com a calma de alguém que se encontra em uma situação familiar, quiçá confortável. A meio caminho da primeira tocha, ele parou e olhou para cima, para Clary.

— Vamos — ele disse, impaciente.

Clary mal havia posto os pés no primeiro degrau quando sentiu o braço ser agarrado por um punho frio. Ela olhou para cima, espantada. O Irmão Jeremiah estava segurando o pulso dela, com os gélidos dedos brancos pressionando sua pele. Ela podia ver o brilho ósseo do rosto cicatrizado sob a base do capuz.

Não tenha medo, disse a voz na cabeça de Clary. *Seria preciso muito mais do que o único grito de um humano para acordar esses mortos.*

Quando soltou seu braço, Clary desceu as escadas atrás de Jace, com o coração batendo contra as costelas. Ele estava esperando por ela na base. Pegara uma das tochas verdes e a estava segurando na altura dos olhos. Provocava um brilho verde-claro em sua pele.

— Você está bem?

Ela fez que sim com a cabeça, não confiando em si mesma para falar. As escadas acabavam em um solo superficial; à frente deles, esticava-se um túnel, longo e escuro, invadido por raízes curvilíneas de árvore. Uma fraca luz azulada era visível no fim do túnel.

— É tão... escuro — gaguejou.

— Quer que eu segure a sua mão?

Clary colocou as duas mãos atrás das costas como uma criança pequena.

— Não fale assim comigo.

— Tá bom... — Jace passou por ela, a tocha derramava faíscas à medida que ele se movia. — Não precisa fazer cerimônia, Irmão Jeremiah — ele disse. — Vá em frente. Estamos logo atrás.

Clary deu um salto. Ela ainda não estava acostumada às idas e vindas silenciosas do arquivista. Ele passou silenciosamente de onde estava atrás dela e foi túnel adentro. Após um instante, ela o seguiu, empurrando para o lado a mão esticada de Jace enquanto passava.

A primeira visão de Clary da Cidade do Silêncio consistiu de fileira após fileira de arcos de mármore que se erguiam para o alto, desaparecendo na distância como fileiras de árvores em um pomar. O mármore em si era puro, com marfim, de aparência dura e polida, marcado em alguns pontos por linhas finas de ônix, jaspe e jade. Ao se afastarem do túnel e se aproximarem da floresta de arcos, Clary viu que o chão estava inscrito com os mesmos símbolos que às vezes decoravam a pele de Jace com linhas e giros e curvas.

Enquanto os três passavam pelo primeiro arco, alguma coisa larga e branca se erguia à esquerda, como um iceberg na proa do *Titanic*. Era um bloco de pedra branca, liso e quadrado, com uma espécie de porta encravada na frente. Parecia uma casa de bonecas do tamanho de crianças, mas não suficientemente grande para que ela conseguisse ficar de pé lá dentro.

— É um mausoléu — disse Jace, direcionando a luminosidade para ele. Clary podia ver que havia um símbolo entalhado na porta, que estava selada com parafusos de ferro. — Uma tumba. Enterramos nossos mortos aqui.

— Todos os seus mortos? — ela disse, como se quisesse perguntar se o pai dele estava enterrado ali, mas ele já tinha seguido em frente, fora do alcance auditivo. Ela se apressou atrás dele, não querendo ficar a sós com o Irmão Jeremiah nesse lugar arrepiante. — Pensei que você tivesse dito que este lugar era uma biblioteca.

Há muitos níveis na Cidade do Silêncio, disse Jeremiah. *E nem todos os mortos estão enterrados aqui. Há outro ossuário em Idris, é óbvio, muito maior. Mas nesse nível encontram-se os mausoléus e o local de cremação.*

— Local de cremação?

Os que morrem em batalha são queimados, e as cinzas, utilizadas para fazermos os arcos de mármore que você vê aqui. O sangue e os ossos dos matadores de demônios são em si uma forte proteção contra o mal. Mesmo na morte, a Clave serve à causa.

Que coisa mais exaustiva, pensou Clary, lutar a vida inteira, e ter de continuar com a luta mesmo depois de ela ter chegado ao fim. Com a visão periférica, ela podia enxergar as câmaras mortuárias quadradas e brancas se erguendo em cada um dos lados em fileiras de tumbas organizadas, cada porta trancada pelo lado de fora. Agora ela entendia por que se chamava Cidade do Silêncio: os únicos habitantes eram os Irmãos mudos e os mortos, guardados com tanto zelo.

Eles chegaram a outra escadaria que levava a mais crepúsculo; Jace colocou a tocha à sua frente, formando sombras nas paredes.

— Vamos para o segundo nível, onde ficam os arquivos e as salas do conselho — ele disse, como se estivesse tranquilizando Clary.

— Onde fica o quartel dos vivos? — perguntou Clary, em parte para ser educada, em parte por legítima curiosidade. — Onde os Irmãos dormem?

Dormem?

A palavra silenciosa pairou pela escuridão entre eles. Jace riu, e a chama da tocha balançou.

— Você tinha que perguntar.

No pé da escada, havia outro túnel, que se alargava no fim em um pavilhão quadrado, com cada um dos cantos marcado por um pináculo de osso entalhado. Luminárias acesas encontravam-se em longos apoios de ônix nas laterais do quadrado, e o ar cheirava a cinzas e fumaça. No centro do pavilhão, havia uma longa mesa de basalto preto com veios brancos. Atrás da mesa, contra a parede escura, havia uma enorme espada de prata pendurada, apontada para baixo, com o cabo ornamentado em forma de asas abertas. À mesa, havia uma fileira de Irmãos do Silêncio sentados, cada um deles vestido e encapuzado com vestes da mesma cor de pergaminho que as de Jeremiah.

Jeremiah não perdeu tempo.

Chegamos. Clarissa, apresente-se perante o Conselho.

Clary olhou para Jace, mas ele estava piscando, visivelmente confuso. O Irmão Jeremiah provavelmente só havia falado na cabeça *dela*. Ela olhou para a mesa, para a longa fileira de figuras silenciosas ocultas sob túnicas pesadas. Quadrados alternados compunham o chão do pavilhão: bronze dourado e vermelho-escuro. À frente da mesa, havia um quadrado maior, feito de mármore preto com um design parabólico de estrelas prateadas.

Clary dirigiu-se ao centro do quadrado preto como se estivesse se colocando em frente a um esquadrão de infantaria. Ela levantou a cabeça.

— Muito bem — ela disse. — E agora?

Então os Irmãos emitiram um ruído, um som que arrepiou os cabelos da nuca e dos braços de Clary. Era um barulho como um suspiro ou um rugido. De forma uníssona, ergueram as mãos e retiraram as capas, exibindo os rostos cicatrizados e os buracos dos olhos vazios.

Apesar de já ter visto o rosto do Irmão Jeremiah, o estômago de Clary embrulhou. Era como olhar para uma fileira de esqueletos, como uma daquelas xilogravuras medievais em que os mortos andavam, falavam e dançavam em pilhas de corpos de vivos. As bocas costuradas pareciam sorrir para ela.

O Conselho a cumprimenta, Clarissa Fray, ela ouviu, e não era apenas uma voz silenciosa na mente, mas uma dúzia, algumas graves e secas, outras suaves e monótonas, mas todas exigentes, insistentes, pressionando as barreiras frágeis da sua mente.

— Parem — ela disse e, para próprio espanto, a voz saiu firme e forte. Os ruídos na mente de Clary cessaram tão repentinamente quanto um disco que parava de girar. — Vocês podem entrar na minha cabeça — ela disse —, mas só quando eu estiver pronta.

Se não quiser a nossa ajuda, não há qualquer necessidade disso. Afinal, foi você que solicitou nossa assistência.

— Vocês querem saber o que está na minha mente, assim como eu — ela disse. — Isso não significa que não possam ser cuidadosos.

O Irmão sentado ao centro passou os dedos finos sob o queixo. *É um quebra-cabeça interessante, devo admitir*, ele disse, e a voz na cabeça de Clary era seca e neutra. *Mas não há necessidade do uso de força, se você não resistir.*

Ela cerrou os dentes. Ela queria resistir, queria expulsar aquelas vozes invasivas para fora de sua cabeça. Ficar parada e permitir uma violação desse tipo, de sua posse mais íntima e pessoal...

Mas havia grandes chances de isso já ter acontecido, ela lembrou a si mesma. Não havia nada além da escavação de um crime pretérito, do roubo da memória. Se funcionasse, o que lhe havia sido tirado poderia ser restaurado. Ela fechou os olhos.

— Vão em frente — ela disse.

O primeiro contato veio como um sussurro na mente, delicado como o toque de uma folha em queda.

Diga seu nome ao Conselho.

Clarissa Fray.

A primeira voz recebeu a companhia de outras.

Quem é você?

Sou Clary. Minha mãe é Jocelyn Fray. Moro no número 807 de Berkeley Place no Brooklyn. Tenho 15 anos. O nome do meu pai era...

A mente de Clary pareceu estalar em si mesma, como um elástico de borracha, e ela se dirigiu silenciosamente a um redemoinho de imagens projetadas contra o interior das pálpebras. Jocelyn corria com ela em uma rua escura entre montes de neve suja. Depois um céu mais baixo, cinza e chumbado, fileiras de árvores pretas e nuas. Um quadrado vazio cortado na terra, um caixão abaixando nele. *Cinzas para cinzas.* Jocelyn enrolada em uma manta artesanal, lágrimas correndo pelas bochechas, rapidamente fechando uma caixa e colocando-a sob uma almofada quando Clary entrou na sala. Ela viu novamente as iniciais na caixa: JC.

As imagens vinham mais rapidamente agora, como as páginas de um daqueles livros em que os desenhos pareciam se mexer ao passá-las. Clary estava no alto de uma escadaria, olhando para baixo, para um corredor estreito, e lá estava Luke outra vez, com a mochila verde aos pés.

Jocelyn na frente dele, balançando a cabeça. "Por que agora, Lucian? Eu pensei que você estivesse morto..." Clary piscou os olhos; Luke estava diferente, quase um estranho, barbado, cabelos longos e emaranhados — e galhos desceram bloqueando a visão de Clary; ela estava no parque outra vez, e fadas verdes, pequenas como palitos de dente, zumbiam entre flores vermelhas. Ela esticou a mão para pegar uma delas em deleite, e Jocelyn a pegou no colo com um grito de horror. Depois era inverno novamente na rua escura e elas estavam correndo, amontoadas sob um guarda-chuva, Jocelyn meio empurrando e meio arrastando Clary entre os bancos de neve. Uma entrada de granito se elevava através da tempestade branca. Havia palavras gravadas sobre a porta. O MAGNÍFICO. Depois ela estava numa entrada que cheirava a ferro e neve derretendo. Estava com os dedos dormentes de frio. Uma mão sob seu queixo fez com que olhasse para cima, e ela viu uma fileira de palavras esculpida na parede. Duas palavras se destacavam, queimando os olhos da menina: *MAGNUS BANE.*

Uma dor repentina passou pelo braço direito de Clary. Ela gritou enquanto as imagens sumiam e ela girava para a frente, rompendo a superfície da consciência como um mergulhador quebrava uma onda. Havia algo frio que lhe pressionava a bochecha. Ela abriu os olhos e viu estrelas prateadas. Piscou duas vezes antes de perceber que estava deitada no chão de mármore, com os joelhos contraídos encostando no peito. Ao se mexer, sentiu uma dor incandescente no braço.

Ela se sentou repentinamente. A pele do cotovelo esquerdo estava aberta e sangrando. Ela devia ter aterrissado sobre ele quando caiu. Havia sangue na blusa. Clary olhou em volta, desorientada, e viu Jace olhando para ela, imóvel, mas a tensão era nítida em seus lábios contraídos.

Magnus Bane. As palavras significavam alguma coisa, mas o quê? Antes que ela pudesse fazer a pergunta em voz alta, foi interrompida pelo Irmão Jeremiah.

O bloqueio na sua mente é mais forte do que imaginávamos, ele disse. *Só pode ser desfeito em segurança por quem o aplicou. Se nós o removêssemos, a mataríamos.*

Ela se levantou cambaleante, segurando o braço machucado.

— Mas eu não sei quem fez isso. Se soubesse, não estaria aqui.

A resposta está contida na teia de seus pensamentos, disse o Irmão Jeremiah. *Quando sonhou acordada, você o viu escrito.*

— *Magnus Bane*? Mas... isso nem é nome de gente!

É o suficiente. O Irmão Jeremiah se levantou. Como se isso fosse um sinal, o resto dos Irmãos se levantou com ele. Inclinaram a cabeça em direção a Jace, um gesto de reconhecimento silencioso, antes de saírem entre os pilares e desaparecerem. Só o Irmão Jeremiah ficou. Ele assistiu, impassível, enquanto Jace corria em direção a Clary.

— Seu braço está bem? Deixe-me ver — exigiu, pegando o pulso de Clary.

— Ai! Está bem. Não faça isso, você só está piorando — disse Clary, tentando puxar o braço de volta.

— Você sangrou nas Estrelas Falantes — ele disse. Clary olhou e viu que ele tinha razão: havia sangue dela no mármore branco e prateado. — Aposto que há alguma lei a esse respeito em algum lugar. — Ele girou o braço de Clary, com mais delicadeza do que ela considerava possível. Ele mordeu o lábio inferior e assobiou; ela olhou para baixo e viu uma luva de sangue que cobria o antebraço do cotovelo até o pulso. O braço estava latejando, rígido e dolorido.

— É nessa hora que você começa a rasgar tiras da própria blusa para fazer um curativo no meu machucado? — brincou Clary. Ela tinha horror a sangue, principalmente ao dela própria.

— Se você queria que eu arrancasse minhas roupas, bastava pedir. — Ele pôs a mão no bolso e pegou a estela. — Teria sido muito menos doloroso.

Lembrando a sensação aguda de quando a estela lhe havia tocado o pulso, ela se preparou, mas só o que sentiu enquanto o instrumento brilhante deslizava gentilmente sobre o machucado foi um calor fraco.

— Pronto — ele disse, recompondo-se. Clary flexionou o braço, impressionada. Embora o sangue ainda estivesse ali, o machucado desaparecera, assim como a dor e a rigidez. — E, na próxima vez que estiver planejando se machucar para chamar minha atenção, lembre-se de que um bom papo produz maravilhas.

Clary sentiu a boca formar um sorriso.

— Lembrarei disso — ela disse e, ao virar de costas, acrescentou: — Obrigada.

Ele guardou a estela de volta no bolso sem virar para olhar para ela, mas ela achou ter visto algum orgulho na postura dele.

— Irmão Jeremiah — ele disse, esfregando as mãos uma na outra —, você ficou muito quieto esse tempo todo. Certamente tem pensamentos que gostaria de compartilhar...

Estou incumbido de levá-los para fora da Cidade do Silêncio, e isso é tudo, disse o arquivista. Clary pensou se estaria imaginando ou se realmente havia uma singela afronta no tom de "voz" dele.

— Nós podemos ir sozinhos — sugeriu Jace, esperançoso. — Tenho certeza de que me lembro do caminho...

As maravilhas da Cidade do Silêncio não são para os olhos dos não iniciados, disse Jeremiah, e virou as costas para eles silenciosamente. *Por aqui.*

Quando emergiram de volta à área aberta, Clary respirou fundo o ar carregado da manhã, apreciando o cheiro de sujeira e humanidade da cidade. Jace olhou em volta pensativamente.

— Vai chover — ele disse.

Ele tinha razão, pensou Clary, olhando para o céu cinza-chumbo.

— Vamos de carruagem de volta para o Instituto?

Jace olhou do Irmão Jeremiah, ainda como uma estátua, para a carruagem, surgindo como uma sombra no arco que levava à rua. Depois sorriu.

— De jeito nenhum — ele disse. — Detesto essas coisas. Vamos pegar um táxi.

11

Magnus Bane

Jace se inclinou para a frente e bateu a cabeça na divisão que o separava do motorista do táxi.

— Vire à esquerda! Esquerda! Eu disse para pegar a Broadway, seu idiota!

O taxista reagiu girando o volante com tanta força para a esquerda que Clary foi jogada contra Jace. Ela soltou um suspiro de raiva.

— Por que estamos indo pela Broadway?

— Estou morrendo de fome — disse Jace. — E não tem nada em casa além de resto de comida chinesa. — Ele tirou o telefone do bolso e começou a discar. — Alec! Acorda! — ele gritou. Clary podia ouvir um zumbido irritado do outro lado da linha. — Vá nos encontrar no Taki's. Café da manhã. É. Você ouviu. Café da manhã. O quê? São só alguns quarteirões. Vamos.

Ele desligou e colocou o telefone em um dos muitos bolsos enquanto encostavam. Entregando ao motorista um punhado de notas, Jace empurrou Clary para fora do carro. Quando pisou na rua, ele se esticou como um gato e abriu os braços.

— Bem-vinda ao melhor restaurante de Nova York!

Não parecia grande coisa — um prédio baixo de tijolos, arqueado no meio como um suflê murcho. Um sinal de néon com o nome do restaurante pendurava-se de lado e estava falhando. Dois homens de casacos longos e chapéus encontravam-se na entrada estreita. Não havia janelas.

— Parece um presídio — disse Clary.

Ele apontou para ela.

— Em um presídio, você pode pedir um espaguete *fra diavolo* que a faça lamber os beiços? *Acho* que não.

— Não quero espaguete. Quero saber o que é *Magnus Bane.*

— Não é o quê. É quem — disse Jace. — É um nome.

— Você sabe quem ele *é*?

— É um feiticeiro — respondeu Jace com a voz mais sensata possível. — Só um feiticeiro poderia ter posto um bloqueio desse na sua mente. Ou um dos Irmãos do Silêncio, mas obviamente não foram eles.

— Ele é um feiticeiro do qual você já tenha *ouvido falar*? — perguntou Clary, que já estava se cansando da voz sensata de Jace.

— O nome soa familiar...

— Ei! — Era Alec, com cara de que havia levantado da cama e vestido a calça jeans por cima do pijama. O cabelo, despenteado, completamente rebelde. Ele caminhou em direção a eles, com os olhos fixos em Jace, ignorando Clary, como sempre. — Izzy está a caminho — ele disse. — Está trazendo o mundano.

— Simon? De onde ele veio? — perguntou Jace.

— Ele apareceu hoje pela manhã. Não conseguiu ficar longe da Izzy, eu acho. Patético. — Alec parecia entediado. Clary queria chutá-lo. — E então, vamos entrar ou não? Estou morrendo de fome.

— Eu também — disse Jace. — Alguns rabos de rato fritos cairiam bem.

— Alguns o quê? — perguntou Clary, certa de que tinha ouvido errado.

Jace sorriu para ela.

— Relaxa — ele disse. — É só um jantar.

Eles foram parados na porta da frente por um dos homens. Enquanto ele se recompunha, Clary conseguiu enxergar o rosto dele sob o chapéu. A pele tinha uma tonalidade vermelho-escura, e as mãos quadradas acabavam em unhas em tom preto-azulado. Clary se sentiu enrijecer, mas Jace e Alec pareciam despreocupados. Disseram alguma coisa para o homem, que acenou e deu um passo para trás, permitindo que passassem.

— *Jace* — sibilou Clary enquanto a porta fechava atrás deles. — Quem *era* ele?

— Está falando do Clancy? — perguntou Jace, olhando em volta do restaurante iluminado. Era agradável do lado de dentro, apesar da ausência de janelas. Cabines de madeira aconchegantes apoiadas umas nas outras, cada qual alinhada com almofadas brilhantes. Louças descombinadas cobriam o balcão, atrás do qual havia uma garota loura com um avental de garçonete rosa e branco, contando rapidamente o troco de um homem robusto de camisa de flanela. Ela viu Jace, acenou e assinalou que deveriam sentar onde quisessem. — Clancy espanta os indesejáveis — disse Jace, conduzindo-a a uma das cabines.

— Ele é um demônio — Clary sibilou. Diversos clientes viraram para olhar para ela, um menino com cabelo arrepiado e azul estava sentado com uma menina indiana linda, com longos cabelos pretos e asas douradas brotando das costas. O menino franziu o rosto sombriamente. Clary sentiu-se aliviada com o fato de o restaurante estar praticamente vazio.

— Não é, não — disse Jace, acomodando-se na cabine. Clary foi para o assento ao lado dele, mas Alec já estava lá. Ela se acomodou delicadamente no banco em frente a ele, com o braço ainda rígido, apesar dos cuidados de Jace. Ela se sentia vazia por dentro, como se os Irmãos do Silêncio a tivessem alcançado e recolhido suas entranhas, deixando-a leve e tonta. — Ele é um ifrit — explicou Jace. — São feiticeiros sem mágica. Semidemônios que não conseguem lançar feitiços de forma alguma.

— Coitados — disse Alec, pegando o cardápio. Clary também pegou o dela e olhou. Gafanhotos com mel faziam parte dos especiais do dia, assim como pratos de carne crua, peixe cru inteiro e alguma coisa chamada sanduíche de morcego torrado. Uma página da seção de bebidas era dedicada a diferentes tipos de sangue que tinham em barril; para alívio de Clary, eram diferentes tipos de sangue animal, e não tipo A, tipo O, ou tipo B negativo.

— Quem come peixe cru inteiro? — ela perguntou em voz alta.

— Kelpies — disse Alec. — Selkies. Talvez até nixies.

— Não peça nenhuma das comidas de fadas — disse Jace, olhando por cima do cardápio. — Em geral, deixam humanos um pouco doidos. Uma hora você está comendo uma ameixa de fada, e de repente está correndo nu pela Madison Avenue com a calça na cabeça. Não que isso — acrescentou repentinamente — já tenha acontecido comigo.

Alec riu.

— Você se lembra... — Ele começou, iniciando uma história que continha tantos nomes e pronomes pessoais misteriosos que Clary nem se incomodou em tentar acompanhar. Em vez disso, ela estava olhando para Alec, observando-o enquanto conversava com Jace. Havia uma energia cinética, quase febril, em Jace que o afiava e o colocava em foco. Se ela fosse desenhá-los juntos, pensou, faria Jace, um pouco embaçado, e Alec ficaria em destaque, acentuado, em planos e ângulos claros.

Jace estava olhando para baixo enquanto Alec falava, com um leve sorriso, batucando na água com a unha. Ela sentiu que ele estava pensando em outras coisas. Sentiu uma leve onda de solidariedade por Alec. Não podia ser fácil gostar de Jace. *Estava rindo porque declarações de amor me entretêm, sobretudo quando não há recíproca.*

Jace levantou os olhos quando a garçonete passou.

— Vamos conseguir um café alguma hora? — ele disse em voz alta, interrompendo Alec.

Alec baixou o tom de voz, a energia se esvaindo.

— Eu...

Clary falou repentinamente.

— E essa carne crua toda, para que serve? — perguntou, apontando para a terceira página do cardápio.

— Lobisomens — disse Jace. — Apesar de que, de vez em quando, eu também gosto de uma carne sangrenta. — Ele alcançou o cardápio de Clary do outro lado da mesa e passou as páginas. — A parte de comidas humanas fica no final.

Ela examinou o cardápio perfeitamente normal com assombro. Tudo isso era demais.

— Eles têm vitaminas aqui?

— Tem uma vitamina de damasco com ameixa e mel que é simplesmente divina — disse Isabelle, que havia aparecido com Simon ao lado. — Chega pra lá — ela disse para Clary, que se aproximou tanto da parede que podia sentir os tijolos frios pressionarem seu braço. Simon, sentando ao lado de Isabelle, esboçou um sorriso para ela que não foi retribuído. — Você deveria tomar uma.

Clary não teve certeza se Isabelle estava falando com ela ou com Simon, então não disse nada. O cabelo de Isabelle esbarrou no rosto dela, e tinha cheiro de alguma espécie de perfume de baunilha. Clary conteve o impulso de espirrar. Ela detestava perfume de baunilha. Nunca havia entendido a necessidade de algumas garotas cheirarem a sobremesas.

— E como foi na Cidade dos Ossos? — perguntou Isabelle, abrindo o cardápio. — Descobriram o que há na cabeça de Clary?

— Conseguimos um nome — disse Jace. — Magnus...

— *Cale-se* — sibilou Alec, atacando Jace com o cardápio fechado.

Jace pareceu ferido.

— Jesus. — Ele esfregou o braço. — Qual é o seu problema?

— Este lugar é cheio de habitantes do Submundo. Você sabe disso. Acho que deve manter os detalhes da nossa investigação em segredo.

— *Investigação*? — Isabelle riu. — Agora somos detetives? Talvez devêssemos ter codinomes.

— Boa ideia — disse Jace. — Serei o Barão Hotschaft Von Hugenstein.

Alec cuspiu a água de volta no copo. Naquele instante, a garçonete chegou para anotar o pedido. De perto, ela ainda era uma menina loura bonita, mas tinha olhos inquietantes, inteiramente azuis, sem parte branca ou pupila. Ela sorriu com dentes afiados.

— Já sabem o que vão querer?

Jace sorriu.

— O de sempre — ele disse e, como resposta, obteve um sorriso da garçonete.

— Eu também — disse Alec, mas ele não ganhou sorriso nenhum. Isabelle pediu uma vitamina de frutas, Simon, um café, e Clary, após um instante de hesitação, optou por um café grande e panquecas de coco. A garçonete deu uma piscadela com o olho azul e saiu.

— Ela também é ifrit? — perguntou Clary, observando-a ir.

— Kaelie? Não. Parte fada, eu acho — disse Jace.

— Ela tem olhos de nixie — Isabelle disse pensativamente.

— Você realmente não sabe o que ela é? — perguntou Simon.

Jace balançou a cabeça.

— Respeito a privacidade dela. — Ele cutucou Alec com o cotovelo. — Ei, me deixa sair um instante.

Fazendo careta, Alec chegou para o lado. Clary observou Jace enquanto ele foi até Kaelie, que estava apoiada no bar, falando com o cozinheiro através da passagem para a cozinha. Só o que Clary podia ver do cozinheiro era uma cabeça abaixada em um chapéu branco de chefe de cozinha. Orelhas altas e peludas saíam por buracos de cada lado do chapéu.

Kaelie virou-se para sorrir para Jace, que pôs o braço em volta dela. Ela se acomodou. Clary imaginou se era isso que ele queria dizer com respeitar a privacidade dela.

Isabelle revirou os olhos.

— Ele não deveria ficar provocando a garçonete desse jeito.

Alec olhou para ela.

— Você acha que ele não está sendo sincero? Sobre ela, quero dizer.

Isabelle deu de ombros.

— Ela vem do Submundo — disse Isabelle, como se isso explicasse tudo.

— Não entendo — disse Clary.

Isabelle olhou para ela sem interesse.

— Não entende o quê?

— Essa coisa de Submundo. Vocês não caçam os habitantes de lá, porque não são exatamente demônios, mas também não são pessoas. Vampiros matam, bebem sangue...

— Só vampiros desonestos bebem sangue de pessoas — interrompeu Alec. — E estes, nós podemos matar.

— E lobisomens são o quê? Apenas cachorrinhos que cresceram demais?

— Eles matam demônios — disse Isabelle. — Então, se não nos incomodarem, não os incomodamos.

Como deixar que as aranhas vivam porque comem mosquitos, pensou Clary.

— Então eles são bons o suficiente para continuar vivendo, bons o suficiente para cozinhar para vocês, bons o suficiente para um flerte, mas não são *realmente* bons o suficiente? Quer dizer, não tão bons quanto as pessoas.

Isabelle e Alec olharam para ela como se ela estivesse falando urdu.

— Diferente de pessoas — disse Alec afinal.

— Melhor que mundanos? — acrescentou Simon.

— Não — disse Isabelle decididamente. — Você poderia transformar um mundano em um Caçador de Sombras. Quero dizer, nós viemos de mundanos. Mas você jamais poderia transformar alguém do Submundo em um membro da Clave. Eles não conseguem suportar os símbolos.

— Então eles são fracos? — perguntou Clary.

— Não diria isso — disse Jace, voltando ao assento ao lado de Alec. Seu cabelo estava despenteado e ele tinha uma marca de batom na bochecha. — Pelo menos não com um peri, um djinn, um ifrit e sabe Deus quem está ouvindo. — Ele sorriu quando Kaelie apareceu e distribuiu a comida. Clary olhou para as panquecas com bastante admiração. Pareciam fantásticas: douradas, cheias de mel. Ela comeu um pedaço enquanto Kaelie e seus saltos altos saíam.

— Estavam deliciosas.

— Eu falei que era o melhor restaurante de Manhattan — disse Jace, comendo batatas fritas com a mão.

Ela olhou para Simon, que estava mexendo o café, olhando para baixo.

— Hum — disse Alec, com a boca cheia.

— Certo — disse Jace. Ele olhou para Clary. — Não é uma via de mão única — ele disse. — Nem sempre gostamos dos habitantes do Submundo, mas eles nem sempre gostam de nós. Algumas centenas de anos de Acordos não apagam mil anos de hostilidade.

— Duvido que ela saiba o que são os Acordos, Jace — disse Isabelle.

— Na verdade, sei, sim — disse Clary.

— Eu não — disse Simon.

— É verdade, mas ninguém se importa com o que você sabe. — Jace examinou uma batata antes de mordê-la. — Eu gosto da companhia de alguns membros do Submundo em certas horas e lugares. Mas não frequentamos as mesmas festas.

— Espere aí. — Isabelle repentinamente se sentou ereta. — Como você disse que era o nome? — perguntou, olhando para Jace. — O nome na cabeça de Clary.

— Não disse — falou Jace. — Pelo menos não concluí. É Magnus Bane. — Olhou para Alec, zombeteiro. — Está mais para mala sem alça.

Alec resmungou uma resposta no café. Ou calo no pé. Clary sorriu internamente.

— Pode não ser... mas tenho quase certeza... — Isabelle começou a revirar a bolsa e retirou um pedaço de papel azul dobrado. Ela o mexeu entre os dedos. — Dê uma olhada *nisso*.

Alec esticou a mão para pegar o papel, olhou para ele, deu de ombros, depois o entregou a Jace.

— É um convite para uma festa. Em algum lugar no Brooklyn — ele disse. — Detesto o Brooklyn.

— Não seja tão esnobe — disse Jace. Em seguida, assim como Isabelle fizera, ele se sentou ereto e olhou fixamente. — Onde você conseguiu isso, Izzy?

Ela balançou a mão no ar.

— Com aquele kelpie no Pandemônio. Ele disse que seria fantástica. Estava com uma pilha de convites.

— O que é? — indagou Clary, impacientemente. — Você vai mostrar para o resto de nós ou não?

Jace virou o papel para que todos pudessem ler. Impresso em papel fino, quase um pergaminho, com a letra fina e elegante. Anunciava uma reunião na humilde morada de Magnus, o Magnífico Feiticeiro, e prometia a quem comparecesse "*uma noite arrebatadora de prazeres além da imaginação mais selvagem*".

— Magnus — disse Simon. — Magnus como Magnus Bane?

— Duvido que haja muitos feiticeiros de nome Magnus na área — disse Jace.

Alec piscou os olhos.

— Isso quer dizer que teremos que ir à festa? — perguntou a ninguém em particular.

— Não *teremos* que fazer nada — disse Jace, que estava lendo as letrinhas pequenas do convite. — Mas, de acordo com isso aqui, Magnus Bane é o Magnífico Feiticeiro do Brooklyn. — Ele olhou para Clary. — Particularmente, estou um pouquinho curioso quanto ao que o nome do Magnífico Feiticeiro do Brooklyn está fazendo na sua cabeça.

A festa não ia começar antes de meia-noite, então, com um dia inteiro para matar, Jace e Alec desapareceram para a sala das armas, enquanto Isabelle e Simon anunciaram a intenção de passear pelo Central Park para que ela pudesse mostrar a ele os círculos das fadas. Simon perguntou a Clary se ela queria ir junto. Disfarçando uma fúria assassina, ela recusou, alegando exaustão.

Não era exatamente mentira — ela *estava* exausta, com o corpo ainda enfraquecido pelos efeitos colaterais do veneno e de ter acordado tão cedo. Estava deitada na cama do Instituto, sem os sapatos, querendo dormir, mas o sono não vinha. A cafeína efervescia como água gaseificada em seu sangue, e sua mente estava cheia de imagens perturbadoras. Ela via o rosto da mãe olhando para ela, com uma expressão de pavor. Não conseguia parar de ver as Estrelas Falantes e ouvir as vozes dos Irmãos do Silêncio. Por que haveria um bloqueio em sua mente? Por que um feiticeiro poderoso o teria colocado lá, e com que propósito? Ela imaginou quais lembranças teria perdido, quais experiências teria vivido e não conseguia lembrar. Ou talvez tudo que ela achava que pensava se lembrar fosse uma mentira...?

Ela sentou, não conseguindo mais suportar os locais para onde os próprios pensamentos a conduziam. Descalça, ela foi pelo corredor, em direção à biblioteca. Talvez Hodge pudesse ajudá-la.

Mas a biblioteca estava vazia. A luz da tarde entrava pelas frestas entre as cortinas, formando barras douradas pelo chão. Na escrivaninha estava o livro que Hodge tinha lido mais cedo, e a capa de couro desbotada brilhava. Ao lado, Hugo dormia no poleiro, com o bico escondido na asa.

Minha mãe conhecia esse livro, pensou Clary. *Ela o tocou e o leu.* A dor de segurar algo que era parte da vida da mãe provocava pontadas na boca do estômago. Ela atravessou o quarto precipitadamente e pôs as mãos no livro. Estava morno, o couro aquecido pela luz do sol. Ela levantou a capa.

Alguma coisa dobrada caiu de dentro das páginas e aterrissou no chão ao lado dos pés de Clary. Ela se curvou para pegá-lo, abrindo-o automaticamente.

Era a fotografia de um grupo de jovens, nenhum deles muito mais velho que a própria Clary. Ela sabia que havia sido tirada há pelo menos vinte anos, não por causa das roupas que estavam vestindo — que, assim como a maioria dos equipamentos dos Caçadores de Sombras, eram indefiníveis e pretas —, mas porque reconheceu a mãe instantaneamente: Jocelyn, com não mais do que 17 ou 18 anos, cabelos compridos até a cintura e o rosto um pouco mais redondo, o queixo e a boca menos definidos. Ela parece comigo, pensou Clary.

O braço de Jocelyn estava em torno de um menino que Clary não reconhecia. Ela sentiu um impacto. Ela nunca havia pensado na mãe envolvida com ninguém além do próprio pai, pois Jocelyn nunca namorava ou demonstrava qualquer interesse em romance. Ela não era como a maioria das mães solteiras, que iam a reuniões de pais e mestres à procura de pais bonitões, ou a mãe de Simon, que sempre checava sua página em um site de namoro na internet. O menino era bonito, e com cabelos tão claros que eram quase brancos, e olhos pretos.

— Este é Valentim — disse uma voz por trás dela. — Aos 17 anos.

Ela deu um salto para trás e quase derrubou a foto. Hugo soltou um pio espantado e irritadiço antes de voltar ao poleiro, com as penas arrepiadas.

Era Hodge, observando-a com olhos curiosos.

— Desculpe — ela disse, colocando a foto sobre a mesa e recuando apressadamente. — Não queria bisbilhotar suas coisas.

— Não tem problema. — Ele tocou a foto com uma mão cheia de cicatrizes e rugas: um contraste estranho com a manga impecável da roupa que vestia. — Afinal de contas, é parte do seu passado.

Clary voltou lentamente para a mesa, como se a foto exercesse um magnetismo que a puxasse naquela direção. O menino com cabelos brancos estava sorrindo para Jocelyn, com olhos que brilhavam do jeito que os olhos dos meninos brilham quando eles gostam muito de você. Ninguém, Clary pensou, jamais tinha olhado para *ela* daquele jeito. Valentim, com o rosto frio e delicado, era completamente diferente do pai dela, com aquele sorriso aberto e os cabelos brilhantes que ela havia herdado.

— Valentim parece... mais ou menos legal.

— Legal ele não era — disse Hodge com um sorriso torto —, mas era charmoso, inteligente e com grande poder de persuasão. Você reconhece mais alguém?

Ela olhou novamente. Atrás de Valentim, um pouco à esquerda, havia um menino magro, com cabelos castanho-claros. Ele tinha ombros grandes e braços estranhos de quem ainda não tinha crescido toda a sua altura.

— É você?

Hodge fez que sim com a cabeça.

— E...?

Ela teve de olhar duas vezes antes de identificar alguém que conhecia: tão jovem que estava praticamente irreconhecível. No fim das contas, os óculos o denunciaram, e os olhos por trás, em tom azulado como a água do mar.

— Luke — ela disse.

— Lucian. E aqui. — Inclinando-se sobre a foto, Hodge indicou um casal adolescente elegante, ambos com cabelos escuros, a menina meia cabeça mais baixa que o rapaz. Tinha feições estreitas e predatórias, quase cruéis. — Os Lightwood — ele disse. — E ali — ele indicou um garoto muito bonito com cabelos escuros ondulados cujo rosto de mandíbula quadrada tinha uma cor bastante acentuada — está Michael Wayland.

— Ele não se parece em nada com Jace.

— Jace é parecido com a mãe.

— E ela por acaso está nessa foto? — perguntou Clary.

— Não. Essa é uma foto do Ciclo, tirada no ano em que foi formado. É por isso que Valentim, o líder, está à frente, e Luke está à sua direita; ele era o homem número um de Valentim.

Clary desviou o olhar.

— Continuo não entendendo por que a minha mãe se juntaria a algo desse tipo.

— Você precisa entender...

— Você fica repetindo isso — Clary disse interrompendo-o. — Não vejo por que tenho que entender coisa alguma. Você me diz a verdade, e eu vou entender ou não.

O canto da boca de Hodge se contraiu.

— Como queira. — Ele parou para esticar o braço e acariciar Hugo, que estava passeando pela ponta da mesa. — Os Acordos nunca contavam com o apoio de toda a Clave. As famílias mais veneráveis, principalmente, se prendiam aos velhos tempos, quando os membros do Submundo tinham de ser mortos. Não por ódio, mas porque assim se sentiam mais seguros. É mais fácil confrontar uma ameaça em grupo, em massa, não indivíduos que tenham que ser avaliados um a um... e a maioria de nós conhecia alguém que tivesse sido ferido ou morto por alguém do Submundo. Não há nada — ele acrescentou — como o absolutismo moral dos jovens. E é fácil, na infância, acreditar em bem e mal, em luz e escuridão. Valentim nunca perdeu isso, nem o idealismo destrutivo e o ódio passional a tudo que considerasse não humano.

— Mas ele amava a minha mãe — disse Clary.

— Sim — disse Hodge. — Ele amava sua mãe. E amava Idris...

— O que tem de tão bom em Idris? — perguntou Clary, percebendo o desdém na própria voz.

— Era — começou Hodge, e se corrigiu —, é a casa dos Nephilim, onde é possível ser autêntico, um lugar em que não há necessidade de se esconder, ou de feitiço. Um lugar abençoado pelo Anjo. Você nunca viu uma cidade até ter visto Alicante das torres de vidro. É mais bonito do que você pode imaginar. — Havia dor verdadeira em sua voz.

Clary pensou repentinamente no sonho que tivera.

— Havia... bailes na Cidade de Vidro?

Hodge piscou os olhos para ela como se estivesse sendo acordado de um sonho.

— Toda semana. Eu nunca fui, mas sua mãe sim. E Valentim. — Ele sorriu levemente. — Eu era mais acadêmico. Passava os dias na biblioteca em Alicante. Os livros que você vê aqui são apenas uma fração dos tesouros de lá. Pensava que talvez pudesse me juntar à Irmandade um dia, mas, depois do que fiz, é óbvio, eles não me aceitaram.

— Sinto muito — Clary disse, desconfortável. Sua mente ainda estava cheia da lembrança do sonho. *Havia um chafariz de sereia onde dançavam? Valentim usava branco, de modo que minha mãe pudesse ver as Marcas em sua pele mesmo através da camisa?*

— Posso ficar com isso? — ela perguntou, apontando para a foto.

Uma leve hesitação passou pelo rosto de Hodge.

— Preferiria que não mostrasse a Jace — ele disse. — Ele já tem muito que suportar, sem que fotos do pai morto apareçam por aí.

— Certo. — Ela abraçou o retrato ao peito. — Obrigada.

— De nada. — Ele olhou para ela, confuso. — Você veio para a biblioteca para me ver ou tinha outro propósito em mente?

— Queria saber se você já tinha recebido notícias da Clave. Sobre o Cálice. E... a minha mãe.

— Recebi uma resposta breve.

Ela podia ouvir a ansiedade na própria voz.

— Eles enviaram alguém? Caçadores de Sombras?

Hodge desviou o olhar.

— Sim, enviaram.

— Por que não estão hospedados aqui? — ela perguntou.

— Há certa preocupação com a possibilidade de o Instituto estar sendo observado por Valentim. Quanto menos ele souber, melhor. — Ele viu a expressão devastada de Clary e suspirou. — Sinto muito não poder lhe contar mais nada, Clarissa. A Clave não confia muito em mim, até hoje. Revelaram muito pouco. Gostaria de poder ajudá-la.

Havia um tom de tristeza na voz dele que fez com que ela relutasse em pedir mais informações.

— Você pode — ela disse. — Não consigo dormir. Estou com a cabeça muito cheia de coisas. Você poderia...

— Ah, a mente inquieta. — Sua voz estava carregada de solidariedade. — Posso lhe dar algo para isso. Espere aqui.

A poção que Hodge lhe deu tinha um odor agradável de junípero e folhas. Clary ficou abrindo o frasco e cheirando no caminho de volta pelo corredor. Infelizmente, ainda estava aberto quando entrou no quarto e viu Jace espalhado na cama dela, olhando para seu caderno de desenhos. Com um singelo gritinho de espanto, ela derrubou o frasco; caiu no chão, espalhando um líquido verde-claro.

— Ai, meu Deus — disse Jace, sentando-se e largando o caderno de lado. — Espero que não seja nada importante.

— Era uma poção para dormir — ela disse, irritada, tocando o frasco com a ponta do tênis. — Agora não sobrou nada.

— Se ao menos Simon estivesse aqui. Ele poderia entediá-la até você cair no sono.

Clary não estava com humor para defender Simon. Em vez disso, ela se sentou na cama, pegando o caderno.

— Geralmente não deixo ninguém ver isso.

— Por que não? — Jace estava descabelado, como se ele próprio estivesse dormindo. — Você é uma artista muito boa. Às vezes excelente.

— Bem, porque... é como um diário. Exceto pelo fato de que não penso em palavras, e sim em figuras, então só tem desenhos. Mas, mesmo assim, é muito pessoal. — Ela imaginou se soava tão louca quanto suspeitava.

Jace pareceu ofendido.

— Um diário sem desenhos de mim? Onde estão as fantasias tórridas? As capas de livros de romance? Os...

— Por acaso *todas* as garotas que te conhecem se apaixonam por você? — Clary perguntou suavemente.

A pergunta pareceu desinflá-lo, como um alfinete estourando um balão.

— Não é *paixão* — ele disse após uma pausa. — Pelo menos...

— Você poderia tentar não ser tão charmoso o tempo todo — disse Clary. — Pode ser um alívio para alguns.

Ele olhou para as próprias mãos. Já eram como as mãos de Hodge, brancas e com pequenas cicatrizes brancas, embora a pele fosse jovem e não tivesse rugas.

— Se você está cansada, posso colocá-la para dormir — ele disse. — Posso contar uma história de ninar.

Ela olhou para ele.

— Você está falando sério?

— Sempre falo sério.

Ela imaginou se o cansaço havia deixado ambos um pouco loucos. Mas Jace não parecia cansado. Parecia quase triste. Ela repousou o caderno na mesa de cabeceira e se deitou, curvando-se para o lado sobre o travesseiro.

— Tudo bem.

— Feche os olhos.

Ela os fechou. Ainda dava para enxergar as lâmpadas refletidas nas pálpebras, como pequenas estrelas cadentes.

— Era uma vez um menino — disse Jace.

Clary o interrompeu imediatamente.

— Um menino Caçador de Sombras?

— É óbvio. — Por um instante, uma alegria contagiou a voz dele. Depois desapareceu. — Quando o menino tinha 6 anos, ganhou do pai um falcão para treinar. Falcões são aves de rapina, para matar pássaros, o pai lhe dissera, os Caçadores de Sombras do céu.

"O falcão não gostava do menino, e o menino não gostava dele. Tinha um bico afiado que o deixava nervoso, e aqueles olhos brilhantes que sempre pareciam observá-lo. Sempre avançava nele com o bico e as garras quando ele se aproximava: durante várias semanas, o menino ficou com os pulsos e as mãos sangrando. Ele não sabia, mas o pai havia selecionado um falcão que habitara o mundo selvagem por mais de um ano, portanto era quase impossível domá-lo. Mas o menino tentava, pois o pai ordenara que tornasse o falcão obediente, e o menino queria agradar ao pai.

"Ele ficava constantemente com o falcão, mantendo-o acordado por meio de conversas com ele, e até tocando música para ele, pois uma ave cansada é mais fácil de ser domada. Ele aprendeu tudo sobre todo o equipamento: as argolas, as capas, as cordas, a coleira que prendia o pássaro ao pulso. Ele deveria ter cegado o falcão, mas não conseguiu fazê-lo: em vez disso, tentava sentar onde o pássaro pudesse vê-lo enquanto o acariciava nas asas, tentando conquistar sua confiança. Ele o alimentava com a mão, e inicialmente o pássaro não comeu. Depois comeu com tanta avidez que o bico cortava a palma da mão do menino. Mas o menino estava satisfeito, afinal era um progresso, e ele queria que o pássaro o conhecesse, mesmo que para isso tivesse de consumir seu sangue.

"Ele começou a ver que o falcão era lindo, que as asas finas eram feitas para a velocidade de um voo, que ele era forte e veloz, voraz e suave. Quando mergulhava em direção ao chão, movia-se como a luz. Quando aprendeu a voar em círculos e voltar para ele, o menino quase gritou em deleite. Às vezes, o pássaro pulava no ombro dele e colocava o bico em seu cabelo. Ele sabia que o falcão o amava e, quando teve certeza de que não estava apenas domado, mas perfeitamente domado, foi até o pai e mostrou o que fizera, esperando que ele fosse ficar orgulhoso.

"Em vez disso, o pai pegou o pássaro, agora domado e dotado de confiança, nas mãos e quebrou o pescoço dele. 'Eu disse para torná-lo obediente', ele disse, e derrubou o corpo sem vida do falcão no chão. 'Em vez disso, você o ensinou a amá-lo. Falcões não devem ser animais domésticos dóceis: são vorazes e selvagens, ferozes e cruéis. Este pássaro não estava domado, e sim arruinado.'

"Mais tarde, quando o pai o deixou, o menino chorou pelo animal, até que o pai enviou um empregado para recolher o corpo do pássaro e enterrá-lo. O menino nunca mais chorou, e nunca se esqueceu do que aprendeu: que amar é destruir, e que ser amado é ser destruído."

Clary, que estava deitada, quase sem respirar, rolou para cima das costas e abriu os olhos.

— Essa história é *péssima* — disse indignada.

Jace estava com as pernas para cima, com o queixo apoiado nos joelhos.

— É? — indagou ele, pensativamente.

— O pai do menino é horrível. É uma história de crueldade contra uma criança. Eu deveria saber que é isso que os Caçadores de Sombras pensam que é uma história de ninar. Qualquer coisa que provoque pesadelos gritantes...

— Às vezes as Marcas trazem pesadelos gritantes — disse Jace. — Caso a pessoa as obtenha muito jovem. — Ele olhou pensativamente para ela. A luz de fim de tarde entrava pelas cortinas e fazia com que o rosto dele se tornasse um verdadeiro estudo de contrastes. *Chiaroscuro*, ela pensou. A arte de sombra e luz. — É uma boa história se você refletir a respeito — disse ele. — O pai do menino só está tentando torná-lo mais forte. Inflexível.

— Mas é preciso saber se dobrar um pouquinho também — disse Clary com um bocejo. Apesar do conteúdo da história, o ritmo da voz de Jace a deixara com sono. — Ou você quebra.

— Não se você for forte o bastante — disse Jace com firmeza. Ele esticou a mão e ela sentiu a parte de trás da mão dele acariciá-la na bochecha; ela percebeu que estava com os olhos fechando. A exaustão tornara líquidos os ossos de Clary; ela se sentia como se fosse escorrer e desaparecer. Enquanto caía no sono, ouvia o eco de palavras na mente. *E me dava tudo que eu queria. Cavalos, armas, livros, até um falcão de caça.*

— Jace — ela tentou dizer. Mas o sono já tomara conta dela; arrastou-a, e ela ficou em silêncio.

Clary foi acordada por uma voz alarmada.

— Acorde!

Ela abriu os olhos lentamente. Eles pareciam grudentos, colados. Algo fazia cócegas em seu rosto. Era o cabelo de alguém. Ela se sentou rapidamente e bateu com a cabeça em alguma coisa dura.

— Ai! Você me acertou na cabeça! — Era uma voz feminina. Isabelle. Ela acendeu a luz ao lado da cama e olhou para Clary ressentidamente, esfregando a cabeça. Ela parecia brilhar com a luz; estava vestindo uma saia longa meio prateada e uma blusa de lantejoulas, e tinha as unhas pintadas como moedas brilhantes. Fios prateados estavam presos aos cabelos escuros de Isabelle. Parecia uma deusa da lua. Clary a detestava.

— Bem, ninguém disse que você podia se inclinar por cima de mim desse jeito. Você praticamente me matou de susto. — Clary esfregou a própria cabeça. Havia um ponto dolorido logo acima da sobrancelha. — O que você quer afinal?

Isabelle apontou para a noite escura lá fora.

— É quase meia-noite. Precisamos sair para a festa, e *você* ainda não está vestida.

— Eu ia vestir isso aqui — disse Clary, indicando o jeans e a camiseta. — Tem algum problema?

— Se tem algum problema? — Isabelle parecia que ia desmaiar. — Óbvio que tem problema! Ninguém no Submundo usaria essas roupas. E é uma festa. Você vai se destacar como um dedão machucado se se vestir tão... casualmente — ela concluiu, dando a impressão de que queria usar alguma palavra bem pior do que "casualmente".

— Não sabia que íamos ter que nos arrumar — Clary disse amargamente. — Não tenho roupa de festa.

— Você vai ter que pegar alguma coisa minha emprestada.

— Ah *não.* — Clary pensou na camiseta grande demais e nos jeans. — Quero dizer, não poderia. De verdade.

O sorriso de Isabelle era tão brilhante quanto as unhas.

— Eu insisto.

— Preferia realmente usar minhas próprias roupas — Clary protestou, encolhendo-se desconfortavelmente enquanto Isabelle a posicionava à frente do espelho do tamanho da parede no quarto dela.

— Bem, você não pode — disse Isabelle. — Você parece ter 8 anos, e pior, parece uma mundana.

Clary cerrou os maxilares, insatisfeita.

— Nenhuma das suas roupas vai caber em mim.

— Isso é o que veremos.

Clary observou Isabelle no espelho enquanto remexia no armário. No quarto dela, parecia que uma bola de discoteca havia explodido. As paredes eram pretas e brilhavam com curvas de tinta dourada. Havia roupas espalhadas por todos os lados: na cama vermelha, penduradas nas costas de cadeiras de madeira, transbordando do closet e do armário alto encostado à parede. A penteadeira, cujo espelho era rebordado com pelugem cor-de-rosa, era coberta de brilho, lantejoulas e potinhos de blush e pó de arroz.

— Belo quarto — disse Clary, pensando saudosa nas paredes cor de laranja de sua casa.

— Obrigada. Eu mesma pintei. — Isabelle surgiu do closet, trazendo algo preto e colante. Ela o jogou para Clary.

Clary levantou o tecido, deixando-o desdobrar-se.

— Parece pequeno demais.

— É para ser justo — disse Isabelle. — Agora vá vesti-lo.

Rapidamente, Clary voltou ao pequeno banheiro, que era pintado de azul brilhante. Ela colocou o vestido por cima da cabeça — era apertado, com algumas tiras. Tentando prender a respiração, ela voltou ao quarto, onde Isabelle estava sentada na cama, alguns anéis nos dedos dos pés, calçados com uma sandália.

— Você tem muita sorte de ter um busto tão pequeno — disse Isabelle. — Eu jamais conseguiria vestir isso sem sutiã.

Clary franziu o rosto.

— Está curto demais.

— Não está curto, não, está bom — disse Isabelle, remexendo-se pela cama enquanto procurava sapatos. Ela pegou umas botas e uma meia arrastão. — Pronto, você pode usar com isso. Vão fazer com que você pareça mais alta.

— Certo, pois sou uma tábua *e* uma anã. — Clary ajeitou o vestido. Ela quase nunca usava saia, ainda mais tão curta, então ver tanto assim das próprias pernas era algo alarmante. — Se é curto assim em mim, o quão curto não deve ser em você? — falou em tom de brincadeira e provocação.

— Em mim é uma blusa.

Clary sentou-se na cama, ajeitou as meias e calçou as botas. Os sapatos estavam um pouco grandes, mas não a ponto de ela ficar dançando dentro deles. Ela os amarrou e se levantou, olhando-se no espelho. Ela tinha de admitir que a combinação de vestido preto, meia e botas altas era bastante *bad girl*. A única coisa que estragava era...

— Seu cabelo — disse Isabelle. — Precisa de um jeito. Desesperadamente. Sente-se. — Ela apontou imperativamente para a penteadeira. Clary obedeceu, e fechou os olhos com força enquanto Isabelle desembaraçava seus cabelos, de um jeito nem um pouco gentil, escovando-os e colocando o que pareciam ser pregadores. Ela abriu os olhos na hora em que foi atingida pelo pó de arroz, que liberou uma nuvem densa de brilho. Clary tossiu e olhou para Isabelle de forma acusatória.

Ela riu.

— Não olhe para mim, olhe para si mesma.

Olhando no espelho, Clary viu que Isabelle ajeitara seus cabelos em um coque elegante, preso por pregadores brilhantes. Ela se lembrou de repente do sonho, do cabelo pesado que puxava sua cabeça para baixo, dançando com Simon... ela se mexeu, inquieta.

— Não se levante ainda — disse Isabelle. — Ainda não acabamos. — Ela pegou um lápis de olho. — Abra os olhos.

Clary arregalou os olhos, o que foi bom para evitar que gritasse.

— Isabelle, posso fazer uma pergunta?

— Lógico — disse Isabelle, manejando o lápis de olho como uma especialista.

— Alec é gay?

O pulso de Isabelle foi para trás bruscamente. O lápis de olho escapuliu, desenhando uma longa linha preta do canto do olho até o contorno do cabelo de Clary.

— Ai, que inferno! — Isabelle exclamou, repousando o lápis sobre a penteadeira.

— Não tem problema — disse Clary, levantando a mão até o olho.

— Tem, sim. — Isabelle parecia à beira das lágrimas enquanto remexia em volta nas pilhas de bagunça da penteadeira. Acabou achando um algodão, que entregou a Clary. — Tome, use isto aqui. — Ela se sentou na beira da cama, com as pulseiras de tornozelo balançando, e olhou para Clary através do cabelo. — Como você adivinhou? — perguntou, finalmente.

— Eu...

— Você não pode contar a absolutamente ninguém — ela disse.

— Nem para Jace?

— Principalmente para Jace!

— Tudo bem. — Clary ouviu a rigidez da própria voz. — Acho que não imaginei que fosse tão grave assim.

— Seria para os meus pais — Isabelle disse tranquilamente. — Eles deserdariam Alec e o jogariam para fora da Clave...

— Por quê, não se pode ser gay e Caçador de Sombras?

— Não há nenhuma regra oficial. Mas as pessoas não gostam. Quero dizer, pessoas da nossa idade não ligam tanto... eu acho — ela acrescentou, incerta, e Clary se lembrou de quão poucas pessoas da idade dela Isabelle havia conhecido. — Mas a geração antiga não. Se acontecer, não se fala a respeito.

— Ah — disse Clary, desejando nunca ter mencionado nada.

— Eu amo meu irmão — disse Isabelle. — Faria qualquer coisa por ele. Mas não há nada que eu possa fazer.

— Pelo menos ele tem você — disse Clary desconfortavelmente, e por um instante pensou em Jace, que imaginava o amor como algo que o destruiria. — Você realmente acha que Jace iria... se importar?

— Não sei — disse Isabelle, em tom que indicava que não queria mais falar nesse assunto. — Mas não é escolha minha.

— Acho que não — disse Clary. Ela se inclinou em direção ao espelho, utilizando o algodão dado por Isabelle para retirar o excesso de maquiagem do olho. Quando se sentou outra vez, quase derrubou o algodão de surpresa: o que Isabelle *fizera* com ela? Suas maçãs do rosto pareciam afiadas e angulares, os olhos profundos e misteriosos, além de verdes luminosos.

— Estou parecendo a minha mãe — ela disse, surpresa.

Isabelle ergueu as sobrancelhas.

— Como? De meia-idade demais? Talvez um pouco mais de brilho...

— Não precisa de mais brilho — Clary disse rapidamente. — Está bom. Gostei.

— Ótimo. — Isabelle se levantou da cama, com os tornozelos tilintando. — Vamos.

— Preciso ir até o meu quarto pegar uma coisa — disse Clary, levantando-se. — Além disso... preciso de alguma arma? Você precisa?

— Tenho várias. — Isabelle sorriu, dando um chute no ar, de modo que as pulseiras dos tornozelos tilintassem como sinos de Natal. — Estes aqui, por exemplo. O esquerdo é electrum, que é venenoso para demônios, e o direito é ferro benzido, caso encontre algum vampiro do mal, ou mesmo alguma fada: fadas detestam ferro. Ambos têm símbolos fortes marcados em si, então posso dar chutes poderosos.

— Caça a demônios e moda — disse Clary. — Nunca pensei que pudessem andar juntos.

Isabelle riu em voz alta.

— Você não acreditaria.

Os meninos estavam esperando na entrada. Vestidos de preto, até Simon, em um par de calças um pouco grandes demais, e a própria camisa do avesso para esconder o logotipo da banda. Ele estava desconfortável, enquanto Jace e Alec estavam apoiados na parede, parecendo entediados. Simon levantou o olhar quando Isabelle chegou à entrada, com o chicote dourado enrolado no pulso, as correntes de metal nos tornozelos tilintando como sinos. Clary esperava que ele fosse ficar embasbacado — Isabelle realmente estava um espetáculo —, mas seus olhos se voltaram para Clary, onde repousaram com uma expressão espantada.

— O que é isso? — ele perguntou, recompondo-se. — O que você está usando, eu quero dizer.

Clary olhou para si mesma. Ela pusera uma jaqueta leve por cima, para se sentir menos exposta, e pegara a mochila no quarto. Estava pendurada nos ombros, aquela sensação familiar entre as omoplatas. Mas Simon não estava olhando para a mochila; ele estava olhando para as pernas dela, como se nunca as tivesse visto.

— É um vestido, Simon — disse Clary secamente. — Sei que não é uma coisa que eu use com frequência, mas sério...

— É tão curto — ele disse, confuso. Mesmo semivestido com roupas de caçador de demônios, Clary pensou, ele parecia o tipo de menino que buscaria a namorada em casa para um encontro e seria educado com seus pais e atencioso com os animais de estimação.

Jace, por outro lado, parecia o tipo de menino que viria até a sua casa e tocaria fogo só para se divertir.

— Gostei do vestido — ele disse, desencostando da parede. Seus olhos passearam preguiçosamente por Clary de cima a baixo. — Mas precisa de alguma coisa extra.

— Então agora você é um expert em moda? — A voz de Clary saiu desigual, ele estava muito perto dela, perto o suficiente para que ela sentisse seu calor, e o cheiro fraco de queimadura de Marcas recém-aplicadas.

Ele pegou algo do casaco e entregou a ela. Era uma adaga longa e fina em uma capa de couro. O cabo da adaga tinha uma única pedra vermelha cravejada, na forma de uma rosa.

Ela balançou a cabeça.

— Eu nem saberia usar isso...

Ele apertou-a nas mãos de Clary, fechando os dedos dela em torno da arma.

— Você aprende. — Ele abaixou a voz. — Está no seu sangue.

Ela puxou a mão.

— Tudo bem.

— Posso te dar uma faixa para a coxa, para prender isso — ofereceu Isabelle. — Tenho várias.

— ABSOLUTAMENTE NÃO — disse Simon.

Clary lançou um olhar irritado a ele.

— Obrigada, mas não faz muito o meu tipo. — Ela colocou a adaga no bolso da frente da mochila.

Enquanto fechava o bolso, olhou para cima e viu Jace observá-la com atenção.

— Uma última coisa — ele disse. Ele esticou a mão por cima dela e puxou o pregador brilhante do cabelo, de modo que este caiu em cachos pesados pelo pescoço. A sensação de cabelo tocando a pele nua era estranha e curiosamente agradável.

— Muito melhor — ele disse, e ela achou que a voz dele também estava um pouco diferente.

12

A Festa de um Morto

As instruções no convite os levaram a uma área totalmente industrial no Brooklyn, cujas ruas eram alinhadas com fábricas e depósitos. Alguns, Clary notou, haviam sido transformados em lofts e galerias, mas ainda havia alguma coisa proibitiva naquelas formas quadradas que traziam poucas janelas cobertas por cercas de ferro.

Eles saíram da estação do metrô, Isabelle encarregada da navegação com o Sensor, que aparentemente tinha um sistema de mapeamento embutido. Simon, que adorava apetrechos, estava fascinado — ou ao menos fingindo que era pelo Sensor que estava fascinado. Desejando evitá-los, Clary ficou atrás enquanto atravessavam um parque cuja grama mal conservada estava completamente queimada pelo calor do verão. À sua direita, os pináculos de uma igreja brilhavam em cinza e preto contra o céu noturno sem estrelas.

— Continue — disse uma voz irritadiça a seu ouvido. Era Jace, que ficara para trás para andar junto a ela. — Não quero ter que ficar olhando para trás para me certificar de que não aconteceu nada.

— Então não se incomode com isso.

— Na última vez em que a deixei sozinha, você foi atacada por um demônio — disse ele.

— Bem, eu certamente detestaria interromper sua agradável caminhada noturna com a minha morte súbita.

Ele piscou os olhos.

— Há uma linha tênue entre sarcasmo e pura hostilidade, e acho que você a cruzou. Qual é o problema?

Ela mordeu o lábio.

— Hoje de manhã uns caras estranhos e assustadores invadiram minha mente. Agora vou encontrar o cara estranho e assustador que invadiu minha mente em primeiro lugar. E se eu não gostar do que ele encontrar?

— O que faz você pensar que não vai?

Clary tirou o cabelo da pele, que já estava grudenta.

— Detesto quando você responde a uma pergunta com outra.

— Não detesta nada, acha um charme. Independentemente de qualquer coisa, você não prefere saber a verdade?

— Não. Quero dizer, talvez. Não sei — ela suspirou. — Você preferiria?

— Essa é a rua certa! — gritou Isabelle, já no meio do quarteirão seguinte. Eles estavam em uma avenida estreita alinhada com antigos depósitos, apesar de a maioria agora esboçar sinais de habitação humana: flores em janelas, cortinas balançando com o sopro da brisa noturna, latas de lixo plásticas na calçada. Clary cerrou os olhos, mas não tinha como saber se essa era a rua que ela vira na Cidade dos Ossos; afinal, a visão havia sido em um cenário coberto de neve.

Ela sentiu os dedos de Jace acariciarem seu ombro.

— Sem dúvida. Sempre — ele murmurou.

Ela olhou de lado para ele, sem entender.

— O quê?

— A verdade — ele disse. — Eu iria...

— Jace! — Era Alec. Ele estava no asfalto, não muito longe; Clary ficou imaginando por que a voz dele soara tão alta.

Jace virou, tirando a mão do ombro dela.

— O que foi?

— Acha que estamos no lugar certo? — Alec estava apontando para alguma coisa que Clary não conseguia ver; estava escondido atrás da sombra de um carro preto.

— O quê? — Jace se juntou a Alec; Clary ouviu-o rir. Circulando o carro, ela viu o que eles estavam olhando: diversas motocicletas, impecáveis e prateadas, com chassis baixos e pretos. Tubos de aparência oleosa e canos curvados enrolados sobre eles, como veias. Havia um ar singelo de alguma coisa orgânica nas motocicletas, como as biocriaturas de uma pintura Giger.

— Vampiros — disse Jace.

— Pra mim, parecem motos — disse Simon, juntando-se a eles com Isabelle ao lado. Ela franziu o cenho ao ver as motocicletas.

— E são, mas foram alteradas para funcionar com energia demoníaca — ela explicou. — São utilizadas por vampiros, permitem que se locomovam em alta velocidade. Não é exatamente legal, mas...

— Já ouvi falar em motos que voam — disse Alec, ansiosamente. Parecia Simon falando de um videogame novo. — Ou ficam invisíveis por meio de um interruptor. Ou funcionam embaixo d'água.

Jace havia pulado do meio-fio e estava circulando entre as motocicletas, examinando-as. Ele esticou a mão e arrastou-a por uma das motos pelo chassi suave e brilhante. Havia palavras pintadas na lateral, na cor prateada: *NOX INVICTUS*.

— Noite vitoriosa — ele traduziu.

Alec estava olhando para ele de um jeito estranho.

— O que você está fazendo?

Clary achou ter visto Jace colocar a mão rapidamente dentro do casaco.

— Nada.

— Vamos logo — disse Isabelle. — Eu não me arrumei toda para ficar vendo vocês no canto olhando um monte de motocicletas.

— São muito bonitas de se olhar — disse Jace, subindo novamente no meio-fio. — Isso você tem que admitir.

— Eu também sou — disse Isabelle, que não parecia disposta a admitir nada. — Agora, vamos logo.

Jace estava olhando para Clary.

— Este prédio — ele disse, apontando para o armazém de tijolos vermelhos. — É este aqui?

— Só tem um jeito de descobrir — disse Isabelle, subindo os degraus a passos determinados. Os demais a seguiram, amontoando-se na entrada que cheirava mal. Uma lâmpada solitária pendurava-se em uma corda no teto, iluminando uma ampla porta metálica e uma fileira de campainhas na parede esquerda. Apenas uma tinha um nome escrito: BANE.

Isabelle apertou a campainha. Nada aconteceu. Ela tocou outra vez. Estava prestes a repetir o ato uma terceira vez quando Alec a segurou pelo pulso.

— Não seja mal-educada — ele disse.

Ela olhou para ele.

— Alec...

A porta se abriu.

Um homem esguio parado na entrada os analisou com curiosidade. Isabelle foi a primeira a se recuperar, exibindo um sorriso brilhante.

— Magnus? Magnus Bane?

— O próprio. — O homem bloqueando a entrada era tão alto e magro quanto um poste; a cabeça, uma coroa de densas pontas pretas. Clary supôs pela curva dos olhos sonolentos e pelo tom dourado da pele bronzeada de Magnus que ele tinha ascendência asiática. Ele trajava jeans e uma camisa preta coberta com dúzias de fivelas de metal. Seus olhos estavam cercados por uma máscara de guaxinim de brilho carbônico, e tinha os lábios pintados com um tom escuro de azul. Ele passou a mão cheia de anéis pelo cabelo espetado e os encarou pensativamente. — Filhos de Nephilim — ele disse. — Ora, ora. Não me lembro de tê-los convidado.

Isabelle pegou o convite e balançou como uma bandeira branca.

— Eu tenho um convite. Estes — ela indicou o restante do grupo com um grande aceno de braço — são meus amigos.

Magnus pegou o convite da mão dela e olhou para o papel com profundo desgosto.

— Eu devia estar bêbado — ele disse. Ele abriu a porta. — Entrem. E tentem não assassinar nenhum dos meus convidados.

Jace passou pela entrada, medindo Magnus com o olhar.

— Mesmo que algum deles derrube bebida nos meus sapatos novos?

— Mesmo assim. — A mão de Magnus foi para a frente com tanta rapidez que mal formou uma sombra. Ele pegou a estela da mão de Jace, a qual Clary nem sequer percebera que ele estava segurando, e ergueu-a. O rapaz pareceu remotamente espantado. — Quanto a isso — Magnus disse, colocando-a no bolso dos jeans de Jace —, deixe nas calças, Caçador de Sombras.

Magnus sorriu e começou a subir as escadas, deixando um Jace surpreso segurando a porta.

— Vamos — ele disse, acenando para que todos entrassem. — Antes que alguém pense que a festa é *minha*.

Eles passaram por Jace, rindo de nervosismo. Só Isabelle parou para balançar a cabeça.

— Tente não irritá-lo, por favor. Assim ele não vai nos ajudar.

Jace parecia aborrecido.

— Eu sei o que estou fazendo.

— Espero que sim. — Isabelle passou por ele com a saia balançando.

O apartamento de Magnus ficava no alto de uma escadaria perigosa. Simon se apressou em alcançar Clary, que estava reclamando de ter posto a mão no corrimão para se recompor. Estava grudento, com alguma coisa que brilhava em verde-claro.

— Eca — disse Simon, que ofereceu o canto da camiseta para ela limpar a mão. Ela o fez. — Está tudo bem? Você parece... distraída.

— É que ele me parece tão familiar. Magnus, quero dizer.

— Você acha que ele estuda na St. Xavier?

— Muito engraçadinho. — Ela olhou com amargura para ele.

— Você tem razão. Ele é velho demais para ser um estudante. Acho que foi meu professor de química no ano passado.

Clary gargalhou em voz alta. Imediatamente, Isabelle estava ao lado deles, respirando no pescoço dela.

— Estou perdendo alguma coisa engraçada? Simon?

Simon teve a sensibilidade de parecer envergonhado, mas não disse nada.

— Não está perdendo nada — murmurou Clary, e foi para trás deles. As botas de solas pesadas de Isabelle estavam começando a machucar seus pés. Ao chegar ao topo da escadaria, estava mancando, mas se esqueceu da dor assim que entrou pela porta da frente de Magnus.

O loft era imenso, e quase completamente desprovido de móveis. As janelas, que iam do chão ao teto, eram cobertas por uma camada grossa de sujeira e tinta, bloqueando praticamente toda a luminosidade do recinto para a rua. Grandes pilares metálicos acabados com luzes coloridas sustentavam um teto arqueado e escurecido por fuligem. Portas arrancadas das dobradiças e dispostas sobre latas de lixo entalhadas formavam um bar artesanal no fim da sala. Uma mulher de pele lilás com um bustiê metálico estava preparando drinques no bar em copos altos e coloridos que pintavam o líquido interior: vermelho-sangue, azul-cianose, verde-veneno. Até para uma *barwoman* de Nova York, ela era surpreendentemente rápida — provavelmente ajudada pelo fato de que tinha outro par de longos braços além do normal. Clary se lembrou da estátua da deusa indiana de Luke.

O resto do público também era bem estranho. Um menino bonito com cabelos verdes e pretos sorriu para ela por cima de uma travessa que parecia carregar peixe cru. Ele tinha dentes afiados e serrados, como os de um tubarão. Ao lado dele, havia uma menina com longos cabelos louro-sujos, presos com flores. Sob a saia do vestido verde e curto, ela tinha pés como os de um sapo. Um grupo de jovens mulheres tão pálidas que Clary imaginou se estariam utilizando maquiagem branca, típica do teatro kabuki, tomava um líquido vermelho grosso demais para ser vinho em taças de cristal. O centro da sala estava abarrotado de corpos dançando ao som da batida eletrizante que exalava das paredes, embora Clary não enxergasse nenhuma banda em lugar algum.

— Está gostando da festa?

Ela virou para ver Magnus apoiado em um dos pilares. Seus olhos brilhavam na escuridão. Olhando em volta, ela reparou que Jace e os outros haviam sumido, engolidos pela multidão.

Ela tentou sorrir.

— É em homenagem a alguma coisa?

— Aniversário do meu gato.

— Ah. — Ela olhou em volta. — Onde está o gato?

Ele desgrudou do pilar, com olhar solene.

— Não sei. Fugiu.

Clary foi poupada de ter de responder a isso, graças ao aparecimento de Jace e Alec. Alec, como sempre, parecia não querer falar com ninguém. Jace estava usando um cordão de flores brilhantes em torno do pescoço e parecia satisfeito.

— Onde estão Simon e Isabelle? — perguntou Clary.

— Na pista de dança — ele apontou. Ela pôde enxergá-los entre corpos grandes e fortes. Simon estava fazendo o que sempre fazia em vez de dançar, que era remexer-se para cima e para baixo desconfortavelmente. Isabelle movia-se em círculo em volta dele, sinuosa como uma cobra, passando os dedos pelo seu peito. Ela olhava para ele como se estivesse planejando puxá-lo a um canto para transar. Clary cruzou os braços, as pulseiras bateram umas contra as outras. *Se dançarem um pouquinho mais perto um do outro, não precisarão ir para o canto para transar.*

— Olhe só — disse Jace, voltando-se para Magnus —, nós realmente precisamos conversar com...

— MAGNUS BANE! — A voz profunda e imponente pertencia a um homem surpreendentemente baixo, que parecia ter algo em torno de 30 e poucos anos. Ele era musculoso e compacto, a cabeça sem pelos, cuidadosamente raspada, e um cavanhaque pontudo. Ele levantou um dedo trêmulo para Magnus. — Alguém acabou de jogar água-benta no meu tanque de gasolina. Está estragado. Destruído. Todos os canos estão derretidos.

— Derretidos? — murmurou Magnus. — Que horror!

— Quero saber quem fez isso. — O homem exibiu os dentes, mostrando longos caninos afiados. Clary o encarou, fascinada. Não eram nada como ela imaginava que fossem os dentes dos vampiros: estes eram tão finos e afiados quanto agulhas. — Achei que você tivesse jurado que não haveria lobisomens aqui hoje, *Bane*.

— Não convidei nenhum dos Filhos da Lua — disse Magnus, examinando as próprias unhas brilhantes. — Justamente por causa dessa rixa entre vocês. Se algum deles tentou sabotar sua moto, não estava aqui a convite meu, portanto... — Ele deu um sorriso sagaz. — Não é minha responsabilidade.

O vampiro rugiu de raiva, apontando o dedo para Magnus.

— Você está tentando me dizer que...

O indicador de Magnus se moveu uma pequena fração, tão pouco que Clary quase pensou que não havia sequer se mexido. No meio do grunhido, o vampiro engasgou e pôs as mãos na garganta. A boca mexia, mas não emitia som algum.

— Você já abusou da minha hospitalidade — disse Magnus de maneira preguiçosa. Clary viu, com leve surpresa, que ele tinha pupilas finas e verticais, como as de um gato. — Agora vá — ele mexeu os dedos e o vampiro se virou, como se alguém o tivesse agarrado pelos ombros e o girado. Ele marchou de volta pela multidão, dirigindo-se à porta.

Jace assobiou para si mesmo.

— Isso foi impressionante.

— Aquela coisinha irritada? — Magnus voltou os olhos para o teto. — Eu sei. Qual *é* o problema dela?

Alec emitiu um som de engasgo. Após um instante, Clary reconheceu como uma risada. *Ele deveria fazer isso mais vezes.*

— Nós colocamos a água-benta no tanque de gasolina — disse ele.

— ALEC — disse Jace. — Cale a boca.

— Presumi que sim — disse Magnus, aparentando estar entretido. — Malditos seres vingativos vocês são, hein? Sabem que as motos funcionam com energia demoníaca. Duvido que ele consiga consertar.

— Menos um sanguessuga com transporte bacana — disse Jace. — Estou com o coração partido.

— Ouvi dizer que alguns conseguem fazer motos voarem — acrescentou Alec, que pela primeira vez parecia animado. Ele estava praticamente sorrindo.

— É só uma lenda — disse Magnus com os olhos de gato brilhando. — Então é por isso que queriam entrar de penetras na minha festa, para estragar a moto de um sanguessuga?

— Não. — Jace parecia novamente sério. — Precisamos falar com você. De preferência, em um local privado.

Magnus ergueu uma sobrancelha. *Droga*, pensou Clary. *Mais um.*

— Estou com problemas com a Clave?

— Não — disse Jace.

— Provavelmente não — disse Alec. — Ai! — ele olhou para Jace, que lhe dera um chute no tornozelo.

— Não — repetiu Jace. — Podemos falar com você sob o selo do Pacto. Se nos ajudar, qualquer coisa que disser será confidencial.

— E se não ajudar?

Jace abriu as mãos. Os símbolos tatuados nas palmas se destacaram em cor preta.

— Talvez nada. Talvez uma visita à Cidade do Silêncio.

A voz de Magnus era como mel entornado em pedras de gelo.

— É uma boa escolha que está me oferecendo, Caçadorzinho de Sombras.

— Não é escolha alguma — disse Jace.

— Sim — disse o feiticeiro. — É exatamente o que eu quis dizer.

O quarto de Magnus era todo colorido: lençóis em tom amarelo-canário e colcha jogados por cima de um colchão no chão, penteadeira azul-brilhante com mais potes de tinta e maquiagem do que a de Isabelle. Cortinas de veludo arco-íris escondiam a janela que se estendia do chão até o teto, e uma coberta de lã cobria o chão.

— Belo lugar — disse Jace, puxando de lado a cortina pesada. — Acho que paga bem ser o Magnífico Feiticeiro do Brooklyn.

— Paga — disse Magnus. — Não temos benefícios, contudo. Não temos plano odontológico. — Ele fechou a porta e se apoiou nela. Quando cruzou os braços, a camiseta subiu, mostrando uma barriga lisa e dourada, sem qualquer sinal que revelasse ser uma barriga humana. — Então — ele disse. — O que se passa nessas cabecinhas endiabradas?

— Não são eles, na verdade — disse Clary, encontrando a voz antes que Jace pudesse responder. — Sou eu que preciso falar com você.

Magnus voltou o olhar para ela.

— Você não é um deles — ele disse. — Não da Clave. Mas consegue enxergar o Mundo Invisível.

— Minha mãe era integrante da Clave — disse Clary. Era a primeira vez que dizia isso em voz alta e sabia que era verdade. — Mas nunca me contou. Manteve em segredo. Não sei por quê.

— Então pergunte a ela.

— Não posso. Ela... — Clary hesitou. — Ela se foi.

— E o seu pai?

— Morreu antes de eu nascer.

Magnus expirou, irritado.

— Como disse Oscar Wilde certa vez: "Perder um dos pais pode ser encarado como falta de sorte. Perder os dois parece descuido."

Clary ouviu Jace emitir um singelo som sibilado, como o ar sendo sugado entre os dentes. Ela disse:

— Não perdi a minha mãe. Ela foi tirada de mim. Por Valentim.

— Não conheço nenhum Valentim — disse Magnus, mas seus olhos balançaram como chamas de uma vela, e Clary sabia que ele estava mentindo. — Sinto muito por suas trágicas circunstâncias, mas não vejo o que isso tem a ver comigo. Se você pudesse me dizer...

— Ela não pode dizer porque não se lembra — Jace disse, incisivo. — Alguém apagou suas lembranças. Então nós fomos até a Cidade do Silêncio para ver o que os Irmãos conseguiam extrair da cabeça dela. Eles acharam duas palavras. Acho que você consegue imaginar quais sejam.

Fez-se um curto silêncio. Finalmente, Magnus deixou a boca se mexer no canto. Seu sorriso era amargo.

— Minha assinatura — ele disse. — Sabia que estava defeituosa quando fiz. Um ato de hubris...

— Você *assinou* a minha mente? — Clary perguntou, incrédula.

Magnus levantou a mão, traçando as letras de fogo contra o ar. Quando soltou a mão, ficaram lá, quentes e douradas, fazendo com que as linhas pintadas de seus olhos e boca queimassem com o reflexo da luz. MAGNUS BANE.

— Fiquei orgulhoso do meu trabalho em você — ele disse, olhando para Clary. — Tão limpo. Tão perfeito. O que você visse se esqueceria, mesmo ao ver. Nenhuma imagem de fada ou duende ou fera de pernas longas permaneceria para atrapalhar seu sono mortal. Era assim que ela queria.

A voz de Clary era fraca e tensa.

— Assim que quem queria?

Magnus suspirou e, ao toque da respiração, as letras de fogo se transformaram em cinzas brilhantes. Finalmente ele falou — e, apesar de não se surpreender, de saber exatamente o que ele iria dizer, mesmo assim ela sentiu as palavras como um sopro contra o coração.

— Sua mãe — ele disse.

13
Lembranças Brancas

— Minha mãe fez isso comigo? — Clary perguntou, mas sua surpresa não soava convincente, nem para ela própria. Olhando em volta, ela viu pena no olhar de Jace e no de Alec; até Alec sentia pena dela. — Por quê?

— Não sei. — Magnus esticou as longas mãos brancas. — Perguntar não faz parte da minha função. Eu faço o que sou pago para fazer.

— Nos limites do Pacto — Jace o lembrou, com a voz macia como pelo de gato.

Magnus inclinou a cabeça.

— Nos limites do Pacto, é óbvio.

— Então o Pacto concorda com isso tudo, com essa violação da mente? — Clary perguntou amargamente. Como ninguém respondeu, ela afundou na ponta da cama de Magnus. — Foi só uma vez? Havia alguma coisa específica que ela queria que eu esquecesse? Você sabe o que era?

Magnus andou de um lado para o outro, impacientemente, até a janela.

— Acho que você não entende. Na primeira vez em que a vi, você devia ter mais ou menos 2 anos. Eu estava olhando por esta janela — ele cutucou o vidro, liberando uma nuvem de poeira e lascas de tinta — e a vi correndo pela rua, segurando algo embrulhado em um cobertor. Fiquei surpreso quando parou à minha porta. Ela parecia tão comum, tão nova.

A luz da lua tocou o perfil dele, iluminando-o em tom prateado.

— Ela desembrulhou o cobertor quando entrou pela minha porta. Era você que estava dentro do embrulho. Ela colocou-a no chão e você começou a fazer bagunça, pegando coisas, puxando o rabo do meu gato, você gritou como uma Banshee quando o gato a arranhou, então perguntei para a sua mãe se você era parte Banshee. Ela não achou graça. — Ele fez uma pausa. Todos olhavam intensamente para ele agora, até mesmo Alec. — Ela me disse que era Caçadora de Sombras. De nada adiantaria mentir a respeito; marcas do Pacto aparecem, mesmo quando já desbotaram com o tempo, como fracas cicatrizes prateadas contra a pele. Elas se mexiam quando ela se movia. — Ele esfregou a maquiagem ao redor dos próprios olhos. — Ela me disse que tivera a esperança de que você tivesse nascido com o Olho Interno cego: alguns Caçadores de Sombras têm de ser ensinados a enxergar o Mundo das Sombras. Mas ela vira você naquela tarde provocando uma fada que havia ficado presa nas plantas. Ela sabia que você podia *ver*. Então me perguntou se era possível cegá-la da Visão.

Clary emitiu um pequeno ruído, soltou uma respiração dolorida, mas Magnus prosseguiu sem qualquer remorso.

— Eu disse a ela que aleijar essa parte da sua mente poderia deixá-la com sequelas severas, possivelmente até louca. Ela não chorou. Não era o tipo de mulher que chorava facilmente, a sua mãe. Perguntou se havia outro jeito, e eu disse que poderia fazê-la esquecer dessas partes do Mundo das Sombras que podia ver, mesmo enquanto as via. O único incômodo seria ela ter que vir até mim a cada dois anos, quando os efeitos do feitiço começassem a diminuir.

— E ela veio? — perguntou Clary.

Magnus anuiu com a cabeça.

— Eu a vejo a cada dois anos desde a primeira vez. Pude vê-la crescer. Você foi a única criança que vi crescer desse jeito, sabia? No meu âmbito profissional, as pessoas não são muito receptivas a crianças humanas.

— Então você reconheceu Clary quando entramos — observou Jace. — Deve ter reconhecido.

— Óbvio que reconheci. — Magnus parecia exasperado. — E foi um choque, também. Mas o que você teria feito? Ela não me conhecia. Não deveria me conhecer. Só o fato de que estava aqui significava que o feitiço começara a perder o efeito, aliás, tínhamos uma visita marcada há cerca de um mês. Até fui à sua casa quando voltei da Tanzânia, mas Jocelyn disse que vocês haviam brigado e você tinha fugido. Ela disse que me telefonaria quando você voltasse, mas — deu de ombros elegantemente — nunca ligou.

Uma onda fria de lembrança perfurou a pele de Clary. Ela se lembrou de estar no saguão ao lado de Simon, tentando se lembrar de alguma coisa que passeava no limite de sua visão... *Achei que tivesse visto o gato de Dorothea, mas foi só um truque da luz.*

Mas Dorothea não tinha um gato.

— Você estava lá naquele dia — disse Clary. — Eu o vi saindo do apartamento de Dorothea. Lembro-me dos seus olhos.

Magnus parecia a ponto de ronronar.

— Sou inesquecível, é verdade — ele se regozijou. Depois balançou a cabeça. — Você não deveria se lembrar de mim — ele disse. — Lancei um feitiço duro como uma parede assim que a vi. Você deveria ter dado de cara com ele, psicologicamente falando.

Se você der com a cara em uma parede psíquica, fica com hematomas psíquicos?

— Se você retirar o feitiço de mim, vou conseguir me lembrar de todas as coisas que esqueci? Todas as lembranças que você me roubou? — perguntou Clary.

— Não posso retirá-lo de você. — Magnus parecia desconfortável.

— O quê? — Jace parecia furioso. — Por que não? A Clave exige que você...

Magnus olhou friamente para ele.

— Não gosto que me digam o que fazer, Caçadorzinho de Sombras.

Clary podia perceber o quanto Jace detestava ser chamado de "inho", mas, antes que ele pudesse disparar uma resposta, Alec falou. Com a voz suave, contemplativa.

— Você não sabe como revertê-lo? — ele perguntou. — O feitiço, quero dizer.

Magnus suspirou.

— Desfazer um feitiço é muito mais difícil do que criá-lo. A complexidade deste, o cuidado que imprimi em criá-lo... se eu cometesse um erro, por menor que fosse, ao desfazê-lo, a mente dela poderia ficar comprometida para sempre. Além disso — ele acrescentou —, já começou a passar o efeito. Eles vão desaparecer sozinhos com o tempo.

Clary lançou-lhe um olhar decidido.

— E, quando passar, vou recuperar minhas lembranças? Seja o que for que tenha sido retirado da minha cabeça?

— Não sei. Podem voltar todas de uma vez, ou aos poucos. Ou você pode nunca se lembrar do que esqueceu ao longo dos anos. O que sua mãe me pediu para fazer foi algo único na minha experiência. Não faço ideia do que vá acontecer.

— Mas eu não quero esperar. — Clary cruzou os braços com força, os dedos juntos com tanta firmeza que as pontas ficaram brancas. — Passei a vida inteira achando que havia alguma coisa errada comigo. Alguma coisa faltando ou estragada. Agora eu sei...

— Eu não estraguei você. — Foi a vez de Magnus interromper, com os lábios contraídos pela raiva, exibindo dentes brancos e afiados. — Todos os adolescentes do mundo se sentem assim, arrasados ou estranhos, diferentes de algum jeito, algo como um rei nascido em uma família de camponeses por engano. Talvez não melhores, mas diferentes. E não é fácil ser diferente. Você quer saber como é quando seus pais são boas pessoas frequentadoras de igreja e você nasce com a marca do demônio? — Ele apontou para os próprios olhos, dedos chanfrados. — Quando seu pai se contrai ao vê-lo e sua mãe se enforca no celeiro, levada à loucura pelo que fez? Quando eu tinha 10 anos, meu pai tentou me afogar no rio. Reagi atacando-o com todas as minhas forças e o incinerei onde ele estava. Fui até os padres da igreja e pedi abrigo. Eles me esconderam. Dizem que ter pena é uma coisa ruim, mas é melhor do que ódio. Quando descobri que na verdade só era parte humano, tive ódio de mim mesmo. Qualquer coisa é melhor do que isso.

Formou-se um silêncio quando Magnus parou de falar. Para a surpresa de Clary, foi Alec quem o quebrou.

— Não era culpa sua — ele disse. — Você não pode mudar a forma como nasceu.

A expressão de Magnus era séria.

— Já superei isso — ele disse. — Acho que você me entendeu. Diferente não quer dizer melhor, Clarissa. Sua mãe estava tentando protegê-la. Não tenha raiva disso.

As mãos de Clary relaxaram.

— Não me importo em ser diferente — ela disse. — Só quero ser quem realmente sou.

Magnus resmungou em alguma língua que ela não conhecia. Soava como chamas consumindo a madeira.

— Muito bem. Ouça. Não posso desfazer o que já fiz, mas posso lhe dar outra coisa. Um pedaço do que teria sido seu se você tivesse sido criada como uma verdadeira filha de Nephilim. — Ele atravessou o quarto até a estante e pegou um livro pesado com a capa de veludo verde desbotada. Folheou as páginas, levantando poeira e alguns pedacinhos de tecido escurecido. As páginas eram finas, quase um pergaminho transparente, cada qual marcada com um símbolo azul.

As sobrancelhas de Jace se ergueram.

— É uma cópia do *Livro Gray*?*

Magnus, folheando as páginas fervorosamente, não disse nada.

— Hodge tem um — observou Alec. — Ele me mostrou uma vez.

---

* Gray significa "cinza" em inglês. (*N. do T.*)

— Não é cinza. — Clary se sentiu na obrigação de destacar. — É verde.

— Se existisse literalismo terminal, você teria morrido ainda na infância — disse Jace, esfregando a poeira do parapeito da janela e olhando-o como se estivesse analisando se estava limpo o suficiente para se sentar. — Gray é abreviação de "Gramarye". Significa "magia, sabedoria oculta". Nele, há uma cópia de cada símbolo escrito pelo Anjo Raziel no Livro do Pacto original. Não existem muitas cópias, pois cada uma teve de ser feita especialmente. Alguns dos símbolos são tão poderosos que queimariam páginas normais.

Alec pareceu impressionado.

— Não sabia de nada disso.

Jace subiu no parapeito da janela e balançou as pernas.

— Nem todos nós passamos as aulas de história dormindo.

— Eu não...

— Ah, dormia, sim. Além disso, ainda babava na mesa.

— Calem-se — disse Magnus, embora de forma bastante branda. Ele pôs o dedo entre duas páginas do livro e foi até Clary, colocando-o cuidadosamente sobre o colo dela. — Bem, agora, quando eu abrir o livro, quero que você estude a página cuidadosamente. Olhe até sentir alguma coisa em sua mente mudar.

— Vai doer? — Clary perguntou apreensiva.

— Todo conhecimento dói — ele respondeu e se levantou, deixando o livro se abrir em seu colo. Clary encarou a página limpa com a Marca preta estampada. Parecia algo como uma espiral alada, até ela inclinar a cabeça, e então parecia um bastão envolvido por vinhas. Os cantos mutáveis da estampa mexiam com a mente dela como penas tocando uma pele sensível. Ela sentiu uma leve reação, que fez com que quisesse fechar os olhos, mas os manteve abertos até arderem e embaçarem. Estava prestes a piscar quando sentiu um clique na mente, como uma chave girando na fechadura.

O símbolo na página pareceu entrar em foco, e ela pensou involuntariamente, *Lembre-se*. Se o símbolo fosse uma palavra, teria sido essa, mas havia mais significado naquilo do que em qualquer palavra que ela pudesse imaginar. Era a primeira lembrança de uma criança, de luz atravessando as barras de um berço, o cheiro da chuva e das ruas da cidade, a dor de uma perda não esquecida, a picada de uma humilhação lembrada e o esquecimento cruel da velha idade, quando as lembranças mais antigas se destacam com precisão clara e agonizante e os incidentes mais próximos ficam perdidos além de qualquer possibilidade de recordação.

Com um leve suspiro, ela virou para a página seguinte, e a próxima, permitindo que as imagens e as sensações fluíssem por ela. *Tristeza. Reflexão. Força. Proteção. Graciosidade* — depois gritou com surpresa repreensiva enquanto Magnus retirava o livro do colo.

— Basta — ele disse, recolocando-o na prateleira. Ele limpou o pó das mãos nas calças coloridas, deixando linhas cinzentas. — Se você ler todos os símbolos de uma só vez, vai ficar com dor de cabeça.

— Mas...

— A maioria das crianças Caçadoras de Sombras cresce aprendendo um símbolo de cada vez em um período de anos — disse Jace. — O *Livro Gray* contém símbolos que nem eu conheço.

— Imagine só uma coisa dessas — disse Magnus.

Jace o ignorou.

— Magnus mostrou o símbolo da compreensão e da lembrança. Ele abre a mente para ler e reconhecer o resto das Marcas.

— Também serve como um gatilho para ativar memórias dormentes — disse Magnus. — Elas podem voltar mais depressa do que voltariam em outro caso. É o melhor que posso fazer.

Clary olhou para o próprio colo.

— Continuo não me lembrando de nada a respeito do Cálice Mortal.

— É por *isso* que fizeram isso tudo? — Magnus parecia genuinamente abismado. — Vocês estão atrás do Cálice? Olhe, já passeei pelas suas lembranças. Não havia nada nelas sobre os Instrumentos Mortais.

— Instrumentos Mortais? — ecoou Clary, espantada. — Eu pensei...

— O Anjo deu três itens aos primeiros Caçadores de Sombras. Um cálice, uma espada e um espelho. Os Irmãos do Silêncio têm a espada;

o cálice e o espelho estavam em Idris, pelo menos até a chegada de Valentim.

— Ninguém sabe onde está o espelho — disse Alec. — Há anos ninguém sabe.

— É o Cálice que nos preocupa — disse Jace. — Valentim está procurando por ele.

— E vocês querem encontrá-lo antes dele? — perguntou Magnus, erguendo as sobrancelhas.

— Pensei que você tivesse dito que não sabia quem era Valentim — disse Clary.

— Eu menti — admitiu Magnus sinceramente. — Não sou do Povo das Fadas, que não pode mentir. Não tenho que ser verdadeiro. E só um louco se colocaria entre Valentim e sua vingança.

— É disso que você acha que ele está atrás? Vingança? — disse Jace.

— Diria que sim. Sofreu uma grande derrota, e ele não me parecia, não me parece, o tipo de homem capaz de aceitar uma derrota com elegância.

Alec olhou com mais firmeza para Magnus.

— Você estava na Ascensão?

Os olhos de Magnus encontraram os de Alec.

— Estava. Matei diversos do seu bando.

— Membros do Ciclo — disse Jace, rapidamente. — Não nossos...

— Se você insiste em repudiar aquilo que é disforme sobre o que vocês fazem — afirmou Magnus, ainda olhando para Alec —, nunca aprenderá com os próprios erros.

Alec, mexendo na colcha, enrubesceu com tristeza.

— Você não parece surpreso de ouvir que Valentim ainda está vivo — sugeriu, evitando o olhar de Magnus.

Magnus abriu os braços.

— E você está?

Jace abriu a boca, depois a fechou novamente. Ele parecia realmente perplexo. E acabou dizendo:

— Então você não vai nos ajudar a achar o Cálice Mortal?

— Não ajudaria se pudesse — disse Magnus —, coisa que, por sinal, não posso. Não faço ideia de onde esteja, nem quero saber. Só um louco, como já disse.

Alec se sentou ereto.

— Mas sem o Cálice não podemos...

— Fazer mais de vocês. Eu sei — disse Magnus. — Talvez nem todos encarem isso como o desastre que vocês pensam. Fiquem sabendo — ele disse — que, se eu tivesse que escolher entre a Clave e Valentim, escolheria a Clave. Pelo menos eles não juram dizimar a minha espécie. Mas a Clave nunca fez nada que conquistasse minha lealdade incondicional. Então, não, vou ficar de fora dessa. Agora, se já tivermos concluído o assunto, gostaria de voltar para a minha festa antes que os convidados comecem a devorar uns aos outros.

Jace, que estava abrindo e fechando as mãos, parecia prestes a dizer alguma coisa agressiva, mas Alec, de pé, pôs a mão em seu ombro. Clary não poderia afirmar em decorrência da pouca luz, mas parecia que Alec estava apertando com força.

— É algo provável? — ele perguntou.

Magnus estava olhando para ele com um quê de divertimento.

— Já aconteceu antes.

Jace murmurou alguma coisa para Alec, que o soltou. Depois veio até Clary.

— Você está bem? — perguntou em tom baixo.

— Acho que sim. Não me sinto em nada diferente...

Magnus, parado na porta, estalou os dedos impacientemente.

— Vamos logo, adolescentes. A única pessoa que pode afagar no meu quarto é o magnífico eu.

— Afagar? — repetiu Clary, que nunca tinha ouvido essa palavra num contexto desses antes.

— Magnífico? — repetiu Jace, que estava apenas sendo petulante. O rosnado parecia um "Saia daqui".

Eles saíram, Magnus atrás deles, enquanto parava para trancar a porta do quarto. A festa parecia sutilmente diferente a Clary. Talvez fosse apenas a visão ligeiramente alterada: tudo parecia mais nítido, pontas cristalinas completamente definidas. Ela observou um grupo de músicos no pequeno palco no centro da sala. Vestiam roupas esvoaçantes em profundos tons de dourado, roxo e verde, e tinham vozes afinadas e etéreas.

— Detesto bandas de fadas — murmurou Magnus enquanto a banda começava outra música assombrosa. A melodia era tão delicada e translúcida quanto um cristal. — Só tocam baladas.

Jace, olhando ao redor da sala, riu.

— Onde está Isabelle?

Uma onda de preocupação culpada atingiu Clary. Esquecera-se de Simon. Ela girou, procurando os ombros magros familiares e os cabelos escuros.

— Não estou vendo. Eles, quero dizer.

— Lá está ela. E cuidado com o Puca.

— Cuidado com o Puca? — repetiu Jace, olhando na direção de um homem magro de pele marrom com um colete verde que encarava Isabelle contemplativamente enquanto ela passava.

— Ele me beliscou quando passei por ele mais cedo — disse Alec rigidamente. — Em uma área altamente pessoal.

— Detesto dizer isso a você, mas, se ele está interessado nas suas áreas altamente pessoais, provavelmente não está interessado nas da sua irmã.

— Não necessariamente — disse Magnus. — Fadas não são muito exigentes.

Jace contraiu o lábio fazendo uma careta na direção do feiticeiro.

— Você ainda está aqui?

Antes que Magnus pudesse responder, Isabelle aproximou-se, com o rosto rosado e manchado, e cheirando a álcool.

— Jace! Alec! Onde vocês estavam? Procurei por vocês em toda...

— Cadê o Simon? — interrompeu Clary.

Isabelle cambaleou.

— Ele é um rato — disse sombriamente.

— Ele fez alguma coisa com você? — perguntou Alec, cheio de preocupação fraternal. — Ele tocou em você? Se ele tiver tentado alguma coisa...

— Não, Alec — disse Isabelle, irritadiça. — Não é isso. Ele é um *rato*.

— Ela está bêbada — disse Jace, começando a se virar, enojado.

— Não estou, não — Isabelle disse indignada. — Bem, talvez um pouco, mas a questão não é essa. A questão é que Simon tomou um daqueles drinques azuis, eu disse para não tomar, mas ele não me ouviu, e se *transformou em um rato*.

— *Um rato*? — Clary repetiu, incrédula. — Você não quer dizer...

— Quero dizer um rato — afirmou Isabelle. — Pequeno. Marrom. Com rabo comprido.

— A Clave não vai gostar nada disso — disse Alec dubiamente. — Tenho certeza de que transformar mundanos em ratos é contra a Lei.

— Tecnicamente ela não o transformou em um rato — disse Jace. — O máximo de que podem acusá-la é negligência.

— Quem se *importa* com a droga da Lei? — gritou Clary, agarrando o pulso de Isabelle. — Meu melhor amigo é um rato!

— Ai — Isabelle tentou puxar o pulso de volta —, me solte!

— Não até você me dizer onde ele está. — Ela nunca tivera tanta vontade de agredir alguém como estava com vontade de agredir Isabelle naquela hora. — Não posso acreditar que você o abandonou, ele deve estar apavorado...

— Se não tiver sido pisoteado — acrescentou Jace, que não estava ajudando em nada.

— Eu não o larguei. Ele correu para baixo do bar — protestou Isabelle, apontando. — Solte, você está estragando a minha pulseira.

— Sua vaca — Clary disse irritada, e empurrou, com força, a mão de Isabelle, que estava completamente surpresa. Ela não parou para ver a reação; correu em direção ao bar. Caindo de joelhos, espiou no espaço escuro embaixo. Na sombra com cheiro de mofo, ela achou que via um par de olhos brilhando.

— Simon? — ela perguntou, com a voz engasgada. — É você?

Simon, o rato, caminhou para a frente, com os bigodes tremendo. Ela podia ver o formato das pequenas orelhas redondas, achatadas na cabeça, e a ponta afiada do nariz. Conteve uma sensação de repulsa (nunca tinha gostado de ratos, com aqueles dentes amarelos e quadrados, prontos para morder). Ela gostaria que ele tivesse se transformado em um hamster.

— Sou eu, Clary — disse lentamente. — Você está bem?

Jace e os outros chegaram atrás dela, com Isabelle agora mais irritada do que chorosa.

— Ele está aí embaixo? — Jace perguntou, curioso.

Clary, ainda agachada sobre as mãos e os joelhos, fez que sim com a cabeça.

— Shhh. Você vai assustá-lo. — Ela colocou os dedos cautelosamente embaixo do limite do bar, e balançou-os. — Por favor, saia, Simon. Vamos pedir para Magnus reverter o feitiço. Vai ficar tudo bem.

Ela ouviu um chiado, e o focinho cor-de-rosa do rato apareceu por baixo do bar. Com uma exclamação de alívio, Clary pegou o rato nas mãos.

— Simon! Você me entendeu!

O rato, aconchegado na curva da mão dela, manifestou-se por meio de chiados. Feliz da vida, ela o abraçou.

— Ah, pobrezinho — ela disse, como se ele fosse um animal de estimação. — Pobre Simon, vai ficar tudo bem, eu prometo...

— Eu não sentiria tanta pena dele assim — aconselhou Jace. — Isso deve ser o mais perto que ele já chegou de uma garota.

— Cale a boca! — Clary olhou para Jace furiosamente, mas ela abrandou a força do abraço no rato. Os bigodes dele tremiam, se era de raiva ou agitação, ou simplesmente medo, não havia como saber. — Vá buscar Magnus — disse, em tom de desafio. — Temos que transformá-lo em humano outra vez.

— Não vamos nos precipitar. — Jace estava sorrindo como um idiota. Ele esticou o braço em direção a Simon, como se fosse acariciá-lo. — Ele fica bonitinho assim. Veja só o narizinho cor-de-rosa dele.

Simon exibiu os dentes amarelos para Jace e fez um movimento de ataque. Jace puxou de volta a mão esticada.

— Izzy, vá buscar nosso magnífico anfitrião.

— Por que eu? — Isabelle perguntou, em tom petulante.

— Porque o mundano virou um rato por culpa sua, idiota — ele disse, e Clary espantou-se com a raridade com que qualquer um deles, exceto Isabelle, usava o verdadeiro nome de Simon. — E não podemos deixá-lo aqui.

— Você ficaria feliz em deixá-lo se não fosse por *ela* — disse Isabelle, conseguindo injetar na palavra monossilábica veneno suficiente para contaminar um elefante. Ela partiu, com a saia comprida esvoaçando ao redor dos quadris.

— Não acredito que ela o deixou beber o negócio azul — Clary disse para o rato Simon. — Viu só o que conseguiu por ser tão superficial?

Simon chiou irritado. Clary ouviu uma risada e olhou para cima, para ver Magnus inclinado sobre ela. Isabelle estava atrás dele, com uma expressão furiosa.

— *Rattus norvegicus* — disse Magnus, olhando para Simon. — Um rato marrom comum, nada exótico.

— Não me importa o tipo de rato que ele é — Clary disse, irritada. — Eu o quero humano novamente.

Magnus coçou a cabeça pensativamente, derrubando purpurina.

— Não tem por quê — ele disse.

— NÃO TEM POR QUÊ? — gritou Clary, tão alto que Simon escondeu a cabeça embaixo do polegar dela. — COMO VOCÊ PODE DIZER QUE NÃO TEM POR QUÊ?

— Porque ele vai voltar ao normal em algumas horas — disse Magnus. — O efeito dos coquetéis é temporário. Não há por que fazer um feitiço de transformação; isso só vai traumatizá-lo. Mágica demais afeta muito os mundanos, porque os organismos não estão acostumados.

— Também duvido que o organismo dele esteja acostumado a ser um rato — ressaltou Clary. — Você é um feiticeiro. Não pode simplesmente reverter o feitiço?

Magnus refletiu sobre a pergunta.

— Não — ele disse.

— Quer dizer que não quer?

— Não de graça, querida, e você não tem condições financeiras de me bancar.

— E também não posso levar um rato no metrô — disse Clary. — Vou deixá-lo cair, ou algum policial do metrô vai me prender por levar uma peste em transporte público. — Simon chiou, irritado. — Não que você seja uma peste, é óbvio.

Uma garota que estava gritando perto da porta acabara de receber a companhia de seis ou sete outras. O som de vozes irritadas sobressaiu ao barulho da festa e à música. Magnus revirou os olhos.

— Com licença — ele disse, voltando para a multidão, que se fechou atrás dele imediatamente.

Isabelle, cambaleando sobre as sandálias, suspirou.

— Que bela ajuda a *dele*!

— Quer saber? — disse Alec. — Você pode muito bem colocar o rato na sua mochila.

Clary o encarou severamente, mas não conseguiu encontrar nada de errado para dizer. Afinal, ela não tinha bolso algum onde pudesse guardá-lo. As roupas de Isabelle não permitiam bolsos; eram justas demais. Clary ficava impressionada por vestirem a própria Isabelle.

Tirando a mochila das costas, ela encontrou um esconderijo para o pequeno rato marrom que outrora fora Simon, aninhado entre um casaco e um caderno. Ele se encolheu sobre a carteira dela, com um ar de reprovação.

— Desculpe — ela pediu, triste.

— Não se incomode — replicou Jace. — A razão pela qual os mundanos tomam para si culpas que não têm é um verdadeiro mistério para mim. Você não forçou o drinque na garganta desse tolo.

— Se não fosse por mim, ele nem teria vindo para cá — disse Clary, baixinho.

— Não seja convencida. Ele veio por causa de Isabelle.

Com raiva, Clary fechou a mochila e se levantou.

— Vamos sair daqui. Estou cheia deste lugar.

Descobriu-se que os responsáveis pelos gritos à porta eram mais vampiros, facilmente reconhecíveis pelo contraste entre a pele mortalmente pálida e os cabelos muito pretos. *Aposto que pintam*, pensou Clary, não podiam ter todos exatamente o mesmo cabelo. Além disso, alguns deles tinham sobrancelhas louras. Estavam reclamando em voz alta das motocicletas vandalizadas, e do fato de que alguns amigos estavam desaparecidos, e ninguém sabia deles.

— Provavelmente estão bêbados e desmaiados em algum lugar — disse Magnus, acenando os longos dedos brancos de maneira entediada. — Vocês sabem como a sua espécie costuma se transformar em morcegos e montes de poeira quando tomam Bloody Marys demais.

— Eles misturam vodca com sangue de verdade — Jace disse no ouvido de Clary.

A pressão da respiração dele fez com que ela tremesse.

— Sim, entendi isso, obrigada.

— Não podemos sair por aí pegando todos os montes de poeira que aparecerem para o caso de serem o Gregor de manhã — disse uma garota com a boca raivosa e as sobrancelhas pintadas.

— Gregor vai ficar bem. Eu raramente varro o chão — atenuou Magnus. — Será um prazer enviar qualquer um que ficar para trás de volta ao hotel amanhã; em um carro com janelas pretas, é óbvio.

— Mas e as nossas motos? — indagou um menino magro cujas raízes louras apareciam sob a tintura de cabelo malfeita. Um brinco de ouro em forma de estaca pendurava-se da orelha esquerda dele. — Levaremos horas para consertá-las.

— Vocês têm até o amanhecer — disse Magnus, visivelmente perdendo a paciência. — Sugiro que comecem logo. — Ele levantou o tom de voz. — Muito bem, CHEGA! Acabou a festa! Todo mundo: rua! — Ele balançou os braços, derrubando purpurina por todos os lados.

Com uma única batida sonora, a banda parou de tocar. Uma lamúria em alto volume foi emitida pelos convidados, mas eles acabaram se dirigindo para a porta, obedientes. Nenhum deles parou para agradecer a Magnus pela festa.

— Vamos — Jace empurrou Clary para a saída. A multidão era densa. Ela segurou a mochila na frente do corpo, com as mãos embrulhando-a de forma protetora. Alguém esbarrou em seu ombro, com força, e ela cambaleou e foi para o lado, afastando-se de Jace. Uma mão tocou a mochila dela. Ela levantou o olhar e viu o vampiro com o brinco de estaca sorrindo maliciosamente para ela.

— Olá, bonitinha — ele cumprimentou. — O que você tem na mochila?

— Água-benta — disse Jace, reaparecendo ao lado dela como se tivesse sido conjurado, como um gênio da lâmpada mágica. Um gênio louro e sarcástico com problemas de comportamento.

— Uhhhh, um *Caçador de Sombras* — disse o vampiro. — Que medo! — Com uma piscadela, ele voltou para a multidão.

— Vampiros são tão exibicionistas. — Magnus suspirou da porta. — Sinceramente, não sei por que dou estas festas.

— Por causa do seu gato — Clary o lembrou.

Magnus se recompôs.

— É verdade. O Presidente Miau merece todos os meus esforços. — Ele olhou para ela e para o grupo de Caçadores de Sombras logo atrás. — Vocês estão saindo?

Jace anuiu com a cabeça.

— Não queremos abusar da sua hospitalidade.

— Que hospitalidade? — indagou Magnus. — Eu diria que foi um prazer conhecê-los, mas não foi. Não que não sejam charmosos, e quanto a você... — Ele deu uma piscadela para Alec, que parecia perplexo. — Me liga?

Alec enrubesceu e gaguejou, e provavelmente teria ficado ali parado a noite inteira se não fosse Jace, que o pegou pelo cotovelo e o arrastou para a porta, com Isabelle logo atrás. Clary estava prestes a seguir quando sentiu um toque no braço; era Magnus.

— Tenho um recado para você — ele disse. — Da sua mãe.

Clary ficou tão surpresa que quase derrubou a mochila.

— Da minha mãe? Quero dizer, ela pediu para você me falar alguma coisa?

— Não exatamente — disse Magnus. Seus olhos felinos, rasgados pela única linha vertical que eram as pupilas, como fissuras em uma parede verde-dourada, pareciam sérios pela primeira vez. — Mas eu a conheci de um jeito que você não conheceu. Ela fez tudo isso para mantê-la fora de um mundo que ela odiava. Toda a sua existência, as fugas, os esconderijos, as mentiras, como você as chamou, foram para protegê-la. Não desperdice os sacrifícios dela arriscando a própria vida. Ela jamais iria querer isso.

— Ela não desejaria que eu a salvasse?

— Não se para isso você tivesse que correr perigo.

— Mas eu sou a única pessoa que se importa se acontecer algum mal a ela...

— Não — disse Magnus. — Não é, não.

Clary piscou os olhos.

— Não estou entendendo. Existe... Magnus, se você sabe de alguma coisa...

Ele a interrompeu com precisão brutal.

— E uma última coisa. — Os olhos dele desviaram-se para a porta, através da qual Jace, Alec e Isabelle haviam desaparecido. — Tenha em mente que, quando a sua mãe fugiu do Mundo das Sombras, não era dos monstros que ela estava se escondendo. Não era dos feiticeiros, dos lobisomens, das fadas, nem dos próprios demônios. Era *deles*. Era dos Caçadores de Sombras.

Eles estavam esperando por ela do lado de fora do armazém. Jace, com as mãos nos bolsos, estava apoiado no corrimão da escada e observando enquanto os vampiros passeavam em volta das motocicletas quebradas, reclamando e xingando. Ele tinha um sorriso suave no rosto. Alec e Isabelle estavam um pouco afastados. Isabelle estava esfregando os olhos, chorando, e Clary sentiu um ódio irracional — Isabelle mal conhecia Simon. Não era uma desgraça para *ela*. Clary era a única com o direito de se sentir daquele jeito, não a Caçadora de Sombras.

Jace desgrudou do corrimão quando Clary surgiu. Ele foi para o lado dela, sem falar nada. Parecia perdido nos próprios pensamentos. Isabelle e Alec, apressados na frente, pareciam estar discutindo um com o outro. Clary apressou o passo, esticando o pescoço para ouvi-los melhor.

— Não é culpa sua — dizia Alec. Ele parecia esgotado, como se já tivesse passado por aquilo com a irmã anteriormente. Clary imaginou quantos namorados ela já havia transformado acidentalmente em ratos. — Mas deveria te ensinar a não ir a tantas festas do Submundo — ele acrescentou. — Dão mais prejuízo do que lucro.

Isabelle fungou.

— Se alguma coisa tivesse acontecido a ele, eu... eu não sei o que teria feito.

— Provavelmente o que quer que fosse que você fazia antes — disse Alec com a voz entediada. — Afinal de contas, você nem o conhecia tão bem assim.

— Isso não quer dizer que eu não...

— O quê? Que o ama? — Alec levantou a voz. — É preciso *conhecer* alguém para poder amar.

— Mas não é só isso. — Isabelle soava quase triste. — Você não se divertiu na festa, Alec?

— Não.

— Achei que você pudesse gostar do Magnus. Ele é legal, não é?

— Legal? — Alec olhou para a irmã como se ela fosse louca. — Filhotes de gatos são legais. Feiticeiros... — ele hesitou. — Não são — concluiu sem qualquer originalidade.

— Achei que vocês pudessem se dar bem. — Os olhos maquiados de Isabelle brilharam com lágrimas quando olhou para o irmão. — Tornar-se amigos.

— Eu tenho amigos — disse Alec, e olhou por cima do ombro, quase como se não pudesse evitar, para Jace.

Mas Jace, com a cabeça dourada para baixo, perdido em pensamentos, não percebeu.

Impulsivamente, Clary esticou a mão para abrir a mochila e dar uma olhada — e congelou. Estava aberta. Ela voltou mentalmente para a festa — ela levantara a mochila e fechara o zíper. Tinha certeza disso. Ela abriu ainda mais, com o coração acelerado.

Ela se lembrou da ocasião em que roubaram sua carteira no metrô. Ela se lembrava de ter aberto a mochila, não ter visto a carteira dentro, e a boca secando em sinal de surpresa — *Será que eu a deixei cair? Será que a perdi?* Até que se deu conta: *não estava mais lá*. Foi assim, só que mil vezes pior. Com a boca seca de nervoso, Clary revirou a mochila, jogando as roupas e o caderno de lado, as unhas arranhando a base. Nada.

Ela havia parado de andar. Jace estava pouco à frente dela, aparentando impaciência, Alec e Isabelle já estavam um quarteirão à frente.

— O que houve? — perguntou Jace, e ela percebeu que ele estava prestes a acrescentar alguma coisa sarcástica. Mas deve ter reparado no olhar estampado no rosto dela, pois nada disse. — Clary?

— Ele se foi — ela sussurrou. — Simon. Ele estava na minha mochila...

— Ele saiu sozinho?

Não era uma pergunta insensata, mas Clary, exausta e completamente em pânico, reagiu de forma insensata.

— *É óbvio que não*! — ela gritou. — Qual é, você acha que ele quer ser esmagado por um carro, morto por um gato...

— Clary...

— Cale a boca! — ela gritou, balançando a mochila na direção dele. — Foi você que disse para não perder tempo mudando o feitiço...

Com um reflexo, ele pegou a mochila enquanto ela a balançava. Retirando-a da mão de Clary, ele a examinou.

— O zíper está arrebentado — ele disse. — Pelo lado de fora. Alguém rasgou essa mochila para abri-la.

Sacudindo a cabeça, completamente atordoada, Clary só conseguia sussurrar:

— Eu não...

— Eu sei. — A voz dele era delicada. Em seguida gritou: — Alec! Isabelle! Podem ir na frente! Alcançaremos vocês.

Os dois, já adiantados, pararam; Alec hesitou, mas Isabelle o pegou pelo braço, empurrando-o com firmeza para a entrada do metrô. Algo pressionou as costas de Clary: era a mão de Jace, virando-a gentilmente. Ela deixou que ele a levasse para o frente, tropeçando em rachaduras na calçada, até estarem de volta na entrada do prédio de Magnus. O cheiro de álcool e o inconfundível aroma doce que Clary passara a associar ao Submundo preenchiam o ambiente. Tirando a mão das costas dela, Jace apertou a campainha sobre o nome de Magnus.

— Jace — ela disse.

Ele olhou para baixo, para ela.

— O quê?

Ela buscou as palavras certas.

— Você acha que ele está bem?

— Simon? — ele hesitou e ela pensou nas palavras de Isabelle: *não faça nenhuma pergunta a ele se não puder suportar a resposta*. Em vez de falar alguma coisa, ele limitou-se a apertar a campainha outra vez.

Dessa vez, Magnus respondeu, a voz ecoando sombria pela entradinha.

— QUEM OUSA PERTURBAR MEU DESCANSO?

Jace parecia quase nervoso.

— Jace Wayland. Lembra? Sou da Clave.

— Ah, sim. — Magnus pareceu se acalmar. — Você é o de olhos azuis?

— Ele está perguntando se você é o Alec — explicou Clary.

— Não. Os meus geralmente são descritos como dourados — Jace falou ao interfone. — E luminosos.

— Ah, *esse* — Magnus parecia desapontado. Se Clary não estivesse tão chateada, teria rido. — Acho que é melhor você subir.

O feiticeiro abriu a porta trajando quimono de seda estampado com dragões, um turbante dourado e tinha uma expressão de irritação quase incontrolável.

— Eu estava dormindo — disse. Jace parecia prestes a falar alguma gracinha, então Clary o interrompeu:

— Desculpe incomodá-lo...

Algo pequeno e branco passou pelos calcanhares do feiticeiro. Tinha listras de cor cinza em ziguezague e orelhas rosadas que o faziam parecer mais um rato grande do que um gato pequeno.

— Presidente Miau? — adivinhou Clary.

Magnus anuiu com a cabeça.

— Ele voltou.

Jace olhou para o pequeno animal com uma careta no rosto.

— Isso não é um gato — observou ele. — É do tamanho de um hamster.

— Vou fazer a gentileza de esquecer que você falou isso — disse Magnus, utilizando o pé para colocar Presidente Miau atrás dele. — Agora, para que exatamente vocês vieram aqui?

Clary esticou a mochila rasgada.

— Simon. Desapareceu.

— Ah — disse Magnus, delicadamente —, desapareceu como?

— Desapareceu — repetiu Jace —, sumiu, está ausente, destacado por sua falta de presença, desapareceu.

— Talvez ele tenha fugido e se escondido embaixo de alguma coisa — sugeriu Magnus. — Não deve ser fácil acostumar-se a ser um rato, principalmente para alguém tão pouco sagaz.

— Simon não é pouco sagaz — Clary protestou, furiosa.

— É verdade — concordou Jace. — Ele só parece pouco sagaz. Na verdade, a inteligência dele está bem na média. — Seu tom era leve, mas os ombros ficaram tensos quando ele se voltou para Magnus. — Quando estávamos indo embora, um dos seus convidados esbarrou na Clary. Acho que ele rasgou a mochila dela e pegou o rato. Simon, quero dizer.

Magnus olhou para ele.

— E?

— E eu preciso descobrir quem é — Jace disse com firmeza. — Suponho que você saiba. Você é o Magnífico Feiticeiro do Brooklyn. Acho que não se passa muita coisa que você não saiba no seu próprio apartamento.

Magnus inspecionou uma unha.

— Você não está enganado.

— Por favor, nos conte — disse Clary. A mão de Jace apertou o pulso dela. Ela sabia que ele queria que ela ficasse quieta, mas isso era impossível. — Por favor.

Magnus suspirou.

— Tudo bem. Eu vi um dos vampiros motoqueiros sair com um rato marrom nas mãos. Honestamente, achei que fosse um deles. Às vezes as Crianças Noturnas se transformam em ratos ou morcegos quando ficam bêbados.

As mãos de Clary estavam tremendo.

— Mas agora você acha que era o *Simon*?

— É só um palpite, mas parece provável.

— Tem mais uma coisa — Jace falou com calma, mas já estava alerta, do jeito que estivera no apartamento, quando encontraram o Renegado. — Onde é o covil deles?

— O quê?

— O covil dos vampiros. Eles foram para lá, não é?

— Suponho que sim. — Magnus parecia querer estar em qualquer outro lugar.

— Preciso que você me diga onde é.

Magnus balançou a cabeça.

— Eu não vou me indispor com as Crianças Noturnas por um mundano que nem sequer conheço.

— Espere — interrompeu Clary. — O que eles poderiam querer com Simon? Achei que não pudessem machucar pessoas...

— Meu palpite? — disse Magnus, sem ser ofensivo. — Eles devem ter achado que era um rato domado e pensaram que seria engraçado matar o animal de estimação de um Caçador de Sombras. Eles não gostam muito de vocês, independente do que digam os Acordos, e não há nada no Pacto sobre não matar animais.

— Eles vão matá-lo? — perguntou Clary, olhando fixamente para ele.

— Não necessariamente. — Magnus apressou-se em dizer. — Podem ter pensado que ele era um deles.

— Nesse caso, o que acontecerá com ele? — perguntou Clary.

— Bem, quando ele voltar a ser humano, vão matá-lo *assim mesmo*. Mas você pode ter mais algumas horas.

— Então você precisa nos ajudar — Clary disse ao feiticeiro. — Caso contrário, Simon morrerá.

Magnus a olhou de cima a baixo com uma espécie de simpatia.

— Todo mundo morre, querida — ele disse. — Você deveria se acostumar com isso.

Ele começou a fechar a porta. Jace esticou o pé, mantendo-a aberta.

— O que foi agora?

— Você ainda não nos falou onde é o covil — disse Jace.

— E não vou dizer. Eu falei...

Dessa vez, foi Clary que interrompeu, colocando-se na frente de Jace.

— Você mexeu com o meu cérebro — ela disse. — Tomou minhas lembranças. Você não pode fazer nada por mim?

Magnus franziu os olhos de gato. Em algum lugar a distância, o Presidente Miau estava chorando. Lentamente, o feiticeiro abaixou a cabeça e a esfregou uma vez, com força, contra a parede.

— No antigo Hotel Dumont — ele disse. — Na parte norte da cidade.

— Eu sei onde é. — Jace parecia satisfeito.

— Precisamos chegar lá agora mesmo. Você tem um Portal? — perguntou Clary, dirigindo-se a Magnus.

— Não. — Ele parecia irritado. — É muito difícil construir Portais que não representem um risco pequeno ao dono. Coisas ruins podem passar por eles se não forem adequadamente protegidos. Os únicos que conheço em Nova York são os da casa da Dorothea, e um que fica em Renwick, mas ambos ficam longe demais para fazer valer o esforço de tentar chegar até eles, mesmo que você tivesse certeza de que os proprietários permitiriam que você utilizasse, algo que provavelmente não aconteceria. Entendeu? Agora podem ir embora — Magnus olhou em tom desafiador para o pé de Jace, que continuava bloqueando a porta. Jace não se moveu.

— Mais uma coisa — disse Jace. — Tem algum lugar sagrado por aqui?

— Boa ideia. Se você vai enfrentar sozinho um clã inteiro de vampiros, é melhor rezar antes.

— Precisamos de armas — disse Jace secamente. — Mais do que temos conosco.

Magnus apontou.

— Há uma igreja católica na Diamond Street. Serve?

Jace anuiu com a cabeça, dando um passo para trás.

— Isso...

A porta fechou na cara deles. Clary, sem fôlego, olhou fixamente para ela até Jace pegá-la pelo braço e arrastá-la pelas escadas noite adentro.

14

O Hotel Dumort

À noite, a igreja da Diamond Street parecia espectral, as janelas góticas arqueadas refletindo o luar como espelhos prateados. Uma grade enferrujada pintada de preto cercava o prédio. Clary sacudiu o portão com barulho, mas um cadeado pesado o mantinha fechado.

— Está trancado — ela disse, olhando para Jace por cima do ombro.

Ele pegou a estela.

— Deixe que eu cuide disso.

Ela observou enquanto ele mexia no cadeado, olhando a curva de sua coluna vertebral, o inchaço dos músculos sob as mangas curtas da camiseta. O luar refletiu a cor dos cabelos dele, deixando-os mais prateados do que dourados.

O cadeado atingiu o chão com um barulho metálico. Jace parecia satisfeito consigo.

— Como sempre — ele disse. — Sou muito bom nisso.

Clary sentiu-se repentinamente irritada.

— Quando os autoelogios da noite acabarem, talvez possamos voltar para a missão de salvar da morte meu melhor amigo desamparado?

— Desamparado — disse Jace, impressionado. — Que palavrão!

— E você é um...

— Tsc tsc — ele interrompeu. — Nada de xingar dentro da igreja.

— Não estamos *dentro* da igreja ainda — resmungou Clary, seguindo-o pelo caminho de pedras que levava às portas duplas da frente. O arco de pedra acima das portas era lindamente esculpido, um anjo olhando para baixo de seu ponto mais alto. Pináculos afiados contra o céu noturno, e Clary percebeu que essa era a igreja que ela vira mais cedo naquela noite, no Parque McCarren. Ela mordeu o lábio. — De algum jeito, parece errado arrombar um cadeado de igreja no meio da noite.

O perfil de Jace ao luar era sereno.

— Não vamos arrombar — ele disse, guardando a estela de volta no bolso. Ele pôs uma mão marrom fina, inteiramente marcada com algumas cicatrizes finas e brancas delicadas como um véu, contra a madeira da porta, logo acima da fechadura.

— Em nome da Clave — ele disse —, peço entrada neste recinto sagrado. Em nome da Batalha que Nunca Acaba, peço autorização para usar vossas armas. E em nome do Anjo Raziel, peço vossas bênçãos em minha missão contra a escuridão.

Clary olhou fixamente para ele. Ele não se movia, embora o vento noturno soprasse os cabelos nos olhos; ele piscou e, quando ela estava prestes a falar, a porta se abriu e as dobradiças emitiram um clique. Girou para dentro suavemente diante deles, abrindo em um espaço frio, escuro e vazio, aceso por alguns pontos de fogo.

Jace deu um passo para trás.

— Primeiro as damas.

Quando Clary entrou, uma onda de ar frio a envolveu, junto com o cheiro de pedra e cera de vela. Fileiras de assentos alinhavam-se em direção ao altar e um banco de velas brilhava como um leito de chamas contra a parede. Ela percebeu que, fora o Instituto, que não contava muito, ela nunca estivera em uma igreja antes. Ela já tinha visto fotos e interiores de igrejas em filmes e séries, onde apareciam regularmente. Uma cena em uma de suas séries favoritas de anime se passava em uma igreja com um padre vampiro monstruoso. A pessoa deveria se sentir segura dentro de uma igreja, mas ela não se sentia. Formas estranhas pareciam erguer-se sobre ela a partir das sombras. Ela estremeceu.

— As paredes de pedra evitam a passagem de calor — disse Jace, reparando.

— Não é isso — ela disse. — Sabe, eu nunca estive em uma igreja antes.

— Você já esteve no Instituto.

— Estou falando de uma igreja de verdade. Em uma celebração. Esse tipo de coisa.

— Sério? Bem, este é a nave, onde ficam os assentos. É onde as pessoas sentam durante as celebrações. — Eles caminharam para a frente, as vozes ecoavam das paredes de pedras. — Aqui em cima é a abside. É onde estamos. E esse é o altar, onde o padre ministra a Eucaristia. É sempre ao lado leste da igreja. — Ele se ajoelhou em frente ao altar, e por um instante ela achou que ele estivesse rezando. O altar em si era alto, feito de granito escuro e coberto por um pano vermelho. Atrás dele, erguia-se uma tela dourada ornamentada, marcada com figuras de santos e mártires, cada um com um disco dourado atrás da cabeça representando uma auréola.

— Jace — ela sussurrou. — O que você está fazendo?

Ele pôs as mãos no chão de pedra, e começou a movê-las para a frente e para trás rapidamente, como se estivesse procurando alguma coisa; as pontas dos dedos remexiam a poeira.

— Procurando armas.

— Aqui?

— Estariam escondidas, geralmente ao redor do altar. Guardadas para nosso uso em caso de emergência.

— E o que é isso? Alguma espécie de acordo que vocês têm com a Igreja Católica?

— Não especificamente. Os demônios existem há tanto tempo quanto nós. Estão espalhados por todo o mundo, em diferentes formas: *dae-*

mons gregos, *daevas* persas, *asuras* hindus, *oni* japoneses. A maioria das religiões contempla, de alguma forma, tanto a existência de demônios quanto sua luta contra eles. Os Caçadores de Sombras não assumem uma única religião e, em troca, todas elas nos assistem em nossa batalha. Eu poderia ter ido a uma sinagoga, ou a um templo xintoísta, ou... Ah. Aqui está. — Ele sacudiu a poeira enquanto ela se ajoelhava ao lado dele. Esculpido em uma das pedras octógonas em frente ao altar, havia um símbolo antigo. Clary o reconheceu, quase com a mesma facilidade que teria para ler uma palavra na própria língua. Era o símbolo que significava "Nephilim".

Jace pegou a estela e encostou-a na pedra. Com um barulho de máquina de moer, ela foi para trás, revelando um compartimento escuro na parte de baixo. Dentro do compartimento, havia uma longa caixa de madeira; Jace levantou a tampa, e olhou para os objetos cuidadosamente dispostos com grande satisfação.

— O que são essas coisas? — perguntou Clary.

— Frascos de água-benta, facas benzidas, lâminas de aço e prata — disse Jace, empilhando as armas no chão ao lado dele —, fio electrum, que não vai ter grande utilidade agora, mas é sempre bom ter balas de prata, amuletos de proteção, crucifixos, Estrelas de Davi...

— Jesus — disse Clary.

— Duvido que ele fosse caber aqui.

— *Jace* — Clary estava indignada.

— O quê?

— Não sei, mas não me parece certo fazer piadas desse tipo em uma igreja.

Ele deu de ombros.

— Não sou muito crente.

Clary olhou para ele surpresa.

— Não é?

Ele balançou a cabeça. O cabelo caiu no rosto, mas ele estava examinando um frasco com líquido claro e não esticou o braço para arrumá-lo. Os dedos de Clary se coçaram com a vontade de fazê-lo por ele.

— Você pensou que eu fosse religioso? — perguntou ele.

— Bem — ela hesitou. — Se existem demônios, então devem existir...

— Devem existir o quê? — Jace pôs o frasco no bolso. — Ah — ele disse. — Você está querendo dizer que, se existe isso — ele apontou para baixo, em direção ao chão — então deve existir isso — ele apontou para cima, para o teto.

— Faz sentido. Não faz?

Jace abaixou a mão e pegou uma lâmina, examinando o cabo.

— Vou te dizer uma coisa — ele a advertiu. — Venho matando demônios há um terço da minha existência. Já devo ter enviado uns quinhentos deles de volta a seja lá qual for a dimensão infernal da qual saíram. E, em todo esse tempo, *todo* esse tempo, nunca vi um anjo sequer. Nem nunca ouvi falar em quem tivesse visto um.

— Mas foi um anjo que criou os Caçadores de Sombras — disse Clary. — Foi o que Hodge disse.

— É uma boa historinha. — Jace a encarou com um olhar felino. — Meu pai acreditava em Deus — ele disse. — Eu não.

— Nem um pouco? — Ela não sabia ao certo por que estava pressionando Jace, pois nunca havia parado para pensar se ela própria acreditava em Deus, anjos e outros seres, e se alguém perguntasse, ela diria que não. Mas alguma coisa a respeito de Jace fazia com que ela quisesse insistir, quebrar a crosta do cinismo e fazê-lo admitir que acreditava em *alguma coisa*, sentia alguma coisa, se importava com qualquer coisa que fosse.

— Deixe-me colocar de outra maneira — ele disse, colocando um par de facas no cinto. A luz fraca filtrada pelas janelas de vitrais lançava quadrados de cor no rosto dele. — Meu pai acreditava em um Deus justo. *Deus volt*, esse era o lema dele, "porque é a vontade de Deus", era o lema dos Cruzados, e eles foram para a batalha e foram chacinados, assim como o meu pai. E, quando o vi caído e morto em uma piscina do próprio sangue, ali eu soube que não deixara de acreditar em Deus. Apenas deixara de acreditar que Deus se importava. Pode ser que haja um Deus, Clary, mas pode ser que não, mas acho que isso não faz diferença. Seja como for, é cada um por si.

Eles eram os únicos passageiros daquele vagão que ia para a parte norte da cidade. Clary sentou sem falar nada, pensando em Simon. De vez em quando, Jace olhava para ela como se estivesse prestes a dizer alguma coisa, antes de voltar para um silêncio incomum.

Quando saltaram do metrô, as ruas estavam desertas, o ar pesado e metálico, as bodegas, lavanderias a quilo e caixas eletrônicos silenciosos por trás das portas noturnas de ferro corrugado. Finalmente, encontraram o hotel, após uma hora procurando, em um dos lados da 116th Street. Passaram por ele duas vezes, pensando que fosse apenas mais um prédio abandonado, antes de Clary ver a placa, que tinha se desprendido de um prego e estava pendurado por trás de uma árvore. HOTEL DUMONT, deveria dizer, mas alguém havia pintado o N, substituindo-o por um R.

— Hotel Dumort — disse Jace quando ela mostrou a ele. — Que gracinha!

Clary só havia estudado dois anos de francês, mas era o bastante para que ela pudesse entender a piada.

— *Du mort* — ela disse. — De morte.

Jace fez que sim com a cabeça. Repentinamente, ele havia ficado alerta, como um gato que vê um rato escondido atrás do sofá.

— Mas não pode ser o hotel — disse Clary. — As janelas estão todas fechadas, a porta foi cimentada... Oh — ela concluiu, percebendo o olhar dele. — Certo. Vampiros. Mas como eles fazem para entrar?

— Eles voam — disse Jace, e apontou para os andares superiores do prédio. Nitidamente, havia sido um hotel luxuoso e agradável algum dia. A fachada de pedras era elegantemente decorada com arabescos e flores-de-lis entalhadas, escuras e gastas por anos de exposição a ar poluído e chuva ácida.

— Nós não voamos. — Clary se sentiu na obrigação de frisar.

— Não — concordou Jace. — Nós não voamos. Arrombamos e invadimos. — Ele começou a atravessar a rua em direção ao hotel.

— Voar parece mais divertido — disse Clary, apressando-se em alcançá-lo.

— Agora tudo parece mais divertido. — Ela imaginou se ele estaria falando sério. Havia um quê de excitação nele, uma ansiedade que precedia a caça que fazia com que ela não acreditasse que ele estava tão insatisfeito quanto alegava estar. *Ele matou mais demônios do que qualquer pessoa de sua idade.* Ninguém matava tantos demônios assim na retaguarda, de modo relutante.

Uma brisa quente passou, soprando as folhas caídas à frente das árvores do lado de fora do hotel, fazendo com que o lixo da sarjeta e da calçada voassem pelo pavimento rachado. A área era estranhamente deserta, pensou Clary — em geral, em Manhattan, sempre havia mais alguém na rua, mesmo às quatro da manhã. Diversos postes de luz que alinhavam as calçadas estavam apagados, embora o mais próximo do hotel emitisse um singelo brilho amarelo na rua que levava ao que um dia havia sido a porta da frente.

— Mantenha-se longe da luz — aconselhou Jace, puxando-a pela manga em direção a ele. — Eles podem estar espiando pela janela. E não olhe para cima — ele acrescentou, mas era tarde demais. Clary já tinha olhado para as janelas quebradas dos andares superiores. Por um instante, ela achou que tivesse visto uma espécie de movimento em uma das janelas, um flash branco que poderia ter sido um rosto, ou uma mão manuseando um...

— Vamos. — Jace puxou-a com ele para o meio das sombras, para perto do hotel. Ela sentiu o nervosismo subindo pela espinha, chegando ao pulso e pulsando nas orelhas. O barulho distante de carros parecia muito longe; o único ruído provinha dos sapatos dela passando pelo chão cheio de lixo. Ela desejou poder andar silenciosamente, como uma Caçadora de Sombras. Talvez um dia pedisse a Jace para ensiná-la.

Eles dobraram a esquina do hotel e foram para um beco que provavelmente servira como área para serviço de entregas. Era estreito, cheio de lixo: caixas de papelão mofadas, garrafas de vidro vazias, plástico danificado, coisas quebradas que inicialmente Clary pensou que fossem palitos, mas de perto pareciam...

— Ossos — Jace disse secamente. — Ossos de cachorros, de gatos. Não olhe perto demais; examinar lixo de vampiros nunca é uma boa coisa.

Ela engoliu a náusea em seco.

— Bem — ela disse —, pelo menos sabemos que estamos no lugar certo. — E foi recompensada pelo leve ar de respeito que foi brevemente exibido pelos olhos de Jace.

— Ah, estamos no lugar certo — ele disse. — Agora só precisamos descobrir como vamos fazer para entrar.

Certamente houvera janelas em outra época, e agora estavam cobertas por tijolos. Não havia porta ou qualquer placa que indicasse uma saída de incêndio.

— Quando isso era um hotel — Jace disse lentamente —, deveriam fazer entregas por aqui. Quero dizer, eles não iam trazer coisas pela porta da frente, e não há outro lugar para os caminhões pararem. Então deve haver alguma entrada.

Clary pensou nas pequenas lojas e bodegas perto da casa dela, no Brooklyn. Ela já as vira receber entregas, cedo, pela manhã, enquanto ia para a escola, já vira os proprietários coreanos abrindo portas de metal na calçada, próximas às respectivas portas da frente, de modo que pudessem carregar caixas de toalhas de papel e comida de gato para os depósitos.

— Aposto que as portas estão no chão. Provavelmente enterradas sob esse lixo todo.

Jace, um pouquinho atrás dela, fez que sim com a cabeça.

— Exatamente o que eu estava pensando — ele suspirou. — Acho que o melhor é retirar o lixo. Podemos começar com aquela lata ali — ele apontou, sem qualquer entusiasmo.

— Você preferia encarar uma horda de demônios, não é mesmo? — indagou Clary.

— Pelo menos não estariam se arrastando como vermes. Bem — acrescentou de forma pensativa —, pelo menos não a maioria. Uma vez, teve um demônio que localizei nos esgotos embaixo da estação Grand Central...

— Não. — Clary levantou a mão em sinal de aviso. — Não estou no clima para isso agora.

— Essa é a primeira vez que uma garota diz isso para mim — disse Jace.

— Continue comigo e não será a última.

Um dos cantos da boca de Jace estremeceu.

— Agora não é hora de brincadeiras sem sentido. Temos muito lixo para limpar. — Ele foi até a lata de lixo e pegou um dos lados. — Você pega o outro. Vamos virá-la.

— Virar vai fazer muito barulho — argumentou Clary, assumindo o posto no outro lado daquele container enorme. Era uma lata de lixo padrão da cidade, pintada de verde-escuro, suja com manchas estranhas. Tinha um cheiro horrível, pior do que o da maioria das lixeiras, de lixo e mais alguma coisa, alguma coisa grossa e doce que tomou a garganta de Clary, fazendo com que ela tivesse ânsia de vômito. — Deveríamos empurrá-la.

— Olhe — começou Jace, quando uma voz falou, subitamente, nas sombras atrás deles.

— Vocês realmente acham que deveriam estar fazendo isso? — a voz perguntou.

Clary congelou, olhando fixamente para as sombras, na entrada do beco. Por um instante de pânico, ela pensou se não teria imaginado a voz, mas Jace também estava paralisado, com uma expressão perplexa no rosto. Era muito raro algo surpreendê-lo, mais raro ainda aproximar-se dele sem ser notado. Ele se afastou da lata de lixo, com a mão deslizando para o cinto, com a voz seca.

— Tem alguém aí?

— *Dios mio.* — A voz era masculina, entretida, e falava um espanhol perfeito. — Você não é desta vizinhança, é?

Ele deu um passo para a frente, saindo da parte mais espessa das sombras. O formato dele evoluiu lentamente: um menino, não muito mais velho do que Jace, provavelmente uns 15 centímetros mais baixo. Era magro, tinha olhos grandes e escuros, e a pele reluzente como um modelo de uma pintura de Diego Rivera. Vestia calças pretas, camiseta branca com gola em V e um cordão de ouro em volta do pescoço que brilhava singelamente à medida que ele se aproximava da luz.

— Pode-se dizer que sim — Jace disse cuidadosamente, sem afastar a mão do cinto.

— Vocês não deveriam estar aqui. — O menino passou a mão nos cachos pretos caídos sobre a própria testa. — Este lugar é perigoso.

Ele quer dizer que a vizinhança não é das melhores. Clary quase queria rir, apesar de aquilo não ter graça alguma.

— Nós sabemos — ela disse. — Só estamos um pouco perdidos.

O menino apontou para a lata de lixo.

— O que vocês estavam fazendo com isso?

Não sou boa em mentir, pensou Clary, e olhou para Jace, que, ela esperava, fosse ótimo nisso.

Ele a decepcionou imediatamente.

— Estávamos tentando entrar no hotel. Achamos que talvez pudesse haver uma entrada para a adega atrás desta lata de lixo.

Os olhos do menino se arregalaram em sinal de descrença.

— *Puta madre*... por que vocês iam querer fazer uma coisa assim?

Jace deu de ombros.

— De brincadeira, você sabe. Só para nos divertirmos um pouco.

— Vocês não entendem. Este lugar é assombrado, amaldiçoado. Ruim. — Ele sacudiu a cabeça vigorosamente e disse uma porção de coisas em espanhol que Clary desconfiou que tivessem a ver com a estupidez de adolescentes brancos mimados em geral, e a estupidez deles dois em particular. — Venham comigo, vou levá-los até o metrô.

— Nós sabemos onde fica o metrô — disse Jace.

O menino deu uma risada leve e vibrante.

— *Óbvio*. É óbvio que sabem, mas se forem comigo ninguém irá incomodá-los. Vocês não querem ter problemas, não é mesmo?

— Depende — disse Jace, e se movimentou de modo que sua jaqueta abriu levemente, exibindo um flash das armas que tinha no cinto. — Quanto estão pagando a você para manter pessoas afastadas do hotel?

O menino olhou para trás de si e os nervos de Clary ficaram à flor da pele enquanto ela imaginava o beco estreito se enchendo de outras figuras sombrias, com rostos brancos, bocas vermelhas, caninos afiados como faíscas metálicas no asfalto. Quando ele olhou de volta para Jace, sua boca formava um sorriso fino.

— Quanto quem está me pagando, *chico*?

— Os vampiros. Quanto estão pagando? Ou é outra coisa? Disseram que fariam de você um deles, ofereceram vida eterna, sem dor, sem doenças, você poderia viver para sempre? Pois não vale a pena. A vida fica longa demais quando você nunca pode ver a luz do sol, *chico* — disse Jace.

O rosto do menino não tinha qualquer expressão.

— Meu nome é Raphael. Não *chico*.

— Mas você sabe do que estamos falando. Você sabe sobre os vampiros? — indagou Clary.

Raphael virou o rosto para o lado e cuspiu. Quando olhou de volta para eles, os olhos brilhavam de ódio.

— *Los* vampiros, *sí*, os animais que bebem sangue. Mesmo antes de o hotel ser fechado já havia histórias, as risadas tarde da noite, os animais pequenos desaparecendo, os ruídos... — Ele parou, balançando a cabeça. — Todos da vizinhança sabem que devem manter distância, mas o que se pode fazer? Não se pode ligar para a polícia e dizer que o seu problema é com vampiros.

— Você já os viu? — perguntou Jace. — Ou conhece alguém que já os tenha visto?

Raphael falou lentamente.

— Apenas alguns meninos, uma vez, um grupo de amigos. Eles acharam que tinham tido uma boa ideia, entrar no hotel e matar os monstros do lado de dentro. Levaram armas, facas também, tudo benzido por padres. Nunca mais voltaram. Minha tia encontrou suas roupas, mais tarde, na frente da casa.

— Da casa dela? — perguntou Jace.

— *Sí*. Um dos meninos era meu irmão — Raphael disse secamente. — Então agora vocês sabem por que passo por aqui no meio da noite, às vezes, quando estou voltando da casa da minha tia, e por que eu os alertei para manterem distância. Se entrarem, não vão mais sair.

— Meu amigo está lá dentro — disse Clary. — Viemos para buscá-lo.

— Ah — disse Raphael —, então talvez não consiga mantê-los longe.

— Não — disse Jace. — Mas não se preocupe. O que aconteceu com os seus amigos não vai acontecer conosco. — Ele pegou uma das lâminas angelicais de seu cinto e ergueu-a: a pouca luz emitida por ela iluminou os espaços sob as maçãs do rosto, e ofuscou seus olhos. — Já matei muitos vampiros antes. Os corações deles não batem, mas eles morrem mesmo assim.

Raphael respirou fundo e disse alguma coisa em espanhol, baixo e rápido demais para que Clary pudesse entender. Ele veio na direção deles, quase tropeçando sobre uma pilha de embrulho de plástico amassado com a pressa.

— Eu sei o que vocês são; já ouvi falar na sua espécie, o velho padre em Santa Cecília contou. Mas achei que fosse só uma história.

— Todas as histórias são verdadeiras — disse Clary, mas tão silenciosamente que pareceu que ele não a ouviu. Ele estava olhando para Jace, com os punhos cerrados.

— Quero ir com vocês — ele disse.

Jace balançou a cabeça.

— Não, de jeito nenhum.

— Posso mostrar como entrar — disse Raphael.

Jace hesitou. A tentação no rosto era evidente.

— Não podemos levá-lo conosco.

— Tudo bem. — Raphael o seguiu e chutou de lado uma pilha de lixo contra uma parede. Havia uma grade de metal ali, barras finas cobertas por uma camada de ferrugem. Ele se ajoelhou, agarrou as barras e levantou a grade. — Foi assim que meu irmão e seus amigos entraram. Dá no porão, eu acho. — Ele olhou enquanto Jace e Clary se juntavam a ele. Clary prendeu a respiração; o cheiro de lixo era insuportável, e mesmo no escuro ela podia ver as sombras de baratas passando sob o lixo acumulado.

Um fino sorriso se havia formado nos cantos da boca de Jace. Ele ainda tinha a lâmina angelical nas mãos. A luz enfeitiçada emitida por ela deixava seu rosto com um ar fantasmagórico, o que fez com que ela se lembrasse de Simon segurando uma lanterna sob o queixo enquanto contava histórias de terror quando tinham 11 anos.

— Obrigado — ele disse a Raphael. — Está ótimo.

O rosto do outro menino estava pálido.

— Entre aí e faça pelo seu amigo o que eu não pude fazer pelo meu irmão.

Jace devolveu a lâmina serafim ao bolso e olhou para Clary.

— Siga-me — ele disse, e atravessou a grade com um único movimento suave, com os pés primeiro. Ela prendeu o ar, esperando um grito de agonia ou surpresa, mas só ouviu o suave ruído de pés aterrissando em terra firme. — Está tudo bem — ele disse, com a voz sufocada. — Pode pular que eu seguro você.

Ela olhou para Raphael.

— Obrigada pela ajuda.

Ele não disse nada; apenas estendeu a mão. Ela a utilizou para se equilibrar enquanto se posicionava. Ele tinha dedos frios. Soltou-a assim que ela escorregou pelo buraco. A queda durou apenas um segundo e Jace pegou-a, o vestido dela subindo pelas coxas e a mão dele passando pela sua perna enquanto ela escorregava pelos braços de Jace. Ele a soltou quase imediatamente.

— Você está bem?

Ela abaixou o vestido, aliviada por ele não poder vê-la no escuro.

— Tudo bem.

Jace pegou a lâmina levemente acesa do bolso, levantando-a, deixando que a luz iluminasse os arredores. Eles estavam em um espaço estreito, com o teto baixo e o chão de concreto rachado. Quadrados de sujeira mostravam onde o chão havia sido quebrado, e Clary podia ver que as vinhas pretas haviam começado a subir pela parede. Uma entrada, cuja porta não estava mais lá, conduzia a outra sala.

Uma batida alta fez com que ela parasse e virasse para ver Raphael aterrissando, com os joelhos dobrados, a alguns metros dela. Ele os havia seguido pela grade. Ele se recompôs e sorriu.

Jace parecia furioso.

— Eu falei...

— E eu ouvi. — Raphael acenou, interrompendo-o. — O que você vai fazer a respeito? Não posso sair pelo caminho que entramos, e vocês não podem simplesmente me largar aqui para ser encontrado pelos mortos... podem?

— Estou pensando nisso — disse Jace. Ele parecia cansado. Clary viu com alguma surpresa que as bolsas sob os olhos dele estavam mais acentuadas.

Raphael apontou.

— Temos que ir por ali, em direção às escadas. Eles ficam nos andares mais altos do hotel. Vocês vão ver. — Ele passou por Jace, pela entrada estreita. Jace olhou atrás dele, balançando a cabeça.

— Estou começando a odiar os mundanos — ele disse.

O andar inferior do hotel era um emaranhado de corredores que pareciam labirintos desembocando em armazéns vazios, uma lavanderia deserta — pilhas de toalhas mofadas em cestos apodrecidos de vime — e até mesmo uma cozinha fantasmagórica, bancadas de aço inoxidável se esticando pelas sombras. Boa parte das escadarias que iam para os andares superiores não existia mais; não apodrecidas, mas deliberadamente arrancadas, reduzidas a pilhas de tacos apoiados na parede, pedaços de tapetes persas outrora luxuosos grudados nos tacos como botões de mofo peludo.

Os degraus faltantes deixaram Clary abismada. O que os vampiros tinham contra escadas? Finalmente, encontraram uma escadaria intacta, escondida atrás da lavanderia. Devia ser utilizada por empregadas para carregar toalhas e lençóis para cima e para baixo antigamente quando não existiam elevadores. Os degraus tinham camadas espessas de poeira agora, como montes de neve cinzenta, que fizeram Clary tossir.

— Shhh — sibilou Raphael. — Eles vão ouvir. Estamos perto de onde eles dormem.

— Como *você* sabe? — ela sussurrou de volta. Ele nem deveria estar ali. Quem lhe dera o direito de passar sermão a respeito de barulho?

— Posso sentir. — O canto do olho dele tremeu, e ela percebeu que ele estava tão assustado quanto ela. — Você não?

Ela balançou a cabeça. Ela não sentia nada, a não ser um frio estranho; depois do calor noturno lá de fora, o frio no interior do hotel era intenso.

No topo da escadaria, havia uma porta em que a palavra pintada "Lobby" era praticamente ilegível sob a sujeira acumulada. A porta soltou ferrugem quando Jace a empurrou. Clary passou os braços em volta do próprio corpo...

Mas a sala em que a porta desaguava estava vazia. Estavam em um largo saguão, cuja tapeçaria apodrecida havia sido arrancada para mostrar os tacos de madeira cheios de farpas abaixo. O centro desse saguão fora uma escadaria majestosa um dia, elegantemente curvada, alinhada com corrimãos dourados e cheia de carpetes em vermelho-escuro e dourado. Agora só restavam os degraus superiores que levavam à escuridão. O resto da escadaria acabava logo acima de suas cabeças, no meio do ar. A visão era tão surreal quanto uma das pinturas abstratas de Magritte que Jocelyn tanto apreciava. Esta, Clary pensou, se chamaria *A Escadaria para o Nada.*

A voz dela soava seca como a poeira que cobria tudo.

— O que os vampiros têm contra escadas?

— Nada — disse Jace. — Eles só não precisam delas.

— É uma maneira de mostrar que este lugar é um dos deles. — Os olhos de Raphael brilhavam. Ele parecia quase excitado. Jace olhou de soslaio para ele.

— Você já viu algum vampiro de verdade, Raphael? — ele perguntou.

Raphael olhou para ele com uma expressão quase vazia.

— Sei como eles são. São mais pálidos e mais magros que seres humanos normais, mas muito fortes. Eles andam como gatos e atacam com a eficiência das serpentes. São belos e terríveis. Como este hotel.

— Você o acha belo? — perguntou Clary, surpresa.

— Dá para ver como era antes, anos atrás. Como uma senhora que já foi muito bonita, mas teve a beleza levada pelo tempo. Você tem que imaginar a escadaria do jeito que ela foi um dia, com lampiões acesos por toda sua extensão, como pirilampos no escuro, e as sacadas cheias de gente. Não do jeito que está agora, tão... — ele parou, procurando uma palavra.

— Mutilado? — Jace sugeriu secamente.

Raphael pareceu quase pasmo, como se Jace o tivesse acordado de um sono profundo. Ele deu uma risada trêmula e virou-se de costas.

Clary voltou-se para Jace.

— Onde estão, afinal? Os vampiros, quero dizer...

— Lá em cima, provavelmente. Eles gostam de ficar no alto quando dormem, como morcegos. E o sol já está quase nascendo.

Como marionetes com a cabeça presa em cordas, Clary e Raphael olharam para cima simultaneamente. Não havia nada acima deles além do teto de afrescos, rachado e escurecido em alguns pontos, como se tivesse passado por um incêndio. Um arco à esquerda deles levava mais adiante na escuridão; os pilares de ambos os lados esculpidos com figuras de temática de folhas e flores. Quando Raphael olhou de volta para baixo, uma cicatriz na garganta dele, muito branca contra a pele escura, brilhou como uma piscadela de olho. Ela imaginou o que a teria causado.

— Acho que deveríamos voltar para a escadaria dos serventes — ela sussurrou. — Estou me sentindo muito exposta aqui.

Jace assentiu.

— Você sabe que quando chegarmos lá você vai ter que chamar pelo Simon e esperar que ele consiga ouvi-la?

Ela imaginou se o medo que estava sentindo estaria estampado no rosto.

— Eu...

Clary teve as palavras interrompidas por um grito estridente. Ela se virou para trás.

Raphael. Ele havia desaparecido, sem qualquer marca na poeira que pudesse indicar para onde teria ido — ou sido arrastado. Ela esticou o braço para alcançar Jace, um ato de reflexo, mas ele já estava se movendo, correndo na direção do arco aberto na parede oposta e nas sombras além. Ela não conseguia vê-lo, mas seguiu a luz emitida pela lâmina que ele carregava, como um viajante sendo guiado em um pântano por uma coisa obscura e traiçoeira.

Além do arco, havia o que outrora fora um grande salão. O chão arruinado era de mármore branco, tão quebrado que lembrava um mar cheio de pedaços de gelo boiando no Ártico. Sacadas curvas estendiam-se pelas paredes, com as grades cobertas por ferrugem. Espelhos de moldura dourada penduravam-se em intervalos entre elas, cada um coroado com uma cabeça de cupido. Teias de aranha caíam pelo ar como antigos véus de casamento.

Raphael estava no centro da sala, com os braços nas laterais. Clary correu para ele, Jace seguindo atrás um pouco mais devagar.

— Você está bem? — ela perguntou sem fôlego.

Ele fez que sim com a cabeça lentamente.

— Achei que tivesse visto uma movimentação nas sombras. Não foi nada.

— Decidimos voltar para a escadaria dos serventes — disse Jace. — Não há nada neste andar.

Raphael fez que sim com a cabeça.

— Boa ideia.

Ele foi para a porta, sem olhar para trás para ver se os outros o estavam seguindo. Ele só dera alguns passos quando Jace falou.

— Raphael?

Raphael girou, com os olhos arregalados em sinal de interrogação, e Jace atirou a faca.

Os reflexos de Raphael foram rápidos, mas não o suficiente. A lâmina o atingiu em cheio, e a força do impacto o derrubou. Seus pés saíram do chão e ele caiu com tudo no piso de mármore. Sob a luz fraca da lâmina, o sangue que escorria parecia preto.

— Jace — Clary sibilou descrente, completamente chocada. Ele disse que detestava mundanos, mas nunca havia...

Ao virar para ver Raphael, Jace a empurrou brutalmente de lado. Ele se lançou sobre o outro menino e estendeu a mão para pegar a faca presa ao peito de Raphael.

Mas Raphael foi mais rápido. Ele pegou a faca, e gritou quando a mão entrou em contato com o cabo em forma de crucifixo. A lâmina preta caiu no chão de mármore. Jace tinha uma das mãos no tecido da camisa de Raphael, Sanvi na outra. Brilhava tão forte que Clary podia ver as cores novamente: o azul do papel de parede que estava soltando, as manchas douradas no chão de mármore, a mancha vermelha se espalhando no peito de Raphael.

Mas Raphael estava rindo.

— Você errou — ele disse, e sorriu pela primeira vez, mostrando dentes brancos afiados. — Você errou o meu coração.

Jace cerrou o punho.

— Você se moveu no último segundo — ele disse. — Foi um gesto de grande desconsideração de sua parte.

Raphael franziu o rosto e cuspiu um líquido vermelho. Clary deu um passo para trás, assistindo a tudo, horrorizada.

— Quando você percebeu? — ele perguntou. O sotaque havia desaparecido, as palavras agora eram mais precisas e claras.

— Adivinhei no beco — disse Jace. — Mas imaginei que você fosse nos ajudar a entrar no hotel, depois se voltaria contra nós. Uma vez aqui dentro, estaríamos fora da proteção do Pacto. Justo. Quando não nos atacou, pensei que poderia estar errado. Então vi a cicatriz na sua garganta — ele recuou um pouco, ainda segurando a lâmina contra a garganta de Raphael. — Quando vi essa corrente pela primeira vez, achei que fosse do tipo em que se pendura uma cruz. E você pendurou, não foi? Quando foi ver sua família. O que é a cicatriz de uma pequena queimadura quando a sua espécie se cura tão facilmente?

Raphael riu.

— Isso foi tudo? A minha cicatriz?

— Quando você saiu do saguão, seus pés não deixaram marcas na poeira. Foi então que eu soube.

— Não foi seu irmão que entrou aqui procurando por monstros e nunca mais saiu, não é? — disse Clary, dando-se conta de tudo. — Foi você.

— Vocês dois são muito espertos — disse Raphael. — Mas não o suficiente. Olhem para cima — ele disse e levantou a mão, apontando para o teto.

Clary afastou a mão sem desgrudar os olhos de Raphael.

— Clary. O que você está vendo?

Ela levantou a cabeça devagar, completamente apavorada.

Você tem de imaginar a escadaria do jeito que ela foi um dia, com lampiões acesos em toda sua extensão, como pirilampos no escuro, e as sacadas cheias de gente. Estavam cheias agora, fileiras e mais fileiras de vampiros com os rostos pálidos, bocas vermelhas, confusos, olhando para baixo.

Jace ainda estava olhando para Raphael.

— Você os chamou, não foi?

Raphael continuava sorrindo. O sangue havia parado de se espalhar da fenda no peito.

— Faz alguma diferença? Há muitos deles, mesmo para você, Wayland.

Jace não disse nada. Apesar de não ter se movido, ele estava ofegante, e Clary quase podia sentir a força do desejo dele em matar o menino vampiro, enfiar a faca no coração dele e eliminar aquele sorriso do rosto dele para sempre.

— Jace — ela disse em tom de alerta. — Não o mate.

— Por que não?

— Talvez seja possível utilizá-lo como refém.

Os olhos de Jace se arregalaram.

— *Refém*?

Ela podia vê-los, preenchendo a entrada arqueada, movendo-se tão silenciosamente quanto os Irmãos da Cidade dos Ossos. Mas os Irmãos não tinham a pele tão branca e incolor, nem mãos tão curvadas em forma de garras na ponta...

Clary passou a língua nos lábios secos.

— Sei o que estou fazendo. Levante-o, Jace.

Jace olhou para ela e, em seguida, deu de ombros.

— Tudo bem.

Raphael se irritou.

— Não tem a menor graça.

— Por isso ninguém está rindo. — Jace se levantou, puxando Raphael para cima, colocando a ponta da faca entre as omoplatas do vampiro. — Posso perfurar o seu coração com a mesma facilidade pelas costas — ele disse. — Eu não me mexeria se fosse você.

Clary virou-se de costas para eles, para olhar para as formas escuras que não paravam de chegar. Ela levantou a mão.

— Parem onde estão — ela disse. — Ou ele vai enfiar aquela lâmina no coração de Raphael.

Uma espécie de murmúrio circulou pelo aglomerado, que poderiam ter sido risadas ou sussurros.

— Parem — Clary disse outra vez, e dessa vez Jace fez alguma coisa, ela não viu o quê, mas obrigou Raphael a soltar um grito de dor e surpresa.

Um dos vampiros esticou um braço para conter os companheiros. Clary o reconheceu como o menino magro e louro com o brinco que ela vira na festa de Magnus.

— Ela está falando sério — ele disse. — Eles são Caçadores de Sombras.

Outra vampira passou pela multidão para se posicionar ao lado dele — uma menina bonita, asiática, com cabelos azuis, vestindo uma saia prateada. Clary ficou pensando se existia algum vampiro feio, talvez algum gordo. Talvez não fizessem vampiros de pessoas feias. Ou talvez os feios não quisessem viver para sempre.

— Caçadores de Sombras invadindo nosso território — ela disse. — Estão fora da proteção do Pacto. Acho que devemos matá-los; eles mataram vários dos nossos.

— Qual de vocês é o líder deste clã? — indagou Jace, com a voz extremamente seca. — Que ele dê um passo à frente!

A menina exibiu os dentes afiados.

— Não utilize jargão da Clave conosco, Caçador de Sombras. Você quebrou seu precioso Pacto entrando aqui. A Lei não pode protegê-los.

— Basta, Lily — disse o menino louro. — Nossa líder não está aqui. Ela está em Idris.

— Alguém deve estar encarregado durante a ausência dela — observou Jace.

Fez-se silêncio. Os vampiros nas sacadas se penduravam nas grades, inclinando-se para ouvir o que estava sendo dito. Finalmente:

— Raphael é o nosso líder — disse o vampiro louro.

A menina de cabelos azuis, Lily, sibilou em sinal de desaprovação.

— Jacob...

— Proponho uma troca — disse Clary rapidamente, interrompendo a observação de Lily a respeito da revelação de Jacob. — A essa altura, vocês devem saber que trouxeram para casa muitas pessoas da festa ontem à noite. Um deles é o meu amigo Simon.

Jacob ergueu as sobrancelhas.

— Você é amiga de um vampiro?

— Ele não é um vampiro. Nem um Caçador de Sombras — ela acrescentou, vendo os olhos de Lily franzirem. — É apenas um menino humano comum.

— Nós não trouxemos nenhum menino humano da festa de Magnus conosco. Isso teria sido uma violação do Pacto.

— Ele estava transformado em rato. Um pequeno rato marrom — disse Clary. — Alguém pode ter pensado que ele era um animal de estimação, ou...

A voz dela parou. Eles estavam olhando para ela como se fosse louca.

— Deixe-me ver se entendi — disse Lily. — Você está nos oferecendo trocar a vida de Raphael por um *rato*?

Desesperada, Clary olhou para Jace. Ele lançou de volta um olhar que dizia: *Isso foi ideia sua, você está sozinha nessa.*

— Sim — ela disse, voltando-se novamente para os vampiros. — Esta é a troca que estamos oferecendo.

Eles olharam para ela, os rostos pálidos, quase sem expressão. Em outro contexto, Clary teria dito que pareciam estupefatos.

Ela podia sentir Jace logo atrás, ouvir o som áspero de sua respiração. Ela imaginou se ele estaria pensando por que havia permitido que ela os arrastasse para lá. Imaginou se ele estava começando a odiá-la.

— Você está falando deste rato aqui?

Clary piscou os olhos. Outro vampiro, um menino negro magro com dreadlocks, havia passado pela multidão, colocando-se à frente deles. Ele trazia algo nas mãos, algo marrom que se contorcia debilmente.

— Simon — ela sussurrou.

O rato chiou e começou a se sacudir violentamente na mão do menino. Ele olhou para o roedor com uma expressão de desgosto.

— Droga, pensei que ele fosse o Zeke. Estava mesmo intrigado pelo fato de ele estar tão rebelde. — Ele balançou a cabeça, com os dreadlocks sacudindo. — Por mim, ela pode ficar com ele, já me mordeu cinco vezes.

Clary esticou o braço para pegar Simon, as mãos doíam com a ânsia de segurá-lo. Mas Lily colocou-se na sua frente, antes que ela pudesse dar mais um passo na direção dele.

— Espere — disse Lily. — Como sabemos que você não vai pegar o rato e matar Raphael em seguida?

— Você tem a nossa palavra — disse Clary imediatamente, depois ficou tensa, esperando que eles rissem.

Ninguém riu. Raphael resmungou alguma coisa em espanhol. Lily olhou curiosa para Jace.

— Clary — ele disse. Havia um tom de desespero na voz dele. — Isso é realmente...

— Sem juramento, não faremos a troca — Lily declarou imediatamente, aproveitando-se da incerteza dele. — Elliot, segure este rato.

O menino de dreadlocks apertou o punho em torno de Simon, que afundou os dentes na mão de Elliot.

— Cara, isso doeu — ele disse, irritado.

Clary aproveitou a oportunidade para sussurrar para Jace.

— Basta jurar. Que mal há nisso?

— Jurar para nós não é como para vocês, mundanos — disse irritado. — Ficarei ligado eternamente a qualquer juramento que fizer.

— Ah é? E o que acontece se você o quebrar?

— Eu não o quebraria, o problema é esse...

— Lily está certa — disse Jacob. — Um juramento é necessário. Jure que não vai machucar o Raphael. Mesmo que a gente devolva o rato.

— Não vou machucar o Raphael — Clary disse imediatamente. — Aconteça o que acontecer.

Lily lançou um sorriso tolerante a ela.

— Não é com você que estamos preocupados. — Ela olhou para Jace, que estava segurando Raphael com tanta firmeza que as juntas dos dedos estavam brancas. A marca de suor escurecia o tecido da camisa dele, exatamente entre as omoplatas.

Então, ele disse:

— Tudo bem. Eu juro.

— Recite o juramento — Lily disse rapidamente. — Jure pelo Anjo. Diga tudo.

Jace balançou a cabeça.

— Você tem que jurar primeiro.

As palavras dele recaíram sobre o silêncio como pedras, lançando um murmúrio generalizado pelo recinto. Jacob parecia preocupado; Lily, furiosa.

— Sem chance, Caçador de Sombras.

— Nós temos o seu líder. — A ponta da faca de Jace entrou ainda mais na garganta de Raphael. — E o que vocês têm aí? Um rato.

Simon, preso às mãos de Elliot, chiou furiosamente. Clary desejava poder pegá-lo, mas se conteve.

— Jace...

Lily olhou para Raphael.

— Mestre?

Raphael estava com a cabeça baixa, os cachos escuros escondendo seu rosto. O colarinho da camisa estava manchado de sangue, escorrendo pela pele marrom sob ela.

— Um rato muito importante — ele disse — para vocês virem até aqui atrás dele. É você, Caçador de Sombras, eu acho, que deveria jurar primeiro.

O punho de Jace cerrou ainda mais. Clary viu os músculos incharem sob a pele dele, os dedos ficarem brancos e os cantos da boca tremerem enquanto lutava contra a própria raiva.

— O rato é um mundano — ele disse afiadamente. — Se vocês o matarem, estarão sujeitos à Lei...

— Ele está no nosso território. Invasores não são protegidos pelo Pacto, você sabe bem disso...

— Vocês o trouxeram para cá — interveio Clary. — Ele não invadiu.

— Detalhes — disse Raphael, sorrindo para ela, apesar da faca na garganta. — Além disso, você acha que nós não ouvimos os rumores, a notícia que corre pelo Submundo como sangue corre pelas veias? Valentim está de volta. Em breve, não haverá mais Acordos ou Pactos.

A cabeça de Jace se ergueu.

— Onde você ouviu isso?

Raphael franziu o rosto, fazendo uma careta.

— Todo o Submundo sabe. Ele pagou um feiticeiro para invocar um exército de Raveners há uma semana. Ele trouxe o Renegado dele para procurar o Cálice Mortal. Quando encontrá-lo, não haverá mais essa falsa paz entre nós, só guerra. Nenhuma Lei vai me impedir de arrancar seu coração no meio da rua, Caçador de Sombras...

Isso foi o suficiente para Clary. Ela mergulhou em direção a Simon, empurrando Lily de lado, e pegou o rato das mãos de Elliot. Simon subiu pelo braço dela, agarrando as mangas da roupa da amiga com patas frenéticas.

— Está tudo bem — ela sussurrou —, tudo bem — disse, apesar de saber que não estava. Ela virou-se para correr, e sentiu mãos pegarem-na pelo casaco, segurando-a. Ela se debateu, mas os esforços para se livrar das mãos que a prendiam, as mãos de Lily, finas, ossudas e com unhas pretas, foram bloqueados pelo medo de perder Simon, que se segurava nela com as patas e os dentes. — Solte-me! — ela gritou, chutando a vampira. A bota atingiu Lily violentamente, e ela gritou de dor e ódio. Ela atacou com a mão, atingindo a bochecha de Clary com força suficiente para empurrar a cabeça dela para trás.

Clary cambaleou e quase caiu. Ela ouviu Jace gritar o nome dela, e virou para ver que ele havia largado Raphael e estava correndo em sua direção. Clary tentou correr para ele, mas teve os ombros agarrados por Jacob, cujos dedos pressionavam a pele dela com força.

Clary gritou — e o barulho se perdeu em um ruído mais alto, enquanto Jace, pegando um dos frascos de vidro do casaco, atirou o conteúdo nela. Ela sentiu a água atingi-la no rosto, e ouviu Jacob gritar enquanto a água tocava a pele dele. Saiu fumaça dos dedos dele, e ele a soltou, uivando como um animal. Lily correu em direção a ele, gritando seu nome, e naquele pandemônio, Clary sentiu alguém agarrá-la pelo pulso. Ela lutou para se livrar.

— Pare com isso, idiota, sou *eu* — Jace sussurrou ao ouvido dela.

— Ah. — Ela relaxou momentaneamente, depois voltou a ficar tensa, vendo uma sombra familiar se erguer por trás de Jace. Ela gritou e Jace desviou e girou enquanto Raphael se lançava sobre ele, com os dentes expostos, rápido como um gato. Suas presas pegaram a camisa de Jace perto do ombro e rasgaram o tecido enquanto Jace cambaleava. Raphael se segurou como uma aranha, com os dentes avançando para o pescoço de Jace. Clary remexeu a mochila em busca da adaga que lhe havia sido entregue por Jace...

Uma pequena sombra marrom passou pelo chão, voou entre os pés de Clary e se lançou na direção de Raphael.

Raphael gritou. Simon estava pendurado no antebraço dele, os dentes de rato enfiados na carne. Raphael soltou Jace, cambaleando para trás, o sangue escorria enquanto gritava uma série de palavrões em espanhol.

Jace espantou-se e ficou de queixo caído.

— Filho da...

Recobrando o equilíbrio, Raphael se livrou do rato e o jogou no chão de mármore. Simon chiou de dor uma vez, depois correu para Clary. Ela se agachou e o pegou, segurando-o o mais firme possível contra o próprio peito sem machucá-lo. Ela podia sentir as batidas daquele coraçãozinho contra os dedos.

— Simon — ela sussurrou. — Simon...

— Não há tempo para isso. Segure-o. — Jace a agarrara pelo braço direito, com muita força. Na outra mão, ele segurava a lâmina serafim brilhante. — Vamos andando.

Ele começou a puxá-la e empurrá-la ao mesmo tempo na direção da multidão. Os vampiros se afastaram da luz da lâmina serafim que brilhava sobre eles, provocando um sibilar coletivo como gatos escaldados.

— Chega de ficarem parados! — Era Raphael. Seu braço estava sangrando, os lábios contraídos atrás dos incisivos afiados. Ele olhou para a massa repleta de vampiros confusos. — Peguem os invasores — ele gritou. — Matem os *dois*, e o rato também.

Os vampiros correram para Jace e Clary, alguns andando, outros deslizando, outros saltando de varandas superiores como morcegos pretos. Jace apertou o passo enquanto se livravam da multidão, correndo para a parede oposta. Clary se contorceu, como se olhasse para ele.

— Não deveríamos ficar de costas um para o outro, ou coisa parecida?

— O quê? Por quê?

— Não sei. Nos filmes é isso que fazem nesse tipo de... situação.

Ela o sentiu tremer. Ele estava assustado? Não, ele estava rindo.

— Você — ele respirou. — Você é a pessoa mais...

— Mais o quê? — perguntou, indignada. Eles continuavam recuando, cautelosamente, para evitar os pedaços de móveis quebrados e mármore esmagado que atulharam o chão. Jace segurava a lâmina angelical no alto de suas cabeças. Ela podia ver como os vampiros ficavam nos contornos do círculo que formava. Ela pensou em quanto tempo aquilo bastaria para mantê-los afastados.

— Nada — ele disse. — Isso não é uma situação, entendeu? Reservo essa palavra para quando a situação fica realmente feia.

— *Realmente* feia? Isso não é realmente feio? O que você quer, uma...

Ela parou de falar com um grito enquanto Lily, enfrentando a luz, se lançou na direção de Jace, com os dentes expostos em um rosnado sinistro. Jace pegou a segunda lâmina do bolso, levantando-a pelo ar; Lily caiu para trás gritando, com um corte enorme no braço. Enquanto cambaleava, os outros vampiros foram para a frente, colocando-se à sua volta. Eram tantos, Clary pensou, tantos...

Ela apalpou o próprio cinto, seus dedos se fecharam ao redor do cabo da adaga. Era frio e estranho na mão dela. Ela não sabia como usar uma faca. Ela nunca havia batido em ninguém, quanto mais esfaqueado. Ela havia matado a aula de educação física no dia em que ensinaram a atacar assaltantes e estupradores com objetos comuns como chaves de carro ou lápis. Segurou a faca com a mão trêmula...

A janela explodiu com um banho de vidro quebrado. Ela se ouviu gritar, viu os vampiros — a mais ou menos um braço de distância dela e de Jace — girarem abismados, com um choque aterrorizado nas faces. Através das janelas quebradas, entraram diversas sombras suaves, de quatro patas, abaixadas no chão, os pelos brilhantes com a luz da lua e os pedaços de vidro quebrado. Tinham olhos azuis como o fogo, e das gargantas emitiam um rosnado baixo que parecia o impacto de uma cachoeira.

Lobos.

— *Isso* — disse Jace — é uma situação.

15
Desamparados

Os lobos agacharam-se, rosnando, e os vampiros, completamente espantados, recuaram. Só Raphael se manteve firme. Ele ainda apoiava o braço ferido, sua camiseta era uma mistura de sangue e sujeira.

— *Los niños de la Luna* — ele sibilou. Até Clary, cujo espanhol era praticamente nulo, sabia o que ele dissera. Os Filhos da Lua; lobisomens.

— Pensei que eles se odiassem — ela sussurrou para Jace. — Vampiros e lobisomens.

— Eles se odeiam. Eles nunca vão para o covil uns dos outros. Nunca. O Pacto proíbe. — Ele parecia quase indignado. — Alguma coisa deve ter acontecido. Isso é ruim. Muito ruim.

— Como pode ser pior do que estava antes?

— Porque — ele disse — estamos prestes a entrar no meio de uma guerra.

— COMO OUSAM ENTRAR NO NOSSO TERRENO? — gritou Raphael. O rosto dele estava vermelho, irado, cheio de sangue sob a pele.

O maior dos lobos, um monstro cinza tigrado com dentes como os de um tubarão, deu uma risada como a de um cachorro. Ao ir para a frente, entre um passo e outro, ele pareceu mover-se e mudar como uma onda subindo e se curvando. Agora era um homem alto e muito musculoso com cabelos longos em um emaranhado grisalho. Vestia calças jeans, uma jaqueta de couro grossa, e ainda havia um quê de lobo na feição daquele rosto magro e úmido.

— Não viemos para guerrear — ele disse. — Viemos buscar a garota.

Raphael conseguiu uma expressão ao mesmo tempo confusa e furiosa.

— Quem?

— A garota humana. — O lobisomem esticou um braço rígido, apontando para Clary.

Ela estava chocada demais para se mover. Simon, que estivera se contorcendo nas mãos dela o tempo todo, ficou completamente parado. Atrás dela, Jace sussurrou alguma coisa que parecia particularmente feia.

— Você não me disse que conhecia lobisomens. — Ela podia sentir o espanto no tom seco dele; Jace estava tão surpreso quanto ela.

— Não conheço.

— Isso é ruim — disse Jace.

— Você já disse isso.

— Pareceu adequado repetir.

— Bem, não foi — Clary se encolheu para trás em direção a ele. — *Jace*. Estão todos olhando para mim.

Todos os rostos estavam voltados para ela; a maioria parecia espantada. Os olhos de Raphael se estreitaram. Ele voltou-se mais uma vez para o lobisomem, lentamente.

— Você não pode ficar com ela — ele disse. — Ela invadiu nosso terreno; portanto, é nossa.

O lobisomem riu.

— Estou tão feliz por você ter dito isso — ele falou, e se lançou para a frente. No meio do ar, o corpo dele se transformou, e era um lobo novamente, com o pelo brilhante, as mandíbulas abertas, prontas para atacar.

Ele atingiu Raphael no peito, e os dois se engalfinharam, rosnando um para o outro. Com uivos enfurecidos em resposta, os vampiros atacaram os lobisomens, que os encontraram no centro do salão.

O barulho era diferente de tudo que Clary já havia escutado. Se as pinturas de Bosch do inferno viessem com uma trilha sonora, seria algo como isso que ela estava ouvindo.

Jace assobiou.

— Raphael está tendo uma noite excepcionalmente ruim.

— E daí? — Clary não tinha qualquer compaixão pelo vampiro. — E o que *nós* vamos fazer?

Ele olhou à sua volta. Estavam presos a um canto pela massa de corpos; apesar de estarem sendo ignorados por ora, a situação não ficaria assim por muito tempo. Antes que Clary pudesse verbalizar esse pensamento, Simon de repente se contorceu violentamente e se livrou das mãos dela, pulando para o chão.

— Simon! — ela gritou, enquanto ele corria para o canto e para uma pilha de cortinas de veludo mofadas. — Simon, *pare*!

As sobrancelhas de Jace se ergueram de um jeito excêntrico.

— O que ele... — Ele agarrou o braço de Clary, puxando-a de volta para trás. — Clary, não siga o rato. Ele está fugindo. É isso que os ratos fazem.

Ela lançou um olhar furioso em sua direção.

— Ele não é um rato. É o Simon. E ele mordeu o Raphael por você, seu cretino ingrato. — Ela livrou o braço das mãos dele e correu atrás de Simon, que estava agachado entre as dobras da cortina, batendo os dentes excitadamente e dando patadas nela. Percebendo tardiamente o que ele estava tentando dizer a ela, ela abriu as cortinas. Estavam imundas de tanto mofo, mas atrás delas havia...

— Uma porta — ela respirou fundo. — Seu ratinho genial.

Simon chiou modestamente enquanto ela o pegava de volta.

— Uma porta, hein? Bem, será que abre?

Ela pegou a maçaneta e olhou para ele, desanimada.

— Está trancada. Ou presa.

Jace se lançou contra a porta, que não se mexeu. Ele xingou.

— Meu ombro nunca mais será o mesmo. Espero que você cuide de mim até eu me recuperar.

— Apenas quebre a porta, será que dá?

Ele olhou para trás dela com os olhos arregalados.

— Clary...

Ela virou. Um lobo enorme se desvencilhara da briga e estava correndo na direção dela, as orelhas eretas na cabeça fina. Era enorme, cinza-escuro e tigrado, com uma grande língua vermelha. Clary gritou. Jace se lançou novamente contra a porta, ainda reclamando. Ela esticou a mão até o cinto, pegou a adaga e lançou-a.

Ela nunca havia arremessado uma arma antes, aliás, jamais sequer pensara em tocar em uma. O mais próximo que já tinha chegado de armas antes dessa semana fora em desenhos que ela mesma fizera. Então Clary ficou mais surpresa do que qualquer outra pessoa, ela suspeitou, quando a adaga voou, um pouco torta, porém precisa, e afundou na lateral do lobisomem.

Ele ganiu, desacelerando, mas três de seus companheiros já estavam correndo em direção a eles. Um parou ao lado do lobo ferido, mas os outros correram para a porta. Clary gritou outra vez enquanto Jace se lançava contra a porta pela terceira vez. Ela cedeu com um ruído explosivo de ferrugem moendo e madeira arrebentando.

— A terceira vez nunca falha — disse ele ofegante, segurando o próprio ombro. Ele mergulhou no espaço escuro, atravessando a porta quebrada, e virou para estender uma mão impaciente. — Clary, *vamos* logo.

Arfante, ela correu atrás dele e bateu a porta, exatamente quando dois corpos pesados a atingiram. Ela apalpou em busca da maçaneta, mas não estava mais lá, pois fora arrancada onde Jace havia arrombado.

— Abaixe-se — ele disse e, ao fazê-lo, a estela passou por cima da cabeça dela, esculpindo linhas escuras na madeira apodrecida da porta. Ela esticou o pescoço para ver o que ele havia entalhado: uma curva como uma foice, três linhas paralelas, uma estrela irradiante. *Para resistir à perseguição.*

— Perdi sua adaga — ela confessou. — Desculpe.

— Acontece. — Ele guardou a estela no bolso. Ela podia ouvir as batidas enfraquecidas repetidamente contra a porta, que resistia. — O símbolo vai contê-los, mas não por muito tempo. É melhor nos apressarmos.

Ela olhou para cima. Eles estavam em uma passagem fria e úmida; uma escadaria estreita que levava à escuridão. Os degraus eram de madeira, os corrimãos, cheios de poeira. Simon colocou o focinho para fora do bolso da jaqueta de Clary, seus olhos pretos brilhavam à luz enfraquecida.

— Muito bem. — Ela acenou com a cabeça para Jace. — Você primeiro.

Jace parecia querer sorrir, mas estava exaurido demais para isso.

— Você sabe que eu gosto de ir primeiro. Mas devagar — ele acrescentou. — Não sei se as escadas aguentam o nosso peso.

Clary também não sabia. Os degraus rangiam e roncavam à medida que eles subiam, como uma velha senhora reclamando de dores. Clary agarrou-se ao corrimão para se equilibrar, e um pedaço dele quebrou em sua mão, o que fez com que ela chiasse e arrancasse uma risada exaurida de Jace. Ele pegou a mão dela.

— Aqui. Firme.

Simon emitiu um ruído que, para um rato, parecia muito com um ronco. Jace não pareceu ouvir. Eles estavam cambaleando pela escada o mais rápido que ousavam. Ela se erguia em espiral através do prédio. Eles passaram pelos andares, um após o outro, mas não viram porta alguma. Chegaram à quarta curva inexpressiva quando ouviram uma explosão na escadaria e uma nuvem de poeira subiu.

— Eles conseguiram atravessar a porta — Jace disse irritado. — Droga, pensei que fosse segurar mais tempo.

— Devemos correr agora? — perguntou Clary.

— *Agora* — ele disse, e eles aceleraram pela escadaria, que rangia e gemia sob o peso deles, os pregos disparando como balas de revólver. Estavam no quinto andar agora e ela podia ouvir as leves batidas das patas dos lobos nas escadas inferiores, ou talvez o barulho fosse fruto da própria imaginação. Ela sabia que não havia realmente sopro quente em sua nuca, mas os rosnados e uivos, que se tornavam mais altos à medida que os lobos se aproximavam, eram reais e aterrorizantes.

O sexto andar surgiu à frente deles, que correram naquela direção. Clary estava engasgada, o ar passava doloroso por seus pulmões, mas ela conseguiu uma leve manifestação de alegria ao ver a porta. Era de metal pesado, cheia de pregos, as dobradiças estavam muito duras. Ela mal teve tempo de imaginar por que, quando Jace a abriu com um chute, empurrou-a para o outro lado, e seguindo atrás, bateu-a com força. Clary ouviu um nítido clique enquanto a porta se trancava atrás deles. *Graças a Deus*, ela pensou.

Em seguida, virou-se de costas.

O céu noturno girava sobre ela, pintado com estrelas como um punhado de diamantes soltos. Não era preto, mas visivelmente azul-escuro, da cor do alvorecer que se aproximava. Eles estavam sobre um telhado de ardósia com chaminés de tijolos. Uma velha caixa d'água, escurecida pela falta de cuidados, encontrava-se sobre uma plataforma em uma das pontas; uma lona pesada escondia uma pilha de lixo na outra extremidade.

— Deve ser assim que entram e saem — disse Jace, olhando para a porta. Clary agora podia vê-lo sob a fraca luz, as linhas de fadiga ao redor de seus olhos como cortes superficiais. O sangue na roupa, quase todo de Raphael, parecia preto. — Eles voam para cá. Não que isso nos ajude muito.

— Pode ser que haja uma saída de incêndio — sugeriu Clary. Juntos, foram cautelosamente até a ponta do telhado. Clary nunca gostara muito de altura, e a queda de dez andares até a rua fez com que seu estômago revirasse. Assim como a visão da saída de incêndio, um pedaço de metal inutilizável pendurado na fachada de pedra do hotel. — Ou não — ela disse. Ela olhou de volta para a porta por onde haviam entrado. Ficava em uma espécie de estrutura de cabine no centro do telhado. Estava vibrando e a maçaneta sacudia com toda força. Só resistiria por mais alguns minutos, talvez menos.

Jace esfregou as costas das mãos nos olhos. O ar chumbado os estava deixando esgotados, e espetava a nuca de Clary. Ela podia ver o suor no colarinho dele. Ela desejou que chovesse. Uma chuva estouraria essa bolha de calor como uma bolha d'água desfeita.

Jace estava murmurando para si mesmo.

— Pense, Wayland, *pense*...

Alguma coisa começou a se formar no canto da mente de Clary. Um símbolo surgiu: dois triângulos para baixo, unidos por uma barra — um símbolo como um par de asas...

— É isso — suspirou Jace, relaxando os braços, e por um momento de espanto Clary imaginou se ele teria lido sua mente. Ele parecia febril, com os olhos dourados extremamente brilhantes. — Não acredito que não pensei nisso antes. — Ele foi para a ponta extrema do telhado, depois pausou e olhou de volta para ela. Ela ainda estava parada, espantada, com os pensamentos cheios de formas brilhantes. — Vamos, Clary.

Ela foi atrás dele, afastando da mente os pensamentos de símbolos. Ele chegou à lona e estava puxando a ponta, revelando o que não era lixo, mas sim metal cromado brilhante, couro e tinta.

— *Motocicletas*?

Jace foi até a mais próxima, uma Harley-Davidson vermelho-escura enorme com chamas douradas pintadas no tanque e no para-lamas. Ele passou uma perna por cima da motocicleta e olhou para ela por cima do ombro.

— Suba.

Clary o encarou.

— Você está falando sério? Você nem sequer sabe dirigir esse negócio! Você tem as *chaves*?

— Não preciso de chaves — ele explicou com toda a paciência do mundo. — Ela opera com energia demoníaca. Agora, você vai subir ou quer pegar uma para você?

Entorpecida, Clary subiu na moto atrás dele. Em algum lugar, em alguma parte do cérebro, uma pequena voz gritava para ela dizendo que essa era uma péssima ideia.

— Ótimo — disse Jace. — Agora ponha os braços em volta de mim. — Ela obedeceu, sentindo os músculos duros do abdômen dele se contraírem enquanto se inclinava para a frente e acionava a ignição com a ponta da estela. Para o espanto de Clary, a moto ganhou vida. No bolso dela, Simon chiava alto.

— Está tudo bem — ela disse, da maneira mais suave possível. — Jace! — ela gritou por cima do ronco do motor da moto. — O que você está fazendo?

Ele gritou de volta alguma coisa que parecia "acionando a ignição!". Clary piscou os olhos.

— Bem, depressa! A porta...

Com a deixa, a porta do telhado explodiu com uma batida, arrancada das dobradiças. Os lobos passaram pelo buraco, correndo pelo telhado em direção a eles. Por cima deles, voavam os vampiros, sibilando e gritando, preenchendo o ar noturno com uivos predatórios.

Ela sentiu o braço de Jace recuar e a motocicleta avançar, fazendo com que o estômago dela fosse lançado contra a espinha. Ela se agarrou com toda força ao cinto de Jace enquanto eles avançavam, com os pneus cantando pela ardósia, fugindo dos lobos, que iam ganindo e abrindo espaço. Ela ouviu Jace gritar algo, mas as palavras dele foram sufocadas pelo ruído das rodas, do vento e do motor. A ponta do telhado estava se aproximando rapidamente, bem rapidamente, e Clary queria fechar os olhos, mas algo os manteve abertos enquanto a motocicleta chegava ao parapeito e despencava como uma pedra para o chão, dez andares abaixo.

Se Clary havia gritado, não se lembrava de nada. Era como a primeira queda de uma montanha-russa, quando os trilhos descem e você se sente chocando-se contra o espaço, com as mãos balançando inutilmente pelo ar e o estômago subindo até a boca. Quando a moto se ajeitou com um estalo e uma arrancada súbita, ela quase não se sentiu surpresa. Em vez de descerem, eles agora estavam indo em direção ao céu estrelado.

Clary olhou para trás e viu um aglomerado de vampiros no telhado do hotel, cercados por lobos. Ela desviou o olhar — se nunca mais visse aquele hotel na vida, não faria a menor falta.

Jace estava gritando, uivos sonoros de deleite e alívio. Clary se inclinou para a frente, com os braços firmes em torno dele.

— Minha mãe sempre me disse que, se eu andasse de moto com algum menino, ela me mataria — ela gritou por cima do barulho do vento passando pelos ouvidos dela e o ronco ensurdecedor do motor.

Ela não conseguia ouvi-lo rir, mas sentiu o corpo dele tremer.

— Ela não diria isso se me conhecesse — ele respondeu, confiante. — Sou um ótimo piloto.

Tardiamente, Clary se lembrou de uma coisa.

— Pensei que vocês tivessem dito que só *algumas* motocicletas de vampiros podiam voar!

Habilmente, Jace passou por um sinal no processo de passar de vermelho para verde. Lá embaixo, Clary podia ouvir os carros buzinando, as sirenes de ambulâncias agitadas e os ônibus parando nos pontos, mas ela não se incomodou em olhar.

— Só algumas podem!

— E como você sabia que essa podia?

— Não sabia! — ele gritou alegremente, e fez algo que levou a moto a se levantar quase verticalmente no ar. Clary gritou e agarrou o cinto dele outra vez.

— Você deveria olhar para baixo! — gritou Jace. — É incrível!

A curiosidade superou o medo e a vertigem. Engolindo em seco, Clary abriu os olhos.

Eles estavam mais altos do que ela imaginava, e por um instante a terra balançou embaixo dela, uma paisagem embaçada de sombra e luz. Eles estavam voando a leste, afastando-se do parque, em direção à autoestrada que se estendia pelo lado direito da cidade.

Havia certa dormência nas mãos de Clary, uma pressão forte no peito. Era adorável, isso ela podia perceber: a cidade se erguendo ao lado dela como uma floresta de prata e vidro, o brilho cinza e fosco do East River, cortando Manhattan e o subúrbio como uma cicatriz. O vento soprava fresco em seus cabelos, na pele, uma sensação maravilhosa após tantos dias de calor e viscosidade. Mesmo assim, ela nunca tinha voado, nem mesmo de avião, e o vasto espaço vazio entre eles e o chão a deixava apavorada. Ela não podia deixar de fechar os olhos enquanto voavam sobre o rio. Logo abaixo da Queensboro Bridge, Jace virou a moto na direção sul e foi para a ponta da ilha. O céu havia começado a clarear, e, a distância, Clary podia ver o arco brilhante da Brooklyn Bridge, e além dela, no horizonte, a Estátua da Liberdade.

— Você está bem? — perguntou Jace.

Clary não disse nada; apenas se agarrou com mais força nele. Ele endireitou a moto e logo eles estavam indo em direção à ponte, e Clary podia ver as estrelas através dos cabos de suspensão. Um trem matutino estava passando — da linha Q, transportando várias pessoas sonolentas. Ela pensou em quantas vezes já estivera naquele trem. Uma onda de vertigem se abateu sobre ela, e ela fechou os olhos com força, completamente enjoada.

— Clary? — chamou Jace. — Clary, você está bem?

Ela balançou a cabeça, com os olhos ainda fechados, sozinha no escuro e no vento, acompanhada apenas das batidas do coração. Algo afiado arranhou o peito dela. Ela ignorou novamente, até que veio mais uma vez, insistente. Mal abrindo um olho, ela viu que era Simon, com a cabeça saindo do bolso do casaco, mexendo com a pata de forma alarmante.

— Tudo bem, Simon — ela disse com esforço, sem olhar para baixo. — Foi só a ponte...

Ele arranhou outra vez, depois apontou para o horizonte da água do Brooklyn, subindo à esquerda deles. Tonta e enjoada, ela olhou e viu, além dos contornos dos depósitos e fábricas, que um nascer do sol dourado estava começando a se tornar visível, como o pedaço de uma moeda.

— Sim, é muito bonito — disse Clary, fechando os olhos novamente. — Belo nascer do sol.

Jace enrijeceu subitamente, como se tivesse levado um tiro.

— Nascer do sol? — ele gritou, depois virou a moto subitamente para a direita. Os olhos de Clary se abriram enquanto eles iam em direção à água, que começara a brilhar azul com a aproximação do amanhecer.

Clary se inclinou para perto de Jace, o máximo que podia sem esmagar Simon entre eles.

— O que há de tão ruim com o nascer do sol?

— Eu te disse! As motos funcionam com energia demoníaca! — Ele retraiu de modo que ficaram no nível da água, passeando sobre a superfície com as rodas sobre as águas. A água do rio bateu no rosto de Clary. — Assim que o sol subir...

A moto começou a crepitar. Jace resmungou furiosamente, acelerando com tudo. A moto deu uma arrancada, depois engasgou, sacudindo abaixo deles como um cavalo galopando. Jace ainda estava resmungando quando o sol começou a surgir sobre o velho cais do Brooklyn, iluminando o mundo com ampla claridade. Clary podia ver cada pedra abaixo deles, enquanto saíam de cima do rio e chegavam à margem estreita. Abaixo deles estava a estrada, já movimentada com o trânsito da manhã. Eles mal passaram por cima, as rodas quase raspando no teto de um caminhão. Mais além, encontrava-se um estacionamento sujo de um enorme supermercado.

— Segure firme! — Jace gritava, enquanto a moto sacudia e crepitava sob eles. — Segure firme, Clary, e *não*...

A moto empinou e atingiu o asfalto do estacionamento, com a roda da frente primeiro. Ela se lançou para a frente, cambaleando violentamente, e deslizou, colidindo contra o solo irregular, fazendo a cabeça de Clary sacudir para a frente e para trás com intensa força. O ar cheirava a borracha queimada, mas a moto estava desacelerando, parando — depois atingiu uma barra de estacionamento com tanta intensidade que ela foi lançada ao ar e arremessada de lado, sua mão soltando o cinto de Jace. Ela mal teve tempo de se contrair em uma bola protetora, mantendo os braços o mais firme possível e rezando para que Simon não fosse esmagado quando caíssem no chão.

Ela atingiu o solo com força, e o braço se encheu de dor. Algo a atingiu no rosto, e ela estava tossindo enquanto rolava para cima das costas. Ela pôs a mão no bolso. Estava vazio. Ela tentou dizer o nome de Simon, mas estava completamente sem ar. Ela arquejou enquanto tentava respirar. Estava com o rosto molhado e o colarinho ensopado.

Isso é sangue? Ela abriu os olhos dolorosamente. Seu rosto parecia um grande hematoma, os braços doíam e espetavam. Como carne crua.

Ela rolou de lado, estava caída em uma poça de água suja. O amanhecer já havia chegado com tudo — ela podia ver os restos da motocicleta, transformando-se em um monte de cinzas irreconhecíveis ao ser atingida pelos raios de sol.

E lá estava Jace, levantando-se. Ele começou a se apressar em direção a ela, depois desacelerou ao se aproximar. A manga da camisa estava rasgada e havia uma longa linha ensanguentada no seu braço esquerdo. O rosto dele, sob os cachos dourados sujos de suor, sujeira e sangue, estava branco como uma folha de papel. Ela ficou imaginando por que ele estava daquele jeito. Será que a perna dela havia sido mutilada e estava em algum lugar no estacionamento, mergulhada em uma poça de sangue?

Ela começou a tentar se levantar e sentiu uma mão no ombro.

— Clary?

— *Simon*!

Ele estava ajoelhado ao lado dela, piscando os olhos como se ele mesmo não conseguisse acreditar naquilo. Suas roupas estavam amarrotadas e sujas, e ele havia perdido os óculos em algum lugar, mas, fora isso, parecia intacto. Sem os óculos, ele parecia mais novo, indefeso e um pouco confuso. Ele esticou o braço para tocar o rosto dela, mas ela recuou.

— Ai!

— Você está bem? Parece ótima — ele disse, com certa hesitação no rosto. — A melhor coisa que vejo desde...

— É porque você está sem os óculos — ela disse fracamente, mas, se estava esperando uma resposta engraçadinha, não obteve uma. Em vez disso, ele jogou os braços sobre ela, abraçando-a com força. As roupas dele cheiravam a sangue, suor e sujeira, o coração dele estava acelerado, e ele estava pressionando os machucados dela, mas, mesmo assim, era um alívio ser abraçada por ele e saber, saber de fato, que ele estava bem.

— Clary — ele disse, rouco. — Eu pensei... pensei que você...

— Não fosse voltar para buscar você? Mas é óbvio que voltaria — ela disse. — É óbvio que eu voltei.

Ela o abraçou. Tudo nele era familiar, desde o tecido gasto da camiseta até o ângulo agudo abaixo de seu queixo. Ele pronunciou o nome dela, e ela acariciou as costas dele. Quando olhou para trás por um instante, viu Jace virando, como se o brilho do sol nascente machucasse seus olhos.

16

Anjos Caídos

Hodge estava enfurecido. Ele estava no saguão, Isabelle e Alec atrás dele, quando Clary e os meninos entraram, imundos de sangue. Imediatamente teve início uma palestra que teria orgulhado a mãe de Clary. Ele não se esqueceu de incluir a parte sobre terem mentido para ele a respeito de para onde estavam indo — coisa que Jace aparentemente havia feito — ou a parte sobre nunca mais voltar a confiar em Jace, e até acrescentou alguns adereços, como trechos sobre violar a Lei, ser expulso da Clave e envergonhar o tradicional e honrado nome Wayland. Acalmando-se, ele olhou fixamente para Jace.

— Você colocou pessoas em perigo com sua obstinação. Este é um incidente ao qual não vou deixá-lo dar de ombros!

— Não estava planejando isso — disse Jace. — Não posso dar de ombros para nada. Meu ombro está deslocado.

— Se eu achasse que dor física fosse um estorvo para você — Hodge disse furiosamente. — Mas você só vai passar os próximos dias na enfermaria com Alec e Isabelle se divertindo com você. Provavelmente vai até *gostar*.

Hodge tinha alguma razão: Jace e Simon foram parar na enfermaria, mas só Isabelle estava com eles quando Clary — que fora tomar banho — entrou algumas horas mais tarde. Hodge havia curado a ferida no braço dela, e vinte minutos no chuveiro tinham removido quase todos os vestígios de asfalto da pele, mas ela ainda se sentia dolorida e em carne viva.

Alec, que estava no parapeito da janela parecendo uma nuvem de tempestade, franziu o rosto enquanto a porta se fechava atrás dela.

— Ah. É você.

Ela o ignorou.

— Hodge disse que está vindo e espera que vocês consigam resistir até ele chegar — ela disse a Simon e Jace. — Ou algo que o valha.

— Gostaria que ele se apressasse — Jace disse mal-humorado. Ele estava sentado em uma cama com alguns travesseiros brancos, ainda com as roupas imundas.

— Por quê? Você está com dor? — perguntou Clary.

— Não. Tenho muita tolerância à dor. Aliás, não chega nem a ser tolerância; eu sou assim. Mas fico entediado com facilidade. — Ele franziu os olhos para ela. — Lembra-se de quando estávamos no hotel e você prometeu que, se sobrevivêssemos, você iria se vestir de enfermeira e me dar um banho de esponja?

— Na verdade, acho que você ouviu mal — disse Clary. — Foi Simon quem prometeu o banho.

Jace olhou involuntariamente para Simon, que lançou um largo sorriso em sua direção.

— Assim que eu melhorar, bonitão.

— Eu sabia que deveríamos tê-lo deixado continuar sendo um rato — disse Jace.

Clary riu e foi até Simon, que parecia extremamente desconfortável, cercado por dúzias de almofadas e lençóis cobrindo suas pernas.

Clary se sentou na ponta da cama de Simon.

— Como você está se sentindo?

— Como se alguém tivesse me massageado com um ralador de queijo — disse Simon, fazendo uma careta enquanto levantava a perna. — Quebrei um osso do pé. Estava tão inchado que Isabelle teve de cortar o sapato.

— Que bom que ela está cuidando tão bem de você. — A voz de Clary era ácida ao dizer isso.

Simon se inclinou para a frente, sem tirar os olhos de Clary.

— Quero falar com você.

Clary assentiu com a cabeça, concordando com alguma relutância.

— Vou para o meu quarto. Vá me ver depois que Hodge consertá-lo, tudo bem?

— Certo. — Para a surpresa de Clary, ele se inclinou para a frente e deu um beijo em sua face. Foi um beijinho de borboleta, os lábios esbarraram rapidamente na pele, mas, ao se afastar, ela sabia que estava vermelha. Provavelmente, ela pensou, levantando-se, por todos estarem olhando para eles.

No corredor, ela tocou a face, surpresa. Um beijinho singelo não significava nada, mas não era algo muito usual para Simon. Talvez ele estivesse tentando enciumar Isabelle? Homens, pensou Clary, eram tão instáveis. E Jace, bancando o príncipe ferido. Ela havia saído antes que ele pudesse começar a reclamar da contagem de fios dos lençóis.

— Clary!

Ela virou de costas, surpresa. Alec estava correndo pelo corredor atrás dela, apressando-se para alcançá-la.

— Preciso falar com você.

Ela olhou surpresa para ele.

— Sobre o quê?

Ele hesitou. Com a pele clara e os olhos azuis-escuros, ele era tão lindo quanto a irmã, mas, ao contrário de Isabelle, ele fazia de tudo para não realçar a própria aparência. Os moletons desbotados e o cabelo que parecia ter sido cortado por ele mesmo no escuro eram apenas parte do pacote. Ele parecia desconfortável na própria pele.

— Acho que você deve ir embora. Voltar para casa — ele disse.

Ela sabia que ele não gostava dela, mas, ainda assim, foi como um tapa na cara.

— Alec, na última vez em que fui para casa, ela estava infestada de Renegados. E Raveners. Com dentes afiados. Ninguém quer voltar para casa mais do que eu, só que...

— Você deve ter algum parente com quem possa ficar... — Havia um leve desespero na voz dele.

— Não. Além disso, Hodge quer que eu fique — disse ela secamente.

— Impossível. Quero dizer, não depois do que você fez...

— O que *eu* fiz?

Ele engoliu em seco.

— Você quase causou a morte de Jace.

— *Eu* quase... do que você está *falando*?

— Correr atrás do seu amigo daquele jeito, você imagina o perigo que o fez passar? Você sabe...

— Ele? Você está falando do Jace? — Clary o interrompeu no meio da frase. — Para sua informação, foi tudo ideia dele. Ele perguntou ao Magnus onde era o covil. Ele foi até a igreja pegar as armas. Se eu não tivesse ido com ele, ele teria ido assim mesmo.

— Você não entende — disse Alec. — Você não o conhece. Eu o conheço. Ele acha que tem que salvar o mundo; e morreria por isso com prazer. Às vezes acho até que ele quer morrer, mas você não precisa estimulá-lo.

— Não entendo — ela disse. — Jace é um Nephilim. Isso é o que vocês *fazem*, vocês salvam pessoas, matam demônios, colocam a própria vida em perigo. O que teve de diferente na noite passada?

Alec perdeu o controle.

— Porque ele *me* deixou para *trás*! — ele gritou. — Normalmente eu estaria com ele, dando-lhe cobertura, protegendo, mantendo-o em segurança. Mas você... você é um peso morto, uma *mundana* — ele proferiu a última palavra como se fosse uma obscenidade.

— Não — disse Clary. — Não sou, não. Sou Nephilim, assim como você.

O lábio dele se contraiu no canto.

— Talvez — ele disse. — Mas, sem treinamento, sem nada, você não tem a menor utilidade, não é mesmo? Sua mãe a criou em um ambiente de mundanos, e lá é o seu lugar. Não aqui, fazendo com que Jace aja desse jeito, como se não fosse um de nós. Fazendo com que ele quebre o juramento da Clave, fazendo com que viole a Lei...

— Só para você saber — irritou-se Clary. — Eu não *obrigo* Jace a fazer nada. Ele faz o que quer. Você deveria saber disso.

Ele a olhava como se ela fosse uma espécie de demônio particularmente odiosa que ele não conhecia.

— Vocês, mundanos, são completamente egoístas, não são? Será que você não faz ideia do que ele fez por você, dos riscos pessoais que correu? E não estou falando apenas na segurança dele. Ele pode perder tudo. Já perdeu o pai e a mãe; você quer garantir que ele perca a família que restou também?

Clary recuou. Uma raiva enorme cresceu nela como uma onda — raiva de Alec, porque ele estava parcialmente certo; e raiva de tudo e de todos: da estrada gelada que havia provocado a morte de seu pai, de Simon, por quase ter morrido, de Jace, por ser um mártir e por não se importar se viveria ou morreria. De Luke, por ter fingido que se importava quando tudo não passava de uma grande mentira. E da própria mãe, por não ser a mãe normal, monótona e simples que sempre tinha fingido ser, mas outra pessoa: uma pessoa heroica, espetacular e corajosa que Clary não conhecia nem um pouco. Alguém que não estava lá agora, quando ela mais precisava.

— Olha quem fala em egoísmo — ela sibilou tão perfidamente que ele deu um passo para trás. — Você não se importa com ninguém além de você, Alec Lightwood. Não é à toa que você não matou demônio algum; você é medroso demais.

Alec pareceu espantado.

— Quem disse isso?

— Jace.

Ele parecia ter levado um tapa na cara.

— Não. Ele não diria isso.

— Ele disse — ela podia ver o quanto o estava machucando, e se sentiu feliz com isso. Mais alguém tinha de sofrer, só para variar um pouco. — Você pode falar o quanto quiser sobre honra e honestidade, e como os mundanos são desprovidos de ambas, mas, se *você* fosse honesto, admitiria que essa birra toda é porque você está apaixonado por ele. Não tem nada a ver com...

Alec se moveu com grande velocidade. Um estalo soou na cabeça dela. Ele a empurrara contra a parede com tanta força que a parte posterior da cabeça de Clary atingiu a madeira. O rosto dele estava a poucos centímetros do dela, olhos enormes e sombrios.

— *Nunca* — ele sussurrou, com a boca praticamente imóvel —, nunca diga nada assim para ele, ou eu mato você. Juro pelo Anjo, mato você.

O braço dela doía muito, ele estava agarrando com força. Contra a própria vontade, Clary ficou boquiaberta. Ele piscou — como se estivesse acordando de um sonho — e soltou-a, afastando as mãos dela, como se tivesse se queimado ao tocar sua pele. Sem mais uma palavra, ele se virou e voltou para a enfermaria. Ele se balançava enquanto andava, como alguém bêbado ou tonto.

Clary esfregou os braços doloridos, olhando para ele, atordoada pelo que ela mesma fizera. *Muito bem, Clary. Agora você realmente fez com que ele a odeie.*

Ela deveria ter caído na cama imediatamente, mas, apesar da exaustão, o sono ainda estava fora de cogitação. Então, pegou o caderno da mochila e começou a desenhar, apoiando a capa nos joelhos. Rabiscos aleatórios inicialmente — um detalhe da fachada em ruínas do hotel dos vampiros: uma gárgula com dentes afiados e olhos esbugalhados. Uma rua vazia, um poste solitário produzindo uma piscina de luz amarela, uma figura sombria no limite da luz. Ela desenhou Raphael com a camisa branca ensanguentada com a cicatriz de cruz na garganta. Depois desenhou Jace no telhado, olhando para baixo, para a queda de dez andares à frente. Não temeroso, mas como se a queda o desafiasse — como se não houvesse espaço vazio que ele não fosse capaz de preencher com a confiança na própria invencibilidade. Como no próprio sonho, ela o desenhou com asas que se curvavam atrás dos ombros dele em um arco, como as asas de uma das estátuas de anjo na Cidade dos Ossos.

Tentou desenhar Jocelyn, por último. Ela dissera a Jace que não se sentia diferente depois de ter lido o *Livro Gray*, e isso era quase cem por cento verdade. Mas agora, enquanto tentava visualizar o rosto da mãe, percebeu que havia uma coisa diferente na lembrança de Jocelyn: ela ainda podia ver as cicatrizes da mãe, as pequenas marcas brancas que cobriam as costas e os ombros dela, como se ela tivesse ficado parada em uma tempestade de neve.

Doía saber que a maneira pela qual sempre tinha visto a mãe, durante toda a vida, era uma mentira. Ela guardou o caderno embaixo do travesseiro, com os olhos ardendo.

Ela ouviu uma batida à porta, leve, hesitante. Esfregou os olhos apressadamente.

— Entre.

Era Simon. Ela ainda não havia parado para se preocupar com seu estado. Ele não tinha tomado banho, vestia roupas rasgadas e manchadas, e estava completamente descabelado. Ele hesitou na entrada, estranhamente formal.

Ela chegou para o lado, abrindo espaço para ele na cama. Não havia nada de estranho em sentar na cama com Simon; há anos dormiam na casa um do outro, montavam barracas e fortes com lençóis quando eram pequenos, ficavam acordados até tarde lendo revistas em quadrinhos quando ficaram mais velhos.

— Você achou os óculos — ela disse. Uma das lentes estava quebrada.

— Estavam no meu bolso. Resistiram melhor do que eu imaginava. Vou ter que escrever uma carta de agradecimento à ótica. — Ele se sentou cautelosamente a seu lado.

— Hodge cuidou de você?

Ele concordou com a cabeça.

— Sim. Continuo me sentindo como se tivesse sido passado a ferro, mas não tenho nada quebrado. Não mais. — Ele se virou para olhar para ela. Os olhos atrás dos óculos estragados eram os olhos dos quais ela se lembrava: escuros e sérios, emoldurados com o tipo de cílios para os quais meninos não ligavam, mas pelos quais qualquer menina morreria. — Clary, você ter voltado para me buscar, o fato de você ter se arriscado daquele jeito...

— Não. — Ela levantou a mão embaraçosamente. — Você teria feito o mesmo por mim.

— É lógico — ele disse sem arrogância ou pretensão —, mas eu sempre pensei que as coisas fossem desse jeito, com a gente. Você sabe.

Ela se mexeu para encará-lo, confusa.

— Como assim?

— Quero dizer — Simon murmurou, como se parecesse surpreso por ter de explicar algo que deveria ser óbvio —, eu sempre precisei mais de você do que você de mim.

— Isso não é verdade. — Clary estava perplexa.

— É, sim — disse Simon, com a mesma calma inabalada. — Você nunca pareceu precisar de ninguém, Clary. Você sempre foi tão... controlada. Precisava apenas de seus lápis e mundos imaginários. Várias vezes eu já tive de dizer as coisas seis ou sete vezes antes de você responder, e você estava tão longe. Depois virava para mim e sorria daquele jeito engraçado, e eu sabia que você havia se esquecido de mim, e tinha acabado de se lembrar. Mas eu nunca fiquei chateado com você por isso. Metade da sua atenção é melhor do que toda a atenção de qualquer outra pessoa.

Ela tentou pegar a mão dele, mas acabou segurando o pulso. Podia sentir a pulsação sob a pele.

— Só amei três pessoas na vida — ela disse. — Minha mãe, Luke e você. E perdi todos, menos você. Nunca pense que não é importante para mim, jamais pense algo assim.

— Minha mãe diz que as pessoas só precisam contar com outras três para atingir a plenitude — disse Simon. Seu tom era leve, mas a voz hesitou no meio da palavra "plenitude". — Ela diz que você parece bastante plena.

Clary sorriu tristemente para ele.

— Por acaso sua mãe tem mais alguma pérola de sabedoria a meu respeito?

— Tem — ele retribuiu o sorriso com outro tão torto quanto. — Mas não vou contar qual é.

— Não é justo guardar segredo!

— E quem foi que disse que o mundo é justo?

No fim, eles deitaram apoiados um no outro como faziam quando eram crianças: ombro com ombro, a perna de Clary sobre a de Simon. Os dedos do pé dela embaixo do joelho dele. De costas, eles ficaram olhando para o teto enquanto conversavam, um hábito cultivado nos tempos em que o teto de Clary era coberto por estrelas que brilhavam no escuro. Onde Jace cheirava a sabão e alguma coisa cítrica, Simon cheirava a alguém que havia rolado pelo estacionamento de um supermercado, mas Clary não se importava.

— O mais estranho foi — Simon enrolou um cacho de Clary no próprio dedo — que eu estava brincando com Isabelle sobre vampiros antes de tudo aquilo acontecer. Tentando fazê-la rir, sabe? "O que assusta vampiros judeus? Estrelas de davi prateadas? Fígado picado? Cheques de 18 dólares?"

Clary riu.

Simon parecia agradecido.

— Isabelle não riu.

Clary pensou em diversas coisas que queria dizer, e não as disse.

— Acho que esse não é o tipo de humor dela.

Simon lançou um olhar de lado sob aqueles cílios.

— Ela está transando com Jace?

O chiado de surpresa de Clary se transformou em tosse. Ela olhou para ele.

— Eca, não. Eles são quase irmãos. Não fariam isso — ela parou. — Pelo menos *acho* que não.

Simon deu de ombros.

— Não que eu me importe — ele disse com firmeza.

— Óbvio que não.

— Não me importo! — Ele virou de lado. — Sabe, no começo achei que Isabelle fosse, sei lá, legal. Excitante. Diferente. Depois, na festa, percebi que ela era louca.

Clary cerrou os olhos para ele.

— Foi ela que falou para você tomar o drinque azul?

Ele balançou a cabeça.

— Foi ideia minha. Eu vi você saindo com Jace e Alec, não sei... Você parecia diferente do normal. Você *estava* tão diferente. Não pude deixar de pensar que você já tinha mudado, e que esse seu novo mundo não me incluiria. Queria fazer alguma coisa que me tornasse um pouco mais parte dele. Então, quando o cara verdinho passou com a bandeja de drinques...

Clary resmungou.

— Você é um idiota.

— Nunca disse que não era.

— Desculpe. Foi horrível?

— Ser um rato? Não. Primeiro fiquei desorientado. De repente, estava da altura do calcanhar de todo mundo. Pensei ter tomado uma poção que tivesse me feito encolher, mas não conseguia entender por que tinha um impulso incontrolável de roer papel de chiclete usado.

Clary riu.

— Não. Estou falando do hotel dos vampiros. Foi horrível?

Alguma coisa piscou atrás dos olhos dele. Ele desviou o olhar.

— Não. Na verdade, não me lembro muito de nada entre a festa e o estacionamento.

— Melhor assim.

Ele começou a dizer alguma coisa, mas foi interrompido no meio de um bocejo. A luz no quarto se esvaiu lentamente. Desprendendo-se de Simon e dos lençóis, Clary se levantou e abriu as cortinas do quarto. Lá fora, a cidade estava banhada com o brilho avermelhado do pôr do sol. O telhado prateado do prédio da Chrysler, a cinquenta blocos para baixo, brilhava como um atiçador esquecido na lareira por muito tempo.

— O sol está se pondo. Talvez devêssemos procurar alguma coisa para jantar.

Não houve resposta. Ao se virar, ela viu que Simon estava dormindo, com os braços cruzados embaixo da cabeça e as pernas estendidas. Ela suspirou, foi até a cama, tirou os óculos dele e os repousou na mesa de cabeceira. Ela já havia perdido a conta de quantas vezes ele tinha dormido de óculos e acordado com o barulho das lentes quebrando.

Agora onde eu vou dormir? Não que ela se importasse em dividir a cama com Simon, mas ele não tinha deixado espaço algum para ela. Ela considerou a possibilidade de cutucá-lo para acordá-lo, mas ele parecia tão sereno. Além disso, ela não estava com sono. Estava tentando alcançar o caderno embaixo do travesseiro quando ouviu alguém bater à porta.

Ela atravessou o quarto descalça e abriu a maçaneta silenciosamente. Era Jace. Limpo, com calças jeans e camiseta cinza, os cabelos lavados e dourados. Os hematomas em seu rosto já estavam passando de roxo a cinza-claro, e ele estava com as mãos para trás.

— Você estava dormindo? — ele perguntou. Não tinha qualquer contrição na voz, apenas curiosidade.

— Não. — Clary foi até o corredor, fechando a porta atrás de si. — Por que você acha isso?

Ele examinou a camiseta azul-bebê de algodão e o short combinando.

— Por nada.

— Passei o dia quase todo na cama — ela disse, o que tecnicamente era verdade. Ao vê-lo, o nível de agitação de Clary aumentou em cerca de mil por cento, mas ela não viu motivo algum para compartilhar essa informação. — E você? Não está exausto?

Ele balançou a cabeça.

— Mais ou menos como o serviço de correios, caçadores de demônios nunca dormem. Nem o sol, nem a chuva, nem que a sombra da noite permanecesse...

— Você estaria seriamente encrencado se a sombra da noite permanecesse com você — ela disse.

Ele sorriu. Diferentemente dos cabelos, seus dentes não eram perfeitos. Um dos incisivos superiores estava levemente lascado de um jeito adorável.

Ela se abraçou. Estava frio no corredor e ela podia sentir calafrios nos braços.

— O que você está fazendo aqui afinal?

— Aqui, referindo-se ao seu quarto, ou aqui, referindo-se à grande questão espiritual do propósito da vida neste planeta? Se você estiver perguntando se é tudo uma coincidência cósmica ou se há um propósito maior à vida, bem, essa é uma questão para séculos de discussão, um simples reducionismo ontológico é um argumento obviamente falaz, mas...

— Vou voltar para a cama. — Clary esticou a mão para alcançar a maçaneta.

Ele se colocou entre ela e a porta.

— Estou aqui — ele disse — porque Hodge me lembrou que é seu aniversário.

Clary suspirou exasperada.

— Só amanhã.

— Isso não é motivo para não começarmos a celebrar agora.

Ela olhou para ele.

— Você está evitando Alec e Isabelle.

Ele concordou com a cabeça.

— Os dois estão tentando provocar briguinhas comigo.

— Pelo mesmo motivo?

— Não sei. — Ele olhou para cima e para baixo do corredor furtivamente. — Hodge também. Todo mundo quer falar comigo. Menos você. Aposto que você não quer falar comigo.

— Não — disse Clary. — Quero comer. Estou faminta.

Ele mostrou as mãos. Nelas, trazia um saco de papel levemente amassado.

— Peguei um pouco de comida na cozinha quando Isabelle não estava olhando.

Clary sorriu.

— Um piquenique? Está um pouco tarde para o Central Park, você não acha? Está cheio de...

Ele acenou com a mão.

— Fadas. Eu sei.

— Eu ia dizer assaltantes — disse Clary. — Embora eu tenha pena do assaltante que resolver ir atrás de você.

— E essa á uma atitude sábia, meus cumprimentos por isso — disse Jace, parecendo agradecido. — Mas não estava pensando no Central Park. Que tal a estufa?

— Agora? À noite? Não vai estar... escuro?

Ele sorriu como se fosse um segredo.

— Vamos. Eu te mostro.

17

A Flor da Meia-Noite

À meia-luz, as enormes salas vazias que atravessavam a caminho do telhado pareciam tão desertas quanto palcos vazios, os móveis cobertos de branco erguendo-se à luz como icebergs através da fumaça.

Quando Jace abriu a porta da estufa, o cheiro atingiu Clary, suave como o toque da patinha de um gato: algo escuro e carregado de terra, e o cheiro mais forte de flores noturnas brotando — daturas, trombeteiros, maravilhas — e algumas que ela não reconhecia, como uma planta que trazia um botão amarelo em forma de estrela cujas pétalas eram cheias de pólen dourado. Através das paredes de vidro do recinto, ela podia ver as luzes de Manhattan queimando como joias.

— Uau. — Ela virou lentamente, absorvendo aquilo tudo. — É muito lindo à noite!

Jace sorriu.

— E temos o lugar só para nós. Alec e Isabelle detestam vir aqui. Eles são alérgicos.

Clary tremeu, embora não estivesse com frio.

— Que espécie de flor é esta?

Jace deu de ombros e sentou, cuidadosamente, ao lado de um arbusto verde lustroso cheio de botões de flores.

— Não faço ideia. Você acha que eu presto atenção à aula de botânica? Não vou ser arquivista. Não preciso saber nada disso.

— Você só precisa saber como matar coisas?

Ele olhou para ela e sorriu. Ele parecia um anjo louro de um quadro de Rembrandt, exceto por aquela boca diabólica.

— Isso mesmo. — Ele pegou um pacote embrulhado em um guardanapo do saco de papel e ofereceu a ela. — Além disso — ele acrescentou —, faço um sanduíche de queijo delicioso. Prove um.

Clary sorriu com certa relutância e sentou-se na frente dele. O chão de pedra da estufa estava frio contra suas pernas nuas, mas era agradável, depois de ter passado por tanto calor. Do saco de papel, Jace tirou algumas maçãs, uma barra de chocolate com frutas e amêndoa, e uma garrafa de água.

— Até que não foi um saque qualquer — ele disse, admirando o próprio piquenique.

O sanduíche de queijo estava morno e um pouco mole, mas o gosto era bom. De um dos incontáveis bolsos da jaqueta, Jace pegou uma faca com cabo de osso que parecia capaz de cortar um urso pardo. Ele começou a partir as maçãs em oito pedaços.

— Bem, não é um bolo de aniversário — ele disse, dando um pedaço a ela —, mas espero que seja melhor do que nada.

— "Nada" era exatamente o que eu estava esperando, então, obrigada. — Ela mordeu um pedaço. A maçã tinha gosto verde e fresco.

— Ninguém deveria ficar sem nada no aniversário. — Ele estava descascando a segunda maçã, a casca saía em tiras curvilíneas. — Aniversários têm que ser especiais. Meu aniversário sempre era o dia que meu pai dizia que eu podia fazer o que eu quisesse.

— Qualquer coisa? — ela riu. — E que tipo de coisa você queria fazer?

— Bem, quando fiz 5 anos, quis tomar banho com espaguete.

— Mas ele não deixou, certo?

— Não, aí é que está. Ele deixou. Disse que não era caro, e por que não, se era o que eu queria? Ele mandou os empregados encherem uma banheira com água fervendo e macarrão, e quando esfriou... — Ele deu de ombros. — Eu tomei banho.

Empregados?, pensou Clary. Em voz alta, ela disse:

— Como foi?

— Escorregadio.

— Aposto que sim. — Ela tentou imaginá-lo como um garotinho, gargalhando, com macarrão até os ouvidos. A imagem não se formava. Certamente ele nunca gargalhara, nem aos 5 anos. — O que mais você pedia?

— Armas, na maioria das vezes — ele disse —, tenho certeza de que isso não a surpreende. Livros. Eu lia muito, sozinho.

— Você não ia para a escola?

— Não — ele disse, e agora falava lentamente, quase como se estivessem se aproximando de um tópico que ele não quisesse discutir.

— Mas os seus amigos...

— Eu não tinha amigos — ele disse. — Só o meu pai. Ele era tudo que eu precisava.

Ela olhou fixamente para ele.

— Nenhum amigo?

Ele encontrou o olhar dela.

— Na primeira vez em que encontrei o Alec — ele disse —, quando tinha 10 anos, foi a primeira vez que encontrei outra criança da minha idade. A primeira vez que *tive* um amigo.

Ela abaixou o olhar. Agora uma imagem estava se formando, nem um pouco bem-vinda, na cabeça dela: ela pensou em Alec, no jeito que ele olhara para ela. *Ele não diria isso.*

— Não sinta pena de mim — disse Jace, como se estivesse adivinhando os pensamentos dela, embora não fosse dele que ela estava sentindo pena. — Ele me deu a melhor educação, o melhor treinamento. Ele me levou por todo o mundo. Londres. São Petersburgo. Egito. Adorávamos viajar. — Os olhos dele estavam sombrios. — Não fui a lugar algum desde que ele morreu. Nenhum lugar além de Nova York.

— Você tem sorte — disse Clary. — Nunca saí deste estado na vida. Minha mãe não me deixava nem ir a passeios da escola em Washington. Acho que agora sei por quê — ela acrescentou.

— Ela tinha medo de que você pirasse? Começasse a ver demônios na Casa Branca?

Ela mordeu um pedaço do chocolate.

— Tem demônios na Casa Branca?

— Eu estava brincando — disse Jace. — Eu acho. — Ele deu de ombros filosoficamente. — Com certeza alguém teria dito alguma coisa.

— Acho que só não queria que eu ficasse muito longe dela. Minha mãe, quero dizer. Depois que o meu pai morreu, ela mudou muito. — A voz de Luke ecoou em sua mente. *Você nunca mais foi a mesma desde o que aconteceu. Mas Clary não é Jonathan.*

Jace ergueu a sobrancelha para ela.

— Você se lembra do seu pai?

Ela balançou a cabeça.

— Não. Ele morreu antes de eu nascer.

— Sorte sua — ele disse. — Assim você não sente falta dele.

Se fosse qualquer outra pessoa, teria sido horrível dizer isso, mas pela primeira vez não havia qualquer amargura em seu tom de voz, só a dor da solidão pela ausência do próprio pai.

— Alguma hora desaparece? — ela perguntou. — A falta dele, quero dizer.

Ele olhou para ela de forma oblíqua, mas não respondeu.

— Você está com saudades da sua mãe?

Não. Ela não ia pensar na mãe desse jeito.

— Do Luke, para falar a verdade.

— Não que esse seja o nome dele. — Ele mordeu a maçã pensativamente e disse: — Tenho pensado nele. Alguma coisa a respeito de seu comportamento não faz sentido.

— Ele é um covarde. — A voz de Clary era amarga. — Você o ouviu. Não vai se posicionar contra Valentim. Nem pela minha mãe.

— Mas é exatamente isso... — Uma longa reverberação metálica o interrompeu. Em algum lugar, um sino soava. — Meia-noite — disse

Jace, repousando a faca. Ele se levantou, esticando a mão para puxar Clary para o lado dele. Seus dedos estavam levemente grudentos com o sumo de maçã. — Agora observe.

O olhar dele estava fixo no arbusto verde ao lado do qual eles estavam sentados, com duas dúzias de botões fechados. Ela começou a perguntar para onde deveria olhar, mas ele levantou a mão para contê-la. Os olhos dele estavam brilhando.

— Espere — ele disse.

As folhas no arbusto continuavam imóveis. De repente, um dos botões começou a tremer. Inchou, atingindo o dobro do tamanho original e abriu. Era como assistir a um filme de uma flor brotando em alta velocidade: as folhas verdes abrindo para fora, libertando as pétalas internas. Estavam cheias de pólen dourado tão leve quanto talco.

— Oh! — Clary exclamou e olhou para cima, então viu Jace observando-a. — Elas brotam toda noite?

— Só à meia-noite — ele disse. — Feliz aniversário, Clarissa Fray.

Ela estava estranhamente comovida com aquilo.

— Obrigada.

— Tenho uma coisa para você — disse. Ele colocou a mão no bolso e retirou algo, que apertou contra a mão dela. Era uma pedra cinza, levemente irregular, gasta em alguns pontos.

— Hum — disse Clary, virando a pedra nos dedos. — Sabe, quando as garotas dizem que querem uma grande pedra elas não querem dizer, você sabe, literalmente, uma *pedra grande.*

— Muito interessante, minha amiguinha sarcástica. E não é uma pedra, exatamente. Todos os Caçadores de Sombras têm uma pedra de luz enfeitiçada.

— Ah. — Ela olhou para a pedra com interesse renovado, fechando os dedos ao redor dela, como tinha visto Jace fazer na adega. Ela não tinha certeza, mas achou ter visto um flash de luz emitido através dos próprios dedos.

— Vai te trazer luz — disse Jace —, mesmo nas sombras mais escuras deste mundo e de outros.

Ela guardou a pedra no bolso.

— Bem, obrigada. Foi gentil em me dar alguma coisa. — A tensão entre eles pareceu pressioná-la como ar úmido. — Muito melhor do que um banho de espaguete.

Ele falou sombriamente:

— Se você dividir essa informação com alguém, posso ser obrigado a matá-la.

— Bem, quando *eu* tinha 5 anos, queria que minha mãe me deixasse entrar na secadora para ficar dando voltas com as roupas — disse Clary. — A diferença é que ela disse não.

— Talvez porque entrar em uma secadora ligada pode ser fatal — destacou Jace —, ao passo que banho de macarrão raramente acaba em morte. A não ser que o macarrão tenha sido feito pela Isabelle.

A flor da meia-noite já estava perdendo as pétalas. Elas caíam ao chão, brilhando como pedacinhos de estrelas.

— Quando eu tinha 12 anos, queria uma tatuagem — disse Clary. — Minha mãe também não deixou.

Jace não riu.

— A maioria dos Caçadores de Sombras recebe as primeiras Marcas aos 12 anos. Devia estar no seu sangue.

— Talvez. Mas duvido que a maioria dos Caçadores de Sombras faça uma tatuagem do Donatello das Tartarugas Ninja no ombro esquerdo.

Jace parecia abismado.

— Você queria uma tartaruga no ombro?

— Queria cobrir uma cicatriz de catapora. — Ela puxou a manga gentilmente, mostrando a marca branca em forma de estrela. — Viu?

Ele desviou o olhar.

— Está ficando tarde — ele disse. — É melhor descermos.

Clary puxou a alça de volta, constrangida. Como se ele fosse querer ver aquelas cicatrizes estúpidas!

As palavras seguintes saíram da boca de Clary de forma natural:

— Você e Isabelle já... namoraram?

Agora ele olhava para ela. A luz da lua realçava os olhos dele. Agora eram mais prateados do que dourados.

— Isabelle? — retrucou, de forma evasiva.

— Eu pensei... — Agora ela estava se sentindo ainda mais constrangida. — Simon estava se perguntando.

— Talvez ele devesse perguntar a ela.

— Não sei se ele quer — disse Clary. — De qualquer forma, deixe pra lá. Não tenho nada a ver com isso.

Ele sorriu.

— A resposta é não. Quero dizer, pode ser que já tenha havido alguma época em que um ou outro tenha considerado essa possibilidade, mas ela é quase uma irmã para mim. Seria esquisito.

— Quer dizer que você e Isabelle nunca...

— Nunca — disse Jace.

— Ela me odeia — observou Clary.

— Não, ela não te odeia — ele disse, para a surpresa dela. — Você só a deixa nervosa, porque ela sempre foi a única menina no meio de meninos que a adoravam, e agora não é mais.

— Mas ela é tão linda!

— Você também — disse Jace. — E muito diferente dela, e ela não pôde deixar de notar isso. Ela sempre quis ser pequena e delicada. Detesta ser mais alta do que a maioria dos meninos.

Clary não respondeu nada, porque não tinha nada a dizer. Linda. Ele a tinha chamado de linda. Ninguém nunca dissera isso a respeito dela na vida, exceto Jocelyn, o que não contava. Mães têm a obrigação de achar os filhos lindos. Ela olhou fixamente para ele.

— Acho que deveríamos descer — ele disse outra vez. Ela sabia que o estava deixando desconfortável, olhando para ele daquele jeito, mas não conseguia parar.

— Tudo bem — disse ela, afinal. Para seu alívio, a voz soou normal. Foi um alívio ainda maior parar de olhar para ele ao se virar de costas. A lua, exatamente acima deles agora, iluminava tudo com um brilho quase diurno. Entre um passo e outro, ela viu um brilho branco sendo emitido de alguma coisa no chão: era a faca que Jace havia utilizado para cortar as maçãs, repousada sobre a lateral. Ela foi subitamente para trás para não pisar, e seu ombro bateu no dele, ele pôs a mão para ajudá-la a se equilibrar, bem na hora em que ela se virou para se desculpar. Em seguida, de algum jeito, ela estava nos braços dele, e ele a estava beijando.

Inicialmente, foi quase como se ele não quisesse beijá-la: a boca dele estava dura, inflexível; depois ele colocou os dois braços em volta dela, e a puxou para perto. Os lábios suavizaram. Ela podia sentir os batimentos rápidos do coração dele, o gosto doce da maçã ainda na boca. Ela pôs as mãos nos cabelos dele, como quisera fazer desde a primeira vez em que o vira. Os cabelos dele se enrolaram nos dedos dela, finos e sedosos. O coração dele batia forte, e ela ouviu um ruído nos ouvidos, como asas batendo...

Jace afastou-se com uma exclamação espantada, embora continuasse com os braços em volta dela.

— Não entre em pânico, mas temos plateia.

Clary virou a cabeça. Empoleirado no galho de árvore mais próximo estava Hugo, observando-os com olhos pretos e brilhantes. Então o barulho que ela tinha ouvido realmente fora de asas batendo, e não fruto de sua imaginação. Isso foi decepcionante.

— Se ele está aqui, Hodge não está longe — murmurou Jace. — É melhor irmos.

— Ele está te *vigiando*? — sibilou Clary. — Hodge, quero dizer.

— Não. Ele só gosta de vir aqui em cima para refletir. É uma pena, nós estávamos tendo uma conversa tão boa. — Ele riu consigo mesmo.

Eles desceram por onde haviam subido, mas para Clary a travessia parecia inteiramente diferente. Jace continuou segurando a mão dela, enviando pequenas correntes elétricas pelas veias e por todos os lugares onde a tocava: os dedos, o pulso, a palma da mão. Sua mente estava explodindo com perguntas, mas ela estava com medo de quebrar o clima fazendo alguma delas. Ele disse que fora uma pena, então ela concluiu que a noite havia acabado, pelo menos a parte do beijo.

Eles chegaram à porta do quarto dela. Ela se apoiou na parede, olhando para ele.

— Obrigada pelo piquenique de aniversário — ela disse, tentando manter o tom neutro.

Ele parecia relutante em soltar a mão dela.

— Você vai dormir?

Ele só está sendo educado, ela disse a si mesma. Mas este era Jace. Ele nunca era educado. Ela resolveu responder a uma pergunta com outra.

— Você não está cansado?

Sua voz veio baixa.

— Nunca estive tão acordado.

Ele se inclinou para beijá-la, puxando o rosto dela com a mão livre. Os lábios se tocaram, inicialmente de forma suave, depois com uma pressão mais intensa. Foi exatamente nesse instante que Simon abriu a porta do quarto e entrou no corredor.

Ele estava piscando muito, e com o cabelo no rosto, e sem óculos, mas podia enxergar muito bem.

— Que diabos é isso? — ele perguntou, tão alto que Clary saltou para longe de Jace, como se o toque dele queimasse.

— Simon! O que você está fazendo... quero dizer, pensei que você estivesse...

— Dormindo? Eu estava — ele disse. As maçãs de seu rosto estavam completamente vermelhas, sobressaindo no bronzeado, como sempre ficavam quando ele estava envergonhado ou irritado. — Depois acordei e você não estava lá, então pensei que...

Clary não conseguia pensar em nada para dizer. Por que não ocorrera a ela que isso poderia acontecer? Por que ela não havia sugerido que fossem para o quarto de Jace? A resposta era tão simples quanto terrível: ela se esquecera completamente de Simon.

— Sinto muito — ela disse, incerta quanto a quem estava se referindo. Com o canto do olho, ela pensou ter visto Jace lançar-lhe um olhar de raiva, mas, quando olhou para ele, ele estava do mesmo jeito de sempre: calmo, confiante, e ligeiramente entediado.

— No futuro, Clarissa — ele disse —, seria uma boa ideia mencionar que já tem um homem na sua cama, para evitar situações desse tipo.

— Você o convidou para a sua *cama*? — perguntou Simon, parecendo abalado.

— Ridículo, não é mesmo? — disse Jace. — Nunca caberíamos os três.

— Eu não o convidei para a minha cama — irritou-se Clary. — Só estávamos nos beijando.

— Só nos beijando? — O tom de Jace zombava dela com uma falsa tristeza. — Como você desqualifica assim o nosso amor?

— Jace...

Ela viu a malícia nos olhos dele e parou de falar. Não tinha por quê. O estômago dela pareceu subitamente pesado.

— Simon, está tarde — ela disse com a voz cansada. — Sinto muito por tê-lo acordado.

— Eu também. — Ele voltou para o quarto, batendo a porta atrás de si.

O sorriso de Jace parecia tão comum quanto torrada com manteiga.

— Vá em frente, vá atrás dele. Passe a mão na cabeça dele e diga que ele continua sendo seu carinha mais do que especial. Não é isso que você quer fazer?

— Pare com isso — ela disse. — Pare de agir desse jeito.

O sorriso dele se alargou.

— De que jeito?

— Se você está irritado, apenas diga que está. Não aja como se nada nunca o atingisse. Parece até que você nunca sente nada.

— Talvez você devesse ter pensado nisso antes de me beijar — ele disse.

Ela olhou para ele, incrédula.

— *Eu* beijei você?

Ele olhou maliciosamente para ela.

— Não se preocupe — ele disse —, também não foi tão memorável assim para mim.

Ela o observou enquanto ele se afastava, e sentiu, ao mesmo tempo, vontade de começar a chorar e de correr atrás dele com o único propósito de chutá-lo na canela. Sabendo que qualquer ação lhe traria imensa satisfação, ela não fez nem uma coisa nem outra; apenas voltou para o quarto.

Simon estava no meio do quarto, parecendo perdido. Ele pusera os óculos de volta. Ela ouviu a voz de Jace mentalmente, dizendo *passe a mão na cabeça dele e diga que ele continua sendo seu carinha mais do que especial* em tom de desdém.

Ela deu um passo em direção a ele, depois parou quando percebeu o que ele estava segurando. O caderno, aberto na página do último desenho que ela estivera fazendo, que retratava Jace com asas de anjo.

— Bonito — ele disse. — Todas aquelas aulas de arte estão surtindo efeito.

Normalmente, Clary teria brigado com ele por estar olhando o caderno, mas não era hora para isso.

— Simon...

— Admito que correr para o *seu* quarto pode não ter sido a melhor das manobras — ele interrompeu, jogando o caderno de volta na cama. — Mas eu tinha que pegar as minhas coisas.

— Para onde você vai?

— Para casa. Já passei tempo demais aqui, em minha opinião. Mundanos como eu não pertencem a lugares como este.

Ela suspirou.

— Simon, sinto muito, tudo bem? Não tinha a intenção de beijá-lo; aconteceu. Sei que você não gosta dele.

— Não — Simon disse ainda mais secamente. — Eu não *gosto* de refrigerante sem gás. Eu não *gosto* de música pop de *boy bands*. Eu não *gosto* de ficar preso no trânsito. Eu não *gosto* de dever de matemática. Eu *odeio* Jace. Percebe a diferença?

— Ele salvou a sua vida — disse Clary, sentindo-se uma fraude. Afinal, Jace só tinha ido ao hotel Dumort porque ficou com medo de se encrencar se ela morresse.

— Detalhes — disse Simon desconsiderando. — Ele é um idiota. Pensei que você fosse melhor do que isso.

Clary se irritou.

— Ah, e agora você vai bancar o superior para cima de mim? — disse. — Era você que ia convidar a menina com "o melhor corpo" para a festa da escola. — Ela imitou o tom despreocupado de Eric. A boca de Simon se contraiu em irritação. — E daí que Jace banque o idiota às vezes? Você não é meu irmão, não é meu pai, você não *precisa* gostar dele. Eu nunca gostei de nenhuma das suas namoradas, mas pelo menos tive a decência de guardar isso para mim.

— Isso — Simon disse entre dentes cerrados — é diferente.

— Como? Diferente como?

— Porque eu vejo o jeito como você olha para ele! — gritou. — E eu nunca olhei para qualquer daquelas garotas desse jeito. Era só um passatempo, uma maneira de praticar, até...

— Até o quê? — Clary tinha a leve noção de que estava sendo péssima, a situação toda era péssima; eles nunca haviam tido uma briga mais séria do que uma discussão sobre quem comera a última bala da caixa na casa da árvore, mas ela não parecia conseguir se controlar. — Até Isabelle aparecer? Eu não posso acreditar que você esteja me passando um sermão a respeito de Jace quando bancou o idiota por ela! — A voz de Clary se elevou a um grito.

— Eu estava *tentando deixá-la com ciúmes*! — gritou Simon, em resposta. Seus punhos estavam cerrados. — Você é tão idiota, Clary. Você é tão *idiota*, será que não consegue enxergar nada?

Ela o encarou completamente espantada. Mas que diabos ele estava querendo dizer?

— Tentando me deixar com ciúmes? Por que você faria uma coisa assim?

Ela percebeu imediatamente que essa era a pior coisa que poderia ter perguntado.

— Porque — ele disse, tão amargamente que a chocou — sou apaixonado por você há dez anos, então achei que era hora de descobrir se a recíproca era verdadeira. O que, por sinal, vejo que não.

Foi como se ele tivesse lhe dado um chute no estômago. Ela não conseguia falar; o ar tinha saído de seus pulmões. Ela o encarou, tentando formular uma resposta, qualquer resposta.

Ele a interrompeu bruscamente.

— Não. Não há nada que você possa dizer. — Ela o observou indo até a porta como se tivesse sido paralisada, sem conseguir se mover para contê-lo, por mais que quisesse. O que ela poderia dizer? "Também amo você"? Mas ela não o amava, amava?

Ele parou na porta, com a mão na maçaneta, e virou para olhar para ela. Os olhos por trás dos óculos pareciam mais cansados do que furiosos agora.

— Você realmente quer saber o que mais a minha mãe disse sobre você? — ele perguntou.

Ela balançou a cabeça.

Ele não pareceu perceber.

— Ela disse que você partiria meu coração — revelou, e saiu. A porta se fechou atrás dele com um clique definitivo e Clary se viu sozinha.

Depois que ele foi embora, ela voltou para a cama e pegou o caderno. Ela o abraçou com força. Não queria desenhar, apenas ansiava pelo cheiro de coisas familiares: tinta, papel, lápis de cera.

Ela pensou em correr atrás de Simon, tentar alcançá-lo. Mas o que diria? O que *poderia* dizer? *Você é tão idiota, Clary*, ele dissera a ela. *Será que não consegue enxergar nada*?

Ela pensou em centenas de coisas que ele tinha dito ou feito, piadinhas que Eric e outras pessoas faziam a respeito deles, conversas interrompidas quando ela entrava na sala. Jace sabia desde o começo. *Estava rindo porque declarações de amor me entretêm, sobretudo quando não são recíprocas.* Ela não tinha parado para pensar no que ele estava querendo dizer, mas agora sabia.

Mais cedo ela dissera a Simon que só tinha amado três pessoas na vida: a mãe, Luke e ele. Ela ficou imaginando se era realmente possível, no espaço de uma semana, perder todas as pessoas que amava. Imaginou se seria possível sobreviver àquilo. E, mesmo assim, naqueles breves instantes no telhado com Jace, ela se esquecera da mãe. Esquecera Luke. Esquecera Simon. E tinha se sentido feliz. Isto era o pior de tudo: ela tinha se sentido feliz.

Talvez isso, ela pensou, *perder Simon, talvez isso seja o meu castigo pelo egoísmo de me sentir feliz, mesmo que por um segundo apenas, quando a minha mãe continua desaparecida.* Nada daquilo havia sido real. Jace podia até beijar muito bem, mas ele não gostava dela. Ele mesmo dissera.

Ela abaixou o caderno lentamente para seu colo. Simon tinha razão; era um belo desenho de Jace. Ela havia conseguido retratar a linha rígida de sua boca, aqueles olhos estranhamente vulneráveis. As asas pareciam tão reais que ela imaginou que, se passasse os dedos nelas, elas seriam macias. Ela deixou a mão passar pela página, com a mente vagando.

E levou a mão para trás, olhando fixamente. Seus dedos tocaram não a página seca, mas a maciez das penas. Ela olhou para os símbolos que havia desenhado no canto da folha. Estavam brilhando, do jeito que ela vira brilharem os símbolos que Jace desenhava com a estela.

O coração de Clary começou a bater acelerado, firme e rígido. Se um símbolo podia dar vida a um desenho, então talvez...

Sem tirar os olhos do desenho, ela procurou os lápis. Sem fôlego, ela passou as folhas, procurando uma página nova, limpa, e apressadamente começou a desenhar a primeira coisa que veio à sua mente. Foi a xícara de café repousada na cabeceira ao lado da cama. Acessando as lembranças das aulas de desenho de natureza-morta, ela desenhou nos mínimos detalhes: a aba borrada, a rachadura na alça. Quando terminou, a figura era tão precisa quanto ela podia fazer. Guiada por alguma espécie de instinto que ela não conseguia entender muito bem, ela pegou a xícara e colocou-a sobre o papel. Depois, cuidadosamente, começou a desenhar os símbolos ao lado dela.

18
O Cálice Mortal

Jace estava deitado na cama fingindo dormir — para não falar com ninguém — quando as batidas na porta finalmente se tornaram demais para ele. Ele se arrastou para fora da cama, franzindo o rosto. Por mais que ele tivesse fingido que estava tudo bem na estufa, ainda tinha dores no corpo inteiro por tudo que havia sofrido na noite anterior.

Ele sabia quem era antes de abrir a porta. Talvez Simon tivesse conseguido se transformar em um rato outra vez. Dessa vez, ele podia continuar um maldito rato pelo resto da vida, porque ele, Jace Wayland, não ia fazer nada a respeito.

Ela trazia o caderno de desenho, os cabelos brilhantes escapando do elástico. Ele se apoiou na porta, ignorando o jorro de adrenalina produzido ao vê-la. Ele imaginou o porquê, e não foi a primeira vez. Isabelle utilizava a beleza como utilizava o chicote, mas Clary não fazia a menor ideia de que era linda. Talvez fosse por *isso*.

Ele só podia pensar em uma razão para ela estar lá, embora não fizesse o menor sentido depois do que ele dissera a ela. Palavras são como armas, seu pai lhe ensinara, e ele quis machucar Clary mais do que jamais havia desejado machucar uma garota. Em geral, ele apenas as queria, e depois queria que o deixassem sozinho.

— Não diga — ele disse, proferindo as palavras daquele jeito que ele sabia que ela detestava. — Simon se transformou em uma jaguatirica e você quer que eu faça alguma coisa a respeito antes que Isabelle o transforme em uma estola. Bem, você vai ter que esperar até amanhã. Estou fora de expediente. — Ele apontou para o pijama azul com um buraco na manga que estava usando. — Veja. Pijama.

Clary parecia mal tê-lo escutado. Ele percebeu que ela estava carregando alguma coisa nas mãos — o caderno de desenhos.

— Jace — ela disse. — É importante.

— Não me diga — ele respondeu. — Você está com uma emergência artística. Precisa de um modelo nu. Na verdade, não estou a fim. Você pode pedir para Hodge — acrescentou, como uma ideia que tivesse ocorrido depois. — Ouvi dizer que ele faz qualquer coisa por...

— JACE! — ela interrompeu, com a voz se elevando a um grito. — QUER CALAR A BOCA POR UM SEGUNDO E OUVIR, POR FAVOR?

Ele piscou.

Ela respirou fundo e olhou para ele, a expressão cheia de incerteza. Um impulso estranho surgiu nele: o impulso de colocar os braços em volta dela e dizer que estava tudo bem. Não o fez. Pela sua experiência, as coisas raramente estavam bem.

— Jace — ela disse, tão suavemente que ele teve de se inclinar para a frente para ouvir —, acho que sei onde a minha mãe escondeu o Cálice Mortal. Está dentro de um quadro.

— O quê? — Jace ainda a estava olhando como se ela tivesse dito que havia encontrado um dos Irmãos do Silêncio dando estrelas no corredor. — Quer dizer que ela escondeu *atrás* de uma pintura? Todas as pinturas da sua casa foram arrancadas das molduras.

— Eu sei. — Clary olhou para o quarto de Jace. Não parecia haver mais ninguém ali, para alívio dela. — Então, posso entrar? Quero te mostrar uma coisa.

Ele deu passagem a ela.

— Se precisa...

Ela se sentou na cama, equilibrando o caderno nos joelhos. As roupas que ele estava usando antes estavam espalhadas por cima das cobertas, mas o resto do local estava impecável, como o quarto de um monge. Não havia fotos na parede, pôsteres ou fotos de amigos ou familiares. Os lençóis eram brancos e estavam esticados sobre a cama. Não era exatamente o quarto típico de um adolescente.

— Aqui — disse ela, virando as páginas até encontrar o desenho da xícara de café. — Veja isso.

Jace se sentou ao lado dela, jogando para o lado a camiseta que estava ali.

— É uma xícara de café.

Ela podia ouvir a irritação na própria voz.

— Eu *sei* que é uma xícara de café.

— Mal posso esperar pelo dia em que você vai desenhar alguma coisa realmente complicada, como a Brooklyn Bridge, ou uma lagosta. Você provavelmente vai me mandar um telegrama cantado.

Ela o ignorou.

— Veja, era isso que eu queria que você visse. — Ela passou a mão sobre o desenho; depois, com um rápido movimento, alcançou *dentro* do papel. Quando retirou a mão um instante mais tarde, lá estava a xícara de café, pendurada nos dedos dela.

Ela havia imaginado Jace saltando da cama espantado e dizendo algo do tipo "Minha Nossa Senhora!". Isso não aconteceu — principalmente, ela suspeitava, porque Jace já vira coisas mais estranhas na vida, e também porque ninguém mais utilizava esta exclamação. Mas os olhos dele se arregalaram.

— Você fez isso?

Ela fez que sim com a cabeça.

— Quando?

— Agora mesmo, no meu quarto, depois... depois que Simon foi embora.

Seu olhar ficou duro, mas ele não insistiu no assunto.

— Você utilizou símbolos? Quais?

Ela balançou a cabeça, colocando o dedo na página que agora estava em branco.

— Não sei. Eles vieram à minha cabeça e eu desenhei exatamente como os vi.

— Aqueles que viu mais cedo no *Livro Gray*?

— Não sei. — Ela ainda estava balançando a cabeça. — Não posso afirmar.

— E ninguém nunca te ensinou como fazer isso? Sua mãe, por exemplo?

— Não. Já disse, minha mãe sempre disse que mágica não existia...

— Aposto que ela ensinou — ele a interrompeu — e fez com que você esquecesse em seguida. Magnus disse que suas lembranças voltariam lentamente.

— Talvez.

— Óbvio que sim. — Jace se levantou e começou a andar de um lado para o outro. — Provavelmente é contra a Lei utilizar símbolos desse tipo, a não ser que seja licenciado para tal. Você acha que a sua mãe escondeu o Cálice em um quadro? Do mesmo jeito que você acabou de fazer com essa xícara?

Clary fez que sim com a cabeça.

— Mas não em um dos quadros que estavam lá em casa.

— Onde mais? Numa galeria? Pode estar em qualquer lugar...

— Não em um quadro — disse Clary. — Em uma carta.

Jace fez uma pausa, virando em direção a ela.

— Uma carta?

— Lembra daquele baralho de tarô da Madame Dorothea? O que a minha mãe pintou para ela?

Ele fez que sim com a cabeça.

— E lembra quando peguei o Ás de Copas? Mais tarde, quando vi a estátua do Anjo, o Cálice me pareceu familiar. Era porque já tinha visto antes, no Ás. Minha mãe *pintou o Cálice Mortal no baralho de tarô da Madame Dorothea.*

Jace estava um passo atrás dela.

— Porque ela sabia que estaria seguro no santuário, e foi o jeito que ela encontrou de entregá-lo a Dorothea sem ter de dizer o que era ou a razão pela qual precisava mantê-lo escondido.

— Ou mesmo que precisava mantê-lo escondido. Dorothea nunca sai, ela nunca daria a ninguém...

— E sua mãe estava convenientemente perto para vigiá-la e também o Cálice. — Jace parecia quase impressionado. — Nada mal.

— Pois é. — Clary teve de se esforçar para conter o tremor na própria voz. — Quem dera ela não tivesse escondido tão bem.

— Como assim?

— Quer dizer, se eles tivessem encontrado o Cálice, talvez tivessem deixado minha mãe em paz. Se só o que queriam era o Cálice...

— Eles teriam matado a sua mãe, Clary — disse Jace. Ela sabia que ele estava falando a verdade. — São os mesmos homens que mataram meu pai. A única razão pela qual ela talvez esteja viva é o fato de eles não terem encontrado o Cálice. Agradeça por ela tê-lo escondido tão bem.

— Não vejo o que isso tem a ver conosco — disse Alec, com uma expressão confusa sob o cabelo. Jace havia acordado o resto dos moradores do Instituto ao amanhecer e os arrastara para a biblioteca, para, como ele disse, "conceber as estratégias de luta". Alec ainda estava de pijama, e Isabelle vestia um roupão cor-de-rosa. Hodge, com o terno impecável de sempre, estava tomando café em uma xícara de cerâmica azul lascada. Somente Jace, com os olhos brilhantes apesar dos hematomas que já estavam desaparecendo, parecia realmente acordado. — Pensei que a busca pelo Cálice estivesse nas mãos da Clave agora.

— É melhor se fizermos isso pessoalmente — disse Jace com certa impaciência na voz. — Eu e Hodge já discutimos e foi isso que decidimos.

— Bem... — Isabelle colocou o cabelo atrás da orelha. — Estou dentro.

— Eu não — disse Alec. — Há cooperativas da Clave na cidade agora procurando pelo Cálice. Passe a informação e deixe que eles façam o serviço.

— Não é tão simples assim — disse Jace.

— É simples. — Alec virou-se para a frente, franzindo o rosto. — Isso não tem nada a ver conosco e tudo a ver com o seu... o seu vício pelo perigo.

Jace balançou a cabeça, visivelmente irritado.

— Não sei por que você está brigando comigo.

Porque ele não quer que você se machuque, pensou Clary, e ficou pensando na total incapacidade dele em ver o que realmente se passava com Alec. Mas, verdade seja dita, ela também não percebeu o que acontecia com Simon. Quem era ela para julgar?

— Vejam, Dorothea, a dona do santuário, não confia na Clave. Ela os detesta, para falar a verdade. Mas confia na gente.

— Ela confia em mim — disse Clary. — Quanto a você, eu não sei. Não tenho certeza se ela gosta de você.

Jace ignorou-a.

— Vamos, Alec. Vai ser divertido. E pense na glória que teremos se trouxermos o Cálice Mortal de volta para Idris! Nossos nomes jamais serão esquecidos.

— Não ligo para a glória — disse Alec, sem desgrudar os olhos de Jace em nenhum momento. — Preocupo-me em não fazer nada estúpido.

— Mas, neste caso, Jace tem razão — disse Hodge. — Se a Clave fosse ao santuário, seria um verdadeiro desastre. Dorothea fugiria com o Cálice e provavelmente jamais seria encontrada. Não, Jocelyn evidentemente queria que somente uma pessoa pudesse encontrar o Cálice, e essa pessoa é Clary, somente ela.

— Então deixe que ela vá sozinha — disse Alec.

Até Isabelle se espantou com isso. Jace, que estava inclinado para a frente, olhou friamente para Alec. Jace era a única pessoa, pensou Clary, capaz de ter uma aparência *cool* em uma calça de pijama e uma camiseta velha, mas ele conseguia, provavelmente por pura força de vontade.

— Se você tem medo de alguns Renegados, por favor, fique em casa — ele disse calmamente.

Alec ficou pálido.

— Não tenho medo — ele disse.

— Ótimo — disse Jace. — Então não temos problema algum, certo? — Ele olhou em volta do quarto. — Estamos juntos nessa.

Alec resmungou afirmativamente, enquanto Isabelle assentiu vigorosamente.

— Óbvio — ela concordou. — Parece divertido.

— Não sei de diversão — acrescentou Clary. — Mas estou dentro, é lógico.

— Mas Clary... — Hodge advertiu rapidamente. — Se você está preocupada com o perigo, não precisa ir. Podemos notificar a Clave...

— Não — disse Clary, surpreendendo a si mesma. — Minha mãe queria que eu encontrasse. Não o Valentim, nem eles. — *Não era dos monstros que ela estava se escondendo*, Magnus dissera. — Se ela realmente passou a vida inteira tentando manter Valentim afastado do cálice, é o mínimo que posso fazer.

Hodge sorriu para ela.

— Acho que ela sabia que você ia dizer isso — ele sugeriu.

— Mas não precisa se preocupar — disse Isabelle. — Você vai ficar bem. Nós conseguimos dar conta de alguns Renegados. Eles são loucos, mas não são muito inteligentes.

— E muito mais fáceis de lidar do que demônios — lembrou Jace. — Não tão traiçoeiros. Ah, e vamos precisar de um carro — acrescentou. — De preferência, um grande.

— Por quê? — perguntou Isabelle. — Nunca precisamos de um carro antes.

— Porque nunca tivemos que nos preocupar com um objeto de valor incomensurável. Não quero ter que arrastá-lo pela linha L do metrô.

— Existem táxis — disse Isabelle. — E vans para alugar.

Jace balançou a cabeça.

— Quero um ambiente que possamos controlar. Não quero ter que lidar com motoristas de táxi ou empresas mundanas que aluguem veículos quando estivermos fazendo algo dessa importância.

— Você não tem carteira de motorista e carro? — Alec perguntou a Clary, olhando para ela com ódio mascarado. — Pensei que todos os mundanos tinham essas coisas.

— Não aos 15 anos — Clary disse secamente. — Eu ia tirar a carteira esse ano, mas não ainda.

— Que grande utilidade você tem!

— Pelo menos meus amigos podem dirigir — retorquiu ela. — Simon tem carteira.

Imediatamente, ela se arrependeu de ter dito aquilo.

— Tem? — disse Jace, em um tom perigosamente pensativo.

— Mas ele não tem carro — ela acrescentou rapidamente.

— Mas ele dirige o carro dos pais? — perguntou Jace.

Clary suspirou, encostando-se na mesa.

— Não. Geralmente ele dirige a van do Eric. Para shows e coisas do tipo. Às vezes o Eric empresta para outros fins. Se ele tiver um encontro com alguma garota, por exemplo.

Jace riu desdenhosamente.

— Ele busca garotas de van? Não é à toa que faz tanto sucesso com elas.

— É um carro — corrigiu Clary. — Você só está com raiva porque ele tem algo que você não tem.

— Ele tem várias coisas que eu não tenho. Miopia, falta de postura e uma falta de coordenação assustadora.

— Sabe — disse Clary —, a maioria dos psicólogos concorda que hostilidade é, na verdade, atração sexual mascarada.

— Ah — Jace disse alegremente —, isso pode explicar o motivo de tantas pessoas que encontro parecerem desgostar de mim.

— Eu não desgosto de você — Alec declarou rapidamente.

— Isso é porque partilhamos uma afeição de irmãos — explicou Jace, aproximando-se da mesa. Ele pegou o telefone preto e entregou-o a Clary. — Ligue para ele.

— Para quem? — disse Clary, tentando enrolar. — Eric? Ele jamais me emprestaria o carro.

— Simon — disse Jace. — Ligue para ele e pergunte se pode nos levar até a sua casa.

Clary fez uma última tentativa.

— Você não conhece nenhum Caçador de Sombras que tenha carro?

— Em Nova York? — O sorriso de Jace se desmanchou. — Olhe só, todo mundo está em Idris por causa dos Acordos, e independente disso, insistiriam em vir conosco. É isso ou nada.

Ela encontrou o olhar dele por um instante. Havia um quê de provocação neles, como se ele a estivesse desafiando a explicar a relutância. Com o rosto franzido, ela foi até ele e pegou o telefone de sua mão.

Não teve de pensar antes de discar. O número de Simon era tão familiar quanto o seu próprio. Ela se preocupou em ter de lidar com a mãe ou a irmã dele, mas ele atendeu no segundo toque.

— Alô?

— Simon?

Silêncio.

Jace estava olhando para ela. Clary fechou os olhos com força, tentando fingir que ele não estava lá.

— Sou eu — ela disse. — Clary.

— Eu *sei* quem é. — Ele parecia irritado. — Eu estava dormindo, sabia?

— Eu sei. Está cedo. Desculpe. — Ela enrolou o fio do telefone no dedo. — Preciso de um favor seu.

Do outro lado da linha, fez-se silêncio antes de ele rir.

— Você está brincando.

— Não estou — ela disse. — Sabemos onde está o Cálice Mortal, e estamos prontos para pegá-lo. A única questão é que precisamos de um carro.

Ele riu de novo.

— Desculpe, você está me dizendo que seus amiguinhos matadores de demônios precisam de carona para o próximo assassinato com forças sombrias, e você está pedindo a ajuda da *minha mãe*?

— Na verdade, pensei que você poderia pedir ao Eric a van emprestada.

— Clary, se você acha que eu...

— Se conseguirmos o Cálice Mortal, terei como resgatar a minha mãe. É a única razão pela qual Valentim não a matou ou soltou ainda.

Simon suspirou profundamente.

— Você acha que vai ser fácil fazer uma troca? Clary, eu não sei.

— Eu também não. Só sei que é uma chance.

— Essa coisa é poderosa, não é? Em RPG, geralmente é melhor não mexer com os objetos poderosos até você saber o que eles fazem.

— Não vou mexer com ele. Só vou usar para resgatar a minha mãe.

— Isso não faz o menor sentido, Clary.

— Isso não é RPG, Simon! — ela quase gritou. — Não é um joguinho em que, na pior das hipóteses, você consegue um lance de dados desfavorável. É da minha *mãe* que estamos falando, e Valentim pode estar torturando-a. Ele pode *matá-la*. Tenho que fazer o possível para resgatá-la, assim como fiz por você.

Pausa.

— Talvez você tenha razão. Não sei, esse não é o meu mundo. Para onde vamos, exatamente? Preciso falar para Eric.

— *Não* leve Eric — ela disse rapidamente.

— Eu sei — respondeu com paciência exagerada. — Não sou burro.

— Vamos para a minha casa. Está na minha casa.

Fez-se um breve silêncio — dessa vez de espanto.

— Na sua *casa*? Pensei que a sua casa estivesse cheia de zumbis.

— Guerreiros Renegados. Não são zumbis. Seja como for, Jace e os outros podem cuidar deles enquanto eu pego o Cálice.

— Por que *você* tem que pegar o Cálice? — ele parecia alarmado.

— Porque sou a única que pode — ela disse. — Busque-nos na esquina assim que puder.

Ele resmungou algo inaudível e depois:

— Tudo bem.

Ela abriu os olhos. Era difícil focar o mundo em meio às lágrimas.

— Obrigada, Simon — ela disse. — Você é...

Mas ele havia desligado.

— Ocorre a mim — disse Hodge — que os dilemas de poder são sempre os mesmos.

Clary olhou de lado para ele.

— O que você quer dizer?

Ela se sentou à janela na biblioteca, Hodge na cadeira com Hugo no braço. O resto do café da manhã — biscoito com geleia, farelos de torrada e manchas de manteiga — estava sobre um prato na mesa baixa que ninguém parecia interessado em limpar. Após o café, eles se dispersaram para se arrumar, e Clary tinha sido a primeira a voltar. O que não era surpresa alguma, considerando que tudo que tinha de fazer era vestir um jeans e uma camiseta, e passar uma escova no cabelo, enquanto os outros tinham de se armar da cabeça aos pés. Tendo perdido a adaga de Jace no hotel, o único objeto remotamente sobrenatural que ela possuía era a pedra enfeitiçada no bolso.

— Estava pensando no seu Simon — disse Hodge — e em Alec e Jace, entre outros.

Ela olhou através da janela. Estava chovendo, pingos grossos batendo na vidraça. O céu era de uma cor cinza impenetrável.

— O que eles têm a ver entre si?

— Onde há sentimentos não correspondidos — disse Hodge —, há um desequilíbrio de poder. É um desequilíbrio fácil de ser explorado, mas não é um curso sábio. Onde há amor, frequentemente também há ódio. Podem existir lado a lado.

— Simon não me odeia.

— Mas pode odiar, com o tempo, se sentir que você o está usando. — Hodge levantou a mão. — Sei que não é sua intenção, e em alguns casos a necessidade se sobrepõe aos sentimentos. Mas a situação me trouxe outra à mente. Você ainda tem aquela foto que eu lhe dei?

Clary balançou a cabeça.

— Não comigo. Está no meu quarto. Posso buscá-la...

— Não. — Hodge acariciou as penas pretas de Hugo. — Quando sua mãe era jovem, tinha um melhor amigo, assim como você tem Simon. Eles eram tão próximos quanto irmãos. Aliás, eram frequentemente confundidos como tal. Ao crescerem, tornou-se evidente para todo mundo que ele estava apaixonado por ela, mas ela nunca percebeu isso. Ela sempre se referiu a ele como um "amigo".

Clary olhou fixamente para Hodge.

— Você está falando do Luke?

— Estou — disse Hodge. — Lucian sempre achou que ele e Jocelyn fossem ficar juntos. Quando ela conheceu e se apaixonou por Valentim, ele não suportou. Depois que eles se casaram, ele deixou o Ciclo, desapareceu e permitiu que todos nós pensássemos que ele estivesse morto.

— Ele nunca disse, nunca sequer deu a entender nada nesse sentido — disse Clary. — Todos esses anos e ele poderia ter tentado...

— Ele sabia qual seria a resposta — disse Hodge, olhando através dela em direção ao céu chuvoso. — Lucian nunca foi o tipo de homem a se iludir. Não, ele se contentava em estar perto dela, presumindo, talvez, que com o tempo os sentimentos dela pudessem mudar.

— Mas, se ele a amava, por que disse àqueles homens que não se importava com o que acontecesse a ela? Por que ele se recusou a permitir que dissessem onde ela estava?

— Como disse antes, onde há amor, também há ódio — disse Hodge. — Ela o machucou muito há alguns anos. Ela deu as costas para ele. E, mesmo assim, ele bancou o cão fiel desde então, nunca demonstrando, confrontando ou falando com ela sobre seus sentimentos. Talvez ele tenha encontrado uma oportunidade de virar a mesa. De machucá-la tanto quanto ela o machucou.

— Luke não faria isso — mas Clary estava se lembrando do tom gelado que ele utilizou quando disse a ela para não lhe pedir favor algum. Ela viu o olhar duro nos olhos dele quando encarou os homens de Valentim. Aquele não era o Luke que ela conhecia, o Luke com quem havia crescido. Aquele Luke nunca teria querido punir Jocelyn por não tê-lo amado o suficiente do jeito certo. — Mas ela o amava — disse Clary, falando em voz alta sem perceber. — Apenas não do mesmo jeito que ele a amava. Será que isso não basta?

— Talvez ele achasse que não.

— O que irá acontecer quando pegarmos o Cálice? — perguntou ela. — Como vamos entrar em contato com Valentim para informá-lo de que estamos com ele?

— Hugo irá encontrá-lo.

A chuva batia forte nos vidros. Clary tremeu.

— Vou pegar um casaco — ela disse, saindo de onde estava.

Ela encontrou o casaco verde de capuz no fundo da mochila. Quando o puxou, ouviu alguma coisa se mexer. Era a foto do Ciclo, de sua mãe e Valentim. Ela olhou para a fotografia durante um longo tempo antes de colocá-la de volta na mochila.

Quando voltou para a biblioteca, os outros estavam todos reunidos lá: Hodge, sentado vigilante à mesa com Hugo no ombro, Jace todo de preto, Isabelle com as botas de atacar demônios e o chicote dourado, e Alec com uma bolsa de flechas cruzada no ombro e uma pulseira de couro cobrindo o braço direito do pulso até o cotovelo. Todos, exceto Hodge, exibiam Marcas recém-aplicadas, cada centímetro de pele nua tatuado com desenhos curvilíneos. Jace estava com a manga esquerda dobrada, queixo no ombro, e estava franzindo o rosto enquanto fazia uma Marca octogonal na pele do braço.

Alec olhou para ele.

— Você está fazendo errado — ele disse. — Deixe comigo.

— Eu sou canhoto — disse Jace, suavemente e estendeu a estela. Alec parecia aliviado ao pegá-la, como se até então não tivesse certeza se havia sido perdoado por seu comportamento anterior. — É *iratze* básico — disse Jace enquanto Alec inclinava a cabeça sobre o braço de Jace, desenhando cuidadosamente as linhas do símbolo de cura. Jace franziu o rosto enquanto a estela deslizava sobre sua pele nua, estreitando os olhos, cerrando os punhos até os músculos do braço direito sobressaírem como cordas. — Pelo Anjo, Alec...

— Estou tentando ser cuidadoso — disse Alec. Ele soltou o braço de Jace e se afastou para admirar o próprio trabalho. — Pronto.

Jace relaxou o punho, abaixando o braço.

— Obrigado. — Ele então pareceu sentir a presença de Clary, olhou para ela e cerrou os olhos dourados. — Clary.

— Você parece pronto — ela disse enquanto Alec, repentinamente enrubescido, se afastava de Jace e se ocupava com as flechas.

— Estamos — disse Jace. — Você ainda está com aquela adaga que eu te dei?

— Não. Perdi no Dumort, lembra?

— É verdade. — Jace olhou para ela, satisfeito. — Quase matou um lobisomem com ela. Lembro.

Isabelle, que estava junto à janela, revirou os olhos.

— Tinha me esquecido de que é isso que o anima e chama sua atenção, Jace. Garotas matando coisas.

— Gosto de qualquer um matando coisas — disse ele. — Principalmente eu.

Clary olhou ansiosamente para o relógio na mesa.

— É melhor descermos. Simon chegará a qualquer instante.

Hodge se levantou da cadeira. Ele parecia muito cansado, pensou Clary, como se não dormisse há dias.

— Que o Anjo olhe por todos vocês — ele disse, e Hugo alçou voo chiando alto, na hora em que os sinos do meio-dia começaram a tocar.

Ainda estava chovendo quando Simon parou a van na esquina e buzinou duas vezes. O coração de Clary saltou — parte dela estava preocupada com a possibilidade de ele não aparecer.

Jace cerrou os olhos através da chuva pesada. Eles quatro haviam se abrigado sob uma cornija de pedra esculpida.

— *Essa* é a van? Parece uma banana apodrecendo.

Isso era inegável — Eric havia pintado a van com um tom de amarelo néon, e ela estava toda manchada de ferrugem e arranhões, como algo decadente. Simon buzinou novamente. Clary conseguia vê-lo, uma forma embaçada através das janelas molhadas. Ela suspirou e puxou o capuz sobre a cabeça.

— Vamos.

Eles pisaram nas poças imundas que se haviam formado no asfalto, as botas enormes de Isabelle emitiam um ruído alto cada vez que ela tocava o chão com os pés. Simon, deixando o volante, se arrastou até a parte de trás para abrir a porta, revelando assentos cujos forros estavam praticamente podres. Molas de aparência perigosa passavam pelo buraco. Isabelle franziu o nariz.

— É seguro sentar?

— Mais seguro do que ser amarrada ao teto — Simon disse de maneira simpática —, que é sua outra opção — ele acenou com a cabeça um cumprimento para Jace e Alec, ignorando Clary completamente. — E aí?

— E aí? — repetiu Jace, e levantou a bolsa de lona que trazia todas as armas. — Onde podemos colocar isso?

Simon o direcionou para a parte de trás, onde os meninos geralmente guardavam os instrumentos musicais, enquanto Alec e Isabelle se arrastavam pelo banco e se empoleiravam nos assentos.

— Tiro!* — anunciou Clary quando Jace apareceu de volta ao lado da van.

Alec pegou o arco, preso às costas dele.

— Onde?

— O que ela está dizendo é que quer o banco da frente — disse Jace, tirando o cabelo molhado dos olhos.

— É um belo arco — disse Simon, com um aceno de cabeça para Alec.

Alec piscou, com a chuva escorrendo dos cílios.

— Você sabe alguma coisa sobre arco e flecha? — ele perguntou em um tom que sugeria dúvida.

— Participei de um acampamento de arco e flecha — disse Simon. — Por seis anos consecutivos.

A resposta foram três olhares vazios e um sorriso de apoio de Clary, que Simon ignorou. Ele olhou para o céu, que estava desabando.

— É melhor irmos antes que comece um dilúvio.

O banco da frente do carro estava coberto por sacos vazios de Doritos e pedaços de bala. Clary afastou o que podia. Simon ligou o carro antes que ela tivesse terminado, lançando-a contra o assento.

---

* *Shotgun* no original. Além de significar tiro de arma de fogo, é uma gíria comum nos Estados Unidos: quem fala primeiro a palavra, ganha o direito de ficar no banco da frente. (*N. do E.*)

— Ai — ela exclamou, em tom de reprovação.

— Desculpe — disse, sem olhar para ela.

Clary podia ouvir os outros conversando suavemente entre si — provavelmente, discutindo estratégias de batalha e a melhor maneira de decapitar um demônio sem sujar as botas de couro novas. Apesar de não haver nada separando os bancos dianteiros do traseiro, Clary sentiu um silêncio desconfortável entre ela e Simon, como se eles estivessem sozinhos.

— Então, qual é a do "E aí"? — ela perguntou para Simon enquanto ele manobrava a van pela FDR, a autoestrada que corria ao longo do East River.

— Que "e aí"? — ele respondeu, fechando um carro utilitário preto cujo ocupante, um homem de terno com um telefone celular nas mãos, fez um gesto obsceno para eles por trás do vidro fumê.

— Essa coisa do "e aí" que os meninos fazem. Como quando viu Jace e Alec, você disse "e aí", e eles disseram "e aí" de volta. O que há de errado com "oi"?

Ela pensou ter visto um músculo se contrair na face dele.

— "Oi" é coisa de menina — ele informou. — Homens de verdade são diferentes. Falam "e aí".

— Então, quanto mais homem você for, menos educado?

— Isso mesmo — Simon fez que sim com a cabeça. À sua frente, Clary podia ver o nevoeiro que descia sobre o East River, blindando a margem do lago com uma névoa cinzenta. A água em si tinha cor de chumbo, agitada como creme de chantilly pelo vento forte. — É por isso que, quando os caras mais broncos se cumprimentam nos filmes, não dizem nada, apenas acenam com a cabeça. O aceno significa "eu sou bronco e reconheço que você também é", mas eles não dizem nada porque são o Wolverine e o Magneto, e explicar isso estragaria o clima.

— Não faço ideia do que você está falando — disse Jace, do banco de trás.

— Ótimo — retrucou Clary, e foi recompensada com um sorriso contido de Simon, enquanto ele virava na Manhattan Bridge, em direção ao Brooklyn e à casa dela.

Até chegarem à casa de Clary, finalmente já havia parado de chover. Raios de sol penetravam o restante da névoa e as poças nas calçadas estavam diminuindo. Jace, Alec e Isabelle fizeram Clary e Simon esperarem perto da van enquanto foram checar, conforme dissera Jace, "os níveis de atividade demoníaca".

Simon observou enquanto os três Caçadores de Sombras foram até o caminho alinhado de rosas que levava à entrada da casa.

— Níveis de atividade demoníaca? Por acaso, eles têm um dispositivo que mede se os demônios dentro da casa estavam fazendo power yoga?

— Não — respondeu Clary, tirando o capuz para poder aproveitar a sensação da luz do sol sobre o cabelo molhado. — O Sensor diz a eles o quão poderosos são os demônios, se houver demônios.

Simon parecia impressionado.

— Isso *é* realmente útil.

Ela virou para ele.

— Simon, sobre ontem à noite...

Ele levantou a mão.

— A gente não precisa falar sobre isso. Aliás, prefiro não falar.

— Só me deixe dizer uma coisa — ela continuou rapidamente. — Eu sei que, quando você disse que me amava, a minha resposta não foi exatamente o que queria ouvir.

— É verdade. Eu sempre esperei que, quando finalmente resolvesse dizer "eu te amo" a uma garota, que ela fosse dizer "eu sei" em resposta, como a princesa Leia disse para o Han em *O retorno de Jedi*.

— Que coisa mais *nerd* — disse Clary, sem conseguir se conter.

Ele olhou fixamente para ela.

— Desculpe — ela disse. — Olhe, Simon, eu...

— Não — ele disse. — Olhe *você*, Clary. Olhe para mim, e me veja de verdade. Você consegue fazer isso?

Ela olhou para ele. Olhou para os olhos escuros, marcados com uma cor mais fraca no limite da íris, e para as sobrancelhas levemente desiguais, os cílios longos, os cabelos escuros e o sorriso hesitante e as mãos musicais, tudo parte de Simon, que era parte dela. Se ela tivesse de falar a verdade, será que realmente diria que nunca soubera que ele a amava? Ou simplesmente que nunca soubera o que faria a respeito se ele se declarasse?

Ela suspirou.

— Ver através do feitiço é fácil. As pessoas é que são difíceis.

— Todo mundo vê o que quer ver — ele disse tranquilamente.

— Jace não — ela observou, sem conseguir se controlar, pensando naqueles olhos claros e frios.

— Ele consegue mais do que ninguém.

Ela franziu o rosto.

— O que você...

— Certo. — Veio a voz de Jace, interrompendo-os. Clary se virou rapidamente. — Checamos todos os quatro cantos da casa: nada. Atividade baixa. Provavelmente só os Renegados e eles podem até não nos incomodar, a não ser que tentemos entrar no apartamento de cima.

— E, se incomodarem — disse Isabelle, com um sorriso tão brilhante quanto o chicote —, estaremos prontos para eles.

Alec arrastou a bolsa de lona para fora da van, jogando-a sobre a calçada.

— Pronto — ele anunciou. — Vamos acabar com alguns demônios!

Jace olhou para ele de um jeito estranho.

— Você está bem?

— Estou. — Sem olhar para ele, Alec descartou o arco e a flecha em favor de um bastão de madeira polida com duas lâminas brilhantes que surgiram ao leve toque de dedos. — Assim é melhor.

Isabelle olhou preocupada para o irmão.

— Mas o arco...

Alec interrompeu-a.

— Sei o que estou fazendo, Isabelle.

O arco estava no banco de trás, reluzindo ao sol. Simon se esticou para pegá-lo, depois puxou de volta a mão, enquanto um grupo de jovens moças empurrando carrinhos passava na direção do parque. Elas não perceberam os três adolescentes fortemente armados perto da van amarela.

— Como eu consigo ver vocês? — perguntou Simon. — O que aconteceu com a mágica da invisibilidade de vocês?

— Você consegue nos ver — disse Jace — porque agora sabe a verdade sobre o que está vendo.

— É — disse Simon. — Acho que sim.

Ele protestou um pouco quando pediram para que ele ficasse junto à van, mas Jace o convenceu de que era importante haver um carro de fuga posicionado na esquina.

— A luz do sol é fatal para os demônios, mas não atinge os Renegados. E se eles nos perseguirem? E se o carro for *rebocado*?

A última coisa que Clary viu de Simon quando virou para acenar da varanda foram suas longas pernas sobre o painel do carro enquanto ele remexia a coleção de CDs de Eric. Ela suspirou aliviada. Pelo menos Simon estava seguro.

O cheiro a atingiu assim que atravessaram a porta da frente. Era quase indescritível, como ovos podres, carne estragada e algas apodrecendo na praia. Isabelle torceu o nariz e Alec ficou verde, mas Jace parecia estar inalando um perfume raro.

— Demônios passaram por aqui — ele anunciou seco, mas com deleite. — E recentemente, por sinal.

Clary olhou ansiosa para ele.

— Mas eles não estão...

— Não. — Ele balançou a cabeça. — Teríamos sentido. Ainda — ele apontou com o queixo para a porta de Dorothea, completamente fechada, sem qualquer feixe de luz emitido por baixo. — Ela pode ter algumas satisfações a dar para a Clave se descobrirem que anda recebendo demônios.

— Duvido que a Clave queira saber disso — disse Isabelle. — Em média, ela provavelmente vai se sair melhor do que nós.

— Eles não vão se importar, contanto que a gente acabe com o Cálice nas mãos. — Alec estava olhando em volta, seus olhos azuis estavam absorvendo o saguão, a escadaria curvada que dava lá em cima, as manchas na parede. — Principalmente se mutilarmos alguns Renegados no processo.

Jace balançou a cabeça.

— Eles estão no apartamento de cima. Meu palpite é que eles não vão nos incomodar, a não ser que tentemos entrar.

Isabelle tirou uma pequena mecha de cabelos da face e franziu o rosto para Clary.

— O que você está esperando?

Clary olhou involuntariamente para Jace, que lhe lançou um sorriso de lado. *Vá em frente*, a expressão dele dizia.

Ela atravessou o saguão em direção à porta de Dorothea, caminhando cuidadosamente. Com a claraboia escurecida com sujeira e a lâmpada da entrada ainda apagada, a única luminosidade provinha da pedra enfeitiçada de Jace. O ar estava quente e pesado, e as sombras pareciam se erguer diante dela como plantas que crescem magicamente em uma floresta de pesadelo. Ela estendeu a mão para bater à porta de Dorothea, primeiro levemente, depois com mais força.

A porta se abriu, entornando uma onda de luz dourada no saguão. Dorothea estava lá, grande e imponente, em tons de verde e laranja. Hoje, o turbante que usava era amarelo brilhante, adornado com um canarinho empalhado e aba de penas. Brincos de candelabro batiam nos cabelos, e os pés estavam descalços. Clary se surpreendeu — ela jamais vira Dorothea descalça, nem calçando algo que não fossem chinelos desbotados.

As unhas dos pés estavam pintadas em um tom de rosa-claro de muito bom gosto.

— Clary — exclamou ela, e tomou-a em um forte abraço. Por um instante, Clary se debateu, sufocada por um mar de perfume, veludo e as pontas do xale de Dorothea. — Por Deus, menina — disse a bruxa, balançando a cabeça de modo que os brincos sacudiram como moinhos de vento em uma tempestade. — Da última vez em que a vi, você estava desaparecendo pelo meu Portal. Onde você foi parar?

— Em Williamsburg — disse Clary, recuperando o ar.

As sobrancelhas de Dorothea se ergueram alto.

— E ainda dizem que não há transporte público eficiente no Brooklyn. — Ela abriu a porta e gesticulou para os outros entrarem.

O local parecia inalterado desde a última vez em que Clary o tinha visto: as mesmas cartas de tarô e bola de cristal sobre a mesa. Seus dedos coçaram para alcançar as cartas, pegá-las e ver o que poderia estar escondido sob as superfícies pintadas.

Dorothea sentou-se agradecida em uma poltrona e olhou para os Caçadores de Sombras com um olhar tão certeiro quanto os olhos do canarinho empalhado do chapéu. Velas aromáticas queimavam em pratos em ambos os lados da mesa, o que não adiantava muito para conter o cheiro horrível que impregnava o restante da casa.

— Suponho que ainda não tenha localizado a sua mãe? — ela perguntou a Clary.

Clary sacudiu a cabeça.

— Não. Mas eu sei quem a levou.

Os olhos de Dorothea passaram de Clary para Alec e Isabelle, que estavam examinando a Mão do Destino na parede. Jace, parecendo completamente despreocupado no papel de guarda-costas, estava no braço da cadeira. Satisfeita por nenhum de seus bens estar sendo destruído, Dorothea voltou o olhar novamente para Clary.

— Foi...

— Valentim — confirmou Clary. — Foi ele.

Dorothea suspirou.

— Era o que eu temia — ela se ajeitou novamente sobre as almofadas. — Você sabe o que ele quer com ela?

— Eu sei que ela foi casada com ele...

A bruxa rosnou.

— Amor tomando rumos adversos. A pior coisa.

Jace fez um barulho suave, quase inaudível ao ouvir isso — uma risada. As orelhas de Dorothea se mexeram, como as de um gato.

— Qual é a graça, menino?

— O que você sabe sobre o assunto? — ele perguntou. — Digo, sobre amor.

Dorothea cruzou as mãos macias e pálidas sobre o próprio colo.

— Mais do que você possa imaginar — ela respondeu. — Eu não li suas folhas de chá, menino? Por acaso você já se apaixonou pela pessoa errada?

Jace disse:

— Infelizmente, Dama dos Refugiados, meu único verdadeiro amor permanece sendo eu mesmo.

Dorothea sorriu desdenhosamente ao ouvir isso.

— Pelo menos — ela disse —, você não precisa se preocupar com rejeição, Jace Wayland.

— Não necessariamente. Eu mesmo às vezes me dispenso, só para manter as coisas interessantes.

Dorothea sorriu novamente. Clary a interrompeu.

— Você deve estar imaginando o que estamos fazendo aqui, Madame Dorothea.

A senhora recuou, esfregando os olhos.

— Por favor — ela disse —, sinta-se à vontade para dar a mim meu título adequado, como o menino o fez. Você pode me chamar de Dama. Eu presumo — ela acrescentou — que vocês vieram pelo prazer da minha companhia. Por acaso estou errada?

— Não tenho tempo para o prazer da companhia de ninguém. Tenho que ajudar a minha mãe, e para isso preciso de uma coisa.

— E que coisa é essa?

— Algo chamado Cálice Mortal — respondeu Clary — e Valentim achou que minha mãe o tivesse. Foi por isso que a levaram.

Dorothea parecia verdadeiramente surpresa.

— O Cálice do Anjo? — ela disse, com a voz carregada de descrença. — O Cálice de Raziel, no qual ele misturou o sangue de anjos e homens e deu essa mistura para um homem beber, e criou o primeiro Caçador de Sombras?

— Esse mesmo — disse Jace, com o tom levemente seco.

— E por que ele acharia que sua mãe estava com o Cálice? — perguntou Dorothea. — Logo Jocelyn? — A percepção recaiu sobre seu rosto antes que Clary pudesse falar. — Porque ela não era Jocelyn Fray, de jeito nenhum — ela disse. — Ela era Jocelyn Fairchild, mulher dele.

A que todos pensavam que estivesse morta. Ela pegou o Cálice e fugiu, não foi?

Algo se acendeu no fundo dos olhos da bruxa, mas ela abaixou as pálpebras tão depressa que Clary achou que pudesse estar imaginando.

— Então — disse Dorothea —, você sabe o que vai fazer agora? Onde quer que ela tenha escondido, não vai ser fácil de achar, mesmo que você queira. Valentim poderia fazer coisas terríveis se tivesse o Cálice em mãos.

— Quero encontrá-lo — afirmou Clary. — Nós queremos...

Jace interrompeu-a suavemente.

— Nós sabemos onde está — ele acrescentou. — Só precisamos resgatá-lo.

Os olhos de Dorothea se arregalaram.

— Bem, e onde está?

— Aqui — disse Jace, em um tom tão convicto que Isabelle e Alec abandonaram a análise da estante de livros para ver o que estava se passando.

— Aqui? Quer dizer que está com você?

— Não exatamente, cara Dama — respondeu Jace, que estava, Clary sentiu, adorando aquilo tudo de um jeito muito assustador. — Quero dizer que está com *você*.

A boca de Dorothea se fechou.

— Isso não tem a menor graça — ela disse, tão brutalmente que Clary se preocupou com a possibilidade de que isso tudo estivesse tomando um rumo muito errado. Por que Jace sempre tinha de antagonizar a todos?

— Está com você, sim — Clary interrompeu apressadamente —, mas não...

Dorothea se levantou da poltrona, recompondo-se em sua altura plena e magnífica, e olhou para eles.

— Vocês estão enganados — ela disse friamente. — Tanto por imaginarem que eu estou com o Cálice quanto por ousarem vir até aqui e me chamarem de mentirosa.

A mão de Alec foi para a sua arma.

— Oh, Deus — ele disse a si mesmo.

Espantada, Clary balançou a cabeça.

— Não — ela disse rapidamente. — Não a estou chamando de mentirosa, juro. Estou dizendo que o Cálice está aqui, mas *você nunca soube*.

Madame Dorothea encarou-a. Seus olhos quase escondidos nas dobras do rosto eram duros como bolas de gude.

— Explique-se — ela disse.

— Estou dizendo que minha mãe o escondeu aqui — disse Clary. — Há anos. Ela nunca contou por não querer envolvê-la.

— Então ela o deu disfarçado — explicou Jace —, sob a forma de um presente.

Dorothea o encarou com olhos vazios.

Será que ela não se lembra?, pensou Clary, confusa.

— O baralho de tarô — ela disse. — As cartas que ela pintou para você.

O olhar da Bruxa se voltou para as cartas, dispostas na mesa sobre os embrulhos de seda.

— As cartas? — enquanto os olhos dela se arregalavam, Clary foi até a mesa e pegou o baralho. As cartas estavam mornas, quase escorregadias. Agora, de um jeito que não havia conseguido antes, ela sentiu o poder dos símbolos pintados nas partes de trás pulsando nas pontas de seus dedos. Ela encontrou o Ás de Copas pelo toque e o pegou, deixando as demais cartas sobre a mesa.

— Aqui está — ela disse.

Todos estavam olhando para ela, com expectativa, absolutamente parados. Lentamente, ela virou a carta e admirou mais uma vez o trabalho artístico da mãe: a mão fina pintada, com os dedos envoltos no caule dourado do Cálice Mortal.

— Jace — ela disse. — Me dê a sua estela.

Ele a pressionou, morna e vibrante contra a palma da mão dela. Ela virou a carta e passou a estela sobre os símbolos desenhados na parte de trás — um giro aqui e ali e eles passaram a significar alguma coisa inteiramente diferente. Quando virou a carta outra vez, a figura havia mudado sutilmente: os dedos haviam soltado o Cálice, e a mão parecia estar oferecendo-o a ela, como se dissesse: *Aqui, pegue-o.*

Ela pôs a estela no bolso. Depois, apesar de o quadrado pintado não ser maior que sua mão, ela alcançou dentro da carta como se fosse um buraco amplo. Ela segurou o Cálice pela base — com os dedos cerrados em torno dele — e, ao puxar a mão de volta, com o Cálice firmemente preso a ela, pensou ter ouvido leves suspiros ante a carta, agora branca e vazia, transformada em cinzas que escorreram por entre seus dedos, para o carpete no chão.

19

Abbadon

Clary não tinha certeza quanto ao que estava esperando — exclamações de deleite, talvez uma onda de aplausos. Em vez disso, fez-se silêncio, que só foi quebrado quando Jace falou.

— Por algum motivo, pensei que fosse maior.

Clary olhou para o Cálice que tinha em mãos. Era do tamanho, talvez, de uma taça de vinho normal, só que muito mais pesado. Ela sentia o poder que corria por ele, como sangue através das veias.

— É um tamanho muito bom — disse ela, indignada.

— Bem, é grande o bastante — disse ele em tom de consolo —, mas por algum motivo eu esperava alguma coisa... você sabe. — Ele fez um gesto com as mãos, indicando algo aproximadamente do tamanho de uma casa de gato.

— É o Cálice Mortal, Jace, não a Latrina Mortal — disse Isabelle. — Acabamos? Podemos ir?

Dorothea estava com a cabeça inclinada para um dos lados, com os olhos acesos e interessados.

— Mas está danificado! — exclamou ela. — Como isso foi acontecer?

— Danificado? — Clary olhou espantada para o Cálice. Parecia em perfeito estado para ela.

— Aqui — disse a bruxa —, deixe-me mostrar a vocês — e ela deu um passo em direção a Clary, estendendo as mãos com longas unhas vermelhas para o Cálice. Clary, sem saber a razão, recuou. De repente, Jace estava entre elas, com a mão passeando por perto da espada que trazia na cintura.

— Sem querer ofender — ele disse calmamente —, mas ninguém além de nós toca no Cálice.

Dorothea olhou para ele por um instante, e aquela estranha escuridão voltou a seus olhos.

— Bem — ela disse —, não sejamos precipitados. Valentim ficaria muito aborrecido se alguma coisa acontecesse ao Cálice.

Com um leve chiado, a espada de Jace surgiu. A ponta balançou logo abaixo do queixo de Dorothea. O olhar de Jace era firme.

— Não sei o que há — ele disse —, mas nós já estamos indo.

Os olhos da senhora brilharam.

— Perfeitamente, Caçador de Sombras — ela disse, recuando para a parede de cortina. — Vocês gostariam de utilizar o Portal?

A ponta da espada de Jace balançou enquanto ele a encarou momentaneamente confuso. Então Clary viu sua mandíbula enrijecer.

— Não encoste nisso...

Dorothea sorriu, e, rápida como um flash, puxou as cortinas que cobriam a parede. Elas caíram com um leve ruído. O Portal atrás deles estava aberto.

Clary ouviu Alec, atrás dela, respirar fundo.

— O que é aquilo? — Clary só viu levemente o que era visível através da porta: nuvens vermelhas cortadas com raios escuros, e uma forma escura e terrível que avançava em direção a eles, quando Jace gritou para se abaixarem. Ele se jogou no chão, derrubando Clary consigo. De barriga para baixo, ela levantou a cabeça a tempo de ver a coisa escura atingir Madame Dorothea, que gritou, lançando os braços ao alto. Em vez de derrubá-la, a coisa escura a envolveu como tinta absorvida por papel. Suas costas se curvaram monstruosamente, o formato dela se alongou enquanto ela se elevava e se elevava pelo ar, com a estrutura se alongando e mudando de forma. Um barulho agudo de objetos atingindo o chão fez com que Clary olhasse para baixo: eram as pulseiras de Dorothea, deformadas e quebradas. Em meio às joias, havia o que pareciam pequenas pedras brancas. Clary levou um instante para perceber que eram dentes.

A seu lado, Jace sussurrou alguma coisa. Parecia uma exclamação de descrença. Ao lado dele, Alec engasgou e disse:

— Mas você disse que não havia muita atividade demoníaca. Você disse que os níveis estavam baixos!

— Eles *estavam* baixos — rosnou Jace.

— Seu entendimento de baixo deve ser bem diferente do meu! — gritou Alec, enquanto a coisa que outrora fora Dorothea uivava e girava. Parecia estar se ampliando, corcunda e saliente, grotescamente disforme...

Clary desgrudou os olhos quando Jace se levantou, e foi atrás dele. Isabelle e Alec se levantaram cambaleando, pegando as armas. A mão que segurava o chicote de Isabelle estava ligeiramente trêmula.

— Ande! — Jace empurrou Clary para a porta do apartamento. Quando tentou olhar para trás por cima do ombro, ela viu algo espesso e cinza girando, como nuvens de tempestade, uma forma escura no centro...

Eles quatro correram pelo saguão de entrada, Isabelle à frente do grupo. Ela correu em direção à porta da frente, tentou abri-la e virou para os outros com a expressão assustada.

— Está resistente. Deve ser um feitiço...

Jace resmungou e apalpou o próprio casaco.

— Onde diabos está a minha estela...?

— Está comigo — disse Clary, lembrando-se. Enquanto alcançava o bolso, um trovão explodiu no recinto. O chão tremeu sob os pés dela. Ela cambaleou e quase caiu, mas conseguiu se segurar no corrimão.

Quando olhou para cima, ela viu um novo buraco se abrindo na parede que separava o saguão do apartamento de Dorothea, completamente alinhado por suas pontas desbotadas com madeira e gesso, através do qual alguma coisa estava subindo, quase vazando...

— Alec! — Era Jace, gritando: Alec estava na frente do buraco, pálido e horrorizado. Resmungando, Jace correu para cima e o agarrou, arrastando-o bem no instante em que a coisa se libertou da parede e se lançou ao saguão.

Clary ouviu o próprio fôlego voltar. A carne da criatura era viva e parecia cheia de hematomas. Através da pele fina, os ossos apareciam — não ossos novos e brancos, mas ossos que pareciam estar embaixo da terra há mil anos, pretos, rachados e imundos. Os dedos eram descascados e esqueléticos, os braços finos eram cheios de machucados pretos através dos quais se viam ossos amarelados. O rosto era uma caveira, o nariz e os olhos eram buracos. Os dedos enormes esfregaram o chão. Enrolados nos pulsos e ombros, a coisa tinha pedaços de tecido brilhante: tudo o que sobrava das echarpes e do turbante de seda de Madame Dorothea. Tinha, no mínimo, dois metros e meio de altura.

Olhou para baixo, para os quatro adolescentes, com aqueles buracos dos olhos vazios.

— Me dê — disse, com uma voz que parecia vento soprando lixo sobre asfalto vazio. — O Cálice Mortal. Entregue-o a mim, e permitirei que viva.

Em pânico, Clary olhou para os outros. Isabelle estava com a aparência de quem tinha sido atingida por um golpe no estômago ao ver a criatura. Alec estava imóvel. Foi Jace que, como sempre, falou:

— O que é você? — ele perguntou, com a voz firme, embora parecesse mais estarrecido do que Clary jamais vira.

A coisa inclinou a cabeça.

— Sou Abbadon. Sou o Demônio do Abismo. São meus os lugares vazios entre os mundos. São meus o vento e a escuridão uivante. Sou tão diferente daquelas coisas chorosas que vocês chamam de *demônios* quanto uma águia de uma mosca. Vocês não têm a menor chance de me derrotar. Entreguem o Cálice ou morram.

O chicote de Isabelle tremeu.

— É um Demônio Maior — ela disse. — Jace, se nós...

— E Dorothea? — A voz de Clary veio aguda, antes que ela pudesse conter. — O que aconteceu com ela?

Os olhos vazios do demônio balançaram para olhar para ela.

— Ela era apenas um veículo — disse a coisa. — Ela abriu o Portal e eu me apossei dela. Sua morte foi suave. — O olhar dele se voltou para o Cálice na mão dela. — A sua não será.

A criatura começou a se mover em direção a ela. Jace bloqueou a passagem, com a espada em uma das mãos e uma lâmina serafim aparecendo na outra. Alec o observava, com a expressão completamente horrorizada.

— Pelo Anjo — disse Jace, olhando o demônio de cima a baixo. — Eu sabia que Demônios Maiores eram feios, mas ninguém me alertou quanto ao cheiro.

Abbadon abriu a boca e sibilou. Tinha duas fileiras de dentes afiados como cacos de vidro.

— Não tenho certeza quanto a essa história de vento e escuridão uivante — prosseguiu Jace. — Me parece mais um aterro. Tem certeza de que não é de Staten Island?

O demônio saltou em sua direção. Jace moveu as lâminas para cima e para fora com uma velocidade quase assustadora; ambas afundaram na parte mais carnuda do demônio. Ele uivou e o atacou de volta, empurrando-o, jogando-o de lado do jeito que um gato poderia jogar um filhote. Jace rolou e se levantou, mas Clary podia ver pela maneira como estava segurando o braço que ele se machucara.

Isso bastou para Isabelle. Lançando-se para a frente, ela atacou o demônio com o chicote. Atingiu as costas acinzentadas do demônio, e um inchaço vermelho apareceu, formado por sangue. Abbadon ignorou-a e avançou em direção a Jace.

Com a mão que estava boa, Jace sacou a segunda lâmina serafim. Ele sussurrou para ela, que se libertou, brilhante e intensa. Levantou-a enquanto o demônio se erguia perante ele; ele parecia absurdamente pequeno em comparação, como uma criança tornada anã pela presença de um monstro. E estava sorrindo, mesmo enquanto o demônio se estendia tentando pegá-lo. Isabelle, gritando, o atacou, e o sangue dele jorrou em um jato grosso pelo chão.

O demônio atacou, com as mãos que pareciam lâminas avançando na direção de Jace. Jace cambaleou para trás, mas não sofreu qualquer dano. Alguma coisa fora atirada entre ele e o demônio, uma sombra magra e escura com uma lâmina brilhante nas mãos. Alec. O demônio gritou — a arma de Alec havia perfurado sua pele. Com um rugido, ele atacou novamente, agarrando Alec, jogando-o perfidamente para o alto, lançando-o contra a parede oposta. Ele bateu com um barulho horrível e deslizou para o chão.

Isabelle gritou o nome do irmão. Ele não se moveu. Abaixando o chicote, ela começou a correr para ele. O demônio, girando, acertou-a com um golpe que a jogou no chão. Tossindo sangue, Isabelle começou a se levantar; Abbadon voltou a derrubá-la e, dessa vez, ela ficou deitada imóvel.

O demônio avançou em direção a Clary.

Jace estava congelado, olhando para o corpo esmagado de Alec como alguém preso em um sonho. Clary gritou enquanto Abbadon se aproximava dela. Ela começou a recuar para as escadas, pisando nos degraus quebrados. A estela queimava sua pele, se ao menos ela tivesse uma arma, qualquer coisa...

Isabelle se arrastara até conseguir sentar. Colocando os cabelos cheios de sangue para trás, ela gritou para Jace. Clary ouviu o próprio nome nos gritos de Isabelle e viu Jace, piscando como se tivesse sido estapeado até acordar, virar em direção a ela. Ele começou a correr. O demônio agora estava perto o bastante para que Clary pudesse ver os machucados pretos que ele tinha na pele, podia ver que havia *coisas* se arrastando dentro deles. O monstro se esticou para pegá-la...

Mas Jace estava lá, empurrando a mão de Abbadon. Ele atacou o demônio com a lâmina serafim; atingiu a criatura no peito, ao lado das duas lâminas que já estavam lá. O demônio rosnou como se as lâminas não fossem mais do que uma irritação.

— Caçador de Sombras — ele rosnou. — Terei prazer em matá-lo, em ouvir seus ossos quebrando como os do seu amigo...

Pendurando-se no corrimão, Jace se lançou em Abbadon. A força do pulo empurrou o demônio para trás; ele cambaleou e Jace se agarrou às suas costas. Ele puxou uma das lâminas serafim do peito, que lançou um jato escuro, atacando as costas do demônio repetidas vezes com ela e deixando os ombros da criatura cheios de fluido escuro.

Rosnando, Abbadon recuou para a parede. Jace tinha de se soltar ou seria esmagado. Ele caiu no chão, pousou levemente, e ergueu a lâmina mais uma vez. Mas Abbadon foi rápido demais para ele; suas mãos se estenderam, empurrando Jace pela escada. Ele caiu, com um círculo de tacos de madeira na garganta.

— Diga para me darem o Cálice — rugiu Abbadon, com os tacos quase soltos logo acima da pele de Jace. — Diga para me darem o Cálice e permitirei que vivam.

Jace engoliu em seco.

— Clary...

Mas Clary nunca saberia o que ele teria dito, pois naquele instante a porta da frente se abriu. Por um instante, só o que ela viu foi um brilho intenso. Depois, piscando para espantar aquela imagem flamejante, ela viu Simon parado na entrada. *Simon.* Ela se esquecera de que ele estava lá fora, quase se esquecera de que ele existia.

Ele a viu, abaixada nas escadas, e desviou o olhar dela para Abbadon e Jace. Esticou a mão para trás do ombro. Estava segurando o arco de Alec, e a bolsa das flechas estava pendurada nas costas. Ele sacou uma flecha, ajeitou-a na corda, levantou o arco como um expert, como se já tivesse feito aquilo centenas de vezes.

A flecha se soltou. Emitiu um ruído que parecia um zumbido, como uma abelha-rainha, ao passar por cima da cabeça de Abbadon, voar em direção ao telhado...

E atingir o teto. Pedaços de vidro preto e sujo caíram como chuva e, através da parte quebrada, a luz do sol penetrou, grande quantidade de luz solar, grandes barras douradas entrando e inundando o saguão com sua luminosidade.

Abbadon gritou e cambaleou para trás, protegendo a cabeça deformada com as duas mãos. Jace pôs as mãos na garganta, que estava intacta, encarando, descrente, enquanto o demônio se contorcia no chão, uivando. Clary quase esperava que ele fosse começar a pegar fogo, mas em vez disso começou a se encolher. As pernas foram em direção ao torso, o crânio oscilando como papel em chamas, e em um minuto desapareceu completamente, deixando apenas algumas marcas para trás.

Simon abaixou o arco. Ele estava piscando por trás dos óculos, com a boca ligeiramente aberta. Parecia tão espantado quanto Clary.

Jace estava na escadaria, onde o demônio o havia jogado. Estava lutando para se levantar enquanto Clary escorregava pelos degraus e caía de joelhos a seu lado.

— Jace...

— Estou bem — ele se sentou, limpando o sangue da boca. Ele tossia e cuspia vermelho. — Alec...

— Sua estela — ela interrompeu, alcançando o bolso. — Você precisa dela para se curar?

Ele olhou para ela. A luz do sol que entrava pelo teto quebrado iluminava o rosto dele. Ele parecia estar se contendo com grande esforço para não fazer alguma coisa.

— Estou *bem* — ele disse novamente, e a empurrou de lado, sem grandes gentilezas. Ele se levantou, cambaleou e quase caiu; a primeira coisa que já o vira fazer sem graciosidade. — Alec?

Clary o observou enquanto ele mancava pelo saguão em direção ao amigo que estava inconsciente. Então ela colocou o Cálice Mortal no bolso do casaco e se levantou. Isabelle havia se arrastado para o lado do irmão e apoiado a cabeça dele no colo, acariciando seus cabelos. O tórax de Alec subia e descia lentamente, mas ele estava respirando. Simon, apoiado na parede assistindo àquela cena, parecia esgotado. Clary segurou a mão do amigo ao passar por ele.

— Obrigada — ela sussurrou. — Foi incrível.

— Não agradeça a mim — ele disse. — Agradeça ao programa de arco e flecha do acampamento de verão B'nai B'rith.

— Simon, eu não...

— Clary! — Era Jace, gritando. — Traga a minha estela.

Simon a soltou, relutante. Ela se ajoelhou ao lado dos Caçadores de Sombras, com o Cálice Mortal apertado na lateral. O rosto de Alec estava pálido, marcado com gotas de sangue, os olhos ganharam um tom artificial de azul. Ele estava agarrando o pulso de Jace com tanta força que deixou marcas vermelhas.

— Eu... — Ele começou, depois pareceu ver Clary, como se fosse pela primeira vez. Havia alguma coisa em seu olhar que ela não estava esperando. Triunfo. — Eu o matei?

O rosto de Jace contorceu-se dolorosamente.

— Você...

— Sim — disse Clary. — Está morto.

Alec olhou para ela e riu. Ele estava cheio de sangue na boca. Jace puxou de volta o pulso, e tocou a face de Alec com os dedos.

— Não — ele disse. — Fique parado, apenas fique parado.

Alec fechou os olhos.

— Faça o que tiver que fazer — ele sussurrou.

Isabelle estendeu a estela para Jace.

— Aqui.

Ele assentiu com a cabeça e colocou a ponta da estela na frente da blusa de Alec. O material se partiu como se tivesse sido cortado com uma faca. Isabelle assistiu com olhos vidrados enquanto rasgava a blusa, deixando o tórax de Alec nu. Sua pele era muito branca, marcada em alguns pontos por antigas cicatrizes transparentes. Havia outras feridas ali também: um emaranhado escuro de marcas de garras, cada buraco vermelho e vazando. Com o maxilar rígido, Jace pôs a estela na pele de Alec, movendo-a para cima e para baixo com a facilidade de quem tinha prática. Mas alguma coisa estava errada. Mesmo enquanto desenhava as marcas de cura, elas pareciam desaparecer como se ele estivesse escrevendo em água.

Jace jogou a estela de lado.

— Droga!

A voz de Isabelle estava absolutamente aguda.

— O que está havendo?

— Ele o cortou com as garras — disse Jace. — Ele está com veneno de demônio no corpo. As Marcas não vão funcionar — ele tocou o rosto de Alec outra vez, suavemente. — Alec — ele disse. — Você está me ouvindo?

Alec não se moveu. As sombras sob seus olhos pareciam azuis e tão escuras quanto hematomas. Não fosse pela respiração, Clary pensaria que ele já estava morto.

Isabelle abaixou a cabeça e seu cabelo cobriu o rosto de Alec. Ela estava com os braços à sua volta.

— Talvez — ela disse — nós pudéssemos...

— Levá-lo a um hospital. — Era Simon, de pé, sobre eles, com o arco na mão. — Eu ajudo a carregá-lo para a van. O Hospital Metodista fica na Seventh Avenue...

— Nada de hospitais — disse Isabelle. — Precisamos levá-lo para o Instituto.

— Mas...

— Não vão saber como cuidar dele em um hospital — disse Jace. — Ele foi cortado por um Demônio Maior. Nenhum médico mundano saberia como curar esses ferimentos.

Simon concordou com a cabeça.

— Tudo bem. Vamos levá-lo para o carro.

Por sorte, a van não havia sido rebocada. Isabelle esticou um cobertor sujo no banco de trás e puseram Alec sobre ele, com a cabeça no colo de Isabelle. Jace se agachou ao lado do amigo. Sua camisa estava manchada na frente e nas mangas com sangue, humano e de demônio. Quando ele olhou para Simon, Clary viu que todo o dourado se esvaíra dos olhos, em função de alguma coisa que ela nunca tinha visto neles antes. Pânico.

— Depressa, mundano — ele disse. — Dirija como se o diabo o estivesse seguindo.

Simon dirigiu.

Ele acelerou pela Flatbush e voou pela ponte, mantendo o ritmo com o trem Q, enquanto ele rugia pela água azul. O sol brilhava dolorosamente nos olhos de Clary, com faíscas quentes que vinham do rio. Ela se agarrou na cadeira enquanto Simon fez a curva na saída da ponte a 80km/h.

Ela pensou nas coisas horríveis que dissera a Alec, no jeito como ele se jogara na frente de Abbadon, o olhar de triunfo em seu rosto. Quando virou, ela viu Jace ajoelhado ao lado do amigo, e o sangue pingando pelo cobertor. Ela pensou no garotinho com o falcão morto. *Amar é destruir.*

Clary se virou mais uma vez, com um nó na garganta. Isabelle era visível no retrovisor, enrolando o cobertor no pescoço de Alec. Ela levantou os olhos e encontrou o olhar de Clary.

— Quanto tempo falta?

— Talvez uns dez minutos. Simon está indo o mais rápido possível.

— Eu sei — disse Isabelle. — Simon, o que você fez, aquilo foi incrível. Você foi extremamente rápido. Eu jamais acharia que um mundano fosse capaz de pensar uma coisa daquelas.

Simon não pareceu tocado pelo elogio de uma fonte tão inesperada; estava com os olhos fixos na estrada.

— Você está falando sobre a flechada no teto? Tive a ideia logo depois que vocês entraram. Pensei no telhado e no que vocês haviam dito sobre demônios não suportarem a luz do sol. Então, na verdade, demorei um pouco para agir. Não se sinta mal — ele acrescentou —, nem dá para ver aquela claraboia, a não ser que você saiba que está lá.

Eu sabia que estava lá, pensou Clary. *Deveria ter feito alguma coisa. Mesmo não tendo um arco e flecha como Simon, poderia ter jogado alguma coisa, ou ter falado para Jace.* Ela se sentiu burra, inútil e oca, como se sua cabeça estivesse cheia de algodão. A verdade era que ela havia ficado assustada. Assustada demais para pensar corretamente. Ela sentiu uma onda de vergonha queimar atrás das pálpebras, como um pequeno sol.

Então Jace falou.

— Agiu muito bem — ele disse.

Os olhos de Simon franziram.

— Então, se você não se importa em me falar, aquela coisa, o demônio, veio de onde?

— Era Madame Dorothea — disse Clary. — Quero dizer, era mais ou menos ela.

— Ela nunca foi nenhum colírio para os olhos, mas não me lembrava de ela ser tão feia assim.

— Acho que ela foi possuída — disse Clary, lentamente, tentando formular tudo em sua mente. — Ela queria que eu desse o Cálice a ela. Depois abriu o Portal...

— Foi esperto — disse Jace. — O demônio a possuiu, depois escondeu a maior parte de sua forma etérea logo atrás do Portal, onde o Sensor não registraria. Então entramos preparados para lutar com alguns Renegados. Em vez disso, ficamos cara a cara com um Demônio Maior. Abbadon, um dos Anciãos. O Lorde dos Condenados.

— Bem, parece que os Incididos terão que aprender a se virar sem ele de agora em diante — disse Simon, entrando na rua.

— Ele não está morto — disse Isabelle. — Praticamente ninguém consegue matar um Demônio Maior. É preciso matá-los em sua forma física *e* etérea antes de eles morrerem. Nós apenas o espantamos.

— Oh! — Simon pareceu desapontado. — E Madame Dorothea? Ela vai ficar bem agora que...

Ele parou de falar, pois Alec começou a se engasgar com o ar fraco no peito.

— *Por que ainda não chegamos*? — praguejou Jace para si mesmo.

— Já chegamos. Só não quero entrar pela parede. — Enquanto Simon parava cuidadosamente na esquina, Clary viu que a porta do Instituto estava aberta. Hodge estava de pé sob o arco de entrada.

A van parou e Jace saltou apressado, esticando os braços para levantar Alec, como se ele não pesasse mais do que uma criança. Isabelle o seguiu até a entrada, segurando a arma sangrenta do irmão. A porta do Instituto bateu atrás deles.

Sentindo a exaustão, Clary olhou para Simon.

— Desculpe. Não sei como você vai explicar todo aquele sangue para Eric.

— Dane-se o Eric — ele disse com convicção. — *Você* está bem?

— Nem um arranhão. Todos se machucaram, menos eu.

— É o trabalho deles, Clary — disse ele, gentilmente. — Combater demônios, isso é o que eles fazem. Não o que você faz.

— O que eu faço, Simon? — ela perguntou, examinando o rosto dele à procura de uma resposta. — O que *eu* faço?

— Bem, você pegou o Cálice — ele disse. — Não pegou?

Ela fez que sim com a cabeça e apalpou o bolso.

— Peguei.

Ele pareceu aliviado.

— Quase não tive coragem de perguntar — ele disse. — Isso é bom, não é?

— É — ela respondeu. Ela pensou na mãe, e apertou a mão em torno do Cálice. — Eu sei que é.

Coroinha a encontrou no topo da escadaria, miando como uma Maria Fumaça, e a levou para a enfermaria. As portas duplas estavam abertas e, através delas, Clary podia ver a figura parada de Alec, imóvel em uma das camas. Hodge estava curvado sobre ele; Isabelle, ao lado do tutor, segurava uma bandeja de prata nas mãos.

Jace não estava com eles. Estava do lado de fora da enfermaria, apoiado na parede, com as mãos ensanguentadas junto ao próprio corpo. Quando Clary parou na frente dele, suas pálpebras se abriram, e ela viu que ele estava com as pupilas dilatadas, todo o dourado engolido pelo preto.

— Como ele está? — ela perguntou, o mais gentilmente possível.

— Ele perdeu muito sangue. Envenenamento por demônio é muito comum, mas, como era um Demônio Maior, Hodge não tem certeza se os antídotos que geralmente aplica serão eficazes.

Ela se esticou para tocar o braço dele.

— Jace...

Ele se esquivou.

— Não.

Ela respirou fundo.

— Jamais desejaria algo de mal a Alec. Sinto muito.

Ele olhou para ela como se a estivesse vendo ali pela primeira vez.

— Não é *sua* culpa — ele disse. — É minha.

— Sua? Jace, não, não é...

— Ah, é sim — ele insistiu, com a voz frágil como uma camada de gelo. — *Mea culpa, mea maxima culpa.*

— O que isso quer dizer?

— Minha culpa — ele disse. — Culpa unicamente minha, minha culpa mais terrível. É latim. — Ele tirou uma mecha do cabelo dela da testa com extrema naturalidade, como se nem percebesse o que estava fazendo. — Parte da Missa.

— Pensei que você não fosse ligado em religião.

— Posso não acreditar em pecado — ele disse —, mas sinto culpa. Nós, Caçadores de Sombras, vivemos por um código, e esse código é inflexível. Honra, culpa, penitência, isso tudo é verdadeiro para nós, e não têm nada a ver com religião, e tudo com o que somos. Isso é o que eu *sou*, Clary — ele disse, alterado. — Sou parte da Clave. Está no meu sangue e nos meus ossos. Então me diga: se você está tão certa de que isso não foi minha culpa, então por que o meu primeiro pensamento ao ver Abbadon não foi pelos meus companheiros, mas por *você*? — Ele levantou a outra mão; estava segurando o rosto dela, prendendo-o entre as palmas. — Eu sei, eu sabia que Alec não estava agindo normalmente. Sabia que alguma coisa estava errada. Mas a única pessoa em quem conseguia pensar era você...

Ele curvou a cabeça para a frente, de modo que a testa de ambos se tocou. Ela podia sentir a respiração dele sobre os cílios. Ela fechou os olhos, deixando a proximidade dele lavá-la como uma onda.

— Se ele morrer, será como se eu o tivesse matado — ele disse. — Deixei meu pai morrer, e agora matei o único irmão que já tive.

— Isso não é verdade — ela sussurrou.

— É sim. — Eles estavam próximos o suficiente para se beijar. Mesmo assim, ele a segurou com firmeza, como se quisesse se certificar de que ela fosse real. — Clary — ele chamou. — O que está acontecendo comigo?

Ela pesquisou a mente em busca de uma resposta — e ouviu alguém limpar a garganta. Então, abriu os olhos. Hodge estava na porta da enfermaria, o terno sujo com algumas manchas de ferrugem.

— Fiz o que pude. Ele está sedado, não está sentindo dor, mas... — ele balançou a cabeça. — Preciso contatar os Irmãos do Silêncio. Isso está além da minha capacidade.

Jace se afastou lentamente de Clary.

— Quanto tempo eles vão levar para chegar aqui?

— Não sei. — Hodge começou a caminhar pelo corredor, balançando a cabeça. — Vou mandar Hugo imediatamente, mas os Irmãos vêm quando bem entendem.

— Mas para *isso*... — Mesmo Jace estava com dificuldade para acompanhar as passadas longas de Hodge; Clary estava muito atrás deles e teve que se esforçar para escutar o que ele estava falando. — Ele pode morrer.

— Pode. — Foi tudo que Hodge disse em resposta.

A biblioteca estava escura e tinha cheiro de chuva: uma das janelas havia sido deixada aberta, e uma poça d'água se formara sob as cortinas. Hugo chiou e se mexeu no poleiro ao ver Hodge se aproximar, pausando somente para acender a luz da mesa.

— É uma pena — disse Hodge, puxando um papel e uma caneta-tinteiro — que vocês não tenham recuperado o Cálice. Traria, penso eu, algum conforto para Alec, e certamente para...

— Mas eu *recuperei* o Cálice — Clary disse, surpresa. — Você não contou a ele, Jace?

Jace estava piscando, mas, se foi por surpresa ou pela luz súbita, Clary não sabia.

— Não tive tempo, estava levando Alec lá para cima...

Hodge estava completamente paralisado, com a caneta imóvel entre os dedos.

— *Você está com o Cálice*?

— Estou. — Clary tirou o Cálice do bolso: ainda estava frio, como se o contato com o corpo dela não pudesse aquecer o metal. Os rubis piscavam como olhos vermelhos. — Está aqui.

A caneta caiu da mão de Hodge e atingiu o chão. A lâmpada, que iluminava para cima, não favorecia o rosto espantado dele: mostrava cada linha de severidade, preocupação e desespero.

— Esse é o Cálice do Anjo?

— O próprio — disse Jace. — Estava...

— Nada que possa dizer importa agora — disse Hodge. Ele repousou o papel na mesa e foi em direção a Jace, pegando o aluno pelos ombros. — Jace Wayland, você sabe o que fez?

Jace olhou para Hodge, surpreso. Clary percebeu o contraste: o rosto enrugado do homem mais velho, e o do menino, intacto, os cachos claros caindo nos olhos, fazendo-o parecer ainda mais jovem.

— Não tenho certeza do que você está falando — disse Jace.

O hálito de Hodge sibilou entre os dentes.

— Você se parece tanto com ele...

— Com quem? — disse Jace, estupefato; nitidamente nunca tinha ouvido Hodge falar daquele jeito.

— Com o seu pai — disse Hodge, e levantou os olhos para onde Hugo, cujas asas pretas batiam pelo ar úmido, sobrevoava logo acima.

Hodge cerrou os olhos.

— Hugin — ele disse, e com um chiado estranho o pássaro voou direto para o rosto de Clary, com as garras esticadas.

Clary ouviu Jace gritar, em seguida o mundo não era nada além de penas girando e bico e garras atacando. Ela sentiu uma dor absurda na bochecha e gritou, jogando as mãos para cima instintivamente, a fim de cobrir o rosto.

Ela sentiu o Cálice Mortal ser arrancado de suas mãos.

— Não! — ela gritou, agarrando com força. Uma dor agonizante passou pelo braço dela. Suas pernas pareceram ter sido arrancadas do chão. Ela escorregou e caiu de joelhos no chão. Garras atacaram sua testa.

— Basta, Hugo — disse Hodge com sua voz tranquila.

Obediente, o pássaro se afastou de Clary. Gaguejando, ela piscou o sangue para fora dos olhos. Ela tinha a sensação de que o rosto estava completamente rasgado.

Hodge não se havia mexido; ficou onde estava, segurando o Cálice Mortal. Hugo o rodeava em círculos amplos e agitados, chiando suavemente. E Jace — Jace estava deitado no chão aos pés de Hodge, completamente parado, como se tivesse caído no sono repentinamente.

Todos os outros pensamentos se esvaíram da mente de Clary.

— *Jace*! — falar doía, a dor na bochecha era aguda e ela sentia gosto de sangue na boca. Jace não se mexia.

— Ele não está machucado — disse Hodge. Clary começou a se levantar, desejando lançar-se contra ele, depois caiu para trás como se alguma coisa invisível, porém dura e forte como vidro, a tivesse atingido. Furiosa, ela começou a socar o ar.

— Hodge — ela gritou. Ela chutou, quase quebrando os pés na mesma parede invisível. — Não seja tolo. Quando a Clave descobrir o que você fez...

— Já terei desaparecido há muito tempo — ele disse, ajoelhando-se sobre Jace.

— Mas... — Ela foi dominada por uma sensação de choque, uma onda elétrica de percepção. — Você não mandou mensagem nenhuma para a Clave, mandou? Foi por isso que você agiu de um jeito tão estranho quando perguntei. Você queria o Cálice.

— Não — disse Hodge —, não para mim.

A garganta de Clary estava seca como poeira.

— Você trabalha para o Valentim — ela sussurrou.

— Eu não trabalho *para* o Valentim — disse Hodge. Ele levantou a mão de Jace e pegou alguma coisa que ele estava segurando. O anel gravado que Jace sempre usava. Hodge o colocou no próprio dedo. — Mas sou o homem de Valentim, isso é verdade.

Com um rápido movimento, ele girou o anel três vezes em torno do próprio dedo. Por um momento, nada aconteceu; depois Clary ouviu o som de uma porta se abrindo e virou instintivamente para ver quem estava entrando na biblioteca. Quando virou mais uma vez, viu que o ar em volta de Hodge estava brilhando, como a superfície de um lago vista a distância. O véu brilhante do ar se partiu como uma cortina de prata, em seguida um homem alto estava ao lado de Hodge, como se tivesse sido conjurado a partir do ar úmido.

— Starkweather — ele disse. — Você está com o Cálice?

Hodge ergueu o Cálice com as mãos, mas nada disse. Ele parecia paralisado, por medo ou por espanto, era impossível dizer. Clary sempre tivera a impressão de que ele era alto, mas agora parecia encolhido e pequeno.

— Meu Lorde Valentim — ele disse afinal. — Não o esperava tão rapidamente.

Valentim. Ele quase não se parecia com o menino bonito da foto, embora os olhos ainda fossem pretos. O rosto não era como o que Clary esperava: era contido, fechado, introspectivo, rosto de padre, com olhos tristes. Saindo do terno feito sob medida, estavam as cicatrizes brancas que relatavam anos de estela.

— Eu falei que viria a você por um Portal — ele disse. A voz era ressonante e estranhamente familiar. — Você não acreditou em mim?

— Acreditei. Eu só... pensei que enviaria Pangborn ou Blackwell, não achei que viesse pessoalmente.

— Você acha que eu os mandaria para buscar o Cálice? Não sou tolo. Conheço o valor desse objeto. — Valentim estendeu a mão, e Clary viu, brilhando, um anel igual ao de Jace. — Dê-me.

Mas Hodge segurou o Cálice com firmeza.

— Primeiro quero o que me prometeu.

— Primeiro? Você não confia em mim, Starkweather? — Valentim sorriu, bem-humorado. — Farei o que você pediu. Trato é trato. Mas devo confessar que fiquei surpreso em receber sua mensagem. Não achei que fosse se incomodar com uma vida de contemplação oculta, por assim dizer. Você nunca foi muito de campo de batalha.

— Você não sabe como é — disse Hodge, soltando o ar com uma exclamação sibilante. — Sentir medo o tempo todo...

— É verdade. Não sei. — A voz de Valentim era tão triste quanto os olhos, como se ele sentisse pena de Hodge. Mas também tinha desgosto no olhar, um traço de desdém. — Se não tinha a intenção de me entregar o Cálice — ele disse —, não deveria ter me convocado.

Hodge fechou a cara.

— Não é fácil trair aquilo em que se acredita, aqueles que confiam em você.

— Você está falando dos Lightwood ou dos filhos deles?

— Ambos — disse Hodge.

— Ah, os Lightwood. — Valentim esticou a mão e acariciou o globo metálico sobre a mesa, os longos dedos contornando as linhas dos continentes e mares. — Mas o que você deve a eles, realmente? Você ficou com o castigo que deveria ter sido deles. Se eles não tivessem contatos tão influentes na Clave, teriam sofrido o mesmo destino que você. Hoje, eles estão livres para voltar para casa. — Sua voz quando disse "casa" vibrou como todo o significado da palavra. O dedo dele havia deixado de se movimentar pelo globo; Clary tinha certeza de que ele estava tocando o lugar no qual Idris estaria.

O olhar de Hodge se desviou.

— Eles fizeram o que qualquer um teria feito.

— Você não teria feito. Nem eu. Deixar um amigo sofrer em meu lugar? E você certamente deve ter algum rancor, Starkweather, por saber que deixaram esse destino cair sobre você sem qualquer hesitação...

Os ombros de Hodge balançaram.

— Mas não é culpa das crianças. Elas não fizeram nada...

— Nunca soube que você gostava tanto de crianças, Starkweather — disse Valentim, como se achasse graça daquilo.

Ele segurou o ar no peito.

— Jace...

— Você não vai falar sobre Jace. — Pela primeira vez, Valentim parecia bravo. Ele olhou para o menino parado no chão. — Ele está sangrando — observou. — Por quê?

Hodge segurou o Cálice contra o próprio coração. As juntas dos dedos estavam brancas.

— O sangue não é dele. Ele está inconsciente, mas não está ferido.

Valentim levantou a cabeça com um sorriso agradável.

— Imagino — ele disse — o que ele vai pensar a seu respeito quando acordar. Traição nunca é uma coisa boa, mas trair uma criança... é uma traição dupla, você não acha?

— Você não irá machucá-lo — sussurrou Hodge. — Você jurou que não iria machucá-lo.

— Nunca fiz isso — disse Valentim. — Agora vamos. — Ele se afastou da mesa, em direção a Hodge, que recuou como um animal pequeno, encarcerado. Clary podia ver a tristeza dele. — E o que você faria se eu dissesse que planejava machucá-lo? Lutaria contra mim? Manteria o Cálice longe de mim? Mesmo que pudesse me matar, a Clave nunca retiraria seu castigo. Você se esconderia aqui até morrer, com medo até mesmo de abrir uma janela. O que você não faria para não ter mais que sentir medo? O que você não daria em troca de poder voltar para casa?

Clary desviou o olhar. Ela não podia mais suportar a expressão na face de Hodge. Com a voz engasgada, ele disse:

— Diga que não vai machucá-lo e entrego a você.

— Não — disse Valentim. — Você vai me entregar independentemente disso. — Ele estendeu a mão.

Hodge fechou os olhos. Por um instante, o rosto dele parecia de um dos anjos de mármore sobre a mesa, sofrido, pesado e esmagado sob um peso terrível. Depois resmungou, de forma patética, para si mesmo, e esticou a mão para entregar o Cálice Mortal a Valentim, embora estivesse com a mão tremendo como folhas ao vento.

— Obrigado — disse Valentim. Ele pegou o Cálice e o examinou pensativo. — Acho que você danificou a borda.

Hodge não disse nada. Estava com o rosto sombrio. Valentim se curvou e pegou Jace; ao levantá-lo gentilmente, Clary viu o paletó impecável esticar nos braços e nas costas e se deu conta de que ele era um homem encorpado, com um torso que parecia o tronco de um carvalho. Jace, com os braços caídos, parecia uma criança.

— Logo estará com o pai — disse Valentim, olhando para o rosto pálido de Jace. — Onde tem que estar.

Hodge estremeceu. Valentim se afastou dele e andou de volta à cortina de ar brilhante através da qual havia entrado. Ele provavelmente deixara o Portal aberto, percebeu Clary. Olhar para a passagem era como olhar para a luz do sol refletida em um espelho.

Hodge esticou uma mão suplicante.

— Espere! — ele gritou. — E a sua promessa? Você jurou acabar com a minha maldição.

— Isso é verdade — disse Valentim. Ele fez uma pausa, olhou fixamente para Hodge, que exclamou e recuou, com a mão voando para o peito, como se tivesse sido atingido no coração. Fluido escuro passou por entre os dedos esguios do tutor e atingiu o chão. Hodge levantou o rosto marcado para Valentim.

— Pronto? — ele perguntou, ansioso. — A maldição se foi?

— Sim — respondeu Valentim. — E que sua liberdade comprada lhe traga alegria. — E com isso ele atravessou a cortina de ar brilhante. Por um instante, ele parecia reluzir, como se estivesse embaixo d'água. Depois desapareceu, levando Jace consigo.

20

No Beco do Rato

Hodge, engasgando, olhou para trás de si, fechando e abrindo os punhos. A mão esquerda estava completamente coberta pelo fluido escuro e molhado que escorrera do peito. O olhar que tinha no rosto era um misto de exaltação e ódio a si mesmo.

— Hodge! — Clary socou a parede invisível entre eles. O braço doía absurdamente, mas não era nada comparado à dor que sentia no peito. Ela tinha a sensação de que o coração ia saltar para fora das costelas. *Jace, Jace, Jace*, as palavras ecoavam na mente, querendo ser berradas. Ela as conteve. — Hodge, me solte!

Hodge virou, balançando a cabeça.

— Não posso — ele disse, usando um lenço cuidadosamente dobrado para esfregar a mão suja. Ele parecia genuinamente triste. — Você vai tentar me matar.

— Não vou — ela disse. — Prometo.

— Mas você não foi criada como Caçadora de Sombras — ele disse — e suas promessas não significam nada. — A ponta do lenço agora estava soltando fumaça, como se tivesse tocado ácido, e a mão não estava menos escura. Franzindo o rosto, ele desistiu.

— Mas, Hodge — ela disse desesperada —, você não ouviu o que ele disse? Ele vai matar Jace.

— Ele não disse isso. — Hodge estava na mesa agora, pegando um pedaço de papel. Ele pegou uma caneta no bolso, e começou a batê-la com força na ponta da mesa para fazer a tinta fluir. Clary o encarou. Ele estava escrevendo uma *carta*?

— Hodge — ela disse cuidadosamente —, Valentim disse que Jace estaria com o pai em breve. O pai de Jace está *morto*. O que mais ele poderia estar dizendo?

Hodge não tirou os olhos do papel em que estava escrevendo.

— É complicado. Você não entenderia.

— Eu entendo o suficiente. — Parecia que ia queimar a própria língua com tamanha amargura. — Entendo que Jace confiou em você e você o entregou a um homem que detestava o pai dele, e provavelmente o odeia também, por pura covardia de viver com o castigo que merecia.

Hodge levantou a cabeça.

— É isso que você pensa?

— É o que eu sei.

Ele repousou a caneta, balançando a cabeça. Ele parecia cansado, e tão velho, muito mais velho que Valentim, embora tivessem a mesma idade.

— Você só sabe pedaços e fragmentos, Clary. E é melhor assim. — Ele dobrou o papel em que estava escrevendo e jogou-o no fogo, que subiu com um verde ácido brilhante antes de desaparecer.

— O que você está *fazendo*? — perguntou Clary.

— Enviando uma mensagem. — Hodge se afastou do fogo. Ele estava perto dela, separado apenas pela parede invisível. Ela pressionou os dedos contra o obstáculo, desejando furar os olhos de Hodge, apesar de aparentarem tanta tristeza quanto os de Valentim aparentaram fúria. — Você é jovem — ele disse. — O passado não é nada para você, nem mesmo um estranho como o é para os mais velhos, ou um pesadelo como o é para a culpa. A Clave me amaldiçoou porque ajudei Valentim. Mas eu não era o único membro do Ciclo a servi-lo; por acaso os Lightwood não eram tão culpados quanto eu? Ou os Wayland? Eu fui o único condenado a viver fora da minha vida sem nem sequer poder pisar lá fora, sem poder colocar a mão através de uma janela.

— Isso não é culpa minha — disse Clary. — E não é culpa de Jace. Por que castigá-lo pelo que a Clave fez? Entendo entregar o Cálice a Valentim, mas entregar Jace? Ele vai matá-lo, como matou o pai dele...

— Valentim — disse Hodge — não matou o pai de Jace.

Clary sentiu um aperto no peito.

— Não acredito em você! Só o que você faz é contar mentiras! Tudo que já disse é mentira!

— Ah — ele disse —, o absolutismo moral dos jovens, que não permite concessões. Você não está vendo, Clary, que à minha maneira estou tentando ser um bom homem?

Ela balançou a cabeça.

— Não é assim que funciona. As coisas boas que você faz não neutralizam as ruins. Mas — ela mordeu o lábio — se você me dissesse onde o Valentim está...

— Não — ele suspirou. — Dizem que os Nephilim são os filhos de homens e anjos. Toda essa herança angelical nos deu um abismo maior em que cair. — Ele tocou a superfície da barreira invisível com as pontas dos dedos. — Você não foi criada como uma de nós. Você não tem nem uma parte dessa vida de cicatrizes e morte. Ainda há tempo para escapar. Deixe o Instituto, Clary, o mais rápido possível. Vá e não volte nunca mais.

Ela balançou a cabeça.

— Não posso — ela disse. — Não posso fazer isso.

— Então sinto muito — ele disse, e saiu da sala.

A porta se fechou atrás de Hodge, deixando Clary em silêncio. Só havia ela, sua respiração pesada e os dedos contra a barreira invisível que não cedia entre ela e a porta. Ela fez exatamente o que dissera a si mesma que não faria, que foi lançar-se contra a barreira repetidas vezes, até estar completamente exausta e com o corpo dolorido. Depois se jogou no chão e tentou não chorar.

Em algum lugar do outro lado dessa barreira, Alec estava morrendo, enquanto Isabelle esperava que Hodge voltasse e o salvasse. Em algum lugar além desta sala, Jace estava sendo acordado brutalmente por Valentim. Em algum lugar, as chances de Jocelyn estavam desaparecendo, a cada segundo, a cada instante. E ela estava presa ali, tão inútil e impotente quanto a criança que era.

Ela se sentou, lembrando-se do instante na casa de Madame Dorothea em que Jace havia pressionado a estela em sua mão. Ela havia devolvido a ele? Prendendo a respiração, ela apalpou o bolso esquerdo do casaco; estava vazio. Lentamente, a mão foi para o bolso direito, com os dedos suados pegando algo vazio, depois deslizando para alguma coisa dura, lisa e redonda: a estela.

Ela se levantou, com o coração acelerado, e apalpou a parede invisível com a mão esquerda. Ao encontrá-la, recompôs-se, esticando a ponta da estela para a frente com a outra mão até não estar apoiada em mais nada além do ar. Uma imagem já se formava na mente de Clary, como um peixe subindo em água turva, a nitidez das escamas aumentado cada vez mais à medida que se aproximava da superfície. Lentamente no início, depois com mais confiança, ela passou a estela na parede, deixando linhas brilhantes no ar à frente.

Ela sentiu quando o símbolo estava pronto e abaixou a mão, respirando forte. Por um instante, tudo ficou parado e silencioso, e o símbolo estava ali como néon brilhante, queimando-lhe os olhos. Depois fez-se um ruído como o estilhaçar mais alto que Clary já tinha ouvido, como se ela estivesse em uma cachoeira de pedras ouvindo-as baterem no chão ao redor. O símbolo que desenhou ficou preto e se desintegrou como cinzas; o chão sob seus pés estremeceu; depois parou, e ela sabia, sem qualquer sombra de dúvida, que estava livre.

Ainda segurando a estela, ela correu para a janela e abriu a cortina. O crepúsculo caía e as ruas abaixo eram banhadas por um brilho roxo-avermelhado. Ela viu Hodge atravessando a rua, a cabeça grisalha do tutor balançava em meio à multidão.

Ela correu para fora da biblioteca e desceu as escadas, parando somente para colocar a estela de volta no bolso. Ela desceu as escadas correndo e chegou à rua, onde uma multidão já estava se formando. As pessoas que estavam passeando com os respectivos cachorros no crepúsculo úmido deram passagem enquanto ela corria pela borda do East River. Ela viu o próprio reflexo na janela escura de um prédio enquanto dobrava uma esquina. O cabelo suado estava grudado à testa, e o rosto sujo, com sangue seco.

Ela chegou ao cruzamento onde tinha visto Hodge. Por um instante, ela achou que o tivesse perdido. Ela correu pela multidão perto da entrada do metrô, empurrando as pessoas, usando os joelhos e os cotovelos como armas. Suada e ferida, Clary se libertou da multidão a tempo de ver um fragmento do terno desaparecer em uma esquina de um beco entre dois prédios.

Ela passou por um lixão e entrou no beco. O fundo da garganta parecia queimar cada vez que ela respirava. Apesar do crepúsculo na rua, no beco estava escuro como a madrugada. Ela só conseguia enxergar Hodge, no lado oposto do beco, que acabava nos fundos de um restaurante fast-food. O lixo do restaurante estava acumulado do lado de fora: sacos de comida, pratos de papel sujos e talheres de plástico que quebravam desagradavelmente sob os sapatos dele enquanto ele virava para olhar para ela. Ela se lembrou de um poema que havia lido na aula de inglês: "acho que estamos no beco do rato/onde os homens mortos perderam os ossos".

— Você me seguiu — ele disse. — Não deveria ter feito isso.

— Eu o deixarei em paz se me disser onde Valentim está.

— Não posso fazer isso — ele disse. — Ele vai saber que contei e minha liberdade será tão curta quanto a minha vida.

— Já vai ser assim quando a Clave descobrir que você deu o Cálice Mortal a Valentim — disse Clary. — Depois de nos manipular para o encontrarmos para você. Como você pode viver sabendo o que ele planeja fazer?

Ele a interrompeu com uma risada curta.

— Tenho mais medo de Valentim do que da Clave, e você sentiria o mesmo se fosse esperta — ele disse. — Ele teria encontrado o Cálice de qualquer jeito, com ou sem a minha ajuda.

— E você não se importa com o fato de que ele vai utilizá-lo para matar crianças?

Um espasmo passou pelo rosto de Hodge enquanto ele dava um passo para a frente; ela viu alguma coisa brilhar nas mãos dele.

— Isso tudo realmente importa tanto assim?

— Como disse antes — ela disse. — Não posso simplesmente largar tudo.

— É uma pena — ele disse, e ela o viu levantar o braço, e de repente se lembrou de Jace dizendo que a arma de Hodge era o *chakram*, os discos de arremessar. Ela se abaixou mesmo antes de ver o círculo brilhante de metal girar sonoramente em direção a ela; ele passou, assobiando, a centímetros do rosto dela e se enterrou na escada de metal à sua esquerda.

Ela olhou para cima. Hodge continuava encarando-a, com o segundo disco de metal na mão direita.

— Você ainda pode correr — ele disse.

Instintivamente, ela levantou as mãos, embora a lógica dissesse a ela que o disco simplesmente a cortaria em pedaços.

— Hodge...

Alguma coisa lançou-se violentamente na frente dela, algo grande, cinza-escuro e *vivo*. Ela ouviu Hodge soltar um grito de horror. Recuando de forma cambaleante, Clary viu a coisa com mais clareza enquanto esta saltava entre ela e Hodge. Era um lobo, de um metro e oitenta de altura, com a pelagem preta marcada por uma única listra cinza.

Hodge, com o disco metálico na mão, estava tão branco quanto um osso.

— Você — ele suspirou, e, espantada, ela percebeu que Hodge estava falando com o lobo. — Pensei que você tinha fugido...

Os lábios do lobo se contraíram, deixando os dentes à mostra, e ela viu a língua vermelha do bicho. Os olhos se encheram de ódio ao avistarem Hodge, um ódio puro e humano.

— Você veio atrás de mim ou da garota? — indagou Hodge, com as têmporas suadas, mas a mão estava firme.

O lobo foi em direção a ele, rosnando baixo.

— Ainda há tempo — disse Hodge. — Valentim te aceitaria de volta...

Com um uivo, o lobo atacou. Hodge gritou novamente, depois viu-se um flash prateado, e também um barulho horrível enquanto a *chakram* se enterrava na lateral do lobo. O animal empinou, e Clary viu a ponta do disco na pele do lobo, cheio de sangue, exatamente quando ele atingiu Hodge.

Hodge gritou uma vez enquanto caía, as mandíbulas do lobo se fechando sobre o ombro dele. Sangue voou no ar como o spray de tinta de uma lata furada, respingando a parede de cimento de vermelho. O lobo levantou a cabeça do corpo do tutor e voltou o olhar cinzento e lupino para Clary, com os dentes pingando um líquido vermelho.

Ela não gritou. Não tinha ar suficiente nos pulmões para que pudesse produzir algum barulho; Clary cambaleou e correu para a entrada do beco e para as familiares luzes de néon da rua, para a segurança do mundo real. Ela podia ouvir o lobo rosnando, podia sentir a respiração quente na parte de trás das pernas, expostas. Ela deu uma última guinada, lançando-se em direção à rua...

As mandíbulas do lobo se fecharam na perna dela, puxando-a para trás. Antes de bater com a cabeça no pavimento, caindo na escuridão, Clary descobriu que tinha ar suficiente para gritar, afinal.

O som de água pingando a acordou. Lentamente, Clary abriu os olhos. Não tinha muito para ver. Ela estava deitada em uma cama baixa larga, no chão de um pequeno quarto com paredes sujas. Havia uma mesa apoiada em uma parede. Nela, havia um castiçal de aparência barata com uma vela vermelha que provia a única luz do quarto. O teto estava rachado e úmido, e a água corria pelas fissuras na pedra. Clary teve a vaga impressão de que alguma coisa estava faltando no quarto, mas essa preocupação logo perdeu espaço para o forte cheiro de cachorro molhado.

Ela se sentou e imediatamente desejou não tê-lo feito. Uma dor quente passou por sua cabeça como uma lança, seguida por uma onda de náuseas. Se ela tivesse alguma coisa no estômago, teria vomitado.

Havia um espelho sobre a cama, pendurado em um prego enterrado entre duas pedras. Ela olhou para ele e ficou chocada. Não era surpresa estar com o rosto dolorido — arranhões longos e paralelos estendiam-se do canto direito de seu olho até o limite da boca. A bochecha direita estava cheia de sangue, e havia sangue no pescoço e em toda a frente da blusa e do casaco. Um pânico súbito a invadiu, ela levou a mão ao bolso, e então relaxou. A estela ainda estava lá.

Foi então que percebeu o que havia de estranho com o recinto. Uma das paredes era composta por barras: barras de ferro espesso que ia do chão até o teto. Ela estava em uma cela.

Com as veias pulsando de adrenalina, Clary se levantou cambaleante. Uma onda de tontura se abateu sobre ela, que precisou se apoiar na mesa para não cair. *Não vou desmaiar*, ela disse a si mesma. Em seguida ouviu passos.

Alguém estava vindo pelo corredor do lado de fora da cela. Clary recuou em direção à mesa.

Era um homem. Ele trazia uma lâmpada, com uma luz mais brilhante do que vela, o que fez com que ela piscasse e o reduzia a uma sombra iluminada. Ela viu altura, ombros largos, cabelos desgrenhados; somente quando ele empurrou a porta da cela e entrou foi que ela percebeu quem era.

Ele parecia o mesmo: jeans gastos, camisa jeans, botas de trabalho, cabelo desigual e o mesmo par de óculos na ponta do nariz. As cicatrizes que havia observado na lateral de sua garganta quando o vira pela última vez agora eram fragmentos brilhantes de pele em processo de cura.

Luke.

Aquilo tudo era demais para Clary. Exaustão, falta de sono e de comida, pavor e perda de sangue, tudo isso a alcançou em uma onda só. Ela sentiu os joelhos tremerem enquanto caía ao chão.

Em um segundo, Luke atravessou a sala. Ele agiu tão rápido que ela não teve tempo de atingir o chão antes de ele segurá-la, levantando-a do jeito que fazia quando ela era uma garotinha. Ele a ajeitou na cama e deu um passo para trás, com olhos ansiosos.

— Clary — disse ele, estendendo-se a ela. — Você está bem?

Ela recuou, levantando as mãos para afastá-lo.

— Não toque em mim.

Uma expressão de dor profunda cruzou o rosto dele. Cansado, ele passou a mão na testa.

— Acho que mereço isso.

— É verdade. Merece.

A expressão no rosto dele era perturbada.

— Não espero que confie em mim...

— Ótimo. Pois não confio.

— Clary... — ele começou a andar de um lado para o outro na cela. — O que eu fiz... não espero que você entenda. Sei que você acha que te abandonei...

— Mas você me abandonou mesmo — ela disse. — Você disse para nunca mais te ligar. Você nunca se importou comigo. Nunca se importou com a minha mãe. Mentiu sobre tudo.

— Não sobre tudo — ele disse.

— Então seu nome realmente é Luke Garroway?

Os ombros dele relaxaram perceptivelmente.

— Não — ele disse, em seguida olhou para baixo. Uma linha vermelha estava se espalhando na frente da blusa jeans azul dele.

Clary sentou ereta.

— Isso é *sangue*? — ela perguntou. Esqueceu de ficar furiosa por um instante.

— É — disse Luke, com as mãos nas laterais do corpo. — A ferida deve ter aberto quando te levantei.

— Que ferida? — Clary não pôde deixar de perguntar.

Ele, então, respondeu:

— Os discos de Hodge ainda são afiados, apesar de o braço dele não ser mais o mesmo. Acho que ele pode ter fraturado uma costela.

— Hodge? — disse Clary. — Quando você...?

Ele olhou para ela, sem dizer nada, e Clary de repente se lembrou do lobo no beco, todo preto, exceto por uma linha cinza na lateral, e ela se lembrou do disco que o atingiu, então percebeu.

— Você é um *lobisomem*.

Ele afastou a mão da camisa; os dedos estavam manchados de vermelho.

— Sim — ele confimou, lacônico. Ele foi até a parede e a arranhou com força: uma, duas, três vezes. Em seguida virou novamente para ela. — Sou.

— Você matou Hodge — ela disse, lembrando-se.

— Não — ele balançou a cabeça. — Eu o machuquei bastante, eu acho, mas quando voltei para pegar o corpo, não estava mais lá. Ele deve ter fugido.

— Você atacou o ombro dele — ela disse. — Eu vi.

— Sim. Mas vale a pena observar que ele estava tentando te matar. Ele machucou mais alguém?

Clary mordeu o lábio. Ela sentiu gosto de sangue, mas era sangue velho de onde Hugo a havia atacado.

— Jace — ela disse em um sussurro. — Hodge o nocauteou e o entregou... a Valentim.

— A *Valentim*? — perguntou Luke, abismado. — Eu sabia que Hodge tinha dado o Cálice Mortal a Valentim, mas não sabia...

— Como você sabia disso? — começou Clary, antes de se lembrar. — Você me ouviu conversando com ele no beco — ela disse. — Antes de pular em cima dele.

— Eu pulei em cima dele, como você mesma disse, porque ele estava prestes a arrancar sua cabeça — disse Luke, em seguida olhou para cima enquanto a porta da cela se abria novamente e um homem entrava, seguido por uma mulher pequena, tão baixa que parecia uma criança. Ambos vestiam roupas simples e casuais: jeans e camisetas de algodão, e ambos tinham o mesmo penteado desarrumado, embora os cabelos da mulher fossem claros e os do homem, grisalhos. Os dois tinham o mesmo rosto jovem-velho, sem rugas, mas com olhos cansados. — Clary — disse Luke —, estes são meu número dois e número três, Gretel e Alaric.

Alaric inclinou a enorme cabeça para ela.

— Nós nos conhecemos.

Clary o encarou, alarmada.

— Conhecemos?

— No Hotel Dumort — ele disse. — Você pôs uma faca nas minhas costelas.

Ela se encolheu contra a parede.

— Eu... Eu sinto muito...

— Não sinta — ele disse. — Foi um arremesso excelente. — Ele pôs a mão no bolso do peito e pegou a adaga de Jace, dando uma piscadela com o olho vermelho. Ele a estendeu para ela. — Acho que isso é seu.

Clary olhou fixamente.

— Mas...

— Não se preocupe. — Ele a tranquilizou. — Eu limpei a lâmina.

Sem palavras, ela pegou a adaga. Luke estava rindo consigo mesmo.

— Pensando bem — ele disse —, talvez a incursão no Dumort não tenha sido tão bem planejada quanto poderia ter sido. Eu havia separado um grupo dos meus lobos para observá-la, e irem atrás de você se você corresse algum perigo. Quando você entrou no Dumort...

— Eu e Jace poderíamos ter dado conta do recado — Clary pôs a adaga no cinto.

Gretel sorriu para ela de forma tolerante.

— Foi para isso que nos chamou, senhor?

— Não — disse Luke. Ele tocou o lado do corpo. — Minha ferida se abriu, e Clary está com alguns ferimentos que também demandam alguns cuidados. Se você não se importar em buscar o material...

Gretel inclinou a cabeça.

— Já volto com o kit de primeiros socorros — ela disse, e saiu, Alaric a seguiu como se fosse uma sombra gigante.

— Ela te chamou de "senhor" — disse Clary, assim que a porta da cela se fechou atrás deles. — E o que você quer dizer com número dois e número três? Dois e três em quê?

— No comando — Luke disse lentamente. — Sou o líder deste bando. É por isso que Gretel me chamou de "senhor". Pode acreditar,

tive muito trabalho para fazer com que ela parasse de me chamar de "mestre".

— Minha mãe sabia?

— Sabia o quê?

— Que você é um lobisomem?

— Sim. Ela sabe desde que aconteceu.

— Nenhum de vocês dois, é óbvio, pensou em mencionar nada para mim.

— Eu teria contado — disse Luke. — Mas sua mãe estava decidida a não deixar que você soubesse nada sobre os Caçadores de Sombras ou sobre o Mundo das Sombras. Eu não poderia explicar o fato de ser um lobisomem como um evento isolado, Clary. Tudo faz parte da situação maior que sua mãe não queria que você soubesse. Não sei o que você já sabe...

— Muita coisa — Clary disse secamente. — Sei que minha mãe era uma Caçadora de Sombras. Sei que foi casada com Valentim e roubou dele o Cálice Mortal, e se refugiou. Sei que, depois que me teve, ela me levou a Magnus Bane a cada dois anos para tirar a minha Visão. Sei que, quando Valentim tentou te convencer a contar para ele onde estava o Cálice Mortal em troca da vida da minha mãe, você disse que não se importava com ela.

Luke olhou fixamente para a parede.

— Eu não sabia onde o Cálice estava — ele disse. — Ela nunca me contou.

— Você poderia ter tentado negociar...

— Valentim não negocia. Nunca negociou. Se a vantagem não for dele, ele nem conversa. Ele é inteiramente egoísta e não tem a menor compaixão, e apesar de ter amado a sua mãe um dia, não hesitaria em matá-la. Não, eu não iria negociar com Valentim.

— Então você simplesmente decidiu *abandoná-la*? — Clary perguntou furiosamente. — Você é o líder de um bando inteiro de lobisomens e simplesmente decidiu que ela não precisava da sua ajuda? Sabe, já era ruim quando eu pensava que você fosse outro Caçador de Sombras que tinha virado as costas para ela por causa de algum juramento estúpido de Caçador de Sombras, mas agora sei que você não passa de mais um membro lodoso do Submundo que sequer se importou com o fato de que durante todos aqueles anos ela te tratou como um amigo, como um semelhante, e é assim que você retribui!

— Ouça só você — Luke disse silenciosamente. — Você soa como uma Lightwood.

Ela franziu os olhos.

— Não fale de Alec e Isabelle como se os conhecesse.

— Estava falando dos pais deles — disse Luke. — A quem conheci, muito bem, por sinal, quando todos nós éramos Caçadores de Sombras.

Ela sentiu os lábios se partirem em uma reação de surpresa.

— Eu sabia que você era do Ciclo, mas como conseguiu impedi-los de descobrir que você era um lobisomem? Eles não sabiam?

— Não — disse Luke. — Porque eu não nasci um lobisomem. Fui transformado em um. E sei que, se você se dispuser a ouvir alguma coisa que eu tenha a dizer, terá que ouvir a história inteira. É longa, mas acho que temos tempo.

Parte Três
O Descenso Acena

O descenso acena,
como a ascensão acenou.

— William Carlos Williams, *The Descent*.

21

O Conto do Lobisomem

— A verdade é que conheço sua mãe desde que éramos crianças. Crescemos em Idris. É um lugar lindo, e sempre lamentei o fato de você nunca tê-lo visto: você adoraria os pinheiros no inverno, a terra escura, os rios cristalinos. Há uma pequena rede de povoados, e uma única cidade, Alicante, onde a Clave se reúne. Chamam-na de Cidade de Vidro porque as torres são esculpidas com a mesma substância que repele demônios encontrada em nossas estelas; no sol, brilham como vidro.

"Quando eu e Jocelyn tínhamos idade suficiente, fomos mandados para a escola em Alicante. Foi lá que conheci Valentim.

"Ele era um ano mais velho do que eu. De longe, o menino mais popular da escola. Era bonito, inteligente, rico, dedicado, um guerreiro incrível. Eu não era nada — nem rico, nem brilhante; vinha de uma família do campo sem qualquer importância. E tinha dificuldade nos estudos. Jocelyn era uma Caçadora de Sombras nata; eu, não. Não conseguia suportar a mais leve das Marcas, ou aprender as técnicas mais simples. Às vezes pensava em fugir, voltar envergonhado para casa. Até mesmo em me tornar um mundano. Eu era muito infeliz.

"Foi Valentim quem me salvou. Ele veio até o meu quarto, eu nem imaginava que ele soubesse o meu nome. Ofereceu-se para me treinar. Disse que sabia que eu tinha dificuldades, mas enxergou em mim as sementes para um grande Caçador de Sombras. E sob a tutela dele realmente melhorei. Passei nas provas, fiz as primeiras Marcas, matei meu primeiro demônio.

"Eu o idolatrava. Achava que o sol nascia e se punha em Valentim Morgenstern. Não fui o único estranho no ninho que ele resgatou. Havia outros. Hodge Starkweather, que se relacionava melhor com livros do que com pessoas; Maryse Trueblood, cujo irmão se casara com uma mundana; Robert Lightwood, que morria de medo das Marcas — Valentim cuidou de todos eles. Naquela época, achei que fosse bondade; hoje não tenho tanta certeza assim. Acho que ele estava construindo um culto a si mesmo.

"Valentim era obcecado pela ideia de que a cada geração havia menos Caçadores de Sombras — que éramos uma espécie em extinção. Ele tinha certeza de que, se a Clave utilizasse o Cálice de Raziel com mais liberdade, mais Caçadores de Sombras poderiam ser criados. Para os professores, essa ideia era um sacrilégio — não é qualquer um que pode determinar quem pode e quem não pode tornar-se um Caçador de Sombras. Desenvolto, Valentim perguntava: Então por que não tornar todos os homens Caçadores de Sombras? Por que não presentear a todos eles com a capacidade de enxergar o Mundo das Sombras? Por que manter o poder restrito a nós, de forma tão egoísta?

"Quando os professores respondiam que a maioria dos humanos não consegue sobreviver à transição, Valentim alegava que estavam mentindo, tentando manter o poder de Nephilim limitado a uma elite de poucos. Era isso que ele dizia na época — agora acho que ele provavelmente achava que o efeito colateral justificava o resultado final. De qualquer forma, ele convenceu nosso pequeno grupo de que estava certo. Formamos o Ciclo, e nossa intenção declarada era salvar a raça dos Caçadores de Sombras da extinção. É óbvio que, aos 17 anos, não sabíamos ao certo como iríamos fazer isso, mas tínhamos certeza de que eventualmente conquistaríamos alguma coisa majestosa.

"Então veio a noite em que o pai de Valentim foi morto em um treinamento de rotina, em um acampamento de lobisomens. Quando Valentim voltou à escola, depois do enterro, estava com as Marcas vermelhas de luto. Estava diferente em outros aspectos. A bondade intercalava com flashes de raiva que beiravam a crueldade. Atribuí esse novo comportamento à dor e tentei agradá-lo mais do que nunca. Jamais reagi à sua raiva com raiva. Tive apenas a impressão terrível de que o havia desapontado.

"A única pessoa capaz de acalmar a raiva dele era sua mãe. Ela sempre se manteve um pouco apartada do nosso grupo, às vezes zombava de nós, chamando-nos de fã-clube do Valentim. Isso mudou quando o pai dele morreu. A dor dele despertou a solidariedade dela. Eles se apaixonaram.

"Eu também o amava: ele era meu melhor amigo, e eu estava feliz em ver Jocelyn com ele. Quando saímos da escola, eles se casaram e foram viver na propriedade da família dela. Eu também voltei para casa, mas o Ciclo continuou. Havia começado como uma espécie de aventura de escola, mas cresceu em poder e em escala, e Valentim cresceu junto. Os ideais também haviam mudado. O Ciclo ainda clamava pelo Cálice Mortal, mas, desde a morte do pai, Valentim se tornara um militante em favor de guerra contra todos os membros do Submundo, não apenas aqueles que quebravam os Acordos. Este mundo era para humanos, ele dizia, não para quem fosse em parte demônio. Em demônios não se podia confiar.

"Eu me sentia desconfortável com a nova direção do Ciclo, mas me mantive unido a eles — em parte, porque ainda não conseguia suportar decepcionar Valentim, em parte porque Jocelyn me pediu para continuar. Ela tinha alguma esperança de que eu trouxesse alguma moderação ao Ciclo, mas isso era impossível. Não havia como moderar Valentim, e Robert e Maryse Lightwood — que já eram casados — eram quase tão ruins quanto. Somente Michael Wayland estava incerto, como eu, mas, a despeito da relutância, seguimos com o Ciclo; como um grupo, caçávamos membros do Submundo incansavelmente, perseguindo todos aqueles que tivessem cometido alguma infração, por menor que fosse. Valentim nunca matou qualquer criatura que não tivesse quebrado os Acordos, mas fazia outras coisas. Eu o vi amarrar moedas de prata nas pálpebras de uma menininha lobisomem, em uma tentativa de fazer com que a garota contasse onde o irmão dela estava... eu vi... mas você não precisa ouvir isso. Não. Desculpe.

"O que aconteceu em seguida foi que Jocelyn engravidou. No dia em que me contou isso, ela também me confessou que passara a sentir medo do marido. O comportamento dele havia se tornado estranho, errático. Ele desaparecia pelos celeiros durante noites a fio. Ela às vezes ouvia gritos pelas paredes...

"Fui até ele. Ele riu, desconsiderando os medos dela como paranoias de uma mulher que carregava o primeiro filho no ventre. Ele me convidou para caçar com ele naquela noite. Ainda estávamos tentando limpar o bando de lobisomens que matara seu pai anos antes. Éramos *parabatai*, um time de caça perfeito composto por dois guerreiros que morreriam um pelo outro. Então, quando Valentim disse que me cobriria naquela noite, acreditei nele. Não vi o lobo até que ele estivesse em cima de mim. Lembro-me dos dentes cravados no meu ombro, e de mais nada daquela noite. Quando acordei, estava deitado na casa de Valentim, com o ombro atado, e Jocelyn estava lá.

"Nem todas as mordidas de lobisomem resultam em licantropia. Curei-me do ferimento e passei as semanas seguintes em um tormento de espera. Espera pela lua cheia. A Clave teria me trancado em uma cela de observação se tivesse sabido. Mas Valentim e Jocelyn guardaram segredo. Três semanas depois, a lua subiu, cheia e brilhante, e eu comecei a me transformar. A primeira Transformação é sempre a mais difícil. Lembro-me de uma agonia infindável, de uma escuridão sem fim e de ter acordado horas mais tarde em um campo a quilômetros da cidade. Estava coberto de sangue, com o corpo mutilado de uma espécie de animal da floresta a meus pés.

"Voltei para o casarão e eles me encontraram na porta. Jocelyn caiu sobre mim, choramingando, mas Valentim a puxou para longe. Eu estava lá, sangrando e tremendo dos pés à cabeça. Mal conseguia pensar, com o gosto de carne crua ainda na boca. Não sei o que tinha esperado, mas acho que deveria ter sabido.

"Valentim me arrastou para baixo das escadas e para a floresta com ele. Ele me disse que deveria me matar pessoalmente, mas que, ao me ver ali, não conseguia. Ele me deu uma adaga que pertencera ao pai dele e disse que eu deveria ter a atitude honrosa de me matar. Beijou a adaga ao entregá-la para mim, voltou para dentro do casarão e bloqueou a porta.

"Corri pela noite, às vezes como homem, às vezes como lobo, até cruzar a fronteira. Fui parar no meio do acampamento de lobisomens, empunhando a adaga, e exigi encontrar em combate o licantrope que me mordera e me transformara em um deles. Rindo, eles me apontaram para o líder do bando. Com as mãos e os dentes ainda sangrentos da caça, ele se levantou para me encarar.

"Nunca tinha sido muito fã de combate individual. Minha arma era o arco e flecha; eu tinha mira e visão excelentes. Mas nunca havia sido muito bom em batalhas de curta distância. Eu só queria morrer, e levar comigo a criatura que me arruinara. Acho que pensei que, se conseguisse me vingar, e matar os lobos que tinham matado o pai dele, Valentim sentiria a minha perda. Enquanto lutávamos, às vezes como homens e às vezes como lobos, vi que ele se surpreendeu com a minha ferocidade. Enquanto a noite se transformava em dia, ele começou a se cansar, mas minha fúria não se abateu. E, quando o sol começou a baixar novamente, enfiei a adaga no pescoço dele e ele morreu, deixando-me ensopado de sangue.

"Esperava que o bando fosse partir para cima de mim e me estraçalhar. Mas se ajoelharam aos meus pés e exibiram as gargantas em sinal de submissão. Os lobos têm uma lei: quem matar o líder do bando assume seu lugar. Fui ao acampamento dos lobos e, em vez de encontrar morte e vingança, encontrei uma nova vida.

"Deixei minha antiga vida para trás e quase me esqueci de como era ser um Caçador de Sombras. Mas não me esqueci de Jocelyn. Ela, em meus pensamentos, era minha constante companhia. Temia por ela, em virtude da presença de Valentim, mas sabia que se me aproximasse do casarão o Ciclo me perseguiria até me matar.

"No fim das contas, ela veio até mim. Eu estava dormindo no acampamento quando meu segundo na linha de comando disse que uma jovem Caçadora de Sombras queria me ver. Imediatamente soube quem era. Eu podia ver o ar de reprovação nos olhos deles enquanto corria para encontrá-la. Todos eles sabiam que eu já havia sido um Caçador de Sombras, é óbvio, mas isso era considerado um segredo vergonhoso, jamais mencionado. Valentim teria rido.

"Ela estava esperando por mim do lado de fora do acampamento. Não estava mais grávida, e tinha uma aparência pálida e esgotada. Ela tivera o filho, um menino, e o batizara de Jonathan Christopher. Ela chorou ao me ver. Estava brava por eu não tê-la avisado de que ainda estava vivo. Valentim dissera ao Ciclo que eu me matara, mas ela não acreditara. Ela sabia que eu jamais faria isso. Senti que a fé dela em mim não tinha garantias, mas estava tão aliviado em vê-la novamente que não a contradisse.

"Perguntei como ela havia me encontrado. Ela disse que havia boatos em Alicante sobre um lobisomem que já havia sido Caçador de Sombras. Valentim também escutara os boatos, e ela tinha vindo para me alertar. Ele veio logo depois, mas me escondi dele, como os lobisomens podem fazer, e ele foi embora sem qualquer derramamento de sangue.

"Depois disso, comecei a me encontrar com Jocelyn em segredo. Era o ano dos Acordos, e todo o Submundo estava alvoroçado por conta deles, e por conta dos prováveis planos de Valentim para interrompê-los. Ouvi dizer que ele havia discutido fervorosamente na Clave contra os Acordos, mas sem sucesso. Então o Ciclo pensou num novo plano, elaborado em sigilo. Eles se aliaram aos demônios — os maiores inimigos dos Caçadores de Sombras — para conseguir armas que pudessem entrar no Grande Salão do Anjo sem serem detectadas, onde os Acordos seriam assinados. E, com a ajuda de um demônio, Valentim roubou o Cálice Mortal. Em seu lugar, deixou uma cópia. A Clave levou meses para perceber que o Cálice havia desaparecido, e àquela altura era tarde demais.

"Jocelyn tentou descobrir o que Valentim pretendia fazer com o Cálice, mas não conseguiu. Mas ela sabia que o Ciclo pretendia avançar sobre os membros do Submundo desarmados e assassiná-los no Salão. Depois de um massacre daquela natureza, os Acordos falhariam.

"Apesar do caos, de um jeito estranho, aqueles foram dias felizes. Eu e Jocelyn enviamos mensagens dissimuladamente para as fadas, os feiticeiros e até mesmo os velhos inimigos dos lobos, os vampiros, alertando-os quanto aos planos de Valentim, e anunciando que deveriam preparar-se para a batalha. Trabalhamos juntos, lobisomem e Nephilim.

"No dia dos Acordos, assisti escondido enquanto Jocelyn e Valentim deixavam o casarão. Lembro-me de como ela se abaixou para beijar a cabeça loura, quase branca, do filho. Lembro-me do sol iluminando a cabeça dela; lembro-me do sorriso.

"Eles foram para Alicante de charrete; fui atrás correndo sobre quatro patas, e meu bando correu comigo. O Grande Salão do Anjo estava lotado com todos os membros da Clave e fileiras e fileiras de membros do Submundo. Quando os Acordos foram apresentados para assinatura, Valentim se levantou, e o Ciclo se levantou com ele, tirando as capas para sacar as armas. Quando o Salão se transformou em um caos, Jocelyn correu para as portas duplas do Salão e as abriu.

"Meu bando era o primeiro à porta. Invadimos o Salão, rasgando a noite com nossos uivos, seguidos por guerreiros do reino das fadas com armas de vidro e chifres tortos. Depois deles, vieram as Crianças Noturnas com as presas expostas, e feiticeiros com ferro e chamas. Enquanto as massas em pânico fugiam do Salão, atacamos os membros do Ciclo.

"O Grande Salão do Anjo jamais havia testemunhado um banho de sangue daqueles. Tentamos não ferir os Caçadores de Sombras que não faziam parte do Ciclo; Jocelyn os havia marcado, um a um, com o encanto de um feiticeiro. Mas muitos morreram, e temo que tenhamos sido responsáveis por algumas mortes. Certamente, depois disso, fomos responsabilizados por muitas. Quanto ao Ciclo, havia muito mais deles do que imaginávamos, e eles combateram os seres do Submundo ferozmente. Passei pela multidão até Valentim. Ele era meu único pensamento — que talvez eu pudesse ser o responsável por sua morte, que poderia ter essa honra. Finalmente, eu o encontrei ao lado da grande estátua do Anjo, matando um cavaleiro do reino das fadas com um golpe certeiro da adaga suja de sangue. Ao me ver, ele sorriu, brutal e feroz.

"— Um lobisomem que luta com espadas e adaga — ele disse — é tão artificial quanto um cachorro que come com garfo e faca.

"— Você conhece a espada, você conhece a adaga — falei. — E sabe quem eu sou. Se tiver que se dirigir a mim, use o meu nome.

"— Não uso nomes de semi-homens — disse Valentim. — Tive um amigo, um homem de honra que morreria antes de permitir que seu sangue se poluísse. Agora um monstro inominável com o rosto dele está na minha frente. — Ele ergueu a espada. — Deveria tê-lo matado quando tive a chance — ele gritou, e correu em minha direção.

"Interceptei o golpe, lutamos pelo estrado, enquanto a batalha fervilhava a nosso redor, e os membros do Ciclo caíam, um a um. Vi os Lightwood largarem as armas e fugirem; Hodge já havia desaparecido, fugiu logo no início. Depois vi Jocelyn correndo para cima das escadas em minha direção, seu rosto era uma máscara de medo.

"— Valentim, pare! — ela gritou. — É Luke, seu quase irmão...

"Com um rosnado, Valentim a pegou e colocou-a na frente dele, com a adaga no pescoço dela. Larguei minha lança. Não arriscaria a segurança dela. Ele viu o que havia nos meus olhos.

"— Você sempre a quis — ele sibilou. — Agora vocês dois tramaram me trair. Vocês vão se arrepender do que fizeram, pelo resto da vida.

"Com isso, ele arrancou o cordão do pescoço de Jocelyn e o jogou para mim. O cordão de prata me queimou como um açoite. Gritei e caí para trás, e naquele momento ele desapareceu no campo de batalha, levando-a com ele. Fui atrás, queimado e sangrando, mas ele foi rápido demais, cortando caminho pela multidão e pelos mortos.

"Cambaleei até o luar. O Salão estava queimando e o céu estava aceso com fogo. Podia enxergar por todos os campos verdes da capital, até o rio escuro, e a estrada pela margem do rio, onde as pessoas fugiam noite afora. Encontrei Jocelyn na margem do rio, finalmente. Valentim havia desaparecido, e ela estava desesperada por Jonathan, desesperada para voltar para casa. Encontramos um cavalo, e ela partiu. Transformando-me em lobo, fui atrás.

"Lobos são velozes, mas um cavalo descansado é ainda mais. Logo fiquei para trás, e ela chegou ao casarão antes de mim.

"Enquanto me aproximava, eu sabia que alguma coisa estava terrivelmente errada. Lá também o cheiro de fogo estava pesado no ar, e havia algo se sobrepondo a ele, algo espesso e doce — o cheiro de feitiço demoníaco. Tornei-me homem novamente e fui mancando pela estrada, branca ao luar, como um rio de chumbo prateado... em ruínas. O casarão fora reduzido a cinzas, camada sobre camada de brancura, espalhadas na entrada pelo vento noturno. Só os alicerces, como ossos queimados, ainda eram visíveis: uma janela aqui, uma chaminé caída ali — mas a essência da casa, os tijolos e a argamassa, os livros de valor inestimável e as tapeçarias antigas, passadas de geração em geração de Caçadores de Sombras, tudo havia virado pó e estava voando sob a face da lua.

"Valentim havia destruído a casa com fogo demoníaco. Só podia. Nenhum fogo neste mundo queima tanto, ou deixa tão pouco para trás.

"Fui até as ruínas que ainda queimavam. Encontrei Jocelyn ajoelhada no que talvez tivessem sido os degraus de entrada. Estavam escurecidos pelo fogo. E havia ossos. Escurecidos, mas reconhecidamente humanos, com pedaços de tecido aqui e ali, e fragmentos de joias que o fogo não tinha levado. Fios dourados e vermelhos ainda nos ossos da mãe de Jocelyn, e o calor do fogo havia derretido a adaga do pai dela em sua mão esquelética. Entre outra pilha de ossos, brilhava o amuleto prateado de Valentim, com a insígnia do Ciclo ainda queimando no rosto dele... e, entre os restos, espalhados como se fossem frágeis demais para se manter juntos, havia os despojos de uma criança.

"*Vocês vão se arrepender do que fizeram*, Valentim dissera. E, ao me ajoelhar com Jocelyn no pavimento de pedras queimadas, sabia que ele estava certo. Eu me arrependi, e me arrependi todos os dias desde então.

"Voltamos pela cidade naquela noite, entre os incêndios que ainda queimavam e as pessoas berrando, depois pela escuridão do campo.

Jocelyn levou uma semana para voltar a falar. Fugimos para Paris. Não tínhamos dinheiro, mas ela se recusou a ir ao Instituto de lá para pedir ajuda. Ela não queria saber mais de Caçadores de Sombras, ela me disse, não queria mais saber do Mundo das Sombras.

"Sentei em um hotel pequeno e barato, em um quarto que tínhamos alugado, e tentei devolver-lhe o juízo, mas não adiantou nada. Ela era obstinada. Finalmente me disse por quê: estava grávida novamente, e sabia disso. Ela faria uma vida nova para ela e para o novo bebê, e não queria que qualquer menção de Clave ou Pacto envenenasse seu futuro. Ela me mostrou o amuleto que havia retirado da pilha de ossos; no mercado de pulgas de Clignancourt, ela o vendeu e com aquele dinheiro comprou uma passagem de avião. Ela não quis me dizer para onde estava indo. Quanto mais longe de Idris conseguisse ficar, ela me disse, melhor.

"Eu sabia que deixar a antiga vida para trás significava me deixar para trás também, e argumentei com ela, mas não adiantou nada. Eu sabia que, se não fosse pelo bebê que ela estava esperando, ela teria se matado e, como perdê-la para o mundo dos mundanos era melhor do que perdê-la para a morte, finalmente concordei com o plano, embora relutante. Então me despedi dela no aeroporto. As últimas palavras que Jocelyn me disse naquela terrível despedida me deram calafrio na espinha: "Valentim não está morto."

"Depois que ela se foi, voltei para meu bando, mas não encontrei paz. Havia um vazio doloroso e constante em mim, e eu sempre acordava com o nome dela nos lábios. Não era mais o líder de outrora; isso eu sabia. Eu era justo e correto, mas contido; não conseguia fazer amigos entre os lobos, tampouco tinha uma parceira. No fim das contas, eu era excessivamente humano — excessivamente Caçador de Sombras — para encontrar sossego entre os licantropes. Eu caçava, mas a caça não trazia satisfação; e quando chegou a hora de os Acordos serem finalmente assinados, fui até a cidade.

"No Salão do Anjo, limpos do sangue, os Caçadores de Sombras e as quatro espécies de semi-humanos sentaram novamente para assinar os papéis que selariam a paz entre nós. Fiquei chocado ao ver os Lightwood, que pareciam tão chocados quanto eu pelo fato de eu não estar morto. Eles mesmos, disseram, junto com Hodge Starkweather e Michael Wayland, foram os únicos membros do antigo Ciclo a escapar da morte naquela noite no Salão. Michael, abalado pela dor de ter perdido a mulher, se refugiara no campo com o filho. A Clave havia punido os outros três com o exílio: estavam sendo enviados para Nova York, para dirigirem o Instituto de lá. Os Lightwood, que tinham conexões com as famílias mais importantes da Clave, receberam uma sentença muito mais leve que a de Hodge. Ele havia sido amaldiçoado: iria com eles, mas, se algum dia saísse dos confins do Instituto, seria instantaneamente morto. Ele estava se dedicando aos estudos, eles disseram, e se tornaria um bom tutor para os filhos deles.

"Quando assinamos os Acordos, levantei da minha cadeira e saí do salão, fui até o rio onde havia encontrado Jocelyn na noite da Ascensão. Observando o fluxo das águas escuras, soube que nunca encontraria paz na minha própria terra: precisava estar com ela ou em lugar nenhum. Resolvi que iria procurá-la.

"Deixei meu bando, indicando um sucessor para ocupar meu lugar; acho que ficaram aliviados com a minha partida. Viajei como um lobo sem bando viaja: sozinho, à noite, mantendo-me próximo às estradas. Voltei a Paris, mas não achei pista alguma por lá. Depois fui a Londres. De lá, peguei um barco para Boston.

"Passei um tempo nas cidades, depois nas Montanhas Brancas do norte congelado. Viajei bastante, mas cada vez mais me via pensando em Nova York, e nos Caçadores de Sombras exilados de lá. Jocelyn, de certa forma, também estava exilada. Logo cheguei à Nova York, com apenas uma mochila, e sem a menor ideia de onde procurar sua mãe. Teria sido muito fácil encontrar um bando de lobisomens ao qual me juntar, mas resisti. Como havia feito em outras cidades, enviei mensagens pelo Submundo, procurando qualquer sinal de Jocelyn, mas não havia nada, nenhuma pista, era como se ela simplesmente tivesse desaparecido na realidade mundana sem deixar rastros. Comecei a me desesperar.

"No fim das contas, eu a encontrei por acaso. Estava nas ruas do SoHo, a esmo. Enquanto pisava sobre o asfalto de pedras da Broome Street, um quadro na vitrine de uma galeria chamou minha atenção.

"Era uma paisagem que reconheci imediatamente: a vista da janela do casarão da família dela, o gramado verde passando entre as árvores que escondiam a estrada além. Reconheci seu estilo, as pinceladas, tudo. Bati à porta da galeria, e dessa vez vi a assinatura. Foi a primeira vez que vi seu novo nome: Jocelyn Fray.

"Naquela mesma noite eu a encontrei morando no quinto andar de um prédio sem elevador, naquele refúgio dos artistas, o East Village. Subi as escadas pouco iluminadas com o coração na garganta, e bati à sua porta. Quem abriu foi uma garotinha com tranças ruivas e olhos inquisitivos. Então, atrás dela, vi Jocelyn caminhando em minha direção, com as mãos sujas de tinta e o rosto idêntico à época em que éramos crianças...

"O resto você já sabe."

22

A Ruína de Renwick

Por um longo instante depois que Luke acabou de falar, fez-se silêncio na sala. O único som era o fraco ruído da água correndo pelas paredes de pedra. Finalmente, ele falou:

— Diga alguma coisa, Clary.

— *O que você quer que eu diga*?

Ele suspirou.

— Talvez que entende?

Clary podia ouvir o sangue latejando nas orelhas. Ela se sentia como se a própria vida tivesse sido construída em uma camada de gelo, fina como papel, e agora o gelo estava começando a rachar, ameaçando lançá-la na escuridão gelada abaixo. Na água escura, ela pensou, onde todos os segredos da mãe navegavam pelas correntes, os restos esquecidos de uma vida naufragada.

Ela olhou para Luke. Ele parecia hesitante, indefinido, como se ela estivesse olhando por um vidro embaçado.

— Meu pai — ela disse. — Aquela foto que a minha mãe sempre guardou na lareira...

— Aquele não era o seu pai — disse Luke.

— Ele nem sequer existia? — A voz de Clary se levantou. — Algum dia existiu um John Clark ou minha mãe o inventou também?

— John Clark existiu, mas ele não era seu pai. Ele era o filho de dois dos vizinhos de sua mãe quando vocês moravam no East Village. Ele morreu em um acidente de carro, como sua mãe te contou, mas ela nunca o conheceu. Ela tinha a foto dele porque os vizinhos encomendaram uma pintura sua com o uniforme do exército. Ela entregou o retrato pintado, mas guardou a foto, e fingiu que aquele homem era seu pai. Imagino que ela tenha achado que seria mais fácil assim. Afinal de contas, se ela tivesse alegado que ele tinha fugido ou desaparecido, você iria querer procurá-lo. Um homem morto...

— Não contradiz nenhuma mentira — Clary concluiu amargamente. — Ela nunca pensou que pudesse ser errado, todos esses anos, me deixar pensar que meu pai estava morto, quando meu verdadeiro pai...

Luke não disse nada, deixando que ela mesma encontrasse a conclusão daquela frase, deixando que ela ousasse concluir aquilo sozinha.

— É *Valentim.* — A voz dela tremeu. — É isso que você está me dizendo, não é? Que Valentim era, é, meu pai?

Luke fez que sim com a cabeça. A tensão nos dedos era o único indício do que ele estava sentindo.

— É.

— Meu *Deus.* — Clary se levantou, sem conseguir ficar sentada ali, parada. Ela foi ofegante até as grades da cela. — Não é possível. Simplesmente não é possível.

— Clary, por favor, não se chateie...

— Não me chatear? Você está me dizendo que meu pai basicamente é uma espécie de príncipe do mal e quer que eu não me chateie?

— No início, ele não era mau — disse Luke, soando praticamente apologético.

— Ah, sinto em discordar. Acho que ele era *explicitamente* malvado. Tudo aquilo que ele pregava sobre manter a raça humana pura e a importância do sangue puro, ele era como um daqueles líderes nazistas. E vocês dois caíram na dele.

— Não era eu que estava falando em membros "lodosos" do Submundo há alguns minutos — disse Luke. — Ou sobre como não se pode confiar neles.

— Não é a mesma coisa! — Clary podia ouvir os soluços na própria voz. — Eu tive um irmão — ela prosseguiu, com a voz acompanhando. — Avós também. Eles estão mortos?

Luke assentiu, olhando para baixo, para as mãos, abertas sobre os joelhos.

— Estão mortos.

— Jonathan — ela disse suavemente. — Ele seria mais velho do que eu? Um ano mais velho?

Luke não disse nada.

— Sempre quis ter um irmão.

— Não — ele disse. — Não se martirize. Você pode perceber por que sua mãe escondeu isso tudo de você, não pode? Que bem teria feito saber de tudo o que você perdeu antes mesmo de nascer?

— Aquela caixa — lembrou Clary, com a mente a mil por hora — com as iniciais J.C. Jonathan Christopher. Era por isso que ela vivia chorando, aquela mecha de cabelo, do meu irmão, não do meu pai.

— É.

— E quando você disse "Clary não é Jonathan", você estava falando do meu irmão. Minha mãe era protetora daquele jeito porque já tivera um filho morto.

Antes que Luke pudesse responder, a porta da cela se abriu e Gretel entrou. O "kit de primeiros socorros" que Clary imaginava ser uma caixa de plástico com uma cruz vermelha era, na verdade, uma bandeja de madeira com ataduras dobradas, vasilhas cheias de vapor com líquidos não identificados e ervas que exalavam um odor cítrico forte. Gretel repousou a bandeja ao lado da cama e gesticulou para Clary sentar, e ela obedeceu sem vontade.

— Boa menina — disse a loba, molhando um pedaço de pano em uma das vasilhas e levantando-o para o rosto de Clary. Gentilmente, ela limpou o sangue seco. — O que aconteceu com você? — ela perguntou em tom de reprovação, como se suspeitasse que Clary tivesse posto uma sanduicheira no rosto.

— Estava me perguntando a mesma coisa — acrescentou Luke, assistindo aos acontecimentos com os braços cruzados.

— Hugo me atacou — Clary tentou não franzir o rosto enquanto o líquido ardia em seus ferimentos.

— Hugo? — Luke piscou.

— O pássaro de Hodge. Pelo menos eu acho que era o pássaro dele. Talvez fosse de Valentim.

— Hugin — Luke disse suavemente. — Hugin e Munin eram os pássaros de estimação de Valentim. Os nomes significam "Pensamento" e "Memória".

— Bem, deveriam significar "Atacar" e "Matar" — sugeriu Clary. — Hugo quase arrancou meus olhos.

— Ele é treinado para fazer isso. — Luke estava batendo os dedos de uma das mãos no outro braço. — Hodge deve ter ficado com ele depois da Ascensão. Mas ele ainda seria uma criatura de Valentim.

— Assim como Hodge — disse Clary, franzindo o rosto enquanto Gretel limpava a longa ferida no braço, que estava cheio de sujeira e sangue ressecado. Depois Clary começou a fazer o curativo.

— Clary...

— Não quero mais falar sobre o passado — disse com determinação. — Quero saber o que vamos fazer agora. Agora que Valentim está com a minha mãe, Jace e com o Cálice. E nós não temos nada.

— Não diria que não temos nada — disse Luke. — Temos um poderoso bando de lobisomens. O problema é que não sabemos onde Valentim está.

Clary balançou a cabeça. Fios de cabelos caíram em seus olhos, e ela os sacudiu, impaciente. Nossa, como ela estava suja. O que ela mais queria na vida, mais que qualquer coisa — *quase* qualquer coisa —, era um banho.

— Valentim não tem uma espécie de esconderijo? Uma toca secreta?

— Se ele tem — disse Luke —, realmente a manteve em segredo.

Gretel soltou Clary, que mexeu o braço cautelosamente. O líquido verde que ela havia passado no machucado de fato havia minimizado a dor, mas o braço ainda estava rígido e desajeitado.

— Espere aí — exclamou Clary.

— Nunca entendi por que as pessoas dizem isso — disse Luke, a ninguém em particular. — Eu não estava indo a lugar algum.

— Será que Valentim pode estar em algum lugar de Nova York?

— Possivelmente.

— Quando o vi no Instituto, ele veio por um Portal. Magnus disse que só há dois Portais em Nova York. O de Dorothea e o de Renwick. O de Dorothea foi destruído, e eu não consigo imaginá-lo escondido por aí, então...

— Renwick? — Luke parecia espantado. — Renwick não é um nome de Caçador de Sombras.

— Mas e se Renwick não for uma pessoa? — disse Clary. — E se for um lugar? Renwick. Tipo um restaurante, ou... ou um hotel, ou alguma coisa.

Os olhos de Luke se arregalaram repentinamente. Ele se voltou para Gretel, que estava avançando em sua direção com o kit de primeiros socorros.

— Traga-me uma lista telefônica — ele disse.

Ela parou onde estava, segurando a bandeja em sua direção com uma expressão de reprovação.

— Mas, senhor, seus *ferimentos*...

— Esqueça os ferimentos e me traga uma lista telefônica — ele pediu. — Estamos em uma prisão, deve haver várias por aqui.

Com um olhar de exasperação desdenhosa, Gretel repousou a bandeja no chão e marchou para fora do quarto. Luke olhou para Clary por cima dos óculos, que haviam escorregado pelo nariz.

— Bem pensado.

Ela não respondeu. Havia um nó em seu estômago. Ela se viu tentando respirar apesar dele. Um pensamento incipiente passou pela mente de Clary, querendo transformar-se em uma percepção concreta. Mas ela o afastou em definitivo. Ela não podia gastar energia e recursos com nada além do problema imediato.

Gretel voltou com uma lista telefônica de aparência mofada e jogou--as para Luke. Ele examinou o livro de pé, enquanto a loba atacava o lado ferido com ataduras e vidros de remédio.

— Há sete Renwicks na lista telefônica — ele disse afinal. — Nenhum restaurante, hotel ou outros locais. — Ele empurrou os óculos para cima; eles voltaram a escorregar instantaneamente. — Não são Caçadores de Sombras — ele disse — e me parece improvável que Valentim fosse montar um quartel-general na casa de um mundano ou de um membro do Submundo. Mas talvez...

— Você tem um telefone? — interrompeu Clary.

— Não comigo. — Luke, ainda com a lista telefônica na mão, olhou para Gretel por baixo dela. — Você pode pegar o telefone?

Com um ronco desdenhoso, ela descartou os pedaços de pano sangrentos que estava segurando no chão e saiu do recinto uma segunda vez. Luke pôs a lista na mesa, pegou o rolo de atadura e começou a enrolá-la em torno do corte diagonal na área das costelas.

— Desculpe — ele disse enquanto Clary o encarava. — Sei que é repugnante.

— Se pegarmos Valentim — ela perguntou abruptamente —, podemos matá-lo?

Luke quase derrubou as ataduras.

— O quê?

Ela estava mexendo em um pedaço de barbante que estava saindo do bolso da calça jeans.

— Ele matou o meu irmão. Ele matou meus avós. Não foi?

Luke colocou as ataduras na mesa e puxou a camisa para baixo.

— E você acha que matá-lo fará o quê? Acha que vai apagar tudo isso?

Gretel voltou antes que Clary pudesse responder. Ela estava com uma expressão martirizada e entregou a Luke um telefone celular de aparência estranha e antiquada. Clary ficou imaginando quem pagava as contas.

Clary estendeu a mão.

— Deixe-me dar um telefonema.

Luke parecia hesitante.

— Clary...

— É sobre Renwick. Vai demorar um segundo.

Ele entregou o telefone cautelosamente. Ela digitou o número e virou meio de costas para ele, a fim de criar uma ilusão de privacidade.

Simon atendeu no terceiro toque.

— Sou eu.

Sua voz subiu uma oitava.

— Você está bem?

— Estou. Por quê? Ouviu alguma coisa de Isabelle?

— Não. O que eu teria ouvido de Isabelle? Tem alguma coisa errada? É o Alec?

— Não — respondeu Clary, não querendo mentir e dizer que Alec estava bem. — Não é ele. Olhe só, eu preciso que você pesquise uma coisa na internet para mim.

Simon bufou.

— Você está brincando. Eles não têm um computador aí? Quer saber, não precisa responder. — Ela ouviu os ruídos de uma porta se abrindo, e o miado agressivo do gato da mãe de Simon ao ser expulso de seu lugar nos teclados do computador. Ela podia enxergar Simon mentalmente com toda a clareza enquanto se sentava, e os dedos se moviam rapidamente sobre as teclas. — O que você quer que eu procure?

Ela disse a ele. Ela podia sentir o olhar preocupado de Luke em cima dela enquanto falava. Eram os mesmo de quando ela tinha 11 anos e contraiu uma gripe com febre alta. Ele trouxera pedras de gelo para ela chupar e teve de ler todos os seus livros preferidos, fazendo todas as vozes diferentes.

— Você tem razão — disse Simon, retirando-a de seus devaneios. — É um lugar. Pelo menos era um lugar. Está abandonado agora.

O telefone escorregou por suas mãos suadas e ela segurou com mais força.

— Conte mais.

— *O mais famoso manicômio, prisão de devedores e hospital construído na Ilha Roosevelt no século XIX* — Simon leu. — *O Hospital de Varíola Renwick foi projetado pelo arquiteto Jacob Renwick e pretendia abrigar em quarentena as vítimas mais pobres da epidemia incontrolável de varíola em Manhattan. Durante o século seguinte, o hospital foi abandonado. O acesso público às ruínas é proibido.*

— Tudo bem, isso é o bastante — disse Clary, com o coração acelerado. — Tem que ser isso. Ilha Roosevelt? Mas não há pessoas *morando* lá?

— Nem todo mundo mora na corte, princesa — disse Simon, com um razoável grau de sarcasmo. — Mas, então, você precisa que eu te dê mais uma carona, ou algo assim?

— Não! Estou bem, não preciso de nada. Só queria a informação.

— Tudo bem. — Ele soou um pouco magoado, Clary pensou, mas disse a si mesma que não tinha importância. Simon estava a salvo em casa, e era isso que importava realmente.

Ela desligou, e voltou-se para Luke.

— Há um hospital abandonado no sul da Ilha Roosevelt chamado Renwick. Acho que Valentim está lá.

Luke levantou os óculos novamente.

— A Ilha de Blackwell. É óbvio.

— Como assim, de Blackwell? Eu disse...

Ele a interrompeu com um gesto.

— É como a Ilha Roosevelt se chamava. Blackwell. Pertencia a uma família de Caçadores de Sombras. Eu deveria ter adivinhado. — Ele virou para Gretel. — Vá buscar Alaric. Vamos precisar de todo mundo aqui o quanto antes. — Seus lábios estavam curvados em um meio sorriso que fez com que Clary se lembrasse do sorriso frio que Jace usava enquanto lutava. — Diga a eles para se prepararem para a batalha.

Eles subiram para a rua por um labirinto de celas e corredores que eventualmente se abriam no que outrora havia sido uma delegacia de polícia. O prédio estava abandonado agora, e a luz do fim da tarde formava estranhas sombras nas escrivaninhas vazias, as cabines fechadas a cadeado cheias de buracos pretos de cupim, os tacos rachados no chão soletravam o lema da Polícia Federal de Nova York: *Fidelis ad Mortem*.

— Fidelidade até a morte — explicou Luke, seguindo o olhar de Clary.

— Deixe-me adivinhar — disse Clary. — Do lado de dentro, é uma delegacia abandonada; por fora, os mundanos só veem um prédio condenado, ou um lote vago, ou...

— Na verdade, parece um restaurante chinês visto de fora — disse Luke. — Só para a viagem, sem serviço de mesa.

— Um restaurante chinês? — ecoou Clary, descrente.

Ele deu de ombros.

— Bem, estamos em Chinatown. Este já foi o prédio do Distrito.

— As pessoas devem achar estranho o fato de não haver qualquer telefone para os pedidos.

Luke sorriu.

— Tem telefone, sim. A gente só não atende muito. Às vezes, quando estão entediados, alguns lobinhos entregam porco mu shu.

— Você está brincando.

— De jeito nenhum. As gorjetas são extremamente úteis — ele abriu a porta da frente, deixando um fio de luz solar entrar.

Ainda incerta sobre ele estar brincando ou não, Clary seguiu Luke pela Baxter Street para onde o carro dele estava estacionado. O interior da picape era confortavelmente familiar. O cheiro fraco dos pedaços de madeira, de papel velho e sabão, o par desbotado de dados dourados que ela lhe dera quando tinha 10 anos porque eles pareciam o par de dados pendurados no espelho retrovisor da Millennium Falcon. Os papéis velhos de chiclete e os copos de café vazios no chão. Clary subiu no banco do passageiro, ajeitando-se com um suspiro. Ela estava mais cansada do que gostaria de admitir.

Luke fechou a porta atrás dela.

— Fique aqui.

Ela observou enquanto ele falava com Gretel e Alaric, que estavam nos degraus da velha delegacia de polícia, esperando pacientemente. Clary se entreteve deixando os olhos entrarem e saírem de foco, vendo o feitiço aparecer e desaparecer. Primeiro era uma velha delegacia de polícia, depois uma fachada de loja dilapidada que dizia JADE WOLF CULINÁRIA CHINESA.

Luke estava gesticulando para o número dois e o número três na linha de comando, apontando para a rua. A picape era a primeira de uma linha de vans, motos, jipes e até um ônibus escolar estragado. Os veículos se estendiam por uma linha pelo quarteirão, dobrando a esquina. Um comboio liderado por lobisomens. Clary imaginou como eles imploraram, pegaram emprestado, roubaram ou comandaram tantos veículos em um espaço de tempo tão curto. Pelo menos não teriam de ir no bonde aéreo.

Luke aceitou um saco de papel branco de Gretel e, com um aceno de cabeça, voltou para a picape. Curvando-se atrás do volante, ele entregou o saco a ela.

— Você está encarregada disso.

Clary olhou desconfiada para o saco.

— O que tem aqui? Armas?

Os ombros de Luke sacudiram com uma risada silenciosa.

— Pães no vapor, para falar a verdade — ele disse, conduzindo a picape para a rua — e café.

Clary rasgou o saco enquanto iam para a parte norte da cidade, com o estômago roncando furiosamente. Ela abriu um dos pães, degustando o sabor rico e salgado da carne suína, e a maciez do pão. Ela tomou um gole de café preto superadoçado, e ofereceu um dos pães a Luke.

— Quer um?

— Óbvio. — Era quase como nos velhos tempos, ela pensou, enquanto entravam na Canal Street, quando iam buscar os bolinhos quentes da Padaria Golden Carriage e comiam a metade no caminho sobre a Manhattan Bridge.

— Então, me fale sobre esse Jace — pediu Luke.

Clary quase engasgou com o pão. Ela esticou a mão para pegar o café, sufocando a tosse com o líquido quente.

— O que tem ele?

— Você tem alguma ideia do que Valentim possa querer com ele?

— Não.

Luke franziu o rosto ao sol poente.

— Pensei que Jace fosse um dos Lightwood...

— Não. — Clary mordeu o terceiro pedaço de pão. — O sobrenome dele é Wayland. O pai dele era...

— Michael Wayland?

Ela fez que sim com a cabeça.

— E quando Jace tinha 10 anos, Valentim o matou. Michael, quero dizer.

— Parece mesmo algo que ele faria — disse Luke. O tom era neutro, mas havia alguma coisa na voz que fez com que Clary o olhasse de lado. Será que ele não estava acreditando nela?

— Jace o viu morrer — ela informou, como se quisesse legitimar a alegação.

— Que horror — disse Luke. — Pobre menino perturbado.

Eles estavam dirigindo sobre a Fifty-Ninth Street Bridge. Clary olhou para baixo e viu o rio todo em dourado e sangue pelo sol que se punha. Ela podia ver o sul da Ilha Roosevelt de lá, embora fosse só um pouco ao norte.

— Ele não ficou tão mal — ela disse. — Os Lightwood cuidaram bem dele.

— Posso imaginar. Sempre foram próximos de Michael — observou Luke, entrando na pista da esquerda. No retrovisor lateral, Clary podia ver a caravana de veículos que seguiam alterando a rota para acompanhá-los. — Eles quereriam cuidar do filho dele.

— O que acontece quando a lua sobe? — ela perguntou. — Você vai virar um lobo de repente ou o quê?

A boca de Luke se contraiu involuntariamente.

— Não exatamente. Somente os mais jovens, os que acabaram de se transformar, não conseguem controlar as alterações. A maioria de nós já aprendeu como fazer, ao longo dos anos. Só uma lua no auge de sua fase cheia consegue forçar uma transformação sobre mim agora.

— Então, quando a lua está parcialmente cheia, você só se sente um pouco lobo? — perguntou Clary.

— Pode-se dizer que sim.

— Bem, você pode ir em frente e colocar a cabeça para fora da janela se quiser.

Luke riu.

— Sou um lobisomem, não um golden retriever.

— Há quanto tempo você é líder do bando? — ela perguntou repentinamente.

Luke hesitou.

— Há cerca de uma semana.

Clary se virou para olhar para ele.

— Uma *semana*?

Ele suspirou.

— Eu sabia que Valentim tinha levado sua mãe — ele disse sem muita inflexão. — Sabia que sozinho tinha poucas chances contra ele, e que não poderia esperar qualquer ajuda da Clave. Levei um dia para localizar o bando mais próximo de licantropes.

— Você matou o líder do bando para tomar o lugar dele?

— Foi a maneira mais rápida que consegui imaginar para adquirir um número substancial de aliados em um curto período de tempo — disse Luke, sem qualquer arrependimento no tom de voz, apesar de também não demonstrar orgulho algum. Ela se lembrou de tê-lo espiado na casa dele, de ter notado arranhões fundos nas mãos e no rosto dele, e da maneira como ele mexia o braço. — Já fizera isso antes. Tinha quase certeza de que poderia fazer outra vez. — Ele deu de ombros. — Sua mãe havia sumido. Eu sabia que tinha feito com que você me odiasse. Não tinha nada a perder.

Clary apoiou os tênis verdes sobre o painel do carro. Através do para-brisa, por cima da ponta dos dedos dos pés, a lua subia por cima da ponte.

— Bem — ela disse. — Agora você tem.

O hospital na ala sul da Ilha Roosevelt estava iluminado à noite, com os contornos fantasmagóricos curiosamente visíveis contra a escuridão do rio e a majestosa iluminação de Manhattan. Luke e Clary se silenciaram enquanto a picape entrava na pequena ilha, e a estrada pavimentada em que estavam se transformava em cascalhos e finalmente em sujeira acumulada. A estrada seguiu a curva de uma cerca alta de correntes, cujo topo estava cheio de pontas de fios que pareciam lâminas com laços de fita festivos.

Quando a estrada se tornou esburacada demais para conseguirem dirigir por ela, Luke parou a caminhonete e apagou os faróis. Ele olhou para Clary.

— Alguma chance de você me esperar aqui se eu pedir?

Ela balançou a cabeça.

— Não necessariamente seria mais seguro no carro. Quem sabe o que Valentim deixou patrulhando esse perímetro?

Luke deu uma risada suave.

— *Perímetro*. Ouça você. — Ele saiu do carro e ficou ao lado dela para ajudá-la a descer. Ela poderia ter saltado da caminhonete sozinha, mas aquilo era bom, o mesmo jeito que a ajudava quando era pequena demais para descer sozinha.

Os pés dela atingiram o chão sujo, levantando nuvens de poeira. Os carros que vinham atrás estavam parando, um a um, formando uma espécie de círculo ao redor da caminhonete de Luke. Os faróis varreram a visão dela, iluminando a grade de corrente, deixando-a com uma cor branco-prateada. Além da cerca, o hospital em si era uma ruína banhada por uma luz crua que acentuava seu estado dilapidado: as paredes sem teto se erguendo a partir de um chão como dentes quebrados, os parapeitos de pedra ofuscados por um tapete verde de grama excessivamente crescida.

— Que coisa descuidada. — Ela se ouviu dizer suavemente, com um quê de apreensão na voz. — Não vejo como Valentim poderia estar se escondendo aqui.

Luke desviou o olhar para o hospital.

— É um feitiço poderoso — ele disse. — Tente olhar através das luzes. — Alaric estava andando na direção deles pela estrada, a leve brisa fazendo com que sua jaqueta jeans abrisse, exibindo o peito com cicatrizes abaixo. Os lobisomens andando atrás deles pareciam pessoas completamente normais, pensou Clary. Se os tivesse visto todos juntos em grupo em algum lugar, ela poderia ter pensado que se conheciam de algum lugar; havia certa semelhança não física, uma rudeza naqueles olhares, uma força nas expressões. Ela poderia ter pensado que fossem fazendeiros, pois pareciam mais bronzeados, corcundas e ossudos do que pessoas típicas da cidade, ou talvez tivesse pensado que formassem uma gangue de motoqueiros. Mas não pareciam monstros, de jeito algum.

Logo vieram em uma rápida conferência perto da caminhonete de Luke, como um grupo de jogadores de futebol discutindo uma estratégia antes de a bola entrar em jogo. Clary, sentindo-se muito excluída, virou para olhar novamente para o hospital. Dessa vez, ela tentou olhar em volta das luzes, ou através delas, do jeito que às vezes é possível olhar por cima de uma camada de tinta para ver o que há embaixo. Como geralmente acontecia, pensar em como a desenharia ajudou. As luzes pareceram diminuir, e agora ela estava olhando através de um campo de carvalhos, uma estrutura ornamentada gótica que parecia erguer-se sobre as árvores como o baluarte de um grande navio. As janelas dos andares inferiores eram escuras e blindadas, mas a luz vinha forte através dos arcos mitrados das janelas dos três andares, como uma linha de chama queimando sobre a crista de uma cadeia de montanhas. À frente, havia uma varanda de pedras que ocultava a porta de entrada.

— Está vendo? — Era Luke, que se havia aproximado por trás dela com a graça de... bem, um lobo.

Ela ainda o estava encarando.

— Parece mais um castelo do que um hospital.

Pegando-a pelos ombros, Luke virou Clary de modo que ela o encarasse.

— Clary, ouça. — As mãos dele eram tão firmes que a machucaram. — Quero que você fique perto de mim. Mexa-se quando eu me mexer. Segure na manga da minha roupa se precisar. Os outros vão ficar em torno de nós, protegendo-nos, mas, se você sair do círculo, não poderão tomar conta de você. Eles vão nos guiar até a porta. — Ele tirou as mãos dos ombros dela e, quando se mexeu, ela viu o brilho metálico de alguma coisa na jaqueta dele. Ela não havia percebido que ele estava trazendo uma arma, mas depois ela se lembrou do que Simon tinha dito sobre o conteúdo da mochila verde de Luke e concluiu que fazia sentido.

— Você promete que vai fazer o que eu disser?

— Prometo.

A cerca era real, não fazia parte do feitiço. Alaric, ainda à frente, tocou-a experimentalmente, depois levantou uma mão preguiçosa. Longas garras surgiram sob as unhas das mãos, e ele rasgou a grade com elas, fatiando o metal. Eles caíram em uma pilha, como brinquedos de lata.

— Vão. — Ele gesticulou para os outros passarem. Eles avançaram como se fossem uma única pessoa, um mar de movimento coordenado. Agarrando o braço de Clary, Luke empurrou-a à frente dele, abaixando-se para seguir. Eles se esticaram do lado de dentro, olhando para cima, para o hospital de varíola, onde sombras escuras aglomeradas na varanda estavam começando a se mover escadaria abaixo.

Alaric estava com a cabeça levantada, farejando o ar.

— O cheiro de morte está pesado no ar.

O ar de Luke deixou os pulmões em uma onda sibilante.

— *Renegados.*

Ele empurrou Clary para trás dele; ela foi, cambaleando um pouco sobre o solo irregular. O bando começou a se mover em direção a ela e Luke; enquanto se aproximavam, caíram sobre os quatro membros, com os lábios se contraindo para trás, exibindo as presas brilhantes, braços e pernas se esticando em extremidades longas e peludas, roupas dando lugar à pelugem. Algumas vozes instintivas deixaram Clary alerta: *Lobos! Fuja!* Mas ela combateu os instintos e ficou onde estava, embora pudesse sentir as mãos tremendo.

O bando os cercou, olhando para fora. Mais lobos se juntaram ao círculo por todos os lados. Era como se ela e Luke fossem o centro de uma grande estrela. Assim, eles começaram a se mover em direção à varanda da frente do hospital. Ainda atrás de Luke, Clary nem sequer viu os primeiros Renegados quando atacaram. Ela ouviu um lobo uivar como se sentisse dor. O uivo aumentou, logo se tornando um rugido. Houve um ruído de batida, depois um grito e um som que parecia papel rasgando...

Clary se pegou imaginando se os Renegados eram comestíveis.

Ela olhou para Luke. O rosto dele estava rígido. Ela podia vê-los agora, além do anel de lobos, a cena iluminada pela luz do hospital e pelo brilho de Manhattan: dúzias de Renegados, a pele já pálida estava cadavérica à luz da lua e cauterizada por símbolos que pareciam lesões. Eles tinham olhos vazios enquanto avançavam nos lobos, e os lobos deram de cara com eles, com as garras afiadas, dentes grandes e imponentes. Ela viu um dos guerreiros Renegados — uma mulher — cair para trás, com a garganta rasgada, e os braços ainda tremendo. Outro atacou um lobo com um braço enquanto um terceiro estava jogado ao chão, a mais de um metro de distância, com o sangue pulsando do tronco aberto. Sangue escuro, como água de pântano, viajava em correntes, molhando a grama, de modo que os pés de Clary escorregavam nela. Luke pegou-a antes que ela pudesse cair.

— Fique comigo.

Estou aqui, ela queria dizer, mas nenhuma palavra saía de sua boca. O grupo ainda estava se movendo pelo gramado em direção ao hospital, em um ritmo agonizantemente lento. O punho de Luke era rígido como ferro. Clary não conseguia perceber quem estava ganhando, se é que alguém estava. Os lobos tinham tamanho e velocidade em seu favor, mas os Renegados se moviam com uma determinação que era surpreendentemente difícil de acabar. Ela viu um lobo enorme que era Alaric matar um passando uma rasteira, e atacando sua garganta. Continuou se movendo mesmo desintegrado, com o machado abrindo um longo corte vermelho no pelo brilhante de Alaric.

Distraída, Clary quase não percebeu o Renegado que penetrou o círculo protetor até que ele se ergueu à sua frente, como se tivesse crescido da grama aos pés dela. Com olhos brancos e cabelos emaranhados, levantou uma faca.

Ela gritou. Luke girou, arrastando-a de lado, pegou a coisa pelo pulso e girou. Ela ouviu o rompimento de um osso, e a faca caiu no chão. A mão do Renegado estava pendurada, quebrada, mas ele continuou vindo na direção deles, sem mostrar qualquer sinal de dor. Luke estava gritando rouco para Alaric. Clary tentou alcançar a adaga no cinto, mas Luke a estava segurando com muita força. Antes que ela pudesse gritar para que ele a soltasse, uma linha de fogo prateado passou entre eles. Era Gretel. Ela aterrissou com as patas da frente no tórax do Renegado, derrubando-o no chão. Um rugido firme de ira surgiu da garganta de Gretel, mas o Renegado era mais forte; ele a derrubou de lado como uma boneca de pano e se levantou.

Alguma coisa ergueu Clary do chão. Ela gritou, mas era Alaric, meio lobo, meio homem, com as mãos com garras afiadas. Mesmo assim, elas a seguraram gentilmente quando ele a lançou ao ar nos braços dele.

Luke estava acenando para eles.

— Tire-a daqui! Leve-a até a porta! — ele estava gritando.

— Luke! — Clary girou nas garras de Alaric.

— Não olhe — Alaric rugiu.

Mas ela olhou. O bastante para ver Luke avançar em direção a Gretel, com uma espada nas mãos, mas ele não foi rápido o suficiente. O Renegado pegou a própria faca, que havia caído na grama suja de sangue, e enterrou-a nas costas de Gretel, repetidas vezes, enquanto ela arranhava, lutava, até que finalmente sucumbiu, a luz nos olhos prateados se apagando pela escuridão. Com um grito, Luke atacou a garganta do Renegado com a espada...

— Eu disse para não olhar — rosnou Alaric, girando para que o campo visual dela fosse bloqueado por sua forma. Eles estavam correndo para cima de uns degraus agora, o som das garras arranhando o granito como unhas no quadro-negro.

— Alaric — chamou Clary.

— Sim?

— Desculpe-me por ter jogado uma faca em você.

— Não peça desculpas. Foi um golpe bem aplicado.

Ela tentou olhar através dele.

— Onde está Luke?

— Estou aqui — respondeu ele. Alaric virou. Luke estava subindo os degraus, guardando a espada de volta na capa, que estava presa à lateral de seu corpo, por baixo da jaqueta. A lâmina estava escura e grudenta.

Alaric deixou Clary escorregar para a varanda. Ela aterrissou, virando de costas. Ela não podia ver Gretel ou o Renegado que a havia matado, apenas uma massa de corpos pesados e metal brilhante. Estava com o rosto molhado. Ela levantou uma mão livre para ver se estava sangrando, mas percebeu que estava chorando. Luke olhou curioso para ela.

— Ela era apenas um membro do Submundo — ele disse.

Os olhos de Clary queimavam.

— Não *diga* isso.

— Entendi. — Ele virou para Alaric. — Obrigado por ter cuidado dela. Enquanto continuamos...

— Vou com vocês — disse Alaric. Ele completou boa parte da transformação para homem, mas ainda tinha olhos de lobos e lábios contraídos exibindo dentes tão longos quanto palitos. Ele flexionou as mãos com as unhas compridas.

Os olhos de Luke estavam perturbados.

— Alaric, não.

A voz rosnada de Alaric era seca.

— Você é o líder do bando. Sou seu segundo na linha de comando agora que Gretel morreu. Não seria correto deixá-lo ir sozinho.

— Eu... — Luke olhou para Clary, depois para o campo na frente do hospital. — Preciso de você aqui, Alaric. Sinto muito. É uma ordem.

Os olhos de Alaric brilharam com raiva, mas ele recuou. A porta do hospital era feita de madeira pesada ornamentada, estampas familiares a Clary, as flores de Idris, símbolos curvilíneos, sóis raiados. Cedeu com o barulho explosivo de um fecho quebrado quando Luke a chutou. Ele empurrou Clary para a frente enquanto a porta se abria amplamente.

— Entre.

Ela cambaleou para a frente dele, voltada para a entrada. Ela viu rapidamente Alaric olhando para eles, com os olhos lupinos brilhando. Atrás dele, o gramado em frente ao hospital estava cheio de corpos, a poeira manchada de sangue, preto e vermelho. Quando a porta se fechou atrás dela, interrompendo sua visão, ela ficou agradecida.

Ela e Luke estavam em uma entrada de pedra pouco iluminada, onde havia uma única tocha acesa. Após a tensão da batalha, o silêncio era como uma capa sufocante. Clary se viu ofegante, inalando grande quantidade de ar, de um ar que não era espesso com umidade e cheiro de sangue.

Luke segurou-a pelo ombro com a mão.

— Você está bem?

Ela limpou as bochechas.

— Você não deveria ter dito aquilo. Sobre Gretel ser apenas um membro do Submundo. Eu não acho isso.

— Fico feliz em ouvir. — Ele pegou a tocha pelo apoio de metal. — Detestei a ideia de os Lightwood terem transformado você em uma cópia deles.

— Bem, não fizeram isso comigo.

A tocha não soltou na mão de Luke. Ele franziu o cenho. Catando no bolso, Clary pegou a pedra lisa que havia recebido de Jace como presente de aniversário, e a levantou alto. Luz brilhou entre os dedos dela, como se ela tivesse rachado uma semente de escuridão, libertando a luminosidade que estava presa em seu interior. Luke soltou a tocha.

— Pedra enfeitiçada? — ele perguntou.

— Jace me deu. — Ela podia senti-la pulsando na mão, como os batimentos cardíacos de um passarinho. Ela imaginou onde Jace estaria nessa pilha cinzenta de pedras que eram os quartos, se ele estava assustado, se ele tinha pensado se a veria outra vez.

— Há anos que não luto com pedra enfeitiçada — disse Luke, e começou a subir as escadas. Os degraus rangiam sonoramente sob as botas dele. — Siga-me.

O brilho flamejante da pedra formava as sombras deles, alongadas de uma forma estranha, contra as paredes lisas de granito. Eles pararam em um andar de pedras curvado sob um arco. Sobre eles, ela pôde ver luz.

— Era assim o hospital, há centenas de anos? — sussurrou Clary.

— Ah, os ossos da construção de Renwick ainda estão aqui — disse Luke. — Mas imagino que Valentim, Blackwell e os outros tenham reformado o lugar para que correspondesse um pouco mais ao gosto deles. Olhe isso aqui. — Ele passou a bota no chão: Clary olhou para baixo e viu um símbolo esculpido no granito sob os pés deles; um círculo em cujo centro havia um lema em latim: *In Hoc Signo Vinces*.

— O que isso significa? — ela perguntou.

— Significa "Por este sinal, venceremos". Era o lema do Ciclo.

Ela olhou para cima, em direção à luz.

— Então eles estão aqui.

— Eles estão aqui — disse Luke, e havia ansiedade em seu tom de voz. — Vamos.

Eles subiram a escadaria em espiral, sob a luz, até que esta estivesse ao redor deles, por todos os lados, quando chegaram à entrada de um longo e estreito corredor. Tochas brilhavam ao longo da passagem. Clary fechou a mão em torno da pedra enfeitiçada, que piscou como uma estrela apagada.

Havia portas dispostas em intervalos ao longo do corredor, todas lacradas. Ela imaginou se teriam sido alas nos tempos em que este lugar era um hospital, ou talvez quartos privados. Enquanto desciam pelo corredor, Clary viu marcas de pegadas, cheias de lama, do gramado lá de fora, marcando a passagem. Alguém havia passado por ali recentemente.

A primeira porta que tentaram abriu com facilidade, mas o quarto estava vazio: apenas um chão polido de madeira e paredes de pedra, iluminados pela luz da lua que entrava pela janela. O rugido fraco da batalha do lado de fora preenchia o quarto, tão ritmado quanto o som do oceano. O segundo quarto estava cheio de armas: espadas, cedros e machados. O luar corria como água prateada sobre todas as fileiras de aço impecável. Luke assobiou para si mesmo.

— É uma coleção e tanto.

— Você acha que Valentim usa tudo isso?

— Pouco provável. Desconfio que sejam para o exército particular dele. — Luke virou-se de costas.

O terceiro quarto era efetivamente um quarto. As cortinas sobre a cama eram azuis, o tapete persa tinha estampa azul, preta e cinza, e a mobília era pintada de branco, como os móveis de um quarto de criança. Uma camada fina e fantasmagórica de poeira cobria tudo, brilhando fraca ao luar.

Sobre a cama, dormindo, estava Jocelyn.

Ela estava com a barriga para cima, com uma das mãos colocadas sobre o peito, e os cabelos espalhados no travesseiro. Estava com uma espécie de camisola branca que Clary nunca tinha visto, e respirava calma e uniformemente. Através da luz perfurante do luar, Clary podia ver os movimentos das pálpebras da mãe enquanto ela sonhava.

Com um gritinho, Clary se lançou para a frente — mas os braços velozes e atentos de Luke a pegaram pelo peito como uma barra de ferro, impedindo que ela avançasse.

— Espere. — A voz dele próprio estava tensa com o esforço. — Precisamos ter cuidado.

Clary olhou fixamente para ele, mas ele estava olhando através dela, com a expressão furiosa e sofrida. Ela seguiu o traço do olhar dele e viu o que não quis ver antes. Correntes prateadas prendendo os pulsos e os pés de Jocelyn, cujas pontas estavam enterradas fundas no chão de pedra em ambos os lados da cama. A mesa de cabeceira estava coberta por um estranho arranjo de tubos e garrafas, jarras de vidro e instrumentos longos e absurdamente afiados brilhando com aço cirúrgico. Um tubo de borracha corria de uma das jarras de vidro até uma veia no braço esquerdo de Jocelyn.

Clary se livrou da mão de Luke e avançou até a cama, passando os braços em volta da mãe, que não respondia. Mas era como tentar abraçar uma boneca que não havia sido montada adequadamente. Jocelyn se mantinha parada e rígida, a respiração lenta permanecia inalterada.

Há uma semana, Clary teria chorado como na primeira noite terrível em que descobriu que a mãe estava desaparecida — chorado e gritado. Mas nenhuma lágrima veio agora, ao soltar a mãe e se recompor. Agora não havia terror, nem pena de si mesma: apenas uma raiva amarga e a necessidade de encontrar o homem que fizera isso, o responsável por tudo.

— Valentim — ela disse.

— É óbvio. — Luke estava ao lado dela, tocando levemente o rosto de Jocelyn, erguendo suas pálpebras. Os olhos abaixo eram brancos como mármore. — Ela não está dopada — ele disse. — Deve ser algum tipo de feitiço, imagino.

Clary soltou o ar em um soluço.

— Como podemos tirá-la daqui?

— Não posso tocar nas algemas — disse Luke. — Prata. Você tem...

— O quarto das armas — disse Clary, levantando-se. — Vi um machado lá. Vários. Poderíamos cortar as correntes...

— Essas correntes são inquebráveis. — A voz que falou da porta era grave, arenosa e familiar. Clary se virou e viu Blackwell. Ele estava sorrindo agora, vestindo as mesmas roupas cor de sangue de antes, com o capuz para trás, botas sujas de lama visíveis sob a borda. — Graymark — ele disse. — Que bela surpresa!

Luke se levantou.

— Se você está surpreso, é porque é um idiota — ele disse. — Minha chegada não foi exatamente silenciosa.

As bochechas de Blackwell enrubesceram, com uma cor escura, quase roxa, mas ele não se moveu em direção a Luke.

— Mais uma vez líder do bando, certo? — perguntou, e deu uma risada desagradável. — Não consegue quebrar o hábito de pegar gente do Submundo para fazer seu trabalho sujo? As tropas de Valentim estão ocupadas espalhando pedaços deles por todo o gramado, e você está aqui em cima, a salvo com suas meninas — ele franziu o rosto na direção de Clary. — Essa aí parece um pouco jovem para você, Lucian.

Clary enrubesceu de raiva, com os punhos cerrados, mas a voz de Luke, ao responder, foi educada.

— Eu não chamaria aquilo de *tropas*, Blackwell — ele disse. — São Renegados. Atormentados outrora humanos. Se minha memória não falha, a Clave condena veementemente essas coisas, torturar pessoas, executar magia sombria. Acho que não ficarão muito satisfeitos.

— Problema da Clave — rosnou Blackwell. — Não precisamos deles, nem da tolerância que têm a mestiços. Além disso, os Renegados não serão Renegados por muito tempo. Depois que Valentim utilizar o Cálice com eles, serão Caçadores de Sombras tão bons quanto o restante de nós, melhores do que a estirpe que a Clave tem aprovado como guerreiros atualmente. Malditos amantes de membros do Submundo. — Ele mostrou os dentes.

— Se é esse o plano dele para o Cálice — disse Luke —, por que ainda não o colocou em prática? O que ele está esperando?

As sobrancelhas de Blackwell se ergueram.

— Você não soube? Ele...

Uma risada divertida o interrompeu. Pangborn havia aparecido, todo vestido de preto, com uma alça de couro no ombro.

— Basta, Blackwell — ele disse. — Você fala demais, como sempre. — Ele sorriu para Luke com dentes afiados. — Manobra interessante, Graymark. Não achei que tivesse estômago para conduzir seu novo bando em uma missão suicida.

Um músculo se contraiu na face de Luke.

— Jocelyn — ele disse. — O que ele fez com ela?

Pangborn deu uma risada sonora.

— Pensei que você não se importasse.

— Não sei o que ele quer com ela agora — prosseguiu Luke, ignorando a provocação. — Ele está com o Cálice. Ela não tem mais utilidade alguma. Valentim nunca foi de cometer assassinatos despropositados. Assassinatos com um propósito, sim. Bem, isso seria outra história.

Pangborn deu de ombros, demonstrando indiferença.

— Não faz a menor diferença para nós o que ele fez com ela — informou. — Ela era mulher dele. Talvez a odeie. Isso é um propósito.

— Deixe-a ir — disse Luke — e nós iremos com ela, levando o bando. E vou te dever uma.

— Não! — O grito furioso de Clary fez Pangborn e Blackwell voltarem os olhares para ela. Ambos pareciam completamente chocados, como se ela estivesse falando uma língua estranha. Ela olhou para Luke. — Também tem o Jace. Ele está aqui em algum lugar.

Blackwell estava rindo.

— Jace? Nunca ouvi falar em Jace — declarou. — Bem, eu poderia pedir a Pangborn para soltá-la. Mas prefiro não fazê-lo. Ela sempre foi péssima comigo, sempre foi. Achava que era melhor do que o resto de nós, por causa da aparência e da linhagem. Uma vadia com pedigree, só isso. Ela só se casou com ele para poder afetar o resto de nós...

— Ficou decepcionado por você próprio não ter conseguido se casar com ele, Blackwell? — Foi tudo o que Luke respondeu, embora Clary pudesse perceber uma ira velada em seu tom de voz.

Blackwell, com o rosto quase roxo, deu um passo furioso para dentro do quarto.

E Luke, movendo-se tão suavemente que Clary quase não percebeu, pegou um bisturi na mesa de cabeceira e o arremessou. Girou duas vezes no ar e afundou a ponta na garganta de Blackwell, interrompendo o rugido. Ele se engasgou, os olhos giraram até ficarem completamente brancos, e ele caiu de joelhos, com as mãos na garganta. Líquido escarlate pulsava entre os dedos dele. Ele abriu a boca como se fosse falar, mas só uma linha fina de sangue saiu. As mãos escorregaram para fora da garganta, e ele sucumbiu ao chão como uma árvore caindo.

— Oh, Deus — disse Pangborn, olhando fixamente para o corpo caído de seu camarada com um desgosto contido. — Que desagradável!

O sangue da garganta cortada de Blackwell estava se espalhando pelo chão em uma poça vermelha viscosa. Luke, com a mão ombro de Clary, sussurrou algo a seu ouvido. Não significou nada. Clary só conseguia perceber um zumbido entorpecido na própria cabeça. Ela se lembrou de outro poema da aula de inglês, alguma coisa sobre como, depois da primeira morte que você testemunha, nenhuma outra importa. Aquele poeta não sabia do que estava falando.

Luke soltou-a.

— As chaves, Pangborn — ele disse.

Pangborn cutucou Blackwell com o pé e olhou para cima. Ele parecia irritado.

— O quê? Você vai atirar uma seringa em mim? Só havia uma espada na mesa. Não — ele acrescentou, alcançando atrás do próprio ombro e sacando uma espada longa e imponente —, acho que, se você quiser as chaves, terá que vir pegá-las. Não porque eu me importe com Jocelyn Morgenstern, de um jeito ou de outro, entenda, mas apenas porque eu, particularmente, estou ansioso para matá-lo... há anos.

Ele arrastou a última palavra, saboreando-a com uma deliciosa exaltação enquanto avançava no interior do quarto. Sua espada brilhou, um feixe de luz ao luar. Clary viu Luke estender a mão para ela — uma mão estranhamente alongada, culminando em unhas que pareciam pequenas adagas — e ela percebeu duas coisas: que ele estava a ponto de se transformar, e que o que ele havia sussurrado ao ouvido dela fora uma única palavra.

Corra.

Clary correu. Ela se desviou de Pangborn, que mal olhou para ela, saltou o corpo de Blackwell, e já tinha atravessado a porta e chegado ao corredor, com o coração acelerado, antes que a transformação de Luke se completasse. Ela não olhou para trás, mas ouviu um uivo, longo e penetrante, o ruído de metal em metal, e uma queda estilhaçada. Vidro quebrando, ela pensou. Talvez tivessem derrubado a mesa de cabeceira.

Ela atravessou o hall para o quarto das armas. Lá dentro, ela alcançou um machado de aço encharcado. Estava preso firmemente à parede, e não importava a força com que o puxasse. Ela tentou uma espada, depois uma lança — até uma pequena adaga —, mas nem uma única arma se soltava em sua mão. Finalmente, com as unhas destruídas e os dedos sangrando com o esforço, ela teve de desistir. Havia magia nessa sala, e não a magia dos símbolos: alguma coisa selvagem e estranha, alguma coisa *sombria*.

Ela saiu de lá. Não havia nada nesse andar que pudesse ajudá-la. Ela mancou pelo corredor — estava começando a sentir a dor da exaustão nos braços e nas pernas — e se encontrou no meio de uma escadaria. Para cima ou para baixo? Embaixo, ela se lembrou, estava completamente escuro. É lógico que ela tinha a pedra enfeitiçada no bolso, mas algo nela estremecia só de pensar em se meter naqueles espaços escuros sozinha. Lá em cima, ela viu o brilho de mais luzes, e o flash de alguma coisa que poderia ter sido um movimento.

Ela subiu. As pernas doíam, os pés doíam, tudo doía. Os ferimentos dela haviam recebido curativos, mas isso não impedia que ardessem. Seu rosto doía onde Hugo a havia atacado, e sua boca tinha um gosto amargo e metálico.

Ela chegou ao último andar. Era singelamente curvado, como a proa de um navio, e tão silencioso quanto o andar de baixo; nenhum barulho de luta lá fora alcançava o campo auditivo de Clary. Outro longo corredor se estendia à sua frente, com as mesmas múltiplas portas, mas aqui algumas se abriam, derramando ainda mais luz no corredor. Ela avançou, e algum instinto a levou para a última porta à esquerda. Cautelosamente, ela espiou o lado de dentro.

Inicialmente, o quarto a fazia lembrar de uma das amostras de períodos de reconstrução do Museu Metropolitan. Era como se ela tivesse entrado no passado — as paredes brilhavam como se tivessem sido polidas recentemente, assim como a mesa de jantar infinitamente longa posta com porcelana delicada. Um espelho com a moldura dourada ornamentava a parede oposta, entre dois quadros de pintura a óleo em molduras pesadas. Tudo brilhava sob a luz da tocha: os pratos sobre a mesa, cheios de comida, as taças em forma de lírio, os descansos tão brancos que quase cegavam. No fim do quarto, havia duas largas janelas, com cortinas pesadas de veludo. Jace estava em uma das janelas, tão parado que por um instante ela pensou que ele fosse uma estátua, até perceber que podia ver a luz brilhando em seus cabelos. A mão dele segurava a cortina aberta, e na janela escura ela viu o reflexo de dúzias de velas no interior do quarto, brilhando no vidro como pirilampos.

— Jace. — Ela chamou. Ela ouviu a própria voz como se estivesse a distância: espanto, gratidão, ansiedade tão forte que era quase dolorosa. Ele virou, soltando a cortina, e Clary viu o olhar inquisidor no rosto dele.

— Jace! — Ela chamou novamente, e correu em sua direção. Ele a segurou quando ela se lançou para cima dele. Seus braços a envolveram gentilmente.

— Clary. — A voz dele era quase irreconhecível. — Clary, o que você está fazendo aqui?

A voz dela foi abafada pela camisa dele.

— Vim atrás de você.

— Não deveria ter feito isso. — O abraço dele se soltou subitamente; ele deu um passo para trás, segurando-a um pouco afastada dele. — Meu Deus — ele exclamou, tocando o rosto dela. — Sua tola, que coisa estúpida de se fazer. — A voz dele tinha tom de fúria, mas o olhar que passou pelo rosto dela, os dedos que empurraram o cabelo dela para trás com toda gentileza, eram afáveis. Ela nunca o tinha visto assim; havia certa fragilidade nele, como se não pudesse ser apenas tocado, mas machucado. — Por que você nunca *pensa*? — ele sussurrou.

— Eu *estava* pensando — ela disse. — Estava pensando em você.

Ele fechou os olhos por um instante.

— Se alguma coisa tivesse acontecido a você... — As mãos dele contornaram os braços dela gentilmente, até os pulsos, como que para se certificar de que ela realmente estava lá. — Como você me encontrou?

— Luke — ela respondeu. — Eu vim com ele. Para resgatá-lo.

Ainda segurando-a, ele olhou do rosto dela para a janela, com uma leve contração se formando no canto da boca.

— Então aqueles são... você veio com um bando de lobisomens? — ele perguntou, com um tom estranho na voz.

— Do Luke — ela disse. — Ele é um lobisomem, e...

— Eu sei — Jace interrompeu-a. — Eu deveria ter adivinhado... as algemas. — Ele olhou em direção à porta. — Onde ele está?

— Lá embaixo — Clary disse lentamente. — Ele matou Blackwell. Subi para procurar você...

— Ele vai ter que ordenar que o bando pare — disse Jace.

Ela olhou para ele com total incompreensão.

— O quê?

— Luke — disse Jace. — Ele vai ter que cancelar a missão do bando. Houve um mal-entendido.

— O que exatamente, você se sequestrou? — Ela queria que aquilo soasse como uma provocação, mas a voz saiu fraca demais. — Ora, Jace...

Ela tentou se soltar de seus braços, mas ele resistiu. Ele estava olhando fixamente para Clary, e ela percebeu com assombro o que não tinha notado com a primeira onda de alívio.

Da última vez em que o vira, ele estava cortado e machucado, as roupas manchadas de sangue, o cabelo sujo e empoeirado. Agora estava vestido com uma camisa branca larga e calças escuras, com o cabelo limpo caindo no rosto, dourado e esvoaçante. Ele afastou alguns fiapos do olho com a mão livre, e ela viu que o anel estava de volta no dedo dele.

— Essas são as suas roupas? — ela perguntou, espantada. — E... você parece muito saudável. — Ela parou de falar. — Valentim parece estar cuidando muito bem de você.

Ele sorriu para ela com afeição esgotada.

— Se eu te contasse a verdade, você me chamaria de louco — ele disse.

Ela sentiu o coração batendo forte no peito, como as asas velozes de um canarinho.

— Óbvio que não chamaria.

— Meu pai me deu essas roupas — ele disse.

O coração acelerou ainda mais.

— Jace — ela disse cuidadosamente —, seu pai está morto.

— Não. — Ele balançou a cabeça. Ela tinha a sensação de que ele estava contendo algum sentimento majestoso, como horror ou deleite... ou ambos. — Pensei que estivesse, mas não está. Foi tudo um grande equívoco.

Ela se lembrou do que Hodge dissera sobre Valentim, e o talento que ele tinha para contar mentiras tentadoras e convincentes.

— Isso é alguma coisa que Valentim contou a você? Porque ele é um mentiroso, Jace. Lembre-se do que Hodge disse. Se ele está dizendo que seu pai está vivo, é uma mentira para conseguir com que você faça o que ele quer.

— Eu vi o meu pai — disse Jace. — Falei com ele. Ele me deu isso. — Ele puxou a camisa nova, limpa, como se fosse uma prova irrefutável. — Meu pai não está morto. Hodge mentiu para mim. Durante todos esses anos, pensei que estivesse, mas não estava.

Clary olhou em volta, descontroladamente, para o quarto com a porcelana brilhante, tochas acesas, completamente vazio, cheio de espelhos.

— Bem, se o seu pai se encontra realmente aqui, onde ele está? Valentim o sequestrou também?

Os olhos de Jace estavam brilhando. O colarinho da camisa estava aberto e ela podia ver as cicatrizes brancas e finas que cobriam a clavícula, como rachaduras na pele bronzeada.

— Meu pai...

A porta do quarto, que Clary havia fechado atrás de si, abriu com um rangido, e um homem entrou.

Era Valentim. O cabelo prateado e aparado brilhava como um capacete de aço, os lábios numa linha rígida. Ele tinha um revestimento no cinto grosso, e o cabo de uma longa espada estendia-se dele.

— Então — ele disse, colocando uma das mãos no cabo enquanto falava —, já juntou as suas coisas? Nossos Renegados só podem conter os lobos por...

Ao ver Clary, ele interrompeu a frase no meio. Ele não era o tipo de homem que era pego de surpresa com frequência, mas ela viu um leve indício de espanto nos olhos dele.

— O que está havendo? — ele perguntou, voltando o olhar para Jace.

Mas Clary já estava apalpando a cintura à procura da adaga. Ela a pegou pelo cabo, retirando-a da capa, e levantou a mão. Raiva latejava em seus olhos como uma batida musical. Ela poderia matar aquele homem. Ela *iria* matar aquele homem.

Jace a segurou pelo pulso.

— Não.

Ela não pôde conter a própria incredulidade.

— Mas Jace...

— Clary — ele disse, com firmeza. — Este é o meu pai.

23
Valentim

— Vejo que interrompi alguma coisa — disse Valentim, com a voz tão seca quanto uma tarde no deserto. — Filho, você pode me dizer quem é esta? Uma das filhas dos Lightwood, talvez?

— Não — disse Jace. Ele parecia cansado e infeliz, mas sua mão não se soltou. — Esta é Clary. Clarissa Fray. Uma amiga minha. Ela...

Os olhos pretos de Valentim examinaram-na lentamente, do topo da cabeça despenteada às pontas dos tênis velhos. Pararam na adaga ainda presa à mão dela.

Um olhar indefinível passou pelo rosto dele — parte divertimento, parte irritação.

— Onde você arrumou essa adaga, mocinha?

Clary respondeu friamente.

— Jace me deu.

— É óbvio que deu — disse Valentim. O tom de voz era suave. — Posso vê-la?

— Não! — Clary deu um passo para trás, como se achasse que ele pudesse avançar nela, e sentiu a adaga ser retirada de forma certeira. Jace, segurando a espada, olhou para ela com uma expressão apologética. — *Jace* — ela sibilou, imprimindo cada centímetro da traição que sentia no nome dele.

Tudo o que ele disse foi:

— Você ainda não entende, Clary. — Com uma espécie de tratamento atencioso que a enojava completamente, ele foi até Valentim e lhe entregou a adaga. — Aqui, pai.

Valentim tomou a adaga na mão longa e ossuda e examinou-a.

— É *kindjal*, uma adaga da Circássia. Essa em particular costumava fazer par com uma gêmea. Aqui, veja a estrela dos Morgenstern, esculpida na lâmina. Ele girou-a, mostrando para Jace. — Estou surpreso com o fato de os Lightwood nunca terem percebido.

— Nunca mostrei a eles — disse Jace. — Eles me deixavam ter minhas próprias coisas. Não me controlavam.

— Óbvio que não — disse Valentim. Ele devolveu a *kindjal* a Jace. — Eles pensavam que você fosse o filho de Michael Wayland.

Jace, recolocando a adaga de cabo vermelho no cinto, levantou o olhar.

— E eu também — disse suavemente, e naquele instante Clary percebeu que não era brincadeira, que Jace não estava fingindo com intenções ocultas. Ele realmente pensava que Valentim fosse seu pai e tivesse voltado para ele.

Um desespero frio estava se espalhando pelas veias de Clary. Jace nervoso, Jace hostil, furioso, qualquer um dos casos ela poderia enfrentar, mas esse novo Jace, frágil e aceso pela luz do próprio milagre, esse era um estranho para ela.

Valentim olhou sobre a cabeça dourada de Jace; os olhos dele estavam frios com aquela diversão.

— Talvez — ele disse — fosse uma boa ideia você se sentar agora, Clary...

Ela cruzou os braços sobre o peito, resistente.

— Não.

— Como quiser — Valentim puxou uma cadeira e se sentou à cabeceira da mesa. Após um instante, Jace sentou também, ao lado de uma garrafa de vinho pela metade. — Mas você vai ouvir algumas coisas que farão com que você desejasse ter aceitado a cadeira.

— Eu aviso — Clary disse — se isso acontecer.

— Muito bem. — Valentim se acomodou, com a mão atrás da cabeça. O colarinho da camisa estava um pouco aberto, exibindo a clavícula cheia de cicatrizes. Cicatrizes, como as do filho, como todos os Nephilim. *Uma vida de cicatrizes e morte*, Hodge dissera. — Clary — ele começou outra vez, como se sentisse o gosto do nome dela. — Apelido de Clarissa? Não é o nome que eu teria escolhido.

Havia um sorriso em seus lábios. *Ele sabe que sou filha dele*, pensou Clary. *De algum jeito, ele sabe. Mas ele não está dizendo. Por que não está dizendo?*

Por causa de Jace, ela percebeu. Jace pensaria — ela não podia imaginar o que ele pensaria. Valentim os vira abraçados quando entrou no quarto. Ele devia saber que tinha uma informação devastadora em mãos. Em algum lugar atrás daqueles olhos pretos insondáveis, sua mente aguçada estava trabalhando rapidamente, tentando pensar na melhor maneira de usar o que sabia.

Ela olhou inquisitivamente para Jace mais uma vez, mas ele estava olhando para a taça de vinho que segurava com a mão esquerda, quase cheia de líquido púrpuro. Ela podia ver o movimento rápido do tórax dele enquanto ele respirava; ele estava mais chateado do que demonstrava.

— Eu realmente não me importo com o que você teria escolhido — informou Clary.

— Tenho certeza disso — respondeu Valentim, inclinando-se para a frente.

— Você não é o pai de Jace — ela disse. — Você está tentando nos enganar. O pai de Jace era Michael Wayland. Os Lightwood sabem disso. Todo mundo sabe disso.

— Os Lightwood receberam a informação errada — disse Valentim. — Eles realmente acreditavam, *acreditam*, que Jace seja filho do amigo deles, Michael. Assim como a Clave. Nem mesmo os Irmãos do Silêncio sabem quem ele realmente é. Apesar de que, em breve, saberão.

— Mas o anel Wayland...

— Ah, sim — disse Valentim, olhando para a mão de Jace, onde o anel brilhava como as escamas de uma cobra. — O anel. Engraçado, não é, como um M de cabeça para baixo lembra um W? É óbvio que, se a pessoa parasse para pensar, veria que é um pouco estranho que o símbolo da família Wayland fosse uma estrela cadente. Mas não seria nem um pouco estranho ser o símbolo dos Morgenstern.

Clary olhou fixamente para ele.

— Não faço ideia do que você está falando.

— Esqueço o quão desleixada é a educação dos mundanos — disse Valentim. — Morgenstern significa "estrela da manhã". Algo do tipo: *Como vós sois caídos do céu, Oh, Lucifer, filho da manhã! Como sois vós enviados ao chão, o que enfraqueceu as nações*!

Um leve calafrio passou por Clary.

— Você está falando de Satã.

— Ou de qualquer grande poder perdido — disse Valentim — que se recusou a servir. Como aconteceu comigo. Não quis servir a um governo corrupto, e por isso perdi minha família, minhas terras, quase a minha vida...

— A Ascensão foi *culpa* sua! — disparou Clary. — Pessoas morreram por conta dela! Caçadores de Sombras como você!

— Clary. — Jace se inclinou para a frente, quase derrubando a taça próxima ao cotovelo dele. — Apenas ouça, por favor? Não é como você pensa. Hodge mentiu para nós.

— Eu sei — disse Clary. — Ele nos traiu por Valentim. Era um peão de Valentim.

— Não — disse Jace. — Não. Era Hodge que queria o Cálice Mortal o tempo todo. Meu pai, Valentim, só descobriu tudo depois, e veio para impedi-lo. Ele trouxe sua mãe para cá a fim de curá-la, não machucá-la.

— E você acreditou nisso? — Clary indagou com desgosto. — Não é verdade. Hodge estava trabalhando para Valentim. Eles estavam juntos na procura pelo Cálice. Ele armou para cima da gente, é verdade, mas foi apenas uma ferramenta.

— Mas era ele que precisava do Cálice Mortal — sugeriu Jace. — Para poder se livrar da maldição e fugir antes que meu pai pudesse contar à Clave tudo o que ele havia feito.

— Eu sei que isso não é verdade! — Clary disse, irritada. — Eu estava lá! — Ela virou-se para Valentim. — Eu estava na sala quando você foi buscar o Cálice. Você não podia me ver, mas eu estava lá. Eu o vi. Você pegou o Cálice e quebrou a maldição de Hodge. Ele não teria conseguido fazer isso sozinho. Ele mesmo disse.

— Eu quebrei a maldição — disse Valentim comedidamente —, mas fiz isso por pena. Ele parecia tão patético.

— Você não sentiu pena. Você não sentiu nada.

— Já basta, Clary! — repreendeu Jace. Ela o encarou. As bochechas dele estavam vermelhas como se ele tivesse bebido o vinho que estava sobre a mesa, e os olhos, excessivamente brilhantes. — Não fale assim com o meu pai.

— Ele *não é o seu pai*!

Jace parecia que havia sido estapeado por ela.

— Por que você está tão determinada em não acreditar na gente?

— Porque ela ama você — disse Valentim.

Clary sentiu o sangue fugir de suas faces. Ela olhou para ele, sem saber o que poderia dizer em seguida, mas morrendo de medo do que poderia ser. Ela se sentiu como se estivesse se aproximando de um precipício, de uma terrível queda no nada e em lugar nenhum. Foi tomada por uma vertigem.

— O quê? — Jace parecia surpreso.

Valentim estava olhando entretido para Clary, como se soubesse que a tinha presa lá como uma borboleta em um quadro.

— Ela teme que eu esteja me aproveitando de você — ele disse. — Que tenha feito uma lavagem cerebral. Óbvio que nada disso é verdade. Se pudesse enxergar as próprias memórias, Clary, você saberia.

— Clary — Jace começou a se levantar, com os olhos fixos nela. Ela podia ver as olheiras, o cansaço dele. — Eu...

— Sente-se — pediu Valentim. — Deixe-a entender sozinha, Jonathan.

Jace se conteve imediatamente, afundando de volta na cadeira. Em meio à vertigem, Clary lutou para entender. *Jonathan?*

— Pensei que seu nome fosse Jace — ela disse. — Você mentiu sobre isso também?

— Não. Jace é um apelido.

Ela estava muito perto do precipício agora, tão perto que quase conseguia olhar para baixo.

— Como?

Ele olhou para ela como se não conseguisse entender a razão para ela estar criando tanto caso por uma coisa tão pequena.

— Por causa das minhas iniciais — ele disse. — J.C.

O precipício se abriu diante dela. Ela podia ver a longa queda na escuridão.

— Jonathan — ela disse fracamente. — Jonathan Christopher.

Jace franziu os olhos.

— Como você...?

Valentim interrompeu. Sua voz era pacificadora.

— Jace, eu tinha pensado em poupá-lo. Pensei que uma história sobre uma mãe morta fosse doer menos do que uma história sobre uma mãe que o abandonou antes do seu primeiro aniversário.

Os dedos de Jace cerraram em torno da haste da taça. Por um instante, Clary pensou que fosse quebrar.

— Minha mãe ainda está viva?

— Está — disse Valentim. — Viva e dormindo em um dos quartos lá de baixo neste instante. Sim — ele acrescentou, interrompendo antes que Jace pudesse falar —, Jocelyn é sua mãe, Jonathan. E Clary... Clary é sua irmã.

Jace puxou a mão de volta para si. A taça de vinho caiu, derrubando líquido vermelho sobre a toalha de mesa branca.

— Jonathan — chamou Valentim.

Jace estava com uma aparência horrorosa, uma espécie de branco-esverdeado tingiu seu rosto.

— Isso não é verdade — ele disse. — Alguma coisa está errada. Isso não pode ser verdade.

Valentim olhou fixamente para o filho.

— É uma ocasião a ser celebrada — ele disse com uma voz baixa e contemplativa —, eu diria. Ontem você era órfão, Jonathan. Agora tem um pai, uma mãe e uma irmã que você não sabia que tinha.

— Não é possível — disse Jace novamente. — Clary não é minha irmã. Se fosse...

— O quê? — perguntou Valentim.

Jace não respondeu, mas o olhar de horror e náusea foi o suficiente para Clary. Tropeçando um pouco, ela circulou a mesa e se ajoelhou ao lado da cadeira dele, estendendo a mão para pegar a dele.

— Jace...

Ele se afastou dela, com os dedos arrastando pela toalha de mesa manchada.

— *Não.*

Um sentimento de ódio a Valentim queimava na garganta de Clary como lágrimas não derramadas. Ele havia se contido, e ao não falar o que sabia — que ela era filha dele — fez com que ela fosse cúmplice no silêncio. E agora, após jogar a verdade neles com o peso esmagador de uma pedra, ele se sentou para assistir aos resultados com uma consideração fria. Como Jace podia não perceber o quanto ele era odioso?

— Diga que não é verdade — pediu Jace, olhando fixamente para a toalha de mesa.

Clary engoliu em seco, apesar da garganta que queimava.

— Não posso fazer isso.

Valentim soava como se estivesse sorrindo.

— Então agora você admite que falei a verdade o tempo todo?

— Não — ela disparou sem olhar para ele. — Você está mentindo e inserindo algumas verdades no meio, só isso.

— Já estou ficando cansado disso — disse Valentim. — Se quiser ouvir a verdade, Clarissa, essa é a verdade. Você ouviu histórias sobre a Ascensão e pensa que sou o vilão. Não é verdade?

Clary não disse nada. Ela estava olhando para Jace, que parecia estar a ponto de vomitar. Valentim prosseguiu de forma implacável.

— É tudo muito simples, na verdade. A história que você ouviu era verdadeira em parte, mentiras com verdades inseridas, como você disse, mas não em outras. O fato é que Michael Wayland não é nem nunca foi o pai de Jace. Wayland foi morto durante a Ascensão. Assumi o nome dele e fugi da Cidade de Vidro com o meu filho. Foi muito fácil; Wayland não tinha relações com ninguém, e os melhores amigos dele, os Lightwood, estavam no exílio. Ele teria sofrido uma forte desgraça com a Ascensão, então eu vivi aquela vida desgraçada, quieto, sozinho com Jace na casa dos Wayland. Li livros. Criei meu filho. E esperei a minha hora. — Ele tocou a ponta da taça pensativamente. Ele era canhoto, Clary percebeu, como Jace.

— Dez anos mais tarde, recebi uma carta. O autor indicava saber minha verdadeira identidade, e se eu não estivesse preparado para dar alguns passos, ele a revelaria. Eu não sabia quem era o remetente da carta, mas não tinha a menor importância. Não estava preparado para dar a ele o que queria. Além disso, sabia que minha segurança estava comprometida, e assim seria, a não ser que ele acreditasse que eu estava morto, fora de alcance. Forjei minha morte pela segunda vez, com a ajuda de Blackwell e Pangborn, e para a própria segurança de Jace, certifiquei-me de que ele fosse mandado para cá, para viver sob a proteção dos Lightwood.

— Então você deixou que Jace pensasse que você estava morto? Você simplesmente permitiu que ele acreditasse que você estava morto, durante todos estes anos? Isso é desprezível.

— Não — Jace disse novamente. Ele havia levantado as mãos para cobrir o rosto. Falou através dos próprios dedos, com a voz abafada. — Não diga nada, Clary.

Valentim olhou para o filho com um sorriso que Jace não podia ver.

— Jonathan tinha que acreditar que eu estava morto, sim. Ele precisava pensar que era filho de Michael Wayland, ou os Lightwood não o teriam protegido como o fizeram. Era com Michael que tinham uma dívida, não comigo. Foi por causa de Michael que o amaram, não por mim.

— Talvez o amassem por ele mesmo — disse Clary.

— Uma interpretação consideravelmente sentimental — disse Valentim —, porém improvável. Você não conhece os Lightwood como eu conheci. — Ele não viu Jace mudar de expressão, ou, se viu, ignorou. — E, no fim das contas, isso não tem a menor importância — acrescentou Valentim. — O propósito dos Lightwood era proteger Jace, não substituir a família. Ele tem uma família. Ele tem um pai.

Jace fez um barulho na garganta, e tirou as mãos do rosto.

— Minha mãe...

— Fugiu depois da Ascensão — disse Valentim. — Caí em desgraça. A Clave teria me perseguido se tivesse acreditado que eu estava vivo. Ela não podia suportar qualquer associação a mim, então fugiu. — A dor em sua voz era palpável, e forjada, Clary pensou amargamente. Que criatura mais manipuladora! — Eu não sabia que ela estava grávida na época. De Clary. — Ele deu um sorriso breve, passando o dedo pela taça de vinho. — Sangue chama sangue, como se diz — ele prosseguiu. — O destino nos trouxe a essa convergência. Nossa família, unida novamente. Podemos usar o Portal — ele disse, voltando o olhar para Jace. — Ir para Idris. De volta ao casarão.

Jace estremeceu um pouco, mas fez que sim com a cabeça, ainda olhando entorpecido para as próprias mãos.

— Ficaremos juntos lá — disse Valentim. — Como deve ser.

Parece ótimo, pensou Clary. *Só você, sua mulher em coma, seu filho absolutamente chocado e sua filha, que te odeia acima de tudo. Sem falar no fato de que seus filhos podem estar apaixonados um pelo outro. É, parece uma ótima reunião de família*. Em voz alta, ela apenas disse:

— Eu não vou a lugar algum com você, e minha mãe também não.

— Ele está certo, Clary — disse Jace com a voz rouca. Ele flexionou as mãos, as pontas dos dedos estavam sujas de vermelho. — É o único lugar para onde podemos ir. Podemos resolver as coisas lá.

— Você não pode estar falando sério...

Uma forte batida veio do andar de baixo, tão alta que parecia que uma das paredes do hospital havia desabado. *Luke*, pensou Clary, levantando-se.

Jace, apesar do olhar de horror e náusea, respondeu automaticamente, levantando-se da cadeira, com a mão ao cinto.

— Pai, eles estão...

— Eles estão subindo. — Valentim se levantou. Clary ouviu passos. Um instante depois, a porta do quarto se abriu, e Luke estava na entrada.

Clary conteve um grito. Ele estava coberto de sangue, os jeans e a camisa escura cheias de coágulos, e a parte inferior do rosto formando uma barba de sangue. As mãos estavam vermelhas até os pulsos, o sangue que as manchava ainda corria. Ela não fazia a menor ideia se o sangue era dele. Ela se ouviu gritando o nome dele, em seguida estava correndo pelo quarto em sua direção, quase tropeçando em si mesma com a ansiedade de agarrar a frente da camisa de Luke e segurar firme, de um jeito que não fazia desde os 8 anos.

Por um instante, a mão gigantesca dele se levantou e apoiou a cabeça dela, segurando-a contra o próprio corpo, com um abraço de um braço só. Depois, empurrou-a gentilmente.

— Estou todo sujo de sangue — ele disse. — Não se preocupe, não é meu.

— Então de quem é? — Era a voz de Valentim, e Clary virou, com o braço protetor de Luke no ombro dela. Valentim estava observando os dois, com os olhos franzidos e calculistas. Jace havia se levantado e circulado a mesa, e estava de pé, hesitante, ao lado do pai. Clary não conseguia se lembrar de tê-lo visto fazendo nada hesitante antes.

— Pangborn — informou Luke.

Valentim passou a mão sobre o rosto, como se a notícia o ferisse.

— Entendo. Você arrancou a garganta dele com os próprios dentes?

— Na verdade — disse Luke —, eu o matei com isso —, com a mão livre, ele estendeu a adaga longa e fina com a qual matara o Renegado. À luz ela podia ver as pedras azuis no cabo. — Lembra?

Valentim olhou, e Clary percebeu seu maxilar enrijecer.

— Lembro — ele disse, e Clary imaginou se ele também estava se lembrando da conversa que haviam tido pouco antes.

É uma kindjal, *uma adaga da Circássia. Essa, em particular, costumava fazer par com uma gêmea.*

— Você a entregou a mim há 17 anos, e me disse para colocar um fim à minha vida com ela — disse Luke, com a arma firme na mão. A arma era mais longa do que a do cabo vermelho presa ao cinto de Jace; era algo entre uma adaga e uma espada, e a lâmina tinha a ponta como de uma agulha. — E quase o fiz.

— Você espera que eu negue? — Havia dor na voz de Valentim, a lembrança de uma antiga mágoa. — Tentei salvá-lo de si mesmo, Lucian. Cometi um grave erro. Se tivesse tido força para matá-lo pessoalmente, você poderia ter morrido como homem.

— Como você? — perguntou Luke, e naquele instante Clary viu algo do Luke que sempre conhecera, que sabia quando ela estava mentindo ou fingindo, que brigava com ela quando estava sendo arrogante ou fazendo algo ilícito. Na amargura da voz dele, Clary ouviu o amor que ele já tivera por Valentim transformado em um ódio curtido. — Um homem que acorrenta a própria esposa inconsciente a uma cama com a esperança de torturá-la em busca de informação quando ela acordar? É essa a sua *coragem*?

Jace estava olhando fixamente para o pai. Clary viu a raiva que momentaneamente ditou as feições de Valentim; depois desapareceu, mostrando suavidade.

— Não a torturei — ele disse. — Ela está acorrentada para sua própria segurança.

— Contra o *quê*? — perguntou Luke, adentrando ainda mais o quarto. — A única coisa que representa perigo a ela é você. Ela passou a vida inteira fugindo de você.

— Eu a amava — disse Valentim. — Jamais faria qualquer coisa para machucá-la. Foi você que a jogou contra mim.

Luke riu.

— Ela não precisava de mim para se voltar contra você. Ela aprendeu a odiá-lo por conta própria.

— Isso é *mentira*! —Valentim rugiu com repentina ferocidade, e sacou a espada do cinto. A lâmina era chata e preta, estampada com estrelas prateadas. Ele levantou a lâmina na direção do coração de Luke.

Jace deu um passo em direção a Valentim.

— Pai...

— Jonathan, *cale-se*! — gritou Valentim, mas era tarde demais; Clary viu o choque no rosto de Luke enquanto ele olhava para Jace.

— *Jonathan*? — ele sussurrou.

A boca de Jace tremeu.

— Não me chame assim — ele disse furiosamente, com os olhos dourados brilhando. — Eu o mato pessoalmente se me chamar assim.

Luke, ignorando a lâmina apontada para seu coração, não tirou os olhos de Jace.

— Sua mãe ficaria orgulhosa — ele disse, tão tranquilamente que até Clary, que estava ao lado dele, teve de se esforçar para ouvir.

— Eu não tenho mãe — disse Jace. Suas mãos estavam tremendo. — A mulher que me trouxe ao mundo me abandonou antes mesmo que eu pudesse me lembrar de seu rosto. Eu não era nada para ela, então ela não é nada para mim.

— Não foi sua mãe que o abandonou — disse Luke, com o olhar se voltando lentamente para Valentim. — Achei que até você fosse incapaz de usar a própria carne como isca — ele disse, lentamente. — Acho que me enganei.

— Basta. — O tom de Valentim era quase apático, mas havia ferocidade nele, uma ameaça faminta de violência. — Solte a minha filha, ou eu o mato onde você está.

— Não sou sua filha — Clary disse, furiosamente, mas Luke a empurrou para longe dele com tanta força que ela quase caiu.

— Saia daqui — ele ordenou. — Vá para um lugar seguro.

— Não vou deixá-lo aqui!

— Clary, estou falando sério. *Saia daqui.* — Luke já estava levantando a adaga. — Essa luta não é sua.

Clary correu para longe dele, em direção à porta que levava ao andar térreo. Talvez ela pudesse buscar ajuda, Alaric...

Então Jace se pôs na frente dela, bloqueando a passagem para a porta. Ela se esquecera do quão rápido ele se movia, suave como um gato, veloz como água.

— Você está louca? — ele indagou. — Eles arrombaram a porta da frente. O lugar vai estar cheio de Renegados.

Ela o empurrou.

— Me deixe sair.

Jace a segurou com punhos firmes como aço. Clary se afastou de Jace e viu que Valentim havia atacado Luke, que respondeu ao golpe com uma defesa de estourar os tímpanos. As lâminas estavam afastadas, e agora estavam se movendo através do chão em um embaraço de fintas e cortes.

— Ah, meu Deus — ela sussurrou. — Eles vão se matar.

Os olhos de Jace estavam praticamente pretos.

— Você não entende — ele disse. — É assim que as coisas são feitas... — Ele parou de falar e respirou fundo quando Luke furou a guarda de Valentim, atingindo-o com um golpe no ombro. Sangue corria livremente, manchando o tecido da camisa branca.

Valentim lançou a cabeça para trás e riu.

— Um verdadeiro golpe — ele disse. — Não pensei que conseguisse, Lucian.

Luke estava completamente reto, com a faca bloqueando o rosto dele da visão de Clary.

— Você mesmo me ensinou esse golpe.

— Mas isso foi há anos — disse Valentim, com uma voz crua como seda — e desde então você quase não precisou usar faca, não é mesmo? Não havia razão, com presas e garras à sua disposição.

— Muito melhor para rasgar seu coração.

Valentim balançou a cabeça.

— Você rasgou meu coração há anos — ele disse, e nem Clary conseguia determinar se a dor na voz era real ou forjada. — Quando me traiu e me abandonou. — Luke o atacou novamente, mas Valentim estava movendo-se rapidamente pelo recinto. Para um homem daquele tamanho, ele se movia com leveza surpreendente. — Foi você que fez com que minha mulher se voltasse contra a própria espécie. Você foi até ela no momento de maior fraqueza, com seu ar de pena, sua carência incorrigível. Eu estava distante e ela pensava que você a amava. Era uma tola.

Jace estava tenso ao lado de Clary. Ela podia sentir a tensão dele, como as faíscas que saíam de um fio elétrico arrebentado.

— É da sua mãe que Valentim está falando — ela disse.

— Ela me abandonou — disse Jace. — Bela mãe.

— Ela pensou que você estivesse *morto*. Quer saber como eu sei disso? Porque ela mantinha uma caixa no quarto dela. Tinha as suas iniciais. J. C.

— Então ela tinha uma caixa — disse Jace. — Muitas pessoas têm caixas. Para guardar coisas. Está na moda, ouvi dizer.

— Tinha um cacho do seu cabelo dentro. Cabelo de bebê. E uma foto, talvez duas. Ela costumava pegar todo ano e chorar. Um choro terrível, de coração partido...

Jace cerrou os punhos.

— Pare com isso — disse ele entredentes.

— Parar de quê? De dizer a verdade? Ela pensava que você estivesse morto, ela jamais o teria deixado se soubesse que você estava vivo. Você pensou que seu pai estivesse morto...

— Eu o *vi* morrer! Ou pensei que tivesse visto. Eu não... simplesmente ouvi e escolhi acreditar!

— Ela encontrou seus ossos queimados — Clary disse calmamente. — Nas ruínas da casa dela. Junto com os ossos da mãe e do pai dela.

Finalmente Jace olhou para ela. Ela viu que os olhos dele pareciam completamente descrentes, e ao redor deles, a força de conservar a descrença. Ela podia ver, quase como se estivesse vendo através de um feitiço, a frágil construção da fé no próprio pai que ele vestia como uma armadura transparente, protegendo-o contra a verdade. Em algum lugar, ela pensou, havia uma rachadura naquela armadura; em algum lugar, se ela conseguisse encontrar as palavras certas, poderia ser quebrada.

— Isso é ridículo — ele disse. — Eu não morri, não havia ossada alguma.

— Tinha sim.

— Então era um feitiço — ele concluiu bruscamente.

— Pergunte ao seu pai o que aconteceu aos sogros dele — pediu Clary. Ela estendeu a mão para tocar a dele. — Pergunte a ele se aquilo também era um feitiço...

— *Cale a boca*! — O controle de Jace acabou e ele se virou contra ela, lívido. Clary viu Luke olhar em direção a eles, chocado pelo barulho, e, naquele instante de distração, Valentim quebrou a guarda dele e, com um único ataque frontal, enfiou a lâmina da espada no peito de Luke, pouco abaixo da clavícula.

Os olhos de Luke se arregalaram como que de surpresa, e não de dor. Valentim lançou a mão para trás, e a lâmina também recuou, manchada de vermelho até o cabo. Com uma risada afiada, Valentim atacou novamente, dessa vez derrubando a arma da mão de Luke. Ela atingiu o chão com um ruído oco e Valentim a chutou com força, enviando-a para baixo da mesa enquanto Luke caía.

Valentim levantou a espada preta sobre o corpo inclinado de Luke, pronto para executar o golpe fatal. Estrelas prateadas entalhadas na lâmina brilhavam e Clary pensou, congelada em um instante de horror, *como alguma coisa tão mortal pode ser tão bela?*

Jace, como se soubesse o que Clary ia fazer antes mesmo que o fizesse, rodopiou para a frente dela.

— Clary...

O momento de estagnação passou. Clary livrou-se de Jace, desviando das mãos dele que se aproximavam, e correu pelo chão de pedras em direção a Luke. Ele estava no chão, sustentando-se com um braço; Clary se jogou em cima dele, exatamente quando a espada de Valentim foi para baixo.

Ela viu os olhos de Valentim enquanto a espada vinha em sua direção; parecia uma eternidade, apesar de não ter sido mais do que uma fração de segundo. Ela viu que ele poderia ter interrompido o golpe se quisesse. Viu que ele sabia que poderia atingi-la se não interrompesse. Viu que atacaria assim mesmo.

Ela jogou as mãos para o alto, fechando os olhos...

Houve um ruído metálico. Ela ouviu Valentim gritar, e olhou para cima para vê-lo com a mão da espada vazia e sangrando. A *kindjal* de cabo vermelho estava a vários centímetros de distância no chão de pedras, perto da espada preta. Virando-se surpreso, ele viu Jace perto da porta; ele estava com o braço ainda levantado, e percebeu que deveria ter jogado a adaga com força suficiente para derrubar a espada preta da mão do pai.

Pálido, ele abaixou o braço lentamente, com os olhos fixos em Valentim — arregalados e suplicantes.

— Pai, eu...

Valentim olhou para a mão que sangrava e, por um instante, Clary viu um espasmo de ira cruzar seu rosto, como uma luz brilhando. A voz dele, quando falou, estava branda.

— Foi um lançamento excelente, Jace.

Jace hesitou.

— Mas a sua mão. Eu pensei...

— Eu não teria machucado a sua irmã — disse Valentim, movendo-se rapidamente para recuperar a espada e a *kindjal* de cabo vermelho, que ele colocou no cinto. — Teria interrompido o ataque. Mas sua preocupação com a família é louvável.

Mentiroso. Mas Clary não tinha tempo para as bobagens de Valentim. Ela virou-se para olhar para Luke e sentiu uma angústia aguda. Luke estava deitado de costas, com olhos semifechados, e a respiração irregular. Sangue borbulhava pelo buraco de sua camisa rasgada.

— Preciso de uma atadura — Clary disse engasgando. — Um pano, qualquer coisa.

— Não se mova, Jonathan — disse Valentim em tom ameaçador, e Jace parou onde estava, com as mãos já quase no bolso. — Clarissa —

disse o pai dela, com uma voz tão oleosa quanto aço cheio de manteiga —, esse homem é um inimigo da nossa família, inimigo da Clave. Nós somos caçadores, o que significa que às vezes somos matadores. Você certamente entende isso.

— Caçadores de *demônios* — disse Clary. — Matadores de *demônios*. Não *assassinos*. Existe uma diferença.

— Ele é um demônio, Clarissa — disse Valentim, com a mesma voz suave. — Um demônio com rosto de homem. Eu sei como esses monstros podem ser dissimulados. Lembre-se, eu mesmo o poupei certa vez.

— Monstro? — ecoou Clary. Ela pensou em Luke: Luke a empurrando no balanço quando ela tinha 5 anos, mais alto, sempre mais alto; Luke na formatura do ginásio, fotografando sem parar, como um pai orgulhoso; Luke procurando em cada caixa de livro que chegava à sua loja, separando qualquer coisa que achasse que ela pudesse gostar. Luke levantando-a para pegar maçãs nas árvores perto do sítio dele. Luke, cujo lugar de pai este homem estava tentando tirar. — Luke não é um monstro — ela disse, com uma voz que se igualava à de Valentim, tão afiada quanto. — Nem um assassino. Você é.

— Clary! — gritou Jace.

Clary o ignorou. Os olhos dela estavam fixos nos do pai.

— Você matou os pais da sua mulher, não em uma batalha, mas a sangue frio — ela disse. — E aposto que matou Michael Wayland, e o filho dele também. Jogou os ossos deles junto com os dos meus avós para fazer com que a minha mãe pensasse que você e Jace também estavam mortos. Colocou o seu colar no pescoço de Michael Wayland antes de queimá-lo para que todos pensassem que aqueles ossos eram seus. Depois de todo o seu discurso sobre sangue puro da Clave, você não deu a mínima para o sangue ou para a inocência deles quando os matou, não foi? Matar idosos e crianças a sangue frio, *isso* sim é monstruoso.

Outro espasmo de raiva contorceu as feições de Valentim.

— *Basta*! — rugiu Valentim, erguendo a espada preta novamente, e Clary ouviu naquela voz quem ele realmente era, o ódio que o conduzira durante toda a vida. A raiva infinita e efervescente. — Jonathan, arraste sua irmã para fora do meu caminho, ou, pelo Anjo, vou derrubá-la para matar o monstro que ela está protegendo!

Por um breve instante, Jace hesitou. Então levantou a cabeça.

— Certamente, pai — ele disse, e atravessou a sala na direção de Clary. Antes que ela pudesse levantar as mãos para contê-lo, ele já a pegara pelo braço. Ele a puxou, levantando-a, afastando-a de Luke.

— Jace — ela sussurrou, perplexa.

— Não — disse ele. Os dedos dele a agarravam dolorosamente. Ele cheirava a vinho, metal e suor. — Não fale comigo.

— Mas...

— Eu disse para não *falar.* — Ele a sacudiu, com força. Ela tropeçou, recuperou o equilíbrio e olhou para cima, para ver Valentim de pé, regozijando sobre o corpo abatido de Luke. Ele levantou o pé e pisou em Luke, que emitiu um ruído de engasgo.

— Deixe-o em paz! — gritou Clary, tentando se livrar das garras de Jace. Não adiantou nada, ele era forte demais.

— Pare com isso — ele sibilou em seu ouvido. — Você só está piorando as coisas. É melhor não assistir.

— Como você faz? — perguntou ela de volta. — Fechar os olhos e fingir que alguma coisa não está acontecendo não faz com que ela não aconteça, Jace. Você deveria saber...

— Clary, *pare.* — O tom dele quase a pegou de surpresa. Ele parecia desesperado.

Valentim estava rindo.

— Se ao menos tivesse pensado — ele disse — em trazer uma lâmina de prata de verdade, poderia despachá-lo da verdadeira maneira da sua espécie, Lucian.

Luke murmurou alguma coisa que Clary não conseguiu ouvir. Ela desejou que fosse grosseira. Ela tentou se livrar de Jace. Seus pés escorregaram e ele a pegou, levantando-a novamente com força agonizante. Ele estava com os braços em volta dela, ela pensou, mas não da maneira como ela sonhara um dia, não do jeito que já houvesse imaginado.

— Ao menos me deixe levantar — pediu Luke. — Deixe-me morrer de pé.

Valentim olhou para ele através da lâmina, e deu de ombros.

— Você pode morrer de bruços ou de joelhos — ele disse. — Mas somente um homem merece morrer de pé, e você não é um homem.

— NÃO! — Clary gritou quando Luke, sem olhar para ela, começou a se ajeitar sobre os joelhos.

— Por que tem que tornar as coisas piores para você? — perguntou Jace em um sussurro baixo e tenso. — Eu disse para não olhar.

Ela estava ofegante com o esforço e a dor.

— Por que você tem que *mentir* para si?

— Não estou mentindo! — As garras em torno dela cerraram de maneira selvagem, embora ela não tivesse tentado se livrar. — Só quero coisas boas na minha vida, meu pai, minha família, não posso perder tudo outra vez.

Luke estava ajoelhado agora. Valentim havia erguido a espada suja de sangue. Os olhos de Luke estavam fechados, e ele estava murmurando alguma coisa: palavras, uma oração, Clary não sabia. Ela girou nos braços de Jace, de modo que pudesse olhar em seus olhos. Os lábios dele estavam contraídos, o maxilar tenso, mas os olhos...

A frágil armadura estava quebrando. Só precisava de um último golpe dela. Ela batalhou para encontrar as palavras certas.

— Você tem uma família — ela disse. — A família é composta por pessoas que o amam. Como os Lightwood o amam. Alec, Isabelle... — A voz dela falhou. — Luke é minha família, e você vai me fazer vê-lo morrer do mesmo jeito que pensou que tivesse visto seu pai morrer quando tinha 10 anos? É isso que você quer, Jace? É esse o tipo de homem que você quer ser? Como...

Ela parou de falar, repentinamente apavorada com a possibilidade de ter ido longe demais.

— Como o meu pai — ele disse.

A voz dele estava gelada, distante, insípida como a lâmina de uma faca.

Perdi, Clary pensou desesperada.

— Abaixe-se — ele disse, e empurrou-a, com força. Ela cambaleou, caiu no chão, rolou sobre um joelho. Ajoelhando-se, ela viu Valentim erguer a espada por cima da cabeça. O brilho do candelabro no alto refletia na espada e agredia os olhos dela com pontinhos de luz. — *Luke*! — ela gritou.

A lâmina foi com tudo — para o chão. Luke não estava mais lá. Jace, que se movera mais rápido do que Clary podia imaginar, até nos padrões dos Caçadores de Sombras, o empurrara para fora do caminho, jogando-o para o lado. Jace se levantou, encarando o pai através do cabo da espada, com o rosto pálido, porém firme.

— Acho que é melhor você ir — disse Jace.

Valentim olhou incrédulo para o filho.

— *O que você disse*?

Luke estava sentado. Sangue fresco manchava sua camisa. Ele encarou enquanto Jace estendia a mão e gentilmente, quase desinteressado, acariciava o cabo da espada que havia sido enterrada no chão.

— Acho que você ouviu, pai.

A voz de Valentim era como um chicote.

— Jonathan Morgenstern...

Rápido como um raio, Jace pegou o cabo da espada, libertou-a do chão, e a ergueu. Ele segurou com leveza, firme e plana, com a ponta a alguns centímetros do queixo do pai.

— Esse não é o meu nome — ele disse. — Meu nome é Jace Wayland.

Os olhos de Valentim continuavam fixos em Jace; ele mal parecia perceber a espada na garganta.

— *Wayland*? — ele rugiu. — Você não tem sangue Wayland! Michael Wayland era um estranho para você...

— Você — disse Jace calmamente — também é. — Ele moveu a espada para a esquerda. — Agora vá.

Valentim estava balançando a cabeça.

— Nunca. Não vou receber ordens de uma criança.

A ponta da espada tocou a garganta de Valentim. Clary observava com um horror fascinado.

— Sou uma criança muito bem treinada — disse Jace. — Você mesmo me instruiu na arte de matar. Só preciso mover dois dedos para cortar sua garganta, sabia? — ele estava com os olhos firmes. — Acho que sabe disso.

— Você é suficientemente habilidoso — concordou Valentim. Seu tom era de desconsideração, mas Clary percebeu que ele estava completamente imóvel. — Mas você não poderia me matar. Sempre teve o coração mole.

— Talvez ele não possa. — Era Luke, agora de pé, pálido e sangrento, mas de pé. — Mas eu posso. E não acredito que ele consiga me impedir.

Os olhos efervescentes de Valentim se voltaram para Luke, e de volta para o filho. Jace ainda não tinha virado quando Luke falou, mas estava parado como uma estátua, com a espada imóvel na mão.

— Você ouve o monstro me ameaçar, Jonathan — disse Valentim — e fica ao lado *dele*?

— Ele tem razão — disse Jace de forma branda. — Não tenho certeza de que conseguiria impedi-lo se ele quisesse feri-lo. Lobisomens se curam rapidamente.

O lábio de Valentim se contraiu.

— Então — ele disparou —, assim como a sua mãe, você prefere esta criatura, este semidemônio a seu próprio sangue, sua própria família?

Pela primeira vez, a espada na mão de Jace pareceu tremer.

— Você me deixou quando eu era uma criança — ele disse com a voz controlada. — Você me deixou pensar que estava morto e me mandou morar com estranhos. Você nunca me contou que eu tinha uma mãe, uma irmã. Você me deixou *sozinho*. — A última palavra foi um lamento.

— Fiz por você, para mantê-lo seguro — protestou Valentim.

— Se você se importasse com Jace, se ligasse para sangue, não teria assassinado os avós dele. Você matou pessoas inocentes — interrompeu Clary, furiosa.

— Inocentes? — irritou-se Valentim. — Em uma guerra ninguém é inocente! Eles se aliaram a Jocelyn, contra mim! Eles teriam permitido que ela tomasse meu filho de mim!

Luke sibilou.

— Você sabia que ela iria deixá-lo — ele disse. — Você sabia que ela ia fugir, mesmo antes da Ascensão?

— É óbvio que sabia! — rosnou Valentim. O controle frio que sustentava havia se quebrado e Clary podia sentir a raiva borbulhando, manifestando-se nos tendões e no pescoço dele, cerrando os punhos. — Fiz o que precisei para proteger os meus, e no fim dei a eles mais do que um dia mereceram: a pira funerária que só é concedida aos maiores guerreiros da Clave!

— Você os incinerou — disse Clary secamente.

— Sim! — gritou Valentim. — *Eu os incinerei.*

Jace emitiu um ruído engasgado.

— Meus avós...

— Você nunca os conheceu — justificou Valentim. — Não finja uma dor que não sente.

A ponta da espada estava tremendo mais rapidamente. Luke pôs a mão no ombro de Jace.

— Com firmeza — ele disse.

Jace não olhou para ele. Ele estava respirando como se estivesse correndo. Clary podia ver o suor brilhando no músculo sobre a clavícula, grudando os cabelos às têmporas. As veias eram visíveis nas costas da mão. *Ele vai matá-lo*, ela pensou. *Ele vai matar Valentim.*

Ela deu um passo precipitado para a frente.

— Jace, nós precisamos do Cálice. Ou você sabe o que ele vai fazer com ele?

Jace lambeu os lábios secos.

— O Cálice, pai. Onde está?

— Em Idris — Valentim disse calmamente. — Onde você nunca vai encontrá-lo.

A mão de Jace estava tremendo.

— Diga-me...

— Dê-me a espada, Jonathan. — Era Luke, com a voz calma, até mesmo gentil.

Jace soava como se estivesse falando do fundo de um poço.

— O quê?

Clary deu um passo à frente.

— Dê a espada para Luke, Jace. Deixe que ele fique com ela.

Ele balançou a cabeça.

— Não posso fazer isso.

Ela deu outro passo à frente; mais um e ela estaria perto o suficiente para tocá-lo.

— Pode, sim — ela disse, gentilmente. — Por favor.

Ele não olhou para ela. Os olhos estavam fixos nos do pai. O momento se prolongou, mais e mais, interminável. Finalmente ele fez que sim com a cabeça, brevemente, sem abaixar a mão. Mas permitiu que Luke fosse para perto dele, e colocasse a mão sobre a dele, no cabo da espada.

— Pode soltar agora, Jonathan — disse Luke, e então, vendo o rosto de Clary, se corrigiu. — Jace.

Jace parecia não tê-lo ouvido. Ele soltou o cabo e se afastou do pai. Parte da cor de Jace havia voltado, e ele agora tinha um tom menos pálido, o lábio sangrava onde ele havia mordido. Clary sofria com a vontade de tocá-lo, abraçá-lo, saber que ele jamais a deixaria.

— Tenho uma sugestão — Valentim dirigiu-se a Luke em tom surpreendentemente calmo.

— Deixe-me adivinhar — disse Luke. — É "não me mate", não é?

Valentim riu, um som sem qualquer humor.

— Jamais me rebaixaria a ponto de pedir a você pela minha vida — ele disse.

— Ótimo — retrucou Luke, tocando o queixo de Valentim com a lâmina. — Não vou matá-lo a não ser que force a minha mão, Valentim. Não vou matá-lo na frente dos seus próprios filhos. Só quero o Cálice.

O rugido lá embaixo estava mais alto agora. Clary podia ouvir o que pareciam passos no corredor do lado de fora.

— Luke...

— Estou ouvindo — disparou.

— O Cálice está em Idris, já disse — afirmou Valentim, com os olhos passando por Luke.

Luke gotejava de suor.

— Se está em Idris, você usou o Portal para levá-lo até lá. Eu vou com você. Traga-o de volta. — Os olhos de Luke eram certeiros. Havia mais movimentação no corredor lá fora agora, sons de gritos, de alguma coisa estilhaçando. — Clary, fique com o seu irmão. Depois que atravessarmos, use o Portal para levá-los a um lugar seguro.

— Não vou sair daqui — disse Jace.

— Vai, sim. — Alguma coisa bateu forte na porta. Luke levantou a voz. — Valentim, o Portal. Ande.

— Ou o quê? — Os olhos de Valentim estavam fixos na porta com uma expressão reflexiva.

— Ou eu vou matá-lo se me forçar — disse Luke. — Na frente deles ou não. O Portal, Valentim. Agora.

Valentim abriu os braços.

— Como queira.

Ele deu um passo singelo para trás, exatamente quando a porta explodiu para dentro, com as dobradiças se espalhando pelo chão. Luke desviou para não ser atingido pela porta que caía, girando ao fazê-lo, a espada firme na mão.

Um lobo estava na entrada, uivos, pelos, ombros curvados para a frente, lábios contraídos e dentes afiados. Sangue visível em inúmeros talhos sob a capa de pelos.

Jace estava resmungando baixinho, com uma lâmina serafim já na mão. Clary o pegou pelo pulso.

— Não. Ele é amigo.

Jace olhou incrédulo para ela, mas abaixou o braço.

— Alaric — Luke gritou alguma coisa em seguida, em uma língua que Clary não entendia. Alaric rosnou novamente, agachando-se mais próximo ao chão, e por um instante ela pensou que ele fosse se atirar em Luke. Então viu a mão de Valentim no cinto, o brilho de joias vermelhas, e percebeu que se esquecera de que ele ainda estava com a adaga de Jace.

Ela ouviu uma voz gritar o nome de Luke, pensou que fosse a dela própria — então percebeu que sua garganta parecia selada, e que havia sido de Jace o grito.

Luke girou, de um jeito que parecia dolorosamente lento, enquanto a faca deixava a mão de Valentim e voava em direção a ele como uma borboleta prateada, girando repetidamente no ar. Luke ergueu a própria lâmina — e alguma coisa cinza se lançou entre ele e Valentim. Ela ouviu o uivo de Alaric, crescente, subitamente interrompido; ela ouviu o ruído da lâmina atacar. Ela engasgou e tentou correr para a frente, mas Jace a puxou de volta.

O lobo caiu aos pés de Luke, com o pelo cheio de sangue. Debilmente, com as patas, Alaric pegou o cabo da faca enterrada no peito.

Valentim riu.

— E é assim que você paga pela lealdade inquestionável que comprou tão barata, Lucian — ele disse. — Permitindo que morram por você. — Ele estava recuando, com os olhos ainda em Luke.

Luke, pálido, olhou para ele, depois para Alaric; balançou a cabeça uma vez, caiu de joelhos, inclinando-se sobre o lobisomem abatido. Jace, ainda segurando Clary pelos ombros, murmurou:

— Fique aqui, você está me ouvindo? Fique *aqui.* — E foi atrás de Valentim, que estava correndo, inexplicavelmente rápido, para a parede do lado oposto do quarto. Será que ele estava planejando se atirar pela janela? Clary podia enxergar o reflexo dele no espelho, enorme e de moldura dourada, enquanto ele se aproximava, e a expressão no rosto dele, uma espécie de alívio sarcástico, preencheu-a com uma fúria assassina.

— Nem pensar — ela sussurrou, movendo-se atrás de Jace. Ela só parou para pegar a *kindjal* de cabo azul no chão embaixo da mesa, para onde Valentim a havia chutado. A arma na mão dela agora parecia confortável, transmitia segurança, enquanto ela empurrava uma cadeira caída para fora do caminho e se aproximava do espelho.

Jace estava com a lâmina serafim, sua luz emitia uma luminosidade intensa para cima, escurecendo os círculos sob os olhos e o vazio das bochechas. Valentim se virara e era contornado pelo brilho da luz, de costas para o espelho. Pelo reflexo, Clary também podia enxergar Luke atrás deles; ele havia repousado a espada, e estava puxando a *kindjal* vermelha do peito de Alaric, suave e cuidadosamente. Ela se sentiu enjoada e segurou a própria adaga com mais força.

— Jace... — ela começou.

Ele não se virou para falar com ela, embora, é óbvio, pudesse enxergá-la pelo reflexo do espelho.

— Clary, eu disse para esperar.

— Ela é igual à mãe — disse Valentim. Uma das mãos estava atrás do corpo; ele a estava passando pelo contorno dourado do espelho. — Não gosta de obedecer.

Jace não estava tremendo como antes, mas Clary podia perceber o quanto o controle dele se havia esgotado.

— Eu vou para Idris com ele, Clary. Vou trazer o Cálice de volta.

— Não, você não pode — começou Clary, e viu, pelo espelho, como o rosto dele se contraiu.

— Você tem alguma ideia melhor? — ele perguntou.

— Mas Luke...

— Lucian — Valentim disse com a voz macia — está cuidando de um comparsa caído. Quanto ao Cálice, e Idris, ele não está longe. Através da lente, pode-se dizer.

Os olhos de Jace cerraram.

— O espelho é o Portal?

Os lábios de Valentim se afinaram e ele abaixou a mão, afastando-se do espelho enquanto a imagem dele girava e mudava como tinta de aquarela em uma tela. No lugar do quarto com as velas e a madeira escura, Clary agora podia ver campos verdes, as folhas pesadas das árvores, cor de esmeralda, e um vasto campo que se estendia até uma casa de pedras a distância. Ela podia ouvir o zumbido das abelhas e o ruído das folhas ao vento, e o cheiro de mel transportado pela brisa.

— Eu disse que não era longe. — Valentim estava no que agora era uma porta arqueada, com o mesmo vento soprando os cabelos. — É como você lembrava, Jonathan? Alguma coisa mudou?

O coração de Clary apertou dentro do peito. Ela não tinha a menor dúvida de que esta era a casa da infância de Jace, apresentada para tentá-lo, do jeito que alguém tentaria uma criança com uma bala ou um brinquedo. Ela olhou para Jace, mas ele não parecia percebê-la. Ele estava olhando para o Portal e para a vista além, com os campos verdes e o casarão. Ela viu seu rosto suavizar, a curva de seus lábios, como se ele estivesse olhando para alguém que amasse.

— Você ainda pode chamar de casa — disse o pai. A luz da lâmina serafim de Jace projetava a sombra dele para trás, de modo que parecia mover-se pelo Portal, escurecendo os campos e o pátio à sua frente.

O sorriso se apagou do rosto de Jace.

— Essa não é a minha casa — ele disse. — Minha casa agora é aqui.

Com uma onda de fúria distorcendo suas feições, Valentim olhou para o filho. Ela jamais esqueceria aquele olhar — fez com que ela sentisse um desejo avassalador de estar com a mãe. Pois, por mais irritada que Jocelyn já pudesse ter ficado, ela nunca havia olhado para Clary daquele jeito. Ela sempre tinha olhado para a filha com amor.

Se ela pudesse sentir mais pena de Jace do que já estava sentindo, teria sido naquele instante.

— Muito bem — Valentim disse e deu um passo para trás através do Portal, de modo que seus pés atingiram o solo de Idris. Os lábios dele se curvaram em um sorriso. — Ah — ele disse. — Minha casa.

Jace correu para a borda do Portal antes de parar, com a mão apoiada no contorno do espelho, uma estranha hesitação tomando conta dele, mesmo enquanto Idris brilhava diante dele como uma miragem no deserto. Bastaria um passo...

— Não, Jace — Clary disse afobada. — Não vá atrás dele.

— Mas o Cálice — disse Jace. Ela não sabia o que ele estava pensando, mas a adaga na mão dele balançava violentamente enquanto ele tremia.

— Deixe que a Clave cuide disso! Jace, por favor. — *Se você passar por este Portal, pode nunca mais voltar. Valentim vai matá-lo. Você não quer acreditar, mas é o que ele vai fazer.*

— Sua irmã tem razão. — Valentim estava no campo verde florido, com as plantas passando pelos pés dele, e Clary que percebeu que, apesar de estarem a poucos centímetros de distância, estavam em países diferentes. — Você realmente acha que pode vencer esta batalha? Mesmo tendo uma lâmina serafim e eu estando desarmado? Não só sou mais forte do que você, como também duvido que tenha coragem de me matar. E terá que me matar, Jonathan, antes que eu entregue o Cálice.

Jace apertou a adaga angelical com mais força.

— Eu posso...

— Não, você não pode. — Valentim estendeu a mão, *através* do Portal, e pegou Jace pelo pulso, arrastando-o para a frente até a ponta da lâmina serafim tocar-lhe o peito. Onde a mão e o pulso de Jace haviam passado pelo Portal, pareciam brilhar como se tivessem sido imersos na água. — Então faça — disse Valentim. — Enterre a lâmina. Oito centímetros, talvez dez. — Ele puxou a lâmina para a frente e a ponta rasgou o tecido da camisa. Uma linha circular vermelha como uma papoula surgiu bem acima do coração. Jace, engasgando, puxou o braço de volta para si e cambaleou para trás.

— Como eu pensei — disse Valentim. — Fraco demais. — E, com uma rapidez repentina, ele lançou o punho em direção a Jace. Clary gritou, mas o golpe não o acertou: em vez disso, atingiu a superfície do Portal entre eles com um som que parecia um milhão de coisas frágeis estilhaçando. Rachaduras como teias de aranha se formaram no vidro que não era vidro; a última coisa que Clary ouviu antes que o Portal se dissolvesse em um dilúvio de cacos foi a risada desdenhosa de Valentim.

Pedaços de vidro caíram pelo chão como um banho de gelo, uma cascata estranhamente bonita de cacos prateados. Clary deu um passo para trás, mas Jace estava completamente parado enquanto o vidro caía a seu redor, olhando para a forma vazia do espelho.

Clary havia esperado que ele fosse resmungar, gritar ou xingar o pai, mas, em vez disso, ele simplesmente esperou que o vidro parasse de cair. Quando aconteceu, ele se ajoelhou silenciosa e cuidadosamente, e pegou um dos pedaços maiores, virando-o na mão.

— Não. — Clary se ajoelhou a seu lado, repousando a faca que estava segurando. Não se sentia mais confortável em segurá-la. — Não havia nada que você pudesse ter feito.

— Havia, sim. — Ele continuava olhando para o vidro. Pedacinhos quebrados estavam caídos sobre o cabelo dele. — Poderia tê-lo matado. — Ele virou o caco para ela. — Olhe — ele disse.

Ela olhou. No pedacinho de vidro, ela ainda podia ver um fragmento de Idris — um pedaço de céu azul, a sombra das folhas verdes. Ela suspirou dolorosamente.

— Jace...

— Vocês estão bem?

Clary olhou para cima. Era Luke, de pé sobre eles. Ele estava desarmado, os olhos evidenciavam sua exaustão.

— Estamos bem — ela disse. Ela podia ver a figura abatida no chão atrás dele, metade coberta com o longo casaco de Valentim. Uma mão saía de baixo da ponta do tecido; a ponta era de garras. — Alaric...?

— Está morto — disse Luke. Havia dor em sua voz; apesar de mal tê-lo conhecido, Clary sabia do peso da culpa que ficaria com ele para sempre. *E é assim que você paga pela lealdade inquestionável que comprou tão barata, Lucian. Deixando que morram por você.*

— Meu pai escapou — contou Jace. — Com o Cálice — sua voz soava vazia. — Entregamos nas mãos dele. Eu fracassei.

Luke deixou uma das mãos cair sobre a cabeça de Jace, tirando os pedaços de vidro de seus cabelos. As garras ainda estavam para fora, os dedos manchados de sangue, mas Jace não pareceu se incomodar com o toque dele, e não disse nada.

— Não é culpa sua — disse Luke, olhando para Clary. Seus olhos azuis eram firmes. Diziam: *seu irmão precisa de você; fique com ele.*

Ela fez que sim com a cabeça, e Luke os deixou e foi até a janela. Ele abriu, permitindo que uma corrente de ar entrasse no quarto e derrubasse as velas. Clary podia ouvi-lo gritando, chamando os lobos abaixo.

Ela se ajoelhou perto de Jace.

— Está tudo bem — ela disse hesitante, embora obviamente não estivesse, e talvez nunca mais estivesse, e pôs a mão no ombro dele. O tecido da camisa era duro contra as pontas dos dedos dela, úmido de suor, estranhamente reconfortante. — Temos minha mãe de volta. Temos você. Temos tudo que importa.

— Ele estava certo. Por isso não consegui atravessar o Portal — sussurrou Jace. — Não conseguiria. Não conseguiria matá-lo.

— Você só teria fracassado — ela disse — se tivesse feito isso.

Ele não disse nada, apenas soluçou baixinho. Ela não conseguiu ouvir muito bem suas palavras, mas estendeu a mão e pegou o pedaço de vidro da mão dele. Ele estava sangrando onde o havia segurado, em duas linhas finas. Ela descartou o vidro e pegou a mão dele, fechando os dedos sobre a palma machucada.

— Sinceramente, Jace — ela disse, tão suavemente quanto o tocou —, você não sabe que não deve brincar com vidro quebrado?

Ele emitiu um ruído como uma risada engasgada antes de estender a mão e tomá-la em um abraço. Ela estava ciente de Luke observando-os da janela, mas fechou os olhos e enterrou o rosto no ombro de Jace. Ele cheirava a sal e sangue, mas, somente quando a boca dele se aproximou do ouvido dela, Clary conseguiu entender o que ele estava dizendo, o que havia sussurrado antes, e era a ladainha mais simples de todas: o nome dela. Só o nome dela.

Epílogo

A Ascensão Acena

O corredor do hospital era tão branco que quase cegava. Após tantos dias vivendo à luz de uma lanterna, de tochas e de pedra enfeitiçada, a luz fluorescente fazia as coisas parecerem pálidas e artificiais. Quando Clary deu entrada na recepção, percebeu que a enfermeira entregando o formulário tinha a pele estranhamente amarelada sob as luzes brilhantes. *Talvez ela seja um demônio*, Clary pensou, devolvendo o formulário.

— Última porta no final do corredor — disse a enfermeira, exibindo um sorriso simpático. *Ou, posso estar enlouquecendo*.

— Eu sei — disse Clary. — Estive aqui ontem. — E anteontem, e no dia anterior. Era princípio de noite, e o corredor não estava tão cheio. Um senhor passeava pelo carpete com chinelos e robe, arrastando uma unidade móvel de oxigênio. Dois médicos trajando roupas cirúrgicas na cor verde, trazendo copos de papelão de café, com vapor sendo emitido da superfície dos copos no ar frígido. Dentro do hospital, o ar-condicionado estava forte, embora lá fora o tempo tivesse finalmente começado a caminhar para o outono.

Clary encontrou a porta no final do corredor. Estava aberta. Ela espiou lá dentro, sem querer acordar Luke caso ele estivesse dormindo na cadeira ao lado da cama, como estivera nas últimas duas vezes em que ela tinha vindo. Mas ele estava acordado e conversando com um homem alto com as vestes dos Irmãos do Silêncio. Ele se virou, como se tivesse sentido a chegada de Clary, e ela viu que era o Irmão Jeremiah.

Ela cruzou os braços sobre o peito.

— O que está havendo?

Luke parecia exausto, com três dias sem fazer a barba, os óculos empurrados para cima da cabeça. Ela podia ver as ataduras que ainda envolviam seu tórax sob a camisa larga de flanela.

— O Irmão Jeremiah já estava de saída — ele informou.

Levantando o capuz, Jeremiah foi em direção à porta, mas Clary bloqueou a passagem.

— Então — Clary o desafiou. — Você vai ajudar a minha mãe?

Jeremiah se aproximou dela. Ela podia sentir o frio emitido por seu corpo, como fumaça de um iceberg. *Você não pode salvar os outros antes de salvar a si própria*, disse a voz em sua mente.

— Essas frases de biscoitos da sorte já estão ficando velhas — disse Clary. — O que há de errado com a minha mãe? Você sabe? Os Irmãos do Silêncio podem ajudá-la como ajudaram Alec?

Não ajudamos ninguém, disse Jeremiah. *E não cabe a nós prestar assistência àqueles que se separaram da Clave por vontade própria.*

Ela recuou enquanto Jeremiah passava por ela na direção do corredor. Ela o observou se afastar, misturar-se à multidão; ninguém prestou atenção nele. Quando deixou os próprios olhos se fecharem parcialmente, ela viu a áurea brilhante do feitiço que o circulava, e imaginou o que as outras pessoas estavam vendo: outro paciente? Um médico apressado vestindo roupas cirúrgicas? Um visitante sofrido?

— Ele estava falando a verdade — Luke observou. — Ele não curou Alec; quem o fez foi Magnus Bane. E também não sabe o que há de errado com a sua mãe.

— Eu sei — disse Clary, voltando para o quarto. Ela se aproximou cautelosamente da cama. Era difícil relacionar a figura branca na cama, cheia de tubos, com sua mãe vibrante e ruiva. É evidente que os cabelos dela continuavam vermelhos, espalhados pelo travesseiro como um xale de linho cúprico, mas sua pele estava tão branca que fazia com que Clary se lembrasse da estátua de cera da Bela Adormecida no museu Madame Tussauds, cujo peito só subia e descia por ser ativado por um mecanismo.

Ela pegou a mão fina da mãe e a segurou, como fizera na véspera e no dia anterior. Ela podia sentir a pulsação de Jocelyn, firme e insistente. *Ela quer acordar*, pensou Clary. *Sei que quer*.

— É óbvio que quer — disse Luke, e Clary percebeu que havia falado em voz alta. — Ela tem todos os motivos do mundo para melhorar, até mais do que imagina.

Clary devolveu a mão da mãe para a cama, delicadamente.

— Você está falando de Jace.

— É óbvio que estou falando de Jace — disse Luke. — Ela sofreu a perda dele durante 17 anos. Se eu pudesse dizer a ela que não precisa mais sofrer... — Ele parou de falar.

— Dizem que pessoas em coma às vezes escutam — arriscou Clary. É evidente que os médicos também tinham dito que este não era um coma como qualquer outro, nenhum ferimento, sem falta de oxigênio, não fora causado por qualquer falência súbita, cardíaca ou cerebral. Era simplesmente como se ela estivesse dormindo e não pudesse acordar.

— Eu sei — concordou Luke. — Tenho conversado com ela. Quase sem parar. — Ele exibiu um sorriso fatigado. — Contei a ela sobre como você tem sido corajosa. Sobre o quão orgulhosa ela estaria de você. A filha guerreira.

Alguma coisa afiada e dolorida surgiu no fundo da garganta de Clary. Ela engoliu em seco, desviando o olhar de Luke, voltando-o para a janela. Através dela, era possível ver a parede branca de tijolos do prédio em frente. Nenhuma vista bonita de árvores ou do rio ali.

— Fiz as compras que você pediu — ela disse. — Comprei pasta de amendoim, leite, cereal e pão da Fortunato Brothers — ela colocou a mão no bolso. — Trouxe o troco...

— Pode ficar com ele — disse Luke. — Use-o para pagar o táxi de volta.

— Simon vai me levar para casa — disse Clary. Ela verificou o relógio de borboleta pendurado no chaveiro. — Na verdade, ele já deve estar lá embaixo.

— Que bom! Estou feliz por você estar passando algum tempo com ele. — Luke parecia aliviado. — Fique com o dinheiro assim mesmo. Peça alguma coisa para comer hoje à noite.

Ela abriu a boca para discutir, depois voltou a fechá-la. Luke era, como sua mãe sempre dizia, uma rocha em tempos de crise — sólido, confiável, e totalmente firme.

— Vá para casa alguma hora, está bem? Você também precisa dormir.

— Dormir? Quem precisa dormir? — ele zombou, mas ela podia ver a exaustão no rosto dele enquanto retornava à cadeira ao lado da cama de Jocelyn. Delicadamente, ele esticou a mão para tirar um cacho de cabelos do rosto dela. Clary virou-se de costas, com os olhos ardendo.

A van de Eric estava dobrando a esquina quando ela saiu pela porta principal do hospital. O céu acima tinha um tom perfeito de azul, escurecendo para safira sobre o rio Hudson, onde o sol estava se pondo. Simon se inclinou para abrir a porta para ela, que se sentou a seu lado.

— Obrigada.

— Para onde? Para casa? — ele perguntou, com a van de volta ao trânsito da First Avenue.

Clary suspirou.

— Nem sei mais onde fica isso.

Simon olhou de lado para ela.

— Com pena de si mesma, Fray? — O tom era zombeteiro, porém delicado. Se olhasse através dele, seria possível ver as manchas no banco de trás, onde Alec havia deitado, sangrando, no colo de Isabelle.

— Sim. Não. Não sei — ela suspirou novamente, puxando um cacho do próprio cabelo. — Tudo mudou. Tudo está diferente. Às vezes desejo que as coisas possam voltar a ser como antes.

— Eu não — disse Simon, surpreendendo-a. — Para onde vamos? Pelo menos me diga se é para cima ou para baixo.

— Para o Instituto — disse Clary. — Desculpe — ela acrescentou, enquanto ele executava uma manobra completamente ilegal. A van, virando sobre duas rodas, cantou pneus em sinal de protesto. — Deveria ter dito antes.

— Hum — disse Simon. — Você ainda não esteve lá, não é mesmo? Não desde...

— Não, ainda não — disse Clary. — Jace ligou para dizer que Alec e Isabelle estavam bem. Parece que os pais deles estão voltando de Idris às pressas, agora que alguém finalmente contou, *de fato*, o que está acontecendo. Vão chegar dentro de alguns dias.

— Foi estranho receber uma ligação de Jace? — perguntou Simon, com a voz cuidadosamente neutra. — Quer dizer, depois que você descobriu...

Ele se interrompeu.

— Sim? — disse Clary, com a voz afiada. — Depois que descobri o quê? Que ele é um serial killer que molesta gatos?

— Não é à toa que aquele gato odeia todo mundo.

— Ah, Simon, dá um tempo — disse Clary. — Sei muito bem do que você está falando, e não, não foi estranho. Além disso, não aconteceu nada entre a gente.

— Nada? — repetiu Simon, em tom completamente incrédulo.

— Nada — ela disse com firmeza, olhando para fora da janela, para que ele não visse que ela estava enrubescendo. Estavam passando por uma fileira de restaurantes e ela viu o Taki's, iluminado sob o crepúsculo.

Eles dobraram a esquina na hora em que o sol desaparecia por trás do Instituto, inundando a rua abaixo com a luz que só eles podiam enxergar. Simon parou na entrada e desligou o motor, pegando as chaves.

— Quer que eu suba com você?

Ela hesitou.

— Não. Preciso fazer isso sozinha.

Ela viu o olhar de decepção que passou pelo rosto dele, mas desapareceu rapidamente. Simon, ela pensou, crescera muito nas últimas duas semanas, assim como ela. O que era uma coisa boa, visto que ela não iria querer deixá-lo para trás. Ele era parte dela, tanto quanto o talento para o desenho, o ar empoeirado do Brooklyn, a risada da mãe e o próprio sangue de Caçadora de Sombras.

— Tudo bem — ele disse. — Você vai precisar de carona mais tarde?

Ela balançou a cabeça.

— Luke me deu dinheiro para pegar um táxi. Mas você quer me encontrar amanhã? — ela acrescentou. — Podemos assistir a Trigun, fazer pipoca. Estou precisando de um tempo de sofá.

Ele concordou, fazendo um sinal com a cabeça.

— Boa ideia — ele então se inclinou para a frente e deu um beijo em sua face. Foi um beijo leve como uma folha, mas ela sentiu calafrio até os ossos. Ela olhou para ele.

— Você acha que foi coincidência? — ela perguntou.

— Acho que o que foi coincidência?

— Termos ido parar no Pandemônio na mesma noite em que Jace e os outros estavam lá caçando um demônio? Na noite anterior à que Valentim veio atrás da minha mãe?

Simon balançou a cabeça.

— Não acredito em coincidências — ele disse.

— Nem eu.

— Mas tenho que admitir — acrescentou Simon —, coincidência ou não, acabou por ser uma ocorrência fortuita.

— Fortuitas Ocorrências — disse Clary. — Esse, sim, é um bom nome para a sua banda.

— É melhor do que a maioria dos nomes que a gente pensou — admitiu Simon.

— Pode apostar que sim. — Ela saltou da van, fechando a porta atrás de si. Ela o ouviu buzinar enquanto passava pelo caminho para a porta entre a grama alta e acenou sem virar-se para ele.

O interior da catedral estava frio e escuro, e cheirava a chuva e papel molhado. Os passos ecoavam alto no chão de pedras, e ela pensou em Jace na igreja do Brooklyn: *pode ser que haja um Deus, Clary, e pode ser que não. Seja como for, é cada um por si.*

No elevador ela olhou para o próprio reflexo no espelho enquanto a porta se fechava. A maioria dos hematomas e cortes já se curara e estava praticamente invisível. Ela imaginou se Jace já a vira tão formal quanto ela estava hoje — ela tinha se vestido com uma saia preta plissada, batom cor-de-rosa e uma blusa vintage. Ela achou que parecia uma menina de 8 anos.

Não que importasse o que Jace pensava sobre sua aparência, ela se forçou a lembrar, nem agora nem nunca. Ela pensou se eles algum dia seriam do jeito que Simon é com a irmã dele: uma mistura de tédio e irritação amorosa. Ela não conseguia imaginar.

Ela ouviu os miados altos antes mesmo de a porta do elevador se abrir.

— Olá, Coroinha — ela disse, ajoelhando-se ao lado da bola cinza no chão. — Onde estão todos?

Coroinha, que notoriamente queria um carinho na barriga, ronronou. Com um suspiro, Clary cedeu.

— Gato maluco — ela disse, acariciando vigorosamente. — Onde...

— Clary! — Era Isabelle, surgindo no saguão em uma saia longa vermelha, com o cabelo cheio de acessórios. — Que bom te ver!

Ela abraçou Clary com tanta força que quase a derrubou.

— Isabelle — engasgou Clary. — É bom te ver também — ela acrescentou, permitindo que Isabelle a levantasse outra vez.

— Estava tão preocupada com você — ela disse, alegremente. — Depois que vocês foram para a biblioteca com Hodge, e eu estava com Alec, ouvi uma explosão ensurdecedora, e quando cheguei, é óbvio, vocês não estavam mais lá, e estava tudo espalhado pelo chão. Havia sangue e uma coisa preta por todos os lados. — Ela deu de ombros. — O que era aquilo?

— Uma maldição — Clary disse calmamente. — A maldição de Hodge.

— Ah, entendi — disse Isabelle. — Jace me contou sobre Hodge.

— Contou? — Clary se surpreendeu.

— Que ele se livrou da maldição e saiu? Sim, contou. Achei que ele ficaria para se despedir — acrescentou Isabelle. — Fiquei um pouco decepcionada com ele. Mas acho que ele ficou com medo da Clave. Ele vai entrar em contato, em algum momento, aposto.

Então Jace não havia contado sobre a traição de Hodge, pensou Clary, sem saber o que achava a respeito. Mas, se Jace estava tentando poupar Isabelle de se sentir confusa e desapontada, talvez ela não devesse interferir.

— Mas então — prosseguiu Isabelle — foi horrível, e não sei o que teria feito se o Magnus não tivesse aparecido e magicado o Alec para melhorar. Existe essa palavra, "magicado"? — Ela franziu as sobrancelhas. — Jace contou o que aconteceu depois na ilha. Na verdade, já sabíamos mesmo antes, pois Magnus passou a noite inteira no telefone conversando a respeito. Todos no Submundo estão comentando. Você é famosa, sabia?

— Eu?

— Óbvio. Filha de Valentim.

Clary deu de ombros.

— Então suponho que Jace também seja famoso.

— Vocês dois são famosos — disse Isabelle, com a mesma voz excessivamente alegre. — Os irmãos famosos.

Clary olhou para Isabelle, curiosa.

— Não esperava que você fosse ficar tão feliz em me ver, devo admitir.

Isabelle pôs as mãos na cintura, indignada.

— Por que não?

— Pensei que você não gostasse muito de mim.

A alegria de Isabelle se esvaiu, e ela olhou para baixo.

— Também pensei — admitiu. — Mas quando fui procurar por você e Jace e não estavam mais lá... — interrompeu-se. — Não fiquei preocupada só com ele; mas com você também. Há alguma coisa tão... tranquilizadora em você. E Jace fica tão melhor com você por perto.

Clary arregalou os olhos.

— Fica?

— Fica, sim. Menos intolerante, de alguma forma. Não que ele seja extremamente gentil, mas deixa você ver a gentileza nele — ela pausou. — E acho que a rejeitei no início, mas vejo que foi uma grande tolice. Só porque eu nunca tive uma amiga mulher, isso não significa que eu não possa aprender a ter uma.

— Eu também, para falar a verdade — disse Clary. — E Isabelle?

— Sim?

— Você não precisa fingir ser gentil. Prefiro quando age naturalmente.

— Chata, você quer dizer? — Isabelle retrucou e riu.

Clary estava prestes a protestar quando Alec chegou à entrada com um par de muletas. Uma das pernas estava com ataduras, a calça jeans enrolada até o joelho, e ele tinha outro curativo na têmpora, sob os cabelos escuros. Fora isso, parecia bem demais para alguém que quase morrera há quatro dias. Ele acenou com a muleta em saudação.

— Oi — disse Clary, surpresa por vê-lo de pé e passeando. — Você está...

— Bem? Estou — disse Alec. — Em alguns dias, nem vou mais precisar disso.

Uma grande culpa apertou a garganta de Clary. Se não tivesse sido por ela, Alec não estaria de muletas.

— Estou muito feliz por você estar bem, Alec — ela disse, com toda a sinceridade do mundo.

Alec piscou.

— Obrigado.

— Então, Magnus deu um jeito em você? — perguntou Clary. — Luke disse...

— Deu! — disse Isabelle. — Foi incrível. Ele apareceu, mandou todo mundo sair da sala e fechou a porta. Faíscas azuis e vermelhas ficaram espirrando para o corredor por baixo da porta.

— Não me lembro de nada — disse Alec.

— Em seguida, ele ficou sentado na cabeceira de Alec a noite inteira, até de manhã, para se certificar de que ele acordaria bem — acrescentou Isabelle.

— Também não me lembro disso — Alec acrescentou rapidamente.

Os lábios vermelhos de Isabelle se curvaram em um sorriso.

— Como será que Magnus soube que deveria vir? Eu perguntei, mas ele não quis responder.

Clary pensou no papel dobrado que Hodge havia jogado na fogueira depois que Valentim saiu. Ele era um homem estranho, ela pensou, que se dera ao trabalho de fazer o possível para salvar Alec mesmo enquanto traía a todos — e a tudo — com que se importara um dia.

— Não sei — ela disse.

Isabelle deu de ombros.

— Acho que ele deve ter ouvido falar em algum lugar. Ele realmente parece estar ligado a uma enorme rede de fofocas. Coisa de *mulherzinha*!

— Ele é o Magnífico Feiticeiro do Brooklyn, Isabelle. — Alec fez questão de lembrá-la, mas sem muito humor. Ele voltou-se para Clary: — Jace está na estufa, se quiser vê-lo — ele disse. — Eu te levo até lá.

— Leva?

— Lógico — Alec parecia apenas um pouco desconfortável. — Por que não?

Clary olhou para Isabelle, que deu de ombros. Fosse o que fosse que Alec estivesse tramando, ele não havia dividido com a irmã.

— Vá em frente — disse Isabelle. — Além disso, tenho coisas para fazer. — Ela acenou para eles. — Andem.

Eles foram juntos pelo corredor. O ritmo de Alec era rápido, mesmo com as muletas. Clary teve de acelerar para acompanhar.

— Tenho pernas curtas — ela lembrou.

— Desculpe. — Ele desacelerou, contrito. — Ouça. — Ele começou. — As coisas que você disse quando eu gritei com você a respeito de Jace...

— Eu lembro — ela disse com a voz contraída.

— Quando me disse que você, você sabe, que eu só estava... que era porque — ele parecia estar com dificuldade para formar uma frase completa. Ele tentou novamente. — Quando você disse que eu estava...

— Alec, não.

— Tudo bem. Esqueça. — Ele fechou a boca. — Você não quer conversar a respeito.

— Não é isso. É que me senti péssima pelo que disse. Foi horrível. Não era verdade...

— Mas era verdade — argumentou Alec. — Palavra por palavra.

— Isso não faz com que tenha sido certo — ela disse. — Nem tudo que é verdade precisa ser dito. Foi maldade. E quando eu disse que Jace tinha me contado que você nunca matara um demônio, ele disse que era porque você sempre estava cuidando dele e de Isabelle. Era uma boa coisa que ele estava falando sobre você. Jace sabe ser desagradável, mas ele — *te ama*, ela estava prestes a dizer, mas se conteve. — Nunca disse uma palavra negativa a seu respeito. Eu juro.

— Não precisa jurar — ele pediu. — Eu sei. — Ele parecia calmo, até confiante, de um jeito que ela nunca o vira. Ela olhou para ele, surpresa. — Também sei que não matei Abbadon. Mas agradeço por você ter dito que o fiz.

Ela deu uma risada trêmula.

— Você agradece por eu ter mentido para você?

— Você mentiu por gentileza — ele disse. — Isso significa muito. Você ser gentil comigo, mesmo depois da maneira como a tratei.

— Acho que Jace teria ficado irritado comigo se não estivesse tão enfurecido na hora — disse Clary. — Mas não tão bravo quanto se tivesse sabido o que eu disse para você.

— Tenho uma ideia — disse Alec, com a boca se curvando nos cantos. — Não contamos a ele. Quero dizer, ele consegue decapitar um demônio Du'sien de longe usando apenas um saca-rolhas e um elástico, mas às vezes acho que ele não sabe muito a respeito de pessoas.

— É verdade — Clary sorriu.

Eles chegaram ao pé da escadaria em espiral que levava ao telhado.

— Não posso subir. — Alec cutucou o degrau metálico com a muleta. Fez um barulhinho.

— Tudo bem. Eu me acho.

Ele fez como se fosse virar-se de costas, depois olhou novamente para ela.

— Eu deveria ter adivinhado que você era irmã de Jace — ele disse. — Vocês dois têm o mesmo talento artístico.

Clary parou, com o pé no primeiro degrau. Ela estava pasma.

— Jace sabe desenhar?

— Não. — Quando Alec sorriu, seus olhos se acenderam como lâmpadas azuis e Clary pôde ver o que de tão cativante Magnus tinha visto nele. — Só estava brincando. Ele não consegue nem desenhar uma linha reta. — Sorrindo, ele saiu com as muletas. Clary o observou, estupefata. Um Alec que fazia piadas e implicava com Jace era algo com que ela poderia se acostumar, mesmo que o senso de humor dele fosse inexplicável.

A estufa era exatamente como ela se lembrava, embora o céu sobre o vidro fosse cor de safira agora. O cheiro limpo e perfumado das flores desanuviou sua mente. Respirando fundo, ela passou pelas folhas e galhos pesados.

Ela encontrou Jace sentado no banco de mármore no centro da estufa. Sua cabeça estava abaixada, e ele parecia estar girando um objeto nas mãos, ociosamente. Ele levantou o olhar enquanto ela desviava de um galho, e rapidamente fechou as mãos ao redor do objeto.

— Clary. — Ele parecia surpreso. — O que você está fazendo aqui?

— Vim te ver — ela disse. — Queria saber como você estava.

— Bem. — Ele estava de calça jeans e camisa branca. Ela podia ver os hematomas que ainda estavam se curando, como pontos escuros em uma maçã branca. Evidentemente, ela pensou, que os verdadeiros ferimentos eram internos, escondidos de todos os olhos, exceto dos dele.

— O que é isso? — ela perguntou, apontando para a mão dele.

Ele abriu os dedos. Um caco prateado repousava na palma da mão dele, brilhando em verde e azul nas pontas.

— Um pedaço do Portal do espelho.

Ela se sentou no banco a seu lado.

— Você consegue ver alguma coisa por ele?

Ele virou o caco um pouquinho, deixando a luz passar por cima, como se fosse água.

— Pedaços do céu. Árvores, o pátio... fico angulando, tentando ver o casarão. Meu pai.

— Valentim — ela corrigiu. — Por que desejaria vê-lo?

— Achei que talvez pudesse ver o que ele estava fazendo com o Cálice Mortal — ele disse, relutante. — Onde estava.

— Jace, isso não é mais responsabilidade nossa. Não é mais problema nosso. Agora que a Clave finalmente sabe o que aconteceu, os Lightwood estão voltando para cá. Deixe que eles cuidem disso.

Agora, sim, ele olhou para ela. Ela ficou imaginando como eles podiam ser irmãos e ao mesmo tempo tão diferente. Será que ela não poderia ter no mínimo conseguido os cílios ou as maçãs do rosto angulares? Não parecia justo. Ele disse:

— Quando olhei pelo Portal e vi Idris, soube exatamente o que Valentim estava tentando fazer: ele queria ver se eu ia fraquejar. E não tinha importância; mesmo assim queria ir para casa, mais do que podia imaginar.

Ela balançou a cabeça.

— Não vejo o que há de tão bom em Idris. É só um lugar. O jeito que você e Hodge falam de lá... — ela se interrompeu.

Ele fechou as mãos sobre o caco outra vez.

— Eu era feliz lá. Foi o único lugar onde fui verdadeiramente feliz.

Clary puxou o caule de um arbusto e começou a arrancar as folhas.

— Você ficou com pena de Hodge. Por isso não contou a Alec e a Isabelle o que ele realmente fez.

Ele deu de ombros.

— Eles vão acabar descobrindo alguma hora.

— Eu sei. Mas não sou eu que vou contar.

— Jace... — a superfície do reservatório estava verde, com folhas caídas. — Como você pode ter sido feliz lá? Sei o que você pensava, mas Valentim era um péssimo pai. Matava seus animais de estimação, mentia para você, e sei que ele batia em você, nem tente fingir que não.

Um esboço de sorriso passou pelo seu rosto.

— Só em quintas-feiras alternadas.

— Então como você podia...

— Foi a única época em que senti certeza quanto a quem eu era. Qual era o meu lugar. Soa como tolice, mas... — ele deu de ombros. — Mato demônios porque sou bom nisso, e foi o que me ensinaram a fazer, mas não é o que eu sou. E parte da razão por ser bom é o fato de que eu pensava que meu pai tinha morrido, era... como se eu fosse livre. Não havia consequências. Ninguém para sofrer por mim. Ninguém que tivesse sido responsável pela minha criação. — Seu rosto parecia ter sido esculpido em alguma coisa dura. — Não me sinto mais assim.

O caule estava completamente desfolhado; Clary o descartou.

— Por que não?

— Por sua causa — ele disse. — Se não fosse por você, eu teria atravessado o Portal com o meu pai. Se não fosse por você, eu iria atrás dele agora mesmo.

Clary olhou fixamente para o reservatório entupido. Estava com a garganta queimando.

— Pensei que eu te deixasse perturbado.

— Faz muito tempo — ele disse, simplesmente — que acho que estava perturbado pela ideia de me sentir como se eu não pertencesse a lugar algum. Mas você me fez sentir como se eu pertencesse.

— Quero que você vá a um lugar comigo — ela disse, subitamente.

Ele olhou de lado para ela. Alguma coisa na maneira como o cabelo dourado dele caía nos olhos fez com que ela se sentisse absurdamente triste.

— Aonde?

— Queria que fosse ao hospital comigo.

— Sabia. — Os olhos franziram até parecem bordas de moedas. — Clary, aquela mulher...

— Ela é sua mãe também, Jace.

— Eu sei — ele disse. — Mas é uma estranha para mim. Sempre só tive um pai, e ele se foi. Pior do que morto.

— Eu sei. E sei que não adianta dizer o quanto minha mãe é incrível, a pessoa maravilhosa, magnífica e extraordinária que ela é, e a sorte que você teria em conhecê-la. Não estou pedindo isso por você, mas por mim. Acho que se ela ouvisse a sua voz...

— O quê?

— Ela poderia acordar. — Ela olhou fixamente para ele.

Ele a encarou, depois sorriu — torto e um pouco abalado, mas um sorriso verdadeiro.

— Tudo bem. Eu vou com você. — Ele se levantou. — Você não precisa me dizer coisas boas sobre a sua mãe — ele acrescentou. — Eu já sei.

— Sabe?

Ele deu de ombros singelamente.

— Ela criou você, não foi? — Ele olhou para o teto de vidro. — O sol já quase se foi.

Clary se levantou.

— Melhor irmos para o hospital. Eu pago o táxi — ela acrescentou, como se tivesse acabado de pensar nisso. — Luke me deu dinheiro.

— Não vai ser necessário. — O sorriso de Jace se ampliou. — Vamos. Tenho uma coisa para te mostrar.

— Mas onde você conseguiu isso? — perguntou Clary, olhando para a moto empoleirada na ponta do telhado da catedral. Era verde-veneno brilhante, com rodas prateadas e chamas pintadas no assento.

— Magnus estava reclamando que alguém a havia largado na calçada de sua casa depois da última festa — disse Jace. — Eu o convenci a dá-la para mim.

— E veio voando até aqui? — ela continuava olhando para a moto.

— A-hã. Estou ficando bom nisso. — Ele passou a perna por cima do banco e acenou para ela sentar atrás dele. — Venha, eu te mostro.

— Bem, pelo menos dessa vez você sabe que funciona — ela disse, subindo atrás dele. — Se cairmos no estacionamento de um supermercado, eu te mato, você sabe, não é?

— Não seja ridícula — disse Jace. — Não tem estacionamento no Upper East Side. Para que alguém vai querer dirigir se pode receber as compras em casa? — A moto ligou com um rugido, e ele sorriu. Guinchando, Clary agarrou o cinto dele enquanto a moto descia pelo telhado do Instituto e se lançava ao espaço.

O vento soprou o cabelo dela enquanto subiam, por cima da catedral, no alto dos telhados dos apartamentos próximos. E lá estava espalhada diante dela como uma caixa de joias aberta de forma relapsa, esta cidade, mais incrível e mais populosa do que ela um dia havia imaginado: o quadrado esmeralda do Central Park, onde os tribunais das fadas se reuniam nas noites de verão; as luzes dos bares e boates ao sul, onde os vampiros dançavam a noite inteira no Pandemônio; os becos de Chinatown, onde os lobisomens descansavam à noite, as camadas de pelos refletiam as luzes da cidade. Lá caminhavam os feiticeiros com glória, olhos de gato e capas de asas de morcego, e aqui, enquanto se afastavam do rio, ela viu um flash e rabos multicoloridos sob a pele prateada da água, o brilho de longos cabelos perolados, e ouviu a risada das sereias.

Jace virou para olhar por cima do ombro, com o vento dividindo o cabelo dele.

— No que você está pensando? — ele perguntou.

— Em como as coisas são diferentes lá embaixo, agora que eu sei, agora que posso *ver*.

— Tudo lá embaixo é exatamente igual — ele disse, virando a moto na direção do East River. Eles estavam indo em direção à Brooklyn Bridge novamente. — Você é que está diferente.

As mãos dela cerraram convulsivamente no cinto dele à medida que se abaixavam em direção ao rio.

— Jace!

— Não se preocupe. — Ele parecia absurdamente entretido. — Sei o que estou fazendo, não vou nos afogar.

Ela cerrou os olhos no vento cortante.

— Você está testando a teoria de Alec de que algumas motos funcionam embaixo da água?

— Não. — Ele nivelou a moto cuidadosamente enquanto se erguiam da superfície do rio. — Acho que isso é só história.

— Mas Jace — ela argumentou. — Todas as histórias são verdadeiras.

Ela não o ouviu rir, mas sentiu, vibrando pelas costelas até a ponta dos dedos dela. Ela segurou firme enquanto ele angulava a moto para cima, projetando-a de modo que ela se lançasse para a frente e voasse pela ponte como um pássaro liberto de uma gaiola. Ela sentiu o estômago cair quando o rio rodava e as espirais da ponte sob os pés, mas dessa vez Clary manteve os olhos abertos, para que pudesse ver tudo.

Vire a página para ler

Quando Chega a Meia-Noite

O sino do Instituto começou a soar o pulso alto e profundo do ápice da noite.

Jace repousou sua faca. Era um pequeno canivete, com cabo de osso, que Alec lhe dera de presente quando se tornaram *parabatai*. Ele o usava constantemente, e o cabo estava gasto e liso pela pressão dos seus dedos.

— Meia-noite — disse. Podia sentir Clary ao seu lado, sentada entre as sobras do piquenique, a respiração suave no ar frio e com aroma de folhas da estufa. Ele não estava olhando para ela, mas para a frente, para os botões brilhantes e fechados da flor da meia-noite. Não sabia ao certo por que não queria olhar para ela. Lembrou-se da primeira vez em que viu a flor brotar, sentado em um banco de pedra naquela estufa com Alec e Izzy, um de cada lado, e os dedos de Hodge no caule da flor. O tutor os acordara quase à meia-noite para mostrar-lhes a maravilha, uma planta que normalmente só nascia em Idris, e Jace se lembrou do próprio fôlego lhe abandonando no ar invernal daquela hora da noite ao ver algo tão surpreendente e lindo.

Alec e Isabelle não se impressionaram tanto quanto ele com a beleza. Isabelle se entediou assim que descobriu que a flor só tinha aplicações medicinais, e não letais, e Alec — nunca um notívago — tinha caído no sono com a cabeça no ombro da irmã. Jace estava preocupado mesmo agora, enquanto os sinos soavam, que Clary tivesse reação semelhante: interesse, ou até agrado, mas não encantamento. Ele queria que ela se sentisse como ele em relação à flor da meia-noite, apesar de não saber explicar por quê.

Um ruído escapou dos lábios dela, um suave "ah!". A flor estava desabrochando: abrindo como o nascimento de uma estrela, toda brilhante em polens e pétalas de ouro branco.

— Elas brotam toda noite?

Uma onda de alívio passou por ele. Seus olhos verdes brilhavam, fixos na flor. Ela estava flexionando os dedos inconscientemente, do jeito que ele aprendera que ela fazia quando queria ter uma caneta ou lápis para capturar alguma imagem diante de si. Às vezes ele gostaria de ver o mundo como ela: uma tela a ser capturada em tinta, giz e aquarela. E às vezes — quando ela olhava para *ele* daquele jeito, como se estivesse desmontando-o, pedaços e fragmentos a serem separados e pintados ou esboçados, uma análise praticamente sem emoção —, ele quase enrubescia; uma sensação tão estranha que ele quase não reconhecia. JaceWayland não ruborizava.

— Só à meia-noite. Feliz aniversário, Clarissa Fray — disse ele, e sua boca se curvou em um sorriso. — Tenho uma coisa para você. — Ele se mexeu um pouco para alcançar o bolso, mas achou que ela não notou. Quando colocou a pedra de luz enfeitiçada em sua mão, ele teve consciência do quão pequenos eram os seus dedos sob os dele; delicados, porém fortes, calejados por horas segurando lápis e pincéis. Os calos fizeram cócegas nas pontas de seus dedos. Ele ficou imaginando se o contato com a sua pele acelerava o pulso de Clary, como acontecia com ele, quando a tocava.

Aparentemente não, porque ela se afastou, a expressão demonstrava apenas curiosidade.

— Hum. Sabe, quando as garotas dizem que querem uma grande pedra elas não querem dizer, você sabe, literalmente uma *pedra grande* — explicou.

Ele sorriu sem querer. O que era completamente estranho; normalmente só Alec ou Isabelle conseguiam extrair sorrisos dele. Ele sabia que Clary era corajosa desde que a conheceu — entrar naquela sala atrás de Isabelle, desarmada e sem preparo, requeria o tipo de coragem que ele normalmente não associava a mundanos —, mas o fato de que ela o fez rir ainda o surpreendia.

— Não é uma pedra, exatamente. Todos os Caçadores de Sombras têm uma pedra de luz enfeitiçada. Vai te trazer luz mesmo nas sombras mais escuras deste mundo e de outros. — Essas eram as mesmas palavras que seu pai havia lhe dito ao dar sua primeira pedra Marcada. *Que outros mundos*? perguntou Jace, mas seu pai apenas riu. *Há mais mundos a um suspiro deste do que há grãos de areia na praia*, respondeu ele. Às vezes Jace ficava imaginando se havia outros Jaces nesses mundos, e, se sim, se os pais deles estariam vivos ou mortos. Ficou imaginando se aquelas versões dele eram felizes, ou tristes, e se pensavam nele.

Clary sorriu para ele e fez uma piada sobre presentes de aniversário, mas Jace sentiu que ela estava verdadeiramente tocada; ela guardou a pedra no bolso com cuidado. A flor da meia-noite já estava descartando as pétalas como chuva luminosa, acendendo seu rosto com um brilho suave.

— Quando tinha 12 anos, eu queria uma tatuagem — disse ela. Uma mecha de cabelo ruivo caiu sobre seus olhos; Jace lutou contra o impulso de esticar a mão e ajeitar.

— A maioria dos Caçadores de Sombras recebe as primeiras Marcas aos 12 anos. Devia estar no seu sangue.

— Talvez. Mas duvido que a maioria dos Caçadores de Sombras faça uma tatuagem do Donatello das Tartarugas Ninja no ombro esquerdo. — Ela sorriu como se estivesse se lembrando afetuosamente, do jeito que fazia quando dizia coisas que eram totalmente inexplicáveis para ele. Liberava uma pontada de medo cintilante por suas veias; mas medo de quê? Da vida mundana para a qual ela voltaria, deixando tanto ele quanto o universo de demônios e caçadores, cicatrizes e batalhas, agradavelmente para trás?

Ele limpou a garganta.

— Você queria uma tartaruga no ombro?

Ela fez que sim com a cabeça, e seu cabelo voltou ao lugar.

— Queria cobrir uma cicatriz de catapora. — Puxou a alça da camisa para o lado. — Viu?

E ele viu que havia uma espécie de marca no ombro dela, uma cicatriz, mas não viu só isso: a curva da clavícula, as leves sardas na pele, como ouro em pó, a curva do ombro, a pulsação na base da garganta. Ele viu o formato da boca, os lábios ligeiramente partidos. Os cílios cúpricos quando ela os abaixou. E foi varrido por uma onda de desejo, de um tipo que jamais havia experimentado antes. Ele já havia desejado meninas antes, certamente, e saciado o desejo; sempre encarou como fome, uma necessidade de alguma espécie de combustível que o corpo queria.

Mas jamais sentira um desejo assim, um fogo limpo que queimava os pensamentos, que fazia suas mãos não exatamente tremerem, mas pulsarem com energia nervosa. Ele desgrudou os olhos dos dela antes que eles revelasssem demais.

— Está ficando tarde — disse. — É melhor descermos.

Ele olhou para trás e a descobriu curiosa, observando-o, e não conseguia conter a sensação de que aqueles olhos verdes podiam enxergar através dele.

— Você e Isabelle já... namoraram? — perguntou ela.

O coração dele continuava acelerado.

— Isabelle? — ecoou. Isabelle? O que Isabelle tinha a ver com o assunto?

— Eu pensei... Simon estava se perguntando — disse ela, e ele detestava a forma como ela dizia o nome de Simon. Jace nunca havia sentido nada parecido antes. Nada o enervava como Clary o fazia. Lembrou de ter ido até ela na cafeteria e de querer atraí-la para fora, para longe do menino de cabelos escuros que estava sempre com ela, para o seu mundo de sombras. Mesmo naquele momento ele sentiu que pertenciam ao mesmo lugar, e não à realidade mundana onde as pessoas não eram reais, onde apenas passavam por sua visão como marionetes em um palco. Mas essa menina, com seus olhos verdes que o prendiam como uma borboleta em um alfinete — ela era real. Como uma voz que se ouve em sonho, mas que ele sabia que vinha do mundo acordado, ela era real, perfurando a distância que ele havia estabelecido para si mesmo, como um fosso ao redor de um castelo.

— A resposta é não. Quero dizer, pode ser que já tenha havido algum momento em que um ou outro tenha considerado essa possibilidade, mas ela é quase uma irmã para mim. Seria esquisito.

— Quer dizer que você e Isabelle nunca...

— Nunca.

— Ela me odeia — disse Clary.

Apesar de tudo, Jace quase riu; como um irmão faria, ele sentia certo deleite ao observar Izzy quando ela se frustrava.

— Não, ela não te odeia. Você só a deixa nervosa, porque ela sempre foi a única menina em um bando de meninos que a adoravam, e agora não é mais.

— Mas ela é tão linda.

— Você também — respondeu Jace automaticamente, e viu a expressão de Clary mudar. Não era como se ele nunca tivesse dito a uma garota que ela era linda, mas ele não conseguia se lembrar de alguma ocasião em que não tivesse sido calculado. Agora foi acidental. Fez com que ele quisesse ir para a sala de treinamento arremessar facas e socar e chutar sombras até estar exausto e sangrando.

Ela apenas o olhou, em silêncio. Sala de treinamento, então.

— Acho que deveríamos descer — disse outra vez.

— Tudo bem. — E ele não sabia dizer o que ela estava pensando através da sua voz; a capacidade que Jace tinha de ler as pessoas parecia tê-lo abandonado, e ele não entendia por quê. A luz da lua penetrava os vidros da estufa enquanto eles iam se retirando, com Clary um pouco à frente. Alguma coisa se moveu diante deles, uma faísca de luz, e de repente ela parou onde estava e virou-se para ele, já envolvida por seus braços. Ela era quente, suave, delicada, e ele a beijava.

Jace estava espantado. Não era assim que funcionava; seu corpo não fazia nada sem sua autorização. Era seu instrumento, tanto quanto o piano, e ele sempre esteve em pleno comando. Mas Clary tinha um gosto doce, como maçã e açúcar, e o corpo dela tremia em seus braços. Ela era tão pequena; seus braços a envolveram, para guiá-la, e ele se perdeu. De repente entendeu por que os beijos cinematográficos eram filmados daquele jeito, com a câmera circulando infinitamente, circulando: o chão perdeu a firmeza sob seus pés, e ele se agarrou a Clary, pequena como era, como se ela pudesse sustentá-lo.

Suas mãos a acariciaram nas costas. Dava para senti-la arfar entre os beijos. Os dedos de Clary estavam em seus cabelos, na nuca, enrolando suavemente, e ele se lembrou da flor da meia-noite, na primeira vez em que a viu e pensou: *eis uma coisa linda demais para pertencer a este mundo.*

Ele ouviu o sopro de vento primeiro, treinado para escutar. Se afastou de Clary e viu Hugo empoleirado na curva de um cipreste anão. Os braços de Jace ainda estavam em volta de Clary, o peso leve dela contra ele. Seus olhos estavam parcialmente fechados.

— Não entre em pânico, mas temos plateia — sussurrou para ela. — Se ele está aqui, Hodge não está longe. É melhor irmos.

Os olhos verdes de Clary tremeram até que conseguisse abri-los, e ela pareceu distraída. Feriu um pouco o ego dele. Depois desse beijo, ela não deveria estar desmaiando aos seus pés? Mas estava sorrindo. Queria saber se Hodge os estava espionando. Ele a tranquilizou, mas sentiu sua risada suave viajar pelas mãos dadas dos dois — como isso aconteceu? — enquanto desciam.

E ele entendeu. Entendeu por que as pessoas davam as mãos: ele sempre achou um gesto possessivo, que dizia *isso é meu*. Mas não era. Era uma questão de manter o contato. Era falar sem palavras. Era dizer *te quero comigo* e *não se vá*.

Ele a queria em seu quarto. E não daquele jeito — nenhuma garota jamais estivera em seu quarto *daquele* jeito. Era seu espaço privado, seu santuário. Mas ele queria Clary lá. Queria que ela o visse, a realidade dele, não a imagem que apresentava para o mundo. Queria deitar na cama com ela encolhida nele. Queria abraçá-la enquanto ela respirava suavemente pela noite; vê-la como mais ninguém a via: vulnerável e dormindo. Vê-la e ser visto.

Então quando ele chegou à porta dela, e Clary lhe agradeceu pelo piquenique de aniversário, nem assim ele soltou sua mão.

— Você vai dormir? — perguntou.

Ela inclinou a cabeça.

— Você não está cansado?

Havia um buraco na ponta do estômago dele, um nervosismo. Ele queria puxá-la de volta para si, demonstrar tudo que estava sentindo: sua admiração, seu conhecimento recém-adquirido, sua inquietação, sua necessidade.

— Nunca estive tão acordado.

Ela levantou o queixo, um movimento rápido e inconsciente, e ele se inclinou para baixo, apoiando seu rosto com a mão livre. Ele não pretendia beijá-la — estavam muito vulneráveis ali —, mas não conseguiu se privar de, levemente, tocar seus lábios novamente. A boca de Clary se abriu sob a de Jace, e ele se inclinou, não conseguiu se conter...

De repente Simon abriu a porta do quarto e foi para o corredor. E Clary se afastou de Jace apressadamente, virando a cabeça de lado, e ele sentiu como a dor aguda de um curativo sendo arrancado da pele. Simon estava falando alguma coisa — um emaranhado de palavras furiosas — e Jace pensou em todas as vezes que passou por aquela situação. Beijando uma garota em um beco atrás de um bar ou contra a parede de uma boate, e o namorado dela, ou o pobre coitado que achava que tinha alguma chance, encarando-os como se alguém tivesse acabado de alcançar seu peito e arrancar seu coração.

Jace sempre sentiu pena desse cara, mas de um jeito meio distante, como se o rapaz fosse personagem de uma peça encenando um coração partido. Agora, olhando para Simon, ele se deu conta de que jamais voltaria a pensar assim. Porque o jeito como Clary olhava para Simon, com toda a sua atenção, o arrependimento nítido no rosto, o fez perceber que Simon não era o ator da peça que estava prestes a ter o coração estilhaçado em pedaços.

Aquele era Jace.

[illegible]

[illegible]

[illegible]

[illegible]

[illegible]

[illegible]

[illegible]

[illegible]

[illegible]

[illegible]

Posfácio

Todas as histórias são verdadeiras.

Isso é o que Jace Wayland diz a Clary Fray no primeiro livro das crônicas dos Caçadores de Sombras, *Cidade dos Ossos.*

Jace quer dizer, é óbvio, mais de uma coisa com isso. Ele quer dizer que tudo que ela sempre aprendeu que não existia — vampiros, lobisomens, fadas, fantasmas e monstros de todas as formas, tamanhos e intenções — de fato existia e que, na verdade, nosso mundo é cheio dessas criaturas. Ele quer dizer que as histórias nas quais cremos de coração — histórias das quais somos os heróis, histórias nas quais boas pessoas aparecem para derrotar o mal, histórias nas quais sempre existe esperança — também são verdadeiras. Clary termina *Cidade dos Ossos* com um senso real de maravilha ao sobrevoar Nova York, e vendo revelada abaixo toda a magia e encanto que outrora estiveram escondidos dela.

Todas as histórias são verdadeiras.

Quando resolvi escrever *Cidade dos Ossos*, eu era apaixonada por histórias sobre vampiros, fadas e feiticeiros, mas também era apaixonada pelos contos mitológicos de anjos e demônios. Era fascinada pelo *Paraíso Perdido*, pelo *Inferno* de Dante e por *Lúcifer* de Mike Carey. Era fascinada pela forma como seres humanos abordavam as ideias de mal e bem absolutos, temperadas com amor e livre-arbítrio. Eu queria criar um mundo rico em folclore, os contos que as pessoas contam sobre coisas assustadoras, mas que também incorporam a existência de figuras mitológicas — anjos tão poderosos que uma olhada para eles é capaz de cegar. Demônios tão maus que seu sangue poderia mudar a natureza de uma alma de boa para má. Eu queria transformar em realidade aquilo que é tão cercado de mito e história, que se tornou simbólico: quando Valentim liberta Jace da prisão na Cidade do Silêncio, ele carrega consigo uma espada e explica: "Esta é a lâmina com a qual o Anjo afastou Adão e Eva do Paraíso. *E ele colocou a leste do jardim de Éden Querubim, e uma espada em chamas que virava em todas as direções.*" Mais tarde, Simon obtém a espada do Arcanjo Miguel. A ideia de que esses objetos de imenso poder e história eram coisas reais que nossos heróis podiam tocar e usar me encantava.

A existência de anjos e demônios no mundo dos Caçadores de Sombras é o mito urbano do qual todos os outros aspectos das histórias derivam. Caçadores de Sombras foram criados do sangue de anjos. Fadas são parte anjo, parte demônio. Feiticeiros são frutos de humanos e demônios. Lobisomens e vampiros são humanos com doenças demoníacas. Eu queria criar um universo onde mito e folclore se encaixassem, onde todas as histórias de magia pudessem ser explicadas.

Todas as histórias são verdadeiras.

A ideia dos Caçadores de Sombras me veio, em parte, das histórias de Nephilim na Bíblia. Os filhos de humanos e anjos eram monstros enormes que assolavam a terra. Como escritores frequentemente fazem, adaptei o que me parecia atraente no mito — anjos procriando, quando isso é algo tão humano! (Evidentemente os Caçadores de Sombras são criados apenas a partir do sangue de anjo, mas Raziel ainda parece ter um interesse paternal neles). A ideia de ser parte anjo, parte um símbolo de bondade, e ao mesmo tempo ser afetado por todas as fraquezas inerentes à humanidade: fragilidade, crueldade, ganância, egoísmo, desespero. Parecia uma maneira de transformar uma história antiga de forma que permitisse ao leitor imaginar o que pode significar ser parcialmente divino, ter imenso poder — e, como o Homem-Aranha gosta de nos lembrar, a imensa responsabilidade que vem junto com isso.

Todas as histórias são verdadeiras.

Obviamente, o que Jace quer dizer, no fim das contas, é que histórias são uma forma de compreendermos o mundo. Instrumentos Mortais é acima de tudo a história de Clary: uma menina comum que se torna heroína. Uma menina que inicialmente é cega para a magia do mundo que a cerca, mas que não só passa a enxergá-la, como a dominá-la e controlá-la. Clary é artista e criadora de símbolos, a língua mágica dos anjos, e ao usar essa língua ela cria a própria história e o próprio destino. Clary e seus amigos são heróis que *fazem* suas histórias verdadeiras — assim como, no fim das contas, todos nós fazemos.

Este livro foi composto na tipologia Minion Pro, em corpo 11,5/15,5, impresso em papel offwhite, na Geográfica.